A LA SOMBRA DEL OMBÚ

Santa Montefiore

A la sombra del ombú

Traducción de
Alejandro Palomas

TITANIA

Argentina • Chile • Colombia • España
Estados Unidos • México • Perú • Uruguay

Título original: *Meet me Under the Ombu Tree*
Editor original: Hodder and Stoughton, una división de Hodder Headline,
            Londres
Traducción: Alejandro Palomas

1.ª edición en Titania marzo 2020

© 2001 *by* Santa Montefiore
© de la traducción, 2002 *by* Alejandro Palomas
© 2002 *by* Ediciones Urano, S.A.U.
    Plaza de los Reyes Magos, 8, piso 1.º C y D – 28007 Madrid
    www.umbrieleditores.com

ISBN: 978-84-16327-94-2
E-ISBN: 978-84-17981-47-1
Depósito legal: B-3.047-2020

Fotocomposición: Ediciones Urano, S.A.U.
Impreso por Romanyà Valls, S.A. – Verdaguer, 1 – 08760 Capellades (Barcelona)

Impreso en España – *Printed in Spain*

A mi querido Sebag

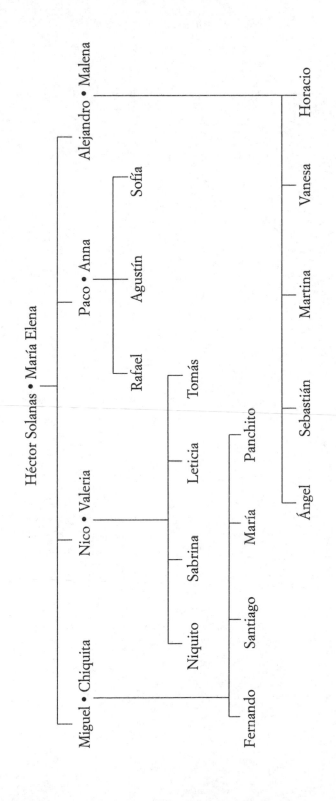

ÁRBOL GENEALÓGICO DE LA FAMILIA SOLANAS

Héctor Solanas • María Elena

Miguel • Chiquita   Nico • Valeria   Paco • Anna   Alejandro • Malena

Niquito   Sabrina   Leticia   Tomás   Rafael   Agustín   Sofía

Santiago   María   Panchito   Ángel   Sebastián   Martina   Vanesa   Horacio

Fernando

Agradecimientos

Quiero expresar mi cordial agradecimiento a mi «familia» argentina, que me acogió en su mundo. Compartieron conmigo su hogar y su país, y me hicieron amar a ambos. Sin ellos, este libro nunca podría haberse escrito.

Quiero también agradecer a mi amiga Katie Rock, a mi agente Jo Frank, y a Kirsty Fowkes, mi editora, por sus valiosos consejos y apoyo, y a mi madre por sus recuerdos.

1

Cuando cierro los ojos, veo las llanuras planas y fértiles de la pampa argentina. No hay nada igual en el mundo. El vasto horizonte se extiende a lo largo de kilómetros y kilómetros. Solíamos sentarnos en las ramas más altas del ombú y veíamos desaparecer el sol tras él, inundando las llanuras de miel.

De niña no era consciente del caos político que me rodeaba. Era la época del exilio del general Perón, años turbulentos —entre 1955 y 1973— en que los militares gobernaban el país como incompetentes escolares que juegan alegremente con el poder político; eran días oscuros de guerrillas y terrorismo. Pero Santa Catalina, nuestro rancho, era un pequeño oasis de paz alejado de las algaradas y de la opresión que se vivía en la capital. Desde la cima de nuestro árbol mágico extendíamos, inocentes, la mirada hacia un mundo de valores anticuados y una vida familiar tradicional salpicada por los paseos a caballo, el polo y asados a la parrilla eternos y lánguidos bajo la deslumbrante luz del sol del verano. Los guardaespaldas eran el único signo de la alarmante situación que se gestaba a nuestro alrededor.

Mi abuelo, Dermot O'Dwyer, nunca creyó en la magia del ombú. Eso no quiere decir que no fuera un hombre supersticioso. Solía esconder su botella de licor en un lugar diferente cada noche para engañar a los duendes. Lo que ocurría es que era incapaz de entender que un árbol pudiera tener algún tipo de poder.

—Un árbol es un árbol —decía con su deje irlandés—, y no hay más que hablar.

Pero el abuelo no estaba hecho de madera argentina. Como mi

madre, su hija, ambos eran extranjeros y nunca llegaron a integrarse del todo. Tampoco quiso que le enterraran en la tumba de la familia.

—Salí de la tierra y a la tierra regresaré —le gustaba decir. Por eso le enterraron en la llanura con su botella de licor. Supongo que seguía empeñado en engañar a esos duendes.

No puedo pensar en Argentina sin que la nudosa imagen de ese árbol sabio y omnisciente como un oráculo emerja a la superficie de mis pensamientos. Ahora sé que es imposible recuperar el pasado, pero ese viejo árbol conserva en la esencia más profunda de sus brotes todos los recuerdos del ayer y las esperanzas puestas en el mañana. Como una roca en mitad de un río, el ombú ha seguido imperturbable mientras todos los que lo rodeaban han ido cambiando.

Me fui de Argentina en el verano de 1976, pero, mientras mi corazón siga palpitando, el resonar de sus latidos vibrará a lo largo y ancho de esas llanuras cubiertas de hierba, a pesar de todo lo ocurrido desde entonces. Crecí en el rancho de la familia, o *campo,* como lo llaman allí. Santa Catalina estaba situado en la mitad de esa llanura que es parte de la vasta región del este del país llamada Pampa. Plana como una galleta de jengibre, la mirada se pierde durante kilómetros en todas direcciones. Carreteras largas y rectas cortan la tierra, que es árida en verano y verde en invierno. En mis tiempos, esas carreteras no eran más que pistas de tierra.

La entrada a la granja era parecida a la entrada a esos pueblos típicos de las películas del Oeste. Había un gran letrero que se balanceaba al viento de otoño donde en grandes letras negras estaba escrito: *Santa Catalina.* El camino era largo y polvoriento, acotado a ambos lados por altos arces plantados por mi bisabuelo, Héctor Solanas, quien, a finales del siglo diecinueve construyó una casa. Allí fue donde me crié. Era una casa típicamente colonial, construida alrededor de un patio, pintada de blanco y con el techo plano. En ambas esquinas de la fachada había una torre. En una estaba el dormitorio de mis padres, y en la otra el de mi hermano Rafael. Por ser el mayor le había tocado la mejor habitación.

Mi abuelo, también llamado Héctor para complicar aún más la

vida de los demás, tuvo cuatro hijos: Miguel, Nico, Paco (mi padre) y Alejandro. Los cuatro construyeron su propia casa cuando se hicieron mayores y se casaron. Cada uno de ellos tuvo cuatro o cinco hijos, pero yo pasaba la mayor parte del tiempo en casa de Miguel y de Chiquita con Santi y María, dos de sus hijos. Eran mis favoritos. La casa de Nico y Valeria y la de Malena y Alejandro también estaban siempre abiertas para nosotros, y pasábamos allí tanto tiempo como en la mía.

En Santa Catalina las casas estaban construidas en medio de la llanura, separadas sólo por árboles enormes (sobre todo pinos, eucaliptus, álamos y plátanos), que habían sido plantados guardando ente ellos espacios equidistantes para que pareciera un parque. Delante de cada casa había amplias terrazas donde nos sentábamos a contemplar los campos infinitos que se extendían ante nuestros ojos. Recuerdo que cuando llegué a Inglaterra por primera vez, me fascinaron las casas de campo y lo cuidados y ordenados que estaban sus jardines y sus setos. A mi tía Chiquita le encantaban los jardines ingleses e intentaba emularlos, pero en Santa Catalina eso era algo prácticamente imposible. Los parterres de flores parecían siempre fuera de lugar ante la inmensidad de la tierra. En vez de eso, mi madre plantaba por todas partes buganvillas, hortensias y geranios.

Santa Catalina estaba rodeada de campos llenos de ponis. Mi tío Alejandro los criaba y los vendía después a compradores de todo el mundo. Había una gran piscina excavada en una colina artificial y protegida por árboles y arbustos, y una pista de tenis que todos compartíamos. José estaba a cargo de los gauchos que cuidaban de los ponis y que vivían en unas casas situadas dentro de la granja llamadas ranchos. Sus mujeres e hijas trabajaban como criadas en nuestras casas; cocinaban, limpiaban y cuidaban de los niños. Yo esperaba, ansiosa, la llegada de las largas vacaciones de verano, que iban de mediados de diciembre a mediados de marzo. Durante esos pocos meses nadie quería alejarse de Santa Catalina. Mis mejores recuerdos son de esa época.

Argentina es un país muy católico, pero nadie abrazó la fe católica con más fervor que mi madre, Anna Melody O'Dwyer. El abuelo O'Dwyer era religioso, pero de una manera muy sensata, no como mi madre, cuya vida giraba en torno a la necesidad de mantener las apariencias. Mi madre manipulaba la religión a su conveniencia.

A los niños, sus discusiones sobre la Voluntad de Dios nos entretenían durante horas. Mamá creía que todo era Voluntad de Dios. Si estaba deprimida era porque Dios la estaba castigando por algo; si estaba feliz era porque Dios la había recompensado. Si yo le causaba problemas —algo que hacía la mayor parte del tiempo—, entonces era que Dios la estaba castigando por no educarme correctamente.

El abuelo Dwyer decía que lo que mi madre hacía era eludir sus responsabilidades.

—Sólo porque esta mañana te hayas levantado así no andes por ahí echándole la culpa a Dios. El mundo es como cada uno quiere verlo, Anna Melody, ni más ni menos.

Decía que la salud es un regalo de Dios mientras que la felicidad depende sólo de nosotros. Para él todo dependía de cómo uno veía las cosas. Un vaso de vino podía estar medio vacío o medio lleno, dependiendo de cómo se mirara. Todo consistía en tener una actitud mental positiva. Mamá pensaba que eso era pura blasfemia y se ponía roja de ira cuando él hablaba así, lo que el abuelo hacía muy a menudo, pues disfrutaba atormentándola.

—Ponte como quieras, Anna Melody, pero cuanto antes dejes de poner palabras en boca de Dios y te hagas responsable de tus estados de ánimo, más feliz serás.

—Que Dios te perdone, papá —tartamudeaba mamá con las mejillas rojas como el color de su pelo.

Mamá tenía un pelo precioso. Le caía en bucles largos y rojos como la Venus de Botticelli, aunque nunca tuvo la serenidad de la Venus ni su poesía. Siempre estaba o demasiado tensa o demasiado enfadada. Tiempo atrás había sido una joven de una gran naturalidad. El abuelo me dijo que le gustaba correr descalza por Glengariff, la casa que tenían en el sur de Irlanda, como un animal salvaje que tuviera la tormenta grabada en los ojos. Dijo también que tenía los ojos azules, pero que a veces se le volvían grises como un típico día nublado irlandés cuando el sol intenta atravesar las nubes. A mí eso me sonaba muy poético. Me dijo que siempre se escapaba por las colinas.

—En un pueblecito como aquél era imposible perder algo, y menos si ese algo era alguien tan vivaz como Anna Melody O'Dwyer. Aunque una vez tu madre desapareció durante horas. La buscamos por las colinas, llamándola a gritos. Cuando la encontramos, estaba debajo de un árbol que había junto a un arroyo, jugando con media docena de crías de zorro que había encontrado. Sabía que la estábamos buscando, pero era incapaz de separarse de aquellas crías. Habían perdido a su madre, y ella no paraba de llorar.

Cuando le pregunté por qué mamá había cambiado, me respondió que la vida la había decepcionado.

—La tormenta sigue ahí, pero ya no veo al sol intentando atravesar las nubes.

Me habría gustado saber por qué la vida la había decepcionado tanto.

Mi padre, por el contrario, era un personaje romántico. Tenía los ojos azules como las flores del maíz, y las comisuras de los labios curvadas hacia arriba incluso cuando no sonreía. Era el señor Paco, y todo el mundo en la granja le respetaba. Era alto, delgado y velludo, aunque no tan velludo como su hermano Miguel. Miguel era como un oso, y tan moreno que le llamaban El Indio. Papá era de piel más clara, como su madre, y tan guapo que a Soledad, nuestra criada, se le subían los colores cuando servía a la mesa. Una vez me confesó que era incapaz de mirar a papá a los ojos. Papá creía que eso era una muestra de humildad. Yo no podía decirle que era porque a ella le gustaba, porque Soledad nunca me lo habría perdonado. Soledad no tenía mucho contacto con mi padre, eso era territorio de mamá, pero no se le escapaba una.

Para poder ver Argentina con ojos de extranjero, tengo que retroceder con la mente a mi niñez, cuando salíamos a pasear en el carro tirado por caballos y el abuelo O'Dwyer se sorprendía por cosas que para mí eran de lo más común y cotidiano. Empezaba hablando de por qué el pueblo argentino era así. Los españoles conquistaron Argentina en el siglo dieciséis. El país fue gobernado por los virreyes que representaban a la Corona española. La independencia del país se ganó en dos días —el 25 de mayo y el 9 de julio de 1816—. El abuelo decía que el hecho de tener dos fechas que celebrar era muy típico de los argentinos.

—Siempre tienen que hacerlo todo más grande y mejor que los demás —gruñía.

Supongo que tenía razón. Al fin y al cabo, la Avenida 9 de Julio de Buenos Aires es la más ancha del mundo. De pequeños eso era algo que nos enorgullecía mucho.

A finales del siglo diecinueve, en respuesta a la revolución agrícola, miles de europeos, sobre todo procedentes del norte de Italia y de España, emigraron a Argentina para explotar las ricas tierras de la pampa. Fue entonces cuando llegaron mis ancestros. Héctor Solanas no sólo era el cabeza de familia, sino que además era un tipo muy capaz. Si no hubiera sido por él, puede que nunca hubiéramos llegado a ver un ombú ni la llanura como galleta de jengibre.

Cuando vuelvo con el recuerdo a esas fragantes llanuras, son los rostros oscuros y toscos de los gauchos los que emergen en toda su extravagancia de la nebulosa de mi memoria y me hacen suspirar, porque el gaucho es el símbolo romántico de lo que es Argentina. Históricamente eran mestizos salvajes e indómitos, proscritos que vivían de los grandes rebaños de vacas que pastaban en las pampas. Capturaban caballos y los usaban para guiar a los rebaños. Luego vendían la piel de las vacas y el sebo, que era muy apreciado, a cambio de mate y tabaco. Naturalmente, eso era antes de que la carne se convirtiera en una gran fuente de exportación. Ahora el mate es la infusión tradicional que se sorbe de una calabaza redonda y decorada a través de una «pajita» de plata ornamentada llamada bombilla. Es bastante adictivo y, según nuestras criadas, también servía para adelgazar.

La vida del gaucho transcurre a caballo. Posiblemente su habilidad como jinete no encuentre parangón en el mundo. En Santa Catalina los gauchos eran una parte pintoresca del escenario. La vestimenta del gaucho es muy vistosa, además de práctica. Llevan *bombachas*, unos pantalones anchos cogidos por botones en las pantorrillas y que embuten en sus botas de cuero. Una *faja* o fajín de lana que se atan a la cintura y que luego cubren con una *rastra*, un cinturón rígido de cuero decorado con monedas de plata. La rastra les protege la espalda durante los largos días a caballo. Tradicionalmente llevan un *facón*, un cuchillo que usan para castrar y despellejar, así

como para defenderse y para comer. Una vez el abuelo O'Dwyer dijo
en broma que por su pericia con el caballo y por la pinta que llevaba,
José, nuestro jefe gaucho, debería haber trabajado en el circo. Mi padre estaba a la vez furioso y agradecido de que su suegro no hablara
ni una palabra de español.

Los gauchos son tan orgullosos como hábiles. A un nivel romántico son parte de la cultura nacional argentina, y se han escrito sobre
ellos muchas novelas, poemas y canciones. *El gaucho Martín Fierro*, el
poema épico de José Hernández, es el más claro ejemplo de ellos (lo
conozco porque tuvimos que memorizar largos fragmentos en el colegio). A veces, cuando mis padres recibían visitas extranjeras en Santa Catalina, los gauchos montaban para ellos espectáculos fantásticos
que incluían rodeos, doma de caballos y monta al galope enloquecido
haciendo chasquear sus látigos en el aire como serpientes demo-
níacas.

José me enseñó a jugar al polo, algo muy raro para una niña en
aquellos tiempos. Los chicos odiaban que yo jugara porque lo hacía
mejor que muchos de ellos, y desde luego mucho mejor que cualquier
otra niña.

Mi padre siempre estuvo muy orgulloso de que los argentinos
fueran sin duda los mejores jugadores de polo del mundo, a pesar de
que como juego empezara en India y de que fueran los británicos
los que lo trajeran a Argentina. Mis padres iban a ver los grandes torneos de polo que se jugaban en Buenos Aires durante los meses de
octubre y noviembre en los campos de polo de Palermo. Recuerdo
que mis hermanos y mis primos usaban esos torneos para tontear con
las chicas, igual que cuando iban a misa a la ciudad y casi nadie prestaba atención al cura porque estaban demasiado ocupados lanzándo-
se miraditas. Pero en Santa Catalina se jugaba al polo durante casi
todo el año. Los *petiseros* (o mozos de cuadra) adiestraban y cuidaban de los ponis, y nosotros sólo teníamos que llamar al *puesto* para
hacerles saber cuándo pensábamos jugar, y ellos ensillaban los ponis
y los tenían a punto, al amparo de la sombra de los eucaliptos, para
cuando los quisiéramos.

◆ ◆ ◆

En aquellos tiempos, los años sesenta, Argentina era presa del desempleo y de la inflación, del crimen, la inquietud social y la represión, aunque no siempre había sido así. Durante la primera parte del siglo veinte, Argentina había sido un país de gran riqueza gracias a la exportación de carne y de trigo, que es como mi familia amasó su fortuna. Era el país más rico de Sudamérica, la edad dorada de la abundancia y la elegancia. Mi abuelo, Héctor Solanas, culpaba a la durísima dictadura del presidente Juan Domingo Perón del declive del país, que tuvo como consecuencia el exilio de Perón en 1955, cuando se produjo la intervención militar. Al igual que durante los días de su dictadura, Perón sigue siendo un candente tema de conversación. Inspira amor u odio extremos, pero nunca indiferencia.

Perón, que llegó al poder gracias a los militares y que se convirtió en presidente en 1946, era un hombre guapo, inteligente y con gran poder de seducción. Junto con su esposa, la bella aunque terriblemente ambiciosa Eva Duarte, formaban un equipo deslumbrante y carismático que consiguió dar al traste con la teoría de que para ser alguien en Buenos Aires había que pertenecer a una de las viejas familias. Él procedía de una pequeña ciudad, y ella era hija ilegítima y había sido criada en la pobreza del campo. En otras palabras, una Cenicienta de nuestros días.

Héctor decía que el poder de Perón se había forjado a partir de la lealtad inquebrantable de la clase obrera que con tanto esmero había cultivado. Se quejaba de que Perón y su mujer Evita animaban a los obreros a que vivieran de sus donativos en vez de dedicarse a trabajar. Se dedicaron a quitar a los ricos para dar a los pobres, abusando y acabando con la riqueza del país. Es más que sabido que Evita encargó miles de alpargatas para repartirlas entre los pobres, y luego se negó a pagar la factura, dando las gracias al infeliz fabricante por la generosidad de su regalo.

Entre la clase obrera, Evita se convirtió en todo un símbolo. Los pobres y los más desafortunados la idolatraban. Mi abuela, María Elena Solanas, nos contó una increíble historia sobre los tiempos en que iba al cine con su prima Susana. La cara de Evita apareció en pantalla, como siempre antes de la película, y Susana susurró a mi madre que estaba claro que Evita se teñía de rubio. Cuando la película hubo terminado, una jauría de mujeres enfadadas la llevó a rastras al servicio y le cortó el pelo. Tal era el poder de Evita Perón. Llevaba a la gente a la locura.

Sin embargo, a pesar de su poder y de su prestigio, la clase alta la veía poco menos que como a una mujerzuela cualquiera que había salido de la pobreza a base de acostarse con quien le convenía a fin de convertirse en la mujer más rica y famosa del mundo. Pero los que así opinaban eran una minoría. Cuando murió, en 1952, a la edad de treinta y tres años, dos millones de personas acudieron a su funeral, y sus obreros pidieron al Papa que la hiciera santa. Fue un especialista español, el doctor Pedro Ara, quien embalsamó su cuerpo como quien hace una figura de cera, y después de ser enterrada en varios lugares secretos repartidos por todo el mundo por temor a que acabara siendo objeto de culto, terminó reposando junto a los oligarcas que tanto odiaba en el elegante cementerio de La Recoleta de Buenos Aires, en 1976.

Después de que Perón se exiliara, el Gobierno cambió innumerables veces debido a la intervención de los militares. Si el Gobierno en curso no era satisfactorio, los militares intervenían y lo derrocaban. Mi padre decía que echaban a los políticos antes de darles una oportunidad. De hecho, la única vez que estuvo de acuerdo con la intervención de los militares fue en 1976, cuando el general Videla derrocó a la incompetente Isabelita, la segunda esposa de Perón, que había accedido a la presidencia cuando él murió, después de su breve regreso en 1973.

Cuando le pregunté a mi padre por qué los militares tenían tanto control, me dijo que en parte se debía a que fueron militares españoles los que conquistaron Latinoamérica en el siglo dieciséis.

—Los militares son como prefectos escolares con armas —me dijo en una ocasión. A mis ojos de niña, su explicación tenía pleno sentido: ¿puede haber alguien más poderoso?

No sé realmente cómo se las ingeniaron con tantos cambios —algunos de ellos tan bruscos—, pero mi familia estuvo siempre lo suficientemente acertada para estar en el lado correcto del Gobierno que ostentaba el poder.

Durante esa época tan peligrosa, el secuestro era una amenaza real para una familia como la mía. Santa Catalina estaba protegida por grandes medidas de seguridad. Sin embargo, para los niños, los hombres que habían contratado para que nos protegieran no eran más que parte del lugar, como José y Pablo, y nunca cuestionamos su existencia. Deambulaban por la granja con sus gordas barrigas rebosando por encima de los pantalones caqui y retorciéndose los gruesos bigotes bajo aquel terrible calor. Santi imitaba su forma de andar: una mano en el arma y con la otra rascándose el estómago o enjugándose el sudor de la frente con un pañuelo sucio. Si no hubieran estado tan gordos, habrían resultado amenazadores, pero para nosotros estaban allí sólo para que nos burláramos de ellos, o como parte de nuestros juegos. Siempre era un reto sacar de ellos el mejor partido.

También nos acompañaban a la escuela. El abuelo Solanas había sobrevivido a un intento de secuestro, por eso mi padre se aseguró de que, en la ciudad, los guardaespaldas nunca se separaran de nosotros. Mi madre habría estado encantada si hubieran secuestrado al abuelo O'Dwyer en vez de al abuelo Solanas, pero dudo de que hubieran pagado el rescate que pidieran por él. Aunque, pensándolo bien, ¡Dios se apiade del secuestrador que sea tan idiota como para habérselas con el abuelo O'Dwyer!

En la ciudad, era normal que los niños aparecieran en el colegio escoltados por guardaespaldas. Yo coqueteaba con ellos a la hora del té. Esperaban a las puertas del edificio a pleno sol de mediodía, riéndose de historias sobre chicas y armas. La verdad es que si hubiera habido algún intento de secuestro, esos inútiles habrían sido los últimos en enterarse. Sin embargo, disfrutaban hablando conmigo. María, la hermana de Santi, siempre tan cauta, me pedía, ansiosa, que volviera al patio. Cuanto más se empeñaba ella, peor me portaba yo. Una vez, cuando mamá vino a buscarme porque Jacinto, el chófer, se había puesto enfermo, casi le da un síncope cuando todos los guardaespaldas me saludaron por mi nombre. Cuando Carlito Blanco me guiñó el ojo, creí que mamá iba a explotar de rabia; se le puso la cara colorada como uno de los tomates de Antonio. Después de eso, tomar el té en el colegio perdió toda su gracia. Mamá habló con la señorita Sarah y me prohibieron acercarme a las puertas de la escuela. Dijo que los guardas eran «gente vulgar» y que no debía hablar con gente que no fuera de mi clase. Cuando tuve edad suficiente para comprender, el abuelo O'Dwyer me contó historias que me ayudaron a darme cuenta de lo ridículo que era ese comportamiento viniendo de ella.

No entendía el miedo a la «guerra sucia», como la llamaban cuando a mediados de los setenta, tras la muerte de Perón, los militares empezaron a deshacerse de todos los que se oponían a su poder. No llegué a entenderlo hasta que después de muchos años volví y descubrí que se había colado por las rendijas de Santa Catalina y se había apoderado de la hacienda. No estaba allí cuando hizo pedazos a mis seres más queridos y nuestra casa fue ocupada por desconocidos.

Qué extraña es la vida, qué inesperada. Yo, Sofía Solanas Harrison, miro atrás y, al ver las diversas aventuras que he vivido, pienso en lo lejos que queda ahora la granja argentina de mi niñez. Las llanuras de la pampa han sido reemplazadas por las suaves colinas de la campiña inglesa y, a pesar de toda su belleza, sigo soñando con que esas colinas se separen y me dejen ver de nuevo cómo aquella vasta llanura surge entre los campos y resplandece bajo el sol argentino.

2

—¡Sofía, Sofía!… ¡Por Dios! ¿Dónde se han metido ahora esta niña?

Anna Melody O'Dwyer de Solanas iba de una punta a otra de la terraza, escudriñando las áridas llanuras con cansada irritación. Era una mujer elegante. Llevaba un largo traje blanco de verano y se había recogido el flamante pelo con una cola medio deshecha. Su figura se recortaba, fría, contra el crepúsculo argentino. Las largas vacaciones de verano que iban de diciembre a marzo le habían minado la paciencia. Sofía era como un animal salvaje. Desaparecía durante horas, rebelándose contra su madre con un descaro que a Anna le resultaba difícil soportar. Estaba emocionalmente agotada, exhausta. Deseaba con todas sus fuerzas que los días de calor dieran paso al otoño y que empezara de nuevo el curso escolar. Al menos en Buenos Aires los niños quedaban en manos de los guardas de seguridad y, gracias a Dios, de la escuela, pensaba. La disciplina quedaba a cargo de su profesora.

—Jesús, mujer, dale un poco de libertad a la niña. Si la atas demasiado corto, cualquier día aprovechará la oportunidad y se escapará para no volver —gruñó el abuelo O'Dwyer, saliendo a la terraza con un par de tijeras de podar.

—¿Qué piensas hacer con ellas, papá? —preguntó, sospechosa, entrecerrando sus acuosos ojos azules a la vez que le miraba avanzar tambaleándose entre la hierba.

—Bueno, no voy a cortarte la cabeza, si es eso lo que te preocupa, Anna Melody —soltó una carcajada, dedicándole un tijeretazo.

—Has estado bebiendo otra vez, papá.

—Un poco de licor no hace daño a nadie.

—Papá, Antonio se encarga del jardín. No tienes nada que hacer ahí —meneó la cabeza, exasperada.

—Tu querida madre adoraba el jardín. «Las espuelas de caballero están pidiendo a gritos que las sujeten con estacas», decía. Nadie adoraba tanto las espuelas de caballero como tu madre.

Dermot O'Dwyer nació y se crió en Glengariff, en Irlanda del Sur. Se casó con el amor de su infancia, Emer Melody, cuando apenas tenía edad para ganarse la vida. Pero Dermot O'Dwyer siempre supo lo que quería, y nada ni nadie podía convencerle de lo contrario. La mayor parte de su noviazgo había transcurrido en una abadía en ruinas situada a los pies de las colinas de Glengariff, y fue allí donde la pareja se casó. La abadía había perdido gran parte del techo, y a través de los grandes boquetes se enroscaban y se retorcían los avariciosos dedos de la hiedra, decididos a hacer suyo lo que todavía no habían destrozado.

Llovía tanto el día de su boda que la joven novia recorrió el pasillo de la abadía con botas de agua, sosteniendo el vestido blanco de gasa por encima de las rodillas, seguida por su gorda hermana, Dorothy Melody, que llevaba un paraguas blanco en sus manos temblorosas. Emer y Dorothy tenían ocho hermanos y hermanas; si los gemelos no hubieran muerto justo antes de su primer cumpleaños habrían sido diez. El padre O'Reilly se protegía de la lluvia bajo un gran paraguas negro, y dijo a la numerosa congregación de familiares y amigos que la lluvia era señal de buena suerte y que Dios estaba bendiciendo su unión con agua bendita caída de los cielos.

Tenía razón. Dermot y Emer se amaron hasta el día en que ella murió, una triste mañana de febrero de 1958. A él no le gustaba pensar en ella tumbada, pálida y fría, sobre el suelo de la cocina, así que recordaba a la Emer del día de su boda, treinta y dos años atrás, con madreselva en su larga melena pelirroja, la boca generosa y traviesa, y los ojos pequeños y sonrientes que brillaban sólo para él. Después de su muerte, todo en Glengariff le recordaba a ella, de manera que cogió sus pocas pertenencias —un libro de fotos, la cesta de costura de Emer, la Biblia de su padre y un fajo de cartas viejas— y se gastó hasta el último penique en un billete de ida a Argentina. Al principio su hija le creyó cuando él le dijo que sólo pensaba quedarse con ella unas semanas, pero cuando las semanas se convirtieron en meses, Anna se dio cuenta de que su padre había ido para quedarse.

Anna Melody recibió el nombre de su madre, Emer Melody. A Dermot le gustaba tanto su «melodioso» nombre que quiso llamar al bebé simplemente Melody O'Dwyer, pero Emer era de la opinión que Melody a secas sonaba a nombre de gato, así que la niña fue bautizada con el nombre de Anna como su abuela.

Después del nacimiento de Anna Melody, Emer creyó que Dios había decidido que ya no necesitaban más hijos. Decía que Anna Melody era tan hermosa que Dios no quería darles más hijos para evitar que vivieran a la sombra de su hermana. El Dios de Emer era bueno y sabía lo que era mejor para ella y para su familia, pero Emer deseaba más hijos. Veía cómo sus hermanos y hermanas criaban hijos suficientes para poblar una ciudad entera, pero su madre siempre le había enseñado a dar gracias a Dios por lo que Él creía adecuado darle. Era lo suficientemente afortunada teniendo una niña a la que amar. Así que vertió todo el amor que llevaba dentro y que había pensado dedicar a una familia de doce a su familia de dos, y suprimió la punzante envidia que sentía en su corazón cada vez que llevaba a Anna Melody a visitar a sus primos.

Anna Melody disfrutó de una infancia feliz. Fue muy mimada por sus padres, nunca tuvo que compartir sus juguetes o esperar su turno, y cuando estaba con sus primos no tenía más que lloriquear si no se salía con la suya, y su madre acudía corriendo para hacer lo que fuera preciso para conseguir que su niña volviera a sonreír. Eso hizo que sus primos desconfiaran de ella. Se quejaban de que echaba a perder sus juegos. Pedían a sus padres que no la invitaran a sus casas. Cuando ella aparecía la ignoraban, le decían que se fuera a su casa, que no era bienvenida. Así que Anna Melody quedó excluida de sus juegos. No es que le importara demasiado. A ella sus primos tampoco le gustaban. Era una niña rara, más feliz vagando sola por las colinas que en compañía de un grupo claustrofóbico de jovencitos sudorosos que corrían por las calles de Glengariff como gatos salvajes. En aquellas colinas podía ser quien quisiera y soñar con una vida lujosa como la de esas estrellas de cine que veía en las películas, siempre resplandecientes y radiantes, con esos vestidos maravillosos y esas pestañas largas y centelleantes. Katharine Hepburn, Lauren Bacall, Deborah Kerr. Miraba desde allí la ciudad y se decía a sí misma que un día sería mejor que todos ellos. Dejaría atrás a sus horribles primos y no volvería nunca.

Cuando Anna Melody se casó con Paco y se fue de Glengariff para siempre, apenas pensó en sus padres, que se vieron de pronto abandonados y con sólo el recuerdo de su hija con el que consolarse. Sin el calor de la risa y del amor de Anna Melody, la casa se volvió fría y oscura. Emer ya nunca volvió a ser la misma. Los diez años que sufrió sin su hija fueron años vacíos y tristes. Las frecuentes cartas de Anna Melody estaban llenas de promesas de que iría a visitarlos, y esas promesas mantenían viva la esperanza de sus padres, hasta que comprendieron que no eran más que palabras escritas sin pensar y, desde luego, carentes de toda intención.

Cuando Emer murió, en 1958, Dermot tuvo la certeza de que había muerto porque su corazón había perdido su savia y había terminado rompiéndose. Pero él era más fuerte que ella y mucho más valiente. Ya en Buenos Aires no dejaba de preguntarse por qué demonios no se había venido hacía años; si lo hubiera hecho, quizá su querida mujer todavía estaría a su lado.

Anna (sólo Dermot O'Dwyer llamaba a su hija Anna Melody) miraba cómo su padre rebuscaba entre la hierba del arriate y deseó que fuera como los abuelos de otros niños. El padre de Paco, llamado Héctor Solanas como su abuelo, siempre había ido perfectamente vestido y afeitado, hasta en los días de diario. Llevaba jerséis de cachemira, camisas traídas de Savile Row, Londres, y había hecho gala de una gran dignidad, como el rey Jorge de Inglaterra. Para Anna él había sido lo más cercano a la realeza, y nunca había caído de su pedestal. Incluso después de muerto su sombra seguía cerniéndose sobre ella, y Anna todavía añoraba su aprobación. Después de tantos años aún anhelaba poder llegar a sentirse parte de aquel mundo, lo que, de algún modo y a pesar de todos sus esfuerzos, seguía eludiéndola. A veces tenía la impresión de estar mirando el mundo que la rodeaba desde el otro lado de un invisible cristal, un lugar en el que nadie parecía capaz de llegar a ella.

—Señora Anna, señora Anna, la señora Chiquita está al teléfono. Es para usted.

Anna volvió de golpe al presente y a su padre quien, como un botánico loco, podaba todo lo verde que encontraba a su paso.

—Gracias, Soledad. No esperaremos a la señorita Sofía. Cenaremos a las nueve, como siempre —replicó, y entró en la casa para hablar con su cuñada.

—Como quiera, señora Anna —replicó Soledad humildemente, sonriendo para sus adentros mientras volvía a la calurosa cocina. De los tres hijos de la señora Anna, Sofía era su favorita.

Soledad había trabajado para el señor Paco desde que tenía diecisiete años. Era la sobrina recién casada de Encarnación, la criada de Chiquita. Le habían enseñado a cocinar y a limpiar mientras su marido Antonio había sido contratado para cuidar de la finca. Antonio y Soledad no tenían hijos, aunque habían intentado tenerlos, pero sin éxito. Soledad recordaba la época en que Antonio se introducía en ella en cualquier parte, junto a la cocina, detrás de un arbusto o de un árbol… dondequiera que surgiera la oportunidad, Antonio se encargaba de no dejarla escapar. Vaya par de jóvenes amantes habían sido, meditaba Soledad con orgullo. Pero, para su asombro, nunca concibió un niño, de manera que Soledad se había consolado haciendo de Sofía su hija.

Mientras la señora Anna se había dedicado por completo a sus hijos varones, Soledad había pasado contadas ocasiones sin tener a la pequeña Sofía arropada en su delantal, acurrucada contra sus espumosos pechos. Incluso tomó por costumbre llevarse a la niña a su cama. Sofía parecía dormir mejor así, envuelta entre las suaves carnes y el aroma a mujer de su criada. Preocupada de que la niña no estuviera recibiendo suficiente cariño por parte de su madre, Soledad impuso su presencia en la habitación de los niños para compensarla con el suyo. A la señora Anna no pareció importarle. De hecho, parecía casi agradecida. Nunca mostró demasiado interés por su hija. Pero Soledad no estaba ahí para poner las cosas en orden. No era asunto suyo. La tensión entre el señor Paco y la señora Anna no era asunto suyo, y sólo hablaba de ello con las otras criadas a fin de justificar por qué pasaba tanto tiempo con Sofía. Por ninguna otra razón. No era amiga de los chismorreos. De manera que cuidaba de la niña con una devoción fiera, como si el pequeño ángel le perteneciera.

Miró el reloj. Era tarde. Sofía volvía a meterse en líos. Siempre igual. Parecía que le gustara. Pobre pequeña, pensó Soledad a la vez que removía la salsa de atún y preparaba la ternera. Se muere por un poco de atención, cualquiera se daría cuenta.

Anna se dirigió a paso firme hacia el salón meneando la cabeza con furia y cogió al auricular.

—Hola, Chiquita —dijo con sequedad, apoyando la espalda en la pesada cómoda de madera.

—Anna, lo siento mucho, Sofía se ha ido otra vez con Santiago y María. Deberían estar de vuelta en cualquier momento…

—¡Otra vez! —explotó, cogiendo una revista de la mesa y empezando a abanicarse, presa de la agitación—. Santiago debería ser más responsable, cumplirá los dieciocho en marzo. Ya será un hombre. No entiendo por qué le gusta ir por ahí con una niña de quince años. De todas formas, no es la primera vez, ya lo sabes. ¿No le dijiste nada la última vez?

—Por supuesto que sí —replicó la otra mujer, paciente. Odiaba que su cuñada perdiera los estribos.

—Por Dios, Chiquita, ¿no te das cuenta de que hay secuestradores esperando ahí fuera para llevarse a niños como los nuestros?

—Anna, cálmate un poco. Aquí no hay peligro, no habrán ido lejos… —Pero Anna no la escuchaba.

—Santiago es una mala influencia para Sofía —vociferó—. La niña es joven y muy impresionable, y le respeta. En cuanto a María, es una niña sensata y ya debería saber comportarse.

—Lo sé. Se lo diré —admitió Chiquita, cansada.

—Bien.

Se produjo un silencio breve e incómodo antes de que Chiquita intentara cambiar de tema.

—En cuanto al asado de mañana, antes del partido, ¿quieres que te ayude en algo? —preguntó, todavía tirante.

—No, me las arreglaré, gracias —replicó Anna, calmándose un poco—. Lo siento, Chiquita. A veces no sé qué hacer con Sofía. Es tan tozuda y tan irreflexiva. Los niños no me dan ningún problema. No sé de quién lo ha heredado.

—Yo tampoco —replicó Chiquita cortante.

—Hoy es la noche más hermosa del verano —suspiró Sofía desde una de las ramas más altas del ombú.

No hay un árbol en el mundo como el ombú. Es un árbol gigantesco de ramas bajas y horizontales, cuyo enorme tronco a menudo puede llegar a superar los quince metros de diámetro. Sus gruesas raíces se extienden sobre la tierra en largos tentáculos protuberantes, como si el propio árbol hubiera empezado a deshacerse, extendiéndose sobre el suelo como la cera. Además de su forma tan peculiar, el ombú es el único árbol nativo de esas áridas llanuras, el único que de verdad pertenece al paisaje por derecho propio. Los indios habían visto a sus dioses en sus ramas, y se decía que jamás un gaucho dormiría debajo de él, ni siquiera el día de Sofía. Para los niños que habían sido criados en Santa Catalina era un árbol mágico. Cumplía deseos cuando lo creía conveniente, y al ser un árbol alto era la torre vigía perfecta que les permitía ver a kilómetros de distancia. Pero, sobre todo, el ombú tenía un misterioso halo que resultaba imposible de identificar, un halo que había atraído a generaciones de niños a buscar la aventura entre sus ramas.

—Puedo ver a José y a Pablo. ¡Date prisa, no me fastidies! —lo regañó Sofía, impaciente.

—Ya voy, ten un poco de paciencia —le gritó Santi mientras se ocupaba de los ponis.

—Santi, ¿me ayudas a subir? —preguntó María con su voz suave y ronca, a la vez que veía a Sofía subir cada vez más alto por el entramado de gruesas ramas.

María siempre había admirado a Sofía. Era una niña valiente, franca y segura de sí misma. Habían sido buenas amigas desde siempre, lo habían hecho todo juntas: habían conspirado, planeado, jugado y compartido secretos. De hecho, Chiquita, la madre de María, solía llamarlas «Las dos sombras» cuando eran pequeñas, porque una era siempre la sombra de la otra.

El resto de las niñas de la granja eran mayores o menores, de manera que Sofía y María, al ser de la misma edad, eran aliadas naturales en el seno de una familia dominada por los niños. Ninguna de las dos tenía más hermanas, por eso hacía años habían decidido ser «hermanas de sangre» pinchándose el dedo con una aguja y juntándolos después para «unir» su sangre. Desde ese momento habían compartido un secreto especial que nadie más conocía. Tenían la misma sangre y eso las convertía en hermanas. Ambas estaban orgullosas y sentían un respeto especial por su unión clandestina.

Desde la cima del árbol Sofía podía ver el mundo entero, y si no el mundo entero al menos su mundo, que se extendía ante sus ojos bajo un cielo impresionante. El horizonte era un vasto caldero de color cuando el sol casi se había puesto, bañando los cielos con pinceladas de rosa y dorado. El aire estaba pegajoso, y los mosquitos revoloteaban amenazadores entre las hojas.

—Ya me han vuelto a picar —se quejó María con una mueca de dolor, rascándose la pierna.

—Venga —dijo Santi, agachándose y cogiendo el pie de su hermana con las manos. La levantó con un rápido movimiento de manera que María pudiera apoyar el estómago en la primera rama. Después de eso podría apañárselas sola.

A continuación, Santi se subió al árbol con una facilidad y una ligereza que no dejaban de impresionar a aquellos que le conocían bien. De pequeño había sufrido un accidente jugando al polo que le había dejado como secuela una ligera cojera. Sus padres, desesperados ante la idea de que su minusvalía pudiera perjudicarle más adelante en la vida, se lo llevaron a Estados Unidos, donde fueron a ver a todos los especialistas que pudieron. Pero no tenían de qué preocuparse. Santi había desafiado las predicciones de los médicos y él mismo supo salir adelante. De pequeño se las había ingeniado para correr más rápido que todos sus primos, más incluso que aquellos dos años mayores que él, a pesar de que corría de manera un tanto extraña, con un pie hacia dentro. De jovencito era el mejor jugador de polo del rancho.

«No hay duda —decía su padre con orgullo—, el joven Santiago tiene un arrojo difícil de encontrar en estos tiempos. Llegará lejos. Y se habrá ganado cada paso del camino».

—Fantástico, ¿verdad? —sonrió Sofía triunfante cuando su primo le dio alcance—. ¿Tienes la navaja? Quiero pedir un deseo.

—¿Qué vas a pedir esta vez? No se cumplirá —dijo Santi, sentándose y columpiando las piernas en el aire—. No sé por qué te molestas —se burló. Pero la mano de Sofía ya corría sobre el tronco, buscando restos de su pasado en la corteza.

—Oh, sí, claro que se cumplirá. Puede que no este año, pero sí algún día, cuando de verdad sea importante. Ya sabes que el árbol reconoce qué deseos conceder y cuáles no—. Y le dio unas palmaditas cariñosas.

—Ahora me dirás que el maldito árbol piensa y siente —se mofó Santi, apartándose el abundante pelo rubio de la frente con su mano sudorosa.

—No eres más que un bobo ignorante, pero algún día aprenderás. Espera y verás. Algún día necesitarás de verdad que se te cumpla un deseo, y cuando nadie te vea vendrás hasta aquí a escondidas en la oscuridad para grabar tu marca en este tronco —le dijo Sofía entre risas.

—Antes prefiero ir al pueblo a ver a la Vieja Bruja. Esa vieja tiene más probabilidades de encaminar mi futuro que este estúpido árbol.

—Ve a verla si quieres, y si eres capaz de aguantar la respiración el tiempo suficiente para no tener que olerla. Oh, aquí hay uno —exclamó Sofía al encontrar uno de sus últimos deseos grabado en la madera. Había dejado una cicatriz limpia y blanca, como una vieja herida.

María se unió a ellos, con las mejillas encendidas y acalorada tras el esfuerzo. Su pelo rojizo le caía por los hombros en finos rizos, pegándose ligeramente a sus redondas mejillas.

—Miren qué vista, es magnífica —jadeó, mirando boquiabierta a su alrededor. Pero su prima había perdido interés en el paisaje y estaba ocupada examinando la corteza en busca de su obra.

—Creo que esa es mía —dijo Sofía, trepando a la rama que quedaba por encima de Santi para estudiarla con más detenimiento—. Sí, no hay duda de que es mía. Ése es mi símbolo, ¿lo ven?

—Puede que hace seis meses haya sido un símbolo, pero ahora

no es más que una mancha —dijo Santi, subiendo él también e instalándose en otro protuberante brazo del árbol.

—Dibujé una estrella. Se me da muy bien dibujar estrellas —replicó orgullosa—. Oye, María, ¿dónde está la tuya?

María recorrió su rama con paso vacilante. Después de orientarse cruzó hasta llegar junto a Santi y se sentó en una rama más baja cercana al tronco. Cuando encontró su cicatriz la acarició con nostalgia.

—Mi símbolo era un pájaro —dijo, y sonrió al recordarlo.

—¿Para qué era? —preguntó Sofía, saltando con confianza desde su rama para unirse a ella.

—Te reirás si te lo digo —contestó María con timidez.

—No, no nos reiremos —dijo Santi—. ¿Se te ha cumplido?

—Claro que no, y nunca se cumplirá, pero vale la pena seguir deseándolo.

—¿Y bien? —la apremió Sofía, intrigada ahora que su prima parecía resistirse a revelarlo.

—Está bien. Deseé tener una voz hermosa para poder cantar con la guitarra de mamá —dijo. Acto seguido alzó la mirada y vio que ambos se estaban riendo.

—Así que el pájaro simboliza la canción —dijo Santi, con una amplia sonrisa.

—Supongo que sí, aunque no es esa la razón exacta de por qué lo dibujé.

—Entonces ¿por qué lo hiciste?

—Porque me gustan los pájaros y porque había uno en este árbol mientras pedía mi deseo. Estaba muy cerca de mí. Era adorable. Papá siempre decía que el símbolo no tiene por qué tener nada que ver con tu deseo. Sólo tienes que preocuparte de hacer tu marca. De todos modos, mi pájaro no es tan gracioso… y lo hice hace un año. Tenía sólo catorce años. Si el mío es tan gracioso, ¿cuál era el tuyo, Sofía?

—Deseé que papá me dejara jugar la Copa Santa Catalina —contestó con arrogancia, a la espera de la reacción de Santi. Como ya había anticipado, éste estalló en una risotada exagerada.

—¿La Copa Santa Catalina? ¡No hablarás en serio! —exclamó estupefacto, a la vez que entrecerraba sus ojos verde pálido imperiosamente y ponía cara de incredulidad.

—Lo digo muy en serio —replicó desafiante Sofía.

—¿Y qué representa la estrella? —preguntó María mientras se frotaba el hombro, donde un poco de musgo le había humedecido la camisa.

—Quiero ser una estrella del polo —les dijo Sofía sin darle importancia, como si acabara de declarar que quería ser enfermera.

—¡Mentirosa! Chofi, seguro que es lo único que sabes dibujar. María es la única artista de la familia —replicó Santi, y se recostó sobre la rama, echándose a reír—. La Copa Santa Catalina. Pero si eres sólo una niña.

—¿Sólo una niña, pedazo de zoquete? —le soltó Sofía, fingiendo estar enfadada—. Cumpliré dieciséis en abril. Sólo faltan tres meses. Después ya seré una mujer.

—Chofi, tú nunca serás una mujer porque nunca has sido una niña —dijo Santi, haciendo referencia a su naturaleza masculina—. Las niñas son como María. No, Chofi, no eres para nada una niña.

Sofía le miró mientras él se dejaba caer sobre la rama del árbol. Santi llevaba los vaqueros por las caderas, anchos y gastados. Se le había subido la camiseta hasta el pecho, revelando un estómago liso y bronceado y los huesos de las caderas se le marcaban como si estuviera mal alimentado. Pero nadie comía tanto como él. Devoraba la comida con la urgencia de quien no ha comido en mucho tiempo. Deseó acariciarle la piel con los dedos y hacerle cosquillas. Cualquier excusa para poder tocarle. Solían jugar casi siempre apiñados y el contacto físico la excitaba. Pero no le había tocado desde hacía una o dos horas, por lo que el deseo de hacerlo era irresistible.

—¿Y dónde está el tuyo? —le preguntó, captando de nuevo su atención.

—Oh, ni lo sé ni me importa. De todas formas, es una estupidez.

—No, no lo es —insitieron las chicas al unísono.

—Papá solía obligarnos a grabar nuestros deseos todos los veranos, ¿te acuerdas? —dijo Sofía melancólica.

—También ellos lo hacían de niños. Estoy segura de que sus cicatrices siguen aquí si las buscamos —añadió María entusiamada.

—Habrán desaparecido hace mucho, María. Creo que desaparecen cada uno o dos años —dijo Santi con aires de erudito—. De todas formas, se necesitaría mucha magia para que Paco dejara que Sofía jugara la Copa Santa Catalina.

Y de nuevo se echó a reír, aguantándose el estómago con las manos para demostrar lo ridículas que le parecían sus ambiciones. Sofía saltó con gran agilidad desde su rama a la de él y a continuación pasó la mano por la parte inferior de su estómago hasta que Santi se puso a gritar, presa de una combinación de dolor y placer.

—Chofi, no me lo hagas aquí arriba. ¡Nos caeremos y nos mataremos! —jadeaba entre accesos de risa mientras los dedos de ella cruzaban la línea que separaba su piel bronceada de la piel blanca y secreta que sus shorts escondían del sol. Santi la cogió de la muñeca y se la apretó tan fuerte que Sofía soltó un grito. Él tenía diecisiete años, dos más que su prima y que su hermana. Sofía se excitaba cuando él utilizaba la superioridad de su fuerza para dominarla, pero formaba parte del juego fingir que no le gustaba.

—No me parece que sea pedir tanto —respondió, llevándose la muñeca al pecho.

—Es mucho pedir, Chofi —replicó, sonriéndole con afectación.

—¿Por qué?

—Porque las chicas no juegan en los partidos.

—Bueno, siempre hay una primera vez —le soltó, desafiante—. Creo que papá terminará por dejarme.

—No en la Copa Santa Catalina. Hay mucho orgullo en juego en ese partido, Chofi. De todas formas, Agustín es el cuarto.

—Sabes que puedo jugar tan bien como Agustín.

—No, no lo creo, pero si acabas jugando no será por nada que tenga que ver con la magia. Juego sucio, manipulación…, ése es más tu estilo. Tienes al pobre Paco bailando en tu mano y ni siquiera se ha enterado.

—Todo el mundo baila en la mano de Sofía, Santi —se rió María, sin el menor deje de envidia.

—Excepto mamá.

—Estás perdiendo tu encanto, Chofi.

—Sofía nunca tuvo el más mínimo encanto sobre Anna.

La Copa Santa Catalina era el partido anual de polo que se jugaba contra La Paz, la estancia vecina. Las dos estancias habían sido ri vales durante años, incluso generaciones, y el año anterior Santa Catalina había perdido por sólo un gol. Los primos que vivían en Santa Catalina, que eran muchos, jugaban al polo casi todas las tardes durante el verano, del mismo modo que los primos de Anna jugaban al *hurling* en Glengariff. Paco, el padre de Sofía, y Miguel, su hermano mayor, se interesaban al máximo y forzaban a los chicos a que mejoraran su juego. Santi ya tenía un hándicap de seis goles, lo cual era excelente puesto que el hándicap máximo era de diez goles y había que ser muy buen jugador para poder acceder a un hándicap. Miguel estaba tremendamente orgulloso de su hijo y apenas se molestaba en esconder su favoritismo.

Fernando, el hermano mayor de Santi, sólo tenía un hándicap de cuatro goles. A Fernando le irritaba que su hermano pequeño le ganara en todo. Y aún resultaba más humillante no sólo que fuera mejor atleta, sino que fuera superior a él y además cojo. Tampoco le había pasado inadvertido que Santi no era solamente la niña de los ojos de sus padres, sino el ojo entero. Así que deseaba que su hermano fallara. De noche rechinaba los dientes de tanto desearlo, pero Santi parecía invencible. Encima el maldito dentista le había dado un espantoso molde que tenía que ponerse en la boca todas las noches para salvar los dientes, un nuevo clavo que Santi había felizmente clavado en su ataúd.

Por su parte, Sofía tenía dos hermanos mayores, Rafael y Agustín, que completaban el cuarteto que formaba el equipo. Rafael también tenía un hándicap de cuatro goles, y Agustín de dos. A Sofía, para su enfado, no la incluían.

A Sofía le habría gustado ser un niño. Odiaba los juegos de las niñas y había crecido siguiendo a los niños por todas partes con la esperanza de que la incluyeran en su grupo. Santi siempre dejaba que se uniera a ellos. Siempre le había dedicado parte de su tiempo para ayudarla con el polo e insistía para que practicara con los chicos, incluso cuando tenía que hacer frente a la fiera oposición de su hermano y de sus primos, quienes odiaban jugar al polo con una niña, sobre todo si la niña en cuestión jugaba mejor que alguno de ellos. Santi argüía que sólo dejaba que Sofía participara para mantener la paz.

—Podías llegar a ser muy exigente. Era más sencillo darse por vencida —le dijo Santi en una ocasión. Santi era su primo favorito. Siempre la había defendido. De hecho, para ella era mejor hermano que Rafael y que el desgraciado de Agustín.

Santi tiró su navaja a Sofía.

—Adelante, pide tus deseos —dijo, perezoso, sacando un paquete de cigarrillos del bolsillo de la camisa—. ¿Quieres uno, Chofi?

—Claro, por qué no.

Sacó uno, lo encendió y, después de darle una larga chupada, se lo pasó a su prima. Sofía subió a una rama más alta con la pericia de un mono venezolano y se sentó cruzando las piernas, revelando sus bronceadas rodillas a través de los tajos deshilachados de sus vaqueros.

—Veamos, ¿qué puedo pedir esta vez? —suspiró, abriendo la navaja.

—Asegúrate de que sea un deseo inalcanzable —le aconsejó Santi, echando un vistazo hacia donde estaba tranquilamente sentada su hermana, que a su vez miraba a su prima con declarada admiración. Sofía dio una chupada al cigarrillo antes de espirar el humo con asco.

—Eh, devuélveme mi pucho si no eres capaz de fumar correctamente. No lo malgastes —dijo Santi, irritado—. Ni te imaginas lo mucho que me ha costado conseguirlos.

—No mientas. Encarnación te los consigue —replicó despreocupada Sofía mientras empezaba a grabar su deseo en la corteza. La madera blanda salía fácilmente después del corte inicial, y las pequeñas virutas caían como si fueran de chocolate.

—¿Quién te lo ha dicho? —preguntó, acusador.

—María.

—Yo no quería… —empezó María, con tono culpable.

—En fin, Santi, qué más da. De todas formas, te guardaremos el secreto —dijo Sofía, ahora más interesada en su deseo que en la riña que estaba a punto de estallar entre hermano y hermana.

Santi inspiró profundamente, sosteniendo el cigarrillo entre el índice y el pulgar mientras miraba a Sofía dibujar en la corteza. Había crecido con ella y siempre la había considerado como una hermana, junto con María. Fernando no estaba de acuerdo con él. Para él Sofía, en el mejor de los casos, no era más que una molestia. La expresión de Sofía era ahora de condensada concentración. Tenía una piel hermosa, decidió Santi. Era una piel suave y morena como la *mousse* de chocolate con leche de Encarnación. Su perfil revelaba cierta arrogancia, quizá era la forma en que la nariz se elevaba en la punta, ¿o sería por la fuerza de su barbilla? Le gustaba su forma de ser: era desafiante y difícil. Sus almendrados ojos marrones podían pasar de la suavidad a la autoridad en un parpadeo, y cuando se enfadaba se oscurecían, pasando del castaño a un intenso color rojizo oscuro que jamás había visto en otros ojos. Nadie podía decir de ella que fuera una chica fácil de convencer. Ésa era una cualidad que Santi admiraba en ella. Sofía tenía un carisma que atraía a la gente, aunque a veces, si se acercaban demasiado, terminaban pillándose los dedos. Él disfrutaba viendo cómo eso ocurría desde su posición de privilegio. Siempre estaba ahí para recibirla cuando las amistades de Sofía se torcían.

Después de un rato Sofía volvió a sentarse y sonrió con orgullo mientras contemplaba su obra de arte.

—¿Y bien? ¿De qué se trata? —preguntó María, inclinándose sobre la corteza para poder ver mejor.

—¿No lo ves? —replicó indignada Sofía.

—Lo siento, Sofía, pero no, no lo veo —contestó María.

—Es un corazón de enamorados. —Miró a María directamente a los ojos y ésta le devolvió la mirada a la vez que fruncía, interrogante, el ceño.

—¿Ah, sí?

—Qué típico, ¿no? ¿Quién es el afortunado? —preguntó Santi, que había vuelto a dejarse caer sobre su rama y columpiaba letárgicamente los brazos y las piernas en el aire.

—No pienso decirlo. Es un deseo —contestó Sofía, bajando la mirada con timidez.

Sofía rara vez enrojecía, pero en los últimos meses había empezado a sentirse diferente con respecto a su primo. Cuando Santi la miraba a los ojos con esa intensidad tan propia de él, ella notaba que se le subían los colores y que el corazón saltaba en su pecho como un grillo sin razón aparente. Admiraba a su primo, lo veneraba, lo adoraba. De repente a su rostro le había dado por sonrojarse. No tenía nada que ver con ella, no había sido consultada, simplemente ocurría. Cuando se quejó a Soledad de que se ponía roja cuando hablaba con los chicos, la criada se echó a reír y le dijo que eso era parte de hacerse mayor. Sofía esperaba superarlo igual de rápido. Reflexionaba sobre estas nuevas sensaciones con curiosidad y regocijo, pero Santi estaba a kilómetros de distancia, espirando humo como un piel roja. María cogió el cuchillo y grabó con él un pequeño sol.

—Deseo que se me bendiga con una vida larga y feliz —dijo.

—Ese es un deseo un poco raro —se burló Sofía, arrugando la nariz.

—No des nunca nada por hecho, Sofía —dijo María, poniéndose seria.

—Oh, Dios, has estado escuchando a mi delirante madre. ¿Y ahora vas a besar tu crucifijo? —María se echó a reír cuando Sofía puso cara de piadosa y se persignó irreverentemente.

—¿No vas a pedir un deseo, Santi? ¡Venga, es una tradición! —insistió Sofía.

—No, eso es cosa de niñas —respondió él.

—Como gustes —dijo Sofía, tumbándose sobre el tronco—. Mmm, ¿sienten el olor a eucalipto? —Una brisa satinada le acarició las mejillas acaloradas, trayendo consigo el inconfundible aroma medicinal del eucalipto—. ¿Saben una cosa? De todos los olores del campo, éste es el que más me gusta. Si estuviera perdida en el mar y me llegara este olor, lloraría por volver a casa. —Y suspiró melodramáticamente.

Santi inspiró hondo y a continuación espiró anillos de humo por la boca.

—Estoy de acuerdo, siempre me recuerda al verano.

—A mí no me llega el olor a eucalipto. Lo único que me llega es el humo del Marlboro de Santi —soltó María con una mueca, ahuyentando el humo con la mano.

—Bueno, entonces no te sientes en la dirección del viento —se quejó Santi.

—¡No, Santi, eres tú el que estás sentado en dirección contraria al viento!

—¡Mujeres! —suspiró Santi, a la vez que su pelo rubio rojizo formaba alrededor de su cabeza algo semejante a una de esas misteriosas auras sobre las que deliraba la Vieja Bruja del pueblo. Al parecer todo el mundo tenía una, todos excepto los más malvados. Los tres se agarraron a las ramas como gatos, buscando en silencio las primeras estrellas en el cielo crepuscular.

Los ponis relincharon y patearon, cansinos, bajo el ombú, apoyándose ahora en las patas traseras, ahora en las delanteras, para darles descanso. Ahuyentaban pacientemente con la cabeza las nubes de moscas y de mosquitos que se arracimaban a su alrededor. Por fin María sugirió que era hora de volver.

—Pronto se hará de noche —dijo, ansiosa, a la vez que montaba su poni.

—Mamá me matará —suspiró Sofía, previendo la furia de Anna.

—Supongo que volveré a cargármelas —gruñó Santi.

—Bueno, Santiago, tú eres el adulto, se supone que eres tú quien debe cuidar de nosotras.

—Con tu madre en pie de guerra, Chofi, me parece que no quiero esa responsabilidad.

Anna era famosa por su genio.

Sofía montó de un salto sobre su poni y con mano experta lo guió por la oscuridad.

De vuelta en el rancho, dejaron los ponis en manos del viejo José, el mayor de los gauchos, que había estado apoyado contra la verja sorbiendo mate con una bombilla de plata decorada, esperando con la paciencia de alguien para quien el tiempo significa poco. Meneó su cabeza gris con amable desaprobación.

—Señorita Sofía, su madre lleva toda la noche buscándola —la reprendió—. Estos son tiempos peligrosos, niña, debe tener cuidado.

—Oh, querido José, no debería preocuparse tanto, ya sabe que me las arreglo muy bien sola —y sin dejar de reír salió corriendo tras María y Santi, que ya caminaban hacia las luces.

Como era de esperar, Anna estaba furiosa. Como una caja de sorpresas, en cuanto vio a su hija se levantó de un salto, agitando los brazos como si fuera incapaz de controlarlos.

—¿Dónde demonios estabas? —inquirió, a la vez que el color de la cara se confundía amenazadoramente con el rojo de sus cabellos.

—Salimos a cabalgar y no nos dimos cuenta de la hora. Lo siento.

Agustín y Rafael, sus hermanos mayores, se estiraron en los sofás y sonrieron con ironía.

—¿A qué vienen esas sonrisas? Agustín, no te metas donde no te llaman. Esto no tiene nada que ver contigo.

—Sofía, eres un sapo mentiroso —dijo Agustín desde el sofá.

—Rafael, Agustín, no estoy de broma —los reprendió su madre, totalmente exasperada.

—A tu cuarto, señorita Sofía —añadió Agustín por lo bajo. Anna no estaba de humor para sus chistes y miró a su marido en busca de apoyo, pero Paco volvió a sus hijos y a la Copa Santa Catalina. El abuelo O'Dwyer, que no habría sido de ninguna ayuda, roncaba sin disimulo en el sillón de la esquina. Así que Anna, como de costumbre, se vio obligada a asumir el papel de mala. Se volvió hacia su hija y con un suspiro propio de una experta mártir, la envió a su habitación sin cenar.

Sofía salió del salón sin perder la calma y se dirigió tranquilamente a la cocina. Como esperaba, Soledad estaba a punto, armada con empanadas y un humeante bol de sopa de calabaza.

—Paco, ¿por qué no me ayudas? —preguntó Anna con gesto cansado a su esposo—. ¿Por qué siempre te pones de su parte? No puedo hacer esto sola.

—Mi amor, estás cansada. ¿Por qué no te acuestas temprano? —Paco alzó la vista para mirar el rostro severo de su mujer. Buscó en sus rasgos a la suave jovencita con la que se había casado y se preguntó por qué tenía tanto miedo de mostrarse tal cual era. En algún punto del camino Anna se había dado por vencida, y él se preguntaba si en algún momento volvería a recuperarla.

La cena fue de lo más incómodo. Anna mantuvo en todo momento una expresión tensa en señal de desafío. Rafael y Agustín siguieron hablando del partido de polo del día siguiente con su padre como si ella no estuviera presente. Se habían olvidado de la ausencia de Sofía. Su asiento vacío en la mesa de la cena se estaba convirtiendo en algo habitual.

—Es a Roberto y Francisco Lobito a quien tenemos que vigilar —dijo Rafael, hablando con la boca llena. Anna lo miraba, dubitativa. Aunque con veintitrés años ya cumplidos, era demasiado mayor para que su madre le fuera diciendo lo que tenía que hacer.

—Marcarán a Santi muy de cerca —dijo Paco, alzando la vista desde la seriedad de su frente—. Es nuestro mejor jugador, lo que significa que la responsabilidad de ustedes será mayor. ¿Entienden? Agustín, vas a tener que concentrarte en serio, concentrarte de verdad.

—No te preocupes, papá —intervino Agustín, alternando la mirada de sus ojillos marrones entre su padre y su hermano en un intento por probar su sinceridad—. No los defraudaré.

—Más te vale, de lo contrario tu hermana jugará en tu lugar —dijo Paco a la vez que veía a Agustín clavar la mirada en el plato. Anna suspiró profundamente y meneó la cabeza, pero Paco no le hizo caso. Ella arrugó los labios y siguió comiendo en silencio. Había aceptado que Sofía jugara al polo con sus primos, pero como algo privado entre la familia. «Sobre mi cadáver jugará mi hija un partido en presencia de la familia Lobito de La Paz», pensó, colérica.

Mientras tanto Sofía se relajaba en un baño caliente coronado de burbujas blancas y brillantes. Apoyó la cabeza contra la bañera y dejó que su cabeza se concentrara en Santi. Sabía que no debía pensar en su primo de esa manera. El padre Julio le haría rezar veinte Ave Marías si supiera los pensamientos lascivos que henchían de deseo sus partes más íntimas. Su madre se santiguaría y diría que un enamoramiento así no era natural. Para Sofía era la cosa más natural del mundo.

Imaginaba que Santi la besaba, y se preguntaba cómo sería. Nunca había besado a nadie. Bueno, había besado a Nacho Estrada en el patio del colegio porque había perdido una apuesta, pero no había sido un beso de verdad. No el tipo de beso que se dan dos personas que se quieren. Cerró los ojos e imaginó el rostro cálido y meloso de su primo a un palmo del suyo, sus labios carnosos y sonrientes abriéndose apenas antes de tocar los suyos. Imaginó sus ojos verde oscuro clavados en los suyos, llenos de amor. Pero no podía ir más allá porque no estaba segura de lo que pasaría después, de manera que rebobinó la cinta y empezó de nuevo hasta que el agua del baño se hubo enfriado y las yemas de los dedos parecían la piel de una vieja iguana arrugada.

3

Sofía se despertó cuando el suave resplandor del amanecer se colaba por los resquicios de las cortinas. Se quedó ahí un rato, escuchando los primeros sonidos de la mañana. El trino de los gorriones y de los tordos era un alegre preludio del día que empezaba, saltando de rama en rama en los altos plátanos y en los álamos. No necesitó mirar el reloj para saber que eran las seis. En verano siempre se levantaba a las seis. Su hora favorita del día era la primera hora de la mañana, cuando el resto de los habitantes de la casa todavía dormía. Se puso los vaqueros y una camiseta, se recogió el pelo en una larga trenza que ató con una cinta roja y se puso las alpargatas.

Afuera, el sol era tan sólo un resplandor brillante que emergía suavemente a través de la niebla del amanecer. Avanzó dando saltos con el corazón encendido entre los árboles hacia el campo de polo. Apenas tocaba el suelo con los pies. José ya estaba allí esperándola, vestido con las tradicionales bombachas holgadas, las botas de cuero y su pesada rastra decorada con monedas de plata. Junto con su hijo Pablo, y bajo la experta guía del viejo gaucho, Sofía practicaba sus lanzamientos con el mazo y la bola durante un par de horas antes del desayuno. Sofía era feliz encima de un poni; cuando galopaba de un extremo a otro del campo mientras el resto de la familia estaba lejos y ausente, sentía una libertad sin parangón.

A las ocho dejó la yegua en manos de José y volvió a casa sorteando los árboles. De camino echó un vistazo a la casa de Santi, medio escondida tras un roble. Rosa y Encarnación, las criadas, estaban sirviendo a toda prisa la mesa del desayuno en la terraza, vestidas con sus inmaculados uniformes de color blanco y azul. No había ni rastro de Santi. Le gustaba dormir y raramente se levantaba antes de las once. La casa de Chiquita no era como la de Anna; era de un color rosa desgastado cubierta de tejas cenicientas desteñidas por el sol, y sólo tenía un piso. Pero Sofía prefería su casa, con sus brillantes paredes blanqueadas y sus contraventanas verdes semiocultas tras la hiedra de Virginia, y los grandes macetones redondos de terracota llenos de geranios y de peonias.

En casa, Paco y Anna ya se habían levantado y tomaban café en la terraza, protegiéndose del sol bajo una gran sombrilla. El abuelo O'Dwyer practicaba trucos de cartas con uno de los escuálidos perros que, a la espera de que le cayera alguna sobra de la mesa, se mostraba extrañamente dócil. Paco, vestido con un polo rosa y unos vaqueros, estaba sentado con la espalda apoyada en el respaldo de la silla, leyendo los periódicos con las gafas que apoyaba en la punta de su nariz aguileña. Cuando Sofía se acercó a la mesa, Paco apartó el periódico y se sirvió un poco más de café.

—Papá —empezó ella.

—No.

—¿Qué? Si ni siquiera te he preguntado nada —se rió ella, inclinándose para besarle.

—Ya sé lo que vas a pedirme, Sofía, y la respuesta es no.

Sofía se sentó y cogió una manzana. Luego, viendo cómo la boca de su padre se curvaba hasta formar una pequeña sonrisa, fijó en él sus ojos almendrados y le devolvió una sonrisa que reservaba exclusivamente para él y para su abuelo, una sonrisa infantil y traviesa, aunque absolutamente encantadora.

—Dale, papá, nunca me dejas. ¡No es justo! Al fin y al cabo, papito, fuiste tú quien me enseñó a jugar.

—¡Ya es suficiente, Sofía! —la riñó su madre, exasperada. No conseguía entender cómo su marido volvía a caer una y otra vez en el juego de Sofía—. Papá te ha dicho que no, ahora déjale en paz y toma tu desayuno educadamente. ¡Usa el cuchillo!

Sofía, irritada, clavó de mal humor el cuchillo en la manzana. Anna dejó de prestarle atención y se puso a hojear una revista. Al sentir cómo su hija la miraba de reojo endureció, resoluta, la expresión de su rostro.

—¿Por qué no me dejas jugar al polo, mamá? —le preguntó en inglés.

—Porque el polo no es cosa de señoritas, Sofía. Eres una jovencita, no un marimacho —contestó su madre con firmeza.

—Sólo porque a ti no te gusten los caballos… —refunfuñó, petulante, Sofía.

—Eso no tiene nada que ver.

—Sí lo tiene. Tú quieres que yo sea como tú, pero no soy como tú. Soy como papá. ¿No es cierto, papá?

—¿De qué hablaban? —preguntó Paco, que no había estado escuchando. Solía perder el interés cuando ellas hablaban en inglés. En ese momento Rafael y Agustín salieron tambaleándose a la terraza como un par de vampiros, entrecerrando incómodos los ojos contra la luz del sol. Habían pasado gran parte de la noche en el pequeño club nocturno del pueblo. Anna dejó la revista sobre la mesa y los miró con ternura mientras se acercaban.

—Me parece que hay demasiada luz —gruñó Agustín—. Mi cabeza me está matando.

—¿A qué hora volvieron anoche? —les preguntó Anna, comprensiva.

—Hacia las cinco, mamá. Podría dormir toda la mañana —replicó Rafael, vacilando al besarla—. ¿Qué pasa, Sofía?

—Nada —le espetó ésta, entrecerrando los ojos—. Me voy a la piscina. —Y se alejó, enfadada. Cuando se hubo ido, Anna volvió a coger la revista y dedicó a sus hijos una sonrisa cansada que éstos tan bien conocían.

—Hoy va a ser un mal día —suspiró Anna—. Sofía está muy enfadada porque no se le permite jugar en el partido.

—Por Dios, papá, ¡de ninguna manera puedes dejarla jugar!

—Papá, no estarás dudándolo, ¿verdad? —se atragantó de improviso Agustín.

Anna estaba encantada de que por una vez su caprichosa hija no hubiera conseguido manipular a su padre y sonrió agradecida a Paco, poniendo durante un instante su mano sobre la de él.

—Por el momento sólo estoy pensando en si ponerme mantequilla en mi cruasán, comerme una tostada con membrillo o tomar sólo café. Esa es la única decisión que pienso tomar esta mañana —contestó. Y, retomando el periódico, desapareció tras él.

—¿De qué estabais hablando, Anna Melody? —preguntó el abuelo O'Dwyer, que no entendía una palabra de español. Formaba parte de esa generación que creía en el gran Imperio Británico y esperaba que todo el mundo hablara inglés. Aunque llevaba dieciséis años viviendo en Argentina, nunca había intentado aprender la lengua del país. En vez de ir memorizando las frases esenciales, los trabajadores de Santa Catalina habían terminado por interpretar sus gestos o las pocas palabras en español que intentaba decir con mucha lentitud y en voz altísima. Cuando, desesperados, ellos levantaban la mano y se encogían de hombros, él musitaba, irritado: «¡A estas alturas ya tendrían que haberme entendido!»

Luego se alejaba, arrastrando los pies, en busca de alguien que pudiera traducir sus palabras.

—Quiere jugar en el partido de polo —respondió Anna, siguiéndole el juego.

—Es una condenada buena idea. Así enseñaría a esos chicos un par de cosas.

El agua estaba fría al entrar en contacto con su piel a medida que Sofía cortaba a su paso la superficie. Furiosa, nadaba de un extremo a otro de la piscina hasta que sintió que alguien la observaba. Cuando salió a la superficie vio a María.

—¡Hola! —balbuceó, recuperando el aliento.

—¿Qué te pasa?

—No preguntes, ¡estoy que muerdo!

—¿El partido? ¿Tu padre no te deja jugar? —dijo María, quitándose los shorts de algodón blanco y estirándose en la tumbona.

—¿Cómo lo has adivinado?

—Llámalo intuición. Eres un libro abierto, Sofía.

—A veces, María, podría llegar a estrangular a mi madre.

—No eres la única —respondió María, sacando los bronceadores de su bolsa floreada.

—Oh, no, no tienes ni idea, tu madre es una santa, una diosa del cielo. Chiquita es la persona más dulce que hay sobre la Tierra. Ojalá fuera mi madre.

—Es verdad, tengo mucha suerte —admitió María, que era la primera en apreciar la buena relación que tenía con su madre.

—Lo único que pido es que mi madre me deje en paz. Todo porque soy la más pequeña y la única hija —se quejó Sofía, subiendo la escalerilla y tumbándose junto a su prima en otra de las tumbonas.

—Supongo que Panchito centra casi toda la atención de mamá.

—Ojalá tuviera un hermano pequeño en vez de esos dos zoquetes. Agustín es una pesadilla, siempre se está metiendo conmigo. Me mira con esa expresión de superioridad que odio.

—Rafa es bueno contigo.

—No es él quien me molesta. Es Agustín el que tiene que irse. Ojalá se fuera a estudiar al extranjero. Me encantaría que desapareciera, en serio.

—Nunca se sabe, puede que tu deseo se cumpla.

—Si te refieres al árbol, tengo cosas más importantes que pedirle —le dijo Sofía, y sonrió para sus adentros. No tenía intención de desperdiciar uno de ellos en Agustín.

—Entonces, ¿qué piensas hacer con el partido? —preguntó María, untándose aceite en sus voluptuosos muslos—. Estoy muy quemada, ¿no?

—Sí, estás negra, pareces una india. Venga, dame un poco. Gracias a Dios no he heredado de mamá su pelo rojo y su piel blanca. El pobre Rafa se pone siempre como un cangrejo.

—Bueno, dime, ¿qué piensas hacer?

Sofía dio un profundo suspiro.

—Me rindo —dijo, drámatica, levantando los brazos.

—Sofía, no te pega nada rendirte. —María estaba un poco decepcionada.

—Bueno, todavía no he planeado nada. De todos modos, en realidad no sé si me importa tanto. Aunque valdría la pena hacer algo sólo para ver la cara de mamá y de Agustín.

Justo en ese momento dos fuertes brazos la levantaron de la tumbona antes de que pudiera darse cuenta de lo que ocurría. En un segundo se encontró volando por los aires y luego cayendo al agua, gafas de sol incluidas, luchando por liberarse.

—¡Santi! —jadeó, feliz, a la vez que emergía a la superficie para coger aire—. ¡Boludo! —Se tiró sobre él y hundió su cabeza burlona en el agua. Estuvo más que encantada cuando él la atrapó, abrazándola por las caderas y hundiéndola de nuevo. Lucharon bajo el agua hasta que tuvieron que salir a respirar a la superficie. Sofía hubiera deseado seguir luchando un poco más, pero se vio siguiendo a regañadientes a Santi al borde de la piscina.

»Un millón de gracias. Estaba empezando a freírme —dijo por fin, una vez que hubo recuperado el aliento.

—Me dio la impresión de que te estabas cocinando demasiado, como una de esas salchichas de José. Lo he hecho por tu bien —contestó Santi.

—Seguro.

—Entonces, Chofi, ¿no vas a jugar esta tarde? —la azuzó—. Has dado cuerda a tus hermanos como a dos ratones mecánicos.

—Mejor, necesitaban que alguien lo hiciera.

—En realidad, no creías que Paco fuera a dejarte jugar, ¿verdad?

—Si quieres que te diga la verdad, sí, creía que podría convencer a papá.

Santi sonrió, divertido. Al hacerlo se le marcaron las líneas que le rodeaban los ojos y la boca de esa forma tan particular y tan suya. Está desesperantemente guapo cuando sonríe, pensó Sofía.

—Si hay alguien que pueda convencer de algo al viejo Paco eres tú. ¿Qué pasó?

—Deja que te lo deletree: M-A-M-Á.

—Ya veo. Entonces ¿no hay más que hablar?

—No.

Santi salió del agua y se sentó sobre las piedras caldeadas por el sol que bordeaban la piscina. Tenía el pecho y los brazos cubiertos de vello suave y rubio que Sofía encontraba curiosamente fascinante.

—Chofi, tienes que demostrar a tu padre que puedes jugar tan bien como Agustín —sugirió Santi, apartándose de los ojos el pelo rubio y empapado.

—Tú sabes que puedo jugar mejor que Agustín. José también lo sabe. Pregúntaselo.

—No importa lo que José y yo pensemos. La única persona a la que tienes que impresionar es a tu padre... o al mío.

Sofía entrecerró los ojos durante un instante.

—¿Qué estás tramando? —le preguntó él, divertido.

—Nada —respondió Sofía con timidez.

—Te conozco, Chofi...

—¡Oh, mira, nos invaden! —dijo María mientras Chiquita y Panchito, su hijo menor, se acercaban a la piscina rodeados de cinco o seis primos más.

—¡Vamos, Santi! —dijo Sofía, dirigiéndose a las escaleras—. Larguémonos de aquí. —Luego, pensándolo dos veces, se giró hacia su prima—. ¿Vienes, María?

María meneó la cabeza y saludó a su madre con la mano, haciéndole señas para que se le acercara.

A mediodía, el delicioso olor a carbón del asado se mezclaba con la brisa y flotaba sobre el rancho, llevando a grupos de perros escuálidos a merodear hambrientos junto a la barbacoa. José había estado ocupándose de mantener vivo el fuego desde las diez para que la carne estuviera bien hecha a la hora del almuerzo. Soledad, Rosa, Encarnación y las criadas de las otras casas preparaban las mesas para la tradicional reunión de los sábados. Los manteles blancos y la cristalería resplandecían bajo el sol.

De vez en cuando la señora Anna dejaba la revista a un lado y aparecía con su largo vestido blanco y su sombrero de paja para echar una vistazo a las mesas. Con su melena pelirroja y su piel blanca, las criadas la miraban con curiosidad, como miraban a la austera virgen María de la pequeña iglesia de Nuestra Señora de la Asunción situada en el pueblo. Era una mujer firme y directa y mostraba poca paciencia si algo no la complacía. Su dominio del español era sorprendentemente descuidado para alguien que había vivido tantos años en Argentina, y era objeto de brutales imitaciones en las dependencias de los criados.

Sin embargo, el señor Paco era muy querido en Santa Catalina. Héctor Francisco Solanas, el padre de Paco, había sido un hombre digno y resuelto que anteponía la familia a los negocios y a la política. Creía que nada era tan importante para un hombre como su casa. María Elena, su mujer, era la madre de sus hijos y por ello la había tenido siempre en gran estima. La respetaba y la admiraba y, a su manera, la amaba. Pero nunca habían estado enamorados. Los padres de ambos, que eran grandes amigos, los habían escogido el uno para el otro, convencidos de que su matrimonio sería beneficioso para ambas familias. Y así lo fue en cierto sentido. María Elena era hermosa y competente, y Héctor era atezado y enérgico, con una gran cabeza para los negocios. Eran la pareja de moda de Buenos Aires, y su presencia era constantemente requerida en todas partes. Recibían invitados con prodigalidad y eran queridos por todos. Pero, en cuanto a química, no se amaban de la forma en que dos enamorados deberían amarse. Sin embargo, en la oscuridad de la madrugada, a veces hacían el amor con una pasión arrebatadora, como si de pronto se hubieran olvidado de sí mismos, o del otro, para despertar más tarde y volver a su habitual formalidad, evaporada con el amanecer la intimidad de la noche anterior.

María Elena había aceptado que Héctor tuviera una amante en el pueblo. Todo el mundo lo sabía. Además, era muy común que los maridos tuvieran amantes, así que ella terminó por aceptarlo y nunca lo comentó con nadie. Para llenar el vacío de su vida se había entregado en cuerpo y alma a sus hijos, hasta que llegó Alexei Shahovskoi. Alexei Shahovskoi había salido de Rusia huyendo de la Revolución de 1905. Extravagante, soñador, había entrado en la vida de María Elena en calidad de profesor de piano. Además del piano, Alexei le enseñó a apreciar la ópera, el arte y la pasión de un hombre para quien el amor estaba en perfecta consonancia con la música que enseñaba. Si María Elena en algún momento correspondió a los sentimientos que sonaban con cada nota que él tocaba y que le demostraba en la forma silenciosa con que la acariciaba con sus ojos acuosos, nunca traicionó a su esposo ni a sí misma. Disfrutaba de su compañía y de su instrucción, pero rechazó sus avances con la dignidad de una mujer honorable que ya ha decidido en la vida. Él no satisfacía en ella su necesidad de amor, pero sí le dio el regalo de la música. En cada una de sus partituras había un país por el que suspirar, una puesta de sol con la que llorar, un horizonte hacia el que volar… La música dio a María Elena los medios para vivir otras vidas en su imaginación, y le abrió no sólo una vía de escape a las restricciones a menudo sofocantes de su mundo, sino además una felicidad inmensa. Lo que mejor recordaba Paco de su madre era su amor por la música y sus hermosas manos blancas danzando sobre las teclas del piano.

A la una sonó el gong desde la torre para llamar a todos al almuerzo. Desde todos los rincones de la estancia la familia se dirigió a la casa de Paco y Anna, siguiendo el fuerte aroma a lomo y a chorizo a la brasa. La familia Solanas era muy numerosa. Miguel y Pablo tenían otros dos hermanos, Nico y Alejandro. Nico y Valeria tenían cuatro hijos: Niquito, Sabrina, Leticia y Tomás, y Alejandro y Malena tenían cinco: Ángel, Sebastián, Martina, Vanesa y Horacio. Como siempre, el almuerzo fue de lo más ruidoso, y la comida abundante y deliciosa como un espléndido banquete. Sin embargo, faltaba alguien y, una vez que todos se hubieron servido y estuvieron sentados, esa ausencia se hizo evidente.

—¡Sofía! ¿Dónde está? —susurró Anna a Soledad cuando ésta pasaba por su lado con un bol de ensalada.

—No sé, señora Anna, no la he visto.

Entonces, volviendo de pronto la vista hacia el campo de polo, exclamó:

—¡Qué horror! ¡Ahí está!

Al oírla, la familia entera se volvió a ver y un silencio de sorpresa se cernió sobre ellos. Una Sofía descarada y segura de sí misma galopaba hacia ellos con el mazo en el aire, golpeando la bola que tenía delante. Tenía grabada en el rostro una sonrisa decidida. Anna se levantó de un salto, sonrojada por la desesperación y la furia.

—¡Sofía! ¿Cómo has podido? —chilló, horrorizada, arrojando la servilleta al suelo—. ¡Que Dios te perdone! —añadió con un murmullo en inglés. Santi se hundió en su silla, sintiéndose culpable, mientras el resto de la familia seguían mirando a Sofía, totalmente desconcertados. Sólo Paco y el abuelo O'Dwyer, que siempre se sentaba en la cabecera de la mesa, mirando su plato de comida sin dejar de parpadear porque nadie se molestaba en hablarle, sonreían con gran orgullo mientras Sofía galopaba hacia ellos con gran soltura.

—Te mostraré que puedo jugar al polo mejor que Agustín —dijo Sofía en un susurro, apretando los dientes—. Mírame, papá. Deberías sentirte orgulloso, fuiste tú quien me enseñó. —Mientras galopaba sobre la hierba blandía el mazo, retadora, se mantenía sobre la silla con firmeza y soltura, y controlaba la bola y el poni sin dejar de sonreír, feliz y sin atisbo de vergüenza. Sentía veinte pares de ojos encima y disfrutaba de su atención.

Segundos antes de estrellarse contra la mesa tiró de las riendas, consiguiendo detener al poni, que no dejaba de resoplar, y se quedó ahí quieta, mirando desafiante a su padre.

—¿Lo ves, papá? —anunció triunfante. Toda la mesa centró su atención en Paco, a la espera de lo que éste haría. Para su sorpresa, él siguió sentado plácidamente en su silla, cogió su copa de vino y la levantó.

—Bien, Sofía. Ahora ven y únete a nosotros. ¡Te estás perdiendo un festín! —dijo con voz tranquila a la vez que una sonrisa irónica empezaba a dibujarse en su rostro curtido. Emocionada, Sofía bajó del poni de un salto y caminó con él a lo largo de toda la mesa.

—Siento haber llegado tarde al almuerzo, mamá —dijo al pasar junto a Anna, que había vuelto a sentarse porque las piernas ya no la sostenían.

—En mi vida había visto una demostración tan descarada de querer llamar la atención —siseó Anna en inglés. Tanto temblaba que a duras penas consiguió articular las palabras. Sofía ató las riendas a un árbol y, cepillándose los vaqueros, se acercó lentamente al bufé.

»Sofía, lávate las manos y cámbiate antes de sentarte a la mesa —dijo Anna furiosa, mientras, avergonzada, iba recorriendo con la mirada los silenciosos rostros de sus parientes políticos. Sofía resopló antes de volver a la casa para cumplir las órdenes de su madre.

Una vez que se hubo ido, el almuerzo continuó donde lo habían dejado, aunque ahora el tema de conversación era la sinvergüenza de Sofía. Anna seguía sentada con los labios apretados y en silencio, ocultando el rostro bajo el sombrero, profundamente humillada. ¿Por qué tenía Sofía que humillarla siempre delante de toda la familia? Agradeció a Dios que Héctor ya no estuviera entre ellos para ver el comportamiento vergonzoso de su nieta. Habría quedado totalmente horrorizado por su falta de moderación. Levantó los ojos para mirar a su padre, que seguía sentado refunfuñando a un grupo de perros que salivaban esperanzados a sus pies; Anna sabía que él admiraba a Sofía y que su admiración iba en aumento cuanto peor era el comportamiento de su nieta. María se echó a reír, cubriéndose la boca con la mano y observando cuál era la reacción de cada uno para dar a Sofía un informe detallado cuando estuvieran a solas.

Agustín se giró hacia Rafael y Fernando para quejarse.

—No es más que una maldita presumida —susurró de manera que sus palabras no llegaran a oídos de su padre—. Papá tiene la culpa. Siempre deja que se salga con la suya.

—No te preocupes —dijo Fernando con aire satisfecho—. No jugará en el partido. Mi padre nunca lo permitiría.

—Es una exhibicionista —dijo Sabrina a su prima Martina. Ambas eran un poco mayores que Sofía—. Yo jamás haría una cosa así delante de todos.

—Bueno, Sofía no tiene límites. Y ese empeño por jugar al polo, ¿por qué no admite de una vez que es una chica y deja de ser tan infantil?

—Fíjate en Anna —dijo Chiquita a Malena—. Está tan avergonzada que me siento mal por ella.

—Yo no —replicó Malena con brusquedad—. Es culpa suya. Siempre ha estado demasiado ocupada admirando a sus hijos. Debería haberse ocupado más de Sofía en vez de encajársela a Soledad. Cuando nació Sofía, Soledad no era más que una niña.

—Ya lo sé, pero Anna hace lo que puede. Sofía no es fácil —insistió Chiquita, mirando compasivamente hacia el otro extremo de la mesa, donde Anna intentaba actuar con normalidad y hablar con Miguel y Alejandro. Los rasgos de su cara traicionaban la tirantez que la embargaba, sobre todo alrededor del cuello, que estaba tenso como si estuviera haciendo esfuerzos por no llorar.

Cuando Sofía volvió a la mesa se había puesto otro par de vaqueros deshilachados y una camiseta blanca limpia. Después de servirse un poco de comida se sentó entre Santi y Sebastián.

—¿Qué demonios ha sido todo eso? —le susurró Santi al oído.

—Tú me diste la idea —respondió Sofía, echándose a reír.

—¿Yo?

—Dijiste que tenía que impresionar a mi padre o al tuyo. Así que he impresionado a los dos —dijo triunfante.

—No creo que hayas impresionado a mi padre —dijo Santi, mirando al otro extremo de la mesa, donde Miguel seguía conversando con Anna y con su hermano Alejandro. Los ojos de Miguel se encontraron con los de su hijo, y cuando eso ocurrió meneó la cabeza. Santi se encogió de hombros, como diciendo «no fue idea mía».

—¿Así que crees que jugarás en el partido de esta tarde? —preguntó, mirando a su prima mientras ésta devoraba la comida del plato para ponerse a la altura de los demás.

—Claro.

—Me extrañaría mucho que jugaras.

—A mí no. Me lo he ganado —dijo, rascando el plato con el cuchillo a propósito para molestar a los demás.

Cuando el almuerzo hubo terminado, María y Sofía desaparecieron detrás de la casa, presas de un ataque de risa. Intentaban hablar, pero el estómago les dolía de tal manera de tanto reír que durante un rato tuvieron que apretárselo con las manos y concentrarse en respirar. Sofía estaba muy orgullosa de sí misma.

—¿Crees que funcionará? —preguntó a María entre jadeos, aunque sabía que sí.

—Oh, sí —asintió María—. El tío Paco estaba muy impresionado.

—¿Y mamá?

—¡Estaba furiosa!

—¡Oh, Dios!

—No finjas que te importa.

—¿Importarme? ¡Estoy encantada! Mejor que no hagamos mucho escándalo o terminará encontrándome. ¡Shhhh! —dijo, llevándose el dedo a la boca—. Calladitas, ¿de acuerdo?

—De acuerdo —susurró obediente María.

—Así que papá estaba impresionado, ¿eh? ¿En serio? —los ojos de Sofía se iluminaron de alegría.

—Tiene que dejarte jugar. Sería muy injusto si no lo hace. ¡Sólo porque eres una chica!

—¿Por qué no envenenamos a Agustín? —soltó maliciosa Sofía, echándose a reír.

—¿Con qué?

—Soledad puede pedir una pócima a la bruja del pueblo. O podemos hacerla nosotras mismas.

—No necesitamos una pócima. Con un conjuro habrá más que suficiente.

—De acuerdo, supongo que es la única manera. Venga, al ombú —anunció Sofía con decisión.

—¡Al ombú! —repitió María, soltando un grito. Sofía le devolvió el grito y ambas corrieron juntas a campo traviesa mientras sus voces resonaban en la llanura a medida que iban urdiendo el plan recién concebido.

Anna no dejaba de mortificarse. En cuanto hubo terminado el almuerzo, fingió un repentino dolor de cabeza y corrió a su habitación, donde se tiró sobre la cama y empezó a abanicarse, furiosa, con un libro. Cogió la austera cruz de madera de la mesita de noche, se la llevó a los labios y murmuró una corta plegaria. Rogó a Dios que la guiara.

—¿Qué he hecho yo para merecer una hija así? —dijo en voz alta—. ¿Por qué permito que pueda conmigo? Lo hace sólo para humillarme. ¿Por qué Paco y papá están ciegos a sus caprichos? ¿Acaso no tienen ojos en la cara? ¿No se dan cuenta? ¿O es que soy yo la única que ve en ella el monstruo que lleva dentro? Ya sé, este es el castigo por no haberme casado con Sean O'Mara hace años. ¿No he pagado ya por ello, Dios mío? ¿No he sufrido ya bastante? Dios, dame fuerzas. Nunca las he necesitado más que ahora. Y no dejes que juegue en ese condenado partido. No se lo merece.

◆ ◆ ◆

La Copa Santa Catalina empezó puntualmente a las cinco de la tarde, algo raro en Argentina. Todavía hacía calor cuando los chicos, que vestían vaqueros blancos y relucientes botas marrones, galopaban de un lado a otro del campo, azuzados por el frenesí de la competición. Los cuatro robustos chicos de La Paz llevaban camisas negras, y los de Santa Catalina, rosas. De los cuatro chicos del equipo de La Paz, los mejores jugadores eran Roberto y Francisco Lobito. Sus dos primos, Marco y Davico, tenían el nivel de Rafael y Agustín. Roberto Lobito era el mejor amigo de Fernando, pero en un partido como ese no había lugar para la amistad. Durante el partido serían enemigos acérrimos.

Fernando, Santi, Rafael y Agustín jugaban juntos desde niños. Hoy estaban todos en buena forma; todos excepto Agustín, al que todavía le duraba la resaca de la borrachera de la noche anterior. Santi jugaba con un estilo florido, colgándose de la silla en una fría muestra de autoridad. Sin embargo, la solidez que tan famoso había hecho al equipo de Santa Catalina se veía restada por su cuarto miembro, Agustín, cuyas reacciones eran extrañamente lentas, como si fuera constantemente un paso por detrás de los demás. Jugaban seis *chukkas*, seis períodos de siete minutos.

—Te quedan cinco chukkas para que juegues como sabes, Agustín —gruñó Paco durante el descanso que siguió al primer tiempo—. Si no hubieras estado paseándote por el campo, Roberto Lobito no habría tenido oportunidad de marcar... dos veces. —Enfatizó ese «dos veces» como si hubiera sido sólo culpa de Agustín. Cuando estaban cambiando sus ponis, exhaustos y resollantes, por otros, Agustín miró, incómodo, a su hermana, que estaba al otro lado del campo—. Tienes razones para sentirte ansioso, hijo. Si no mejoras tu juego, Sofía ocupará tu lugar —añadió Paco antes de salir del terreno de juego. Esa amenaza fue suficiente para que Agustín mejorara durante el segundo chukka, aunque Santa Catalina seguía perdiendo por dos goles.

Santa Catalina y La Paz al completo habían ido a ver el partido. Normalmente se sentaban todos juntos, pero ese día era diferente. La importancia del partido los hizo sentarse en grupos que miraban al adversario con desconfianza. Los chicos se habían sentado juntos como una manada de lobos, arrastrando nerviosos los pies, con un ojo en el partido y el otro en las chicas. Las chicas de La Paz se habían agrupado sobre los capós de los Jeeps, vestidas con camisetas cortas y pañuelos en la cabeza, hablando de chicos y de ropa, con las gafas de sol cubriéndoles los ojos con los que, muy a menudo, repasaban con lujuria a alguno de los chicos de Santa Catalina. Mientras tanto, las chicas de Santa Catalina, Sabrina, Martina, Pía, Leticia y Vanesa, miraban al guapo Roberto Lobito montado sobre su poni como un caballero que galopaba en su corcel de un extremo al otro del campo con su pálido pelo rubio ondeando sobre su hermoso rostro cada vez que agachaba la cabeza para golpear la bola. Sofía y María mantenían las distancias. Habían preferido sentarse en la valla con Chiquita y el pequeño Panchito, que jugaba junto a las líneas del campo con un mazo en miniatura y una bola, a fin de no perderse los movimientos de sus hermanos y primos.

—¡No pueden perder! —protestaba Sofía apasionadamente mientras veía cómo Santi galopaba hacia la portería contraria y luego pasaba la bola a Agustín, que volvía a perderla—. ¡Choto Agustín! —le gritó con frustración. María se mordió el labio, ansiosa.

—Sofía, no utilices esa palabra, no es digna de ti —dijo Chiquita con suavidad sin apartar los ojos de su hijo.

—No puedo soportar ver al idiota de mi hermano. Es una vergüenza.

—Chopo, chopo —se rió Panchito, golpeando la bola contra un perro confiado.

—No, Panchito —reprendió Chiquita, corriendo en su rescate—. No debes decir esa palabra, aunque no la digas bien.

—No te preocupes, Sofía. Puedo sentir el cambio en el aire —dijo María, mirando a su prima a los ojos.

—Espero que tengas razón. Si Agustín sigue jugando así, seguro que perdemos —replicó Sofía, lanzando a continuación un guiño a María a espaldas de su madre.

Cuando ya se había cumplido el cuarto chukka, y a pesar de que Santi y Fernando habían marcado un gol cada uno, Santa Catalina todavía perdía por dos. La Paz, confiados de su victoria, estaban tranquilamente sentados sobre sus sillas. De pronto Agustín pareció aparecer de la nada, robó la bola y salió como rayo hacia la portería contraria. Fuertemente animado desde las bandas, marcó.

—¡Oh, Dios mío! —gritó Sofía, animándose—. Ha marcado Agustín.

Se oyó un griterío de parte del equipo de animadoras de Santa Catalina, que estuvieron a punto de caerse de los capós de los coches de puro alivio. Sin embargo, el poni de Agustín no se detuvo ahí, sino que siguió galopando, victorioso, hasta detenerse de golpe, lanzando a un delirante Agustín por los aires. Éste aterrizó con un quejido y quedó inerte sobre la hierba. Miguel y Paco corrieron a su lado. En pocos segundos estaba rodeado. Pasaron unos terribles instantes que a la acongojada Anna le parecieron una eternidad antes de que Paco anunciara que sólo tenía un golpe en la cabeza y una increíble resaca. Para sorpresa de todos, llamó a gritos a Sofía.

—Entras ahora.

Sofía le miró, pasmada. Anna iba a oponerse, pero el quejumbroso Agustín captó su atención.

—¿Cómo?

—Entras ahora, así que muévete. —Luego añadió con gravedad—: Más vale que ganes.

—¡María, María! —gritó Sofía asombrada—. ¡Ha funcionado!

María meneó la cabeza, entre el asombro y el miedo. Después de todo, el ombú era un árbol mágico.

Sofía no podía creer en su suerte mientras se ponía una camisa rosa y montaba su poni. Vio cómo los chicos de La Paz se reían, incrédulos, cuando entró en el campo. Roberto Lobito gritó algo a su hermano Francisco y ambos rieron disimuladamente, burlones. Ella les enseñaría, decidió. Iba a mostrarles de lo que era capaz. No tuvo tiempo para hablar con Santi ni con los demás. Antes de que se diera cuenta el juego había dado comienzo. En pocos segundos le pasaron la bola y a continuación fue superada por Marco, que pegó su poni al suyo y la empujó fuera del campo. Lo único que pudo hacer fue ver, desesperada, cómo la bola pasaba por debajo de las patas de su poni y salía por el otro lado. Furiosa, se lanzó contra él y luego contra Francisco antes de salir al galope. Se dio cuenta de que tanto Fernando como Rafael evitaban pasarle la bola; sólo Santi confiaba en ella cuando podía, pero estaba fuertemente marcado por un burlón Roberto Lobito. De hecho, Roberto y Santi parecían estar lidiando algún tipo de batalla particular, como si fueran los dos únicos jugadores en el campo, golpeándose, entrelazando sus palos y gritándose obscenidades.

—¡Fercho, a tu izquierda! —gritó Sofía a Fernando cuando surgió una oportunidad. Él la miró, dudó, y luego se la pasó a Rafael, que al instante fue emparedado por Marco y Davico—. La próxima vez pásamela, Fercho. Tenía el gol a la vista —le gritó, furiosa, fundiéndole con la mirada.

—Seguro —le respondió Fernando, desdeñoso, antes de virar y alejarse a medio galope. Sofía vio cómo Roberto Lobito rompía su regla de silencio y meneaba la cabeza a Fernando, solidario.

Sabrina y Martina quedaron horrorizadas al ver que habían admitido a Sofía en el partido.

—Ahí la tienes, pavoneándose delante de todos —dijo Sabrina, irritada.

—Por Dios, pero si sólo tiene quince años —soltó Martina, arrugando la nariz—. No deberían permitirle jugar con los chicos.

—Es culpa de Santi. Es él el que la anima —dijo Pía, acusadora.

—Se le cae la baba con ella, sólo Dios sabe por qué. Es una maldita niña mimada. Mira, ahí la tienes, dando vueltas sin hacer nada. No le pasan ni una sola bola. Mejor haría en retirarse —se quejó Sabrina mientras veía a su joven prima dando vueltas en mitad del campo.

Al término del quinto chukka todavía perdían por un gol.

—¡Pásenle a Sofía, por el amor de Dios! Somos un equipo y la única forma de poder ganar es jugando en equipo —estalló Santi, desmontando.

—Si le pasamos, seguro que perdemos —contestó Fernando, quitándose el gorro y agitando su pelo negro y sudado.

—Venga, Fercho, no seas crío —dijo Rafael—. Sofía está jugando y no hay nada que puedas hacer para evitarlo. Nadie espera que contemos con ella, así que tómatelo con calma.

—¡No ganaremos si seguimos jugando como un equipo de tres jugadores —gritó Santi, exasperado—, así que mejor que vayan contando con ella!

Fernando le dirigió una mirada llena de odio.

—Voy a enseñarles, pandilla de machistas, que puedo jugar mejor que el idiota de Agustín. Tráguense su orgullo y jueguen conmigo, no contra mí. El enemigo es La Paz, ¿recuerdan? —les espetó Sofía, y volvió, segura de sí misma, al campo a medio galope. Fernando estaba que ardía, aunque no dijo nada, mientras Rafael levantaba la mirada al cielo y Santi se reía, admirado.

La tensión casi podía tocarse con las manos cuando entraron con los ponis en el campo para jugar el último chukka. En cuanto el partido dio de nuevo comienzo, un silencio pesado cayó sobre los espectadores. El último chukka era una agresiva demostración de poderío individual a medida que cada uno de los equipos intentaba desesperadamente vencer al otro. Santi, sin duda el mejor de su equipo, estaba sometido a un férreo marcaje, y Sofía, a la que todos consideraban fuera del partido, se movía por el campo casi con total libertad. El tiempo se acababa. A pesar de la discusión anterior, Sofía casi no recibía bolas y se pasaba la mayor parte del tiempo furiosa, cubriendo a los demás. Por fin Santi consiguió empatar el partido.

Los espectadores se habían puesto en pie, incapaces de seguir sentados a medida que la batalla ganaba en intensidad durante los últimos minutos del partido. Sabían que si uno de los dos equipos no marcaba antes de que terminara el tiempo, tendrían que decidir el resultado del partido a «muerte súbita». Gritos furiosos y órdenes impacientes resonaban por el campo, mientras Roberto intentaba controlar a su equipo y Santi hacía lo posible por convencer a su hermano para que jugara con Sofía. María saltaba de acá para allá, nerviosa, incapaz de quedarse quieta, animando a Sofía. Miguel y Paco caminaban impacientes de un extremo a otro de las bandas, sin apartar los ojos del partido. Paco miró el reloj; quedaba sólo un minuto. Quizá había sido un error dejar jugar a Sofía, pensó con tristeza.

De pronto Rafael se hizo con la bola, la pasó a Fernando y éste se la devolvió. Santi escapó del marcaje de Roberto y de Marco, que salieron detrás de él al galope. Siguió un estallido de gritos enfebrecidos, pero Rafael logró pasar la bola a Santi y éste voló, libre de marcaje, hacia adelante. Sólo Sofía y Francisco, su oponente, se interponían entre él y la portería. Tenía que elegir entre driblar a Francisco e intentar marcar, o arriesgarse y pasar la bola a Sofía. Convencido de que Santi no iba a confiar en ella, Francisco dejó de marcarla y salió hacia él para quitarle la bola. Santi levantó sus ojos verdes hacia su prima, que entendió de inmediato y se preparó. Justo antes de que Francisco se abalanzara sobre él, Santi golpeó la bola hacia ella.

—¡Todo tuyo, Sofía!

Decidida a no desaprovechar una oportunidad como ésa, Sofía salió a medio galope tras la bola, apretando la mandíbula con firmeza. La golpeó una, dos veces, y entonces, balanceando el taco en el aire con seguridad, pensó en José, en su padre y en Santi antes de enviar la bola entre los postes. Segundos después sonó el silbato. Habían ganado el partido.

—¡No me lo puedo creer! —boqueó Sabrina.

—Dios mío. Lo ha conseguido. Sofía ha marcado —chilló Martina, dando saltos y palmadas—. ¡Bien hecho, Sofía! —le gritó—. ¡Ídola!

—¡Justo a tiempo! —soltó Miguel, sin dejar de dar palmadas a Paco en la espalda—. Suerte la tuya, porque de lo contrario podías haber terminado en la barbacoa con el lomo.

—Ha jugado bien, a pesar de que su propio equipo la ha dejado de lado. De todas formas, no hay duda de que tiene madera —dijo Paco, orgulloso.

Rafael se acercó al galope a Sofía y le dio una palmada en la espalda.

—¡Bien hecho, gorda! —le dijo riéndose entre dientes—. ¡Eres una estrella!

Fernando la miró y asintió sin sonreír. Estaba contento porque habían ganado, pero no se sentía capaz de acercarse a felicitar a Sofía. Santi casi la tiró del poni cuando la cogió del cuello y la atrajo hacia él para darle un beso en su mejilla cubierta de polvo.

—Sabía que podías hacerlo, Chofi. No me has decepcionado —se rió, quitándose el gorro y rascándose el pelo empapado.

Roberto Lobito caminó hasta ella cuando Sofía desmontaba.

—Juegas bien para ser una chica —le dijo con una sonrisa.

—Y tú juegas bien para ser un chico —le soltó ella, arrogante.

Roberto se echó a reír.

—Entonces, ¿te veré a menudo en el campo? —le preguntó a la vez que estudiaba su rostro con interés.

—Quizá.

—Bien, espero que sea pronto —añadió con un guiño. Sofía arrugó la nariz antes de deshacerse de él con una risa ronca y salir corriendo a reunirse con su equipo.

Esa misma noche, cuando las primeras estrellas tiznaban de plata el crepúsculo, Santi y Sofía estaban sentados bajo las sinuosas ramas del escarpado ombú con la mirada perdida en el horizonte.

—Hoy has jugado bien, Chofi.

—Gracias a ti, Santi. Has creído en mí. He reído la última ¿eh? —y se rió entre dientes al recordar la caída de Agustín—. Esos hermanos míos…

—Olvídate de ellos. Sólo se meten contigo porque les haces sombra.

—No puedo evitarlo. Están tan mimados… sobre todo Agustín.

—Las madres siempre son así con sus hijos. Ya verás cuando te toque a ti.

—Espero que sea dentro de mucho, muchísimo tiempo.

—Quizá mucho menos de lo que imaginas. La vida no es nunca como uno espera.

—La mía sí, ya lo verás. De todas formas, gracias por confiar hoy en mí y por apoyarme. Les he dado una buena lección, ¿no crees? —dijo orgullosa.

Santi miró su ardiente rostro bajo la luz del crepúsculo y puso afectuosamente la mano en el cuello de Sofía.

—Sabía que podías conseguirlo. Nadie tiene tu firmeza. Nadie. —Dicho esto se quedó callado durante un momento, como perdido en sus propios pensamientos.

—¿Qué estás pensando? —preguntó Sofía.

—No eres como las otras chicas, Chofi.

—¿No? —volvió a preguntar, complacida.

—No, eres más divertida, más… ¿cómo podría decirlo? Eres todo un personaje.

—Bueno, si yo soy un personaje, para mí tú eres un ídolo. ¿Lo sabías?

—No me pongas en un pedestal porque puedo caerme —respondió Santi echándose a reír.

—Tengo mucha suerte de tener un amigo como tú —replicó ella con timidez, sintiendo cómo se le aceleraba el corazón—. Sin duda eres mi primo favorito.

—Primo —repitió Santi un poco triste, soltando un profundo suspiro—. Tú también eres mi prima favorita.

4

—Las chicas juegan tan bien como los chicos —anunció Sofía, hojeando distraída las páginas de una de las revistas de Chiquita.

—¡Tonterías! —replicó Agustín, interrumpiendo su conversación con Fernando y Rafael para morder el anzuelo como una trucha hambrienta.

—No le hagas caso —dijo Fernando de mal humor—. Cállate, Sofía. ¿Por qué no vas a jugar con María y nos dejas en paz? —Sofía era cuatro años y medio menor que él y Fernando no tenía demasiada paciencia con los niños.

—Me aburro —resopló Sofía, moviendo los dedos de los pies, que tenía estirados delante de ella en el sofá.

Llovía. Contra las ventanas repicaban las gotas gordas típicas de las lluvias de verano. Había estado lloviendo todo el día, una lluvia constante, copiosa e implacable. Santi había ido al pueblo con sus primos Sebastián, Ángel y Niquito. María estaba en casa de Anna con Chiquita, Panchito, la tía Valeria y Horacio, su hijo pequeño. Sofía no compartía con María su afición por jugar con los niños pequeños, así que había dejado que fuera sola. Se estiró, perezosa. No había nada que hacer y nadie con quien jugar. Recorrió la habitación con la mirada y suspiró. Los chicos estaban concentrados conversando.

—Soy tan buena jugando al polo como Agustín y papá lo sabe —insistió, a la espera de la respuesta de su hermano—. Al fin y al cabo, me dejó jugar en la Copa Santa Catalina.

—Cállate, Sofía —dijo Fernando.

—Sofía, eres una pesada —dijo Rafael.

—Sólo digo la verdad. Mírense, hablando de deportes como si

su sexo fuera el único que los domina. Las chicas podrían ser tan buenas como ustedes si se les diera la oportunidad. Yo soy la prueba que lo demuestra.

—No voy a responderte a eso, Sofía —dijo Agustín, saltando—, pero lo que sí te digo es que yo tengo más fuerza de la que tú jamás tendrás. Así que ni te atrevas a compararnos.

—No estoy hablando de fuerza. Estoy hablando de habilidad. Ya sé que los hombres son más fuertes que las mujeres, eso no tiene nada que ver. Qué propio de ti, Agustín, haberme entendido mal. —Se echó a reír, burlona, encantada de haber logrado provocar su reacción.

—Sofía, si no te callas voy a echarte yo mismo bajo la lluvia. Entonces veremos quién llora como una niña —soltó Fernando exasperado.

En ese momento Santi entró en la habitación como un perro empapado, seguido de cerca por Sebastián, Ángel y Niquito. Los tres se quejaban amargamente del tiempo a la vez que se secaban la lluvia de la cara.

—Casi no hemos podido volver —dijo sin aliento—. Es increíble la cantidad de barro que hay en el camino.

—Es un milagro que no nos hayamos quedado atrapados en el fango —dijo Sebastián, agitando su pelo negro y empapado sobre las baldosas del suelo.

—¿Qué hace tu abuelo ahí fuera con esta lluvia? —preguntó Santi, volviéndose hacia Sofía.

—No sé, ¿qué hace?

—Paseando como si hiciera sol.

—Típico de él —respondió Sofía riendo entre dientes—. Oye, Santi, ¿tú crees que las chicas son tan buenas en los deportes como los chicos?

—Nos ha estado dando la paliza toda la mañana, Santi. Haznos un favor y llévatela de aquí —dijo Rafael.

—No pienso tomar partido si eso es lo que pretendes, Chofi.

—No estoy hablando de fuerza ni de nada parecido. Habilidad, pericia…

—Eres más hábil que muchos chicos —concedió Santi, apartando las piernas de su prima para poder sentarse junto a ella en el sofá.

—Sólo he dicho que soy tan capaz como Agustín —explicó Sofía viendo cómo los hombros de su hermano se encorvaban, irritados. Éste murmuró algo a Fernando y a Rafael.

—Bien, pruébalo —dijo Santi encogiéndose de hombros—. Podrías seguir con eso durante horas. Es obvio que estás empeñada en fastidiar.

—De acuerdo. Agustín, ¿quieres que te gane al backgammon? —le retó.

—Juega con Santi. No estoy de humor —le contestó frunciendo el entrecejo.

—No quiero jugar con Santi.

—Porque sabes que te ganaría —intervino Santi.

—No es por eso. No intento demostrar que soy mejor que Santi, o que Rafa o Fercho. Estoy diciendo que soy mejor que Agustín.

De repente su hermano se puso en pie y la miró airado.

—De acuerdo, Sofía, ¿así que quieres que te gane? Ve a buscar el tablero y veamos quién de los dos es mejor.

—Déjalo, Agustín —dijo Rafael, harto de las constantes disputas entre sus hermanos. Fernando meneó la cabeza en señal de desaprobación. Sofía podía llegar a ponerse pesada, pero cuando se aburría era insoportable.

—No, jugaré, pero con una condición —dijo Agustín.

—¿Cuál? —replicó Sofía, sacando el tablero del cajón de juegos de Miguel.

—Si gano reconocerás que soy mejor que tú en todo.

—De acuerdo.

—Prepáralo y llámame cuando estés lista. Voy a por algo de beber —y salió de la habitación.

—¿De verdad piensas aceptar eso? —preguntó Santi, viéndola preparar el tablero.

—No perderé.

—No estés tan segura. Ya sabes que la suerte también cuenta. Puede que no la tengas de tu parte.

—Ganaré, con o sin suerte —replicó su prima, pomposa.

◆ ◆ ◆

Cuando Agustín y Sofía tiraron el dado para dar comienzo a la partida, los demás se apiñaron a su alrededor como cuervos; todos, excepto Fernando. Se sentó a la mesa de cartas de su padre, encendió un cigarrillo y empezó a completar el rompecabezas a medio terminar que había encima.

—Santi, no puedes ayudar a Sofía. Tiene que hacerlo sola —dijo Rafael muy serio. Santi sonrió a la vez que Sofía sacaba un doble seis.

—No puedo creer la suerte que tienes —escupió Agustín, competitivo, viendo cómo su hermana construía una gruesa pared de piezas y bloqueaba a dos de sus jugadores. Sofía se sentía tan competitiva como su hermano, pero intentaba por todos los medios no demostrarlo. En vez de eso tiraba despreocupada el dado, hacía comentarios ridículos y mostraba una arrogante sonrisa en los labios que, como bien sabía, molestaba a su hermano.

Sofía ganó la primera partida, pero no fue suficiente. Se daba por hecho que cualquier partida, fuera de tenis o de pulga, se jugaba al mejor de tres. Cuando ganó la primera no pudo evitar pavonearse por su victoria.

—¿Lo ves? ¡Pobre Agustín! ¿Cómo te sientes al haber sido vencido por una chica? —gritó con entusiasmo—. Y encima soy más pequeña que tú.

—Es al mejor de tres. Todavía tengo mucho tiempo por delante para ganarte —respondió su hermano con forzada tranquilidad.

Sofía y Santi se miraron y ella le guiñó el ojo. Él la reprendió meneando lentamente la cabeza. Presentía que con todo ese pavoneo la caída iba a ser aún más dura.

Empezó la segunda partida. Los comentarios de Sofía enmudecieron cuando al parecer sólo lograba sacar números bajos mientras Agustín sacaba cincos y seises. La sonrisa se borró de su rostro, dejando en él una mueca bastante desagradable. Santi la miraba, divertido. Una o dos veces vio cómo su prima hacía un movimiento desfavorable e intentó captar su atención con la mirada, pero Sofía no levantaba los ojos del tablero. Sentía que se le escapaba la partida. Le ardieron las mejillas cuando Agustín capturó uno de sus jugadores, y luego volvió a tirar el dado porque no quedaba ningún sitio libre en el que ella pudiera caer. Podía sentir la sonrisa de satisfacción de su hermano. Se le metía bajo la piel y la hacía retorcerse de rabia.

—Venga, date prisa —ordenó Sofía, petulante—. Estás jugando así de lento para fastidiarme.

—¡Vaya! ¡Cómo han cambiado las cosas! —la aguijoneó Agustín—. Ya no sonreímos, ¿eh? Y bien, uno a uno —anunció, triunfante—. ¿Preparada para la decisiva, hermana querida?

Fernando no había estado escuchando. De hecho, había estado haciendo un gran esfuerzo para no escuchar. El rompecabezas le había mantenido concentrado durante unos minutos y el cigarrillo le había sentado bien. Cogió el paquete y encendió otro. Cuando oyó gimotear a Sofía desde el otro extremo de la habitación, pensó que las cosas se estaban poniendo interesantes. Tiró la cerilla a la chimenea vacía y se acercó a ver lo que ocurría.

—¿Así que Sofía está siendo derrotada por un chico? —dijo, echándose a reír a la vez que echaba un vistazo a la partida. Su prima no respondió y agachó la cabeza. Inclinándose sobre la escena como un enorme murciélago, Fernando cubrió con su sombra el tablero. Sebastián, Niquito y Ángel soltaban chistes cada vez que Sofía tiraba los dados, y Agustín, que ahora estaba ganando, se reía a sus anchas. Rafael, que en un principio había deseado que ganara su hermano, como siempre cambió de bando para apoyar al más débil. Siempre se ablandaba cuando Sofía se enfadaba. Santi, por supuesto, quería que ganara Sofía. Siempre se había sentido como un hermano mayor protector cuando se trataba de ella. Podía ver claramente que su prima se sentía muy desgraciada al ver que perdía, y que probablemente se arrepentía de haberse mostrado tan segura de sí misma. Finalmente sus ojos se encontraron con los de ella. Sofía le miró avergonzada. Probablemente sólo había hostigado a Agustín para llamar la atención y porque llovía, y no tenía nada mejor que hacer que molestar a los demás. Conocía bien a Sofía. Mejor que nadie.

—¡He ganado! —proclamó orgulloso Agustín, poniendo sus últimas fichas en la ranura de cuero situada en uno de los extremos del tablero.

—Has hecho trampa —dijo Sofía enojada. Santi se echó a reír y miró al techo.

—¡Cállate! —saltó Agustín—. He ganado justamente y tengo cinco testigos que lo prueban.

—Me da igual. Has hecho trampa —refunfuñó Sofía.

—Chofi, acepta la derrota con honor —dijo Santi, poniéndose serio y saliendo de la habitación.

—Ni hablar. No si el que me ha ganado es Agustín. ¡Eso nunca! —chilló y salió corriendo tras él.

—Bien hecho, Agustín —aplaudió Fernando, dándole unas palmadas en la espalda—. Eso hará que se calle. Ahora podremos disfrutar de una tarde tranquila.

—Tú disfrutarás de una tarde tranquila —suspiró Rafael—. Nosotros tendremos una noche horrible. Sofía va estar de morros durante días.

—Nadie se enfurruña como Sofía —concedió Agustín—. Pero el berrinche valdrá la pena. No sabes lo que he disfrutado. ¿A alguien le apetece una partida?

Sofía siguió a Santi por el pasillo.

—¿Adónde vas? —le preguntó, pasando la mano por la pared a medida que avanzaba.

—Deberías aprender a perder con más elegancia.

—Me da igual.

—Pues no debería. Un mal perdedor no tiene ningún atractivo. —Sabía que eso la haría reaccionar. Sofía era muy vanidosa.

—No creo que haya sido tan poco elegante. Sólo lo soy con Agustín. Ya sabes que me saca de quicio.

—Si no recuerdo mal, fuiste tú quien le retó.

En ese momento la puerta se abrió de golpe para dar paso a Chiquita, María y Panchito, que se protegían de la lluvia con un enorme paraguas negro.

—¡Qué tiempo más horroroso! —jadeó Chiquita—. Ah, Santiago, hazme el favor y ayuda a Panchito a quitarse la ropa, está empapado. ¡Encarnación! —gritó.

—¿Qué está haciendo Dermot ahí fuera con esta lluvia? —preguntó María, escurriéndose el pelo con las manos.

—¡Voy a ver al abuelo! —anunció Sofía, pasando corriendo junto a ellos—. Hasta luego.

—Parece mentira que llueva así siendo verano. No ha parado en todo el día —dijo Chiquita, meneando la cabeza.

Sofía corrió entre los árboles mientras llamaba a gritos a su abuelo. En realidad no llovía mucho, y podía imaginar qué había llevado al abuelo a aventurarse a salir en mitad de aquel diluvio. Para su regocijo, le vio al otro lado de la llanura, golpeando bolas de croquet a través de los aros, siendo tristemente observado por una pareja de perros cubiertos de hierba y con las colas colgándoles inertes entre las patas.

—Abuelo, ¿qué demonios estás haciendo? —preguntó acercándose a él.

—Está a punto de salir el sol, Sofía Melody —respondió él—. ¡Ah, buen golpe, Dermot! Ya te dije que lo conseguiría —añadió, dirigiéndose a los perros, a la vez que la bola azul se deslizaba con gran facilidad por el aro.

—Pero si estás empapado.

—Igual que tú.

—Llevas toda la tarde aquí fuera. Todos están hablando de ti.

—Pronto me secaré. El sol está a punto de salir, ya lo siento en la espalda.

Sofía sintió cómo las gotas frías resbalaban por la suya y la recorrió un escalofrío. Miró al cielo, esperando ver sólo una niebla gris, pero para su sorpresa vio que un resplandor empezaba a asomar entre las nubes. Entrecerró los ojos para evitar que la lluvia se le metiera dentro y pudo sentir el calor en la cara.

—Es verdad, abuelo. Está a punto de salir el sol.

—Claro que es verdad. Venga, coge un mazo. Veamos si eres capaz de hacer pasar la amarilla por aquel aro.

—No estoy de humor para juegos. Agustín acaba de ganarme al backgammon.

—Vaya, y supongo que no has sido una buena perdedora —se rió por lo bajo.

—Tampoco tan mala.

—Por lo que te conozco, Sofía Melody, debes de haber salido de allí enfurecida como una princesa malcriada.

—Bueno, desde luego no estaba contenta —admitió honradamente, enjugándose una gota de la punta de la nariz con el envés de la mano.

—El encanto personal no lo es todo en la vida —dijo, sabio, el abuelo antes de salir a paso ligero en dirección a la casa.

—¿Adónde vas? Está saliendo el sol.

—Es hora de tomarme una copa.

—Abuelo, son las cuatro.

—Exacto —y girándose hacia ella le guiñó el ojo—. No le digas nada a tu madre. Sígueme.

Dermot llevó de la mano a su nieta hasta la casa. Entró por la puerta de la cocina para no encontrarse con Anna. Recorrieron furtivamente el pasillo embaldosado, dejando a su paso un rastro brillante. Después de mirar a derecha y a izquierda, el abuelo abrió con cautela el armario de la ropa blanca.

—Así que es aquí donde lo guardas —susurró Sofía viendo cómo la mano del viejo Dermot desaparecía entre las toallas y volvía a aparecer con una botella de whisky—. ¿No te da miedo que Soledad la encuentre?

—Soledad es mi cómplice. Esa mujer sí que sabe guardar un secreto —dijo, pasándose la lengua por los labios—. Acompáñame si tú también quieres ser mi cómplice.

Sofía le siguió de vuelta por el pasillo hasta la puerta de la cocina y de allí a través del patio hacia los árboles.

—¿Adónde vamos?

—A mi lugar secreto.

—¿Tu lugar secreto? —repitió Sofía, a quien le encantaba intrigar—. Yo también tengo un lugar secreto. —Pero su abuelo ya no la escuchaba. Apretaba la botella de whisky contra el pecho como una madre primeriza que llevara a su bebé en brazos—. Es el ombú —dijo.

—Seguró que sí, seguro que sí —murmuró el abuelo delante de ella, casi corriendo a causa de la impaciencia. Por fin llegaron a un pequeño cobertizo de madera. Sofía debía de haber pasado por allí cientos de veces y nunca lo había visto.

Dermot abrió la puerta y la llevó dentro. Estaba oscuro y húmedo. El cristal de la ventana que protegía el interior de la lluvia era pequeño y estaba cubierto de musgo, por lo que apenas entraba la luz. El techo era como un colador gigante por el que se filtraban enormes goterones que caían en el suelo y sobre los muebles que, por otro lado, ya no estaban para demasiados miramientos: la mesa estaba claramente podrida, y había un montón de estantes medio deshechos que colgaban a duras penas de la pared.

—Esto era el cobertizo de Antonio —dijo Dermot, sentándose en el banco—. Déjate de ceremonias, Sofía Melody. Toma asiento. —Sofía se sentó y se puso a temblar—. Esta es la cura para resfriados del doctor Dermot —añadió, pasando la botella a Sofía después de haber tomado un gran trago—. Ah, desde luego no hay nada mejor —gorjeó feliz. Sofía se llevó la botella a la nariz y la olió—. No la huelas, niña, bebe.

—Esto son palabras mayores, abuelo —dijo Sofía antes de darle un buen trago. Cuando la bola de fuego le bajó por la garganta, su cuerpo sufrió una convulsión y abrió la boca como un dragón a la vez que soltaba un gemido largo y agonizante.

—Buena chica —asintió él, dándole una palmadita en la espalda. Durante un segundo Sofía fue incapaz de respirar, aunque al instante el fuego se le coló en las venas y recorrió su cuerpo, convirtiendo el dolor en un placer exquisito. En ese momento pudo inspirar de nuevo. Se giró hacia su abuelo con las mejillas encendidas y le dedicó una vaga sonrisa antes de coger la botella para darle otro sorbo.

—Qué calladito te lo tenías, abuelo. Qué calladito —añadió entre risas mientras se llevaba la botella a los labios. Después de unos cuantos tragos ya no se sintió mojada ni tampoco enfadada con Agustín. De hecho, pensó, quiero a Agustín, a Rafa y a mamá. Los quiero. Se sentía mareada y feliz, delirantemente feliz, como si nada en el mundo importara y todo fuera divertido. Se reía por cualquier cosa. De repente, todo le resultaba gracioso. Dermot empezó a contarle estrambóticas historias dislocadas sobre sus «tiempos en Irlanda», y Sofía le escuchaba a medias con una sonrisa que oscilaba vagamente en su rostro resplandeciente. Luego, el abuelo se empeñó en enseñarle algunas canciones irlandesas.

—La conocí en el jardín donde crecen los praties... —empezó. Para Sofía, en su estado de embriaguez, el abuelo tenía la voz más hermosa que jamás había escuchado.

—Eres como un ángel, abuelo. Un ángel —dijo con voz titubeante y con la mirada turbia.

A ninguno de los dos les importaba cuánto tiempo habían estado en el cobertizo, pero en cuanto Dermot bebió la última gota de la botella, decidieron volver a la casa.

—Shhh —susurró Sofía, intentando llevarse un dedo a los labios, aunque de hecho terminó llevándoselo a la nariz—. ¡Oh! —soltó, sorprendida, quitándoselo de la nariz con la mano temblorosa.

—No hagas ruido —dijo Dermot en voz alta—. Ni un solo ruido. —Luego se echó a reír a carcajadas—. Jesús, niña, sólo le has dado unos cuantos sorbos y mira cómo estás.

—Shhhh —volvió a susurrar Sofía, agarrándose a él para no perder el equilibrio—. Te has bebido toda la botella, toda. No puedo creer que te puedas tener en pie —exclamó mientras avanzaban trastabillando en la oscuridad.

—La conocí en el jardín donde crecen los praties... —empezó Dermot de nuevo. Sofía se unió a él sin mantener el tono, repitiendo la letra de la canción una palabra por detrás de él.

Cuando intentaban sin éxito abrir el paño de la puerta, ésta se abrió de pronto.

—¡Ábrete, sésamo! —apenas logró articular Dermot, echando atrás los brazos.

—¡Por Dios, señor O'Dwyer! —jadeó Soledad—. ¡Señorita Sofía! —retrocedió al ver a Sofía con las mejillas encendidas y una estúpida sonrisa en los labios. Soledad los metió en la casa y a toda prisa se llevó a Sofía por el pasillo a su habitación. Dermot salió dando tumbos en dirección opuesta. Cuando entró en el salón, Soledad oyó los gritos de horror de la señora Anna.

—¡Dios mío, papá! —chilló. A continuación se oyó un estrépito. Probablemente la botella había ido a estrellarse contra las baldosas del suelo. Soledad no se quedó a escuchar lo que venía. Cerró silenciosamente tras de sí la puerta que daba a sus dependencias.

—Querida niña, ¿qué has hecho? —se lamentó cuando ambas estuvieron a salvo en su habitación. Sofía le dirigió una sonrisa vacía.

—«La conocí en el jardín donde crecen los praties» —murmuró.

Soledad la ayudó a desvestirse y preparó un baño caliente. Luego la obligó a beber un vaso de agua mezclada con una buena dosis de sal. Sofía no tardó en ir al inodoro y vomitar el fuego que le había hecho sentirse como si nada importara. La sensación había sido fantástica, pero ahora tenía náuseas y se daba lástima. Después de un baño caliente y de un vaso de leche hirviendo, Soledad la metió en la cama.

—¿En qué estarías tú pensando? —preguntó, mientras se le dibujaba una profunda arruga en la suave piel marrón de la frente.

—No lo sé. Pasó y ya está —gimió Sofía.

—Has tenido suerte de haber necesitado sólo un par de sorbos para emborracharte. Pobre señor O'Dwyer, va a tardar toda la noche en recuperarse —dijo Soledad, compasiva—. Voy a ir a decirle a la señora Anna que no te encuentras bien, ¿te parece?

—¿Tú crees que me creerá?

—¿Y por qué no? Ya no hueles a alcohol. Has tenido suerte de haberte librado de la que te esperaba. ¿Tienes idea de la que te habría caído encima si tu madre llega a descubrirte?

—Gracias, Soledad —dijo Sofía en voz baja cuando Soledad iba hacia la puerta.

—Ya estoy acostumbrada a cubrir a tu abuelo. Nunca pensé que acabaría cubriéndote a ti —dijo echándose a reír mientras sus grandes pechos se agitaban debajo del uniforme.

Sofía casi había caído en un sueño profundo cuando se abrió la puerta y entró Anna.

—Sofía —dijo con suavidad—. ¿Qué tienes? —A continuación se acercó a ella y le puso la mano sobre la frente—. Mmmm, tienes un poco de fiebre. Pobrecita.

—Estaré mejor por la mañana —dijo Sofía entre dientes, mirando, culpable, a su madre desde debajo de la manta.

—No como tu abuelo, que mañana estará enfermo como un demonio —dijo cortante.

—¿Él también está enfermo?

—¿Enfermo? Apuesto a que eso es lo que a él le gustaría. No —dijo, llevándose las manos a la cintura y soltando un suspiro cansado—. Ha estado bebiendo otra vez.

—Oh.

—No sé dónde esconde esas malditas botellas. Si encuentro una, él esconde otra. Un día le va a llevar a la tumba.

—¿Dónde está?

—Tirado en su sillón, roncando como un cerdo.

—¡Mamá! —jadeó Sofía. Deseaba que Soledad atajara la borrachera del abuelo como lo había hecho con ella.

—Bueno, es culpa suya. Ya no puedo repetírselo más. Como no me escucha, no pienso seguir sermoneándole.

—¿Vas a dejarle ahí?

—Sí, eso es lo que voy a hacer —repitió Anna con brusquedad—. ¿Por qué? ¿Qué quieres que haga?

—No sé, meterlo en la cama y darle un vaso de leche caliente —dijo Sofía, esperanzada. Su madre se rió de ella.

—Tendrá suerte si le doy algo de comer. Por cierto —dijo, y cambió su tono de voz. Sofía parpadeó bajo las sábanas—, Agustín me ha dicho que hoy no has estado muy educada.

—¿Educada? Hemos jugado al backgammon y me ha ganado. Debería contentarse con haber ganado.

—Eso no tiene nada que ver y lo sabes —dijo Anna, tirante—. No hay nada más indigno que un mal perdedor, Sofía. Me ha dicho que te has ido dejando muy mal ambiente. Que no me entere de que vuelve a ocurrir. ¿Está claro?

—Agustín exagera. ¿Qué ha dicho Rafa?

—No quiero seguir hablando del tema, Sofía. Limítate a asegurarte de que no vuelva a ocurrir. No quiero que la gente piense que no te he educado correctamente. Porque no es así como te he educado, ¿verdad que no?

—No —replicó Sofía automáticamente. Agustín es una serpiente y un tramposo, pensó, enfadada. Pero tenía demasiado sueño para discutir. Vio cómo su madre salía de la habitación y suspiró, aliviada, por no haber sido descubierta. Pensó en su abuelo dormido en el sillón, mojado, borracho e incómodo, y tuvo ganas de ir a cuidarle. Pero se sentía demasiado indispuesta para levantarse. Más tarde, cuando Soledad entró sin hacer ruido en el cuarto para ver si estaba bien, Sofía estaba lejos, muy lejos de allí, galopando sobre las nubes con Santi.

5

Londres, 1947

Aunque la mañana era fría y nublada, a Anna Melody O'Dwyer le encantó Londres. Abrió los enormes ventanales de la habitación del hotel de South Kensington en el que se hospedaba y salió al pequeño balcón. Se arrebujó en el camisón e imaginó que el hotel era su palacio y que ella era una princesa inglesa. Miró la calle envuelta por la niebla, los árboles desnudos que se alineaban en la acera, retorcidos y tullidos bajo el frío, y deseó poder irse de Glengariff para disfrutar de la atmósfera romántica de Londres. El asfalto brillaba bajo la luz amarillenta de las farolas y algunos coches zumbaban al pasar, como grises fantasmas, desapareciendo en la niebla. Era temprano, pero Anna estaba tan entusiasmada que no podía dormir. Volvió a entrar de puntillas a la habitación y cerró con cuidado los ventanales para no despertar a su madre y a la gorda tía Dorothy, que dormía como una morsa en la habitación contigua.

Se dirigió a la mesa de mármol y cogió una manzana del frutero. Nunca había visto tanto lujo, aunque a menudo había soñado con ello. Aquel era la clase de hotel en el que vivían las estrellas de Hollywood. Su madre había pedido una suite. La suite comprendía un salón, un dormitorio y un cuarto de baño. En realidad el dormitorio era para dos personas, pero cuando le dijeron al conserje que para ellas ese era un fin de semana muy especial, él ordenó poner una cama extra para que las tres pudieran dormir juntas. Su madre estuvo a punto de decirle que no podían pagar una suite más grande, que su familia había hecho lo imposible para dar a su hija un fin de semana de lujo, pero Anna la había hecho callar. Era el único fin de semana de su vida en que iba a poder vivir como una princesa y no tenía la menor intención de que se estropeara por culpa de que un despreciable conserje la mirara por encima del hombro.

Anna Melody O'Dwyer se casaba. Conocía a Sean O'Mara desde que era niña y casarse con él parecía la decisión más lógica. Sus padres estaban contentos. Pero Anna no amaba a Sean, al menos, no de la forma que creía que se debe amar a un prometido. Sean no era un sueño de hombre. Anna no esperaba con ansia la noche de bodas; de hecho, predecía que iba a resultar una experiencia decepcionante, y pensarlo le daba escalofríos. Había pospuesto aquel momento cuanto había podido, pero era lo que sus padres querían, así que no tuvo más remedio que bailar al ritmo que se le imponía, a pesar de que la música no le agradara en absoluto. Como no había nadie más en Glengariff con quien pudiera casarse, tendría que conformarse con Sean O'Mara. Ambos habían quedado emparejados desde que nacieron. Parecía no haber forma de librarse de él, o de Glengariff. Vivirían con los padres de ella y con la tía Dorothy hasta que Sean hubiera ganado lo suficiente para comprar una casa propia. En realidad, Anna esperaba que ese momento tardara en llegar. Su madre había creado un hogar tan acogedor que no tenía ninguna prisa por irse de allí. La idea de cocinar para un marido todas las noches le daba ganas de llorar. La vida tenía que ser más que eso.

Bien, estaba en el hotel De Vere, rodeada de tanta elegancia y belleza que no podía evitar preguntarse cómo sería su vida si se casara con un conde o con un príncipe. Abrió los grifos de la bañera y vertió en el agua la mitad de la botella de gel de baño Floris con que el hotel obsequiaba a sus clientes, para que la habitación se llenara de la fuerte esencia a rosas. Luego se metió en el agua caliente y se quedó allí estirada hasta que el espejo pudo compararse a la niebla que cubría la calle y a duras penas podía respirar a causa del vapor. Se abandonó a sus fantasías favoritas, rodeada de mármol y de oropeles, botellas enormes de sales de baño y perfume. Cuando salió, se embadurnó el cuerpo entero con la loción de baño que venía con el aceite y se pasó un peine por la melena pelirroja antes de recogerla en un moño bajo. Se sentía hermosa y sofisticada. Nunca se había visto tan atractiva y el corazón le bailaba en el pecho. Cuando su madre y su tía despertaron, Anna se había puesto el vestido de los domingos y se había pintado las uñas de rojo.

A Emer no le gustaban las mujeres que se pintaban las uñas o la cara, y cuando vio a su hija maquillada como una estrella de cine estuvo a punto de decirle que se quitara eso de inmediato. Pero era el fin de semana de Anna Melody y no quería estropearlo, así que no dijo nada. Más tarde, cuando Anna estaba en el probador de Marshall & Snelgrove, los fabulosos grandes almacenes de la famosa Oxford Street, aseguró por lo bajo a su hermana que Anna volvería a ser la de siempre una vez que volvieran a Glengariff. Era el fin de semana anterior a su boda y podía hacer lo que quisiera.

—Seamos sinceras, Dorothy —dijo—, la vida ya será bastante dura para ella cuando se haya casado y haya tenido hijos, así que lo menos que podemos hacer es consentirla mientras podamos.

—¿Consentirla, Emer Melody? —dijo resollando la tía Dorothy, horrorizada—. Dermot y tú habéis dado a esa palabra un significado totalmente nuevo.

Emer y la tía Dorothy se habían puesto elegantes para el viaje. Ambas caminaban por las calles mojadas sobre sus sólidos tacones, con sus gruesos trajes y sus guantes de cabritilla. Dorothy había embellecido su atuendo con una sarnosa estola de piel de zorro, cabeza y pezuñas incluidas, que había encontrado en una tienda de segunda mano de Dublín. Colgaba de su enorme hombro, con la mandíbula apoyada en el pecho que había conseguido milagrosamente contener tras los agonizantes botones del traje. Sobre sus cabezas, y gracias a un sinnúmero de horquillas, se mantenían en equilibrio dos pequeños sombreros, cuyas redes les cubrían los ojos. «No podemos fallar a Anna Melody», había dicho esa mañana Emer mientras se vestían. La tía Dorothy se había pintado los labios de un rojo sangre a la vez que se preguntaba cuántas veces había oído a su hermana decir eso. Pero no se mostró en desacuerdo. Después de todo, era el gran fin de semana de Anna Melody y no era momento de sincerarse. Pero lo haría algún día. Por Dios que uno de esos días terminaría diciendo lo que pensaba.

Agotadas después de tantas compras, aunque todavía llena de

energía a causa de la excitación que provocaba en ella su primera visita a Londres, Anna esperaba en el vestíbulo del hotel Brown's a que su madre y su tía terminaran de empolvarse la nariz en el servicio de señoras antes de entrar en el famoso salón del té del hotel. Fue allí donde conoció a Paco Solanas. Ella esperaba sentada con las bolsas desparramadas alrededor de los pies, cuando entró él. Era un hombre lleno de carisma, y todas las cabezas que llenaban en ese momento el salón se volvieron a mirarle. Tenía el pelo rubio rojizo y lo llevaba muy corto. Sus ojos eran de un azul tan intenso que Anna pensó que podrían partirla en dos si la miraba. Por supuesto, fue eso precisamente lo que él hizo.

Después de buscar por todo el vestíbulo, su mirada terminó posándose en la joven increíblemente hermosa que leía una revista en una esquina. La estudió durante un instante. Ella era consciente de su mirada y sintió cómo le ardían las mejillas. Cuando se sonrojaba, Anna perdía parte de su belleza. La cara y el cuello se le enrojecieron y se le llenaron de manchas, a pesar del maquillaje que con tanto esmero se había aplicado. Sin embargo, Paco se sintió extrañamente intrigado. Parecía una niña que jugara a ser mujer. Ni el maquillaje ni el vestido la favorecían, aunque se sentaba con la sofisticación de una aristócrata inglesa.

Fue hasta ella y se acomodó en el sillón de cuero que había junto al suyo. Anna sintió su presencia a su lado y le temblaron las manos. La presencia de Paco era tan fuerte que la sobrecogió, y el penetrante olor de su colonia hizo que la cabeza le diera vueltas. Él se dio cuenta de que la revista de Anna temblaba y se vio enamorándose de esa pálida joven a la que ni siquiera conocía. Dijo algo en una lengua extranjera y su voz sonó profunda e imponente. Anna tomó aliento y bajó la revista. ¿Le hablaba a ella? Cuando miró a Paco vio sus ojos gris-azulados; había algo salvaje en su expresión, y de pronto él sintió la necesidad de pelear con ella y de domesticarla como hacía con los ponis que tenía en Santa Catalina. Anna parpadeó, inquieta.

—Es usted demasiado bella para estar sentada aquí sola —le dijo con un fuerte acento—. He venido a encontrarme con alguien, pero se retrasa. Me alegro de que así sea. Espero que ni siquiera aparezca. ¿También espera usted a alguien?

Anna miró su rostro esperanzado y respondió que estaba esperando a que su madre y su tía llegaran para tomar el té. Él pareció aliviado.

—Entonces, ¿no espera usted a su marido? —dijo, y ella percibió el malicioso centelleo que brilló por un segundo en sus ojos. Paco bajó la mirada hacia la mano izquierda de Anna y añadió—: No, no está usted casada. Eso me hace muy feliz.

Ella se echó a reír y volvió a bajar la mirada. Era consciente de que no debía estar hablando con un desconocido, pero había honradez en la expresión de Paco, o al menos eso es lo que ella creyó ver en él, y además estaba en Londres, la ciudad del romance. Esperaba que su madre y su tía tardaran en aparecer y poder disfrutar así de unos cuantos minutos más. Nunca había visto a un hombre tan guapo.

—¿Vive usted aquí? —preguntó Paco.

—No, he venido a pasar el fin de semana. He venido de compras y… —Anna se preguntó a qué debían ir las chicas ricas a Londres y añadió—: a ver algunos museos e iglesias.

Él pareció impresionado.

—¿De dónde es usted?

—De Irlanda. Soy irlandesa.

—Yo también estoy lejos de casa.

—¿De dónde es usted? —preguntó Anna. Cuando respondió, el rostro de Paco se encendió de puro entusiasmo.

—Soy de Argentina, el país de Dios. Allí donde el sol es del tamaño de una naranja gigante y el cielo es tan inmenso que es como el reflejo del reino celestial.

Anna sonrió ante la poesía de aquella descripción. Él la miraba tan fijo a los ojos que ella se sintió totalmente incapaz de apartar la mirada. De repente la aterró la idea de que él se fuera y de no volver a verle.

—¿Y qué hace usted aquí? —preguntó, sintiendo cómo se le tensaba la garganta por la emoción. Por favor, Dios, no dejes que se vaya, rezó. Danos más tiempo.

—Estoy estudiando. Llevo aquí dos años, y en todo este tiempo no he vuelto a casa. ¡Imagínese! Pero me encanta Londres —dijo, antes de que su voz se apagara. Mantuvo sus ojos fijos en los de ella hasta que, impulsivo, añadió—: Quiero enseñarle mi país.

Anna soltó una risa nerviosa y apartó la vista, pero cuando volvió a mirarle, se encontró con que él seguía con sus ojos fijos en ella.

Su madre y su tía entraron en el vestíbulo y buscaron a Anna Melody con la mirada. Fue la tía Dorothy quien la vio, sentada en una esquina y en profunda conversación con un joven desconocido.

—Jesús, María y José, Emer, ¿qué está haciendo ahora? ¿Qué diría el pobre Sean O'Mara si la viera hablando así con un desconocido? Fíjate en su rostro. No tendríamos que haberla dejado sola.

—¡Dios mío, Dorothy! —exclamó Emer, acalorada—. Ve a buscarla antes de que haga algo de lo que tenga que arrepentirse.

Anna vio a su tía acercándose por el vestíbulo como un Panzer y, desesperada, se giró hacia su nuevo amigo. Él le tomó la mano y la estrechó entre las suyas.

—Veámonos hoy a medianoche —dijo Paco. La urgencia de su voz hizo que a Anna el estómago le diera un vuelco. Asintió con entusiasmo antes de que él se pusiera en pie, saludara con una pequeña inclinación a la tía Dorothy y se retirara a toda prisa.

—Por el amor de Dios, Anna Melody O'Dwyer, ¿se puede saber que estás haciendo hablando con un desconocido, por muy guapo que sea? —jadeó mientras veía cómo Paco desaparecía por la puerta giratoria. Anna se sentía acalorada y débil, y muy excitada.

—No te preocupes, tía Dorothy, esto es Londres. Aquí no hay ninguna ley que impida que un hombre haga compañía a una chica mientras está sentada sola —contestó, segura de sí, aunque por dentro los nervios le zumbaban como si estuvieran cargados de electricidad.

Anna se perdió en sus ensoñaciones durante el té. No paró de rasguñar su taza con la cucharilla de plata. La tía Dorothy untó mantequilla a su tercer panecillo.

—Estos bollos están muy buenos, buenísimos. Anna Melody, ¿es necesario que hagas ese ruido? Me estás destrozando los tímpanos. —Anna suspiró y apoyó la espalda en el respaldo de la silla—. ¿Qué te pasa? ¿Demasiadas compras?

—Estoy cansada, eso es todo —respondió Anna, y miró por la ventana con la esperanza de ver pasar a Paco. Quizá ocurriera. Volvió a imaginar su rostro e intentó mantener viva la imagen, temiendo que si permitía que siguiera nadando en el fondo de su cabeza, terminaría hundiéndose y perdiéndose para siempre.

—Tranquila, querida. Volveremos directamente al hotel en cuanto terminemos de tomar el té. ¿Por qué no comes un panecillo caliente con mantequilla? Están deliciosos —sugirió su madre con suavidad.

—Esta noche no quiero ir al teatro —dijo Anna, petulante, enfurruñándose y concentrándose en su taza de té—. Estoy demasiado cansada.

—¿No quieres ver *Oklahoma*? Pero Anna, la mayoría de las chicas de tu edad no tienen la suerte de venir a Londres, y mucho menos de ir al teatro —soltó la tía Dorothy, volviendo a colocar el zorro que parecía avanzar arañándola hacia su pecho—. Las entradas son muy caras.

—Dorothy, si Anna Melody no quiere ir al teatro, no tiene por qué ir. Es su fin de semana, ¿recuerdas? —dijo Emer, poniendo una mano en el brazo de su hija. La tía Dorothy apretó los labios y resopló por la nariz como un toro furioso.

—Oh, y supongo que tú te quedarás con ella —dijo, enojada.

—No puedo dejarla sola en una ciudad desconocida. No sería justo.

—¿Que no sería justo, Emer? Esas entradas nos han costado mucho dinero. ¡Llevo años queriendo ver *Oklahoma*!

—Bien, volvamos al hotel y pongamos un rato los pies en alto. Puede que con eso te encuentres un poco mejor —dijo Emer, asintiendo en dirección a su hija.

—Lo siento, Emer. Puedo aguantar lo que haga falta, pero cuando se trata de dinero, no pienso soportar que Anna Melody vaya por ahí derrochándolo simplemente porque le da igual. No es más que una niña caprichosa, Emer. Dermot y tú siempre habéis dejado que se salga con la suya. No le estáis haciendo ningún bien, te aviso.

Totalmente ajena al enfado de su tía, Anna cruzó los brazos y volvió a mirar por la ventana. Deseaba que llegara la medianoche. No quería ir al teatro. No quería ir a ninguna parte. Sólo quería sentarse en el vestíbulo y esperar a Paco.

◆ ◆ ◆

Anna acabó yendo al teatro. Tuvo que hacerlo. La tía Dorothy había amenazado con enviarla de vuelta a Glengariff si no iba. Al fin y al cabo, la mitad del dinero era de ella. Así que Anna tuvo que aguantar el musical entero, ignorando las melodías pegadizas que su madre y su tía iban a cantar alegremente una y otra vez durante los siguientes dos meses, y planeando en silencio cómo llegar al hotel Brown's en mitad de la noche desde South Kensington sin dinero propio. Obviamente, él había pensado que ella se hospedaba en el Brown's. Tenía que llegar, fuera como fuera.

Ya de vuelta al hotel, su madre y su tía no tardaron en caer profundamente dormidas. La tía Dorothy empezó a roncar fuertísimo por la nariz en cuanto se quedó dormida boca arriba. Una o dos veces un ronquido demasiado fuerte estuvo a punto de despertarla; durante un segundo se balanceó entre la conciencia y la inconsciencia antes de volver a sumergirse en el particular mundo de sus sueños. Emer, en muchos aspectos más delicada que su hermana, dormía en silencio, acurrucada como una niña.

Anna se vistió sin hacer ruido, llenó de almohadas la cama a fin de dar la impresión de que seguía allí en caso de que uno de esos ronquidos terminara por despertar a su tía o a su madre, y registró el monedero de la tía Dorothy en busca de dinero. El conserje fue de gran ayuda; demasiado educado para alzar una ceja, hizo lo que ella le solicitaba y le pidió un taxi. Como si salir a media noche fuera algo de lo más habitual, Anna le dio las gracias por su ayuda, se sentó en el asiento trasero del taxi como una fugitiva y se entretuvo mirando cómo las brillantes luces de la ciudad desfilaban por su ventana.

A las doce menos cuarto estaba sentada de nuevo en el sillón de la esquina del vestíbulo. Debajo del abrigo se había puesto el vestido nuevo que su madre le había comprado en Harrods, y todavía llevaba el pelo recogido en un moño bajo. Había mucho movimiento en el hotel, sobre todo teniendo en cuenta la hora que era. De pronto entró un grupo de jóvenes elegantes que irrumpió en la tranquilidad del vestíbulo con un estallido de risas. Deben de haber estado de fiesta en la ciudad, pensó Anna con envidia. Nadie parecía notar su presencia.

Puso la mano en el sillón que había junto al suyo y pasó los dedos por el cuero imaginando que todavía guardaba el calor de la presencia de Paco. Se había mostrado tan refinado. Había sido un verdadero caballero. Olía a colonia cara y procedía de una tierra exótica y muy lejana. Era culto, educado, guapo, y sin duda también rico. Era el príncipe con el que tanto había soñado. Anna sabía que la vida era algo más que Sean O'Mara y que el triste Glengariff.

Se quedó allí sentada, nerviosa y con la mirada clavada en la puerta. ¿Debía parecer expectante o indiferente? Decidió que estaría ridícula intentando parecer casual; al fin y al cabo, ¿qué otra cosa iba a estar haciendo en el vestíbulo del hotel a medianoche? Entonces se preguntó qué haría si él no se presentaba. Quizá le había tomado el pelo. Quizá no tenía ninguna intención de volver a verla. Probablemente estuviera por ahí con sus amigos, riéndose de ella como lo hacían sus primos de Glengariff.

Cuando el reloj dio las doce, Paco Solanas entró por las pesadas puertas del hotel. Vio a Anna de inmediato y en su rostro se dibujó una amplia sonrisa. Se dirigió hacia ella envuelto en su abrigo de cachemira azul marino y la tomó de la mano.

—Me hace feliz que haya venido —dijo a la vez que sus ojos centelleaban bajo el ala de su sombrero.

—A mí también —respondió ella mientras sentía cómo su mano temblaba entre las de él.

—Venga conmigo. —En ese instante pareció dudar—. ¡Por Dios! Pero si ni siquiera sé su nombre.

—Anna Melody O'Dwyer. Anna —replicó con una sonrisa que le dejó totalmente cautivado, inundándole de una exquisita calidez.

—Ana Melodía. Qué lindo. Es un nombre precioso, tan precioso como tú.

—Gracias. ¿Cuál es tu nombre?

—Paco Solanas.

—Paco. Encantada de conocerte —replicó con timidez, y él la llevó de la mano a la calle.

Hacia el final del día las nubes se habían marchado, y se encontraron caminando por las calles bajo un cielo limpio y estrellado. Hacía mucho frío; su aliento empañaba el aire helado, pero ninguno de los dos lo sentía. Pasearon por las callejuelas vacías hacia el Soho, hablando y riendo como dos viejos amigos, y luego bajaron hacia Leicester Square por las aceras resplandecientes, todavía húmedas por la llovizna.

Durante todo el tiempo Paco tuvo la mano de Anna entre la suya, y después de un rato a ella ya no le resultó extraño sino mucho más natural de lo que jamás se había sentido con Sean O'Mara. Paco le habló de Argentina, pintando en su mente un magnífico cuadro con el entusiasmo y la candidez de un verdadero contador de cuentos. Ella le habló poco de Irlanda. Creía que si Paco se enteraba de que no era rica como él, dejaría de estar interesado en ella, y eso era algo que no podía permitirse. Debía fingir que procedía de un entorno privilegiado. Pero a Paco le encantaba que fuera totalmente diferente de las chicas que conocía en Argentina y de toda la sofisticación que había conocido en las ciudades a las que había viajado. Anna era tosca y despreocupada. Cuando la besó, lo hizo con la intención de borrarle aquel horrible lápiz de labios.

A Anna nunca la habían besado así. Los labios de Paco eran cálidos y húmedos y tenía el rostro frío por el aire de la noche. La estrechó entre sus brazos y pegó los labios a los suyos con una pasión que Anna sólo había visto en las películas. Cuando por fin se separó de ella y la miró, se dio cuenta de que le había borrado por completo el maquillaje. Le gustó más así.

Se sentaron en el borde de una de las fuentes de Trafalgar Square y Paco volvió a besarla. Le quitó las horquillas del pelo y, deshaciéndole el moño con los dedos dejó que sus indómitos rizos le cayeran libremente por los hombros y por la espalda.

—¿Por qué te recoges el pelo? —preguntó, pero antes de que Anna pudiera responder su boca volvía estar sobre la de ella, y con su lengua la exploraba suavemente con una fluida sensualidad que hizo que el estómago le flotara en el cuerpo como si en él un colibrí agitara sus alas—. Por favor, perdona que hable tan mal inglés —dijo instantes después, cogiéndole el rostro con una mano y acariciando con la otra el mechón de pelo que le cubría la sien—. Si pudiera decir esto en español sonaría más poético.

—Hablas muy bien inglés, Paco —replicó Anna, sonrojándose de inmediato al oírse pronunciar su nombre.

—No te conozco, pero sé que te amo. Sí, te amo —dijo él, acariciando con los dedos su fría mejilla y mirándola con expresión incrédula, como intentando descubrir de dónde venía el hechizo con el que le había cautivado—. ¿Cuándo vuelves a Irlanda? —preguntó. Anna no quería pensar en eso. Ni siquiera quería contemplar la posibilidad de no volver a verle.

—Pasado mañana. El lunes —respondió con tristeza, hundiendo la cara en su mano y sonriéndole con ojos tristes.

—¡Tan pronto! —exclamó Paco horrorizado—. ¿Podré volver a verte?

—No lo sé —dijo ella con la esperanza de que a él se le ocurriera algo.

—¿Vienes a Londres con frecuencia?

—No —Anna meneó la cabeza. Paco se separó de ella y se sentó apoyando los codos en las rodillas, frotándose con ansiedad el rostro con las manos. Enseguida Anna pensó que iba a decirle que su romance no tenía sentido. Vio cómo el cuerpo de Paco se expandía bajo el abrigo cuando lanzó un profundo suspiro. A la luz amarillenta de las farolas la cara de él tenía un aspecto melancólico y desilusionado; deseó rodearle con los brazos, pero temió que él la rechazara y se quedó donde estaba; ni siquiera se atrevió a moverse.

—Entonces cásate conmigo —dijo él de pronto—. No podría soportar vivir sin ti.

Anna se sintió abrumada y presa de la incredulidad. Apenas habían pasado unas horas juntos.

—¿Que me case contigo? —tartamudeó.

—Sí, cásate conmigo, Anna —le dijo totalmente serio. Tomó su mano entre las suyas y la estrechó con fervor.

—Pero si no sabes nada sobre mí —protestó ella.

—Supe que quería casarme contigo en cuanto te vi en el hotel. Nunca he sentido algo así por nadie. He salido con chicas, cientos de chicas. No te pareces a ninguna de ellas. Tú eres diferente. No sé cómo explicarlo. ¿Cómo explicar lo que siente mi corazón? —dijo y le brillaron los ojos—. No quiero perderte.

—¿Oyes la música? —le preguntó Anna, levantándose y apartando de su cabeza la imagen de Sean O'Mara y el compromiso que supuestamente iban a adquirir en breve. Ambos se quedaron escuchando la dulce música que reverberaba en la plaza desde algún club cercano.

—*Ti voglio bene* —murmuró Paco, repitiendo las palabras de la canción.

—¿Qué quiere decir? —preguntó Anna cuando él la tomó entre sus brazos y empezó a bailar con ella alrededor de la fuente.

—Quiere decir «te quiero». Quiere decir que te quiero, Ana Melodía, y que quiero que seas mi esposa. —Bailaron en silencio, atentos a la suave música que llevaba sus pasos. Anna era incapaz de pensar con claridad. Tenía la cabeza hecha un lío, como la madeja de lana con la que tejía la tía Mary, totalmente enredada. ¿De verdad le había pedido que se casara con él?—. Te llevaré a Santa Catalina —le dijo, bajando la voz—. Vivirás en una hermosa casa blanca con persianas verdes y pasarás todo el día al sol, con vista a la pampa. Todos te querrán como yo te quiero.

—Pero, Paco, no te conozco. Mis padres nunca lo permitirán —dijo al tiempo que imaginaba la reacción de la tía Dorothy y se le cerraba el estómago.

—Hablaré con ellos. Les diré lo que siento —anunció. Luego clavó la mirada en los asustados ojos de ella y añadió—: ¿Y tú? ¿No me quieres, ni siquiera un poquito?

Anna dudó, no porque no le quisiera. Le adoraba, la tenía totalmente abrumada con ese entusiasmo que la llenaba de vida, pero su madre siempre le había dicho que el amor era algo que crecía. El amor «urgente» entre dos personas que se atraían mutuamente era algo totalmente distinto.

—Te quiero —confesó, y se sorprendió al percibir el temblor de su propia voz. Nunca había dicho esas palabras a nadie, ni siquiera a Sean O'Mara—. Tengo la sensación de que te conozco desde siempre —añadió, como si quisiera justificar ante sí misma que la forma en que la amaba no tenía nada que ver con ese amor irracional y «urgente» que sentían dos personas que se atraían mutuamente, sino que era algo mucho más profundo y más real.

—Entonces, ¿cuál es el problema? Puedes quedarte en Londres y así darnos tiempo para conocernos mejor, si eso es lo que deseas.

—No es tan sencillo —objetó Anna, deseando que lo fuera.

—Las cosas sólo se complican si tú lo permites. Voy a escribir a mis padres y les diré que he conocido a una chica inocente y hermosa con la quiero compartir el resto de mi vida.

—¿Y lo entenderán? —preguntó ella no sin cierta aprensión.

—Lo harán cuando te conozcan —respondió él confiado, volviendo a besarla—. Creo que no lo entiendes, Ana Melodía. Te amo. Amo tu sonrisa, la forma nerviosa con que juegas con tu pelo, el miedo que refleja tu mirada cuando te digo lo que siento. Amo la seguridad y la alegría con las que me has recibido esta noche en el hotel. Nunca he conocido a nadie como tú. Lo admito, no te conozco. No sé cuál es tu comida favorita, ni qué libros te gustan. No sé cuál es tu color preferido ni cómo eras de niña. No tengo ni idea de cuántos hermanos o hermanas tienes. No me importa. Lo único que sé es que aquí —dijo, poniendo la mano sobre el abrigo—, es donde palpita mi corazón, y con cada latido me dice lo que siento por ti. ¿Lo sientes? —Ella se echó a reír e intentó percibir los latidos de su corazón debajo del abrigo, pero lo único que sintió fue la aceleración de su propio pulso—. Me casaré contigo, Ana Melodía. Me casaré contigo, porque si dejo que te vayas me arrepentiré el resto de mi vida.

Cuando Paco la besó, Anna deseó más que nada en el mundo que aquello tuviera uno de esos finales felices que veía en las películas del cine. Cuando la rodeó con sus brazos y la estrechó contra él, se sintió completamente segura de que la protegería contra todo lo desagradable que había en el mundo. Si se casaba con Paco, podría irse de Glengariff para siempre. Estaría con el hombre que amaba. Sería la señora Solanas. Tendrían hijos que serían tan guapos como él, y sería feliz como nunca había soñado. Cuando él la besó, Anna se acordó del pobre beso de Sean O'Mara, del miedo que sentía a la noche de bodas, del desolado futuro que se abría ante ella como un camino gris que llevaba únicamente a la dificultad y al estancamiento, y sobre todo a una vida sin verdadero amor. Con Paco era diferente. No había nada que deseara tanto como pertenecerle, entregarse a él y dejarle que se adueñara de su cuerpo para poder amarla del todo.

—Sí, Paco, me casaré contigo —susurró, presa de la emoción. Paco la envolvió entre sus brazos con tanta fuerza que de pronto se encontró riéndose apoyada en su cuello. Él también se echó a reír, aliviado.

—¡Estoy tan feliz que me pondría a cantar! —exclamó, levantándola del suelo de manera que sus pies quedaron suspendidos en el aire.

—Paco, bájame —le dijo Anna entre risas. Pero él se puso a bailar así con ella alrededor de la fuente.

—Te voy a hacer muy feliz, Ana Melodía. No te arrepentirás —dijo, volviendo a dejarla sobre la acera húmeda—. Quiero conocer a tus padres mañana mismo. Quiero pedir tu mano a tu padre.

—Temo que no nos dejen casarnos —dijo Anna con recelo.

—Déjamelo a mí, mi amor. Deja que me ocupe yo de todo —añadió, acariciándole la cara—. Encontrémonos mañana en el salón de té Gunter's.

—¿En Gunter's? —repitió ella con la mirada perdida.

—En el salón de té Gunter's. Queda en Park Lane. A las cinco —concluyó antes de volver a besarla.

Anna se quedó con Paco hasta que el amanecer tiñó el cielo de dorado. Hablaron de su futuro juntos, hicieron planes y cosieron sus sueños a la tela de su destino común. El único problema era cómo iba ella a explicar todo a su madre y a la tía Dorothy.

—Jesús, María y José, Anna Melody, ¿te has vuelto loca? —soltó su tía cuando se enteró de la noticia. Emer tomó aire y sorbió el té con la mano temblorosa.

—Háblanos de él, Anna Melody —preguntó Emer con desmayo. Así que Anna les contó que habían pasado la noche paseando por las calles de Londres. No mencionó el beso; no creyó oportuno hacerlo delante de la tía Dorothy, puesto que ésta no era una mujer casada.

—¿Has pasado la noche a solas con él en la calle? —estalló la tía Dorothy—. Pero, niña, ¿qué va a decir la gente? Pobre Sean O'Mara. Salir a hurtadillas de tu habitación en mitad de la noche, como cualquier ladronzuelo callejero. ¡Oh, Anna! —Se secó el sudor de la frente con un pañuelo de encaje—. Le conoces hace sólo unas horas. No sabes nada de él. ¿Cómo puedes confiar en él?

—La tía Dorothy tiene razón, querida. No conoces a ese hombre. Doy gracias a Dios de que no te haya hecho ningún daño —dijo Emer con lágrimas en los ojos. La tía Dorothy aspiró para indicar que aprobaba que por una vez su hermana hubiera entrado en razón y que estaba de acuerdo con ella.

—¿Hacerme daño? —chilló Anna, exasperada—. No, no me hizo ningún daño. Bailamos alrededor de la fuente. Nos dimos la mano. Me dijo que soy hermosa y que me amaba desde el momento en que me vio sentada en el vestíbulo. ¿Hacerme daño? Se ha adueñado de mi corazón, eso es de lo único de lo que puedo culparle —añadió con un melodramático suspiro.

—¿Qué dirá tu padre? —dijo Emer, meneando la cabeza—. No creas ni por un momento que se va a quedar sentado viendo cómo te vas a un país extranjero. Tu padre y yo te queremos en Irlanda, cerca de nosotros. Eres nuestra única hija, Anna Melody, y te queremos.

—¿Por qué al menos no le conoces, mamá? —sugirió Anna, esperanzada.

—¿Conocerle? ¿Cuándo?

—Hoy en el salón de té Gunter's, en Park Lane —soltó con alegría sin poder reprimirse.

—Dios mío, lo tienes todo planeado, ¿verdad, jovencita? —rugió la tía Dorothy con desaprobación a la vez que se servía más café—. Me gustaría saber qué van a pensar sus padres.

—Dice que se van a alegrar por él.

—Seguro que sí —continuó la tía, hundiendo la papada en el cuello y asintiendo con un gesto que denotaba sabiduría—. Apuesto a que se pondrán locos de contento cuando se enteren de que su hijo se ha enamorado de una desconocida irlandesa que no tiene un solo penique. Una chica a la que sólo ha visto una vez.

—Dos —le corrigió Anna enfadada.

—Dos si cuentas el breve encuentro en el hotel. Debería avergonzarse de su comportamiento y perseguir a alguna chica de su clase y de su cultura.

—Quizá deberíamos conocerle, Dorothy —sugirió Emer, sonriendo cariñosamente a su hija que, furiosa, había apretado los labios y miraba a su tía con los ojos llenos de veneno.

—Bueno, eso sería típico de ti. Un sollozo de Anna Melody y saca de ti lo que quiera, como siempre —dijo la tía Dorothy—. Supongo que imaginas que te acogerán en su familia con los brazos abiertos, ¿verdad? Seguro que sí. La vida no es tan sencilla. Probablemente sus padres esperan que se case con alguna chica argentina, alguien de su clase y que pertenezca a su círculo de amigos. Desconfiarán de ti porque no saben nada de ti. Te quejas de que tus primos no paran de insultarte. Muy bien, ¿qué tal te suena «aventurera»? Oh, sí, me dirás que estoy siendo injusta y dura contigo, pero sólo intento enseñarte ahora lo que la vida te enseñará más adelante. Piénsalo bien, Anna Melody, y acuérdate de que la hierba siempre es más verde en el otro lado.

Anna cruzó los brazos y miró, implorante, a su madre. La tía Dorothy siguió sentada en la silla con la espalda tensa y volvió a tomar un sorbo de café, aunque sin su entusiasmo habitual. Emer siguió con la mirada clavada en su taza de té, preguntándose qué hacer.

—¿Y si pudieras quedarte un tiempo en Londres? Quizá podrías encontrar un trabajo, no sé. Puede que haya una forma que te permita conocerle mejor. Quizá pueda venir a Irlanda y conocer a Dermot —sugirió Emer intentando encontrar una vía intermedia.

—¡No! —reaccionó Anna con rapidez—. No puede ir a Glengariff. No, no puede. Papá puede venir y conocerle aquí, en Londres.

—¿Te da miedo que deje de quererte si ve de dónde vienes? —soltó la tía Dorothy—. Si de verdad te quiere, eso le dará igual.

—Oh, no sé, Anna Melody. No sé qué hacer —suspiró Emer con tristeza.

—Por favor, ven a conocerle. Cuando le veas sabrás por qué le amo tanto —dijo Anna, dirigiéndose a su madre e ignorando deliberadamente a la tía Dorothy.

Emer sabía que había poco que ella o cualquiera pudiera hacer para detener a Anna Melody cuando se proponía algo. Había heredado esa veta testaruda de su padre.

—De acuerdo —terminó cediendo con un gesto cansado—. Le conoceremos.

◆ ◆ ◆

Emer y la tía Dorothy estaban sentadas, totalmente envaradas, a una mesa situada en una esquina del salón de té. La tía Dorothy había pensado que lo más adecuado sería sentarse lo más lejos posible del resto de los clientes del salón. «Nunca puede una estar segura de quién tiene al lado», había dicho. Anna estaba nerviosa. Jugaba con los cubiertos y fue al servicio dos veces en diez minutos. Cuando volvió a la mesa por segunda vez, anunció que esperaría a Paco en la calle.

—¡No harás nada semejante! —resopló la tía Dorothy. Pero Emer le dijo que fuera.

—Haz lo que te haga sentir más cómoda, querida —le dijo.

Anna esperó fuera, en mitad del frío, sin dejar de mirar una y otra vez a la calle para ver si podía reconocer a Paco entre los rostros desconocidos que caminaban hacia ella. Cuando por fin le vio, alto y guapo bajo la afilada ala de su sombrero, pensó: «Este es el hombre con el que voy a casarme», y sonrió de puro orgullo. Él andaba seguro de sí mismo, mirando a la gente que le rodeaba como si estuvieran hechos para hacerle la vida más cómoda. Hacía gala de la lánguida despreocupación de un gallardo virrey español que estaba convencido de que su supremacía jamás se vería amenazada. El dinero había puesto el mundo a sus pies. La vida había sido generosa con él. Él no esperaba menos.

Paco sonrió a Anna, la tomó de las manos y le besó en la mejilla. Después de decirle que no debería estar esperándole fuera con ese frío y llevando un vestido tan fino, entraron en el caluroso salón de té juntos. Ella le explicó brevemente que su padre no estaba allí; tenía que atender unos negocios en Irlanda. Paco se mostró decepcionado. Había esperado pedir de inmediato la mano de Anna. Era tan impaciente como ardiente.

Emer y la tía Dorothy los vieron acercarse a la mesa, sorteando los grupitos de pequeñas mesas redondas dispuestas en la sala como hojas de nenúfar en un estanque, cubiertas de teteras de plata y tazas de porcelana, pirámides de pastas de té y pedazos de torta, alrededor de las cuales la gente más distinguida y elegante charlaba en voz baja. Lo que de inmediato sorprendió a Emer fue la actitud de superioridad con la que Paco se comportaba y la nobleza de su mirada. Tenía un aire de privilegiada languidez y de elegancia natural que, según le pareció a Emer, debían de formar parte del mundo encantado del que procedía. En ese momento le aterró la idea de que su hija hubiera nadado demasiado lejos de la orilla y que fuera a tener graves problemas para dominar las fuertes corrientes submarinas que su nueva situación comportaría. La tía Dorothy pensó que era el hombre más guapo que había visto en su vida y sintió una amarga punzada de resentimiento al ver que su sobrina, a pesar de lo caprichosa y consentida que era, había ganado el corazón de ese caballero cuando el destino había apartado esa posibilidad de su pasado y, sin duda alguna, también de su futuro.

Tras las chanzas iniciales sobre lo terrible que estaba siendo el tiempo y sobre la obra que ellas habían visto la noche anterior, Paco decidió hablarles un poco de su familia.

—Entiendo que para ustedes todo esto parezca muy precipitado, pero les aseguro que no soy ningún vaquero chiflado. Procedo de una familia decente y mis intenciones son también decentes —explicó. Les dijo que había crecido en Argentina. Sus padres eran de origen español, aunque su abuela materna era austríaca. De ahí su pelo rubio y los ojos azules, dijo, echándose a reír.

»Mi padre es tan moreno que jamás pensarían que somos parientes —siguió, intentando aligerar la pesadez de la atmósfera. Emer sonreía, animándole a que siguiera, y la tía Dorothy estaba sentada con la boca cerrada, implacable. Por su parte, Anna escuchaba cada una de sus palabras con mayor reverencia que si hubiera estado escuchando al mismísimo Papa. La seguridad y la autoridad de Paco le garantizaban que estaría bien cuidada una vez casados. Reconocía en él el mismo dominio de sí que siempre había admirado en Cary Grant.

Paco les explicó que había estudiado en el internado inglés de St. George, en Argentina. Hablaba inglés y francés, y dominaba a la perfección el italiano, así como su lengua nativa, el español. Su familia era una de las más ricas y respetadas de Argentina. Además de la estancia familiar de Santa Catalina, su familia era dueña de gran parte de un edificio de apartamentos en el centro de Buenos Aires. Su padre tenía un pequeño avión. Una vez que estuvieran casados vivirían en uno de los apartamentos del edificio familiar y pasarían los fines de semana en Santa Catalina, la casa de sus padres.

—Puedo asegurarle, señora, que cuidaré bien de su hija y que la haré muy feliz. Amo a Ana Melodía. No soy capaz de describir cómo la amo. Yo mismo estoy sorprendido. Pero así es y creo que ella también me ama. Hay gente que tiene la suerte de enamorarse de golpe, como si les hubiera despertado la fuerza de un rayo. Otros tardan más en encontrar el amor y son incapaces de entender ese tipo de enamoramiento. Yo era uno de ellos, pero ahora entiendo lo que tantas veces han escrito los poetas. Me ha ocurrido a mí y soy el hombre más feliz de la Tierra.

Emer podía entender exactamente cómo amaba Paco a su hija. Éste miraba a Anna de la misma forma que Dermot la había mirado muchos años atrás, cuando se casaron. Deseó que estuviera allí con ella en ese momento, pero temía su reacción. Nunca permitiría que su preciosa niña se casara con un extranjero.

—No me importan demasiado las posesiones, señor Solanas. A mi marido tampoco —dijo Emer con su dulce voz. Estaba sentada con la espalda recta y miraba directamente a los sinceros ojos azules de Paco—. Lo que nos preocupa es la felicidad y la salud de nuestra hija. Es nuestra única hija, ¿sabe? En esto puedo hablar por voz de mi marido. La idea de que Anna se case y se vaya a vivir al otro lado del mundo nos resulta traumática. Pero siempre hemos dado a Anna Melody bastante libertad. Si eso es lo que ella quiere realmente, no podemos oponernos. Sin embargo, nos sentiríamos más felices si ustedes pudieran pasar más tiempo juntos antes de casarse y conocerse un poco. Eso es todo. Y, naturalmente, deberá usted conocer a mi marido y pedirle la mano de Anna.

—Pero mamá… —protestó Anna. Sabía que sus padres no podían permitirse instalarla en un hotel y no conocían a nadie en Londres. Paco entendió sin decirlo el dilema al que se enfrentaban.

—Permítame que le sugiera que su hija se quede en casa de mi primo Antoine La Rivière y su mujer Dominique. Acaban de casarse y por el momento viven en Londres. Si dentro de seis meses todavía queremos casarnos, ¿contamos con su bendición?

—Tendré que discutirlo con mi marido —dijo Emer, cauta—. Ana Melody debe volver con nosotras a Irlanda mañana. —Anna la miró horrorizada—. Querida, no precipitemos las cosas. Tu padre querrá hablar de todo esto contigo —dijo su madre, dándole unas palmaditas en la mano y sonriendo, comprensiva, a Paco.

—Entonces, si vuelvo a Irlanda mañana, supongo que al menos podremos pasar la tarde juntos —dijo Anna—. Quieres que nos conozcamos mejor, ¿no? —Paco tomó su mano, se la llevó a los labios y la besó, indicándole en silencio que le dejara tratar esos asuntos a él.

—Sería para mí un honor si me permitieran llevarlas a cenar —dijo, cortés.

Emer hizo caso omiso de su hermana, que le daba patadas por debajo de la mesa. Anna abrió la boca, horrorizada.

—Es usted muy amable, señor Solanas —respondió, escondiendo los pies bajo la silla—. ¿Por qué no lleva usted a Anna Melody? Después de todo, tienen que conocerse si van a casarse. Puede pasar a recogerla al hotel a las siete y media.

—Y traerla de vuelta antes de medianoche —añadió la tía Dorothy con acritud.

Después del té Anna y Paco se despidieron en la puerta mientras la madre y la tía de Anna esperaban a que les trajeran sus abrigos.

—Dios mío, Emer, ¿tú crees que hemos hecho lo correcto?

—Lo único que puedo decirte, Dorothy, es que Anna Melody sabe lo que quiere. Tendrá una vida mucho mejor con este joven que con Sean O'Mara, de eso puedes estar segura. No puedo soportar pensar que la vamos a tener en el otro lado del mundo. Pero, ¿cómo negarle una vida así si eso es lo que quiere? Por Dios, tiene que haber mucho más para Anna que lo que pueda darle Glengariff.

—Espero que Paco Solanas sepa lo caprichosa y enérgica que es Anna Melody. Si es la mitad de lista de lo que creo que es, se cuidará mucho de demostrarlo hasta que tenga el anillo en el dedo —comentó la tía Dorothy secamente.

—Dorothy, a veces eres terrible.

—De terrible nada, Emer. Soy sincera. Parece que sea yo la única que ve las cosas como son —añadió, ceñuda, antes de disponerse a salir a la calle.

6

La última noche en Londres había sido de lo más inquietante. Emer y la tía Dorothy habían esperado sentadas en camisón hasta que Anna había vuelto a medianoche, sana y salva. Ésta, atrapada en la mentira que había inventado sobre el hotel en el que se hospedaba, había tenido que coger otro taxi al hotel Brown's para que Paco pudiera reunirse allí con ella, tal como habían acordado. La había llevado a cenar a un pequeño restaurante con vistas al Támesis, por donde más tarde pasearon y conversaron bajo las trémulas estrellas que brillaban sobre sus cabezas.

A Paco le entristecía que ella tuviera que volver a Irlanda y no conseguía entender por qué. Había albergado la esperanza de que se quedara en Londres. Temeroso de que desapareciera entre las nieblas celtas para siempre, se había asegurado de anotar la dirección y el teléfono de Anna y le había dicho que la llamaría todos los días hasta que volviera. Había querido ir con ella de regreso al hotel Brown's, pero Anna había insistido en que la acompañara a coger un taxi, con la excusa de que el vestíbulo del hotel era un lugar poco dado al romance.

—Quiero que me beses al pie de una farola bajo la llovizna. No quiero recordarte besándome en un vestíbulo público —le había dicho, y él le había creído. Su beso había sido largo y lleno de sentimiento. Cuando Anna volvió al hotel De Vere en South Kensington, el corazón le quemaba, ardiente, en el pecho y en su boca todavía temblaba el recuerdo de aquel último beso. Como estaba demasiado nerviosa para poder dormir, se quedó estirada con los ojos fijos en la oscuridad, volviendo a recordar los besos de Paco una y otra vez hasta que sus pensamientos se convirtieron en sueños y se quedó profundamente dormida.

Anna era como una muñeca mecánica. No dejaba de dar vueltas por la suite en un estado de maníaca excitación. No parecía acordarse demasiado de Sean O'Mara. Todos sus pensamientos estaban dedicados en exclusiva al guapo Paco Solanas, y por mucho que la tía Dorothy intentara hacerle ver la gravedad de su situación, ella parecía no querer saber.

—Siéntate un momento, Anna Melody. Me estás mareando —resolló la tía Dorothy, palideciendo.

—Es que soy tan feliz que me pondría a bailar —replicó Anna, empezando a bailar un vals imaginario—. Paco es tan romántico; es como una estrella de Hollywood. —Suspiró y siguió dando vueltas sobre el suelo alfombrado.

—Tienes que pensar muy en serio en todo esto. El matrimonio no es sólo pasión —dijo su madre, midiendo sus palabras—. Este joven vive en un país lejano. Puede que no vuelvas a ver Irlanda.

—Me da igual Glengariff. El mundo se está abriendo para mí, mamá. ¿Qué hay para mí en Glengariff? —Su madre pareció dolida y reprimió un sollozo. No podía permitir que sus sentimientos influyeran en la decisión de su hija, aunque tenía enormes deseos de tirarse a sus pies y rogarle que se quedara. No se creía capaz de vivir sin ella.

—Tu familia, eso es lo que tienes en Glengariff —intervino la tía Dorothy enfadada—. Una familia que te adora. No la menosprecies, niña. La vida no es sólo riquezas. Aprenderás eso de la forma más dolorosa.

—Cálmate, tía Dorothy. Amo a Paco. No me importa si es rico. Le amaría aunque fuera un mendigo —dijo Anna imperiosa.

—El amor es un sentimiento que crece con el tiempo. No te apresures —dijo su madre indulgente—. No estamos hablando de París o de Londres, Anna, estamos hablando de un país que está en el otro extremo del mundo. Hablan otra lengua, tienen otra cultura. Echarás de menos tu casa —añadió, quedándose sin respiración y recuperando a continuación la compostura.

—Puedo aprender español. Miren, ya puedo decir «te amo» —dijo Anna, echándose a reír—. *Te amo, te amo.*

—Es tu decisión, querida, pero tendrás que convencer a tu padre —cedió Emer embargada por la tristeza.

—Gracias, mamá. La tía Dorothy es una vieja cínica —bromeó Anna.

—Oh, ¿y no has pensado ni por un momento en Sean? Supongo que crees que podrás retomar las cosas con él donde las dejaste si todo sale mal.

—¡No, tía Dorothy! —jadeó Anna—. Además, no va a salir mal —añadió con firmeza.

—Es demasiado bueno para ti.

—De verdad, Dorothy —la reprendió Emer, nerviosa—. Anna ya es mayorcita y sabe lo que le conviene.

—No estoy tan segura, Emer. No habéis pensado en ese pobre joven que tan bueno ha sido siempre contigo. ¿Te tiene sin cuidado lo que sea de él? Está deseando construir un futuro con la mujer a la que ama, y tú no haces más que echarle sus sueños a la cara sin el menor atisbo de sensibilidad. Emer, Dermot y tú habéis mimado tanto a esta niña que sólo es capaz de pensar en sí misma. No le habéis enseñado a pensar en los demás.

—Por favor, Dorothy. Este es un gran momento para Anna.

—Y un momento terrible para Sean O'Mara —bufó la tía Dorohty testaruda, cruzándose de brazos.

—¿Y qué puedo hacer si me he enamorado de Paco? ¿Qué esperas, tía Dorothy? ¿Que haga oídos sordos a mi corazón y vuelva con el hombre al que ya no amo? —dijo Anna melodramática, dejándose caer en una silla.

—Vamos, vamos, Anna Melody, tranquila. Tu tía y yo sólo queremos lo mejor para ti. Todo esto nos tiene un poco impactadas. Mejor que rompas ahora con Sean y no que tengas que arrepentirte cuando ya sea demasiado tarde. Una vez que te hayas casado, lo habrás hecho para el resto de tu vida —dijo Emer, acariciando con dulzura la larga melena pelirroja de su hija.

La tía Dorothy soltó un profundo suspiro. No había nada que hacer. ¿Cuántas escenas como esa había presenciado? Cientos. No tenía sentido intentar poner las cosas en su sitio. El destino lo hará por mí, se dijo.

—Sólo estoy siendo realista —admitió, adoptando un tono de voz más suave—. Soy más vieja que tú y más sabia, Anna. Como siempre dice tu padre: «El conocimiento puede adquirirse, la sabiduría llega con la experiencia». Por supuesto, tiene toda la razón. Dejaré que la vida te enseñe.

—Te queremos, Anna Melody. No nos gustaría que te equivocaras. Oh, ojalá tu padre hubiera estado aquí. ¿Qué va a decir? —preguntó su madre, temerosa.

Las mejillas de Dermot O'Dwyer enrojecieron paulatinamente hasta que sus enormes ojos grises parecían querer salírsele de las órbitas. Caminaba de un extremo a otro de la habitación sin saber qué decir. No iba a permitir que su única hija desapareciera en un país dejado de la mano de Dios ubicado en la otra punta del planeta para casarse con un hombre al que conocía desde hacía sólo veinticuatro horas.

—Jesús, María y José, niña. ¿A qué se debe todo esto? Ya sé, ha sido la fiebre de Londres. Te casarás con el joven Sean aunque tenga que llevarte yo mismo a rastras a la iglesia —dijo furioso.

—No me casaré con Sean aunque me pongas una pistola en la cabeza, papá —gritó Anna desafiante con la cara cubierta de lágrimas. Emer intentó intervenir.

—Es un hombre estupendo, Dermot. Muy guapo y maduro. Te habría impresionado.

—Como si es el maldito rey de Buenos Aires. No pienso permitir que mi hija se case con un extranjero. Creciste en Irlanda y te quedarás en Irlanda —bramó, sirviéndose un buen vaso de whisky y bebiéndoselo de un trago. Emer se dio cuenta de que le tamblaban las manos, y el dolor que percibió en su marido le rompió el corazón. Dermot enseñaba los dientes a cualquiera que se le acercara como un animal herido.

—Me iré a Argentina aunque tenga que nadar hasta allí. Sé que es el hombre para mí, papá. No amo a Sean. Nunca le he amado. Sólo fingí que le amaba para complacerte, porque no había nadie más. Pero ahora he visto al hombre que me corresponde por destino. ¿No puedes ver que Dios ha querido que nos encontráramos? Estaba escrito —dijo Anna, y sus ojos imploraron a su padre para que entendiera y cediera.

—¿De quién fue la idea de que fueras a Londres? —preguntó él, lanzando una mirada acusadora a su mujer. La tía Dorothy había salido. «He dicho lo que tenía que decir», habían sido sus últimas palabras antes de cerrar tras de sí la puerta. Emer miró a su alrededor desesperanzada y meneó la cabeza.

—No sabíamos que esto iba a ocurrir. Podría haber ocurrido en Dublín —dijo a la vez que le temblaban los labios. Conocía a su marido lo suficiente para saber que al final terminaría por dejarla marchar. Siempre terminaba por ceder a los deseos de Anna Melody.

—Dublín es diferente. No pienso dejar que te vayas a Argentina cuando sólo hace cinco minutos que conoces a ese hombre —dijo Dermot, llevándose la botella de whisky a los labios y dándole un buen trago—. Por lo menos en Dublín podremos cuidar de ti.

—¿Por qué no puedo ir a trabajar a Londres? El primo Peter lo hizo —sugirió Anna esperanzada.

—¿Y dónde vivirías? Responde, anda. No conozco a nadie en Londres, y desde luego no podemos pagarte un hotel —replicó su padre.

—Paco tiene un primo que se acaba de casar y que vive en Londres. Dice que podría vivir en su casa. Podría encontrar un trabajo, papá. ¿Puedes darme seis meses? Por favor, dame la oportunidad de que le conozca. Si después de seis meses todavía le amo, ¿dejarás que venga a pedirte permiso para casarse conmigo? —Dermot se dejó caer en una silla con aspecto derrotado. Anna se arrodilló en el suelo y puso la mejilla sobre la mano de su padre—. Por favor, papá. Por favor, deja que averigüe si es el hombre adecuado para mí. Si no lo hago, lo lamentaré el resto de mi vida. Por favor, no me obligues a casarme con el hombre al que no amo, un hombre cuyas caricias no serán bien recibidas. Por favor, no me obligues a pasar por eso —dijo, haciendo especial hincapié en la palabra «eso», a sabiendas de que la idea de verse sometida a las exigencias sexuales de un hombre al que no amaba bastaría para debilitar la resolución de su padre.

—Ve a ver a tus primos, Anna Melody. Quiero hablar con tu madre —dijo él, más tranquilo, retirando la mano.

—Querido, yo tampoco quiero que se vaya, pero ese joven es rico, culto, inteligente, por no mencionar lo guapo que es. Dará a nuestra hija mejor vida que Sean —dijo Emer, dejando brotar líbremente las lágrimas ahora que su hija había salido de la habitación.

—¿Te acuerdas de lo mucho que rezamos para tener una hija? —dijo Dermot al tiempo que las comisuras de los labios se le curvaban hacia abajo como si hubieran perdido toda su fuerza o su voluntad para mantenerse rectas. Emer ocupó el sitio de Anna en el suelo y besó la mano de su marido que descansaba sobre el brazo del sillón.

—Nos ha hecho tan felices —sollozó Emer—. Pero llegará el día en que no estemos y entonces tendrá que enfrentarse al futuro sin nosotros. No podemos retenerla para nosotros solos.

—La casa no será la misma —tartamudeó Dermot. El whisky le había soltado la lengua y las emociones.

—No, no lo será. Pero piensa en su futuro. De todas formas, quizá dentro de seis meses decida que no es el hombre para ella. Entonces volverá.

—Puede que sí —Pero no lo creía así.

—Dorothy dice que la hemos educado así de terca. Si eso es cierto, entonces nosotros tenemos la culpa. Hemos alimentado sus expectativas. Glengariff no es lo suficientemente bueno para ella.

—Quizá —replicó él desanimado—. No lo sé. —La idea de la casa sin el feliz caos de los nietos planeaba sobre sus cabezas, y sus corazones luchaban contra la pesadez que los acongojaba—. Está bien, le daré seis meses. No conoceré a ese joven hasta después de ese tiempo —dijo dándose por vencido—. Si se casa con él, todo habrá terminado. Será el adiós. No pienso ir a Argentina a visitarla —dijo, y los ojos se le llenaron de lágrimas—. Ni hablar.

Anna caminaba por la cima de la colina. La niebla la envolvía como fino humo que surgiera de chimeneas celestiales. No quería ver a sus primos. Los odiaba. Nunca la habían hecho sentir bienvenida. Pero ahora iba a abandonarlos. Quizá nunca volviera. Le encantaría ver su reacción cuando se enteraran de su radiante futuro. La recorrió un escalofrío de excitación, se arrebujó en el abrigo y sonrió. Paco se la llevaría con él al sol.

—Anna Solanas —dijo—. Anna Solanas —repitió en voz alta hasta que empezó a gritar su nuevo nombre a las colinas. Un nombre nuevo que señalaba una nueva vida. Echaría de menos a sus padres, lo sabía. Echaría de menos la cálida intimidad de su casa y las tiernas caricias de su madre. Pero Paco la haría feliz. Paco alejaría de ella la añoranza.

Cuando volvió de las colinas, su madre había cerrado la puerta del estudio de Dermot para dejarle solo con su dolor y para no preocupar con ello a su hija. Dijo a Anna que su padre había dicho que podía ir a Londres, pero que debía llamarles en cuanto llegara para que tuvieran la certeza de que estaba instalada a salvo en el piso de los La Rivière.

Anna abrazó a su madre.

—Gracias, mamá. Sé que has sido tú quien le ha convencido. Sabía que lo lograrías —dijo feliz, besando la suave piel que olía a jabón y a maquillaje.

—Cuando llame Paco puedes decirle que tu padre está de acuerdo en que vivas seis meses en Londres. Dile que si los dos sentís lo mismo pasado ese tiempo, Dermot irá a Londres a conocerle. ¿Está bien, querida? —preguntó Emer a la vez que pasaba una mano pálida por el pelo largo y rojo de su hija—. Eres muy especial para nosotros, Anna Melody. No nos hace felices que te vayas. Pero Dios estará contigo y él sabe lo que es mejor para ti —dijo de nuevo con voz temblorosa—. Perdóname por ponerme tan sentimental. Has sido el sol de nuestras vidas…

Anna volvió a abrazar a su madre y sintió también cómo la ahogaba la amoción, no porque fuera a irse, sino porque era consciente de que su felicidad iba a hacer muy desgraciados a sus padres.

Dermot se quedó disgustado en su estudio hasta que se puso el sol. Vio cómo las sombras trepaban por las ventanas hasta que cubrieron el suelo de la cocina, borrando los últimos rayos de luz. Podía ver a su pequeña bailando por la habitación con su vestido de los domingos. Pero después de un rato la alegría de la niña dio paso a las lágrimas, y se tiró al suelo llorando. Dermot quiso correr hasta ella, pero cuando se puso en pie, la botella vacía de whisky cayó al suelo y se hizo añicos, asustándola y haciéndola desaparecer. Cuando Emer entró para llevarle a la cama, Dermot roncaba en su silla. Un hombre triste y roto.

Anna tenía que cumplir con una última tarea antes de irse a Londres. Fue a decir a Sean O'Mara que no podía casarse con él. Cuando llegó a su casa, la madre de Sean, una mujer alegre con el físico rechoncho propio de un sapo jovial, entró de un salto en el vestíbulo para gritar a su hijo que su prometida los había pillado de sorpresa y había aparecido como por encanto.

—¿Cómo ha ido el viaje, querida? Apuesto a que ha sido emocionante, muy emocionante —dijo la madre entre risas al tiempo que se limpiaba en el delantal las manos llenas de harina.

—Ha sido un viaje muy agradable, Moira —respondió Anna, sonriendo incómoda y mirando por encima del hombro de la mujer para ver cómo su hijo bajaba a saltos las escaleras.

—Bien, me alegra que hayas vuelto, te lo aseguro —volvió a reír—. Nuestro Sean ha estado lloriqueando todo el fin de semana. Da gusto volver a verle sonreír, ¿no es cierto, Sean? —Se metió en la casa y añadió feliz—: Os dejo a lo vuestro, tortolitos.

Sean besó a Anna torpemente en la mejilla antes de tomarle la mano y conducirla calle arriba.

—¿Y? ¿Cómo ha ido en Londres? —preguntó.

—Bien —respondió Anna, saludando a Paddy Nyhan, que pasaba junto a ellos en su bicicleta. Después de sonreír y saludar a varios vecinos, Anna no pudo aguantar más aquel suspense.

»Sean, necesito hablar contigo en algún sitio donde podamos estar solos —dijo, frunciendo ansiosa el ceño.

—No te preocupes, Anna. Nada puede ser tan terrible —dijo Sean echándose a reír mientras caminaban por las callejuelas hacia las colinas.

Subieron en silencio. Sean inició una conversación haciéndole preguntas sobre Londres, pero ella le contestaba con monosílabos, de manera que al poco rato Sean decidió dejarlo. Por fin, lejos de ojos y oídos ajenos, se sentaron en un banco mojado que daba al valle.

—Dime, ¿qué te pasa? —preguntó Sean. Anna miró su rostro pálido y anguloso y sus ojos de niño y temió no tener el valor de decírselo. No había manera de hacerlo sin herirle.

—No puedo casarme contigo, Sean —dijo por fin, viendo cómo a Sean se le descomponía la cara.

—¿Que no puedes casarte conmigo? —repitió incrédulo—. ¿Qué quieres decir con eso?

—No puedo, eso es todo —dijo Anna, y apartó la mirada. El rostro de Sean enrojeció hasta adquirir un tono casi violáceo, sobre todo alrededor de los ojos, que se le humedecieron por la emoción.

—No lo entiendo. ¿A qué se debe esto? —tartamudeó—. Estás nerviosa, no es más que eso. Se te pasará cuando nos hayamos casado —insistió intentando tranquilizarse.

—No puedo casarme contigo porque estoy enamorada de otro hombre —dijo Anna e irrumpió en llanto. Sean se puso en pie, se llevó las manos a la cintura y soltó, furioso:

—¿Quién es ese hombre? ¡Le mataré! —escupió enojado—. Vamos, dime, ¿quién es? —Anna alzó la mirada y reconoció el dolor que escondía su rabia, lo que la hizo llorar todavía más.

—Lo siento, Sean, no he querido hacerte daño —dijo entre sollozos.

—¿Quién es, Anna? Tengo derecho a saberlo —gritó, volviendo a sentarse en el banco y cogiéndole la cara para que le mirara.

—Se llama Paco Solanas —respondió Anna, liberándose de su mano.

—¿Qué clase de nombre es ese? —replicó Sean con una risa burlona.

—Es español. Paco es argentino. Le he conocido en Londres.

—¿En Londres? Jesús, Anna, hace sólo dos días que le conoces. Esto es una broma.

—No es ninguna broma. Me voy a Londres a finales de semana —dijo, secándose la cara con la manga del abrigo.

—No durará.

—Oh, Sean, lo siento. Lo nuestro no puede ser —dijo cariñosa, poniendo una mano sobre la de él.

—Pensaba que me querías —le espetó Sean, apretándole la

mano y mirando sus ojos distantes como si intentara encontrar en ellos a la Anna que amaba.

—Te quiero, pero como a un hermano.

—¿Como a un hermano?

—Sí, no te quiero como a un marido —le explicó, intentando ser amable con él.

—¿Así que esto es el fin? —preguntó él, conteniendo la rabia—. ¿Esto es todo? ¿Adiós?

Anna asintió.

—Vas a huir con un hombre al que conoces desde hace dos días en vez de casarte conmigo, un hombre al que conoces desde siempre. No te entiendo, Anna.

—Lo siento.

—Deja de decir que lo sientes. Si tanto lo sintieras no me estarías dejando plantado. —Se levantó de golpe. Anna vio cómo le latía el músculo del pómulo, como si estuviera haciendo lo imposible por no derrumbarse y echarse a llorar. Pero Sean mantuvo la compostura—. Entonces esto es el final. Adiós. Espero que tengas una vida feliz, porque acabas de arruinar la mía. —Clavó la mirada en los ojos acuosos que estaban empezando a sollozar de nuevo.

—No te vayas así —dijo ella, corriendo tras él. Pero Sean bajó a grandes zancadas por el campo y desapareció en el pueblo.

Anna volvió al banco y lloró al sentir el dolor que había infligido a Sean. Pero no había otra forma de hacerlo. Amaba a Paco. No podía evitarlo. Se consoló pensando que con el tiempo Sean encontraría a alguien. Todos los días se rompen corazones, pensó, y también todos los días se reparan corazones. Sean la olvidaría. Pasó los días que siguieron escondida en casa, hablando por teléfono con Paco, evitando a sus primos y a la gente del pueblo que, habiéndose enterado de la noticia, culpaban a Anna por haber arruinado el futuro de Sean O'Mara. No se atrevía a salir. Cuando se fue de Glengariff no miró atrás; si lo hubiera hecho habría visto el rostro cetrino de Sean O'Mara mirándola con tristeza desde la ventana de su habitación.

◆ ◆ ◆

Anna se quedo seis meses en Londres. Vivía con Antoine y Dominique La Rivière en su espacioso apartamento de Kensington. Dominique era una novelista en ciernes, y Antoine gozaba de una exitosa carrera en la City. A Paco le había horrorizado la idea de que su prometida trabajara en Londres y había insistido para que, en vez de trabajar, tomara algunos cursos, entre ellos uno de español. A Anna le había dado demasiada vergüenza decírselo a sus padres por temor a herir su orgullo, así que les dijo que estaba trabajando en una biblioteca.

Paco escribió a sus padres para darles rendida cuenta de sus planes. Su padre expresó su preocupación en una carta sorprendentemente larga. Le aconsejó que si, una vez terminados sus estudios, seguía sintiendo lo mismo, llevara a su novia a casa para ver hasta qué punto se adaptaba a la familia. «Te darás cuenta enseguida si va a funcionar», escribió. Su madre, María Elena, le escribió diciendo que confiaba en su juicio. No dudaba de que Anna se adaptaría a Santa Catalina y de que todos la querrían tanto como él.

Transcurridos seis meses Ana dijo a su padre que ella y Paco todavía se amaban y que estaban decididos a casarse. Cuando Dermot sugirió que Paco fuera a Irlanda, ella insistió para que fuera Dermot quien se desplazara a Londres. Su padre se dio cuenta de que Anna se avergonzaba de su casa y le preocupó el futuro de la joven pareja si su presente no estaba basado en la honradez. Pero accedió a ir.

Dermot dejó a su mujer e hija paseando por Hyde Park mientras se encontraba con Paco Solanas en el hotel Dorchester. Emer sentía que su hija había crecido durante los seis meses que había pasado en Londres. Su nueva vida de mujer independiente le había hecho bien. Tenía un aspecto radiante y Emer se dio cuenta por la forma en que se cogían de la mano y se sonreían que la pareja era verdaderamente feliz.

Después de que Dermot hubiera hecho a Paco las preguntas de rigor, dijo que estaba convencido de que era un hombre honrado y que estaba seguro de que cuidaría bien de su hija.

—Espero que sepas dónde te estás metiendo, jovencito —le dijo poniéndose serio—. Es caprichosa y muy obstinada. Si hay padres que quieran demasiado a su hija, nosotros somos un buen ejemplo de ello. No es una chica fácil, pero con ella la vida nunca será aburrida. Sé que contigo tendrá una vida mejor que la que habría tenido en Irlanda, pero para ella no será tan fácil como cree. Sólo te pido que la cuides. Es nuestro tesoro.

Paco pudo ver que los ojos del viejo se habían humedecido. Dio la mano a Dermot y dijo que esperaba que pudiera ver con sus propios ojos la felicidad de su hija el día de su boda en Santa Catalina.

—No estaremos allí —dijo Dermot con decisión.

Paco se quedó sin habla.

—¿No van a ir a la boda de su hija? —preguntó, abrumado.

—Escríbenos y cuéntanoslo todo —dijo Dermot porfiado. ¿Cómo podía explicarle a un hombre sofisticado como ese que le daba miedo viajar tan lejos y encontrarse en un país extraño entre gente desconocida que hablaba un lenguaje que no entendía? No podía explicarlo, su orgullo no se lo permitía.

Anna abrazó afectuosamente a sus padres. Cuando abrazó a su madre estuvo segura de que había empequeñecido y adelgazado desde la última vez que la había visto en Irlanda, seis meses antes. Emer sonrió a pesar de la tristeza que le rompía el alma. Cuando dijo a su hija que la quería, su voz sonó seca y rasposa; las palabras se le perdieron en algún rincón de la garganta, que se había comprimido para evitar que pasaran por ella. Las lágrimas caían de sus ojos y se deslizaban formando gruesas líneas por el maquillaje de sus mejillas, goteándole de la nariz y de la barbilla. Se había propuesto mantener la calma, pero al abrazar a su hija por la que podía ser la última vez en mucho tiempo, no pudo contener por más tiempo la emoción. Se enjugó el acalorado rostro con un pañuelo de encaje que ondulaba en su temblorosa mano como una paloma blanca que intentara salir volando.

Dermot miraba a su esposa con envidia. La agonía que suponía contener las lágrimas, tragarse el dolor, era demasiada. Dio una palmada un poco exagerada a Paco en la espalda y le estrechó la mano quizá con demasiada fuerza. Cuando abrazó a Anna lo hizo tan enfervorizado que ella soltó un grito de protesta y tuvo que apartarla mucho antes de lo que hubiera deseado.

Anna también lloraba. Lloraba porque sus padres se sentían tan infelices al perderla. Deseaba partirse en dos para que pudieran quedarse con la mitad de ella. Le parecían vulnerables y frágiles al lado de la figura de Paco, alta e imponente. Le entristecía que no fueran a estar presentes en su boda, pero se alegraba de que su nueva familia no llegara a conocerles. No quería que supieran de sus orígenes por si pensaban que no era demasiado buena para ellos. Se sentía culpable por haberse permitido pensar así cuando estaba despidiéndose de sus padres. Les habría destrozado el corazón.

Con un último adiós, Anna se despidió de su pasado y dio la bienvenida a un futuro incierto con una confianza que habría sido mucho más propia de las páginas de un cuento de hadas.

7

La primera vez que Anna vio Santa Catalina pudo imaginar su futuro entre aquellos árboles altos y frondosos, en la casa colonial y en la vasta llanura, y tuvo la certeza de que allí sería feliz. Glengariff parecía haber quedado a años luz y estaba demasiado entusiasmada para poder echar de menos a su familia o para pensar en el pobre Sean O'Mara.

Se había ido de Londres en el dorado resplandor del otoño y había llegado a Buenos Aires cuando la ciudad empezaba a florecer, puesto que en Argentina las estaciones son opuestas a las europeas. El aeropuerto olía a humedad y a sudor, que se mezclaba con el fuerte aroma a lirios que procedía de una de las pasajeras que acababa de salir del servicio después de haberse refrescado.

Anna y Paco fueron recibidos por un hombre corpulento y bronceado de pequeños y brillantes ojos marrones y sonrisa incompleta. Él se ocupó de su equipaje y los condujo por una puerta lateral al exterior, donde lucía el caluroso sol de noviembre. Paco no soltó su mano en ningún momento, sino que la retenía entre las suyas posesivamente mientras esperaban a que llegara el coche que debían traerles del aparcamiento.

—Esteban, esta es la señorita O'Dwyer, mi prometida —dijo mientras el hombrecillo moreno cargaba las maletas en el maletero.

Anna, que había aprendido un poco de español en Londres, le sonrió con timidez y le tendió la mano. Notó que la mano de Esteban estaba caliente y húmeda en cuanto él tomó la suya y la estrechó con firmeza, a la vez que estudiaba su cara con curiosidad con sus ojillos como pasas. Cuando preguntó a Paco por qué todo el mundo la miraba y por qué Esteban la había observado con tanta curiosidad, él le respondió que se debía al color de sus cabellos. En Argentina había muy poca gente pelirroja y con la piel tan pálida. De camino a Buenos Aires, Anna apoyó la cabeza contra la ventana abierta para que la brisa le acariciara el cabello y le refrescara la cara.

Para Anna, Buenos Aires poseía la elegancia lánguida de una ciudad pasada de moda. A primera vista se parecía a las ciudades europeas que había visto en los libros de fotografías. Los recargados edificios de piedra podrían haber estado en París o en Madrid. Las plazas estaban rodeadas de altos sicómoros y de palmeras, y los parques rebosaban de flores y arbustos. Para su regocijo, hasta del asfalto parecían brotar miles de flores violetas que habían caído desde los enormes jacarandás. Había sensualidad en el ambiente. En las polvorientas aceras se diseminaban los pequeños cafés donde los habitantes de Buenos Aires se sentaban a tomar el té o a jugar a las cartas, envueltos en aquella pegajosa humedad. Paco le explicó que cuando sus ancestros emigraron a Argentina desde Europa a finales del siglo diecinueve, recrearon en la arquitectura y en las costumbres rasgos de sus viejos mundos para paliar la inexorable añoranza que pesaba sobre sus almas. Por eso, señaló, el Teatro Colón es como La Scala de Milán, la Estación Retiro es como la estación de Waterloo, y las calles llenas de sicómoros recuerdan el sur de Francia.

—Somos un pueblo incurablemente nostálgico —añadió—, y también incurablemente romántico.

Anna se echó a reír, apoyándose en él y besándole con cariño. Aspiró las embriagadoras esencias de los eucaliptus y de los jazmines que emanaban de las frondosas plazas, y observó el ajetreo de la vida diaria que avanzaba por las aceras deterioradas en forma de elegantes mujeres de suave tez morena y largos cabellos relucientes, observadas con descaro por hombres morenos de ojos oscuros y andares aletargados. Vio la danza del cortejo en las parejas sentadas que se cogían de la mano en los cafés o en los bancos de los parques, besándose a la luz del sol. Nunca había visto a tanta gente besándose en una ciudad.

El coche se metió en un garaje subterráneo de la arbolada Avenida Libertador, donde una sonriente criada de piel de color chocolate y vivarachos ojos marrones esperaba para ayudarles con el equipaje. Cuando vio a Paco, sus grandes ojos se llenaron de lágrimas y le abrazó afectuosamente, a pesar de que apenas le llegaba a la altura del pecho. Paco se echó a reír y rodeó con los brazos su cuerpo rollizo, abrazándola.

—Señor Paco, tiene muy buen aspecto —suspiró ella, mirándole de arriba abajo maravillada—. Europa le ha hecho muy bien, no hay más que verle. ¡Ah! —chilló, desviando la mirada hacia Anna—. Ésta debe de ser su prometida. Todos están muy entusiamados. Se mueren de ganas por conocerla. —Tendió su mano regordeta, que Anna apretó desconcertada. Hablaba tan rápido que Anna no había entendido una sola palabra.

—Amor, esta es Esmeralda, nuestra querida criada. ¿No es maravillosa? —dijo Paco guiñándole el ojo. Anna le sonrió antes de seguirle hasta el ascensor—. Tenía veinticuatro años cuando me fui y hace dos años que no me veía. Como podrás imaginar, está un poco sobreexcitada.

—¿Tu familia no está aquí? —preguntó Anna recelosa.

—Claro que no. Es sábado. Nunca pasamos el fin de semana en la ciudad —respondió él como si su respuesta fuera de lo más obvio—. Nos llevaremos al campo sólo lo estrictamente necesario. Dejaremos que Esmeralda se ocupe del resto.

El apartamento era grande y espacioso. Desde los relucientes ventanales se veían parques llenos de frondosos árboles bajo los cuales los amantes se miraban a los ojos, riendo y besuqueándose en la fresca mañana de primavera. El clamor de los pájaros y de las voces de los niños reverberaba en la calle sombreada que quedaba justo debajo, y en alguna parte ladraba un perro. No debía de estar lejos, puesto que los ladridos sonaban próximos, constantes e implacables. Paco llevó a Anna a una habitación pequeña de color azul celeste, decorada al estilo inglés, con cortinas de flores a juego con el edredón y con el cojín de la silla del tocador. Desde la ventana pudo ver los techos de la ciudad y, más allá, el brillante río amarronado.

—Ese es el Río de la Plata —dijo Paco, rodeándola con los brazos por la espalda y mirando por encima de su hombro—. En la orilla opuesta está Uruguay. Es el río más ancho del mundo. Allí —continuó, señalando entre los edificios— está La Boca, el viejo barrio del puerto fundado por los italianos. Te llevaré. Los restaurantes son fantásticos, y creo que te divertirás al ver las casas porque están pintadas de colores vivos y alegres. Luego te llevaré a San Telmo, el barrio antiguo, donde las calles están adoquinadas y las casas son románticas y se caen a pedazos, y allí bailaré un tango contigo. —Anna sonreía encantada mientras seguía mirando la ciudad que iba a ser su nuevo hogar y sentía un escalofrío de emoción recorrerle los huesos—. Pasearemos por la orilla del río llamada la Costanera cogidos de la mano y nos besaremos, y luego…

—¿Y luego? —le interrumpió, riendo coqueta.

—Y luego te traeré a casa y te haré el amor en nuestra cama de matrimonio, lenta y sensualmente —respondió.

Anna no pudo reprimir la risa, recordando esas largas noches de besos en que se había resistido a su propio deseo, que amenazaba con vencerla cuando Paco recorría su piel con los labios y acariciaba la inconfundible hinchazón de sus pechos bajo la blusa. En esos momentos se había apartado de él, roja de pasión y de vergüenza, puesto que su madre le había enseñado que debía reservarse para su noche de bodas. Una chica decente nunca permite que un hombre comprometa su reputación, había dicho.

Paco era anticuado y caballeroso, y aunque su cuerpo sufría la tortura de tener que reprimir sus ganas de ir más lejos de lo que habría resultado decente, respetaba el deseo de Anna de preservar su virginidad. Había conseguido reprimir su propio deseo a base de vigorosos paseos y duchas frías.

—Tendremos todo el tiempo del mundo para descubrirnos uno al otro cuando estemos casados —había dicho.

Anna sacó la ropa de verano de la maleta, dejando que Esmeralda se ocupara del resto como Paco había indicado. Se duchó en el cuarto de baño de mármol y se puso un vestido largo de flores. Mientras Paco estaba ocupado en su habitación, decidió dar una vuelta por el apartamento, que constaba de dos pisos, y se detuvo a mirar las fotografías de los miembros de la familia de Paco que sonreían desde sus brillantes marcos de plata. Había una de Héctor y María Elena, los padres de Paco. Héctor era un hombre alto y moreno con los ojos negros y remotos, y rasgos aquilinos que le daban la gracia regia de un halcón. María Elena era baja y rubia, y tenía unos ojos melancólicos y pálidos y una boca cálida y generosa. Ambos parecían elegantes y orgullosos. Anna deseó gustarles. Se acordó de las palabras de la tía Dorothy cuando le dijo que seguramente deseaban que su hijo se casara con alguien de su clase y de su cultura. Se había sentido muy segura de sí en Londres, pero en ese momento la idea de entrar en aquel fascinante nuevo mundo la asustaba. A pesar de sus comentarios y de los aires que se daba, la tía Dorothy estaba en lo cierto: no era más que una chiquilla de un pequeño pueblo irlandés con sueños de grandeza propios de una niña.

Oyó a Paco hablar con Esmeralda en el descansillo de la escalera. Luego él bajó las escaleras con su maleta.

—¿Eso es todo lo que vas a llevar? —preguntó cuando vio a Anna de pie en el vestíbulo con un pequeño maletín marrón en la mano. Ella asintió. No tenía mucha ropa de verano—. De acuerdo, entonces vámonos —dijo él, encogiéndose de hombros. Anna sonrió a Esmeralda, que le dio una cesta de provisiones para que la llevara a la granja, y consiguió decir «adiós» tal como le habían enseñado en las clases que había tomado en Londres. Paco se giró y arqueó una ceja cuando la oyó—. Lo has dicho sin acento —bromeó, poniendo las maletas en el ascensor—. ¡Así se hace!

Paco tenía un reluciente Mercedes importado de Alemania. Era un descapotable azul claro, y hacía un ruido tremendo que retumbó contra las paredes del garaje cuando encendió el motor. Anna vio cómo Buenos Aires pasaba a toda velocidad y sintió como si fuera en una lancha que volara sobre el océano. Deseó que sus horribles primos pudieran verla. Sus padres se henchirían de orgullo, y por primera vez desde que se había despedido de ellos sus rostros plagados de lágrimas emergieron a la superficie de su mente como burbujas. Por un instante el corazón se le tambaleó en el pecho presa de la añoranza, pero pronto estuvieron en la carretera con el viento alborotándole el pelo y el sol en la cara, y las burbujas estallaron y desaparecieron del todo.

Paco le había explicado que tenía tres hermanos. Él era el tercero. El mayor, Miguel, era como su padre: moreno, de piel oscura y ojos marrones. Estaba casado con Chiquita, por la que Paco sentía una gran simpatía. Luego estaba Nico, que también era moreno como su padre pero que tenía los ojos azules como su madre. Estaba casado con Valeria, que era seca y no tan dulce como Chiquita, pero estaba seguro de que se harían amigas una vez que hubieran tenido tiempo para conocerse. Después de Paco venía Alejandro, el menor, que estaba soltero pero que al parecer cortejaba seriamente a una chica llamada Malena que, según las cartas de Miguel, era una de las chicas más hermosas de Buenos Aires.

—No te preocupes —advirtió Paco a Anna afectuosamente—. Limítate a ser tú misma, y todos te querrán como yo te quiero.

Abrumada por lo diferente del paisaje, Anna estaba tan maravillada que no podía hablar. Lejos de las colinas húmedas y verdes de Irlanda miraba a su alrededor y veía la tierra llana y seca de las pampas. La llanura, manchada de rebaños diseminados de vacas, a veces de caballos, se extendía hasta los confines de la tierra como un mar rojizo bajo un brillante cielo azul de un color tan exquisito que a Anna le recordó los acianos. Santa Catalina apareció como un frondoso oasis de árboles y hierba verde y resplandeciente al final de un camino largo y polvoriento. Al oír el familiar ronroneo del coche de Paco, su madre había salido de la fría sombra de la casa para darle la bienvenida. Llevaba unos pantalones blancos plisados con botones en los tobillos que, como Anna pronto aprendería, eran una copia de los pantalones típicos de los gauchos llamados bombachas, y una camisa blanca con el cuello abierto y las mangas enrolladas. Llevaba también alrededor de la cintura un cinturón ancho de cuero decorado con monedas de plata que brillaban a la luz del sol. Tenía el pelo rubio recogido en un moño bajo que dejaba a la vista sus suaves rasgos y sus pálidos ojos azules.

María Elena abrazó a su hijo con gran efusividad. Puso sus manos largas y elegantes en la cara de Paco y le miró a los ojos, exclamando palabras en español que Anna no pudo entender, pero que reconoció como expresiones de alegría. Luego se volvió hacia Anna y, con mayor reserva, la besó en su pálida mejilla y le dijo en un inglés precario que estaba encantada de conocerla. Anna entró detrás de ellos en la casa donde el resto de la familia estaba esperando para dar la bienvenida a Paco y conocer a su nueva prometida.

Cuando Anna vio el frío salón lleno de desconocidos, se sintió presa del terror. Percibió cómo todos los ojos la escudriñaban, críticos, para ver si era bastante buena para Paco. Éste le soltó la mano y al instante se perdió entre los brazos de su familia, a la que no había visto desde hacía dos años. Durante un breve instante, que a la asustada Anna le pareció una embarazosa eternidad, se sintió sola, como un pequeño barco a la deriva en el mar. Se quedó clavada donde estaba, mirando a su alrededor con los ojos humedecidos, sintiéndose violenta y fuera de lugar. Justo en el momento en que empezó a pensar que no podía soportarlo más, Miguel se acercó a ella y se encargó de presentarla a la familia. Miguel le resultó amable y le sonreía, compasivo.

—Esto va a ser para ti una pesadilla. Toma aire y pronto habrá terminado —le dijo en un inglés pronunciado con un agradable y marcado acento parecido al de su hermano, a la vez que ponía una mano ruda sobre su brazo con intención de infundirle confianza. Nico y Alejandro sonrieron a Anna, educados, pero cuando les dio la espalda sintió que todavía tenían sus ojos fijos en ella y oyó cómo hablaban de ella en español, aunque todavía era incapaz de entender sus palabras a pesar de todas las clases que había tomado. Hablaban muy rápido. Le sobresaltó la imperiosa belleza de Valeria, que la besó sin sonreírle a la vez que la miraba con ojos confiados y firmes. Se sintió aliviada cuando Chiquita la abrazó cariñosamente y le dio la bienvenida a la familia.

—Paco hablaba mucho de ti en sus cartas. Me alegra que estés aquí —dijo en un inglés titubeante y a continuación se sonrojó. Anna estaba tan agradecida que habría podido llorar.

Cuando Anna vio acercarse la imponente figura de Héctor, sintió que el sudor le resbalaba por las pantorrillas y que el estómago le daba un vuelco. Era un hombre alto e imponente, y Anna se encogió ante el sofocante peso de su carisma. Se agachó para besarla. Olía a colonia, que quedó impregnada en su piel durante algún tiempo. Paco se parecía mucho a su padre. Tenía los mismos rasgos afilados, la misma nariz aguileña, aunque había heredado la expresión suave de su madre.

—Quiero darte la bienvenida a Santa Catalina y a Argentina. Supongo que esta es tu primera visita a nuestro país —dijo en un inglés perfecto. Anna tomó aire y asintió, insegura—. Deseo hablar con mi hijo a solas. ¿Te importaría quedarte con mi esposa?

Anna meneó la cabeza.

—Por supuesto que no —replicó con voz ronca, deseando que Paco la llevara de vuelta a Buenos Aires y pudieran estar solos. Pero Paco salió lleno de felicidad con su padre, y Anna supo que esperaba de ella que lidiara con la situación.

—Ven, sentémonos fuera —dijo María Elena con amabilidad, viendo desaparecer a su esposo y a su hijo por el vestíbulo con una mirada de desconfianza que oscureció la palidez de sus ojos. Anna no tuvo más remedio que salir a la terraza con María Elena y el resto de la familia para que pudieran verla mejor a la luz del sol.

—¡Por Dios, Paco! —empezó su padre con su voz profunda y firme, meneando la cabeza con impaciencia—. No hay duda de que es hermosa, pero mírala bien, es como un conejo asustado. ¿Tú crees que es justo para ella haberla traido?

El rostro de Paco se volvió rojo como la grana y el azul de sus ojos se tornó violeta. Había estado esperando ese enfrentamiento. Desde el principio había anticipado la desaprobación de su padre.

—Papá, ¿te sorprende que esté aterrada? No habla nuestra lengua y está siendo escudriñada por cada uno de los miembros de mi familia para ver si es lo suficientemente buena. Bien, sé perfectamente lo que me conviene y no pienso permitir que nadie me convenza de lo contrario. —Miró a su padre con actitud desafiante.

—Hijo, sé que estás enamorado y eso está muy bien, pero el matrimonio no tiene que ver necesariamente con el amor.

—No me hables así de mi madre —saltó Paco—. Voy a casarme con Anna —añadió con calma y decisión en la voz.

—Paco, es una provinciana, nunca ha salido de Irlanda. ¿Crees que es justo traerla y situarla aquí, en medio de nuestro mundo? ¿Cómo crees que va a soportarlo?

—Lo hará porque yo la ayudaré y porque tú también la ayudarás —dijo Paco encendido—. Porque harás que el resto de la familia logre que se sienta bienvenida.

—No será suficiente. Vivimos en una sociedad muy rígida. Todos la juzgarán. Con todas las chicas guapas que hay en Argentina, ¿por qué no has podido escoger a una de ellas? —Héctor levantó las manos exasperado—. Tus hermanos han conseguido buenos matrimonios en este país. ¿Por qué tú no?

—Amo a Anna porque es diferente de todas ellas. De acuerdo, es una provinciana, no pertenece a nuestra clase y es una chica sencilla. ¿Y qué? La amo como es, y tú también la querrás cuando la conozcas. Deja que se relaje un poco. Cuando olvide sus miedos entenderás por qué la amo tanto.

Paco tenía fijos los ojos en su padre. Su inquebrantable mirada se dulcificaba cuando hablaba de Anna. Héctor tenía rígida la mandíbula y apretaba la barbilla de pura tozudez. Meneaba lentamente la cabeza, y al aspirar se le ensanchaban las aletas de la nariz. No apartaba los ojos del rostro de su hijo.

—Está bien —terminó cediendo—. No puedo impedirte que te cases con ella. Pero espero que sepas lo que estás haciendo, porque desde luego yo no.

—Dale tiempo, papá —dijo Paco, agradecido porque su padre había dado su brazo a torcer. Era la primera vez que le había visto hacerlo en toda su vida.

—Ya eres un hombre y tienes edad suficiente para tomar tus propias decisiones —dijo Héctor con brusquedad—. Es tu vida. Espero equivocarme.

—Verás como sí. Sé lo que quiero —le aseguró Paco. Héctor asintió antes de abrazar a su hijo con firmeza y de darle un beso en su húmeda mejilla, como tenían por costumbre una vez que habían dado por terminada una discusión.

—Vayamos a reunirnos con los demás —dijo Héctor, y ambos se encaminaron a la puerta.

Anna sintió de inmediato simpatía por Chiquita y Miguel, que la acogieron en la familia con afecto incondicional.

—No te preocupes por Valeria —le aconsejó Chiquita mientras le mostraba la estancia—. Le gustarás cuando te conozca. Todos es-

peraban que Paco se casara con una argentina. Ha sido toda una so-
presa. Paco anuncia que se casa y nadie te conoce. Serás feliz aquí una
vez que te hayas instalado.

Chiquita mostró a Anna los ranchos —el abigarrado conjunto de
casitas blancas donde vivían los gauchos— y el campo de polo, que
volvía a la vida durante los meses de verano, cuando los chicos no hacían otra cosa que jugar o, en su defecto, hablar de ello. La llevó a la
pista de tenis que estaba emplazada entre los pesados y húmedos plátanos y los eucaliptus, y la piscina de aguas cristalinas, situada sobre
la pequeña colina artificial desde donde podía verse un enorme campo de hierba lleno de vacas marrones que rumiaban al sol.

Pronto Anna empezó a practicar el español con Chiquita. Ésta le
explicaba las diferencias gramaticales entre el español de España, que
Anna había aprendido en Londres, y el español que se hablaba en Argentina, y escuchaba pacientemente mientras Anna se peleaba con las
frases.

Durante la semana, Anna y Paco vivían en Buenos Aires con los
padres de él, y aunque al principio las comidas resultaban tensas, a
medida que el español de Anna fue mejorando, también lo hizo la difícil relación con Héctor y María Elena. Anna calló sus miedos durante esos meses de compromiso, consciente de que Paco deseaba
que hiciera lo posible por adaptarse. Él empezó a trabajar en el negocio de su padre, dejando que Anna pasara el día estudiando español
y tomando un curso de historia del arte. Ella temía los fines de semana, cuando la familia entera se daba cita en la estancia, sobre todo por
la hostilidad que sentia en Valeria.

Valeria hacía que se sintiera indigna. Con sus inmaculados vestidos de verano, su largo cabello moreno y sus rasgos aristocráticos,
conseguía que a Anna se le encogiera el estómago al hacerla sentirse
inadecuada. Se sentaba a murmurar con sus amigas junto a la piscina,
y Anna sabía que estaban hablando de ella. Fumaban cigarrillos y la
miraban como una manada de hermosas y resplandecientes panteras
que observaran perezosamente a una liebre asustada, disfrutando
cuando la veían tropezarse. Anna recordaba con amargura a sus primos irlandeses y se preguntaba qué era peor. Al menos en Glengariff
había podido escapar a las colinas. En Santa Catalina no tenía dónde

esconderse. No podía quejarse a Paco, puesto que quería que él sintiera que se estaba adaptando, y tampoco quería quejarse a Chiquita, que se había convertido en una aliada y buena amiga. Siempre había escondido sus sentimientos, y su padre le había dicho en una ocasión que escondiera sus debilidades de la gente que podría aprovecharse de ellas. En este caso estaba segura de que su padre tenía razón, y no quería dar a ninguna de ellas la satisfacción de ver cómo fracasaba.

—¡No es mejor que Eva Perón! —dijo enfadada Valeria cuando Nico la recriminó por mostrarse tan poco amistosa—. Una arribista que intenta subir en la escala social casándose con un hombre de tu familia. ¿Es que no lo ves?

—Ama a Paco, eso es lo que veo —replicó con brusquedad en defensa de la elección de su hermano.

—Los hombres son totalmente estúpidos a la hora de entender a las mujeres. Héctor y María Elena sí se han dado cuenta, estoy segura —insistió.

En aquel momento, Perón estaba en la cima del poder. Tenía al pueblo totalmente sometido. Apoyado por los militares, controlaba la prensa, la radio y las universidades. Nadie osaba desviarse de la línea marcada por el partido. Aunque era lo suficientemente popular para poner en práctica una democracia, prefería gobernar con precisión militar y ejerciendo un control absoluto. Oficialmente no había campos de concentración para los disidentes y se permitía que la prensa extranjera visitara el país con plena libertad, pero una corriente subterránea de temor fermentaba bajo la superficie de la Argentina de Perón. Eva, llamada Evita por sus millones de partidarios, usaba su posición y su poder para actuar como un Robin Hood moderno, y la sala de espera de su despacho vibraba literalmente con las colas de gente que iban a pedirle favores —una casa nueva, una pensión, un trabajo—, a los que Eva respondía agitando su varita mágica. Creía que era su misión personal aliviar el sufrimiento de los pobres, que ella había vivido de muy cerca, y encontraba un placer inigualable en quitar a los ricos para dar a los *descamisados*, un nombre acuñado por el propio Perón. Gran parte de las familias ricas, temerosas de que la dictadura de Perón llevara al comunismo, abandonaron el país en ese tiempo.

—Sí —dijo Valeria rencorosa—, Anna es como Eva Perón: socialmente ambiciosa. Y tú y tu familia van a dejar que se salga con la suya.

Nico se rascó la cabeza y decidió que el razonamiento de Valeria era tan ridículo que ni siquiera iba a molestarse en discutir con ella.

—Dale una oportunidad —dijo—. Ponte en su lugar y verás cómo eres más amable con ella.

Valeria se mordió el labio inferior y se preguntó por qué no había manera de que los hombres vieran lo que había detrás de una mujer hermosa. Igual que Juan Perón.

El momento decisivo se dio una tarde en que toda la familia se acomodó sobre las piedras que rodeaban la piscina, tomando el glorioso sol y bebiendo los riquísimos jugos de frutas que las criadas de uniforme azul claro traían desde la casa. Anna estaba sentada con Chiquita y María Elena a la sombra con Diego Braun, un amigo de Miguel que, obnubilado por la belleza celta de la prometida de Paco, no podía evitar flirtear con ella delante de todos.

—Ana, ¿por qué no te bañas? —le preguntó desde la piscina, con la esperanza de que ella se tirara al agua y se uniera a él. Anna entendió perfectamente la pregunta, pero se puso tan nerviosa al sentir que todo el mundo estaba esperando su respuesta que se hizo un lío con la gramática y tradujo su respuesta directamente del inglés.

—Porque estoy caliente —replicó, queriendo decirle que no quería nadar en el agua fría porque estaba cómoda disfrutando del calor. Ante su sorpresa, todos se echaron a reír. Se reían tanto que se llevaron las manos al estómago para intentar calmar el dolor que les producían las carcajadas. Anna miró desesperada a Chiquita que, entre carcajadas, le tradujo lo que había dicho.

Anna reflexionó sobre lo que acababa de decir y de repente la risa de Chiquita encendió una chispa en su propio estómago y también ella se echó a reír. Se rieron todos juntos, y por primera vez Anna se sintió parte del clan. Se levantó y dijo con su fuerte acento irlandés, sin importarle si su gramática era o no correcta, que quizá lo mejor sería que se diera un baño para enfriarse un poco.

A partir de ese momento aprendió a reírse de sí misma y se dio cuenta de que el sentido del humor era la única forma de hacerse querer por ellos. Los hombres dejaron de admirarla en silencio desde la distancia y empezaron a tomarle el pelo sobre su pobre español y las chicas se encargaron de ayudarla no sólo con el idioma sino también con los hombres. Le enseñaron que los hombres latinos muestran una seguridad y un descaro con las mujeres con los que tendría que ir con cuidado. No estaba a salvo ni siquiera como mujer casada. Seguirían intentándolo a pesar de todo. Siendo europea y hermosa debería ser doblemente cautelosa. Las mujeres europeas eran como trapos rojos para los toros, le dijeron, y tenían la reputación de «fáciles». Pero decir «no» nunca había supuesto un problema para Anna, y su naturaleza caprichosa empezó de nuevo a reafirmarse.

A medida que el carácter de Anna emergía de la niebla que habían creado sus miedos y las limitaciones que la barrera del lenguaje había supuesto, Valeria se dio cuenta de que Anna no era débil ni desvalida, como había sospechado en un principio. De hecho, tenía un carácter fuerte como el acero y la lengua de una víbora, incluso en su pobre español. Contestaba a la gente, y hasta se mostró en desacuerdo con Héctor durante un almuerzo delante de toda la familia, y salió victoriosa de la discusión, mientras Paco la miraba triunfante. Cuando se celebró la boda, si Anna no se había ganado el afecto de cada uno de los miembros de la familia, al menos se había ganado su respeto.

La boda se celebró bajo un cielo azul como el océano en los jardines de verano de Santa Catalina. Rodeada de trescientas personas a las que no conocía, Anna Melody O'Dwyer estaba resplandeciente bajo un tupido velo tachonado de florecillas y de lentejuelas. Cuando caminaba por el pasillo central de la iglesia de la mano del distinguido Héctor Solanas, sentía que por fin había entrado en las páginas de los cuentos de hadas que tantas veces había leído durante su infancia. Se lo había ganado gracias a su inquebrantable decisión y a su fuerte personalidad. Todos tenían los ojos puestos en ella, mirándose unos a otros y asintiendo, comentando la exquisita criatura que era. Se sentía admirada y adorada. Había mudado la piel de aquella chiquilla miedosa que había llegado a Argentina hacía tres meses y se había convertido en la mariposa que siempre había sabido que era. Cuando hizo sus votos a su príncipe, creía que los cuentos como ése sí tenían finales felices. Saldrían de la mano a la luz del sol y serían felices para siempre.

La mañana de la boda había recibido un telegrama de su familia. Decía así:

A NUESTRA QUERIDA ANNA MELODY STOP TODO NUES-
TRO AMOR PARA TU FUTURA FELICIDAD STOP TUS QUE-
RIDOS PADRES TÍA DOROTHY STOP TE ECHAMOS DE ME-
NOS STOP

Anna lo leyó mientras Soledad iba trenzándole flores de jazmín en el pelo. Cuando lo hubo leído, lo dobló y se deshizo de él como parte de su antigua vida.

La noche de bodas resultó tan tierna y apasionada como había anticipado. Por fin, a solas bajo el velo de la oscuridad, Anna había permitido que su marido la descubriera. Sin dejar de temblar, había dejado que la desnudara, besando cada parte de su cuerpo a medida que le iba siendo revelada. Él disfrutaba de la blanca inocencia de su piel, iridiscente a la oscura luz de la luna que entraba con sus trémulos rayos a través de las rendijas de las persianas. Paco disfrutó de la curiosidad y del deleite de su mujer a medida que se abandonaba a él y dejaba que explorara esos rincones de su cuerpo hasta entonces prohibidos. Cada vez que la acariciaba, que la tocaba, Anna sentía que sus almas se unían en un plano espiritual y que sus sentimientos por Paco pertenecían a otro mundo, un mundo que iba más allá de lo físico. Se sintió bendecida por Dios.

Al principio no echaba en absoluto de menos a su familia ni a su país. De hecho, su vida era de pronto mucho más excitante. Como esposa de Paco Solanas, podía tener todo lo que quisiera y su nombre infundía respeto. Su nuevo estatus había borrado por completo las huellas de su humilde pasado. Le encantaba asumir el papel de anfitriona en su nuevo apartamento de Buenos Aires, deslizándose por los grandes salones exquisitamente decorados, y siendo siempre el centro de atención. Se ganaba la simpatía de todos con sus poco afortunados intentos por hablar español y sus modales poco sofisticados; si la familia Solanas la había aceptado, también la aceptaban los porteños (la gente de Buenos Aires). Por su condición de extranjera era una curiosidad, y se salía casi siempre con la suya. Paco estaba profundamente orgulloso de su esposa. Era distinta del resto de la gente en esa ciudad de estrictos códigos sociales.

Sin embargo, en los comienzos de su vida de casados Anna todavía cometía algunos errores. No estaba acostumbrada a tener criados, de manera que tendía a tratarlos de mala manera, creyendo que así era como las clases altas trataban a sus empleados. Quería que la gente pensara que se había criado rodeada de sirvientes, pero se equivocaba; su actitud hacia ellos ofendía a su nueva familia. Durante los primeros meses, Paco había fingido no darse cuenta, con la esperanza de que Anna aprendería observando a sus cuñadas. Pero llegó un momento en que tuvo que pedirle amablemente que tratara al servicio con más respeto. No podía decirle que Angelina, la cocinera, había aparecido en la puerta de su estudio frotándose las manos, angustiada, para decirle que ningún miembro de la familia Solanas le había hablado de la forma en que lo había hecho la señora Anna. Anna se mortificó y estuvo de mal humor durante unos días. Paco intentó engatusarla para que olvidara el incidente. Esos estados de ánimo no formaban parte de la Ana Melodía de la que se había enamorado en Londres.

De pronto Anna se encontró con que tenía más dinero que el Conde de Montecristo. En un intento por demostrar que no era una pobre muchachita de pueblo de Irlanda del Sur y con objeto de animarse, se fue de paseo por la Avenida Florida en busca de algo especial que ponerse para la cena de cumpleaños de su suegro. Encontró un traje elegantísimo en una pequeña boutique, situada en la esquina donde la Avenida Santa Fe cruza la Avenida Florida. La dependienta fue de gran ayuda, y le regaló además una botella de perfume. Anna estaba encantada y empezó de nuevo a sentir ese optimismo interno que había sentido la primera vez que había puesto los pies en Buenos Aires.

Sin embargo, en cuanto esa noche entró en el salón de Héctor y María Elena y vio cómo iban vestidas las otras mujeres, se dio cuenta, avergonzada, de que su elección había sido un error. Todos las miradas se volvieron hacia ella, y las sonrisas escondieron la desaprobación que su educación y cortesía les impedía mostrar. El vestido que había elegido era demasiado corto y moderno para aquella tranquila y elegante velada. Para empeorar aún más las cosas, Héctor se acercó a ella. Sus cabellos negros, entre los que se adivinaban algunas canas en las sienes, y su gran altura le daban un aspecto aterrador. Eclipsándola, amenazador, le ofreció un chal.

—No quiero que cojas frío —le dijo amable—. A María Elena no le gustan los ambientes caldeados, le dan dolor de cabeza.

Anna le dio las gracias a la vez que reprimía un sollozo y bebió de un sorbo una copa de vino lo más rápido que le permitió el decoro. Más tarde Paco le dijo que aunque iba inadecuadamente vestida, había sido la mujer más hermosa del salón.

Cuando en 1951 nació Rafael Francisco Solanas (apodado Rafa), Anna sentía ya que estaba empezando a formar parte de la familia. Chiquita, para entonces su cuñada, la había llevado de compras, y Anna empezó a aparecer con los más elegantes vestidos importados de París, y todo el mundo estaba profundamente admirado de que hubiera dado a luz a un niño. Rafa era rubio y tan pálido que parecía un monito gordo y albino. Pero para Anna era la criatura más preciosa que jamás había visto.

Paco se sentó junto a ella en la cama del hospital y le dijo lo feliz que le había hecho. Tomó la delgada mano de Anna entre las suyas y la besó con gran ternura antes de poner en uno de sus dedos un anillo de diamantes y rubíes.

—Me has dado un hijo, Ana Melodía. Estoy muy orgulloso de mi hermosa mujer —dijo con la esperanza de que un niño la ayudaría a tranquilizarse y le daría algo con lo que llenar sus días aparte de las compras.

María Elena le regaló un relicario de oro tachonado de esmeraldas que había sido de su madre, y Héctor echó un vistazo al niño y dijo que era igual a su madre, pero que lloraba con la fuerza de un auténtico Solanas.

Cuando Anna llamó a su madre a Irlanda, Emer lloró la mayor parte del tiempo que duró la llamada. Deseaba más que nada estar en esos momentos al lado de su hija, y se le rompía el corazón al saber que quizá nunca vería a su nieto. La tía Dorothy cogió el auricular e interpretó lo que su hermana estaba intentando decir, repitiendo las palabras de su sobrina a todos los que estaban sentados en el pequeño salón.

Dermot quería saber si era feliz y si cuidaban bien de ella. Habló brevemente con Paco, que le dijo que Anna era muy querida por toda la familia. Cuando Dermot colgó estaba más que satisfecho, pero la tía Dorothy no estaba convencida.

—Si queréis mi opinión, no parecía ella misma —dijo con tristeza, dejando de tejer.

—¿Qué quieres decir? —le preguntó Emer todavía con ojos llorosos.

—A mí me ha parecido que estaba feliz —soltó Dermot con brusquedad.

—Oh, sí, parecía estar feliz, aunque un poco contenida —dijo pensativa la tía Dorothy—. Esa es la palabra, contenida. Sin duda Argentina está haciendo mucho bien a nuestra Anna Melody.

Anna tenía todo lo que podía desear en la vida, salvo una cosa que no dejaba de castigarle el orgullo. Por mucho que se esmerara en observar y copiar a los que la rodeaban, no parecía llegar nunca a librarse de la sensación de no ser socialmente adecuada. A finales de septiembre, cuando la primavera cubría la pampa con largas briznas de hierba y flores silvestres, Anna se encontró con otro obstáculo que se interpuso entre ella y la sensación de formar parte de la familia por la que tanto luchaba: los caballos.

Nunca le habían gustado los caballos. De hecho, les tenía alergia. Prefería otros animales: las traviesas vizcachas, unos grandes roedores parecidos a las liebres que excavaban sus madrigueras en la llanura; el gato montés, al que a menudo veía andando con gran agilidad entre los arbustos; y el armadillo, cuya forma absurda la tenía fascinada. Héctor tenía un cascarón de armadillo en la mesa de su estudio que usaba como «objeto», lo que a Anna le parecía terrible. Pero no tardó en ver que la vida en Santa Catalina giraba en torno al polo. Todos montaban a caballo. Los automóviles no tenían cabida en un lugar donde los caminos que unían una estancia con otra a menudo no eran más que vías sucias, o simplemente senderos que se abrían entre las altas hierbas.

La vida en Santa Catalina era muy sociable; estaban constantemente tomando el té u organizando grandes asados en los ranchos de los demás. Anna se encontró con que tenía que desplazarse en camioneta utilizando las rutas largas cuando los demás simplemente montaban a caballo y no tardaban nada en llegar galopando a su destino. El polo dominaba las conversaciones: los partidos que jugaban contra otras estancias, sus *handicaps*, sus ponis —los caballos para practicar el deporte—, sus jugadores. Al parecer, los hombres jugaban casi todas las tardes. Así se entretenían. Las mujeres se sentaban en la hierba con sus pequeños y veían a sus maridos y a sus hijos mayores galopar de un extremo al otro del campo. Pero, ¿para qué? Para meter una bola entre dos postes. No valía la pena tanto esfuerzo, pensaba Anna con amargura. Cuando veía a los más pequeños, que apenas empezaban a caminar, jugando en las bandas con un bastón en miniatura, alzaba la vista de pura desesperación. No había forma de librarse de aquello.

Agustín Paco Solanas nació en otoño de 1954. A diferencia de su hermano, era moreno y con mucho pelo. Paco dijo que era igual al abuelo Solanas. Esta vez dio a su esposa un anillo de diamantes y zafiros. Pero en su relación se había abierto una grieta.

Anna se dedicó en cuerpo y alma a sus dos pequeños. Aunque contaba para ello con la ayuda de Soledad, la joven sobrina de Encarnación, prefería hacerlo sola. Sus hijos la necesitaban, dependían de ella. Para ellos Anna lo era todo, y su amor por su madre era incondicional. Ella correspondía a su afecto con ciega devoción. Cuanto más se concentraba en sus hijos, más se alejaba de su marido, hasta que Paco terminó convertido en un personaje secundario en el trasfondo de su vida de madre. Parecía pasar cada vez más tiempo lejos de ella. Volvía de trabajar a altas horas de la noche, y cuando ella se levantaba por la mañana, él ya se había ido. Durante los fines de semana en Santa Catalina, se hablaban con una educada frialdad que había ido inundando su relación con el sigilo de un puma. Anna se preguntaba qué había sido de las risas y de la alegría de antaño. ¿Qué había sido de sus juegos? Ahora parecían hablar sólo de los niños.

Paco no se atrevía a admitir delante de nadie que quizá se hubiera equivocado, que quizá había sido mucho esperar que Anna se aclimatara a una cultura tan ajena a ella. Había visto cómo la Ana Melodía de la que se había enamorado desaparecía lentamente tras la máscara remota de una mujer que intentaba ser algo que en realidad no era. Había visto, impotente, cómo la naturaleza indómita y la desafiante independencia de su esposa se convertían en petulancia y resentimiento. Anna siempre estaba a la defensiva. Parecía estar en constante lucha por encontrarse a sí misma, lo que no hacía más que llevarla a imitar a los que la rodeaban para ser como ellos. Había sacrificado esas cualidades únicas que Paco había encontrado tan encantadoras en pos de una sofisticación que no acababa de hacer suya. Paco sabía que era una mujer muy apasionada, pero por más que intentaba vencer sus reservas con sus besos, sus encuentros nocturnos se convirtieron en nada más que eso: simples encuentros. A pesar de que anhelaba compartir sus preocupaciones con su madre, era demasiado orgulloso para admitir que quizá debería haber dejado a Anna Melody O'Dwyer en aquellas nebulosas calles de Londres y ahorrarse tanta infelicidad.

Cuando Sofía Emer Solanas llegó al mundo, en otoño de 1956, el frío se había convertido en hielo. Paco y Anna apenas se hablaban. María Elena se preguntaba si tantos años lejos de su familia no estarían empezando a pasar factura a su nuera, de manera que sugirió a Paco que trajera a los padres de Anna a Santa Catalina por sorpresa. Al principio Paco se resistió. No sabía si a Anna le gustaría que actuara a sus espaldas. Pero María Elena estaba totalmente decidida.

—Si quieres salvar tu matrimonio, deberías pensar menos y actuar más —dijo con convicción.

Paco dio su brazo a torcer y llamó a Dermot a Irlanda para hacerle partícipe de su plan. Escogió sus palabras con sumo cuidado para no herir el orgullo del viejo. Dermot y Emer aceptaron el regalo con agradecimiento. A la tía Dorothy le dolió sobremanera no haber sido incluida.

—¡No olvides ni un solo detalle, Emer Melody, o no volveré a dirigirte la palabra! —le avisó con aparente buen humor, luchando por ocultar su decepción.

Dermot nunca había ido más allá de Brighton y a Emer le daba miedo volar, aunque se quedó más tranquila cuando se convenció de que Swissair era una muy buena compañía. La idea de volver a ver a su querida Anna Melody y de conocer a sus nietos bastaba para que venciera todos sus miedos. Llegaron los billetes y ambos emprendieron el interminable viaje entre Londres y Buenos Aires, haciendo escala en Ginebra, Dakar, Recife, Río y Montevideo. Sobrevivieron al viaje a pesar de perderse en el aeropuerto de Ginebra y de estar a punto de perder su vuelo de conexión.

Cuando, transcurridas dos semanas desde el nacimiento de Sofía, Anna regresó con ella envuelta en un chal de encaje de color marfil a Santa Catalina, encontró a sus padres esperándola, agotados y con los ojos llenos de lágrimas, en la terraza. Anna dejó a Sofía en manos de la excitada Soledad y se fundió en un abrazo con ambos a la vez. Habían traído regalos para Rafael, que ya tenía seis años, y para Agustín, y también el libro de fotos antiguas de Emer para Anna. Paco y su familia les dejaron a solas durante un par de horas, durante las cuales los tres hablaron hasta quedar sin aliento, lloraron sin ninguna vergüenza y se rieron como sólo los irlandeses saben hacerlo.

Dermot hizo algún comentario sobre la «buena vida» que Anna Melody había conseguido, y Emer revisó los armarios de su hija y las habitaciones de su casa con auténtica admiración.

—Si la tía Dorothy pudiera verte, hija, estaría muy orgullosa de ti. De verdad lo has conseguido.

Emer se mostró encantada cuando su hija le preguntó con ternura por Sean O'Mara. Diría a la tía Dorothy que la niña no era tan egoísta como ella suponía, ni tan cruel. Emer dijo a su hija que Sean se había casado y se había ido a vivir a Dublín. Según le habían dicho sus padres, las cosas le estaban yendo bien. Aunque no estaba del todo segura, creía recordar que alguien le había dicho que había tenido una niña, o quizás era un niño, no se acordaba. En el rostro de Anna se dibujó una sonrisa triste a la vez que decía que estaba feliz por él.

Tanto Emer como Dermot chochearon con los niños que, a su vez, se encariñaron de inmediato con sus abuelos. Sin embargo, cuando el entusiasmo inicial provocado por su llegada se hubo calmado, Anna empezó a desear que sus padres no fueran tan provincianos. Llevaban sus trajes de los domingos, y parecían una tímida pareja recortada contra aquel paisaje extraño. María Elena tomó el té con Emer y con Anna en su casa frente a un fuego exuberante, ya que cuando el sol se ponía, bajaba mucho la temperatura. Héctor enseñó a Dermot la estancia en el carro tirado por dos relucientes ponis. Toda la familia se unió a ellos a la hora de la cena, y una vez que Dermot hubo dado un par de tragos a un buen whisky irlandés, empezó a contar historias increíblemente exageradas sobre la vida en Irlanda y algún que otro vergonzoso episodio de la niñez de Anna. El pelo, hasta entonces perfectamente peinado, se le había desbaratado en grises rizos y las mejillas le brillaban de contento. Cuando, terminada la cena, empezó a cantar «Danny Boy» con María Elena al piano, Anna deseó que nunca hubieran aparecido.

Cuatro semanas después Anna se despedía de su madre con un fuerte abrazo. En ese momento no podía saber que no volvería a ver su dulce rostro. Emer sí lo sabía. A veces somos capaces de sentir ese tipo de cosas, y Emer Melody había heredado de su abuela una agudísima intuición. Murió dos años más tarde.

A Anna le entristeció verlos marchar, pero no lamentó su partida. El paso de los años había debilitado los lazos que los unían; sentía que había avanzado en el mundo y que ellos se habían quedado atrás. A la vez que estaba encantada de haberlos visto, también sentía que la habían traicionado. Después de haberse presentado como una dama, estaba segura de que la familia de su marido la tomaría a partir de entonces por lo que era realmente. Pero Paco y sus padres habían quedado cautivados por la dulzura irlandesa y la encantadora sonrisa de Emer, y todos quedaron encantados con su excéntrico padre. Sólo en la cabeza de Anna esa sombra echó raíz y creció, hasta que amenazó con destruir aquello que realmente amaba.

◆ ◆ ◆

Dos años después, cuando Anna encontró una factura de hotel en el bolsillo de la chaqueta de Paco, de pronto se dio cuenta de lo que él había hecho con su amor por ella y culpó a esa traición de lo excluida e inadecuada que se sentía. No se detuvo a pensar en quién había empujado a Paco hasta allí.

8

—María, ¿no odias que te digan que tienes que ser amable con alguien? —se quejó Sofía, quitándose las zapatillas de tenis y sentándose en la hierba junto a su prima.

—¿A qué te refieres?

—Bueno, a esa tal Eva. Mamá dice que tengo que cuidar de ella y ser buena con ella. Odio ese tipo de responsabilidades.

—Sólo se quedará diez días.

—Eso es mucho tiempo.

—He oído que es muy guapa.

—Bah. —Sofía ya se había puesto en guardia ante la amenaza de que alguien pudiera hacerle sombra. Durante los últimos meses no había parado de oír lo guapa que era Eva. Esperaba que sus padres hubieran exagerado con el único fin de mostrarse amables—. De todas formas, no entiendo por qué mamá ha tenido que pedirle que venga.

—¿Por qué se lo ha pedido?

—Es hija de unos amigos suyos chilenos.

—¿Ellos también vienen?

—No, y eso lo empeora. Más responsabilidad todavía.

—No te preocupes, yo te ayudaré. Puede que sea simpática. Quizá nos hagamos amigas. No seas tan pesimista —se echó a reír María, preguntándose qué le ocurría a Sofía—. ¿Cuántos años tiene?

—Nuestra edad, quince o dieciséis. No me acuerdo.

—¿Cuándo llega?

—Mañana.

—Si quieres, podemos recibirla juntas. Sólo tendremos que preocuparnos si resulta que es una pesada.

Sofía esperaba que Eva fuera una pesada, pesada y aburrida. Quizá pudiera dejarla en manos de María y esperar que se hicieran amigas. María era muy adaptable, no había razón para que no se hiciera cargo de Eva y la librara de esa carga. Así es María —pensó Sofía—, siempre feliz y dispuesta a ayudar. De repente, la semana siguiente no parecía tan horrible después de todo. Podría pasar todo el tiempo con Santi y dejar que Eva y María se divirtieran juntas.

A la mañana siguiente Sofía y sus primos estaban tumbados charlando a la sombra de uno de los plátanos, escuchando la voz de Neil Diamond que salía de las ventanas abiertas del estudio, cuando apareció un reluciente coche. Dejaron de hablar y centraron su atención en Jacinto, el chófer, que salió del coche, dio la vuelta hasta llegar a la puerta de atrás y la abrió. Se había puesto rojo y sonreía. Cuando la hermosa Eva bajó del coche, su amplia sonrisa y sus vibrantes mejillas no sorprendieron a nadie. A Sofía el estómago le dio un vuelco. Había llegado la competencia. Miró a sus primos, que de pronto se habían puesto en cuclillas como una jauría de perros salvajes.

—¡Puta madre! —exclamó Agustín.

—¡Dios, miren ese pelo! —susurró Fernando.

—¡Vaya piernas! —murmuró Santi.

—Por el amor de Dios, chicos, basta ya. Es rubia, y qué. Hay montones de chicas rubias —soltó Sofía irritada, levantándose—. Sécate la boca, Agustín, estás babeando —añadió antes de alejarse a grandes zancadas hacia el coche.

Anna, que había estado sentada en la terraza con Chiquita y Valeria, cruzó la hierba en dirección a la recién llegada, que esperaba tímidamente junto al hipnotizado Jacinto.

—Eva —dijo mientras se acercaba—. ¿Cómo estás?

Eva salió flotando hacia ella. No caminaba, flotaba. Llevaba suelta la larga melena rubia que parecía flotar alrededor de su rostro anguloso, enmarcando unos ojos enormes de color aguamarina que parpadeaban nerviosos bajo unas pestañas gruesas y oscuras.

Sofía hizo lo imposible por encontrar defectos en esa criatura que había aparecido ante ella como un demonio disfrazado y dispuesto a quitarle a Santi, pero Eva era perfecta. Sofía tenía la impresión de no haber visto nunca a nadie tan exquisito como ella. Vio cómo su madre abrazaba afectuosamente a la recién llegada, le preguntaba por sus padres y ordenaba a Jacinto que llevara su equipaje al cuarto de los invitados.

—Eva, ésta es Sofía —dijo Anna, empujando a su hija hacia delante. Sofía le dio un beso y percibió la fresca fragancia a limón de su colonia.

Eva era más alta que Sofía y muy delgada. Parecía mucho mayor de dieciséis años. Cuando en sus labios se dibujaba su tímida sonrisa, sus pómulos se sonrojaban y, en cuestión de segundos, el color se suavizaba un poco y se extendía al resto de la cara. Cuando Eva se sonrojaba estaba aún más guapa. Sus ojos parecían más azules y su mirada más intensa.

Sofía murmuró un débil «Hola» antes de que su madre condujera a la invitada a la terraza. Sofía las siguió a regañadientes. Miraba a los chicos, que no dejaban de vigilarlas desde su guarida. Pero no la miraban a ella; estaban mirando a Eva. Imaginaban cómo sería hacerla suya.

Eva también se dio cuenta de la silenciosa admiración que había despertado en ellos; sentía sus ojos siguiéndola a medida que cruzaba la terraza. No se atrevió a mirarlos. Se sentó y, al cruzar las piernas, sintió el sudor en las pantorrillas y en los muslos.

Sofía se sentó en silencio junto a su madre, Chiquita y Valeria, que luchaban por captar la atención de Eva como un grupito de colegialas. Se preguntó si se darían cuenta de su ausencia en caso de que decidiera desaparecer. A nadie le importaba si hablaba o no, ni siquiera la miraban. No era más que una sombra.

Soledad apareció con una bandeja llena de vasos y limonada y empezó a servirles. Cuando llegó a Sofía la miró y frunció el ceño, interrogante. Sofía consiguió articular una débil sonrisa que Soledad reconoció, comprendiendo al instante. Le devolvió la sonrisa como diciendo: «Estás demasiado mimada, señorita Sofía». Sofía se zampó toda la limonada sin respirar y conservó un cubito de hielo en la boca.

Claramente irritada, no tardó en empezar a darle vueltas con la lengua. Los ojos de Eva se posaron en los de Sofía y pareció sonreírle con la mirada. Ésta le devolvió una sonrisa tímida aunque estaba decidida a que la invitada no le gustara. Volvió a mirar hacia los chicos, que se movían inquietos bajo el árbol, presa de sus mal disimulados esfuerzos por ver cuanto les fuera posible de Eva. En ese momento Santi se levantó, gesticuló a los demás como si estuviera respondiendo a un reto, y se acercó con decisión al rincón de la terraza donde estaban sentadas las mujeres.

Chiquita le animó a que se uniera a ellas.

—Eva, este es mi hijo Santi —dijo orgullosa, viendo cómo su guapo hijo se inclinaba para besar a la exquisita invitada antes de coger una silla. Sonrió al captar que una tenue chispa de atracción brillaba en los pálidos ojos de Eva, avergonzándola y obligándola a apartar la mirada.

—¿Eres chilena? —preguntó Santi a la vez que sonreía sin disimulo, regalando a Eva lo mejor de su generosa boca y de sus dientes grandes y blancos. Sofía puso los ojos en blanco. También él se ha encaprichado con ella, el muy idiota, pensó Sofía irritada.

—Sí, soy chilena —respondió Eva con su sedoso acento chileno.

—¿De Santiago?

—Sí.

—Bienvenida a Santa Catalina. ¿Te gusta montar?

—Sí. Me apasionan los caballos —le dijo encantada.

—En ese caso, si lo deseas te mostraré la estancia a caballo —se ofreció. Sofía estaba a punto de hundirse en su propia miseria cuando Santi cogió el vaso de limonada de Eva y, quitándoselo de la mano, le dio un sorbo. El hecho de que hubiera compartido su vaso con tanta naturalidad enseñaría a Eva que Santi le pertenecía. Esperó que Eva se hubiera dado cuenta.

Santi volvió a sentarse, cruzó las piernas y, apoyando el vaso en una de ellas, empezó a darle vueltas de forma inconsciente. Siguieron hablando de caballos, de la casa de la playa que los padres de Eva tenían en Cachagua y de las interminables neblinas de verano que a veces cubrían la costa hasta el mediodía. Mientras hablaban, Sofía se inclinó hacia Santi para reclamar su vaso. Su mano tocó la de él al quitárselo. A continuación se concentró en terminar los restos del limón. Pero Santi apenas le hacía caso. Parecía incapaz de apartar los ojos de la hipnotizadora Eva, que seguía sentada sin dejar de sonreírle.

Una vez que los demás chicos vieron que Santi se había integrado en el grupo sin ningún problema, se animaron y empezaron a acercarse. Eva vio al grupo de predadores bronceados y hambrientos salir de las sombras, y sus pálidos labios temblaron, incómodos. En ese momento, cuando los chicos se acercaban a la terraza para oler el tarro de miel que tanto los atraía desde la distancia, Santi dedicó a Eva una sonrisa comprensiva que ella le devolvió agradecida.

María apareció entre los árboles con Panchito y el pequeño Horacio, y Paco hizo lo propio con Miguel, Nico y Alejandro, seguidos de cerca por Malena y dos de sus hijas, Martina y Vanesa. Eva no tardó en ser presentada a casi todos los habitantes de la estancia; hasta los perros, que parecían impulsados a dejarse acariciar por su aura, se tumbaron, dóciles, junto a su silla. Los chicos querían acostarse con ella, las chicas querían ser como ella, y todos a la vez le hacían preguntas e intentaban ganarse su afecto. Sofía reprimió un bostezo, y ya estaba a punto de escaparse cuando el abuelo O'Dwyer salió tambaleándose del estudio.

—¿Quién es esta linda jovencita que ha aparecido entre nosotros? —dijo cuando sus ojos consiguieron enfocar a la hermosa Eva.

—Esta es Eva Alarcón, papá. Ha venido de Chile a pasar una semana con nosotros —replicó Anna en inglés, estudiándole a toda prisa a fin de saber si había estado bebiendo.

—Bien, Eva, ¿hablas inglés? —preguntó él con brusquedad, revoloteando a su alrededor como una enorme polilla alrededor de una hermosa flor.

—Un poco —respondió ella con un fuerte acento.

—No te preocupes por él —dijo Anna en español—. Sólo hace trece años que vive aquí.

—Y no habla ni una sola palabra de español —dijo Agustín, ansioso por captar la atención de Eva—. Ignórale, es lo que hacemos todos. —Se echó a reír, satisfecho al ver que con su comentario la había hecho sonreír.

—Habla por ti —intervino Sofía malhumorada—. Yo nunca le ignoro. —Santi la miró y frunció el ceño como preguntándole por qué de pronto se había puesto así, pero ella apartó la mirada y sonrió a su abuelo.

—Así que de Chile, ¿eh? —continuó Dermot, cogiendo una silla de manos de Soledad, que se había anticipado a sus intenciones, y obligando a todos a que se movieran un poco para poder sentarse al lado de Eva. Hubo un pequeño revuelo de sillas que rascaban las baldosas del suelo hasta que por fin Dermot pudo acomodarse en el pequeño espacio que le habían dejado junto a la invitada. Anna meneó la cabeza. Sofía sonrió divertida. Veamos cómo se maneja con el abuelo, pensó, animándose.

»¿Qué haces en Chile? —preguntó Dermot—. Buena chica —murmuró a Soledad cuando ésta le sirvió un vaso de limonada—. Supongo que no vendrá con sorpresa, ¿verdad? —añadió, oliéndolo. Como no entendía ni una palabra de inglés, Soledad se retiró.

—Bueno, montamos a caballo en la playa —respondió Eva poniéndose seria.

—Caballos, ¿eh? —dijo Dermot, asintiendo—. También montamos a caballo en Irlanda. ¿Qué hacéis en Chile que no podamos hacer en Irlanda?

—¿Sortear los rápidos? —sugirió Eva, y sonrió educadamente.

—¿Matar conejos?

—Sí, tenemos el rápido más veloz del mundo —añadió Eva con orgullo.

—Dios mío, debe de ser un conejo velocísimo si es el más veloz del mundo —intervino Dermot entre carcajadas.

—Y no sólo es veloz, sino que además es muy peligroso.

—¿También es peligroso? ¿Muerde?

—¿Perdón? —dijo Eva, mirando confundida a Sofía que, decidida a no acudir en su ayuda como el resto de los serviles miembros de su familia, se limitó a encogerse de hombros.

—¿Y nadie ha conseguido matarlo todavía?

—Oh, sí, lo sortean a menudo.

—Entonces una de dos: o en Chile no hay buenos cazadores, o ese conejo debe de ser rápido como el rayo —dijo Dermot, y volvió a reírse con ganas—. Un conejo que corre a la velocidad del rayo. Ésa sí que es buena.

—¿Perdón?

—En Irlanda los conejos son gordos y muy lentos. Demasiadas zanahorias, ya me entiendes. Son presa fácil. Me gustaría intentar darle a tu conejo veloz. —Llegados a ese punto Sofía no pudo aguantar la risa por más tiempo. Abrió la boca y no dejó de reír hasta que le saltaron las lágrimas.

¡Abuelo, Eva está hablando de rápidos, esos ríos velocísimos por los que la gente desciende con botes de goma, no de conejos! —jadeó. Cuando los demás entendieron el chiste también se echaron a reír. Eva se puso roja y soltó una risa tonta. Cuando miró a Santi con timidez se dio cuenta de que él también la miraba.

Después del almuerzo Anna sugirió a Sofía y María que llevaran a Eva a la piscina a tomar el sol. Primero la acompañaron a su habitación para que deshiciera la maleta. La chica estaba encantada con el cuarto. Era una habitación grande y luminosa con dos altos ventanales abiertos que daban al huerto de manzanos y ciruelos. El aroma a jazmín y a gardenia flotaba en el calor de la tarde, llenando el aire con su fuerte perfume. Había dos camas cubiertas por edredones con diseños florales azules y blancos y aromatizados con lavanda, además de un delicado tocador de madera donde dejar los cepillos y la colonia. La habitación contaba con un cuarto de baño, en el que había una gran bañera de hierro esmaltado con grifería cromada, importada de París.

—Qué habitación tan bonita —suspiró Eva mientras abría la maleta.

—Me encanta tu acento —dijo María entusiasmada—. Me encanta la forma en que hablan los chilenos. Es muy delicada, ¿no te parece, Sofía? —Su prima asintió impasible.

—Gracias, María —respondió Eva—. ¿Sabes?, esta es la primera vez que vengo a la pampa. He estado muchas veces en Buenos Aires, pero nunca en una estancia. Esto es muy bonito.

—¿Te han gustado nuestros primos? —preguntó Sofía, tumbándose en una de las camas y cruzando los pies.

—Son todos encantadores —respondió inocente.

—No, me refiero a que si te gustan. Tú les gustas a todos, así que puedes elegir.

—Sofía, eres muy amable, aunque no creo que les guste. Lo que ocurre es que para ellos soy una novedad, eso es todo. En cuanto a si me gustan, apenas me ha dado tiempo a verlos.

—Pues a ellos sí les ha dado tiempo a verte —dijo Sofía sin dejar de mirarla.

—Sofía, déjala en paz. La pobre acaba de llegar —interrumpió María—. Venga, date prisa y ponte el traje de baño, me estoy asando aquí dentro.

En la piscina los chicos ya estaban tumbados al sol como un grupo de leones, esperando ver aparecer a Eva en traje de baño. Con los ojos entrecerrados por la luz del sol, vigilaban los árboles entre breves jadeos y con los cuerpos calientes. No tuvieron que esperar mucho. Mientras las chicas se acercaban, intercambiaron entre siseos algunos comentarios y luego, fingiendo un completo desinterés, se pusieron a hablar de polo. Eva se quitó con timidez los pantalones cortos y se libró con dificultad de su camiseta, revelando un cuerpo de mujer: grandes pechos redondos, vientre plano, caderas anchas y una piel morena y suave. Sintió que las miradas de los chicos la desnudaban y se palpó el traje de baño con manos temblorosas para asegurarse de que seguía ahí. Sofía tiró su ropa al suelo y se dirigió a las hamacas con sus andares de pato, el trasero salido, metiendo estómago y con los pies hacia fuera. Santi estaba echado en la hamaca contigua a la suya, mirando tranquilamente a Eva con la paciente arrogancia del hombre que sabe que la mujer que desea terminará por ir a su lado. Sofía percibió su expresión y sacó el labio inferior como muestra de resentimiento.

—¿Necesitas que te ponga crema en la espalda? —gritó Agustín desde el agua.

—No con tus manos frías y mojadas —se rió Eva, sientiéndose más segura después de haber trabado amistad con las chicas.

—No te fíes de Agustín —dijo Fernando—. Si necesitas que alguien te ponga crema en la espalda, yo soy el más fiable.

Todos rieron.

—Estoy bien así, gracias.

—Toma, coge mi hamaca, Eva —dijo Santi levantándose. Sofía vio que María ocupaba la otra.

—No, en serio… —empezó Eva.

—De todas formas, aquí tengo demasiado calor —insistió Santi—. Sólo hay tres. Traeré más de la casita de la piscina dentro de un rato.

—Bueno, como quieras —dijo Eva, desplegando la toalla sobre la hamaca y tumbándose encima. Santi se sentó sobre las piedras junto a ella como si se conocieran desde hacía tiempo. Tenía la virtud de conseguir que las mujeres se sintieran cómodas a su lado y, a diferencia de los demás, no le costaba ganarse su confianza. Sofía sintió que los celos le revolvían el estómago. Se cubrió los ojos con las gafas de sol, se tumbó a tomar el sol e intentó ignorarlos.

Fernando vio a su hermano charlando con la rubia recién llegada y deseó que a ella no le gustara. ¿Qué tenía Santi que todas las chicas iban detrás de él? Abrigaba la esperanza de que Eva se fijara en su cojera y que eso la echara para atrás. Si él fuera una chica, eso le echaría para atrás, pensó con amargura. Decidió esperar en la piscina. En algún momento Eva tendrá calor y querrá darse un baño —pensó—, y entonces estaré preparado para ella.

Rafael había perdido interés y se había quedado dormido a la sombra con una revista sobre su cara quemada por el sol. Agustín había pasado un rato buceando —se le daba muy bien el buceo— y practicó su peculiar salto mortal. Eva le había sonreído. Sin duda la había impresionado, aunque ahora estaba totalmente monopolizada por Santi, a su vez encantado con la situación, de manera que Agustín se dijo que simplemente tendría que esperar a que llegara su momento, como Fernando, y se dedicó a nadar como un tiburón hasta que Eva decidió meterse en el agua. Ángel, Niquito y Sebastián habían sopesado sus posibilidades y habían decidido que no tenía sentido bajar a la arena; no tenían la más mínima esperanza, así que optaron por darle a la pelota de tenis en la tórrida pista que brillaba como un horno al otro lado de la verja.

Cuando el calor se hizo insoportable, Eva animó a Sofía y a María a bañarse con ella; los tiburones resultaban demasiado amenazadores para meterse sola en el agua. Cuando se levantó de la hamaca, fue como si un viento helado hubiera soplado sobre los lánguidos confines de la piscina, despertando a todo el mundo de su siesta. De repente Agustín volvía a bucear, Fernando nadaba crol de un extremo a otro de la piscina, Sebastián, Niquito y Ángel volvieron a refrescarse después de su partido de tenis, y Santi se sentó en el borde de la piscina con los pies en el agua. Sólo Rafael siguió roncando a la sombra, haciendo volar las páginas de su revista con sus ronquidos. Sofía seguía enfurruñada en su rincón, mientras María y Eva intentaban nadar unos largos en el agua turbia y picada.

—¿Qué te pasa? —preguntó Santi, dejándose caer al agua y nadando hasta llegar al rincón donde Sofía seguía reconcomiéndose.

—Nada —replicó Sofía a la defensiva.

—Te conozco —dijo él sonriéndole.

—No, no me conoces.

—Oh, ya lo creo. Estás celosa porque no eres el centro de atención. —Sus ojos verdes centellearon, lanzándole una mirada divertida—. Te he estado observando todo el tiempo.

—No seas idiota. No me encuentro bien.

—Chofi. Eres una mentirosa y una cría, pero siempre serás mi prima favorita.

—Gracias —dijo Sofía, sintiéndose un poco mejor.

—No puedes ser siempre el centro de atención. Tienes que dar alguna oportunidad a los demás.

—Mira, no es eso. De verdad que no me encuentro bien. Creo que voy a ir a tumbarme un rato a la sombra —replicó sin ningún entusiasmo con la esperanza de que él la acompañara.

—Como gustes —respondió Santi al tiempo que se giraba para ver a Eva nadando con la gracia de un cisne entre la conmoción de un grupito de patos juguetones.

Esa noche las tres chicas decidieron dormir juntas. Soledad puso un plegatín en la habitación de Eva y le dijo a Sofía que, como era la anfitriona, le tocaba a ella dormir en él. «Qué típico —pensó resentida—, y encima era yo la que no quería que compartiéramos dormitorio.» Pero, a medida que charlaban a la pálida luz azulada de la luna que entraba por los grandes ventanales abiertos junto con las dulces fragancias de la húmeda pampa, le cambió el humor y Eva empezó a gustarle a pesar de todo.

—Cuando volvía a la casa, Agustín ha salido de detrás de un árbol y me ha empujado contra él —contó Eva entre risas—. Ha sido muy embarazoso.

—¡No me lo puedo creer! —exclamó Sofía, asombrada ante el descaro de su hermano—. ¿Qué te ha hecho?

—Me ha empujado contra el tronco del árbol y me ha dicho que estaba enamorado de mí.

—¡Como todos! —se rió María—. Ten cuidado, dentro de nada no quedará ni un solo árbol seguro en toda Santa Catalina.

—¿Te ha besado? —preguntó Sofía esperanzada, a pesar de que sabía que Eva nunca se sentiría atraída por el bruto de Agustín.

—Lo intentó.

—Oh, Dios mío, qué vergüenza.

—Y luego, cuando estábamos jugando a tenis, sólo me daba la pelota después de haberme besado.

—Oh, pobre.

—Sofía, no debería estar contándote esto, es tu hermano.

—Sí, por desgracia. Los hermanos de María son mucho más recomendables que los míos.

—Sí. Santi es muy atractivo —dijo Eva, mientras sus ojos claros brillaban a causa de la fiebre que había cautivado su joven cuerpo.

—¿Santi? —a Sofía se le paró el corazón.

—Sí, Santi.

—¿Ese alto y rubio? ¿El que cojea?

—Sí, el que cojea —repitió Eva—. Es guapo y dulce, y la cojera le hace aún más encantador.

Sofía estaba a punto de llorar. *¡No te puede gustar Santi, no te puede gustar mi Santi!*, gritaba en silencio. Luego, más serena, tomó una decisión. Tenía que urdir un plan, tenía que dar con la forma de impedir el romance que sin duda iba a tener lugar si ella no lo abortaba cuanto antes. Impediría que esa hermosa tentadora clavara sus largas uñas rosas en Santi. Qué lástima, estaba empezando a gustarme, pensó Sofía, despidiéndose de ella en silencio.

9

Sofía pasó los siguientes tres días asegurándose de que se convertía en la mejor amiga de Eva y en su confidente. Su madre la había felicitado por ser tan buena anfitriona y por su encomiable esfuerzo por hacer que su joven invitada se sintiera bienvenida. Iban juntas a todas partes y Sofía no necesitaba espiar a Eva puesto que, al haberse ganado su confianza, ésta se lo contaba todo por decisión propia.

De pronto los chicos empezaron a interesarse también por Sofía. La veían como la puerta de acceso a Eva. Sofía disfrutaba con sus atenciones. Había salido de la sombra y jugaba su papel con bravura. Pero a Eva no le interesaba Agustín ni Fernando ni ninguno de los demás. Se sentía desesperadamente atraída por Santi. Daba parte a Sofía de cada uno de los avances de éste. Santi la había llevado a montar por la llanura. Sofía había decidido no ir con ellos, con la débil excusa de que tenía que ayudar al abuelo a ordenar su habitación. Luego Santi le había pedido que fuera su pareja en un partido de tenis. Eva había confesado que sentía que se le iban las fuerzas cada vez que veía a Santi, pero hasta el momento él no había dicho nada que pudiera sugerir que sintiera algo más que amistad.

—No te preocupes —dijo Sofía—. Santi es mi primo y le conozco mejor que nadie. Me lo cuenta todo, hasta lo que no cuenta a María. Descubriré qué siente por ti. No tengas cuidado, se lo preguntaré con mucho tacto, luego te lo contaré. Pero si quieres que lo haga, no le digas nada a María; es incapaz de guardar un secreto —mintió.

—De acuerdo, pero ten cuidado. No quiero quedar en ridículo.

—No te preocupes por eso —la tranquilizó Sofía alegremente.

Más tarde se las ingenió para quedarse a solas con Santi. Él estaba practicando su swing en el terreno que quedaba frente a la casa. Sofía dejó hablando a María y Eva en la terraza con su madre y sus tías y se dirigió hacia donde él estaba para cumplir su misión.

—Buen swing, Santi —le dijo a su primo al tiempo que él daba un buen golpe.

—Gracias, Chofi.

—Has sido muy bueno con Eva llevándola a montar contigo y enseñándole la granja.

—Es un encanto de chica —dijo él, colocando una bola nueva sobre la hierba.

—Es más que eso. Es guapa y adorable. De hecho, no creo haber visto a ninguna chica más guapa que ella, en serio.

—Ya lo creo que es guapa —admitió Santi sin prestar demasiada atención, más concentrado en su swing que en la conversación que estaba teniendo con su taimada prima.

—¿Sabes detrás de quién anda? —preguntó Sofía, escogiendo sus palabras con el cuidado de una serpiente que se deslizara entre la hierba en pos de su presa.

—¿De quién? —respondió él, bajando el palo y fijando sus ojos en ella.

—De Agustín.

—¿De Agustín? —soltó burlón.

—Sí.

—Bromeas, ¿verdad?

—¿Por qué? Es muy atractivo…, un tipo especial.

—Sofía, no te creo —dijo Santi y sonrió, meneando la cabeza con impaciencia.

—Bueno, la besó la otra noche. Eva no quiere que nadie lo sepa.

—¿La besó? ¿Estás segura?

—Te lo prometo, pero ni se te ocurra decírselo a nadie, Eva me mataría. Nos hemos hecho tan buenas amigas que no quiero estropearlo. Pero ya me conoces, no puedo ocultarte nada.

—Gracias, Chofi —le dijo sarcástico. A continuación se echó el palo a la espalda y lo disparó con furia contra la bola, errando el golpe—. ¡Mierda!

—¡Santi, no le has dado! Eso no es propio de ti. ¿Qué te pasa?

¿No será que te gusta Eva? —dijo Sofía a la vez que intentaba disimular su sonrisa jugueteando con un mechón de pelo que se había llevado a la boca.

—Por supuesto que no. Ahora vete, me estás distrayendo.

—Bien. Hasta luego. —Sofía se alejó con sus arrogantes andares de pato, sonriendo para sus adentros de puro júbilo.

Santi no podía creer que a Eva le gustara Agustín. Estaba furioso y perplejo. ¡Agustín! Simplemente no era posible. Entrecerró los ojos cuando dirigió la mirada a la terraza donde Sofía estaba sentada con las piernas cruzadas sobre la hierba con María y Eva. Hablaban con las cabezas juntas como un trío de brujas que planearan algo. ¿Qué estará tramando Sofía?, pensó Santi, sabiendo que era mejor no confiar del todo en las palabras de su prima.

—Bueno, por lo menos no te ha dicho que no le gusto —dijo Eva esperanzada.

—No, no me ha dicho que no le gustes —admitió Sofía con fingida complicidad.

—Gracias, Sofía, eres una buena amiga. —Eva la besó en la mejilla. Durante un instante Sofía se sintió culpable, pero el sentimiento se desvaneció al segundo y empezó a cortar su jugosa pieza de lomo, hambrienta.

Durante los días que siguieron Sofía vio a Eva flotar por Santa Catalina como Blancanieves seguida por Fernando, Agustín, Sebastián, Niquito y Ángel como enanitos babeantes. Para su alivio, se dio cuenta de que desde su conversación, Santi había perdido interés en Eva. Prácticamente la ignoraba. Hasta Eva había dejado de hablar de él como si supiera que la batalla estaba perdida. Sofía disfrutaba de su victoria.

A medida que las vacaciones de Eva tocaban a su fin, Sofía empezó a verla cada vez menos. Desaparecía a caballo durante horas o se iba al pueblo con Chiquita. Ya se manejaba con soltura por la estancia y había empezado a divertirse sola. Sofía estaba encantada. Su plan había dado resultado. No sólo había conseguido que dejara de ir detrás de Santi sino que también se las había ingeniado para no tener que pasar con ella toda la semana. Habría estado aún más encantada si Santi no se hubiera mostrado igualmente evasivo. Sin embargo, él se excusaba diciendo que se iba a la estancia vecina a jugar al polo. Sofía suponía que estaba enfadado con ella por haberle dado las malas noticias sobre el romance secreto entre Eva y Agustín. Lo superará, pensaba segura de sí misma.

Eva pasó su último día en la piscina y en la pista de tenis. Dijo adiós a los primos antes de desaparecer en el interior de la casa para hacer la maleta y cambiarse. Cuando se fue, Santi se sentó al lado de Sofía y en secreto le pasó una nota que había metido en un sobre blanco y sellado.

—Chofi, por favor, dáselo a Eva antes de que se vaya —le pidió.

—¿Qué es? —preguntó, sin dejar de dar vueltas al sobre.

—Mi último intento. Asegúrate de que Agustín no te ve, ¿quieres? Si se entera me mata.

Sofía se encogió de hombros.

—Bien. Si quieres se lo doy, pero no servirá de nada —le dijo al tiempo que sonreía comprensiva.

—Puede —replicó Santi esperanzado.

Sofía corrió a la casa. Apenas quedaba tiempo para abrir el sobre con vapor antes de que Eva se fuera al aeropuerto. Corrió a la cocina y puso la tetera al fuego. Pobre Santi —pensó—, no tiene ni idea de nada. Sofía no podía imaginar que alguien prefiriera a Agustín en vez de a Santi. En qué cabeza cabía. Sin embargo, le había convencido. Rió para sus adentros cuando el chorro de vapor de la tetera golpeó contra el sobre. Instantes después conseguía abrirlo. Se apoyó en el mueble de la cocina, desdobló la hoja de papel y leyó el mensaje, un mensaje breve y escrito a mano:

Chofi, la próxima vez, ocúpate de tus asuntos.

Se quedó boquiabierta. La sangre le subió a la cara hasta que la sintió palpitar de vergüenza. Volvió a leerla despacio, una y otra vez, incrédula. Luego la hizo pedazos y la tiró a la basura. Empezó a caminar aterrada de un lado a otro de la cocina. No sabía qué hacer, y desde luego no tenía el menor deseo de enfrentarse a Santi ni a Eva.

Finalmente, se dio cuenta de que no tenía más remedio que salir con la cabeza bien alta y fingir que no había pasado nada. Eva estaba despidiéndose de María, que abrazaba a su nueva amiga entre lágrimas e intercambiaba con ella teléfonos y direcciones. Sofía buscó a Santi con la mirada, pero la alivió ver que él no estaba a la vista. Sonrió como sonreiría una gran actriz y abrazó a Eva, volviendo a oler la fresca frangancia a limón de su colonia. Le prometió pasar las siguientes vacaciones de verano en Cachagua y escribir a menudo.

De pronto Santi salió de entre los árboles con paso decidido. Pasó junto a Sofía, tomó a la delicada Eva entre los brazos y la besó en los labios tan apasionadamente que las otras chicas tuvieron que apartar la mirada. Se abrazaban con fuerza, como lo hacen los amantes que no quieren separarse. Se besaban con la intimidad de dos personas que conocen a la perfección el cuerpo del otro. Sofía sintió cómo la sangre le bajaba a los pies y la cabeza le daba vueltas. Cuando por fin se separaron, Eva subió al coche y desapareció por la larga avenida arbolada. Santi siguió diciéndole adiós con la mano hasta que Eva no fue más que un pequeño destello en el horizonte. Luego se acercó a Sofía.

—No vuelvas a mentirme nunca más —le dijo con firmeza—. ¿Me has entendido? —Sofía abrió la boca para responder, pero fue incapaz de articular palabra. Contrajo la garganta y dejó de parpadear para impedir que le saltaran las lágrimas y revelar así lo avergonzada que estaba. Entonces Santi le sonrió y meneó la cabeza—. Eres muy mala, Chofi —suspiró, pasándole el brazo por el cuello—. ¿Qué voy a hacer contigo?

10

Cuando, al término de las vacaciones de verano, Santi anunció que se iba dos años a estudiar a Estados Unidos, Sofía salió llorando de la habitación. Él salió corriendo detrás, pero Sofía le gritó que la dejara en paz. Afortunadamente Santi no le hizo caso y la siguió hasta la terraza.

—¿Te vas dentro de un mes? ¿Por qué no me lo has dicho antes? —dijo Sofía enfadada, girándose hacia él.

—Porque en un principio me iba a ir en septiembre, que es cuando empieza el curso, pero antes quiero pasar seis meses viajando, y volver a viajar cuando acabe los estudios. De todas formas, sabía que te lo tomarías mal.

—He sido la última en enterarme, ¿verdad? —sollozó enojada.

—Sí. Bueno, supongo. En realidad, a los demás les da igual —dijo Santi, encogiéndose de hombros.

—¿Dos años? —Sofía se enjugó las lágrimas que iban trazando pequeños senderos brillantes por sus mejillas.

—Bueno, casi dos años.

—¿Cuántos meses exactamente?

—No lo sé.

—¿Cuándo volverás?

—Dentro de dos veranos. En octubre o noviembre, todavía no lo sé.

—Y ¿por qué no puedes estudiar aquí como todo el mundo?

—Porque papá dice que es fundamental vivir en el extranjero. Mejoraré mi inglés y sacaré muy buenas notas.

—Yo te ayudaré a mejorar tu inglés —dijo Sofía mansamente, sonriendo con timidez.

Santi se echó a reír.

—Eso podría ser interesante —musitó.

—¿Volverás por vacaciones? —preguntó esperanzada.

—No lo sé —Santi volvió a encogerse de hombros—. Quiero viajar y ver mundo. Probablemente pase las vacaciones viajando.

—¿Quieres decir que ni siquiera vendrás por Navidad? —jadeó Sofía, sintiendo de repente un nudo en el estómago ante la perspectiva de vivir dos años sin él.

—No lo sé, probablemente no. Mamá y papá vendrán a verme a Estados Unidos.

Santi vio cómo su prima empequeñecía y casi formaba un charco con sus lágrimas sobre las baldosas de la terraza.

—Volveré, Chofi. Dos años no es tanto tiempo —le dijo con suavidad, sorprendido ante la violencia de la reacción de su prima.

—Sí que lo es. Es una eternidad —tartamudeó Sofía—. ¿Y si te enamoras de una americana y te casas con ella? No volvería a verte.

Santi se rió y la rodeó con el brazo, atrayéndola hacia él. Sofía cerró los ojos y deseó que él la quisiera como ella le quería para que no se fuera.

—No creo que me case a los dieciocho. Qué estupidez. De todos modos, me casaré con una argentina. No irás a pensar que voy a irme de Argentina para siempre, ¿verdad?

Sofía meneó la cabeza.

—No lo sé. No quiero perderte. Voy a tener que quedarme aquí con Agustín y con Fercho sin tener a nadie que me defienda. Probablemente no vuelvan a dejarme jugar al polo. —Sorbió y hundió la cara en el cuello de su primo. Olía a ponis y a ese olor fuerte a hombre que le dio ganas de sacar la lengua y lamerle la piel.

—Te escribiré —dijo Santi.

—¿Me lo prometes?

—Te lo prometo. Te enviaré cartas larguísimas. Te lo contaré todo. Y tú también tienes que escribirme y contármelo todo.

—Te escribiré todas las semanas —respondió decidida.

Sentada entre sus brazos, Sofía se dio cuenta de que sus sentimientos habían ido más allá del simple afecto que cualquiera puede sentir por un hermano, por muy especial que éste sea, para dar paso a algo mucho más profundo y prohibido. Amaba a Santi. De hecho, nunca se había parado a pensarlo, pero con el olor del cuerpo de su primo acariciándole la nariz, y al sentir el contacto de su piel y su aliento en la frente, supo que si tan posesiva era con él, era sencillamente porque le amaba. Y no es que simplemente le gustara. Le amaba. Sí, le amaba con toda su alma. Ahora lo entendía.

Durante un instante de flaqueza estuvo a punto de perder el control y decírselo, pero supo que sería un error. También era consciente de que él la quería como a una hermana, de manera que no tenía sentido revelarle sus oscuros desvelos cuando lo único que conseguiría con ello sería confundirle o, en el peor de los casos, hacer que saliera huyendo en dirección contraria. Así que siguió allí sentada, apretujada contra él, mientras Santi permanecía totalmente ajeno a la fuerza que hacía palpitar el corazón de Sofía entre sus costillas como un pájaro enloquecido que se lanzara contra los barrotes de su jaula en un desesperado intento por escapar y cantar.

Santi volvió a su casa pálido y confundido y le contó a María lo mal que Sofía se había tomado la noticia de su partida.

—No paraba de llorar. No me lo podía creer. Estaba destrozada —relató atónito—. Sabía que no le gustaría, pero no tenía ni idea de que se lo fuera a tomar así. Cuando me fui, ella salió corriendo.

Maria fue de inmediato en busca de su prima, y de camino se dio de bruces con Dermot, que jugaba a croquet con Antonio, el marido de Soledad. Cuando le explicó a Dermot por qué su nieta había desaparecido, él dejó el mazo en el suelo y encendió su pipa. Dermot adoraba a su nieta con la misma intensidad con la que en su tiempo había querido a su hija. Para él, Sofía era más radiante que el sol. Cuando llegó a Argentina, tras la muerte de su esposa, había sido la pequeña Sofía la que había calmado sus deseos de seguir los pasos de su mujer. «Es un ángel disfrazado —solía decir—, un angelito de Dios.»

El abuelo O'Dwyer se dirigió en carro al ombú con Antonio a cargo de las riendas. Se sentía más cómodo con Antonio y José que con la familia adoptiva de su hija, a pesar de ser solamente capaz de comunicarse con ellos por gestos. Cuando Sofía vio a su abuelo bajando con paso vacilante del carro, volvió a poner la cabeza entre las manos y se puso a llorar aún más fuerte para que él la oyera. Dermot se quedó al pie del árbol y le pidió a su nieta que bajara.

—Con llorar no solucionas nada, Sofía Melody —le dijo sin quitarse la pipa de la boca. Ella pareció pensarlo unos minutos y luego bajó despacio. Cuando por fin estuvo en tierra, los dos se sentaron en la hierba bajo el suave sol de la mañana—. Así que el joven Santiago se va a Estados Unidos.

—Me abandona —gimió Sofía—. He sido la última persona en enterarme.

—Volverá —dijo Dermot con dulzura.

—Pero estará fuera dos años. ¡Dos años! ¿Cómo viviré sin él?

—Lo harás —respondió con la voz preñada de tristeza ante el recuerdo de su adorada esposa—. Lo harás porque no te queda más remedio.

—Oh, abuelo, sin Santi me moriré.

El abuelo O'Dwyer dio unas cuantas chupadas a su pipa y observó cómo el humo se elevaba y se disolvía en el aire.

—Espero que tu madre no se entere de esto —dijo poniéndose serio.

—Claro que no.

—No creo que le hiciera mucha gracia. Te meterías en un buen lío si llegara a enterarse.

—¿Qué hay de malo en amar a alguien? —preguntó Sofía desafiante.

Las comisuras de los labios del abuelo se curvaron hacia arriba.

—Santiago no es «alguien», Sofía Melody. Es tu primo hermano.

—¿Y qué importa?

—Mucho, importa muchísimo —replicó el abuelo.

—Bueno, ahora es nuestro secreto.

—Como mi licor —soltó el abuelo echándose a reír a la vez que se humedecía los labios.

—Exacto —admitió Sofía—. Oh, abuelo. ¡Me quiero morir!

—Cuando yo tenía tu edad, me enamoré de una chica tan guapa como tú. Para mí lo era todo, pero se fue a vivir tres años a Londres. Santiago va a estar fuera dos años. Pero yo sabía que un día, si esperaba, ella volvería a mí. Porque, ¿quieres saber algo, Sofía Melody?

—¿Qué? —preguntó ella, todavía enfurruñada.

—Todo llega a aquellos que saben esperar.

—Eso no es verdad.

—¿Lo has probado alguna vez?

—Nunca he tenido que hacerlo.

—Bueno, yo esperé. Y ¿sabes lo que ocurrió?

—Pues que ella volvió, se enamoró de ti y se casó contigo, ¿no?

—No —Sofía levantó la cabeza, curiosa—. Volvió, y entonces me di cuenta de que ya no la quería.

—¡Abuelo! —soltó Sofía con una carcajada—. ¿Y qué es lo que dices que les llega a aquellos que saben esperar?

—La sabiduría. El tiempo nos da la oportunidad de tomar perspectiva y ser objetivos. La sabiduría no siempre trae consigo lo que esperábamos, de lo contrario la espera no valdría la pena. ¿Crees que valdría la pena si supieras de antemano lo que iba a traerte? Aquellos años de espera me dieron sabiduría. Cuando ella volvió de Londres, elegí olvidarme de ella. Había aprendido que después de todo no era la chica para mí. Afortunadamente para ti no me casé con ella, porque si lo hubiera hecho no habría podido casarme con tu abuela.

—Me gustaría haber conocido a mi abuela —dijo Sofía melancólica.

El abuelo O'Dwyer dio un profundo suspiro. No pasaba un solo día sin que una simple flor o el trino de un pájaro le recordaran a Emer Melody. Allí donde mirara estaba ella, y el recuerdo de su expresión generosa y dulce le ayudaba a soportar el paso de los días sin su compañía.

—A mí también me hubiera gustado que la hubieras conocido —Dermot tragó con dificultad y se le nublaron los ojos—. Te habría querido mucho, Sofía Melody.

—¿Me parezco a ella?

—No, no te pareces a ella. Tu abuela se parecía más a tu madre. Pero tienes su carisma y su encanto.

—La echas de menos, ¿verdad, abuelo?

—Mucho. No pasa ni un momento en que no piense en ella. Lo era todo para mí.

—Santi lo es todo para mí —dijo Sofía, volviendo al problema en cuestión—. Lo es todo para mí y acabo de darme cuenta de ello. Le amo, abuelo.

—Lo es todo para ti ahora, pero todavía eres joven.

—Pero, abuelo, no puedo querer a nadie más. Nunca lo haré.

—Con el tiempo le olvidarás, Sofía. Espera y verás. Algún guapo argentino aparecerá y te enamorará como lo hizo tu padre con la joven Anna Melody hace años.

—No, ni hablar. Amo a Santi —declaró categóricamente Sofía.

Dermot O'Dwyer se rió por lo bajo al tiempo que daba una chupada a la pipa. Miró a su petulante nieta a los ojos y asintió.

—Que tengas suerte, Sofía Melody. En ese caso, espérale. Volverá. No se va para siempre, ¿verdad?

Como de costumbre, el abuelo O'Dwyer no podía evitar complacerla. No había nada en el mundo que negara a su nieta. Ni siquiera Santiago Solanas.

—No.

—Entonces, ten un poco de paciencia. Es el gato paciente el que atrapa al ratón.

—No, no es verdad. Es el gato veloz el que atrapa al ratón —dijo Sofía con una pequeña sonrisa.

—Si tú lo dices, querida.

A principios de marzo, cuando las puntas de las hojas justo empezaban a rizarse y las largas vacaciones de verano que habían empezado en diciembre casi se habían agotado como la arena de un reloj, Sofía esperaba frente a la puerta de la casa de Chiquita y de Miguel para despedirse de Santi. Al amparo de las sombras alargadas de la húmeda noche de verano recordó lo que el abuelo O'Dwyer le había dicho. Esperaría a Santi como un gato paciente. No miraría a ningún otro chico. Le sería fiel para siempre.

Las últimas semanas de vacaciones habían sido muy duras para ella. Tenía que disimular cuando, a causa de sus impulsos, se sonrojaba y le sudaban las manos siempre que estaba en presencia de Santi. Tenía que morderse la lengua cuando se topaba con las palabras «te amo» balanceándose precariamente en la punta, prestas a desenmascararla en cualquier momento de descuido. Tenía que esconder sus sentimientos del resto de la familia cuando quería gritarle al mundo el vacío que Santi iba a dejar con su marcha.

Santi tuvo cuidado de no hablar de su viaje en presencia de Sofía. No quería volver a verla llorar. La falta de contención en la demostración de afecto de la que había sido objeto por su prima le había conmovido. Se sentía orgulloso como un héroe de guerra que parte a una nueva batalla mientras las mujeres de la casa aúllan y se arrancan los cabellos por él. Sabía que echaría de menos a Sofía. Le escribiría, claro que sí. Sofía era como una adorable hermana pequeña, y también escribiría a su madre y a su hermana María. Pero Estados Unidos le esperaba con la promesa de mil aventuras y de mujeres de piernas largas y de escasa virtud. Estaba impaciente por partir. Además, Sofía estaría allí a su regreso.

Por fin Santi salió de la casa. Antonio le seguía con las maletas. Abrazó a una María bañada en lágrimas y estrechó la mano de Fernando, que en secreto se alegraba de su marcha. Fernando veía la partida de su hermano con alivio. Todos querían a Santi. Era bueno en todo, se ganaba a todo el mundo, los hacía reír; navegaba por la vida con la gracia y el encanto de un elegante crucero mientras Fernando se sentía como un remolcador. Tenía que trabajar duro y, a pesar de sus esfuerzos, no conseguía demasiado. Por eso, cuanto mayor era, menos se esforzaba en intentarlo. No, no le apenaba que su hermano se fuera. De hecho, estaba encantado. Sin Santi eclipsándole quizá lograra sentir el calor del sol en el rostro, para variar. Panchito estaba en brazos de la vieja Encarnación, demasiado pequeño para entender o para preocuparse por lo que ocurría. Cuando Santi abrazó a Sofía, volvió a prometerle que le escribiría.

—Ya no estás enfadada conmigo, ¿verdad? —preguntó, sonriéndole con cariño.

—Sí, pero te perdonaré cuando vuelvas —respondió, tragándose las lágrimas. Santi no tenía ni idea de lo mucho que ella sufría por su partida. No sabía que sentía un nudo en el estómago cada vez que él la tocaba, ni que el corazón le daba un vuelco cuando él le sonreía, ni que la sangre buceaba en sus mejillas cuando la besaba. Para Santi, Sofía era como una hermana pequeña. Para ella, él lo era todo, y ahora que se iba apenas tenía sentido seguir respirando. Sofía sólo respiraba porque no tenía otra elección. Como había dicho el abuelo O'Dwyer, vivía porque no le quedaba más remedio.

Miguel y Chiquita subieron al coche y gritaron a Santi que se diera prisa. Llegaban tarde. Santi les dijo adiós con la mano desde el asiento trasero. Fernando volvió a la casa. María y Sofía se quedaron mirando el coche hasta mucho después de que hubiera desaparecido en la lejanía.

Los días siguientes pasaron muy despacio. Sofía vagaba por la finca presa de un estado de ánimo que ni siquiera el humor seco del abuelo O'Dwyer lograba aliviar. María la seguía como un perro feliz. Su sonrisa animada y sus chistes sólo conseguían irritar el desolado corazón de su amiga, que deseaba quedarse a solas para lamentarse. Las vacaciones tocaban a su fin, y con ellas los largos días de verano. Por fin María decidió que ya había soportado bastante el mal humor de su prima.

—Por el amor de Dios, Sofía, déjalo ya —dijo cuando Sofía se había negado a jugar con ella al tenis.

—¿Que deje qué?

—Deja de ir por ahí lloriqueando como si se te hubiera muerto alguien.

—Estoy triste, eso es todo. ¿No puedo estar triste? —preguntó sarcástica.

—No es más que tu primo. Actúas como si estuvieras enamorada de él.

—Estoy enamorada de él —replicó Sofía con descaro—. Y me da igual si alguien se entera.

María estaba atónita.

—Pero es primo hermano tuyo, Sofía. No puedes amar a tu primo hermano.

—Pues le amo. ¿Algún problema? —preguntó retadora.

María siguió sentada en silencio unos segundos. Vencida por unos celos que no era capaz de ver, se levantó de un salto y gritó a Sofía:

—¡A ver cuándo creces un poco! Ya eres demasiado mayor para enamoramientos infantiles. De todas formas, Santi no está enamorado de ti. Si lo estuviera, nunca habría ido detrás de Eva, ¿no crees? ¿No te das cuenta de que te estás poniendo en ridículo? Es un escándalo enamorarse de un miembro de tu propia familia. Incesto. Así es como lo llaman… incesto —dijo fuera de sí.

—El incesto es entre hermanos. Santi es mi primo —le soltó Sofía enojada—. Bueno, está claro que ya no quieres ser mi amiga.

María vio desolada cómo su prima salía furiosa de la habitación, dando tal portazo que el cuadro que colgaba junto a la puerta cayó al suelo y se rompió en mil pedazos.

María estaba tan enfadada que no pudo contener las lágrimas. ¿Cómo podía Sofía haberse enamorado de Santi? Era su primo. No estaba bien. Se sentó y se puso a pensar en ello, dándole vueltas una y otra vez e intentando dar sentido a sus propios sentimientos de aislamiento y celos. Siempre habían sido tres, y ahora, de repente, eran sólo dos y no había espacio para ella.

Cuando empezó el curso y regresaron a Buenos Aires, Sofía seguía negándose a hablar a María. Iban en el coche sin dirigirse la palabra mientras Jacinto las llevaba a la escuela, y Sofía se aseguró de ni siquiera mirar a su prima en clase. María se había peleado antes con ella y siempre había terminado cediendo. La verdad es que Sofía era capaz de mantenerse firme en una disputa durante mucho más tiempo de lo que parecía posible entre amigas tan íntimas. Tenía una habilidad especial para desconectar sus emociones cuando le convenía, y parecía disfrutar con el drama. Evitó deliberadamente a María durante los recreos, se reía en alto con sus amigas y lanzaba a su prima miradas hirientes.

María estaba decidida a no darse por vencida. Después de todo, no había sido ella quien había empezado la pelea. Sofía la había provocado y no pensaba dejar que se saliera con la suya. Durante los primeros días hizo lo imposible por ignorarla. De noche se quedaba dormida llorando, incapaz de comprender del todo el dolor que la embargaba, pero durante el día se ocupaba de sus cosas, mientras Sofía había conseguido que las demás chicas también la ignoraran. Tenía un irresistible carisma que atraía a la gente. En cuanto sus compañeras de clase se enteraron de la pelea, todas fueron apartándose hacia la parte de la clase donde estaba Sofía como conejos asustados.

Pasada una semana, María no pudo seguir soportando la frialdad con que la trataba su prima. Se sentía sola y muy desgraciada. Enterró su orgullo y escribió una nota a su amiga: «Sofía, por favor, volvamos a ser amigas». Sofía disfrutaba perversamente viendo sufrir a su prima. No había duda de que ésta sufría muchísimo. Al no recibir ninguna respuesta, María le escribió una segunda nota: «Sofía, lo siento. No debería haber dicho lo que dije. Me equivoqué y te pido disculpas. Por favor, seamos amigas».

Sofía, que disfrutaba siendo el centro de atención de su prima, dio vueltas a la nota entre las manos una y otra vez mientras decidía qué hacer. Finalmente, cuando María se echó a llorar en clase de historia, se dio cuenta de que había ido demasiado lejos. Sofía la encontró llorando en las escaleras durante el recreo. Se sentó junto a ella y le dijo:

—Ya no amo a Santi.

No quería que María la delatara. El rostro bañado en lágrimas de María le sonrió agradecido y le dijo que daba igual si le amaba.

11

Buenos Aires, 1958

Soledad oyó llorar a Sofía y corrió a su habitación. Cogió en brazos a la criatura de dos años y apretó el cuerpo llorón contra sus pechos a la vez que iba hablándole para que se calmara.

—Es sólo una pesadilla, cariño —le dijo, y Sofía respondió aferrándose a ella con sus piernas y brazos calientes. Soledad escudriñó la piel olivácea y los ojos color avellana de la niña y se fijó en lo gruesas que tenía las pestañas cuando las lágrimas las mojaban—. Eres una verdadera belleza. Incluso cuando lloras —dijo antes de besarle la mejilla mojada.

Anna sólo parecía interesarse por su hija cuando ésta dormía. Cuando era un bebé, había sido incapaz de tolerar sus lloros y se la devolvía a Soledad al menor atisbo de llanto. Paco, que apenas había mostrado el menor interés en sus hijos varones en sus primeros años de vida, no podía quitar los ojos de encima a su niña. Cuando volvía del trabajo corría escaleras arriba para darle las buenas noches o para leerle un cuento. Sofía se sentaba en sus rodillas, se acurrucaba contra el cuerpo de su padre hasta que estaba cómoda y luego apoyaba la cabeza en su pecho y se chupaba el dedo. Soledad no salía de su asombro. El señor Paco no parecía el tipo de hombre que se muestra tierno con los niños. Pero es que Sofía no era una niña cualquiera. Era su pequeña, y a sus dos años ya había atrapado a su padre en el encanto de sus redes.

Soledad disfrutaba de las semanas que pasaba en Buenos Aires. Al haber crecido en el campo, para ella la ciudad era algo nuevo y excitante. Y no es que saliera mucho. Estaba demasiado ocupada cuidando de Sofía, aunque a veces iba de compras y dejaba a Loreto, la criada que vivía en el apartamento, al cuidado de la niña mientras ella estaba fuera. Paco había pedido a Soledad que pasara un tiempo en la ciudad con la pequeña, que había empezado a llorar durante la noche porque ella no estaba.

—Te necesita, Soledad —le dijo—, y nosotros también. Nos parte el corazón ver a Sofía tan desolada.

Ni que decir tiene que Soledad había aceptado de inmediato, aunque eso significara que a veces tenía que separarse de Antonio durante una semana entera. Sin embargo, siempre volvía con la familia los fines de semana para seguir con su trabajo habitual.

—¿Quieres dormir en mi cama? —preguntó a la niña adormilada. Sofía asintió antes de apoyar la cabeza en el voluminoso pecho de Soledad y cerrar los ojos.

Con mucho cuidado, Soledad bajó las escaleras con la niña en brazos. El señor Paco ha llegado muy tarde a casa, pensó al ver su maletín y el abrigo de cachemira encima de la silla del recibidor. No había subido a dar las buenas noches a Sofía. Al llegar al vestíbulo, oyó voces al otro lado de la puerta del salón y, a pesar de que siempre había sido contraria a los chismorreos, se paró a escuchar. Los señores hablaban en español.

—… Entonces, ¿dé dónde ha salido? —espetó Anna enojada.

—Trabajo. No es lo que piensas —replicó Paco con frialdad.

—¿Trabajo? ¿Para qué demonios necesitabas un hotel en esta ciudad si tienes un apartamento fantástico? Por el amor de Dios, Paco, ¡no soy estúpida!

Se produjo un silencio tenso. Soledad no se movió, se quedó quieta como si fuera un mueble más. Apenas se atrevía a respirar. Sin embargo su corazón sí palpitaba, y lo hacía con furia. Sabía que estaba escuchando una conversación privada, que debía dar la vuelta y alejarse de ahí, llevar a Sofía a su cuarto y fingir no haber oído nada. Pero no podía. Era demasiada la curiosidad. Tenía que enterarse de lo que estaban hablando. Oyó pasos. El señor Paco debía de estar caminando por la habitación. Oyó el sonido metálico que hacen los zapatos al caminar sobre la madera y luego el ruido sordo al recorrer la alfombra, de un lado a otro, y el ocasional sollozo de la señora Anna. Por fin habló Paco.

—De acuerdo, tienes razón —admitió con tristeza.

—¿Quién es? —sollozó Anna.

—Nadie que tú conozcas, te lo aseguro.

—¿Por qué?

Soledad oyó que Anna se ponía en pie. A continuación captó el afilado repiqueteo de sus tacones. Sin duda había cruzado la habitación hasta la ventana. De nuevo hubo unos segundos de silencio.

—Un hombre necesita sentirse amado, Anna —dijo Paco soltando un profundo suspiro.

—Pero nosotros nos amábamos, ¿no? ¿Al principio?

—Sí. No sé dónde nos equivocamos. Tú cambiaste.

—¿Que *yo* cambié? —saltó Anna—. ¿He de suponer entonces que tengo *yo* la culpa? Fui *yo* quien te echó en sus brazos, ¿no?

—Yo no he dicho eso.

—Entonces, ¿qué estás diciendo? ¡Tú también cambiaste, por si te interesa saberlo!

—Anna, no estoy diciendo que sea culpa tuya. La culpa es de los dos. No me estoy justificando. Tú querías saber.

—Quiero saber por qué.

—No lo sé. Me enamoré de ella y ella me ama. Tú dejaste de corresponderme hace años, ¿qué esperabas?

—Supongo que ahora me dirás que el que los maridos tengan amantes cuando se cansan de sus mujeres es una de esas asquerosas costumbres argentinas.

—Anna.

—Bien, entonces es sólo exclusiva de tu familia, ¿no? Lo llevas en la sangre —soltó burlona.

—¿De qué estás hablando? —respondió Paco con cautela. Soledad apreció que el tono de su voz había cambiado; había descendido una nota.

—De tu padre y de su… amante —estuvo a punto de decir «zorra», pero el instinto la previno de ir demasiado lejos.

—No metas a mi padre en esto. Estamos hablando de nosotros, él no tiene nada que ver.

Paco estaba atónito. No podía evitar preguntarse cómo Anna había llegado a enterarse de eso.

—Sólo espero que no enseñes a Agustín y a Rafael a seguir tus pasos. No quiero que vayan por ahí rompiendo corazones como hace su padre.

—Es imposible hablar contigo cuando te pones así —dijo él exasperado. Soledad oyó cómo se acercaba hacia ella y, dando rápidamente la vuelta, salió disparada hacia el otro extremo del vestíbulo, pero Paco salió del salón dando un portazo antes de que ella hubiera tenido tiempo de desaparecer.

»Soledad —dijo con voz firme. Soledad inclinó la cabeza y, visiblemente sonrojada, se giró hacia él. Se acabó, pensó. ¿Cómo he podido ser tan estúpida? Tendría que subir a hacer las maletas y dejar la casa. Suspiró, revelando así cuán desgraciada se sentía—. Tráeme a Sofía —ordenó. Soledad se acercó a él arrastrando los pies y evitando mirarle a los ojos.

—Querida Sofía —dijo con voz suave y dulce mientras besaba la frente caliente de su hija. Ella parecía responder al contacto con su padre incluso estando dormida—. Me quieres, ¿verdad? Y yo te quiero, no sabes cuánto —susurró.

Soledad se dio cuenta de que en el rostro del señor Paco se había dibujado una expresión de ternura; también se dio cuenta de que le brillaban los ojos. Esperó mientras él acariciaba la carita de la pequeña, sintiéndose rara y a la espera de la reprimenda que ya había anticipado. Pero ésta no llegó. Paco acarició la mejilla de su hija y luego cogió el abrigo y fue hacia la puerta.

—¿Va a salir usted? —se oyó preguntar Soledad. Deseó al instante no haberlo hecho. No era asunto suyo.

Paco se giró y asintió con gravedad.

—No vendré a cenar… y, ¿Soledad?

—Sí, señor Paco.

—Lo que has oído esta noche no debes mencionarlo delante de nadie, ¿entendido?

—Sí, señor Paco —respondió categóricamente al tiempo que, culpable, volvía a sonrojarse.

—Bien —dijo él antes de cerrar tras de sí la puerta.

Soledad echó un vistazo a la puerta del salón antes de pasar por la cocina en dirección a su habitación. Era consciente de que no debía haber escuchado, pero, una vez que se hubo recuperado del susto, empezó a encontrarle sentido a la conversación. Así que el señor Paco tenía una aventura, pensó. No le sorprendió. La mayoría de los hombres tenían amantes de vez en cuando, y ¿por qué no? Sin embargo, en este caso no parecía tratarse de algo meramente sexual, sino de amor. Si el señor Paco había dejado de amar a la señora Anna, se trataba de algo serio. Se sintió terriblemente apenada por su señora. Se sintió triste por los dos.

Anna se quedó clavada en uno de los sillones del salón. Se sentía tan desgraciada y tan agotada que no podía moverse. Se preguntaba qué hacer. Paco había admitido que tenía una aventura, pero ni siquiera había sugerido la posibilidad de dejar de ver a la otra mujer. Le había oído irse. Había salido corriendo a refugiarse en los brazos de ella, quienquiera que fuera. No quería saberlo. No se fiaba de sí misma. Era muy capaz de encontrarla y apuñalarla presa de un ataque de ira y de desesperación. Se acordó de la tía Dorothy. Seguro que esto era un castigo por haber dejado plantado a Sean O'Mara. Quizá su tía había estado en lo cierto desde un principio. Quizá hubiera sido más feliz si se hubiera casado con él y no hubiera salido nunca de Glengariff.

Las semanas que siguieron fueron tristes y de profunda infelicidad. Paco y Anna no volvieron a mencionar el asunto y nada parecía haber cambiado. Tan sólo los ánimos se enfriaron del todo y la comunicación entre ambos desapareció por completo. Anna veía con amargura la relación de Paco con Sofía. Cada una de sus caricias era para ella una herida; en realidad, sentía que su hija podría haber sido perfectamente esa otra mujer que había ocupado su lugar en el corazón de Paco. Éste pasaba más tiempo con la pequeña que con su mujer, envolviéndola con un amor que antaño había sido para ella, desbancando a Anna por completo. Ella dedicaba su tiempo a sus hijos, nutriéndose de su afecto como una planta en el desierto. Se le hacía muy duro querer a Sofía, que de alguna forma estaba conectada a Paco y a su propia desgracia. La niña empezó a llorar cada vez que su madre la tomaba en brazos, como si de algún modo sintiera que no era querida, mientras que se derretía en brazos de su padre, a la vez que sonreía descaradamente como diciendo: «Le quiero a él y no a ti». Anna apenas podía mirarlos sin sentir una punzada de dolor.

Anna estaba segura de que jamás había sido tan infeliz. A principios de ese mismo años su padre le había enviado un telegrama diciéndole que su madre había muerto. Cuando él llegó a su puerta, Anna había intentado encontrar el amor de su madre en el abrazo de su padre, pero también él había sucumbido a los encantos de la pequeña hechicera en que Sofía se había convertido. Ahora eran unos perfectos desconocidos. El lazo que en su momento había sellado el amor que sentían uno por el otro se había deshecho con el paso de los años y la distancia.

Echaba más de menos a su madre que a su padre, al que veía vagar por la estancia como un perro perdido. Recordaba la risa suave de Emer y la luz de sus ojos dulces. Recordaba el olor a jabón y lavanda que la envolvían como una nube etérea, y poco a poco puso a su madre en un pedestal y dibujó de ella una imagen con la que nada había tenido que ver en vida. No se acordaba de la mujer cuyo rostro viejo y triste se había deshecho en un río de lágrimas esa noche de otoño en que se abrazaron por última vez. La madre que necesitaba en ese momento preciso era la mujer que había enjugado sus lágrimas cuando los primos de Glengariff se metían con ella, la madre que habría conseguido que la Tierra dejara de girar si con ello hubiera hecho sonreír a su niña. Echaba de menos el amor incondicional de Emer. Como adulta, el amor se había convertido en algo muy difícil de conservar.

Anna dejó que Soledad pasara más horas con Sofía en la habitación de los niños. Rafael y Antonio tenían ya cinco y siete años e iban a la escuela, de manera que disponía de más tiempo para ella. Lo necesitaba. De todas formas, pensó, Sofía está más que feliz con Soledad. Anna empezó a pintar, y construyó un pequeño estudio en una de las habitaciones de invitados del apartamento de Buenos Aires. No se le daba muy bien, de eso no le cabía duda, pero la distraía de la vida doméstica y conseguía así pasar tiempo a solas sin que nadie la molestara. Paco nunca entró en su estudio. Era su santuario, un lugar propio en el que esconderse.

A Paco le dolió sobremanera que su mujer hubiera considerado necesario mencionar la relación de su padre con Clara Mendoza. No le sorprendió demasiado que ella estuviera enterada, puesto que para entonces ya había mucha gente que lo sabía, pero sí le sorprendió que se hubiera rebajado hasta el punto de usarlo como arma para herirle. La observaba con cautela y se preguntaba si el romance que habían vivido en Londres años atrás en realidad había ocurrido. Era como si se hubiera enamorado de una dulce jovencita y hubiera traído a Argentina a una joven amargada por error. Veía a la Ana Melodía que recordaba sentada melancólica junto a la fuente de Trafalgar Square y se preguntaba si todavía seguía allí, y al hacerlo le dolía el corazón. Todavía la amaba.

Un día de primavera, Anna había salido a pasear por la llanura con Agustín. Hacía calor y las flores silvestres estaban empezando a abrirse y a pintar la pampa de colores. Para su deleite pudieron ver a una pareja de vizcachas que se olisqueaban con sus lomos peludos y marrones brillando bajo la luz del sol. Anna se sentó entre las hierbas altas y atrajo a su hijo de cinco años hacia ella, sentándolo en su rodilla.

—Mira, cariño —dijo en inglés—. ¿Ves los conejos?

—Se están besando.

—Tenemos que quedarnos callados y no movernos o se asustarán.

Se sentaron y observaron cómo las dos criaturas saltaban juguetonas de un lado a otro, de vez en cuando mirando a su alrededor como si se sintieran observadas.

—Ya no besas a papá —dijo de pronto Agustín—. ¿Papá ya no te gusta?

Anna se quedó de una pieza con la pregunta, y le preocupó la ansiedad que reflejaba el tono de voz de su hijo.

—Claro que sí —respondió enérgica.

—Siempre se están peleando y gritando. No me gusta —dijo el niño, y de repente se echó a llorar.

—Mira, has asustado a los conejos —dijo Anna, intentando distraerle.

—No me importa. ¡No quiero ver los conejos nunca más! —gritó él sin dejar de llorar. Anna lo estrechó entre sus brazos e intentó tranquilizarle.

—Papá y yo a veces nos peleamos, como tú con Rafael o con Sebastián. ¿Te acuerdas de aquella vez que te peleaste con Sebastián?

El niño asintió pensativo.

—Bien, pues no es más que una pequeña pelea.

—Pero Sebastián y yo volvemos a ser amigos. Papá y tú siguen peleados.

—Haremos las paces, ya lo verás. Venga, sécate las lágrimas y vamos a ver si vemos algún armadillo para contárselo al abuelo —dijo Anna, secándole dulcemente la cara con la manga de la camisa.

De camino a casa Anna decidió que no podía seguir viviendo así. Era insoportable para ella y para la familia. No era justo que su desgracia se filtrara a sus hijos. Miró el rostro ahora sonriente de Agustín y supo que no podía decepcionarle.

Cuando se acercaba a la casa, Soledad salió corriendo con la cara bañada en lágrimas. Oh Dios, pensó Anna aterrada, agarrando con fuerza la manita de Agustín. Rafael no, por favor, Rafael no.

—¿Qué ha pasado? —preguntó con voz ronca mientras la criada se acercaba pálida de angustia.

—¡La señora María Elena! —jadeó Soledad.

Anna se echó a llorar de puro alivio.

—¿Qué ha ocurrido? —dijo entre sollozos.

—Está muerta. La señora María Elena está muerta.

—¿Muerta? ¡Dios mío! ¿Dónde está mi marido? ¿Dónde está Paco? —preguntó.

—En casa del señor Miguel, señora.

Anna dejó a Agustín con Soledad y corrió entre los árboles a casa de Chiquita y de Miguel. Al entrar, encontró a toda la familia reunida en el salón. Buscó con los ojos a Paco, pero no logró verle. Chiquita la vio y fue rápidamente hacia ella. Tenía la cara hinchada de tanto llorar.

—¿Dónde está Paco?

—En la terraza con Miguel —respondió señalando a los ventanales. Anna pasó entre los parientes cuyos rostros no eran más que manchas borrosas y por fin llegó a las puertas de la terraza. Miró por el cristal de la ventana y vio a Paco hablando con Miguel. Estaba de espaldas a ella. Miguel la saludó, embargado por la tristeza, antes de volver a entrar con suma discreción. Paco se giró y se encontró con el pálido rostro de su esposa mirándole con lástima.

—Oh, Paco, lo siento muchísimo —dijo, y sintió que las lágrimas le bajaban por las mejillas. Él la miró fríamente—. ¿Cómo ha sido?

—Un accidente. Venía de camino. La arrolló un camión —respondió con voz neutra.

—Qué horror. Pobre Héctor, ¿dónde está?

—En el hospital.

—Debe de estar destrozado.

—Sí. Todos lo estamos —dijo apartando la mirada.

—Paco, por favor.

—¿Qué esperas que haga? —preguntó él impasible.

Anna reprimió un sollozo.

—Deja que me acerque a ti.

—¿Para qué?

—Quiero consolarte.

—Quieres consolarme —repitió como si no la creyera.

—Sí, sé cómo te sientes.

—Tú no sabes cómo me siento —replicó con sorna.

—Eres tú el que está teniendo una aventura. Yo estoy dispuesta a olvidarlo y a empezar de nuevo.

Paco la miró y frunció el ceño.

—¿Porque ha muerto mi madre?

—No, porque todavía me importas —replicó ansiosa, parpadeando al mirarle.

—Pues yo no estoy preparado para olvidar lo que dijiste sobre mi padre —le espetó enojado.

Ella le miró de hito en hito.

—¿Tu padre? ¿Qué he dicho de tu padre? Pero si adoro a Héctor.

—¿Cómo pudiste rebajarte hasta el punto de echarme en cara su aventura como si fuera parte de la tradición familiar? —dijo él con amargura.

—Oh, Paco. Sólo lo dije para herirte.

—Muy bien, pues lo conseguiste. ¿Contenta?

—Agustín me ha preguntado que por qué ya no me gustas —dijo Anna bajando la voz—. Tenía la carita pálida de miedo. No he sabido qué decirle. Me gustas, Paco. Es sólo que he olvidado cómo amarte.

Paco la miró a los ojos, esos ojos azules y acuosos que brillaban de pura lástima, y se le ablandó el corazón.

—Yo también he olvidado cómo amarte. No me siento orgulloso de mí mismo.

—¿No podemos intentar reparar el daño ya hecho? Todavía queda algo, ¿no crees? ¿No podemos volver por esas calles de Londres y recuperar esa magia? ¿No podemos recordar? —dijo Anna y sus pálidos labios temblaron.

—Lo siento, Anna —admitió por fin Paco meneando la cabeza—. Siento haberte hecho daño.

—Yo también siento haberte hecho daño —dijo ella con una débil sonrisa en los labios. Miró a su marido con ojos preñados de ansiedad.

—Ven, Ana Melodía. Tienes razón, necesito tu consuelo —le dijo atrayéndola suavemente hacia él y estrechándola entre sus brazos.

—¿Olvidado? —preguntó Anna instantes después—. ¿Lo intentamos de nuevo?

—Olvidado —le dijo Paco a la vez que le besaba la frente con una ternura que ella había creído que jamás volvería a experimentar—. Nunca he dejado de quererte, Ana Melodía. Simplemente te perdí, eso es todo.

María Elena fue enterrada en el panteón familiar del pueblo tras un triste y conmovedor servicio que tuvo lugar en Nuestra Señora de la Asunción. Había sido una mujer enormemente querida por todos. De hecho, no hubo suficientes asientos en la iglesia para acomodar a todas las personas que quisieron presentarle sus respetos, por lo que la gente del pueblo tuvo que colocarse en la plaza. Por fortuna, hacía calor y el sol brillaba con fuerza como si nadie le hubiera dicho que María Elena había muerto.

Anna veía cómo a Paco le temblaban las manos cuando leyó un pasaje de las Escrituras y volvió a echarse a llorar. Dio gracias a Dios por haber hecho posible que ambos volvieran a amarse. Repasó con la mirada las imágenes situadas junto al altar y encontró consuelo en ellas. Si fuera profundamente infeliz, pensó, acudiría en busca de consuelo a esta iglesia y al buen Dios. Cuando le tocó leer a Miguel, observó que Chiquita languidecía como una flor. Había sido un duro golpe para todos, pero nadie sufría tanto como Héctor. Parecía haber envejecido en cuestión de horas, deshaciéndose literalmente ante los ojos de todos. No había forma de consolarle. Se había quedado sin fuerzas. La pena corroía su vida como si una cascada de dolor le golpeara los nervios y el cañón en que se había convertido su corazón roto. Murió un año después.

En los años que siguieron, la vida de Paco y Anna volvió a la normalidad. Veían crecer a sus hijos y disfrutaban de ellos como cualquier matrimonio. Volvían a hablarse, pero nunca encontraron Londres en la Argentina que construyeron juntos. Paco había dejado a su amante y Anna intentaba ser una buena esposa, pero la raíz de sus problemas siguió ahí a pesar de que el árbol parecía haberse fortalecido.

12

Ya era tarde cuando Sofía entró a hurtadillas en la habitación del abuelo. La luz invernal de la luna teñía la oscuridad con su pálida luz azulada cuando Sofía se detuvo a los pies de la cama y miró a Dermot. Roncaba muy fuerte, pero para Sofía había algo de reconfortante en sus ronquidos. Le recordaban a cuando era niña y hacían que se sintiera segura y querida. Podía oler el aroma dulzón del tabaco de pipa del abuelo, que con el paso del tiempo había quedado impregnado en las cortinas y en los muebles. La ventana estaba abierta y el viento soplaba en la noche al ritmo de la respiración de Dermot.

Sofía no quería despertarle, pero sí quería que se despertara. Sabía que no debía estar en su habitación en mitad de la noche; a su madre no le haría la menor gracia si la pillaba. Anna había estado de un humor terrible con ella todo el día. No soportaba cuando su padre mimaba a su hija. Había acusado a Dermot de malcriar a la niña y había hecho lo posible por anularle, pero el abuelo O'Dwyer había prometido a Sofía un cinturón de cuero con una hebilla de plata en la que grabaría sus iniciales. Anna había dicho que eso era tirar el dinero y que Sofía no lo apreciaría. También había dicho que Sofía nunca cuidaba de sus cosas. Las dejaba tiradas en el suelo a la espera de que Soledad las recogiera y las pusiera en su sitio.

Si de verdad tenía que comprarle algo a la niña debería ser algo sensato como un libro o música para piano. Paco había heredado el piano de su madre y Sofía apenas lo usaba. Ya era hora de que la niña se centrara en algo, de que terminara algo. No tenía la menor concentración: empezaba mil proyectos en los que enseguida perdía interés. Sí, decidió Anna, estudiar piano sería mejor para ella que pasar el tiempo en ese árbol ridículo. Las señoritas de su clase debían pintar y tocar música, leer buena literatura inglesa y aprender a llevar una casa, en vez de pasarse el día montando a caballo y subiéndose a los árboles.

—Anímala a que haga algo de provecho, papá —sugirió. Pero el abuelo O'Dwyer quería comprar a Sofía un cinturón, tal como había prometido.

Ese era el motivo que había llevado Sofía a su cuarto. Quería decirle que le encantaría su cinturón y que cuidaría de él, porque le quería y porque su regalo siempre le recordaría a su querido abuelo. Su madre jamás había comprendido por qué le tenía tanto cariño a Dermot, pero Sofía y él sentían un profundo afecto mutuo que les unía con un lazo que sólo ellos reconocían.

Sofía se movió de un lado a otro de la habitación. Tosió. Volvió a recorrer la habitación. Por fin el voluminoso cuerpo de Dermot O'Dwyer rodó sobre la cama, quedando boca arriba. Entreabrió los ojos, convencido de que Sofía era un gnomo o algún espíritu y levantó la mano alarmado.

—Soy yo, abuelo —susurró ella.

—Jesús, María y José, niña. ¿Qué estás haciendo ahí de pie? ¿Eres mi ángel de la guarda que cuida de mí mientras duermo?

—Creo que con tus ronquidos has asustado a tu ángel de la guarda —respondió Sofía, echándose a reír en voz baja.

—¿Qué haces, Sofía Melody?

—Quiero hablar contigo —dijo ella, y volvió a moverse por la habitación arrastrando los pies.

—Bueno, no te quedes ahí, jovencita. Ya sabes que el suelo está lleno de cocodrilos que se mueren de ganas de comerte los pies. Métete en la cama.

Así que Sofía se metió en la cama con el abuelo, otra cosa que su madre no habría visto con la menor simpatía. Con diecisiete años no debería meterse en la cama con un viejo. Se tumbaron uno junto al otro «como un par de estatuas sobre una tumba». Sofía percibió el cuerpo del abuelo a su lado y de pronto se sintió totalmente embargada por el afecto que sentía por él.

—¿De qué quieres hablar, Sofía Melody? —le preguntó.

—¿Por qué siempre me llamas así?

—Bueno, tu abuela se llamaba Emer Melody. Cuando nació tu madre, quise llamarla Melody, pero tu abuela se negó en redondo. Podía ser muy testaruda cuando quería. De manera que le pusimos Anna Melody O'Dwyer, y Melody quedó como su segundo nombre.

—Como María Elena Solanas.

—Exactamente, como María Elena Solanas, que Dios la guarde en su seno. Para mí siempre serás Sofía Melody.

—Me gusta.

—Tiene que gustarte. Es así.

—¿Abuelo?

—¿Sí?

—En cuanto al cinturón...

—Dime.

—Mamá dice que no lo cuidaré, pero lo haré. Te lo prometo.

—Tu madre no siempre tiene razón. Ya sé que lo cuidarás.

—Entonces, ¿me lo regalarás?

Dermot le apretó la mano y soltó una resollante carcajada.

—Claro que sí, Sofía Melody.

Se quedaron tumbados mirando las sombras que bailaban en el techo mientras el frío viento invernal se colaba entre las cortinas y deslizaba sus pies helados por sus rostros acalorados.

—¿Abuelo?

—Y ¿ahora qué quieres?

—Quiero el cinturón por motivos sentimentales —le dijo tímida.

—Por motivos sentimentales, ¿eh?

—Porque te quiero, abuelo.

Nunca le había dicho eso a nadie. Él se quedó unos segundos en silencio, conmovido. Sofía parpadeaba en la oscuridad, preguntándose cómo iba a responder el abuelo a su repentina confesión.

—Yo también te quiero, Sofía Melody. Te quiero con toda el alma. Y ahora será mejor que te vayas a la cama —susurró él, mientras la voz le fallaba a mitad de la frase. Sofía era la única persona capaz de hacer zozobrar su sentimental y viejo corazón.

—¿Puedo quedarme?

—Mientras tu madre no se entere —susurró Dermot de nuevo.

—Oh, estaré levantada mucho antes que ella.

Sofía se levantó con frío. Un escalofrío la recorrió desde la cabeza a la punta del pie. Se apretujó contra el abuelo buscando calor. Le llevó un momento darse cuenta de que era él quien le daba frío. Se sentó y se inclinó sobre Dermot para poder verle la cara. La expresión de su rostro denotaba felicidad. Si no hubiera estado frío y rígido, habría pensado que estaba a punto de soltar una de sus resollantes carcajadas, pero su cara era como una máscara tras la que no había nada; tenía los ojos abiertos, unos ojos vacíos que miraban fijamente a ninguna parte.

Acercó su cara a la de él y la apretó contra ella. Grandes lagrimones le resbalaban por las mejillas y, al llegar a la punta de la nariz, caían sobre la de él, hasta que, pasados unos segundos el cuerpo entero, haciéndose eco de la violencia de sus sollozos, empezó a temblarle. Nunca se había sentido tan desgraciada. El abuelo ya no estaba. Se había ido. Pero ¿adónde? ¿Existía el cielo? ¿Estaba ahora con Emer Melody en algún lugar hermoso? ¿Por qué había muerto? Gozaba de buena salud y estaba lleno de vida. Nadie había estado más vivo que su abuelo. Empezó a moverse adelante y atrás, acunando su cuerpo enorme entre los brazos hasta que le dolió la mandíbula y empezó a sentir pinchazos en el estómago de tanto llorar. Se sintió presa del pánico cuando intentó recordar las últimas palabras que le había dicho el abuelo. El cinturón, habían hablado del cinturón. Luego ella le había dicho que le quería. Soltó un profundo lamento al recordar aquel momento de ternura. Una vez que soltó el primer gemido fue incapaz de parar. Chilló una y otra vez, hasta que sus gritos despertaron a toda la casa. En un primer momento Paco pensó que se trataba de algún animal al que una comadreja estaba matando justo al pie de su ventana, pero enseguida reconoció la voz de su propia hija cuando ésta se atragantaba intentado tomar aire antes de soltar otro tremendo gemido.

Mientras sus hermanos, su madre y su padre corrían en su ayuda, Sofía recordó las últimas palabras del difunto: «Mientras tu madre no se entere». Siempre había sido su cómplice.

Tuvieron que arrancarla de su lado. Entonces se agarró a su padre. La conmoción sufrida al haber encontrado muerto a su abuelo la golpeó de pronto como una bofetada en frío y tiritaba sin control. Anna dejó fluir libremente las lágrimas. Se sentó en el borde de la cama y acarició con su frágil mano la frente del abuelo. Le quitó la cruz de oro que le colgaba del cuello y se la llevó a los labios.

—Dios te acoja en su seno, padre. Dios te bendiga y te abra las puertas del reino de los cielos.

Levantó la mirada hacia su familia y les pidió que la dejaran a solas con él. Rafael y Agustín salieron arrastrando los pies. Paco besó a su hija en la frente antes de llevársela cariñosamente con él.

Anna Melody O'Dwyer se llevó la mano inerte de su padre a la cara y la besó con tristeza. Acercó los labios a su palma rasposa y no lloró por el cadáver que yacía sin vida delante de ella, sino por el padre al que había conocido durante su infancia en Glengariff. Había habido un tiempo en el que Anna había compartido el corazón de su padre con su madre, antes de que Sofía se hubiera interpuesto entre ellos y la hubiera alejado de él. Probablemente Dermot nunca le había perdonado que se hubiera ido de Irlanda para casarse con Paco, o al menos que no hubiera regresado nunca, ni siquiera una vez.

Al perderla, él había reemplazado su cariño con el de su nieta, que parecía combinar todo lo que él había querido en Anna con todo lo que había de positivo en Sofía como ser humano. Anna había sido testigo; primero con Paco y luego con su padre. Sofía le había robado a los dos, pero no quería preguntarse por qué porque tenía miedo a la respuesta. Le daba miedo admitir que quizá Paco había estado en lo cierto. Quizás era ella la que había cambiado. ¿Cómo, si no, se las había arreglado para alejar de sí a los dos hombres a los que quería más que a nada en el mundo?

Pero en vez de pensar en sí misma, Anna recorrió con la mirada todo lo que había quedado del viejo gruñón y buscó en los rasgos de su rostro al padre que había perdido con el pasar de los años. Sin embargo, ya era demasiado tarde para recuperarle. Demasiado tarde. Se acordó de la vez que su madre le dijo que las dos palabras más tristes del diccionario eran «demasiado tarde». Ahora lo entendía. Si pudiera volver a respirar, aunque fuera una sola vez más, ella le mostraría cuánto le amaba. A pesar de los años que habían corroído los lazos que los habían unido, a pesar de la vida que de algún modo había forjado una ruptura entre ambos, Anna le había querido con todo su corazón y, sin embargo, nunca se lo había dicho. Para ella, Dermot había sido una molestia, como un perro indómito y sarnoso al que se veía en la obligación de disculpar constantemente. Pero él había sido un alma atormentada que se hallaba más feliz descendiendo a los laberintos de la locura que enfrentándose a una vida sin el cálido amor de su esposa. Su locura había sido la anestesia con la que conseguía evadirse de su creciente desolación. Ojalá se hubiera molestado en comprenderle. En comprender su dolor.

—Oh, Dios —rezó, cerrando los ojos con fuerza y dejando escapar una lágrima brillante que quedó prendida en sus largas y pálidas pestañas—, déjame sólo decirle que le he querido.

Para demostrar lo mucho que había querido a su padre, Anna dispuso que fuera enterrado en la llanura, entre los ponis y los pájaros, bajo las altas briznas de hierba que crecían al pie de un viejo eucalipto. Antonio y los chicos de los establos ayudaron a cavar la fosa, y el padre Julio recitó, tartamudeando, unas cuantas plegarias y dio un atroz sermón bajo el pálido cielo invernal. Como su tartamudeo siempre había divertido al abuelo O'Dwyer, en cierto sentido resultó de lo más adecuado.

La familia al completo había acudido a presentar sus respetos. Musitaron sus plegarias con la cabeza inclinada, y con expresión abatida contemplaron cómo el ataúd descendía tambaleándose hasta el fondo de la fosa. Cuando por fin el último puñado de tierra cubrió la tumba, las nubes se apartaron de golpe y asomó un brillante rayo de sol que cubrió las llanuras invernales con una extraña calidez. Todos levantaron la mirada, entre sorprendidos y encantados. Anna se persignó y dio gracias a Dios por llevar a su padre al cielo. Sofía observó la luz con un gran pesar y pensó en lo oscuro que de repente se había vuelto el mundo. Sin el abuelo O'Dwyer hasta la luz del sol parecía haberse apagado.

13

Universidad de Brown, 1973

Santi deslizó la mano bajo el vestido de Georgia y descubrió que llevaba medias. Palpó primero con los dedos la aspereza del encaje, y a continuación la piel suave y sedosa de sus muslos. Se le aceleró el corazón de pura excitación. Apretó su boca a la de ella y saboreó la menta del paquete de chicles que habían compartido cuando habían salido juntos de la sala de baile. El descaro de Georgia le había impresionado. No tenía el menor asomo de la inhibición que caracterizaba a las argentinas de buena familia, y había en ella un toque de ordinariez que le atraía.

Georgia le besaba apasionadamente. Parecía disfrutar de su cuerpo joven y fuerte mientras le clavaba sus largas uñas rojas en la piel y lamía la sal que se mezclaba con su propio olor. Ella olía a perfume caro y Santi pudo saborear el polvo que le cubría la piel a medida que pasaba la lengua por su cuerpo. Georgia tenía el estómago redondo y relleno. Cuando Santi empezó a juguetear con su liguero, ella le retiró la mano y le dijo con su voz dulce y profunda que prefería hacer el amor con las medias puestas, y a continuación empezó a quitarse las bragas.

Él le separó las piernas, y ella las abrió aún más por propia voluntad. Santi se arrodilló entre ellas y le acarició los muslos y las caderas. Georgia era rubia, rubia natural, según pudo apreciar al ver el perfilado triángulo de vello que le revelaba sus encantos. Ella le miró con descaro, disfrutando de la admiración que despertaba en él. Durante las dos horas que siguieron, Georgia le enseñó a acariciar a una mujer, lenta y sensualmente, y le dio más placer de lo que él jamás hubiera imaginado. Hacia las dos de la mañana, Santi había tenido suficientes orgasmos para constatar que Georgia era una maravilla en la cama, y ella había llegado al clímax con la relajación propia de una mujer que se sentía totalmente cómoda con su propio cuerpo.

—Georgia —dijo—, no puedo creer que seas real. Quiero quedarme abrazado a ti toda la noche para asegurarme de que sigues aquí por la mañana.

Ella se había reído, había encendido un cigarrillo y le había prometido que durante el fin de semana no harían más que hacer el amor.

—Larga, lenta y apasionadamente, aquí mismo, en la calle Hope —había dicho. También le dijo lo mucho que le gustaba su acento y le pidió a Santi que le hablara en español—. Dime que me deseas, que me amas, aunque sólo lo estés fingiendo.

Y él le dijo «*Te quiero, te necesito, te adoro*».

Una vez exhaustos, y con los cuerpos doloridos por el placer, se quedaron dormidos. Las luces de un coche bañaron sus cuerpos con un resplandor dorado, exponiendo sus miembros desnudos. Santi soñaba que estaba en clase de historia antigua con el profesor Schwartzbach, y ahí estaba también Sofía, sentada con su larga melena oscura recogida en una trenza y atada con un lazo de seda rojo. Llevaba vaqueros y una camisa de color lila que acentuaba su bronceado. Estaba guapísima: morena y resplandeciente. Se giró hacia él y le guiñó el ojo. Al hacerlo sus ojos marrones le sonrieron caprichosamente. De repente Sofía era Georgia. Estaba sentada desnuda, mirándole. Santi se avergonzó al verla desnuda delante de toda la clase, pero a ella eso no parecía importarle. Le miraba con cara de sueño. Santi deseó con todas sus fuerzas que Sofía volviera, pero ella había desaparecido. Cuando despertó, Georgia estaba entre sus piernas. Bajó la mirada para asegurarse de que se trataba de Georgia y no de Sofía. Su cuerpo se relajó cuando vio los lujuriosos ojos azules de Georgia mirándole desde su cintura.

—Cariño, parece que hubieras visto un fantasma —se rió.

—Lo he visto —respondió, a la vez que se abandonaba a la sensualidad de volver a sentir cómo la lengua de ella volvía a ejercer su magia sobre él.

Santi había pasado los primeros seis meses de los dos años que iba a vivir en el extranjero viajando por el mundo con su amigo Joaquín Barnaba. Fueron a Tailandia, donde salieron de caza a los bajos fondos en busca de prostitutas y diversión. Santi había quedado a la vez fascinado y horrorizado al ver lo que las mujeres podían hacer con sus cuerpos, cosas que él jamás hubiera sido capaz de imaginar ni siquiera en sus sueños más lúbricos. Fumaron cannabis en las tierras altas de Malasia, y vieron una puesta de sol que convirtió las colinas en oro. Viajaron hasta China, donde caminaron por la Gran Muralla, admiraron el Palacio de la Suprema Armonía en la Ciudad Prohibida, y descubrieron, asqueados, que es verdad que los chinos comen perros. Volvieron por India, donde Joaquin vomitó fuera del Taj Mahal antes de pasar tres días en cama con diarrea y deshidratación. En India montaron en elefante, en África en camellos, y en España lo hicieron sobre hermosos caballos blancos.

Santi enviaba postales a su familia desde cada uno de los países que visitaba. Chiquita se desesperaba al no poder ponerse en contacto con él. Durante seis meses Santi estuvo en lugares en los que era imposible dar con él, e iba desplazándose cada pocos días sin saber cuál era su próximo destino. Todos sintieron un profundo alivio cuando, a finales de invierno, recibieron una carta en la que les informaba de que ya estaba en Rhode Island buscando casa y matriculándose en sus clases, entre las que se incluían estudios empresariales e historia antigua.

Santi se alojó en un hotel durante sus primeros días en Brown. Sin embargo, al asistir a su primera clase en el campus, conoció a dos afables norteamericanos de Boston que buscaban a alguien con quien compartir su casa de la calle Bowen. Cuando la charla, que corría a cargo de un anciano profesor que tenía la boca pequeña y oculta bajo una espesa barba blanca, y una voz aún más insignificante que se tragaba la última sílaba de sus palabras, tocó a su fin, se habían dicho prácticamente todo lo que hace falta para conocerse y se habían hecho buenos amigos.

Frank Stanford era bajo pero fornido, ancho de hombros y con buenos músculos. Era el tipo de chico que intentaba compensar su baja estatura yendo al gimnasio para asegurarse de que estaba en la mejor forma posible, y practicaba sin descanso todo tipo de deportes, como tenis, golf y polo, para que las chicas no dieran importancia a su estatura y le admiraran por sus logros. Se quedó inmediatamente impresionado con Santi, no sólo porque era argentino, un detalle que ya en sí era suficientemente atractivo, sino porque jugaba al polo, y nadie jugaba mejor al polo que los argentinos.

Frank y su amigo Stanley Norman, que prefería sentarse en un rincón a fumar marihuana y tocar la guitarra a coger una raqueta de tenis o un mazo de polo, invitó a Santi a la calle Bowen para enseñarle la casa. Santi se quedó de una pieza. Era una típica casa de la costa este con grandes ventanales de guillotina y un porche impresionante. Estaba situada en una calle llena de árboles frondosos y coches elegantes y decorada con un gusto exquisito: las paredes recién pintadas, muebles de pino, y tapizada a rayas y cuadros blancos y azul marino.

—Mi madre insistió en decorarla ella misma —dijo Frank quitándole importancia—. Es la típica madre sobreprotectora. Como si a mí me importara. Quiero decir, mirad cómo la ha puesto… debería aparecer en alguna revista de decoración. Apuesto a que es la casa más elegante de la calle.

—No tenemos reglas en la casa, ¿verdad, Frank? —preguntó Stanley con su lento deje típico de Boston—. No nos importa que traigas chicas a casa.

—No, no nos importa, sólo exigimos que también traigas a sus hermanas si están bien. ¿Captas? —Frank lanzó un guiño a Stanley y se rió.

—Supongo que aquí serán muy guapas —dijo Santi.

—Con tu acento, chico, no tendrás el menor problema. Te adorarán —le tranquilizó Stanley.

No se equivocaba. Santi fue perseguido por las chicas más guapas del campus y no le llevó mucho tiempo darse cuenta de que no querían casarse con él. Lo único que pretendían era acostarse con él. En Argentina no era así. Uno no podía ir por ahí acostándose con cualquiera; las mujeres exigían mucho más respeto. Querían que se las cortejara y querían casarse, pero en Brown Santi se manejaba entre ellas como un buscador de fresas. A algunas las metía en una cesta y las dejaba para más adelante; a las otras se las comía al instante. En los meses de septiembre y octubre pasó algunos fines de semana con Frank y su familia en Newport, donde se dedicaban a jugar al tenis y al polo. Santi se convirtió en un héroe para los hermanos pequeños de Frank, pues éstos nunca habían visto a un jugador de polo argentino, y era objeto de adoración por parte de la madre de Frank, Josephine Stanford, que sí había visto muchos jugadores de polo argentinos, pero ninguno tan guapo como Santi.

—Dime, Santi…, ése es el diminutivo de Santiago, ¿no? —dijo Josephine mientras le servía un vaso de Coca-Cola y se secaba la cara con una toalla blanca. Acababan de terminar el tercer set de su partida de tenis contra Frank y Maddy, su hermana pequeña—. Frank me ha dicho que estás haciendo un curso de sólo un año, ¿es eso cierto?

—Sí. Termino en mayo —respondió Santi, sentándose en una de las sillas de jardín y estirando sus piernas largas y bronceadas. Los shorts blancos acentuaban el color miel de su piel, y Josephine intentó evitar dejar que su mirada se posara en ella.

—¿Y después regresarás a Argentina? —preguntó en un intento por hacer preguntas propias de una madre. Se sentó frente a Santi y se alisó la falda blanca de tenis por encima de los muslos con sus elegantes dedos.

—No, quiero viajar un poco y luego regresar a casa a finales de año.

—Oh, qué fantástico. Entonces tendrás que volver a empezar tus estudios en Buenos Aires —suspiró—. No veo por qué no haces aquí la carrera.

—No quiero estar demasiado tiempo lejos de Argentina —dijo él, acalorado—. La echaría de menos.

—Eso habla muy bien de ti —le sonrió con dulzura—. ¿Tienes novia allí? Seguro que sí —se echó a reír con coquetería, guiñándole el ojo.

—No —replicó Santi, llevándose el vaso a los labios y bebiéndoselo de un solo trago.

—Vaya, eso sí que me sorprende, Santi. Un chico tan guapo como tú. Bueno, supongo que así es mejor para mis hermanas norteamericanas.

—Santi es todo un héroe en el campus, mamá. No sé qué tienen los hombres latinos, pero las chicas se vuelven locas por ellos —bromeó Frank—. Yo siempre tengo que elegir después de él... ya sabes, las migajas de la mesa del hombre rico.

—Tonterías, Frank. No le crea, señora Stanford —dijo Santi avergonzado.

—Por favor, llámame Josephine. Lo de señora Stanford hace que me sienta como una institutriz, y por nada del mundo desearía ser una de ellas. ¡No, por Dios! —volvió a secarse el rostro acalorado con la toalla—. ¿Dónde está Maddy? ¡Maddy!

—Estoy aquí, mamá. Me estoy sirviendo algo de beber. ¿Quieres algo, Santi? —preguntó.

—Otra Coca-Cola estaría bien, gracias.

Maddy tenía el pelo oscuro y no era nada atractiva. Había heredado los rasgos poco agraciados de su padre en vez del abundante pelo rojizo, la piel dorada y el rostro de arpía hechicera de su madre. Maddy tenía la nariz grande, unos ojos pequeños y abultados que le daban siempre el aspecto de estar recién levantada, y la piel cetrina y llena de acné de una adolescente que se alimentaba a base de comida basura y refrescos. A Josephine le habría gustado animar a Santi a que invitara a salir a su hija, pero se daba cuenta de que su Maddy no era suficientemente interesante ni guapa para él. Oh, si yo tuviera veinte años menos, pensaba, llevaría a Santi arriba y haría buen uso de ese exceso de energía. Santi observaba a Josephine con los ojos entrecerrados y deseó que no fuera la madre de su mejor amigo. No le importaba la edad que tuviera. Sabía que sería fantástica en la cama.

—Dime, Santi, ¿no podrías presentar a mi Frank alguna buena chica argentina? Tienes hermanas, ¿verdad? —preguntó Josephine, cruzando una de sus largas piernas blancas sobre la otra.

—Tengo una, pero no es para nada el tipo de Frank. No es lo suficientemente inteligente para él.

—Entonces primas. Estoy totalmente decidida a que pases a formar parte de la familia, Santi —dijo entre risas.

—Tengo una prima llamada Sofía. Ella es mucho mejor.

—¿Cómo es?

—Difícil, malcriada, testaruda, pero muy guapa, y jugaría al polo mejor que él.

—Vaya, a esa chica sí que me gustaría conocerla —dijo Frank—. ¿Es muy alta?

—De tu altura. No es especialmente alta, pero tiene encanto y carisma y siempre se sale con la suya. No llegarías nunca a cansarte de ella, eso te lo aseguro —dijo Santi orgulloso, conjurando el rostro desafiante de Sofía y recordándolo con cariño.

—¡Vaya pieza! ¿Cuándo podré conocerla?

—Tendrás que venir a Argentina. Todavía va al colegio —le dijo Santi.

—¿Tienes alguna foto de ella?

—Sí, en mi habitación, en Rhode Island.

—Bueno, creo que vale la pena hacer el viaje sólo para verla. Me gusta como suena So… ¿Cuál has dicho que era su nombre?

—Sofía.

—Sofía. Me gusta cómo suena —reflexionó Franck—. ¿Es fácil?

—¿Fácil?

—¿Se acostará conmigo?

—Frank, cariño, delante de tu madre no —bromeó Josephine, abanicándose con la mano como si intentara dispersar el aire dejado por las sucias palabras de su hijo.

—Bueno, ¿qué me dices? ¿Se acostará conmigo? —insistió Frank, haciendo caso omiso de su madre que no intentaba otra cosa que pavonearse ante su nuevo amigo.

—No, no lo hará —respondió Santi, sintiéndose incómodo al oír hablar así de Sofía.

—Apuesto a que con una pizca de persuasión lo consigo. Los latinos tenéis el encanto, pero nosotros somos los reyes de la persistencia. —Frank soltó una carcajada. A Santi no le gustó la mirada competitiva que adivinó en los ojos de su amigo y deseó no haber mencionado a Sofía.

—De hecho, conozco a una chica que te conviene mucho más —dijo, dando marcha atrás como pudo.

—Oh, no, me gusta mucho cómo suena Sofía —insistió Frank.

Cuando Maddy volvió con otro vaso de Coca-Cola, Santi apenas le dio un par de sorbos. De pronto deseaba proteger a su prima y se preguntaba cómo iba a conseguir que Frank se olvidara de la idea de volar a Argentina para conocerla. Porque eso sería muy propio de Frank. Era lo suficientemente rico para ir a cualquier sitio, y suficientemente atrevido para probar cualquier cosa.

De regreso a la universidad, Santi encontró otra carta de Sofía en el buzón. Ella le había escrito todas las semanas tal como le había prometido.

—¿De quién es? —preguntó Stanley curioso—. Recibes más cartas que la oficina de correos —añadió, para luego seguir tocando una melodía de Bob Dylan en su guitarra.

—De mi prima.

—No será de mi Sofía, ¿verdad? —intervino Frank, saliendo de la cocina con un par de panecillos y salmón ahumado para el té.

—No sabía que hubieras vuelto —dijo Santi.

—Pues sí, he vuelto. ¿Quieres uno? Están buenos —dijo, dando un mordisco a uno de los panecillos.

—No, gracias, subiré a mi habitación a leer el correo. Las cartas de mamá suelen ser largas.

—Oh, pensaba que habías dicho que era de tu prima —dijo Frank.

—Oh, ¿eso he dicho? Quise decir mi madre.

Se preguntó por qué estaba mintiendo en un asunto tan trivial. Con todas las chicas que había en Brown, Frank pronto habría olvidado a Sofía.

—Ah, esta noche Jonathan Sackville da una fiesta. ¿Queréis venir? —dijo Frank.

—Claro —replicó Stanley.

—Claro —replicó Santi, camino del vestíbulo.

Ya en la privacidad de su cuarto leyó la carta de Sofía.

Querido Santi, mi primo favorito:
Gracias por tu última carta, aunque no creas que no me doy cuenta de que tus cartas son cada vez más breves. No es justo. Me merezco más. Al fin y al cabo, las que yo te escribo son larguísimas, y estoy más ocupada que tú. Recuerda que

no tienes una madre como la mía que te obligue a estudiar constantemente. Supongo que estoy bien. Ayer fue el cumpleaños de papá y cenamos todos en casa de Miguel. Ni te imaginas el calor que hace. Agustín me pegó la semana pasada. Nos peleamos por algo. Claro que fue él quien empezó, pero adivina a quién le echaron las culpas. Así que tiré toda su ropa a la piscina, hasta sus queridas botas de cuero y sus mazos de polo. Te habrías reído mucho si le hubieras visto la cara. Tuve que esconderme con María porque de verdad pensé que iba a matarme. ¿Me echas de menos, Santi? Huy, tengo que dejarte, mamá está subiendo las escaleras y parece muy enfadada. ¿Qué crees que he hecho ahora? Dejaré que lo pienses y te lo contaré en mi próxima carta. Si no me escribes pronto no te lo contaré, y sé que te mueres de ganas de saberlo.

Un besazo
Sofía

Santi no podía parar de reír mientras leía la carta. Cuando volvió a meterla en el sobre y la guardó en el cajón con las demás y con las de sus padres y las de María, sintió una pequeña punzada de añoranza. Pero sólo duró un segundo, el tiempo que tardó en recordar la fiesta que esa noche daba Jonathan Sackville.

Jonathan Sackville vivía en la calle Hope, a unas manzanas de la calle Bowen, y era famoso en todo el campus por dar las mejores fiestas y por invitar siempre a las chicas más guapas. Santi no tenía demasiadas ganas de ir. Estaba inusualmente desanimado, pero sabía que era mejor ir a la fiesta que quedarse sentado en casa lloriqueando mientras leía las cartas que había recibido de su familia. Así que finalmente se duchó y se vistió.

Cuando Santi, Frank y Stanley llegaron a la casa donde se celebraba la fiesta, Jonathan estaba en la puerta. Rodeaba con el brazo la cintura de dos pelirrojas e iba dando tragos a una botella de vodka.

—Bienvenidos, amigos. La fiesta acaba de empezar —articuló a duras penas—. Adelante.

La casa era enorme, y literalmente retumbaba a causa de la música y de los pies de unas ciento cincuenta personas. Para llegar hasta donde estaban las bebidas tuvieron que abrirse paso como pudieron por el pasillo, entre un montón de invitados que no paraban de empujarse y que hablaban a gritos para poder entenderse.

—¡Hola, Joey! —exclamó Frank—. Santi, conoces a Joey, ¿verdad?

—Hola, Joey —dijo Santi sin más.

—¿Qué tal va todo, Joey? ¿Dónde esta la guapa Caroline? —preguntó Frank, buscando a la hermana de Joey por encima del hombro de éste.

—Intenta encontrarla si te atreves. Debe de andar por ahí dentro.

—Me voy dentro, chicos. ¡No hay tiempo que perder!

Santi vio cómo Frank desaparecía entre la masa vacilante de cuerpos sudorosos.

—Me está entrando dolor de cabeza. Me voy a casa con Dylan y Bowie —dijo Stanley. Siempre parecía estar colocado aun cuando no lo estaba—. No creo que la vida tenga que ser una montaña rusa. Aquí hay demasiado ruido, demasiado para mí. ¿Quieres venir y relajarte un poco conmigo?

—Sí, vámonos —Santi se arrepentía de haber ido. Había sido una absoluta pérdida de tiempo.

Cuando consiguieron salir al aire frío de octubre, Santi pudo volver a respirar. Hacía una noche clara y estrellada, y de repente se acordó de aquellas sofocantes noches de verano que pasaba mirando el cielo desde el ombú. Nunca había echado de menos su casa. ¿Por qué entonces de repente sentía esa añoranza?

—¿Vosotros también os vais? —dijo una voz gruesa a su espalda. Los dos se giraron.

—Sí, nos vamos. ¿Vienes con nosotros? —preguntó Stanley, mirándola con detenimiento y gustándole lo que veía.

—No —respondió ella y sonrió a Santi.

—¿Te conozco? —preguntó él, estudiando sus pálidos rasgos a la luz de las farolas.

—No, pero yo a ti sí. Te he visto por ahí. Eres nuevo.

—Sí, lo soy. —Santi se preguntaba qué querría. Llevaba una

abrigo corto rojo y tenía unas piernas delgadas medio ocultas por un par de relucientes botas de cuero que le llegaban a las rodillas. Tiritaba y golpeaba el suelo con los pies para calentarse.

—Hay demasiado ruido en la fiesta. Me gustaría ir a algún sitio tranquilo y calentito.

—¿Adónde quieres ir?

—Bueno, me iba a casa, pero no quiero estar sola. ¿Quieres venir y hacerme compañía? —preguntó, y a continuación le desarmó con su sonrisa.

—Supongo que a mí no me estás invitando —dijo Stanley, resignándose—. Te veré cuando sea, Santi —dijo antes de alejarse calle arriba.

—¿Cómo te llamas? —preguntó Santi.

—Georgia Miller. Estoy en segundo curso. Te he visto por el campus. Eres argentino, ¿verdad?

—Sí.

—¿Echas de menos tu país?

—Un poco —respondió él con sinceridad.

—Eso creía. Ahí dentro parecías un poco perdido —le dijo ella, pasándole la mano por el brazo—. ¿Por qué no vienes conmigo a casa? Te ayudaré a que dejes de echar de menos a los tuyos.

—Me gustaría, gracias.

—No me des las gracias, Santi. Tú también me estás haciendo un favor. Quiero acostarme contigo desde la primera vez que te vi.

A la cálida luz de la casa de Georgia Santi pudo verla con claridad. No era guapa. Tenía la cara alargada y sus afilados ojos azules estaban demasiado separados, pero a pesar de eso era sexy. Tenía los labios asimétricos pero sensuales, y cuando sonreía movía sólo la mitad de la boca. Estaba bendecida con una gruesa masa de rizos rubios, que botaban como una *cheerleader* cuando caminaba, y cuando se quitó el abrigo, Santi se excitó de inmediato al ver sus grandes pechos, la cintura estrecha y unas piernas largas y torneadas. Georgia tenía el cuerpo de una estrella del porno y lo sabía.

—Este cuerpo me mete siempre en problemas —suspiró al darse cuenta de cómo la miraba—. ¿Qué te apetece beber?

—Un whisky.

—Así que te ha dado fuerte, ¿eh?

—¿El qué?

—Lo de la añoranza.

—Oh, no, no es eso. Ya estoy mucho mejor.

—Pero te da cuando menos lo esperas, ¿verdad?

—Sí.

—Puede que una carta, o a veces un olor o una canción —dijo ella poniéndose melancólica.

—¿Cómo lo sabes?

—Porque, Santi, yo soy del sur. ¿No te has dado cuenta?

—¿Del sur? —preguntó él, totalmente perdido.

—De Georgia.

—Anda, claro. Perdona, pero es que a mí tu acento me suena como el de los demás.

—No pasa nada, guapísimo. A mí tu acento no me suena como el de nadie más. De hecho, es el acento más encantador que he oído nunca. Así que puedes hablar todo lo que quieras y yo me limitaré a escuchar y a desmayarme. —Se echó a reír con ganas—. Sólo quiero que sepas que comprendo cómo te sientes, conmigo no tienes por qué disimular. Estamos en el mismo barco. Toma, aquí está tu whisky. Encendamos la chimenea, pongamos música y dejemos la añoranza a un lado. ¿Trato hecho?

—Trato hecho —aceptó Santi mientras la veía agacharse para colocar los troncos—. Pero olvídate del fuego, Georgia de Georgia, y vayamos arriba —dijo de pronto al ver los bordes de encaje de sus medias y atisbar durante una décima de segundo las bragas negras que habían asomado por debajo de su minifalda—. Sólo hay una forma de dejar de lado la añoranza y es perdiéndonos en los brazos del otro —añadió con voz ronca, bebiéndose el whisky de un trago.

—Bien, entonces subamos. Me muero de ganas de perderme en tus brazos —respondió Georgia, a la vez que le cogía de la mano y le llevaba escaleras arriba hasta su habitación.

14

Chiquita apenas había podido dormir. La noche había sido tremendamente húmeda. No había parado de dar vueltas en la cama, agobiada por la falta de aire de la habitación, mientras escuchaba los ronquidos regulares de Miguel, que dormía a su lado, con su cuerpo enorme y velludo. Sin embargo, la dificultad de conciliar el sueño nada tenía que ver con la humedad, ni con la pesadilla que había despertado al pequeño Panchito, quien había llegado llorando a su cama. El insomnio era debido a que su hijo Santi llegaba al día siguiente después de haber estado dos años lejos de casa, estudiando en Estados Unidos.

Santi había escrito a menudo. Ella había esperado con ansia sus cartas semanales y las leía con una mezcla de alegría y tristeza. Sólo le había visto una vez. Había sido en marzo, durante las vacaciones de primavera. Santi había mostrado con orgullo a sus padres el campus y la casa de la calle Bowen que compartía con sus dos amigos, y habían ido a pasar unos días a Newport con su amigo Frank Stanford y su encantadora familia. Miguel estaba encantado con que su hijo pudiera jugar al polo y con que al parecer siguiera practicando casi todos los fines de semana. Ya tenía diecinueve años, casi veinte, y parecía más un hombre que el niño del que se habían despedido aquella tórrida noche de marzo.

Chiquita y Anna pasaban muchas tardes sentadas en la terraza con la mirada perdida en la distancia, hablando de sus hijos. Anna sufría muchísimo a causa del terrible comportamiento de su hija. Había albergado la esperanza de que con el tiempo Sofía se calmara; de hecho, tenía la impresión de que había empeorado. Era una chica rebelde e insolente. Contestaba a su madre e incluso, cuando perdía los estribos y se dejaba llevar por esos ataques de ira que parecían venir de quién sabe dónde, la insultaba.

A sus diecisiete años era más independiente y se mostraba más desagradable que nunca. No le iban bien los estudios, lo suspendía todo, y había pasado a ser la última de la clase, excepto en lo que concernía a las redacciones, en las que sobresalía porque le permitían perderse en el mundo imaginario de sus sueños. Sus profesores lamentaban su falta de concentración y sus deliberados esfuerzos por interrumpir la buena marcha de la clase. Tampoco ellos sabían qué hacer con ella. Los fines de semana, en Santa Catalina, Sofía desaparecía a lomos de su caballo y no regresaba sino al cabo de varias horas. Ni siquiera se molestaba en decirle a su madre adónde iba. A menudo volvía después de que se hubiera hecho oscuro, saltándose la cena a propósito.

La gota que colmó el vaso fue cuando Anna descubrió que Sofía había convencido al chófer para que la llevara a San Telmo, el casco antiguo de la ciudad, donde había pasado gran parte de la semana tomando lecciones de tango con un viejo marinero español llamado Jesús. Jamás lo habría descubierto si la directora del colegio no la hubiera llamado para desear a Sofía una pronta recuperación de sus anginas.

Cuando se enfrentó a Sofía, ésta le contestó que simplemente se había hartado de la escuela y quería ser bailarina. Paco se había echado a reír y alabó su iniciativa. Anna se había puesto furiosa. Pero Sofía estaba tan acostumbrada al mal genio de su madre que ya no la afectaba. Tendría que pensar en otro método para controlar a su hija. No ayudaba tampoco que fuera bella y encantadora; precisamente por eso se salía siempre con la suya. Chiquita intentaba explicar con sumo cuidado a su cuñada que Sofía se parecía mucho a su madre. Pero Anna, desesperada, meneaba su cabeza pelirroja y se negaba a escucharla.

—Ser tan encantadora no le hace ningún bien. Tiene a todo el mundo bailando en la palma de la mano, especialmente a su padre, y él no hace nada por apoyarme. Me siento como si fuera un monstruo. Soy la única que la riñe. Terminará odiándome si no me ando con cuidado —dijo, soltando un profundo suspiro.

—Quizá —sugirió Chiquita esperanzada— si le soltaras un poco las riendas y le dieras más libertad se tranquilizaría un poco.

—Oh, Chiquita, hablas igual que mi padre.

Por qué será, pensó, que en esta familia todo tiene que terminar relacionado con los caballos.

—Era un hombre muy cabal.

—A veces. La mayoría de las veces era simplemente irritante.

—Le echas de menos, ¿verdad? —se aventuró Chiquita. En realidad, nunca hablaba con su cuñada de sus padres. Anna no parecía cómoda hablando de Irlanda.

—En cierto modo sí. A quien echo de menos no es al padre que vino a Argentina sino al padre con el que crecí en Glengariff. De algún modo nuestra relación cambió. Quizá fui yo la que cambió, no lo sé —bajó la mirada. Chiquita observó su rostro iluminado por la cálida luz del atardecer y pensó en lo increíblemente bella que era y en lo amargada que se había vuelto.

—Yo también le echo de menos —dijo.

—En parte Sofía está tan mimada por culpa suya. Yo nunca la malcrié. Ni él ni Paco pudieron nunca ver más allá de su encanto.

—¡El encanto de los Solanas!

—¡El maldito encanto de los Solanas! —repitió Anna, echándose luego a reír—. Mi madre también tenía su encanto. Todo el mundo la quería. La pobre tía Dorothy era gorda y fea. Mi madre acaparó toda la belleza. La tía Dorothy nunca se casó.

—¿Qué fue de ella? —preguntó Chiquita.

—No lo sé. Me avergüenza decir que perdimos el contacto.

—Oh.

—Sé que no estuvo bien por mi parte, pero ella estaba tan lejos… —se le apagó la voz. Se sentía culpable. Ni siquiera sabía si su tía estaba viva o muerta. Debería haber intentado encontrarla cuando el abuelo O'Dwyer murió, pero no podía enfrentarse a eso. Mejor no saber. Ojos que no ven, corazón que no siente, pensó, olvidando definitivamente el asunto.

Chiquita deseó preguntarle sobre sus otras tías y tíos, ya que sabía por las historias que contaba el abuelo O'Dwyer que la suya era una familia numerosa, pero no se atrevió. En vez de eso volvió al tema de Sofía.

—Estoy segura de que Sofía pronto cambiará de comportamiento. No es más que una fase adolescente.

—Yo no estoy tan segura —Anna no podía admitirlo delante de nadie, pero veía más de sí misma en su hija de lo que se atrevía a reconocer—. ¿Sabes, Chiquita?, lo que más me preocupa de Sofía es que si, como tú sugieres, le doy más rienda suelta, se vuelva salvaje del todo. No quiero que el resto de la familia diga que he criado a una salvaje.

Chiquita se echó a reír comprensivamente; era incapaz de pensar mal de nadie.

—Querida, todo el mundo quiere a Sofía, es un espíritu libre. Santi y María la adoran, todos se lo perdonan todo. Sólo tú consideras que obra mal; para los demás, Sofía de ninguna manera actúa mal. De todas formas, ¿qué más da lo que los demás piensen?

—A mí me importa muchísimo. Ya sabes cómo son. No hay nada que les guste más que el comadreo.

—A algunos sí, pero ésos no importan —dijo Chiquita, mirando a su cuñada. Después de tantos años Anna todavía se sentía fuera de lugar, inferior, por eso le preocupaba tanto lo que los demás pudieran pensar de sus hijos. Necesitaba desesperadamente sentirse orgullosa de ellos. Sus éxitos se reflejaban en ella, también sus fracasos. Se sentía obligada a probar su valía constantemente. No conseguía relajarse nunca.

Chiquita estuvo a punto de decirle que eso no tenía ninguna importancia. Las clases no tenían ningún valor. Todos querían a Anna; era parte de la familia. La querían como era; sus inseguridades formaban parte de ella, una de las razones por las que todos la querían. Al principio, cuando llegó a Santa Catalina, vieron en ella a una cazamaridos que quería casarse con Paco por su dinero y por su posición social. Estaba totalmente fuera de lugar. Pero una vez que hubo recuperado la confianza en sí misma, el cervatillo tímido se había convertido en un tigre orgulloso que se ganó el respeto de todos.

Chiquita quiso decirle que Sofía era rebelde porque Anna se ocupaba sólo de sus hijos varones. Se desvivía por Rafael y por Agustín. Si ellos se hubieran comportado tan mal como Sofía, Anna se habría sentido orgullosa de la extravagancia de sus caracteres en vez de intentar someterlos a base de disciplina. Habría estado encantada viendo su propio espíritu desafiante reflejado en ellos y les habría apoyado con todo su amor. Pero en vez de eso, Anna estaba celosa del lugar que su hija ocupaba en la familia, celosa de que la presencia de Sofía fuera tan indiscutible. Tanto si la odiaban como si la querían, nadie se mostraba indiferente ante ella. Pero Chiquita ya lo había intentado antes y sus comentarios sólo habían servido para subrayar el sentimiento de inadaptación de Anna. Había aprendido a no hacer ninguna referencia al tema.

—En fin —suspiró Anna para alivio de Chiquita—, basta ya de hablar de Sofía, le deben de pitar los oídos y eso no le haría ningún bien. Menos mal que Rafael y Agustín son totalmente diferentes. Rafael está saliendo con Jasmina Peña, ya sabes, la hija de Ignacio Peña. Ese sí sería un buen matrimonio —dijo Anna, inspirando por la nariz, orgullosa—. Él cree que no lo sé, pero a menudo le oigo hablando por teléfono. Naturalemente no pienso decirle nada al respecto. Ya me lo dirá él cuando lo considere oportuno. Me lo cuenta todo, no como su hermana, que es como un ladrón en la oscuridad. —Se interrumpió al darse cuenta de que había vuelto a sacar a colación a Sofía—. Debes de estar muy contenta de que Santiago vuelva a casa —dijo, reprimiendo la necesidad de seguir quejándose de Sofía—. No puedo imaginar cómo lograste sobrevivir a las Navidades sin él.

Chiquita meneó la cabeza, apesadumbrada.

—Fue terrible. Naturalmente, por el bien de los demás, intenté que no se me notara, pero probablemente tú te diste cuenta. No era lo mismo sin él. Me encanta cuando estamos todos juntos. De todas formas, Santi quería irse a Tailandia y viajar por el mundo. Ha estado en todas partes. Creo que no hay continente que le haya quedado por ver en este año y medio. Ha sido una experiencia maravillosa. Creo que le notarás muy cambiado. Ya es todo un hombre —dijo con orgullo al recordar las vacaciones de primavera, cuando se había dado cuenta de que el niño que había sido había desaparecido para siempre. Tenía la voz grave, vello en la barbilla, los ojos más profundos debido a la experiencia y el cuerpo fuerte y poderoso como el de su padre. También observó que su cojera era casi imperceptible—. No puedo creer que vuelva a casa —suspiró feliz.

Santi tenía previsto estar de regreso a mediados de diciembre, coincidiendo con las largas vacaciones de verano que iban de diciembre a marzo, después de las cuales empezaría sus estudios en la universidad de Buenos Aires. Se había perdido unas Navidades y Chiquita estaba totalmente decidida a no permitir que volviera a ausentarse de nuevo. Aunque había estado contando los días en silencio, intentando no desperdiciar su vida en la larga espera, a duras penas había conseguido evitar vivir única y exclusivamente para ver llegar la hora en que su hijo volviera a estar en casa.

La mañana del sábado 12 de diciembre, sin haber pegado ojo en toda la noche, Chiquita se levantó con el corazón colmado de felicidad. Al abrir las cortinas, el sol pareció más radiante de lo normal y las flores más delicadas. Se mantuvo ocupada yendo de nuevo a la habitación de Santi a poner un jarro de rosas frescas en la mesita de noche. La casa rebosaba entusiasmo. Panchito corría de un lado al otro del rancho con sus primos pequeños y los hijos de los gauchos y de las criadas que vivían en la estancia. Fernando desapareció a caballo, esperando el regreso de su hermano pequeño con sentimientos encontrados y sintiendo despertarse de nuevo en su corazón el resentimiento y los celos. Miguel había salido temprano al aeropuerto en el Jeep, dejando a su mujer, corroída por la impaciencia, ocupándose del almuerzo, y María, que no quería estorbar a su madre, corrió a casa de Sofía en cuanto hubo terminado de desayunar.

Encontró a Sofía en la terraza con el resto de su familia, rodeados de cruasanes, buñuelos y tazas de té.

—Hola, María, ¿qué haces? —gritó Sofía cuando la vio acercarse.

—Buenos días, Anna, Paco… —saludó María, inclinándose alegremente a besar a cada uno.

—Tu madre debe de estar nerviosísima —dijo Anna, sabiendo exactamente cómo se sentiría si fuera Rafael o Agustín quienes regresaran a casa.

—Uf, ni te lo imaginas, no ha pegado ojo en toda la noche. Ha estado una docena de veces en la habitación de Santi para asegurarse de que todo está perfecto.

—Santi ni siquiera lo apreciará —dijo Agustín, untando con mantequilla un cruasán y mojándolo en la taza de té.

—Claro que lo apreciará, lo apreciará todo —replicó Anna entusiasmada. María cogió una silla al tiempo que Soledad salía de la cocina con otra taza y un plato.

—¿Y Miguel? —preguntó Paco levantando la mirada del periódico.

—Se ha ido temprano a buscar a Santi al aeropuerto.

—Bueno —respondió Paco. Acto seguido se levantó y musitó que se iba a casa de Alejandro y de Malena a tomarse una copa.

—Un poco temprano para una copa, ¿no crees, papá?

—En casa de Alejandro y de Malena cualquier hora es buena para una copa, Sofía —y al alejarse sus cabellos grises resplandecieron a la luz del sol.

—Dime, Sofía, apuesto a que te mueres de ganas por ver a Santi —apuntó María, sirviéndose una taza de té—. Me pregunto qué aspecto tendrá. ¿Crees que habrá cambiado mucho?

—Si se ha dejado barba o alguna estupidez por estilo le mataré —respondió alegremente Sofía, con chispas de entusiasmo en los ojos.

—No va a reconocer a Panchito, está enorme. Pronto estará jugando al polo con los chicos.

—Y con las chicas —añadió Sofía, mirando de reojo a su madre. Sofía sabía que Anna no soportaba ver a su hija galopando de un lado a otro del campo con los hombres y le encantaba atormentarla. ¿Por qué si María era una muchachita tan digna y femenina tenía Sofía que ser tan masculina? Anna no podía entenderlo—. Oye, Rafa, lo primero que querrá hacer Santi es jugar un partido —dijo con maldad—. ¿Organizamos uno para él?

—Estás irritando a mamá, Sofía, déjala en paz —respondió Rafa ausente, mucho más interesado en los periódicos del sábado que en el cotorreo de su hermana y de su prima. Anna soltó un suspiro que iba dedicado en exclusiva a Sofía, un suspiro sufrido y largo acompañado de un meneo de cabeza.

—Sofía, a ver cuándo aprendes a ver las cosas como son. Santi tendrá mucho que contarnos —sugirió poniéndose tensa. Enseguida, y siguiendo el consejo de Chiquita, decidió darle una oportunidad y añadió con poco convencimiento—: Aunque, ¿por qué no habría de gustarle a Santi jugar un partido contigo? Estoy segura de que no tiene intención de pasarse toda la tarde sentado hablando con nosotros.

—¿De verdad? —replicó Sofía lentamente. Lanzó una mirada curiosa a su madre, que se limitó a devolverle la mirada y siguió tomando su desayuno. Pasado un rato las dos chicas se levantaron de la mesa y corrieron a la casa, dejando a la adorable Soledad recogiendo los restos del desayuno.

Una vez en la habitación de Sofía, se tiraron encima de la cama, arrugando el recién planchado edredón, quitándose las alpargatas y dejándolas caer al suelo.

—¿Te lo puedes creer? —cacareó Sofía.

—¿El qué?

—¡Mamá ha dicho que no le importa que juegue al polo! —soltó, encogiéndose de hombros.

—Vaya cambio.

—Sí, y me pregunto a qué se debe.

—No te lo preguntes, Sofía, disfrútalo.

—Lo haré. Aunque no durará —suspiró—. Espera a que se lo diga a Santi.

—¿Cuánto falta para que llegue? ¡Horas! —refunfuñó María mirando el reloj.

—Estoy tan nerviosa que apenas puedo contenerme —se entusiasmó Sofía, sonrojándose—. ¿Qué me pongo?

—A ver, ¿qué tienes?

—Bueno, no mucho. Lo tengo casi todo en Buenos Aires. Aquí siempre llevo vaqueros o bombachas del campo —abrió de par en par las puertas del armario—. ¿Lo ves? —El armario reveló poco más que montones perfectamente doblados de camisetas, jerseis y filas de vaqueros colgados.

—Venga, a ver qué encontramos —dijo María animándose, empezando a explorar el armario con más atención—. ¿Qué estamos buscando? ¿Qué estilo tienes en mente?

—Algo parecido a lo que llevas tú —dijo Sofía después de pensarlo unos segundos. María llevaba un bonito vestido que le llegaba a los tobillos. Estaba hecho de encaje y lazos a juego con el lazo que le sujetaba la larga melena oscura.

—¿Parecido a lo que llevo yo? —respondió atónita, arrugando la nariz—. Pero si nunca te has puesto un vestido como éste.

—Bueno, siempre hay una primera vez. Mira, Santi vuelve a casa después de dos años y quiero impresionarle.

—Mejor ocúpate de impresionar a Roberto —replicó María con una sonrisa.

Roberto Lobito era alto, bronceado, rubio, y por su encanto podía salir con la chica que eligiera. Era un gran amigo de Fernando y formaba parte del clan Lobito de La Paz, la estancia vecina. No sólo tenía un hándicap de seis goles en el campo de polo sino que además era el ídolo de las multitudes. Si Roberto Lobito jugaba, todas las chicas de la estancia, y probablemente también las de las estancias vecinas, dejaban a un lado sus novelas rosa para ir a verle jugar.

A Sofía nunca le había interesado Roberto. Incluso cuando él se había dirigido a ella aquella vez después de la Copa Santa Catalina, o cuando se le había acercado a medio galope y le había dado en el trasero con su mazo de polo, no le había hecho ningún caso. A ojos de Roberto la indiferencia de Sofía la había hecho distinta del resto de chicas que se sonrojaban y tartamudeaban cuando hablaba con ellas. No había en ninguna de ellas el más mínimo reto. Sofía hablaba con él, bromeaba con él, pero Roberto se daba cuenta de que no le atraía, y eso hacía que la caza fuera aún mucho más excitante.

Después de la pelea con María, Sofía había pensado que lo mejor sería salir con alguien para que nadie sospechara de lo que sentía por su primo. Nadie excepto María sospechaba de sus sentimientos ocultos por Santi, y la única forma de convencerla de que había olvidado su enamoramiento infantil había sido mostrarse apasionadamente enamorada de otro. No le gustaba nadie, de manera que no importaba demasiado a quién escogiera. Sin embargo, su orgullo la llevó a decidir que el elegido debía ser el chico más guapo que tuviera a su alcance, así que había escogido a Roberto Lobito.

Había sido tarea fácil. En vez de decir «no» y reírse de sus proposiciones, había dejado que la besara. Había sido toda una decepción. No es que esperara que la pampa entera se pusiera a temblar, pero con un pequeño temblor habría bastado. Cuando la boca húmeda de Roberto se había pegado a la suya y con su lengua había empezado a jugar con la suya, Sofía se había apartado, asqueada. No podía seguir con aquel juego por mucho tiempo. Pero entonces se le ocurrió una idea. Cerró los ojos y dejó que Roberto volviera a besarla. Esa vez imaginó que eran los labios de Santi los que se habían posado sobre los suyos, sus manos en su cintura, su barbilla rascando la suya. Había funcionado. De pronto se le había acelerado el corazón, se había sonrojado y la pampa casi había temblado. De todos modos había sido mucho mejor que mirar la cara entusiasmada de Roberto Lobito a un centímetro de la suya.

No había pasado un solo minuto en esos veinticuatro meses en que no hubiera pensado en Santi y en que no hubiera deseado con todas sus fuerzas que llegara de una vez el día de su regreso. Cuando él se había marchado, Sofía había sentido que el mundo se derrumbaba a su alrededor. Santa Catalina no era lo mismo sin él. Cuando se convirtió en la novia de Roberto Lobito a ojos del mundo, en su corazón se convirtió en la novia secreta de Santi, aunque había una gran diferencia: nunca se acostó con Roberto Lobito. En el momento en que dejó de ser una niña y se convirtió en un mujer se dio cuenta de que sus sentimientos también habían cambiado y habían pasado a ser algo mucho más peligroso. Pasaba largas noches revolcándose en la cama, sonrojándose ante las imágenes sensuales que le venían a la cabeza. A menudo se despertaba a primera hora de la mañana con el cuerpo dolorido de lo mucho que deseaba a Santi. Se quedaba tumbada bajo las sábanas sin saber cómo encontrar alivio a la opresión de tanta calentura. Sabía que esos pensamientos eran pecaminosos, pero pasado un tiempo se había acostumbrado tanto a ellos que dejaron de asustarla y empezaron a reconfortarla. Así que empezó a disfrutarlos.

Al principio se sentía culpable y le costaba sobremanera apartar de la cabeza el rostro amable pero condenador del padre Julio, pero después de cierto tiempo el padre Julio encontró cosas mejores que hacer que vigilar las aventuras nocturnas de Sofía y terminó desapareciendo. No habló con nadie de sus deseos ocultos y los atesoró firmemente, y su secreto la entretenía y la ayudaba a olvidar lo mucho que echaba de menos a Santi. En su corazón Sofía se sentía cerca de él, a pesar de que estuviera a miles de kilómetros de distancia. Y sus cartas, llenas de recuerdos de casa y de detalles de su nuevo mundo, la mantenían ocupada durante días.

Sofía sacó un vestido blanco y lo sostuvo en alto.

—¿Qué tal éste? —preguntó—. Mamá me lo compró cuando intentaba quitarme de la cabeza lo del polo y lo de los vaqueros. No me lo he puesto nunca.

—Bueno, pruébatelo, a ver cómo te queda. Qué raro, no puedo imaginarte con un vestido —repitió María, frunciendo el ceño con aprensión.

Sofía se puso el vestido blanco de algodón por la cabeza, luchando por pasarlo por el pecho y el trasero. Se sujetaba con dos finos tirantes y se ceñía a las caderas antes de caer suelto casi hasta el suelo. A pesar de quedarle demasiado apretado en las caderas, acentuaba su estrecha cintura y sus hombros anchos y atléticos de manera un tanto descarada. Sus grandes pechos empujaban el cuerpo del vestido sin la menor inhibición y daba la sensación de que al menor movimiento iban a rasgar la tela y salir disparados. Se sacó la larga y brillante trenza de la espalda del vestido y se quedó expectante frente al espejo.

—Oh, Sofía, estás preciosa —suspiró María con admiración.

—¿Lo dices en serio? —respondió tímida, dándose la vuelta para ver cómo le quedaba por detrás. No había duda de que le sentaba a las mil maravillas, aunque resultaba un poco incómodo. Como no estaba acostumbrada a llevar vestido se sentía un poco vulnerable y extrañamente recatada. Qué curioso que un cambio de aspecto pareciera ir acompañado de un cambio de personalidad, reflexionó divertida. Sin embargo, estaba encantada.

»No puedo llevar así el pelo, siempre lo llevo así. ¿Podrías recogérmelo? —preguntó, dejándose llevar de repente por la novedad y deseando que el cambio fuera total, espectacular. María, todavía atónita ante tamaña transformación, sentó a Sofía en el tocador y empezó a sujetarle los grandes bucles negros a la coronilla.

—Santi no va a reconocerte —se rió mientras sujetaba las horquillas con los dientes.

—Los demás tampoco —comentó Sofía, que apenas podía respirar por culpa del vestido. Jugaba impaciente con la caja de horquillas y de lazos y se reía al imaginar la reacción de cada uno. Aunque la única reacción que de verdad le interesaba era la de su primo favorito, al que no había visto durante dos largos y dolorosos años.

Por fin había llegado el día de su regreso, y la larga espera y la dolorosa añoranza parecían ahora haber pasado en un instante. Cuando María le hubo recogido el pelo, Sofía se miró una vez más en el espejo antes de dirigirse a casa de Chiquita para esperar la llegada del joven héroe.

—¿Qué vamos a hacer hasta mediodía? —dijo María mientras caminaban hacia la casa entre los árboles.

—Quién sabe —dijo Sofía, encogiéndose de hombros—. Podríamos ayudar a tu madre.

—¿Ayudar a mamá? ¡No creo que le quede nada por hacer!

Chiquita vagaba entre los arriates, ocupada regando las flores para así mantener a raya su impaciencia. Rosa, Encarnación y Soledad habían puesto las mesas del almuerzo, y las bebidas se enfriaban en cubos con hielo a la sombra. Al ver acercarse a las dos chicas, Chiquita levantó la mirada y les sonrió. Era una mujer delgada y elegante con un estilo y un buen gusto que quedaban reflejados en todo lo que hacía. Al instante reconoció a la nueva Sofía y, dejando en el suelo la regadera, se acercó alegremente a ella.

—Sofía, mi amor, no puedo creer que seas tú. Estás fantástica. Ese peinado te queda genial. Supongo que Anna debe de estar encantada con que te hayas puesto el vestido que te regaló. Ya sabes que lo escogimos juntas en París.

—¿En serio? Debe de ser por eso que es tan bonito —respondió Sofía, sintiéndose mucho más segura de sí misma ahora que su querida tía le había dado su aprobación.

Se sentaron las tres en la terraza a la sombra de dos parasoles, charlando sobre cualquier cosa y mirando de vez en cuando el reloj para ver cuánto más tenían que sufrir y esperar. Anna llegó al cabo de un rato. Llevaba un vestido azul celeste y un sombrero de paja que le daban un aire fantasmagórico y una belleza típicamente prerrafaelitas. A continuación llegó Paco con Malena y Alejandro y sus hijos. En cuanto sus hermanos vieron a Sofía, no pudieron resistirse a la tentación de meterse con ella sin compasión.

—¡Sofía es una chica! —la azuzó Agustín, mirándola divertido de arriba abajo.

—No me digas. ¿Cómo te has dado cuenta, boludo? —le soltó sarcástica. Por una vez, su madre, encantada al ver que su hija se había adecentado y estaba verdaderamente guapa, los hizo callar con un afilado comentario. El resto de la familia llegó en pequeños grupos hasta que terminaron esperando juntos, bebiendo vino envueltos por el humo del asado.

Los grupos de perros escuálidos olisqueaban el suelo que rodeaba la barbacoa. Panchito y sus primos pequeños corrían tras ellos, gritando cada vez que conseguían tirarles de la cola y tocarles la cabeza sin que sus madres los vieran y los enviaran a lavarse las manos.

Por fin Sofía vio levantarse en la distancia una pequeña nube de polvo que poco a poco iba acercándose.

—¡Ahí están, ahí están! —anunció—. ¡Ya llegan!

Un silencio expectante descendió sobre ellos en cuanto fijaron su atención en la nube de polvo.

Chiquita contuvo el aliento. No quería conjurar la mala suerte esperando demasiado y que de repente el coche girara en otra dirección y desapareciera. Nadie se dio cuenta de que uno de los perros robaba una salchicha de la barbacoa. Panchito, que ya había cumplido seis años, corrió tras él, ajeno a la llegada del hermano al que casi no recordaba. Sofía sentía que el corazón le latía con fuerza contra las costillas como si intentara liberarse de su confinamiento y estallar junto con sus pechos aprisionados. Sintió que las palmas de las manos se le humedecían de pura ansiedad, y de repente deseó haberse puesto unos vaqueros y una camiseta, tal como seguramente él la recordaba.

La nube creció más y más a medida que se aproximaba, hasta que el acero reluciente del Jeep parpadeó entre el polvo, dio la vuelta a la esquina y recorrió la avenida arbolada hacia el rancho. Cuando por fin se detuvo bajo la sombra de los eucaliptos, de él bajó un Santi más alto, más corpulento y más apuesto. Llevaba unos chinos color marfil, un polo azul claro y mocasines de piel. El joven estadounidense había vuelto a casa.

15

A su regreso, Santiago Solanas se encontró con una fiesta de bienvenida como no había visto otra igual. De pronto se vio rodeado por sus primos, hermanos, tías y tíos. Todos querían besarle, abrazarle y hacerle montones de preguntas sobre sus aventuras en el extranjero. Su madre sonreía entre lágrimas, presa de la alegría y del alivio, al ver que su hijo había vuelto sano y salvo al seno de la familia.

Sofía vio a Santi descender del Jeep y acercarse con ese andar que era único en él: seguro, con las piernas un poco arqueadas por haber pasado la vida a caballo, y con su mínima aunque detectable cojera. Abrazó a su madre con genuina ternura y Chiquita pareció disolverse entre sus brazos. Era más ancho de hombros y mucho más corpulento de lo que había sido el verano antes de irse a Estados Unidos. Se había ido siendo un niño y había vuelto convertido en un hombre, pensaba Sofía, mordiéndose el labio, víctima de los nervios. Nunca había estado nerviosa en presencia de Santi y, sin embargo, de pronto se sentía paralizada por una timidez que era nueva para ella. En sus sueños había cultivado inconscientemente con él una relación sensual e íntima que, aunque no era en absoluto real, para ella sí se había convertido en una realidad que ahora era incapaz de deshacer. No podía mirar a Santi sin sonrojarse. Naturalmente, él no sabía nada de todo eso. Al verla, la abrazó con el mismo amor fraternal con el que siempre la había abrazado.

—¡Chofi, cuánto he echado de menos a mi prima favorita! —le dijo echándole el aliento en el cuello suavemente perfumado—. Has cambiado tanto que casi no te reconozco.

Aprensiva, Sofía bajó la mirada. Él, notando la extrañeza en la actitud de su prima, frunció el ceño, confundido.

—Me parece que mi Chofi se ha convertido en una mujer mientras he estado fuera —dijo, dándole un pellizco juguetón. Antes de que Sofía pudiera responderle, Agustín y Rafael la apartaron de un empujón y, en una tosca demostración de afecto, dieron a su primo unas palmadas en la espalda.

—Che, ¡qué alegría volver a verte! —exclamaron alegres.

—Es fantástico estar de vuelta, pueden creerme —respondió, a la vez que sus enormes ojos verdes buscaban a Panchito entre la gente. Chiquita, que captó al instante su mirada, buscó a toda prisa a su hijo pequeño en la terraza y en los campos, deseosa de que todo estuviera perfecto para su Santi. Por fin apareció Miguel por la esquina de la casa con un Panchito gritón y remolón que colgaba feliz de sus grandes hombros.

—Ah, ahí estás, bandido —le dijo su madre, animándose de nuevo—. Ven a saludar a tu hermano.

Al oírla, el pequeño se quedó callado y, llevándose el pulgar a la boca, dejó que su madre le tomara de la mano y le llevara adonde Santi le esperaba.

—¡Panchito! —Santi se agachó y tomó al tímido niño entre los brazos—. ¿Me has echado de menos? —preguntó, acariciándole el pelo rubio. Panchito, que se parecía mucho a su hermano, abrió sus ojos verdes lo más que pudo y estudió la cara de Santi, totalmente fascinado.

»¿Qué pasa, Panchito? —preguntó a la vez que le daba un beso en la mejilla suave y bronceada. El pequeño soltó una risa traviesa y, después de hacerse de rogar durante un buen rato, enterró la cabeza en el cuello de Santi y le susurró algo—. Ah —se rió su hermano—, así que crees que soy tan peludo como papá, ¿eh? —y Panchito le pasó la mano por la barbilla rasposa.

—Oye, Panchito, ¿vas a dejarme darle un abrazo a Santi? —dijo María, abrazándolos a la vez. Fernando tardó más en acercarse. Cuando lo hizo sintió cómo el resentimiento le contraía el pecho, pero hizo lo posible por disimular lo incómodo que se sentía. Ser testigo de la llegada de su hermano y ver que se le recibía como a un héroe le había revuelto las tripas. Lo único que había hecho había sido estudiar en otro país, ¿a qué venía tanta alharaca? Se apartó el mechón de pelo negro de los ojos y miró a Santi sin dejar de fruncir el ceño, aunque logró articular una débil sonrisa. Santi le estrechó entre sus brazos y le dio unas palmadas en la espalda como lo habría hecho con un viejo amigo. ¿Con un viejo amigo? Nunca habían sido amigos.

—¡Cuánto he echado de menos el asado argentino! —suspiró Santi, devorando las morcillas y el lomo que tenía en el plato—. ¡Nadie sabe cocinar la carne como una argentina!

Chiquita resplandeció de orgullo. Se había tomado muchas molestias para que todo estuviera como a él le gustaba.

—Enséñales a todos que hablas inglés como un norteamericano —le animó Miguel, orgulloso. Había quedado muy impresionado al oír hablar a su hijo con los Stanford la primavera anterior. Por lo que podía escuchar, no sonaba nada distinto de los demás.

—Sí, hablaba todo el tiempo en inglés. Todas las asignaturas eran en inglés —respondió.

—Bueno, ¿vas a enseñarnos cómo hablas inglés o no? —le apremió su padre, sirviéndose más vino de la jarra de cristal.

—Bien, ¿qué quieren que diga? *I'm glad to be home with my folks and I missed you all* —dijo en un inglés perfecto.

—Oh, por Dios, ¡habla como un auténtico norteamericano! —declaró su madre, aplaudiendo con orgullo. A Fernando casi se le atraganta el chorizo.

—Anna, debes de estar aliviada ahora que tienes a alguien con quien hablar en tu lengua —dijo Paco levantando su copa en honor de su sobrino.

—Si puede llamarse a eso mi propia lengua —replicó ella con burlón desdén.

—Mamá habla irlandés, tampoco eso es inglés puro —intervino Sofía, incapaz de quedarse callada.

—Sofía, cuando una no sabe qué decir a veces es mejor guardar silencio —replicó su madre con frialdad, abanicándose.

—¿Qué más echaste de menos en Estados Unidos? —preguntó María.

Santi pensó unos instantes antes de responder. Se quedó mirando a la distancia, recordando aquellas largas noches en las que soñaba con la pampa argentina, el aroma de los eucaliptos y el vasto horizonte azul, tan enorme y distante que era difícil distinguir dónde terminaba la tierra y dónde empezaba el cielo.

—Les diré exactamente lo que echaba de menos. Echaba de menos Santa Catalina y todo lo que contiene —dijo. A su madre se le humedecieron los ojos y sonrió a su marido, que respondió con igual ternura.

—¡Bravo, Santi! —dijo solemne—. Brindemos por eso —y todos, excepto Fernando, que hervía de odio en silencio, brindaron por Santa Catalina.

—Que no cambie nunca, nunca —dijo Santi melancólico, mirando durante un segundo a la extraña aunque hermosa joven del vestido blanco que le miraba con ojos claros y preguntándose por qué se sentía tan incómodo en su presencia.

Acorde con el sentimentalismo tan típicamente latino, el almuerzo fue coronado por discursos emocionados, animados por el constante fluir del vino que inflamaba los sentidos. Sin embargo, los chicos veían demasiado excesivo ese derroche de ternura familiar y hacían lo posible por reprimir la risa. Sólo les interesaba conocer el calibre de las chicas norteamericanas y con cuántas se había acostado Santi, pero con buen tino dejaron sus preguntas para más tarde y esperaron a estar a solas con su primo en el campo de polo.

Desesperada, Sofía corrió a su habitación y se encerró dando un portazo. Estaba tan frustrada que casi se arrancó el vestido. Santi había odiado su nuevo *look* y, ahora que lo pensaba, ella también. La había ignorado por completo. ¿Quién estaba intentando ser? Se sintió muy avergonzada. Había hecho el ridículo delante de todos.

Hizo una bola con el vestido y lo metió en el fondo del armario, detrás de los jerséis, y juró que jamás volvería a ponérselo. Se puso a toda prisa los vaqueros y el polo y se quitó las horquillas del pelo, tirándolas al suelo como si hubieran sido ellas las causantes de la indiferencia de Santi. Se sentó frente al espejo y se cepilló el pelo con furia hasta que le dolió la cabeza. Luego se hizo una trenza y la ató con el mismo lazo rojo de siempre. Ahora vuelvo a ser Sofía, pensó al tiempo que se secaba las lágrimas con el reverso de la mano. Salió con paso decidido a la luz del sol y corrió hacia los establos de los ponis. No volvería a intentar ser lo que no era.

Cuando Santi la vio acercarse, se sintió aliviado al ver que era la Sofía pueril y familiar la que se dirigía hacia él con sus inconfundibles andares de pato. Le divertía la arrogancia en su forma de caminar, y sonrió ante la inesperada punzada de nostalgia que hizo que el estómago le diera un vuelco. Se había sentido algo incómodo cuando la había visto con su vestido blanco y ese peinado de mujer, aunque no había llegado a comprender por qué. Sofía se le había aparecido como un melocotón maduro que derrochaba sensualidad, aunque había en ella algo que la había colocado fuera de su alcance. Ya no era su vieja amiga, sino alguien totalmente nuevo. No podía evitar ser consciente de las jóvenes curvas de su cuerpo que se adivinaban bajo el vestido cuando se ponía de espaldas al sol, y de sus pechos morenos y relucientes, prueba indiscutible de que su prima había crecido y se había alejado de él. Ya no quedaba nada de la Sofía que él recordaba.

Antes de que pudiera seguir dándole vueltas, Sofía llegó a su lado dando botes. A Santi todavía le molestaba que se hubiera convertido en una mujer. En cierto sentido echaba de menos a la niña que había dejado tras de sí el día de su partida. Pero en cuanto empezaron a hablar no tardó en reaparecer esa chispa de malicia tan reconocible en los ojos de su prima, y Santi se sintió aliviado al ver que la persona que habitaba aquel cuerpo voluptuoso era de hecho su querida prima.

—Papá me deja jugar siempre que quiero —dijo alegremente mientras caminaban hacia los establos de los ponis.

—¿Y tía Anna? ¿Cómo te las arreglaste para convencerla?

—Bueno, no lo creerás, pero esta mañana ha sugerido que jugara al polo contigo.

—¿Está enferma?

—Seguro. Desde luego no está del todo en sus cabales —añadió entre risas.

—Me encantaban tus cartas —confesó él, y sonrió a su prima al recordar los cientos de largas cartas escritas con su letra descuidada y confusa en papel aéreo azul.

—Y a mí las tuyas. Por lo que decías, daba la sensación de que lo estabas pasando en grande. La verdad es que me dabas mucha envidia. Me gustaría muchísimo irme.

—Algún día lo harás.

—¿Has tenido muchas novias en Estados Unidos? —preguntó en un secreto alarde de masoquismo.

—Muchas —respondió como si se tratara de algo sin importancia, al tiempo que la agarraba cariñosamente de la nuca. A decir verdad le apretó un poco demasiado fuerte—. ¿Sabes, Chofi?, no te puedes imaginar lo feliz que estoy de haber vuelto. Si ahora me dijeran que jamás volveré a salir de Santa Catalina, sería el hombre más feliz del mundo.

—Pero, ¿no te gustaba tanto Estados Unidos? —preguntó ella, recordando de pronto el tono de sus cartas, en las que sugería que aquel país le había robado el corazón.

—Muchísimo, lo he pasado en grande, pero no te das cuenta de cuánto quieres algo hasta que no lo dejas por un tiempo: Cuando vuelves, lo ves bajo una luz totalmente distinta, porque de pronto eres capaz de verlo como realmente es. De repente amas con una increíble intensidad todo aquello que previamente habías dado por sentado porque sabes lo que es no tenerlo. ¿Me sigues?

Sofía asintió.

—Eso creo —respondió, aunque estaba claro que no, puesto que, a diferencia de él, jamás había salido de Santa Catalina.

—Tú das Santa Catalina por supuesta, ¿verdad, Chofi? ¿Te paras en algún momento a mirarla en toda su belleza?

—Sí, claro que sí —fue su respuesta, aunque no estaba demasiado segura de hacerlo. Él la miró con una sonrisa forzada, y al sonreír se le marcaron las arrugas alrededor de los ojos.

—He aprendido una buena lección mientras estaba lejos de aquí. Me la enseñó mi amigo Stanley Norman.

—¿Stanley Norman?

—Sí. Tengo que contártela en inglés porque en español no funcionará.

—De acuerdo.

—Es una pequeña historia sobre «el precioso presente».

—«El precioso presente».

—Es una historia verdadera sobre un niño que vive con sus abuelos. El abuelo era un hombre sereno y espiritual que le contaba historias maravillosas. Una de esas historias hablaba del «precioso presente».

Sofía se acordó del abuelo O'Dwyer y de pronto se puso triste.

—El niño estaba muy entusiasmado con la historia y siempre le preguntaba al abuelo qué era exactamente el presente. El viejo le dijo que lo descubriría en su momento, pero que se trataba de algo que le haría eternamente feliz como no lo había sido hasta entonces. Bien pues, el niño mantuvo abiertos los ojos, y cuando el día de su cumpleaños le regalaron una bicicleta que le hizo inmensamente feliz, pensó que aquél debía de ser el «precioso presente» que el abuelo le había descrito. Pero con el paso de los días se aburrió de su nuevo juguete y se dio cuenta de que no podía ser el «precioso presente» porque el abuelo le había dicho que le traería una felicidad eterna.

»El niño creció hasta convertirse en un joven y conoció a una chica de la que se enamoró. Por fin, pensó, este es el precioso presente que me traerá felicidad eterna. Pero empezaron a discutir y a pelearse y al final se separaron. El joven empezó a viajar y a ver mundo, y en cada nuevo lugar al que llegaba creía haber encontrado la verdadera felicidad, pero se encontraba siempre mirando al siguiente país, al siguiente lugar hermoso, y se dio cuenta de que la felicidad nunca duraba. Era como si estuviera buscando algo inalcanzable, pero al mismo tiempo no pudiera dejar de buscar. Y eso le entristeció mucho. Después de volver a casarse y tener hijos y darse cuenta de que no había descubierto el "precioso presente" del que le había hablado el abuelo, quedó muy desilusionado.

»Por fin, un día su abuelo murió y con él murió también el secreto del "precioso presente", o eso pensó el joven. Se sentó, sintiéndose desgraciado, y se acordó de los momentos felices que había compartido con su sabio abuelo. Y en ese momento lo vio, después de tantos años de búsqueda. ¿Qué tenía su abuelo que le hacía sentirse tan satisfecho, tan sereno y tan contento? ¿Qué había en él que hacía que uno se sintiera la persona más importante del mundo cuando hablaba con él? ¿Cómo conseguía crear esa atmósfera relajada a su alrededor y la contagiaba a todo aquel que conocía? Después de todo, el "precioso presente" no era un regalo en el sentido material de la palabra. No era más que el aquí y el ahora, el presente, el momento… el ahora. Su abuelo había vivido el momento presente, saboreando cada segundo. No se preocupaba por el mañana, porque ¿para qué gastar tu energía en algo que podía no llegar a pasar nunca? Y tampoco se había quedado anclado en el ayer, porque el ayer se ha ido y ya no existe. El presente es la única realidad, y a fin de conseguir una felicidad eterna debemos aprender a vivir en el aquí y el ahora y no preocuparnos o gastar energía pensando en nada más.

—Hey, ¡vamos, chicos! —gritó Agustín entusiasmado, galopando por el campo sin dejar de practicar con el mazo y la bola.

—Qué historia más maravillosa —dijo Sofía, al tiempo que pensaba lo mucho que le habría gustado al abuelo O'Dwyer. Esa era parte de su filosofía.

—Venga, Chofi, volvamos a jugar juntos. Lo hacemos bien juntos, ¿no te parece? —la apremió Santi, alejándose de ella para montar en su poni. Sofía le vio entrar a medio galope en el campo. Su historia la había impresionado.

Santi estaba encantado de volver a jugar con su hermano y con sus primos en la granja que tanto amaba. Rebosaba alegría y energía vital, y en ese momento se sentía capaz de conquistar cualquier cosa y a cualquiera. Daba vueltas al campo a medio galope consciente de cada olor, de cada color y de todo aquello que formaba parte de Santa Catalina, y tomaba largas y profundas bocanadas de aire. Amaba la estancia como si se tratara de una persona. Cuando empezó el partido estaba viviendo plenamente el momento. No deseaba acelerar la llegada del mañana ni pensar en el ayer.

Sofía jugaba con Santi, Agustín y Sebastián. En el equipo contrario estaban Fernando, Rafael, Niquito y Ángel. Era un partido amistoso, aunque no exento de la competitividad que ya era habitual cuando jugaba la familia entera. Sus gritos resonaban por todo el campo a medida que galopaban de un extremo a otro, sudando de lo lindo en el aire pesado y húmedo.

Paco disfrutaba viendo jugar a su hija; veía reflejado en ella el amor agresivo que él mismo sentía por el juego, y se sentía orgulloso. Sofía era la única chica que conocía con tan buen nivel de juego. Personalizaba todas las cualidades que había apreciado en Anna cuando la conoció, aunque Anna estaba en total desacuerdo con él. Según ella, nunca había sido tan atrevida ni tan tremenda como su hija; esas eran cualidades que Sofía sólo podía haber heredado de él.

Los primos estaban acostumbrados a la presencia de Sofía en el campo de juego y ya no se oponían a que jugara con ellos. Habían tolerado su participación en el partido contra La Paz en aquella ocasión porque habían terminado venciendo, pero le prohibieron volver a jugar. Sabían que podían tratarla como a un hombre, pero otros jugadores que no estaban acostumbrados a jugar con una mujer no conseguían actuar con naturalidad cuando ella estaba presente. Por eso finalmente Paco había cedido y había aceptado que no estaba bien que Sofía alterara el tono del partido. La dejaba jugar sólo con sus primos. En cuanto a Sofía, le daba igual siempre que pudiera jugar. Para ella el polo era más que un juego, era la liberación de todas las ataduras que le imponía su madre. En el campo la trataban como a una más. Podía hacer lo que quisiera, gritar y vociferar, sacar toda su furia y, lo más importante, su padre la aplaudía.

El sol del atardecer dibujaba largas y monstruosas sombras que parecían cobrar vida propia a medida que los jugadores luchaban unos contra otros como caballeros medievales sobre la hierba. En una o dos ocasiones Fernando estuvo a punto de hacer saltar a su hermano del poni, pero Santi se limitó a sonreírle alegremente y alejarse al galope. La sonrisa de Santi irritaba aún más a Fernando. ¿Acaso no se daba cuenta de que su agresión no tenía nada que ver con el partido? La próxima vez le empujaría aún más fuerte. Una vez acabado el partido, devolvieron sus ponis, jadeantes y bañados en sudor, a los mozos que se habían quedado rumiando junto a los establos con sus bombachas y sus boinas.

—Voy a la piscina a darme un baño —anunció Sofía, secándose la frente. La parte que había llevado cubierta por el sombrero estaba húmeda y le picaba.

—Buen plan. Voy contigo —dijo Santi, corriendo hasta ella—.

Has mejorado mucho desde la última vez que te vi jugar. No me extraña que Paco siempre te deje jugar.

—Sólo con la familia.

—Decisión igualmente acertada —aprobó él.

Rafael y Agustín se unieron a ellos y, dando a Santi unas cuantas palmadas en la espalda, se agruparon a su alrededor como solían hacerlo. Ya todos habían olvidado que había estado fuera y la vida seguía como siempre.

—¡Los veré en la piscina! —les gritó Fernando mientras recogía sus tacos y los apilaba en el maletero del Jeep. Vio alejarse a su hermano en compañía de sus primos y deseó con todas sus fuerzas que volviera a Estados Unidos. Todo iba de maravilla sin él, pero ahora todos volvían a adorar a Santi y habían vuelto a colocarle en aquel maldito pedestal. Se tragó sus sentimientos de inferioridad y subió al asiento del conductor. Sebastián, Niquito y Ángel iban en dirección opuesta camino de sus casas, situadas en el otro extremo del parque, indicando con gestos que también se reunirían con ellos en la piscina.

Sofía se desvistió en la fría oscuridad de la habitación, se envolvió en una toalla y se dirigió a través de los árboles hacia la piscina. Enclavada en una pequeña colina y rodeada de plátanos y álamos, el agua brillaba seductoramente a la suave luz del crepúsculo. El aroma de los eucaliptos y de la hierba recién cortada flotaba en el aire estanco y húmedo, y Sofía, recordando las palabras de Santi, echó un vistazo a la belleza que la rodeaba y la saboreó. Dejó caer la toalla al suelo y se zambulló en la superficie tersa y brillante que tenía delante, un inmejorable patio de juegos para la gran cantidad de moscas y mosquitos que se deslizaban por encima de ella. Minutos más tarde oyó las voces graves y profundas de sus hermanos y primos, y luego el fuerte rugido de la motocicleta de Sebastián. De pronto, la tranquilidad de la que había estado disfrutando se hizo pedazos y se desvaneció.

—¡Hey, Sofía está desnuda! —anunció Fernando al ver el reluciente cuerpo de su prima bajo el agua.

Rafael le lanzó una mirada de desaprobación.

—Sofía, ya eres demasiado mayorcita para bañarte desnuda —protestó, tirando su toalla al suelo.

—Bah, no seas aguafiestas —le gritó ella, en absoluto desconcertada—. Es fantástico. Sé que lo estás deseando —y se echó a reír con malicia.

—Somos primos, ¿qué más da? —dijo Agustín quitándose los shorts y zambulléndose desnudo—. Además, Sofía tampoco tiene nada que valga la pena ver —soltó cuando salió a tomar aire a la superficie.

—Sólo me preocupo por la dignidad de mi hermana —insistió Rafael nervioso.

—La perdió hace mucho tiempo. Con Roberto Lobito. ¡Ja! —se echó a reír Fernando, bailando sobre el borde de la piscina. La blancura de su trasero contrastaba con el bronceado de sus piernas y de su espalda. Acto seguido también él se tiró al agua.

—De acuerdo, pero no me eches la culpa cuando mamá te pegue la bronca del siglo.

—¿Quién va a decírselo? —se rió Sofía al tiempo que ella y los chicos no dejaban de salpicarse. Santi se quitó los shorts y se quedó desnudo al borde de la piscina. Sofía no pudo evitar escudriñar su cuerpo. Santi se mostraba sin el menor pudor. Se había puesto las manos en la cintura. Incapaz de contenerse, su mirada se posó, maravillada, en la parte del cuerpo de su primo que había sido siempre insinuada pero jamás revelada. Allí quedaron clavados los ojos de Sofía durante un momento. Había visto antes desnudos a su padre, primos y hermanos, pero había algo en la desnudez de Santi que la había dejado traspuesta de admiración. Ahí lo tenía: colgaba orgulloso y majestuoso delante de ella, más grande de lo que había esperado. De pronto algo la hizo llevar la mirada a los ojos de él y vio que la estaba mirando. Había ira en su rostro. Sofía frunció el ceño a la vez que intentaba adivinar lo que en ese momento cruzaba la mente de Santi. Acto seguido él se zambulló, cortando ruidosamente la superficie del agua en un intento por borrar de su cabeza la imagen de su prima retozando desnuda con Roberto Lobito.

Consciente de que Santi estaba cerca de ella, Sofía nadaba de acá para allá fingiendo no percatarse de su presencia y jugaba a salpicarse sin ganas con los demás. Intentaba mientras tanto descubrir por qué Santi podía haberse enfadado con ella. ¿Qué había hecho?

La ansiedad dio cuenta de su entusiasmo y terminó sintiéndose deprimida.

De repente Rafael dio la voz de alarma, avisándoles de que Anna se acercaba. Ésta, con cara de profunda irritación, iba directa a la piscina.

—Hunde la cabeza, Sofía —le susurró Rafael alarmado—. Me desharé de ella lo más rápido que pueda.

—¡No te creo! —jadeó—. Esta mujer es la peste —y pegándose a la pared de la piscina dejó que su hermano le hundiera la cabeza bajo el agua.

—Hola, chicos. ¿Han visto a Sofía? —preguntó Anna sin dejar de mirarlos a los ojos.

—Bueno, ha estado jugando al polo con nosotros y luego se ha ido a casa. Desde entonces no la hemos visto —replicó Agustín nervioso.

—No está aquí —dijo Sebastián. En ese momento Anna se dio cuenta de que estaban todos desnudos, y un salpicón de color le tiñó las pálidas mejillas.

—Eso espero —respondió amenazadora, aunque no le habría sorprendido. Luego les sonrió desde debajo del sombrero y les pidió que si veían a su hija la enviaran a casa. Cuando se hubo marchado, Sofía salió a la superficie, escupiendo agua y jadeando por la falta de aire, y a continuación se deshizo en un ataque en el que se combinaban la tos y la risa.

—Has estado cerquísima, boluda —la reprendió Agustín enojado—. ¡Nunca sabes cuándo parar!

Santi miraba a Sofía desde la otra punta de la piscina y sintió una punzada de celos que no supo explicar. De pronto no quería verla ahí, nadando desnuda con los demás chicos. Tenía ganas de abofetearla por salir con Roberto Lobito. De todos los chicos que podría haber elegido, ¿por qué había elegido precisamente a él?

16

Al día siguiente Santi se despertó sintiéndose idiota. Había perdido el control sobre sus sentimientos. ¿Por qué preocuparse de con quién salía Sofía?, se preguntó. Consiguió explicarse la rabia que le había asaltado diciéndose que lo único que intentaba era protegerla como lo habría hecho un hermano, o, en su caso, como debería haberlo hecho un hermano. Pero en ese momento volvió a imaginársela retozando desnuda en los brazos de Roberto Lobito, y tuvo tantas náuseas que tuvo que sentarse. ¡Maldición! Sofía podía salir con cualquiera excepto con Roberto Lobito.

Roberto era un par de años mayor que Santi y se consideraba el mejor partido desde Rhett Butler. Se movía por la estancia como si fuera suya, y para más remate tenía un coche imponente importado de Alemania. Las tasas de importación eran tan exorbitantes que era casi imposible hacerse con un coche así, pero el padre de Roberto se las había ingeniado para conseguirlo. Odiaba a Roberto Lobito. ¿Por qué se había fijado en Sofía? Cuando por fin saltó de la cama, hacía calor y había mucha humedad en el aire. La excitación que había sentido al estar de vuelta en Santa Catalina se había disipado, y lo único que quedaba de ella era el sabor amargo dejado por la revelación de la noche anterior. Se arrastró hasta la terraza, donde encontró a María desayunando al sol. Aprovechó para preguntarle de forma despreocupada cuánto tiempo hacía que Sofía salía con Roberto, fingiendo ser de la opinión que hacían muy buena pareja.

—Hacen una pareja estupenda… los dos jugadores de polo. Pocos hombres pueden presumir de algo así —dijo con la garganta agarrotada por la rabia.

María, ajena a los verdaderos sentimientos de su hermano, le dijo que estaban muy bien juntos. De hecho, habían pasado muchos fines de semana juntos en Santa Catalina durante los últimos ocho meses. La cosa iba en serio. Santi cambió de tema; no podía seguir escuchando. Le entraron ganas de vomitar. Fue incapaz de desayunar.

Decidió ir a hablar con José para ver qué tal andaban los ponis. Quizá sacara alguno a practicar. Cualquier cosa antes que encontrar a Sofía y Roberto juntos. Podía encontrárselos riendo y, Dios no lo quisiera, besándose. Se sintió peor que nunca. Tuvo ganas de volver a Estados Unidos, huir de unos celos que no era capaz de definir.

La charla con José le distrajo momentáneamente, pero una vez que estuvo encima de un poni, galopando por el campo tras la bola blanca, Sofía le volvió a la cabeza. Golpeaba la bola con mucha fuerza, y cada vez que lo hacía imaginaba que era la cabeza de Roberto Lobito lo que golpeaba. Aunque por muy fuerte que la golpeara no conseguía llegar a hacerla pedazos.

Pasado un rato se dio cuenta de que alguien le observaba. Sofía estaba sentada en la valla, observándole en silencio. Intentó ignorarla y lo consiguió durante unos minutos, pero finalmente se acercó a ella a medio galope con el corazón acelerado. Le diría exactamente lo que pensaba de Roberto Lobito.

Ella le sonrió al ver que se acercaba. La suya era una sonrisa nerviosa. Sabía que estaba enfadado y había pasado toda la noche intentando adivinar el motivo en la sofocante humedad de su habitación. Tragó un par de veces a medida que él se le acercaba, intentando reprimir la agitación que le estaba destrozando el estómago.

—Hola —le dijo. Esperó a que fuera él quien hablara.

—¿Qué haces? —preguntó Santi con frialdad sin desmontar. Su poni resopló acalorado y meneó la cabeza.

—Mirarte.

—¿Por qué?

Sofía suspiró y pareció dolida.

—¿Qué te pasa? —preguntó con tristeza en la voz.

—Nada. ¿Por qué? ¿Debería pasarme algo? —El poni pateó y a continuación volvió a resoplar con impaciencia. Santi se echó atrás sobre la silla, mirándola desde arriba con arrogancia.

—No juegues conmigo, Santi. Nos conocemos demasiado bien para andarnos con jueguecitos.

—¿Quién está jugando? Simplemente estoy cabreado, eso es todo.

—¿Qué te he hecho? —preguntó Sofía.

Él chasqueó la lengua como diciendo «venga ya, y ahora ¿quién es la que está jugando?».

—¿Estás enfadado porque estoy saliendo con Roberto Lobito? — se aventuró a preguntar.

—¿Por qué habría de importame? —la expresión de su rostro se endureció al oír el apellido Lobito.

—Porque te importa.

—¿Por qué tendría que afectarme con quién sales o dejas de salir?

—Bueno, al parecer te afecta y mucho —respondió Sofía. Entonces, exasperada, bajó de un salto de la verja—. Tienes razón. No tiene nada que ver contigo —dijo, y se encogió de hombros como si le diera igual.

De pronto Santi desmontó y la agarró del brazo justo cuando ella empezaba a alejarse. Soltó las riendas del poni y empujó a Sofía contra un árbol, tomó su cuello con una mano y apretó sus calientes labios sobre los de ella. Todo ocurrió tan rápido que cuando se separó de ella, tartamudeando una disculpa, Sofía se preguntó si de verdad había ocurrido. Quiso decirle que todo estaba bien, que deseaba más que nada en el mundo que él volviera a besarla.

Mientras Santi montaba en su poni, ella le sostuvo las riendas durante un instante para impedir que se alejara al galope y le dijo con voz temblorosa:

—Cada vez que Roberto me besa imagino que eres tú.

Santi la miró desde arriba. Ya no estaba enfadado sino ansioso. Meneó la cabeza y deseó no haberla oído.

—¡Dios, no sé por qué lo he hecho! —dijo antes de alejarse a medio galope.

Sofía se quedó junto a la valla como un conejillo asustado. No podía moverse. Vio a Santi alejarse al galope hasta el centro del campo sin volver la vista atrás. Todavía dudando de que en verdad la hubiera besado, se pasó un dedo tembloroso por los labios. Todavía estaban húmedos. Tenía un terrible nudo en el estómago y apenas sentía las piernas. Quiso correr tras él pero no se atrevió. Santi la había besado. Había soñado con ese momento, aunque en sus sueños la escena duraba mucho más. Pero era un principio. Cuando por fin pudo alejarse, se fue saltando y tambaleándose entre los árboles con el corazón lleno de esperanza. Santi estaba celoso de Roberto Lobito. Se echó a reír feliz, incapaz de creer que todo era real y que no estaba soñando. ¿Era posible que Santi la correspondiera? No lo sabía con total seguridad, pero lo que sí sabía era que debía romper con Roberto Lobito lo antes posible.

Cuando Sofía llamó a Roberto Lobito a La Paz y le dijo que no podía seguir siendo su novia, se produjo un silencio tenso. A Roberto no le habían dejado nunca, nunca. Preguntó a Sofía si se encontraba bien. Seguramente no. Ella le respondió que estaba perfectamente. Habían terminado.

—Estás cometiendo un gran error —la previno Roberto—. Acuérdate de lo que voy a decirte. Cuando estés en tus cabales y quieras volver conmigo, yo ya no estaré, ¿me entiendes? Seré yo quien no querrá volver contigo.

—Muy bien —le respondió Sofía antes de colgar.

Sofía pensaba que a Santi le haría feliz saber que había roto con Roberto Lobito, pero su primo no pareció alegrarse. Seguía ignorándola y daba la impresión de que su amistad se había roto para siempre. Pero ¿y el beso? ¿Acaso lo había olvidado? Ella no. En cuanto cerraba los ojos, volvía a sentir los labios de Santi sobre los suyos. No podía confiar en María. No podía contarle cómo se sentía, así que acudió a Soledad. Soledad siempre estaba ahí. No es que su consejo fuera de mucha ayuda, pero siempre le dedicaba toda su atención y la escuchaba con una expresión de simpatía y de adoración. Sofía le dijo que Santi la ignoraba, que ya no contaba con ella como antes. Lloró sobre el pecho esponjoso de su criada porque había perdido al único amigo que tenía en el mundo. Soledad la acunó cariñosamente entre sus brazos y le dijo que los chicos de la edad de Santi querían salir por ahí con otros chicos o con la chica de la que estaban enamorados. Como Sofía no entraba en ninguna de esas dos categorías, no le quedaba más remedio que tener paciencia.

—Volverá cuando haya madurado un poco —le prometió—. No te preocupes, gorda, encontrarás otro novio y entonces dejarás de preocuparte por el señor Santiago.

Fernando estaba furioso ante el cariz que habían tomado los acontecimientos. ¿Cómo podía Sofía haber dejado plantado a Roberto Lobito? Roberto era su mejor amigo. Si Sofía había arruinado su amistad, jamás la perdonaría. ¿Acaso no se daba cuenta de que todas las mujeres que conocían a Roberto le deseaban? ¿Era consciente de lo que estaba dejando escapar? Maldita egoísta. Como siempre, sólo pensaba en sí misma.

Fernando se propuso invitar a Roberto Lobito a la esetancia a la menor oportunidad por dos razones. En primer lugar, porque le preocupaba la posibilidad de que no quisiera volver por allí o, aún peor, que a causa del comportamiento de Sofía Roberto hubiera dado por finalizada su amistad con él. Y la segunda, porque le divertía ver a Sofía violenta cuando se encontraba con Roberto en la estancia. Podía considerarse como una venganza en defensa de su amigo. De hecho, se pavoneaba de Roberto en el campo de polo con la mera intención de mostrar a Sofía lo que se estaba perdiendo. Ella había rechazado a Roberto, de manera que indirectamente también le había rechazado a él. Roberto no pudo resistirse a la tentación y se aprovechó de la lealtad de Fernando para dedicarse a flirtear sin ningún disimulo delante de Sofía con el único fin de enseñarle que ya no le importaba nada. Pero no era así.

Sofía se hartó bien pronto de las payasadas de su primo y se encerró en su propio mundo. Se perdía por el campo a lomos de su poni o iba a dar largos y solitarios paseos por la pampa. María iba con ella siempre que Sofía la dejaba, consciente de que había algo que su prima le ocultaba. Eso entristecía a María, que intentaba por todos los medios congraciarse con su amiga, mostrando una radiante sonrisa cuando por dentro se sentía deprimida y excluida. En el pasado Sofía había pasado por épocas de enfurruñamiento, pero nunca tan prolongadas. María siempre había sido su cómplice, su aliada contra todos los demás. Ahora Sofía parecía desear estar sola.

En un principio, a Santi le resultó más fácil estar lejos de Sofía. Avergonzado por haberse dejado llevar por sus impulsos y haber perdido el control sobre sus emociones, había decidido no volver a ver a su prima hasta que hubiera conseguido convencerse de que estaba enfermo o de que algo le pasaba; cualquier cosa antes que admitir que estaba enamorado de Sofía. No podía estar enamorado de ella. Era como estar enamorado de María. Sería un amor incestuoso y eso no estaba bien. Cuando se acordaba del beso, se le encogía el estómago hasta que se le hacía un nudo. ¿De verdad la besé? —se preguntaba en el transcurso de las torturadas noches que siguieron—. ¡Dios mío! ¿En qué estaba pensando? ¿Qué pensará ella de mí?

Soltó un gemido. Esperaba que, al ignorar la situación, ésta desaparecería. Se convenció de que Sofía era demasiado joven para saber lo que quería. Él debería ser más responsable. Al fin y al cabo, ella le tenía por un héroe al que admiraba, y él lo sabía. Era mayor que ella y conocía perfectamente las consecuencias de una relación de ese tipo. Se repitió una y otra vez que debía superarla y olvidarla.

Solía buscar la compañía de los chicos, que iban de un lado a otro de la granja como perros en busca de cualquier novedad. Sin embargo, vivía esperando ver a Sofía en la piscina o en la pista de tenis, sólo para luchar contra la desilusión de no verla allí. Las cosas eran más sencillas cuando ella estaba a la vista. Al menos sabía dónde estaba. Santi era consciente de que no podían ser amantes. Sus familias nunca lo permitirían. Imaginaba sin demasiada dificultad la perorata que le soltaría su padre. Esa que empezaba así: «Tienes un brillante futuro por delante...» Y podía imaginar también el rostro apesadumbrado de su madre. Pero su cuerpo deseaba a Sofía a pesar de lo que su mente no hacía más que repetirle, agotándole poco a poco. Finalmente no pudo seguir luchando. Tenía que hablar con ella. Tenía que explicarse y decirle que aquel beso no había sido más que un momento de locura. Le diría que había creído que era a otra a quien besaba..., cualquier cosa antes que decirle la verdad, que el amor que sentía por ella no dejaba de atormentarle y que no veía ninguna posibilidad de que disminuyera.

María jugaba en la terraza con Panchito y con uno de sus amiguitos de la estancia cuando Santi le preguntó si había visto a Sofía. Le respondió que no tenía ni idea de dónde estaba su prima y refunfuñó añadiendo que ésta últimamente se comportaba como una perfecta desconocida. Chiquita salió de la casa con una cesta llena de juguetes y le dijo a Santi que fuera a buscar a Sofía y que hiciera las paces con ella.

—Pero si no nos hemos peleado —protestó él. Su madre le miró como diciendo: «No me tomes por tonta».

—La has ignorado desde que volviste y se moría de ganas de verte. Quizás esté mal por lo de Roberto Lobito. Ve y ayúdala, Santi.

María cogió la cesta de brazos de su madre y vació su contenido sobre las baldosas del suelo. Panchito chilló encantado.

Santi encontró a Sofía concentrada en un libro bajo el ombú. Su poni daba cabezadas en la sombra. Había mucha humedad en el aire. Al mirar al cielo, Santi pudo divisar algunas nubes negras que se acercaban desde el horizonte. Cuando Sofía le oyó acercarse, dejó de leer y le miró.

—Sabía que te encontraría aquí —dijo Santi.

—¿Qué quieres? —preguntó agresiva. Al instante deseó no haber sonado tan enfadada.

—He venido a hablar.

—¿De qué?

—Bueno, no podemos seguir así, ¿no crees? —dijo sentándose junto a ella.

—Supongo que no.

Se quedaron callados un rato. Sofía se acordó del beso y deseó que volviera a besarla.

—El otro día… —empezó ella.

—Lo sé —la interrumpió Santi, intentando encontrar las palabras que tanto había ensayado y que en ese momento le eludían.

—Yo quería que lo hicieras.

—Eso dijiste —respondió Santi, sintiendo que la frente se le llenaba de gotitas de sudor.

—Entonces, ¿por qué saliste huyendo?

—Porque no puede ser, Chofi. Somos primos, primos hermanos. ¿Qué dirían nuestros padres? —puso la cabeza entre las manos. Se menospreció por verse tan débil. ¿Por qué no podía decirle simplemente que lo único que sentía por ella era un amor fraternal y que sus acciones habían sido un gran error?

—¿A quién le importa lo que digan? A mí nunca me ha preocupado. Además, ¿quién se lo diría? —dijo entusiasmada. De repente lo imposible parecía bastante posible. Él había dicho que no debían, no que él no quisiera. Sofía le rodeó con el brazo y apoyó la cabeza en su hombro—. Santi, te he querido desde hace tanto tiempo —suspiró feliz. Pronunció las palabras que tan a menudo había dicho en su cabeza desde el fondo de su alma. Él levantó la cabeza y la rodeó con sus brazos, enterrando la cara en su pelo. Se quedaron así durante un rato, fuertemente abrazados, escuchando la respiración del otro, preguntándose qué hacer.

—He intentado convencerme de que no te quiero —dijo Santi por fin, sintiéndose mucho más relajado después de haberse liberado de la carga que le oprimía la conciencia.

—Pero me quieres —dijo Sofía feliz.

—Desgraciadamente sí, Chofi —dijo, jugando con su trenza—. No he dejado de pensar en ti mientras he estado fuera.

—¿De verdad? —susurró, ebria de satisfacción.

—Sí. No pensaba que fuera a echarte de menos, pero me sorprendí a mí mismo. Ya entonces te quería, pero no he comprendido mis sentimientos hasta ahora.

—¿Cuándo supiste que me querías? —le preguntó ella con timidez.

—No fue hasta que te besé. No entendía por qué me importaba tanto que estuvieras saliendo con Roberto Lobito. Supongo que no quería pensar demasiado en ello. Me daba miedo la respuesta.

—Me sorprendió que me besaras —le dijo Sofía echándose a reír.

—Nadie se sorprendió más que yo mismo, te lo aseguro.

—¿Te arrepentiste?

—Mucho.

—¿Te arrepentirías si volvieras a besarme? —preguntó al tiempo que le sonreía disimuladamente, retándole a que probara y lo averiguara por sí mismo.

—No sé, Chofi. Es… bueno, complicado.

—Odio que las cosas sean demasiado fáciles.

—Ya lo sé. Pero creo que no entiendes lo que significa un beso entre nosotros.

—Claro que sí.

—Eres la hija de mi tío —se lamentó Santi.

—¿Y qué? —intervino Sofía con decisión—. ¿A quién le importa? ¿Qué más da si nos gustamos, nos hacemos felices uno al otro y aprendemos a vivir el presente? ¿Qué mejor prueba que ésta?

—Tienes razón, Chofi —admitió Santi, y ella se dio cuenta de que había vuelto a ponerse serio. Se liberó de su abrazo y le miró, intentando leer la expresión de su rostro. Él alzó su tosca mano y con ella le acarició la mejilla, trazando sus trémulos labios con el pulgar.

Durante un largo instante Santi sumergió la mirada en los ojos marrones de Sofía como si intentara luchar contra sus impulsos por última vez. Momentos después se rendía a un deseo mucho más fuerte que cualquiera de sus razonamientos y, con una fuerza poco propia de él, la atrajo hacia sí y puso sus labios húmedos sobre los de ella. Sofía tomó aire como si de pronto le hubieran hundido la cabeza en el agua. Aunque había imaginado esa escena muchísimas veces, no había sido capaz de anticipar esa sensación de ligereza que le llenaba el estómago de espuma y el cosquilleo que le recorría los brazos y las piernas. Sin duda el beso de Santi nada tenía que ver con el de Roberto Lobito, cuyos esfuerzos parecían ahora artificiales en comparación con los de su primo. Sofía se separó de él para tomar aire, de pronto confundida por el ritmo enloquecido de sus emociones. En ese momento pudo reconocer el deseo en los ojos de Santi y en los latidos de su propio corazón, y volvió a ofrecerle sus labios. Fue entonces cuando entendió el mensaje de la historia de Santi y fue plenamente consciente de que existía en el momento presente, disfrutando de cada nueva sensación. Con una ternura que hizo que el estómago le diera un vuelco, él le besó la sienes, los ojos y la frente, sosteniendo su rostro entre las manos y acariciándole la piel con suavidad. Sofía se sentía consumida por él, envuelta por sus brazos, perdida en el aroma embriagador de su piel. Ninguno de los dos percibió las nubes amenazadoras que habían ido arremolinándose sobre ellos. Totalmente absorbidos el uno por el otro, ni siquiera habían sentido las primeras gotas de lluvia que no tardaron en dar paso a la fuerte tormenta que ya caía sobre sus cuerpos cuando se agazaparon contra el tronco del árbol en busca de refugio.

17

Pasaron los días al amparo de un halo feliz de momentos robados e ilícitos. La vida en la estancia no había cambiado, pero para Santi y Sofía cada minuto era sagrado. Dedicaban cada momento que pasaban a solas a besarse apresuradamente: tras puertas cerradas, árboles y arbustos, o en la piscina, después de haberse asegurado de que no iban a ser descubiertos. Para ellos Santa Catalina nunca había vibrado con tanta belleza y resplandor.

La pareja desaparecía a caballo por los caminos polvorientos y se tumbaba a la sombra del ombú a celebrar su amor con tiernos besos y caricias. Santi sacaba su navaja y pasaban horas grabando sus nombres y mensajes secretos en las tiernas ramas verdes. Trepaban hasta lo más alto para llegar al reino encantado del árbol más viejo de Argentina y se sentaban a mirar el caleidoscopio de ponis que resoplaban y pateaban graciosamente en la aridez de los campos que se extendían ante sus ojos. En la distancia podían detectar los movimientos de los gauchos a caballo, vagando perezosos por los senderos a lo lejos con sus tradicionales bombachas, las botas de cuero y sus cinturones con monedas de plata. Al atardecer, que era su hora favorita, se sentaban sobre la fragante hierba con la mirada perdida en la vastedad del horizonte y se revolcaban indulgentes en la melancolía de la puesta de sol.

Sofía no podía estar más feliz. Se deleitaba hasta con la tarea más insignificante, como la de repartir las migas de Soledad por la hierba para dar de comer a los pájaros, y resplandecía sabiéndose amada por Santi. Tenía la sensación de que el corazón iba a estallarle de un momento a otro bajo el peso del arrollador y embriagador amor que sentía por él. Le preocupaba que la gente lo notara porque ya no caminaba, se deslizaba; ya no hablaba, cantaba; ya no corría, bailaba. Su cuerpo entero vibraba de amor. Entendía por qué la gente hacía cualquier cosa por amor; incluso matar.

Además, la relación entre Sofía y su madre mejoró. Se convirtió en una persona nueva: atenta, generosa y servicial.

—Si no la conociera como la conozco diría que Sofía está enamorada —dijo su madre una mañana mientras desayunaban, después de que Sofía se hubiera mostrado extrañamente dispuesta a dar a Panchito clases particulares de inglés.

—Está enamorada, mamá —respondió Agustín sin inmutarse mientras removía su café.

—¿Sí? —chilló Anna feliz—. Pero ¿de quién?

—De ella misma —intervino Rafael.

—No seas ruin, Rafael. Ultimamente se comporta con amabilidad. No lo estropees metiéndote con ella.

Pero Anna estaba mucho más interesada en la novia de Rafael, la bella Jasmina, que en Sofía. El padre de Jasmina, el célebre Ignacio Peña, era el abogado más prestigioso de Buenos Aires. Viniendo de una familia tan ilustre con aquella, Jasmina sería una buena esposa para Rafael, una incorporación a la familia de la que Anna podía sentirse orgullosa. De hecho, hacía poco que había conocido a la madre de la joven. La señora Peña era una católica devota, y a veces se veían en misa cuando pasaban fines de semana en la ciudad. Anna se había propuesto ir a misa más a menudo. Ganarse la amistad de la señora Peña la ayudaría a ejercer su influencia en el futuro de su hijo.

—¡Por Dios, Agustín! ¿Qué demonios estabas intentando diciéndole a mamá que Sofía está enamorada? ¿Has perdido el juicio? —le reprochó Rafael con brusquedad después de que su madre se hubiera levantado de la mesa del desayuno.

—Tranquilízate, Rafa. Sólo estaba diciendo la verdad —protestó Agustín.

—A veces es mejor mentir.

—Venga ya, si sólo está encaprichada.

—Ya conoces a mamá. ¿Te acuerdas de su reacción cuando Joaco Santa Cruz se casó con su prima hermana?

—No creo que Sofía vaya a casarse con Santi. Pobrecilla. Santi le está tomando el pelo como lo haría con un cachorrillo.

—Da igual. Pero la próxima vez cuenta hasta diez antes de abrir tu bocaza.

La historia de amor entre Santi y Sofía pasaba inadvertida para la mayoría de los habitantes de la estancia. Todos los que sospechaban algo, como Rafael y Agustín, la veían como una aventurilla adolescente y la encontraban incluso encantadora. No había nada raro en la cantidad de horas que los dos pasaban juntos. No hacían nada fuera de lo común. Sin embargo, intercambiaban miradas y gestos cuyo significado sólo ellos conocían. Vivían en un mundo de sueños que corría paralelo al de los demás pero que tenía una vibración totalmente distinta. Tenían la sensación de estar viviendo en un plano idílico en el que nada podía alcanzarlos, y aún menos dañar su amor. Vivían en el precioso presente y lo demás no importaba.

Los partidos de polo siguieron celebrándose y a Sofía empezó a no importarle demasiado si jugaba o no. En febrero empezó a pasar menos mañanas con José y más tiempo en la cocina con Soledad, cocinando pasteles que después llevaba orgullosa a casa de Chiquita para el té. Dejó de discutir con su madre y le pidió consejo sobre maquillaje y ropa. Esto hizo a Anna inmensamente feliz y se alegró sobremanera ante la certeza de que por fin su hija se estaba haciendo mayor. Se acabaron los chapuzones desnuda o las descaradas rabietas de niña caprichosa. Hasta Paco, que nunca parecía haberlas notado, admitió que su hija estaba cambiando para mejor.

—¡Sofía! —gritó Anna desde su habitación. Afuera llovía. Era una lluvia constante, abundante e implacable. Cerró las ventanas con una mueca de amargura y suspiró irritada al ver un gran charco de agua en la alfombra—. ¡Soledad! —gritó.

Sofía y Soledad entraron en su cuarto a la vez.

—Por favor, Soledad, limpia este horrible charco. Tienes que cerrar todas las ventanas de la casa cuando llueve así. Dios mío, viendo esta lluvia cualquiera diría que el mundo está a punto de acabarse —se quejó.

Soledad se dirigió a paso lento a la cocina en busca de un cubo y una esponja. Sofía se dejó caer en la cama de su madre con un bote de esmalte de uñas de color rosa.

—¿Te gusta este color? —le preguntó en inglés. Su madre se sentó en la cama y lo estudió con atención.

—Mi madre odiaba que me pintara las uñas. Decía que era una ordinariez —recordó Anna, y sonrió melancólica al acordarse de ella.

—Lo es, por eso es tan sexi —se echó a reír Sofía, abriendo el bote y empezando a pintarse las uñas.

—Madre de Dios, niña, te va a quedar fatal si lo haces así. Ven, dame. ¿Lo ves? No hay nada como la mano firme de otra persona para estas cosas.

Sofía se quedó mirando cómo su madre sostenía su mano entre las suyas e iba aplicando el esmalte con sumo cuidado. No podía recordar cuándo había sido la última vez que su madre le había prestado tanta atención.

—Tengo que pedirte un favor, Sofía —dijo.

—¿De qué se trata? —preguntó Sofía reacia, esperando que la petición de su madre no implicara tener que alejarse de Santi.

—Bueno, Antonio llega de Buenos Aires en el bus de las cuatro. Me preguntaba si podrías preguntar a Santi si sería tan amable de ir a buscarle con la camioneta. Ya sé que es un fastidio, pero ni Rafa ni Agustín pueden ir.

—Oh, claro que sí. No le importará. Podemos ir juntos. Oye, ¿y a qué ha ido Antonio a Buenos Aires? —preguntó Sofía sin demasiado interés, intentando disimular su excitación. Podían pasar juntos toda la tarde en el lago, solos. Rezó para que María no quisiera acompañarlos.

—El pobre hombre ha tenido que ir al hospital. Otra vez vuelve a estar mal de la cadera.

—Oh, vaya —respondió Sofía totalmente ajena a la conversación. Ya estaba en el lago con Santi.

—Gracias, Sofía, me haces un gran favor. No soportaría tener que ir con esta lluvia.

—¡A mí me encanta la lluvia! —respondió Sofía echándose a reír.

—Eso es porque no creciste con ella como yo.

—¿Echas de menos Irlanda?

—No, estuve feliz cuando me fui y ahora... bueno, hace tanto que vivo aquí que si volviera no me sentiría en casa. Sería como vivir en un país extraño.

—Yo echaría mucho de menos Argentina —dijo Sofía a la vez que extendía una mano y se miraba las uñas.

—Claro. Santa Catalina es un lugar muy especial y éste es tu sitio. Es tu casa —respondió su madre, sorprendida al oírse hablar así. Siempre había odiado ver lo bien que su hija encajaba en aquel mundo cuando a ella le había costado tanto sentirse aceptada en su país de adopción. Miró el rostro radiante de Sofía y sintió una nueva emoción: orgullo.

—Lo sé. La adoro. Ojalá no tuviera que volver nunca a Buenos Aires —suspiró.

—Todos tenemos que hacer cosas que no nos gustan. Pero casi siempre son por nuestro bien. Eso es algo que aprendemos con la edad. —Anna sonrió cariñosamente y volvió a enroscar el tapón del bote de esmalte—. Toma. Ahora pareces una princesa —bromeó.

—¡Gracias, mamá! —exclamó Sofía encantada.

—Ten cuidado, no vayas a mancharte.

—Tengo que ir a decirle a Santi lo del recado —anunció Sofía, saltando al suelo y desapareciendo por el pasillo y pasando junto a Soledad que resoplaba después de haber subido las escaleras cargada con cubos y cepillos para secar el charco de la alfombra.

Santi estaba encantado de poder pasar toda la tarde con Sofía. En un arranque de egoísmo, decidieron no decírselo a María, que jugaba con Panchito en el salón en compañía de su madre y de Lía, una amiga de ésta. Corrieron bajo la lluvia y llegaron a la camioneta excitados y totalmente empapados. Salieron de la estancia a las dos y media para poder pasar algún tiempo juntos antes de que el corpachón de Antonio se sentara entre los dos a las cuatro. Avanzaron por la carretera uno al lado del otro, salpicando de barro los costados del vehículo al dejar atrás el rancho. Santi puso la radio y los dos empezaron a tararear la canción de John Denver que sonaba en ese momento. Sofía tenía puesta la mano en la rodilla húmeda de Santi mientras él conducía. No necesitaban hablar. Disfrutaban en silencio de la compañía del otro.

El pueblo estaba desierto. Un coche herrumbroso daba la vuelta a la plaza a una velocidad irritantemente lenta. Las pocas tiendas del pueblo, como la ferretería y el almacén de comestibles, estaban cerrados por ser la hora de la siesta. Había un viejo sentado en un banco en medio de la plaza con la cabeza cubierta por un sombrero andrajoso, como si no se hubiera percatado de la lluvia. Hasta los perros habían buscado refugio. Al pasar frente a la iglesia de Nuestra Señora de la Asunción, buscaron al habitual grupito de viejas chismosas vestidas de negro —«cuervos», como las llamaba el abuelo O'Dwyer—, pero incluso ellas se habían puesto al abrigo de aquel diluvio.

Recorrieron lentamente el pueblo. La calle que daba la vuelta a la plaza había sido asfaltada unos años antes, pero el resto de las calles no eran más que caminos de tierra ahora convertidos en un lodazal. Una vez pasada la iglesia no tardaron mucho en volver a la carretera que bordeaba el lago. Encontraron un lugar resguardado bajo unos árboles y Santi aparcó.

—Salgamos a caminar bajo la lluvia —sugirió Sofía, bajando de la camioneta.

Entre risas, se cogieron de la mano mientras corrían del abrigo de un árbol a la lluvia y volvían a buscar refugio en el árbol siguiente cuando ya no podían aguantar ni un segundo más la fuerza del agua. Después de comprobar que estaban totalmente solos, puesto que no era fácil pasar inadvertido en un pueblo de ese tamaño, especialmente para un Solanas, cuya familia era conocida por la mayoría de sus habitantes, Santi empujó a Sofía contra un árbol y la besó en el cuello. Luego se separó de ella y la miró. Sofía tenía el pelo empapado. Se lo apartó de la cara, revelando sus mejillas sonrosadas y brillantes y su encantadora sonrisa. Tenía una boca grande y generosa. Santi adoraba aquella boca y la facilidad con la que pasaba en un segundo del enojo a la sonrisa. Incluso cuando temblaba de rabia era una boca tremendamente atractiva. La lluvia se deslizaba por las hojas y caía en gotas grandes y pesadas, pero el aire estaba cargado y húmedo de manera que el agua resultaba casi un alivio. Santi rodeó la cintura de Sofía con las manos y la atrajo hacia él. Ella pudo sentir la excitación que palpitaba bajo sus vaqueros.

—Quiero hacerte el amor, Chofi —dijo Santi, mirándola fijamente a los ojos.

—No podemos —respondió ella soltando una risa gutural—. Aquí no. Ahora no.

Sofía se reía para disimular el miedo que hizo que sus labios palidecieran y temblaran. Deseaba que Santi le hiciera el amor desde el momento en que se había dado cuenta de que le amaba, y de eso hacía dos años. Ahora que iba a ocurrir estaba asustada.

—No, aquí no. Conozco un sitio —dijo Santi, tomándola de la mano y apretando los labios mojados a la palma sin dejar de fijar sus ojos en los de ella—. Tendré mucho cuidado, Chofi. Te quiero —la tranquilizó al tiempo que le sonreía con dulzura.

—Bien —susurró Sofía, bajando la mirada, nerviosa ante lo que se avecinaba.

Santi la condujo de la mano al mohoso refugio de un viejo almacén de embarcaciones agazapado y semiescondido a la orilla del lago, entre las hierbas altas y los juncos en los que las garzas y las espátulas habían construido sus nidos. Una vez dentro se tumbaron sin dejar de reírse de su propia osadía encima de un montón de sacos vacíos. La luz se colaba a través de las grietas y de los agujeros del techo, dibujando brillantes rayos en un viejo barco que yacía abandonado de lado, como una ballena varada en la arena. Se quedaron escuchando el repiqueteo de la lluvia sobre el tejado de zinc y respiraron el aire cargado que olía a aceite y a hierba dulce y podrida. Sofía se acurrucó contra Santi, no porque tuviera frío sino porque temblaba de nervios.

—Voy a hacerte el amor muy despacio, Chofi —dijo él a la vez que le besaba la sien y saboreaba la sal de su piel.

—No sé qué hacer —susurró Sofía.

Santi se sintió conmovido por su miedo. Ahí estaba la chica a la que amaba más que a nadie en el mundo, totalmente despojada de su petulancia y de su arrogancia. Desnuda hasta su esencia más íntima. La Sofía que sólo él conocía.

—No necesitas saber qué hacer, amor mío. Te amaré, eso es todo —respondió con voz profunda y reconfortante, sin dejar de sonreír. Para calmar el miedo de su prima, Santi se apoyó sobre un codo y acarició con la otra mano la cara de Sofía, perfilando sus labios temblorosos con el dedo. Ella sonreía nerviosa, avergonzada al ser testigo de la silenciosa intimidad de las acciones de su primo y ante la fuerza de su mirada que la traspasaba, llegándole al alma. No podía hablar. No sabía qué decir. Guardaba silencio, abrumada por la magnitud del momento.

Acto seguido Santi la besó con dulzura en los ojos, la nariz y las sienes, y finalmente en la boca. Metió la lengua húmeda por dentro de sus labios y exploró sus dientes y encías hasta que su boca quedó totalmente pegada a la de Sofía, consumiéndola por entero. Sofía inspiró titubeante cuando Santi le metió la mano por debajo de la camiseta y sintió un ligero estremecimiento en el estómago y notó que los pechos se le endurecían. Santi le quitó la camiseta y vio su torso desnudo, pálido y tembloroso bajo la débil luz que se colaba por las vigas podridas. Le besó el cuello y los hombros mientras sus dedos jugueteaban con el vello que asomaba por el estómago antes de posarse sobre sus pezones endurecidos y seguir hasta la parte baja de la espalda, que ella había levantado del suelo en respuesta a sus caricias. Le pasó la lengua por los pechos hasta que el placer dio paso a un dolor que procedía de un lugar alejado del punto donde él tenía la lengua: entre sus piernas. Pero Sofía no quería que se detuviera; era un dolor a la vez tremendamente incómodo y exquisitamente placentero.

Después de encontrar los botones de los vaqueros de Sofía, Santi los desabrochó y ella se los quitó sin demora, quitándose a la vez las bragas blancas y quedándose desnuda delante de él, temblando al ser consciente de su propia desnudez. Él no dejaba de observarla mientras la acariciaba. Sofía tenía las mejillas enrojecidas y brillantes y parecía que los párpados se le hubieran inflamado a causa del despertar de sus sentidos. Era ya casi una mujer. Aquel frágil equilibrio entre la niña y la mujer le daba una extraña belleza que emergía por todos los poros de su piel como la luz dorada del otoño. Entonces la mano de Santi descendió hasta el lugar secreto que ella había descubierto a solas durante aquellas tórridas noches en que el deseo que sentía por él no le había dado más opción que explorar su propia sexualidad en la oscuridad. En esas ocasiones había imaginado que sus dedos eran los de Santi, aunque sus dedos no se parecían en nada a los de él. Eran meros sustitutos con los que paliar la frustración de tantos meses de espera. Ahora la habían encontrado y ella dejó escapar un profundo suspiro.

Durante un rato Sofía se perdió en su propio placer. Santi miraba cómo pequeñas gotas de sudor se arremolinaban en el valle que formaban sus pechos y en su orgullosa nariz. Ella había cerrado los ojos y había abierto las piernas de una forma que sugería que ni siquiera se había dado cuenta de haberlo hecho. Incapaz de soportar la fuerza de su propio deseo por más tiempo, Santi se sentó y se quitó la camisa y los vaqueros. Sofía volvió en sí y abrió los ojos de par en par ante la visión de su masculinidad, que en nada se parecía a lo que había visto aquella vez en la piscina, puesto que ahora estaba despierta e impaciente. Santi tomó la mano de su prima y la llevó hasta su miembro. Ella no pudo resistirse a la tentación de estudiarlo con la curiosidad de un científico, recorriéndolo con los dedos, dándole la vuelta, maravillada al comprobar lo que pesaba.

—Así es que esto lo que rige a los hombres, ¿eh? —dijo antes de dejarla caer torpemente contra el muslo de Santi. Él se echó a reír. Meneó la cabeza, volvió a cogerle la mano y le enseñó cómo acariciarla. Luego buscó en el bolsillo de los vaqueros y sacó un pequeño cuadrado de papel. Le dijo que era importante tomar precauciones. No quería dejarla embarazada. Ella se reía mientras le ayudaba a ponérselo.

—Pobrecito, ¿y si resulta que le da miedo la oscuridad? —dijo dificultando aún más la operación con su inexperiencia.

—Eres la peor alumna del mundo —se quejó Santi antes de apartarla a un lado entre risas y encargarse él mismo del preservativo.

Sofía cerró los ojos. Esperaba que un dolor agudo la atravesara cuando él entrara en ella, pero no hubo dolor. Sintió que el cuerpo se le fundía en una calidez exquisita y se vaciaba de cualquier residuo de ansiedad. Se aferró a Santi y perdió su inocencia con el entusiasmo de una recién conversa. Santi había estado con muchísimas chicas en Estados Unidos, pero con Sofía hizo el amor por primera vez.

Cuando emergieron a la luz había dejado de llover y el sol asomaba entre las nubes y se reflejaba en el lago, que ahora brillaba como la plata recién pulida.

—¡Antonio! —Sofía se acordó de repente del motivo de su excursión—. No vayamos a olvidar pasar a buscarle.

Santi miró el reloj; todavía les quedaba un cuarto de hora.

—Quiero quedarme aquí besándote hasta el último minuto —dijo, volviendo a estrecharla entre sus brazos.

Cuando Sofía hubo probado la fruta prohibida quiso más. No era fácil encontrar lugares apartados en la estancia que pasaran inadvertidos a los gauchos y a la panda de primos y amigos, pero como decía siempre el abuelo O'Dwyer, «si se quiere se puede», y el deseo incontrolable de Santi y de Sofía habría encontrado agua en el desierto.

Como era febrero, el último mes de las largas vacaciones de verano, pasaban todo el tiempo en la granja. Descubrieron que durante el día era prácticamente imposible hacer el amor sin el temor de ser descubiertos. A veces, durante la siesta, cuando los mayores desaparecían en el frescor de sus habitaciones para digerir los copiosos almuerzos del mediodía, se las ingeniaban para colarse en la habitación de invitados situada en la buhardilla de la casa de Sofía, emplazada lejos del cuarto de sus padres y utilizada en muy raras ocasiones. Allí se amaban envueltos en el lánguido calor de la tarde, entre el aroma a jazmín y a hierba recién cortada y el trino de diferentes tipos de pájaros que se apiñaban en los árboles que rodeaban la casa, atraídos por la promesa de las migas de Soledad. Otras veces se escapaban de sus habitaciones cuando caía la noche y el resto de la familia dormía, y hacían el amor bajo el cielo estrellado y la vigilante luna.

Hablaban del futuro, de su futuro, un futuro que parecía inalcanzable como las nubes que pasaban sobre sus cabezas. Pero a ninguno de los dos le importaba que sus sueños fueran simples espejismos, forjados a la luz del inquebrantable optimismo dibujado por su amor, ni que la vida como marido y mujer en Santa Catalina fuera un deseo imposible. Se dejaban fluir con el paso de las nubes, sabedores de que una cosa sí era segura: se amarían para siempre.

18

A finales de febrero Sofía se despertó con náuseas. Quizá había comido algo en mal estado la noche anterior. Por la tarde ya se había recuperado, así que volvió a hacer vida normal hasta que, a la mañana siguiente, se levantó sintiéndose realmente mal.

—No sé qué me pasa, María —se quejó sin apartar la mirada del bol de mantequilla y harina que estaba mezclando para el pastel de cumpleaños de Panchito—. Ahora me encuentro bien, pero esta mañana me sentía morir.

—Suena a náuseas de embarazada —bromeó María, guiñándole un ojo sin percatarse de la repentina palidez que había dejado a su prima sin color en el rostro.

—Otra concepción inmaculada —replicó Sofía con una sonrisa titubeante—. No creo que sea suficientemente humilde para eso.

—Bueno, ¿qué comiste anoche?

—Y la noche anterior —añadió Sofía, intentando reír mientras estaba a punto de echarse a llorar ante la posibilidad de estar embarazada. No hacía más de ocho semanas y media que había empezado a tener relaciones con Santi y él siempre se había asegurado de tomar precauciones. De eso Sofía estaba segura porque había aprendido a ser bastante eficiente poniéndole los condones. Apartó la idea de su cabeza, convencida de que estaba exagerando—. Probablemente sea culpa del budín de arroz de Soledad —decidió, volviendo a ser ella misma.

—¿Les hace budín de arroz? —exclamó María con envidia, engrasando los moldes del pastel—. ¡Encarnación! —chilló. La vieja criada entró en la cocina arrastrando los pies con una cesta llena de ropa.

—¿Sí, señorita María?

—¿Cuánto tiempo tenemos que dejarlo dentro?

—Pensaba que a estas alturas la señorita Sofía ya era toda una pastelera profesional. Hornéelo durante veinte minutos y échele un vistazo. Si todavía no está listo, déjelo diez minutos más. ¡No, no, Panchito! —gritó cuando el pequeño entró corriendo en la cocina—. Ven conmigo. Así, dame la mano. Vamos a ver si hay algún dragón en la terraza —y se lo llevó afuera.

—¿Qué son los dragones? —preguntó Sofía.

—Lagartos. Panchito cree que son dragones.

—Bueno, supongo que lo son. Pequeños dragones.

María vio cómo su prima lamía el bol. Se dio cuenta de que Sofía estaba radiante. Se había recogido el pelo en la coronilla con una goma, aunque se le habían soltado algunos mechones que le caían por la cara y el cuello, pegándosele al sudor de la piel. Incluso con un sucio delantal de cocina se las ingeniaba para estar guapa.

—¿Qué miras, gorda? —Sofía sonrió con gran cariño a su prima.

María le devolvió la sonrisa.

—En este momento estás muy feliz, ¿verdad? —le preguntó.

—Sí. Estoy feliz cocinando contigo en la cocina.

—Pero ahora te llevas mucho mejor con Anna.

—Bueno, digamos que la vieja mantis está más soportable.

—¡Sofía! ¡Anna es muy guapa!

—Demasiado delgada —replicó Sofía con ironía a la vez que ofrecía el bol a María.

—Ojalá yo estuviera más delgada —se lamentó María, decidiendo de pronto no ayudar a su prima a lamer el bol. Sofía lo dejó en el fregadero para que lo lavara Encarnación.

—Estás bien así, María. No necesitas adelgazar. Eres femenina, estás rebosante de salud, eres guapa, y más encima tienes un cuerpo estupendo y lleno de curvas. ¡Estás hecha toda una mujer, chica!

Las dos se echaron a reír.

—No seas ridícula, Sofía.

—No lo soy. Soy sincera. Siempre te digo la verdad. Eres maravillosa como eres.

María sonrió agradecida.

—Y para mí tú eres muy especial, Sofía —le dijo sincera.

—Eres mi mejor amiga, María, también tú eres muy especial para mí.

Las dos chicas se abrazaron, divertidas y conmovidas ante su repentina muestra de ternura.

—¿Metemos el pastel? —dijo Sofía, soltándose. Cogió el molde, que estaba lleno hasta el borde de la masa densa y marrón del pastel, y lo olió hambrienta—. ¡Mmm, huele de maravilla!

—¡Por Dios! Date prisa en meterlo o no estará listo a tiempo.

Chiquita había invitado a todos los amiguitos de Panchito de las estancias vecinas a una fiesta de cumpleaños sorpresa. El sol de la tarde bañaba la terraza con un halo rosado mientras los niños corrían de acá para allá con las caras llenas de chocolate y las manos pegajosas, seguidos por los perros que les lamían los restos de tarta de los dedos cuando no los veían.

Fernando, Rafael, Agustín, Sebastián, Ángel y Niquito se dejaron ver un momento para probar el pastel y coger algunas pastas antes de ir a jugar a la pelota al parque. Santi se quedó un rato más. Miraba a Sofía mientras ésta charlaba con su madre y con sus tías a la sombra de la acacia. Le encantaba cómo movía las manos al hablar y la forma en que miraba desde sus pestañas gruesas y marrones como si fuera a revelar algo terrible, aunque en realidad sólo se limitaba a esperar el momento para obtener la reacción óptima a su intervención. Santi se daba cuenta de que ella sabía que la estaba mirando porque se le habían curvado las comisuras de los labios, dibujando una tímida sonrisa. Por fin Sofía le miró. Él parpadeó dos veces sin cambiar de expresión. Ella le devolvió el mensaje y sonrió con tal descaro que Santi tuvo que llamarle la atención con la mirada. Ella le aguantó la mirada y con los ojos le acarició la cara y los labios. Él se giró, temiendo que alguien pudiera descubrirlos, y esperó que ella fuera lo bastante juiciosa para hacer lo mismo, pero cuando volvió a girarse Sofía seguía mirándole con la cabeza ladeada y la sonrisa en los labios. María estaba ocupadísima: repartía sándwiches y dulces entre los niños, cortaba la tarta, recogía los vasos vacíos de jugo de naranja, y corría detrás de los perros cuando éstos se acercaban demasiado a la comida. Estaba demasiado atareada para percatarse de las miradas tiernas que se entrecruzaban su hermano y su prima.

Más tarde, esa misma noche, Santi y Sofía estaban sentados en el banco del porche de la casa de él. Protegidos por la oscuridad, se habían dado la mano. Cuando él le apretaba dos veces la mano se trataba del mismo mensaje implícito en el parpadeo. Significaba «te amo». Ella le devolvió el apretón hasta que terminaron jugando a ver quién conseguía apretar la mano del otro más veces. La familia de Santi se había ido a la cama, la casa estaba en silencio y había refrescado. Se aproximaba el otoño, barriendo a su paso las tórridas noches con su viento fresco y melancólico.

—Puedo oler el cambio —dijo Sofía, acurrucándose contra él.

—Odio que se acabe el verano.

—A mí no me importa. Me gustan las noches oscuras frente al fuego —dijo Sofía echándose a temblar.

Santi la atrajo hacia y la besó con ternura en la frente.

—Imagina lo que podríamos hacer frente a la chimenea de mamá —murmuró.

—¡Sí! ¿Ves como no es tan malo el invierno?

—Contigo no. Nada es malo contigo, Chofi.

—Me muero de ganas de pasar un invierno contigo, y una primavera, y otro verano. Quiero hacerme mayor contigo —dijo ella soñadora.

—Yo también.

—¿Incluso si me vuelvo tan loca como el abuelo?

—Bueno… —Santi pareció dudar, meneando en broma la cabeza.

—Llevo en las venas mucha sangre irlandesa —le previno Sofía.

—Ya lo sé, eso es lo que me preocupa.

—Me quieres porque soy diferente de todas los demás. ¡Tú me lo dijiste! —se echó a reír y hundió la nariz bajo la barbilla de Santi. Él le levantó la cara con suavidad y le acarició la mejilla.

—¿Quién sería capaz de no quererte? —suspiró Santi, y posó sus labios sobre los de ella. Sofía cerró los ojos y disfrutó del sabor cálido y familiar de su boca y de su fuerte fragancia mientras la besaba.

—Vayamos al ombú —sugirió. Él sonrió, entendiendo el mensaje.

—Y pensar que hace un par de meses eras una niña inocente —reflexionó Santi, dándole un beso en la punta de la nariz.

—Y tú fuiste el malvado seductor —replicó Sofía.

—¿Por qué siempre tengo que tener yo la culpa de todo? —bromeó.

—Porque eres un hombre y es una actitud caballerosa hacerse responsable de mi mala conducta. Tienes que proteger mi honor.

—¿Tu honor? Será lo que queda de él —añadió Santi con una sonrisa afectada.

—Todavía me queda mucho —protestó Sofía, sonriendo con descaro.

—¡Cómo puedo haber sido tan descuidado! Vayamos inmediatamente al ombú para que pueda acabar de una vez con lo que queda —dijo él y, tomándola de la mano, desaparecieron en la oscuridad.

A la mañana siguiente Sofía se despertó con las mismas náuseas terribles de las dos mañanas anteriores. Corrió al baño y metió la cabeza en el retrete y vomitó toda la cena de Encarnación. Después de lavarse los dientes fue a la habitación de su madre.

—Estoy enferma, mamá. Acabo de vomitar —dijo, dejándose caer dramáticamente en la cama de su madre.

Anna puso la mano sobre la frente de su hija y meneó la cabeza.

—No creo que tengas fiebre, pero será mejor que llame al doctor Higgins. Probablemente no sea nada —y fue a toda prisa hasta al teléfono.

Sofía se quedó tumbada en la cama y de repente la asaltó el terror. ¿Y si estaba embarazada? No podía ser, pensó, apartando una vez más la idea de su cabeza. Además, estaba científicamente probado que los condones eran seguros en el noventa y nueve por ciento de los casos. No, no podía estar embarazada. Sin embargo, el miedo le oscureció el alma con su sombra, y por mucho que intentara borrar esa idea, temblaba ante la posibilidad de poder formar parte del desafortunado uno por ciento.

Hacía años que el doctor Ignacio Higgins era el médico de los Solanas y había tratado desde la apendicitis de Rafael a la varicela de

Panchito. Sonrió a Sofía, intentando tranquilizarla, y después de hablar con ella sobre las vacaciones procedió a examinarla. Le hizo algunas preguntas, asintiendo ante cada una de sus respuestas. Cuando su viejo rostro arrugado frunció el ceño y la sonrisa dio paso a una expresión de gran preocupación, Sofía sintió que se le aceleraba el corazón y estuvo a punto de echarse a llorar.

—Oh, doctor Higgins, por favor no me diga que es grave —le suplicó al tiempo que se le humedecían los ojos porque ya sabía la respuesta. ¿Por qué, si no, le había preguntado el médico por sus períodos?

El doctor Higgins tomó su mano entre las suyas y, acariciándola dulcemente con el pulgar, meneó la cabeza.

—Siento tener que decirte que estás embarazada, Sofía.

Sabía que no estaba casada. Después de muchos años como médico de la familia también era consciente de cómo iban a reaccionar ante el embarazo fuera del matrimonio, sobre todo si se trataba de una chica de sólo diecisiete años.

Sus palabras dejaron a Sofía sin aire, que sintió cómo el estómago le daba un vuelco como cuando el coche pasaba por un badén en la carretera. Su padre le decía entonces que había perdido el estómago. Deseó que se le hubiera perdido el estómago. Se dejó caer débilmente sobre las almohadas. Aquel maldito uno por ciento, pensó sin fuerzas mientras veía evaporarse aquellas largas tardes de amor como el agua por una cañería.

—¡Embarazada! Oh, Dios, ¿está usted seguro? ¿Qué voy a hacer? —dijo quedándose sin respiración y mordiéndose las uñas—. ¿Qué voy a hacer?

El doctor Higgins intentó consolarla como pudo, pero no había forma. Sofía veía hundirse su futuro en un oscuro vacío delante de sus ojos y no había nada que pudiera hacer para recuperarlo.

—Tienes que decírselo a tu madre —sugirió el médico en cuanto ella se hubo calmado un poco.

—¿A mamá? Debe de estar bromeando —replicó, palideciendo—. Ya sabe usted cómo es.

El médico asintió compasivo. Había estado en esa situación innumerables veces: jovencitas devastadas por la semilla que crecía en sus cuerpos maduros, cuando un milagro así debía ser motivo de celebración. Su familiaridad con la situación no disminuía en absoluto lo mucho que le conmovía. Sus ojos grises se humedecieron como aquellos nebulosos días irlandeses de sus antepasados y deseó poder revertir el embarazo con una pastilla.

—No puedes enfrentarte a esto sola, Sofía. Tienes que contar con el apoyo de tus padres —le dijo.

—Se pondrán furiosos, nunca me lo perdonarán. Mamá me matará. No, no puedo decírselo —dijo histérica al tiempo que su sonrisa se veía reducida a un arco triste y tembloroso.

—¿Qué otra cosa puedes hacer? De una forma u otra terminarán por descubrirlo. No puedes esconder a un niño que crece dentro de ti.

Sofía se llevó instintivamente la mano al estómago y cerró los ojos. Tenía dentro al hijo de Santi, una parte de él. Sin duda estaba viviendo el peor momento de su vida y, sin embargo, sentía una extraña calidez en su interior. La aterraba pensar en lo que harían sus padres, pero no tenía elección: tenían que saberlo.

—¿Podría decírselo usted? —preguntó avergonzada.

Él asintió. Así era como se hacía normalmente. Esa desagradable tarea era uno de los muchos deberes del médico y uno de los más dolorosos. Esperó que no culparan al mensajero como tantos otros padres hacían a menudo.

—No te preocupes, Sofía, todo saldrá bien —le dijo intentando tranquilizarla antes de levantarse. Acto seguido, girándose hacia ella, añadió—: ¿Puedes casarte con ese hombre, querida? —pero se dio cuenta de la insensatez de la pregunta en cuanto la hubo formulado porque, ¿por qué, si no, se sentía tan desgraciada?

Sofía meneó la cabeza, totalmente desesperada, e, incapaz de responder, se echó a llorar. Le aterraba la reacción de su madre. No tenía ni idea de lo que iba a hacer. ¿Cómo podía haber tenido tan mala suerte? Se habían asegurado de que eso no ocurriera. Se quedó esperando aterrada. Había hecho enfadar muy a menudo a su madre por mera diversión, faltando a la escuela o yendo a algún club nocturno con algún joven sin su permiso, pero esas eran faltas menores en comparación con ésta. Esta vez la ira de su madre sería más que merecida y aterradora. Si se enteraba de que había sido Santi, era capaz de matarlos a los dos.

La puerta se abrió de golpe y su madre entró hecha una furia, con la cara blanca como un Cristo de El Greco. Le temblaban los labios de rabia y Sofía reconoció la decepción en su mirada.

—¿Cómo has podido? —chilló con su estridente voz irlandesa al tiempo que el rostro se le volvía violeta de ira—. ¿Cómo has podido? Después de todo lo que hemos hecho por ti. ¿Qué va a pensar la familia? ¿En qué estabas pensando? ¿Cómo has podido dejar que esto ocurriera? Ya es bastante horrible que hayas… que hayas… sin estar casada —tartamudeó—, ¡pero quedarte embarazada! Me has decepcionado, Sofía.

Se dejó caer en la silla y bajó la mirada como si ver a su hija le diera asco.

—Te crié en una casa en la que se respetan las leyes de Dios. Qué él te perdone.

Sofía no respondió. Se quedaron sentadas en silencio. La sangre había desaparecido de las mejillas de Anna como de un cerdo al que acabaran de degollar, y sus ojos opacos miraban por la ventana como si pudiera ver a Dios entre las llanuras secas y el cielo húmedo. Meneó la cabeza en plena desesperación.

—¿En qué nos hemos equivocado? —preguntó, retorciéndose las manos—. ¿Te hemos mimado demasiado? Reconozco que Paco y papá te han tratado como a una princesita, pero yo no.

Sofía tenía la mirada fija en los dibujos del edredón, a los que intentaba encontrar algún sentido.

—He sido demasiado estricta. Es eso, ¿verdad? —continuó su madre, abatida—. Sí, he sido demasiado estricta. Te sentías atrapada, por eso tenías que romper todas las reglas. Es culpa mía. Tu padre siempre me dijo que debía ser menos severa contigo, pero no he sabido serlo. No quería que la familia me acusara de ser una mala madre, aparte de todo lo demás…

Sofía apenas podía escuchar la perorata de su madre sin sentirse asqueada. Si le hubiera pasado a María, Chiquita habría sido dulce y comprensiva, habría intentado ayudarla y cuidarla. En cambio, ahí estaba su madre, culpándose de todo. Típico de una católica irlandesa. Lo siguiente sería el arrepentimiento. Tuvo ganas de decirle que bajara de la cruz, pero se daba cuenta de que probablemente no era el momento más adecuado para decir algo así.

—¿Quién es el padre? ¿Quién es? Dios, ¿quién podrá ser? No has visto a nadie fuera de la familia.

Sofía se la quedó mirando, viendo aterrada cómo Anna lo averiguaba por sí misma. La expresión de su madre pasó gradualmente de la autocompasión al asco, y empezó a retorcerse, presa de la repulsión.

—¡Oh, Dios mío! Es Santi, ¿verdad? —jadeó, pronunciando con asco la palabra «Santi» con su brusco acento irlandés—. Es él, ¿verdad? Dios mío, tendría que haberlo imaginado. ¿Cómo no lo he visto antes? Eres repugnante. Los dos lo son. ¿Cómo has podido ser tan irresponsable? Él ya es un hombre. ¿Cómo ha podido seducirte? ¿A ti, una niña de diecisiete años?

Anna rompió a llorar. Sofía la miraba impasible mientras pensaba lo fea que se ponía cuando lloraba.

—Debería haberlo imaginado. Debería haberles prestado más atención cuando se escondían por ahí como dos ladrones con su sucio secreto. No sé qué vamos a hacer. Como tienen una relación tan directa, probablemente el niño nazca retrasado. ¿Cómo has podido ser tan retorcida? Tengo que decírselo a tu padre. ¡No salgas de la habitación hasta que yo vuelva!

Y Sofía oyó cerrarse la puerta de un golpe a sus espaldas. Deseaba desesperadamente correr en busca de Santi para decírselo, pero por una vez no se veía con fuerzas para desobedecer a su madre. Se quedó en la cama inmóvil, esperando a su padre.

Como estaban a mitad de semana, su padre tuvo que desplazarse a la estancia desde Buenos Aires. Anna no podía contarle el problema por teléfono, así que tuvo que soportar el suspense con un nudo en el estómago hasta que llegó a Santa Catalina. Anna le informó de inmediato, y se sentaron a hablar de la situación durante dos horas. Tras una dura batalla, Paco tuvo que ceder ante su esposa, que había conseguido convencerle de que el niño nacería retrasado. Sofía tendría que interrumpir el embarazo. Cuando por fin entró en la habitación de su hija, la encontró dormida en la cama, hecha un infeliz ovillo. Sintió cómo se le partía el corazón al acercarse a ella. A sus ojos ella seguía siendo su pequeña. Se sentó en el borde de la cama y le pasó una mano por el pelo húmedo.

—Sofía —susurró. Cuando por fin ella abrió los ojos, él la miraba con tanto amor que Sofía le rodeó con los brazos y lloró contra su pecho como una niña.

—Lo siento, papá. Lo siento mucho —sollozó, temblando de vergüenza y de miedo. Él la estrechó contra su cuerpo y la acunó, acunándose con ella e intentado así aliviar a la vez el dolor de ambos.

—Tranquila, cariño, no estoy enfadado. Tranquila, pequeña, todo se va a solucionar.

El abrazo de su padre la tranquilizó. Sofía puso en manos de Paco toda la responsabilidad con una profunda sensación de alivio.

—Le amo, papá.

—Lo sé, Sofía, pero es tu primo.

—Pero no hay ninguna ley que prohíba casarte con tu primo hermano.

—No se trata de eso. Vivimos en un mundo pequeño, y en nuestro mundo casarte con tu primo hermano es como casarte con tu hermano. Es vergonzoso. No puedes casarte con Santi. Además, todavía eres demasiado joven. Es sólo un enamoramiento pasajero.

—No lo es, papá. Le amo.

—Sofía —empezó él poniéndose serio y meneando la cabeza—. No puedes casarte con Santi.

—Mamá me odia —sollozó Sofía—. Siempre me ha odiado.

—No te odia. Está decepcionada, Sofía, y yo también. Pero tu madre y yo hemos discutido el asunto en profundidad. Haremos lo que sea mejor para ti, créeme.

—Lo siento mucho, papá —repitió con los ojos llenos de lágrimas.

Sofía entró cabizbaja en el salón donde sus padres la esperaban para informarla de su decisión. Se sentó en el sofá de chenilla sin levantar la mirada del suelo. Anna estaba sentada con la espalda recta en el sillón situado bajo la ventana con las piernas fuertemente cruzadas bajo su largo vestido. Estaba pálida y macilenta. Paco, con el rostro desdibujado por la preocupación, caminaba con impaciencia de un extremo a otro de la habitación. Parecía haber envejecido. Las puertas que daban al pasillo y al comedor estaban firmemente cerradas. Rafael y Agustín, ansiosos por saber qué se ocultaba tras aquel ambiente glacial, se habían visto obligados a desaparecer y se fueron a regañadientes a casa de Chiquita a ver la televisión con Santi y Fernando.

—Sofía, tu madre y yo hemos decidido que no puedes tener el niño —empezó Paco muy serio. Sofía tragó con esfuerzo y estuvo a punto de hablar, pero él la hizo callar con un simple ademán—. Dentro de unos días te irás a Europa. Una vez que hayas… —dudó, luchando contra la idea de interrumpir el embarazo que a buen seguro pesaría terriblemente sobre su conciencia, puesto que iba contra su fe y sus principios—. Cuando te hayas recuperado, te quedarás a estudiar allí en vez de estudiar en la universidad de Buenos Aires como habíamos planeado. Eso les dará, a ti y a Santi, tiempo para olvidarse el uno del otro. Entonces podrás volver a casa. Nadie debe enterarse de esto, ¿me entiendes? Será nuestro secreto —deliberadamente omitió que Sofía viviría con su primo Antoine y Dominique, su esposa, en Ginebra y que estudiaría en Lausanne. De ese modo Santi jamás podría encontrarla y seguirla hasta allí.

—No mancillarás el buen nombre de nuestra familia —añadió su madre tensa, sin poder dejar de pensar en lo que un escándalo de esa clase podría significar para las perspectivas de futuro de sus dos hijos. Recordó con amargura los momentos felices que había compartido recientemente con su hija y el sentimiento de orgullo que había sentido. Esos momentos magnificaban aún más la decepción.

—¿Quieren que aborte? —repitió Sofía lentamente. Tenía la mano sobre la barriga y al bajar la vista se dio cuenta de que estaba temblando.

—Tu madre… —empezó Paco.

—¡Así que es idea tuya! —dijo Sofía, girándose furiosa hacia su madre—. ¡Vas a ir al infierno por esto! Y tú eres la que dice ser una buena católica. ¿Dónde están tus principios? No puedo creer que puedas llegar a ser tan hipócrita. ¡Te burlas de tu propia fe!

—No hables así a tu madre, Sofía —dijo su padre haciendo uso de un tono de voz que rara vez había oído en boca de Paco. Sofía miraba a uno y a otro con los ojos de una desconocida. No los reconocía.

—Será un niño enfermo, Sofía. No es justo traer a un niño como ese al mundo —replicó su madre intentando mantener la calma. Luego suavizó la voz y añadió con una sonrisa débil—: Es por tu propio bien, Sofía.

—No pienso abortar —soltó Sofía tozuda—. Mi hijo no nacerá enfermo. Lo único que te preocupa es la reputación de la familia. No tiene nada que ver con la salud de mi hijo. ¿Acaso crees que nadie se enterará? Ni lo sueñes —añadió echándose a reír con sorna.

—Ahora estás enfadada, Sofía, pero con el tiempo lo entenderás.

—Nunca se lo perdonaré —dijo, y cruzó los brazos en actitud defensiva.

—Sólo estamos pensando en ti. Eres nuestra hija, Sofía, y te queremos. Confía en mí —dijo su padre.

—Pensaba que podía hacerlo —le respondió seca.

Los abortos eran para las prostitutas. Eran sucios y peligrosos. ¿Qué diría el padre Julio si se enteraba? ¿La condenaría al infierno eterno? De pronto deseó haber escuchado sus sermones en vez de pasarse la misa soñando con sexo y con Santi. Después de pensar que la religión era cosa para gente débil que necesitaba dirección como Soledad, o para fanáticos como su madre que hacían uso de ella según les convenía, ahora la aterraba pensar que de verdad hubiera un Dios y que fuera a castigarla por lo que había hecho. Mientras se había dedicado a soñar, la religión había ido calando en su subconsciente y había salido a la superficie justo en el momento en que más necesitada estaba de su consuelo.

—Tengo que decir adiós a Santi —dijo por fin con la mirada fija en los dibujos de la madera del suelo.

—No creo que podamos permitirlo —replicó su madre con frialdad.

—No veo por qué no, mamá. ¡Ya estoy embarazada!

—No te consiento que me hables así, Sofía. Esto no es ninguna broma, sino algo muy serio. No, no puedes ver a nadie antes de irte —dijo decidida, pasándose las manos por la falda del vestido.

—No es justo, papá. ¿Qué daño puede hacer que vea a Santi? —suplicó al tiempo que se levantaba del sofá.

Su padre lo pensó durante unos instantes. Se dirigió a la ventana y miró la pampa como si el vasto horizonte pudiera darle una respuesta. No se veía capaz de mirar a su hija. Se sentía demasiado culpable. Sabía que debía apoyar a su esposa, pero también sabía que al hacerlo la perdería para siempre. Las cosas habían mejorado mucho. Sabía que no se trataba tanto de la relación de Sofía como de la que él había tenido en 1956. Tanto él como Sofía habían traicionado la confianza de Anna. Podía adivinar que era eso lo que Anna estaba pensando; veía el dolor en sus ojos. Se trataba del lacerante aislamiento al que ella se había sentido sometida desde su llegada a Santa Catalina. Pero Paco no tenía elección; tuvo que ceder.

—Tu madre tiene razón, Sofía —dijo por fin sin girarse—. Mañana por la mañana te irás con Jacinto a Buenos Aires. Sube a tu habitación y prepara tus cosas. Vas a estar fuera mucho tiempo.

Sofía oyó cómo se le quebraba la voz, pero no sintió la menor compasión.

—No pienso irme sin decir adiós a Santi —gritó roja de frustración—. No están pensando en mí. Sólo piensan en el estúpido nombre y en la reputación de la familia. ¿Cómo pueden anteponer eso a los sentimientos de su propia hija? Los odio. ¡Los odio a los dos!

Salió corriendo a la terraza y no paró de correr hasta que alcanzó la privacidad de los árboles. Se apoyó en uno de ellos y lloró por lo injustas que eran las cosas y, al recorrer Santa Catalina con la mirada, sólo sintió odio.

Cuando volvió a la cocina oyó a sus padres discutiendo en el salón. Su madre lloraba y gritaba a su padre en inglés. No quiso quedarse a escucharlos.

—¡Soledad! —susurró.

La criada apartó la vista del plato que estaba cocinando y vio a Sofía apoyada en el quicio de la puerta con los ojos llenos de lágrimas.

—¿Qué pasa? ¿Qué pasa? —preguntó con su suave voz al tiempo que corría a abrazar a la jovencita que para ella sería siempre una niña. La abrazó con fuerza a pesar de que Sofía ya era más alta que ella.

—¡Oh, Soledad, estoy metida en un buen lío! ¿Puedes hacer algo por mí?

Sus ojos, que hasta hacía unos segundos eran mates, brillaban de pronto con la excitación de un nuevo plan. Fue a toda prisa hasta el mesón, cogió un lápiz y garabateó una nota.

—Dásela a Santi en cuanto puedas. No se lo digas a nadie ni se la enseñes a nadie, ¿entendido?

Encantada de verse incluida en un secreto, Soledad le respondió con un guiño y escondió la nota en el bolsillo del delantal.

—La llevaré ahora mismo, señorita Sofía. No se preocupe, el señor Santiago la tendrá en las manos en menos que canta un gallo. —Y salió a toda prisa de la cocina.

Cuando Rafael y Agustín llegaron a casa de Chiquita contaron visiblemente excitados a sus primos que Sofía se había vuelto a meter en un lío.

—Hace semanas que se lo viene buscando —comentó Agustín soltando una risa disimulada.

—Eso no es cierto —dijo María—. Hace poco tu madre comentaba lo bien que se llevaban. No seas cruel.

—¿Cuánto tiempo crees que tardarán? —preguntó Santi incómodo.

—No creo que mucho. Conociendo a Sofía, hará las maletas y se escapará —dijo Rafael, encendiendo la televisión y dejándose caer en el sofá—. María, ¿serías tan amable de traerme algo de beber?

—De acuerdo —suspiró—. ¿Qué quieres?

—Una cerveza.

—Una cerveza. ¿Alguien más?

Santi se quedó mirando por la ventana, pero lo único que pudo ver fue su propio reflejo en el cristal devolviéndole la mirada. Todos se sentaron frente a la televisión, pero él no consiguió concentrarse en la pantalla. Media hora después ya no pudo esperar más y salió de la casa a toda prisa. Justo cuando cruzaba la terraza vio a Soledad que, con la cara colorada y sudorosa, corría entre los árboles en dirección a él.

—Soledad, ¿qué pasa? —preguntó cuando ella le dio alcance. Santi se sintió incómodo.

—Gracias a Dios, gracias a Dios —respondió Soledad, santiguándose fuera de sí—. Esta carta es de la señorita Sofía. Me ha dicho que se la dé a usted y que nadie más podía verla. Es un secreto, ¿comprende? Está muy preocupada, no para de llorar. Tengo que volver —añadió a la vez que se secaba la frente con un pañuelo blanco.

—¿Qué le ha ocurrido? —preguntó Santi, dándose cuenta de la gravedad de la situación.

—No lo sé, señor Santiago. No sé nada. Está en la carta. —Y antes de que él pudiera decir una sola palabra más, Soledad desapareció entre los árboles como un fantasma.

Santi abrió la nota bajo la luz del porche. «Reúnete conmigo bajo el ombú a medianoche», era todo lo que decía.

19

Hacía rato que Sofía había dejado de llorar. Se había tumbado en la cama y esperaba con la paciencia de quien se ha resignado a su destino. El tiempo pasaba muy despacio, pero sabía que la noche terminaría por llegar. Miró las plantas que ondeaban al viento frente a la ventana, y éstas tuvieron sobre ella un extraño efecto hipnótico que aliviaron su dolor.

Por fin se levantó, cogió la linterna de la cocina y, como una prisionera de guerra, se escapó. Se deslizó, sigilosa como un puma, por la oscuridad hasta el ombú. Atravesó a toda prisa el parque con el corazón en un puño, como si en ello le fuera la vida. Era fuerte y decidida, aunque se sentía débil ante el inevitable destino que le esperaba. Tenía la sensación de estar representando un papel en una función escolar, y a pesar de que el drama la atraía, no conseguía reconciliarse con la realidad del mismo.

El camino que llevaba al árbol se le hizo mucho más largo que de costumbre. Aceleró el paso. Cuando estuvo cerca del ombú vio una lucecita amarilla. Era la linterna de Santi que se bamboleaba en el aire como una luciérnaga gigante mientras él caminaba de un lado a otro con impaciencia.

—¡Santi! —jadeó, cayendo entre sus brazos—. Santi, lo saben, nos han descubierto, me envían al extranjero —tartamudeó, temerosa de no tener sufiente tiempo para contárselo todo antes de que dieran con ellos.

—¿Qué? ¿Quién lo sabe? ¿Cómo? —preguntó confundido. Por el tono de alarma de la nota sabía que algo no iba bien, pero no había esperado algo así—. Cálmate, aquí nadie va a encontrarnos. Todo se arreglará —dijo intentando sonar fuerte cuando en realidad se sentía abatido por los poderes del destino.

—No. Me envían a Suiza. Me envían al extranjero. ¡Los odio!

—¿Cómo lo han sabido?

Sofía estuvo a punto de dejarse llevar por uno de sus arrebatos y decirle que estaba embarazada, pero se contuvo. Habían sido muy claros al respecto. Temió que si se lo contaba, él no guardara el secreto. Probablemente entraría en la casa como un vaquero, pistola en mano, y exigiría sus derechos como padre del niño. Si eso ocurría, cualquiera sabía lo que harían sus padres. Por ley ella estaba obligada a obedecerles. Podían enviarla al extranjero e impedirle regresar. Mientras estuviera en Argentina estaba a su merced. No, no podía decírselo, decidió. Le escribiría desde Ginebra cuando sus padres estuvieran demasiado lejos para hacer algo al respecto. Por tanto, luchando contra su deseo de compartir con él su pesar, se resignó por el momento a soportar a solas el peso de la verdad.

—Lo saben —admitió— y están furiosos. Me envían al extranjero para que te olvide.

Presa de la tristeza, Sofía rompió a llorar, buscando en los ojos de Santi la confirmación de su amor. Sin embargo, todo lo que pudo ver fueron dos agujeros oscuros.

—Pero, Chofi, deja que hable con ellos. No pueden enviarte al extranjero. No pienso quedarme de brazos cruzados y dejar que te separen de mí —susurró furioso, decidido a vencer a las fuerzas que intentaban separarles.

—Oh, ojalá pudieras, pero no te escucharán. Están tan enfadados contigo como conmigo. Ni te imaginas lo que mi madre ha llegado a decirme. Creo que está encantada de deshacerse de mí.

—No voy a dejar que te separen de mí. ¿Qué voy a hacer sin ti? No puedo vivir sin ti, Sofía —susurró él, lanzando un grito de dolor en la oscuridad.

—Oh, Santi. Tienes que aceptarlo. No nos queda otra opción.

—Esto es ridículo —soltó enfurecido—. No tienen pruebas. ¿Cómo pueden estar tan seguros? ¿Quién nos ha visto?

—No lo sé, no me lo han dicho —respondió, avergonzada al ver que podía mentir con tanta facilidad.

—Iré contigo —dijo Santi de pronto—. Vayámonos y empecemos una nueva vida juntos lejos de aquí. Seamos sinceros: al final tendríamos que hacerlo de todas formas. Aquí no tenemos ningún futuro.

—¿Dejarías Santa Catalina por mí? —preguntó, abrumada por la firmeza de su devoción.

—Sí. Ya lo he hecho antes. Pero esta vez no volvería —dijo con total seriedad.

—No puedes hacer eso —suspiró Sofía meneando la cabeza—. Amas tanto este país como yo. No podrías irte para no volver. Además, tus padres se quedarían destrozados.

—Estamos juntos en esto, Chofi. No pienso dejar que cargues con toda la culpa. Por el amor de Dios, hacen falta dos para tener una relación. Deja que comparta tu castigo.

—¿Y tus padres? —dijo ella, imaginando el terrible dolor que eso supondría para Chiquita.

—Puedo hacer lo que quiera. No necesito el permiso de mis padres para salir del país.

—Yo necesito a los míos para poder irme —dijo Sofía sintiéndose aún más desdichada.

—De acuerdo. Entonces obedece a tus padres y sigue con su plan. Yo iré después a buscarte —dijo tomándola con tanta fuerza de los hombros que Sofía dejó escapar una mueca de dolor.

—Santi, ¿de verdad lo perderías todo por mí?

—Haría cualquier cosa por ti, Chofi.

—Pero tu futuro está aquí. Si vienes conmigo, ¿cómo podremos volver? No puedes desafiar a tu familia si no estás preparado para dejarlos para siempre.

—En ese caso los dejaré para siempre. Te quiero. ¿No entiendes que mi futuro está contigo? No eres un mero capricho, Chofi. Eres mi vida.

Cuando Santi pronunció esas palabras se dio cuenta de que, en efecto, ella era la fuerza que le guiaba. Había necesitado enfrentarse a una situación como esa para darse cuenta de la intensidad de su amor, de lo mucho que la necesitaba. Sin ella, todo lo que amaba de Santa Catalina se desintegraría como un cuerpo al que se le negara el pan que lo sustentaba. Ella era la fuerza vital que lo alimentaba todo. Santi era ahora consciente de ello con la misma certeza con la que sabía que no iba a perderla.

—De acuerdo. Si de verdad hablas en serio, pensemos en un plan —dijo por fin Sofía, sintiendo que su corazón volvía a la vida—. Cuando llegue a Suiza te escribiré y te diré dónde estoy. Entonces podrás venir.

Ambos sonrieron ante la simplicidad del plan.

—Perfecto, pero puede que intenten interceptar nuestras cartas. Si confío en María, podrías escribirle a ella —sugirió Santi.

—No —le atajó. Luego, con voz más suave, añadió—: No. Sólo podemos confiar en nosotros. Conseguiré que alguien escriba la dirección en el sobre. Las enviaré desde otro país si hace falta. No te preocupes, te escribiré montones de cartas. No podrán interceptarlas todas, ¿no crees?

—Te amo —murmuró Santi.

A pesar de que no llegaba a ver la expresión de los ojos de su primo, Sofía sí podía sentir la fuerza de sus sentimientos como si fueran vibraciones fosforescentes radiadas desde cada uno de sus poros, envolviéndola como tentáculos abrasadores, acercándola aún más a él.

—Yo también te amo —sollozó Sofía, apoyándose en él y besándole. Se quedaron abrazados, temerosos de que una vez que se separaran, el destino los alejaría y no podrían volver a encontrarse. Durante un buen rato lloraron en silencio; sólo el constante canto de los grillos llenaba el vacío que los rodeaba.

—Pidamos un deseo —dijo Santi por fin, separándola de él y metiéndose la mano en el bolsillo.

—¿Qué?

—Quiero pedir que algún día podamos volver a estar aquí, quizá dentro de muchos años, para empezar juntos el resto de nuestras vidas como una pareja aceptada por todos.

—Tú nunca has creído de verdad en los deseos —se rió Sofía con amargura.

—Es nuestro último recurso, Sofía. Hay que probarlo todo.

—De acuerdo, el resto de nuestras vidas. Grabemos nuestros nombres —susurró—. Sólo la S de Santi y la S de Sofía.

Se agacharon y cogieron juntos el cuchillo. Las manos grandes y toscas de Santi cubrían las de Sofía. Ella se dio cuenta de que las de su primo temblaban. Cuando terminaron iluminaron las iniciales con la linterna y pidieron el deseo.

—No me olvidarás, ¿verdad? —le preguntó Santi con la voz quebrada, hundiendo la cara en el cuello de Sofía. Ella aspiró el olor familiar de su piel y cerró los ojos, deseando que aquel precioso momento presente durara un poco más.

—Oh, Santi, espérame. No será mucho tiempo. Por favor, espérame. Te escribiré, lo prometo. No te des por vencido —sollozó, haciendo lo imposible por poder ver en la oscuridad y poder grabar en la memoria cada detalle del rostro de él e imaginarlo cuando, más adelante, estuviera a miles de kilómetros de distancia.

—Chofi, hay muchas cosas que quiero decirte y que debería haberte dicho antes. Huyamos de aquí y casémonos —luego se echó a reír, avergonzado—. Quizá no sea este el momento más adecuado, pero si no te lo pido ahora, me arrepentiré el resto de mi vida. ¿Quieres casarte conmigo?

Ella le sonrió como una madre sonreiría a un hijo.

—Sí, quiero casarme contigo, Santi —dijo, y besó el rostro agitado de su primo a la vez que se preguntaba si algo así era posible con tantas cosas como tenían en contra.

—No te olvides de escribirme —dijo él.

—Te lo prometo.

—Bueno, cariño, hasta que volvamos a vernos. Y volveremos a vernos, así que no nos pongamos tristes.

Después de quedarse un rato abrazados, cada uno volvió a su casa en silencio, totalmente convencidos de que el tiempo volvería a unirlos.

20

Sofía desapareció de Santa Catalina como por encanto. María corrió a casa de su prima cuando su madre le dio la noticia y pidió una explicación. Su tía tenía los ojos rojos y parecía agotada. Le contó que Sofía se había ido a Europa a visitar a unos amigos antes de empezar allí sus estudios. Estaría fuera un tiempo. Le había ido muy mal en el colegio, lo cual se debía a que en Buenos Aires había demasiadas distracciones, así que la habían mandado al extranjero como castigo. Anna le pidió disculpas por no haber dado a Sofía tiempo para despedirse. Había sido una decisión de última hora.

Naturalmente María no la creyó.

—¿Puedo escribirle? —preguntó con los ojos llenos de lágrimas.

—Me temo que no, María. Necesita estar lejos de todo lo que aquí la distraía. Lo siento —replicó Anna, apretando sus pálidos labios y dando así por terminada la conversación. A continuación salió de la habitación. Cuando María se dio cuenta de que su madre ya no se sentaba en la terraza a tomar el té con su tía, supo con certeza que algo había ocurrido entre las dos familias.

El fin de semana posterior a la misteriosa desaparición de Sofía, Paco fue a dar un largo paseo a caballo con su hermano Miguel para contarle lo ocurrido. Salieron a primera hora de la mañana. Las hierbas altas brillaban bajo la pálida luz del amanecer y de vez en cuando una vizcacha brincaba somnolienta por la llanura. Paco y Anna habían decidido no revelar que Sofía estaba embarazada. No podían arriesgarse a que estallara el escándalo. Así que Paco se limitó a decirle a Miguel que Sofía y Santi se habían enamorado, embarcándose en una relación sexual.

Miguel se quedó horrorizado. Se sintió humillado al saber que su hijo se había rebajado a un nivel semejante. Que dos primos se enamoraran no era tan terrible. Esas cosas pasaban. Pero que tuvieran relaciones sexuales era algo totalmente irresponsable e imperdonable. Echó la culpa a su hijo.

—Es mayor que ella y debería haberse comportado como corresponde —concluyó.

Cuando un par de horas más tarde regresaron a la granja, Miguel estaba furioso. Entró en casa y se enfrentó de inmediato a Santi.

—Esto no saldrá jamás de las paredes de esta casa, ¿entendido? —ladró con los puños cerrados por la furia.

Chiquita rompió a llorar cuando se enteró de lo ocurrido. Sabía lo que eso suponía para la familia y que a partir de ese momento su relación con Anna no sería la misma. Se sintió culpable al saber que era su hijo quien había cometido la ofensa y por otro lado estaba tremendamente apenada por Santi, aunque no compartió sus sentimientos con nadie.

Miguel y Chiquita sabían que Sofía estaba en Ginebra con sus primos y acordaron con Paco y con Anna que debían mantenerlo en secreto a fin de que los dos amantes se olvidaran el uno del otro. Necesitaban pasar algún tiempo sin tener ningún contacto. Se asegurarían de que Santi no escribiera a Sofía. A pesar de lo mucho que éste les suplicó, le ocultaron el paradero de su prima.

Anna estaba tan dolida que se retiró del todo. Se mantenía ocupada en la casa y en el jardín y se negaba a ver a nadie. Estaba muy avergonzada, y no hacía más que dar gracias a Dios porque Héctor ya no estaba para ser testigo de su humillación. Paco intentaba calmarla diciéndole que la vida tenía que seguir y que no podía esconderse para siempre. Pero sus intentos por ayudarla sólo llevaban a nuevas discusiones que terminaban siempre con Anna echándose a llorar y negándose a hablarle.

Después de un par de semanas, Anna decidió escribir a Sofía en un tono calmado y explicarle por qué la había enviado a Europa. «No pasará mucho tiempo, cariño, antes de que vuelvas a estar en Santa Catalina y de que todo este episodio haya sido olvidado.» Le escribía con cariño porque se sentía culpable. Después de la tercera carta Sofía seguía sin responderle. Anna no lo entendía. Paco también le escribía. La diferencia entre los dos era que él seguía escribiendo a Sofía mucho después de que su esposa se hubiera dado por vencida.

—¿Qué puedo hacer yo si no me contesta? No pienso gastar mi tinta. Además, estará de vuelta dentro de nada —se justificaba enojada.

Pasaron los meses y seguía sin llegar ninguna respuesta, ni siquiera para Paco.

Chiquita había intentado ver a Anna, pero ésta debía de haberla visto venir y se había encerrado en casa. La había llamado por teléfono unas cuantas veces, pero Anna se había negado a hablar con ella. No fue hasta que Chiquita le escribió una carta, suplicándole que hablaran, que Anna dio su brazo a torcer y dejó que la visitara. Al principio el ambiente era tenso. Se sentaron una frente a la otra con el cuerpo tenso, como anticipando un enfrentamiento que podía llegar en cualquier momento, y hablaron sólo de banalidades, como del nuevo uniforme de Panchito, igual que si no hubiera pasado nada, aunque sin dejar de vigilarse de cerca. No se vieron capaces de soportar la situación por mucho tiempo. Por fin Chiquita se derrumbó como un saco vacío y se echó a llorar.

—Oh, Anna, lo siento muchísimo. Es culpa mía —dijo entre sollozos, abrazándose a su cuñada con cariño. Anna se enjugó una lágrima que le caía por la mejilla.

—Yo también lo siento. Sé perfectamente lo fresca que puede llegar a ser Sofía. La culpa es de ambos —dijo Anna, deseosa de echarle toda la culpa a Santi a pesar de saber que Sofía también tenía su parte.

—Debería haberlo imaginado, debería haberme dado cuenta —se lamentó Chiquita—. No se me ocurrió pensar nada malo al verlos pasar tanto tiempo juntos. Siempre han sido inseparables. ¿Cómo íbamos a suponer que se comportaban irresponsablemente cuando estaban a solas?

—Lo sé. Pero ahora lo que importa es que Sofía va a estar unos años lejos de aquí sin tener contacto con nadie. Cuando llegue el momento de su regreso, ya habrá olvidado lo ocurrido.

—Probablemente se sientan ridículos —dijo Chiquita esperanzada—. Son jóvenes. No es más que un capricho de chiquillos.

Anna volvió a ponerse tensa.

—No se han comportado precisamente como un par de chiquillos, Chiquita. El acto físico del amor no tiene nada de comportamiento infantil, no lo olvidemos —añadió con frialdad.

—Tienes razón, por supuesto. No debemos tomarlo a la ligera —concedió Chiquita avergonzada.

—Santi es quien tenía experiencia sexual. Sofía, a pesar de todos sus pecados, era virgen y lo habría sido hasta su noche de bodas. Dios la perdone —susurró Anna, soltando un melodramático suspiro—. Ahora su marido tendrá que aceptarla como es. Material de segunda mano.

Chiquita estuvo a punto de recordarle que estaban en plenos años setenta, que el sexo se veía de forma diferente de cómo se veía en otros tiempos. Los años sesenta habían sido testigos de una tremenda revolución sexual. Pero, según Anna, esa revolución había tenido lugar en Europa y no había llegado a Argentina.

—Las mujeres europeas pueden rebajarse a la condición de la peor de las prostitutas —había dicho Anna en una ocasión—, pero mi hija llegará virgen a su noche de bodas.

—Sin duda Santi es de los dos quien tiene experiencia sexual. También es el hombre y asumo por completo la responsabilidad. No podré jamás justificar su actitud. De hecho, creo que lo que debe hacer es venir y disculparse en persona —dijo Chiquita, dispuesta a hacer cualquier cosa por impedir que su relación con Anna terminara ahí.

—En este momento no quiero ver a Santi, Chiquita —replicó Anna fría como el hielo—. Debes comprender que tengo los nervios de punta. Ahora ni siquiera puedo considerar la posibilidad de enfrentarme al hombre que ha seducido a mi hija.

A Chiquita le tembló el labio inferior y tuvo que apretar los dientes para no salir en defensa de su hijo. Pero guardó silencio a fin de conseguir hacer las paces con Anna.

—Las dos estamos sufriendo, Anna —admitió con diplomacia—. Suframos juntas y no nos hiramos con acusaciones. Lo hecho, hecho está y no podemos volver atrás en el tiempo, aunque haría lo que fuera por poder hacerlo.

—Sí, yo también —respondió Anna, pensando en la vida que había sido desperdiciada—. Que Dios me perdone —dijo, bajando la voz, una voz que parecía venir de lo más profundo de su garganta. Chiquita frunció el ceño. Anna había hablado casi en un suspiro y la otra mujer no estaba segura de si había hablado con la intención de que ella la oyera. Sonrió y bajó la mirada. Al menos podían hablar, aunque fuera una ardua conversación. Cuando Chiquita volvió a su casa, se tumbó en la cama y cayó en un tormentoso sueño. Quizá había abierto la vía de comunicación con Anna, pero sabía que pasarían años antes de que su relación volviera a la normalidad.

Agustín y Rafael fueron informados de que Sofía se había enamorado de su primo y de que la habían enviado al extranjero para que se olvidara de él. Paco intentó quitarle importancia al asunto, pero los hermanos sabían que la situación era grave. Si habían enviado a Sofía a Europa debía de tratarse de algo más que de un simple enamoramiento. Rafael, en defensa de su hermana, se enfrentó a Santi y le culpó por ser tan irresponsble. Era mayor y había vivido en el extranjero. No tendría que haber dado pie a que aquello ocurriera. Sofía no era más que una niña y él le había arruinado el futuro.

—Cuando vuelva no quiero que te acerques a ella, ¿entendido? —dijo. Naturalmente, él no sabía que Sofía no tenía la menor intención de volver y que Santi se estaba preparando para reunirse con ella tan pronto recibiera noticias suyas.

Agustín estaba encantado con el escándalo. Disfrutaba intrigando y chismorreando y pasaba las horas tumbado sobre la hierba, analizando la situación con sus primos Ángel, Sebastián y Niquito. Se acercó a Santi con la esperanza de que éste se sincerara con él y le contara los detalles de la historia. ¿Se trataba de una aventura? ¿Llegaron a acostarse? ¿Qué habían dicho sus padres? ¿Qué iba a hacer cuando Sofía volviera? ¿La amaba? Pero, para su desilusión, Santi no reveló nada.

Fernando estaba feliz viendo a su hermano metido en problemas. Por fin había caído de su pedestal y se había hecho pedazos. Ya no era el héroe dorado. De hecho, Fernando estaba feliz por partida doble, ya que nunca había soportado a Sofía. No soportaba verla siempre pavoneándose, interviniendo en sus partidos de polo, siempre de acá para allá con Santi, mirando a los demás por encima del hombro. Los dos se lo tenían bien merecido. Eso sí que era matar dos pájaros de un tiro. Tenía la sensación de haber crecido un palmo.

Por mucho que Santi intentaba ocultar su dolor, éste se reflejaba en todos los rasgos de su rostro. Su cojera empeoró. Lloraba cuando se quedaba solo por las noches, y esperaba con impaciencia una carta que le diera la señal de que podía ir a reunirse con Sofía. Necesitaba estar seguro de que ella todavía le quería ahora que estaban lejos uno del otro. También quería que ella supiera que él la estaba esperando. Que la amaba.

Cuando María se enteró de que su hermano y su prima habían sido amantes le gritó a su madre:

—¿Cómo has podido ocultármelo, mamá? ¡He tenido que enterarme por Encarnación! He sido la última en saberlo. ¿Es que no confiabas en mí?

Furiosa con sus tíos, los evitó. Culpaba a su hermano por haber implicado a su amiga en una situación tan terrible y esperaba la llegada de una carta de disculpa por no haberse despedido y por no haber confiado en ella. Estaba atónita al darse cuenta de que no había sospechado nada, pero cuando empezó a pensar en el verano, se acordó con tristeza de que siempre había sido la tercera en discordia. Santi y Sofía a menudo la habían excluido, dejándola jugando con Panchito cuando salían juntos a caballo, o jugando al tenis sin ella. Con el paso de los años se había acostumbrado de tal manera a la situación que no había sospechado nada. Siempre se había sentido agradecida por verse incluida y no había opuesto mayor resistencia cuando habían prescindido de ella. No la sorprendió no haberse dado cuenta de lo que estaba ocurriendo entre ellos. Nadie se había dado cuenta.

Sofía siempre había sido muy retorcida, pero María nunca imaginó que pudiera llegar a convertirse en víctima de sus propios planes. Se acordó de la pelea que habían tenido dos años atrás, cuando su prima le había confesado que estaba enamorada de Santi. Quizá si la hubiera escuchado y hubiera intentado comprenderla esa vez, Sofía habría confiado en ella. Terminó resignándose al hecho de que si su prima le había ocultado la verdad, era en parte culpa suya, pero seguía estando enfadada y sintiéndose celosa y ninguno de los dos sentimientos disminuyó con el paso de las semanas mientras esperaba la llegada de noticias.

Un mes más tarde, cuando por fin llegó una carta a su casa de Buenos Aires, no iba dirigida a María sino a Santi. Él se había pasado las mañanas caminando de un lado a otro del vestíbulo como un oso enjaulado, a la espera de que un delgado sobre azul le liberara del profundo estado de desolación en el que se hallaba inmerso. Miguel había dado instrucciones a Chiquita para que examinara el correo y cogiera cualquier carta que pudiera ser de Sofía antes de que Santi pudiera encontrarla. Pero el corazón de Chiquita se había ablandado al ver cómo su hijo se hundía cada vez más en su mundo solitario e infeliz y había empezado a dejar el correo sobre la mesa el tiempo suficiente para que Santi pudiera verlo antes de que ella bajara las escaleras para seguir las instrucciones de su marido.

Santi agradecía el gesto a su madre pero nunca lo comentó con ella. Ambos fingían no darse cuenta. Todas las mañanas él examinaba las cartas, en su mayoría dirigidas a su padre, y veía cómo sus esperanzas se frustraban con cada carta que descartaba. Lo que ni Santi ni Chiquita sabían era que María revisaba el correo en el vestíbulo del edificio cada mañana cuando se iba a la universidad, antes de que el portero lo subiera a su apartmento.

Cuando María vio la carta, la cogió y estudió la letra del sobre. No era la de Sofía y había sido enviada desde Francia, pero sin duda era de ella. ¿A quién más conocía Santi en Francia? No había duda de que era una carta de amor y había sido escrita y enviada de manera que nadie pudiera descubrirla. De nuevo la excluían. Sintió como si le hubieran abofeteado en plena cara. El dolor la agarró por el cuello y durante unos instantes se quedó sin respiración. Estaba demasiado enfadada para poder llorar. Los celos se apoderaron de ella y la consumieron hasta que sintió ganas de chillar de rabia por lo injustos que eran con ella. ¿No se había portado con ella como una buena amiga? ¿Cómo podía su prima darle la espalda así, sin más? ¿No era su mejor amiga? ¿Acaso eso no contaba?

María se fue a su cuarto con la carta y cerró la puerta con llave. Se quitó los zapatos y se tumbó en la cama. Se quedó en buen rato mirando la carta, decidiendo qué hacer. Sabía que debía entregársela a

Santi, pero estaba tan enfadada que la ira la cegaba. No tenía la menor intención de dejar que se salieran con la suya. Quería que sufrieran como ella estaba sufriendo. Rasgó el sobre y sacó la carta. De inmediato reconoció la letra confusa de su prima. Leyó la primera línea. «A mi amor», decía. Sin leer el resto dio la vuelta a la página para confirmar que era Sofía quien la firmaba. Así era. «Mi corazón late de alegría al pensar que pronto estarás aquí conmigo. Sin esa promesa no creo que fuera capaz de seguir latiendo.» Luego había firmado con un simple «Chofi».

Así que, pensó María carcomida por la amargura, Santi va a ir a reunirse con ella. No se irá, decidió presa de la rabia, no puede irse él también. No, los dos no. Eso significa que planean huir juntos y no volver nunca. ¿Qué pensarán mamá y papá? Se morirán de pena. No puedo permitirlo. Santi se arrepentirá el resto de su vida. Nunca podrá volver a Argentina. Ninguno de los dos. Se le aceleró el corazón a medida que vislumbraba un plan. Si quemaba la carta, Sofía creería que él había cambiado de opinión. Ella pasaría los tres años en Europa. Para entonces ya se habría olvidado de su amor por Santi y volvería a casa como estaba previsto. Pero si Santi se reunía con ella ahora, ninguno de los dos volvería jamás. No podía soportar la idea de perderlos a los dos.

María anotó la dirección de Sofía en su diario, escribiéndola de derecha a izquierda por si Santi decidiera husmear en él, y volvió a meter la carta en el sobre. No leyó el resto. No podía torturarse leyendo los detalles de aquella relación, ni siquiera para satisfacer su curiosidad. Se dirigió solemnemente al balcón con una caja de cerillas. Prendió fuego al sobre y dejó que se consumiera dentro de una maceta hasta que no quedó nada de él, excepto un pequeño amasijo de cenizas que enterró en la tierra de la maceta con los dedos. Acto seguido se dejó caer al suelo y, escondiendo la cabeza entre las manos, dejó fluir libremente las lágrimas. Sabía que no debía haber quemado la carta, pero con el tiempo terminarían dándole las gracias. No lo hacía sólo por ella, o por ellos, sino por sus padres, cuyos corazones se habrían roto si Santi se hubiera marchado para siempre.

Odiaba a Sofía, la echaba de menos, deseaba por encima de todo tenerla a su lado. Añoraba sus cambios de humor, su petulancia, su ingenio y su humor irreverente. Se sentía herida y traicionada. Habían crecido juntas y lo habían compartido todo. Sofía siempre había sido egoísta, pero nunca la había apartado de ella. No como ahora. No podía entender por qué no le había escrito. Tenía la sensación de haber dejado de ser importante para ella. Le entraron ganas de vomitar al pensar que no había sido más que un cachorro fiel, siguiendo a Sofía a todas partes, nunca valorada. Bueno, ya estaba hecho. Sofía sufriría tanto como ella. Ahora se enteraría de cómo se sentía la gente cuando se la trataba como si no contaran. Cuando más tarde reflexionó sobre lo que había hecho, se sintió terriblemente culpable y se juró que jamás se lo diría a nadie. Cuando se miró al espejo ya no se reconocía.

Al llegar una segunda carta, poco después de la primera, María sintió que la culpa le trenzaba un nudo en el estómago. No esperaba que Sofía volviera a escribir. Metió a toda prisa la carta en el bolso y más tarde la condenó al fuego como había hecho con la anterior. Después de eso, revisó el correo todas las mañanas con la pericia de un ladrón profesional. Atrapada por sus anteriores decepciones, habría sido incapaz de detenerse aunque hubiera querido.

Los fines de semana ya no eran lo mismo desde la marcha de Sofía. Todo lo que quedó tras su partida fue un amargo residuo de animosidad entre las dos familias que amenazaba con destruir su tan valorada unidad. El verano fue desvaneciéndose a medida que se acercaba el invierno. El aire olía a hojas quemadas y a tierra mojada. La melancolía se había adueñado de la estancia. Cada una de las familias se encerró en su propia intimidad. El asado de los sábados fue barrido por la lluvia, y con el paso de los días la tierra quemada donde había estado la barbacoa no fue más que un charco de agua mohosa que simbolizaba el fin de una era.

A medida que las semanas se convirtieron en meses, Santi se desesperaba cada vez más al no tener ningún tipo de comunicación con Sofía. Se preguntaba si le habían impedido escribirle. Sin duda era parte de la estrategia para que se olvidara de él. Su madre estaba de su lado, pero se mostraba muy realista. Debía seguir adelante con su vida, le decía, y olvidarse de Sofía. Había muchas otras chicas con las que salir. Su padre le recomendó que dejara de ir por ahí «lloriqueando». Se había metido en un lío. «Nos pasa a todos en algún momento de nuestra vida; el secreto está en superarlo. Concéntrate en tus estudios; con el tiempo te alegrarás de haberlo hecho.» Estaba claro que ambos estaban muy decepcionados con él, pero no tenía sentido hacer que el chico sufriera más de lo que ya sufría. «Ya le hemos castigado bastante», se decían.

Sofía llenaba todos sus momentos, tanto cuando caía en uno de sus atormentados sueños como cuando galopaba furioso por la llanura. Pasaba los fines de semana en la estancia reviviendo sus días con Sofía, pasando la mano con nostalgia por el símbolo que habían grabado juntos en el tronco del ombú. Se torturaba recordándola hasta que se echaba a llorar como un niño. Lloraba y lloraba hasta quedarse sin fuerzas.

En julio de ese año Juan Domingo Perón, presidente de la república de Argentina, murió después de sólo ocho meses en el cargo, tras su regreso del exilio el anterior octubre. Amado por unos y odiado por otros, Perón había estado en el ojo del huracán durante treinta años. Su cuerpo no fue embalsamado y el funeral fue muy sencillo, de acuerdo a sus propias instrucciones. Isabel, su segunda mujer, se convirtió en presidenta y el país entró en un claro y gradual declive. Debido a su escasa preparación intelectual, Isabel se puso en manos de su maquiavélico consejero, ex policía y astrólogo, José López Rega, apodado «El Brujo», que según decía podía despertar a los muertos y hablar con el Arcángel San Gabriel. Llegaba incluso a articular los discursos de Isabel al mismo tiempo que ésta los pronunciaba, afirmando que las palabras procedían directamente del espíritu de Perón. Pero la sangre estaba empezando a derramarse sobre el país y ni Isabel ni López Rega conseguían impedirlo. Cuando las guerrillas iniciaron la revuelta, se vieron enfrentadas a los escuadrones de la muerte de El Brujo. Paco predijo que no pasaría mucho tiempo antes de que la presidenta fuera depuesta.

—Es una bailarina de club nocturno. No entiendo por qué se ha metido en política. Debería dedicarse a lo que en realidad sabe hacer —refunfuñaba.

Tenía razón. En marzo de 1976 los militares derrocaron a Isabel con un golpe de Estado y la obligaron a guardar arresto domiciliario. Con el general Videla a la cabeza, decretaron una guerra sangrienta contra todo aquel que se opusiera a ellos. Los sospechosos de subversión o de actividades antigubernamentales fueron apresados, torturados y asesinados. El Gran Terror había dado comienzo.

21

Ginebra, 1974

Sofía estaba sentada en el banco mirando el profundo y azul lago Lé-
man. Tenía la vista perdida en algún punto de las lejanas montañas, y
los ojos rojos y doloridos de tanto llorar. Hacía mucho frío, aunque el
cielo era de un azul increíble. Llevaba el abrigo de piel de oveja de su
primo y un gorro de lana, pero no podía dejar de tiritar. Dominique
le había dicho que tenía que comer. ¿Qué iba a pensar Santi si ella
volvía a Argentina hecha una pobre versión de la mujer de la que él se
había despedido? Pero no tenía ganas de comer. Comería en cuanto
él contestara a sus cartas.

Había llegado a Ginebra a principios de febrero. Era la primera
vez que iba a Europa. De inmediato quedó anonadada ante las diferencias que existían entre su país y Suiza. Ginebra era meticulosa-
mente limpia. Las calles estaban inmaculadas y tranquilas, los escaparates tenían relucientes marcos de bronce, y las tiendas estaban
lujosamente decoradas y olían a perfume caro. Los coches relucían y
eran modernos, y en las casas no había ni asomo de las heridas que la
turbulenta historia había dejado en los edificios de Buenos Aires. Sin
embargo, a pesar de todo aquel orden y brillo, Sofía echaba de menos
la enloquecida exuberancia de su propia ciudad. En Ginebra los restaurantes cerraban a las once, mientras que en Buenos Aires desper-
taban a esa hora y continuaban llenos hasta bien entrada la madrugada. Añoraba la actividad, el ruido de los cafés, los artistas y las fiestas
callejeras, el olor a diesel y a caramelo quemado y el ladrido de los perros y los gritos de los niños que eran parte del ambiente de las calles

de Buenos Aires. Para ella, Ginebra era una ciudad silenciosa. Educada, cosmopolita y culta, pero silenciosa.

Sofía no conocía a Antoine, el primo de su padre, ni a Dominique, su mujer, aunque había oído a sus padres hablar de ellos. Antoine era primo segundo de su padre; lo sabía todo de él por las historias que su padre contaba sobre los «tiempos en Londres», cuando habían disfrutado juntos de la ciudad como dos perros en plena cacería, y Anna le había dicho que había vivido con la pareja en Kensington durante su noviazgo. Sofía creía recordar que a Anna no le gustaba demasiado Dominique; según sus palabras, era «un poco demasiado», aunque quién sabe lo que quería decir con eso. A Dominique nunca le había gustado Anna. Sabía reconocer a una oportunista a primera vista. Sin embargo, se encariñó con Sofía en cuanto la vio. Es clavada a Paco, pensó aliviada.

Para alivio de Sofía, Antoine y Dominique resultaron ser la pareja más maravillosa que había conocido. Antoine era un hombre corpulento y con gran sentido del humor, y hablaba inglés con un marcado acento francés. Al principio Sofía pensó que hablaba así para hacerla reír. Sin duda necesitaba reír cuando llegó. Pero no, su acento era genuino y Antoine difrutaba viéndola reír.

Dominique rondaba los cuarenta. Tenía un cuerpo bien modelado, un rostro cándido y generoso, y unos grandes ojos azules que abría como platos cuando quería mostrar interés por algo. Llevaba la larga melena rubia (que, según ella misma se encargaba de anunciar, no era natural) recogida en una cola con pañuelos de lunares. Siempre con pañuelos de lunares. Dominique contó a Sofía que había conocido a Antoine gracias a un pañuelo de lunares que él le había entregado mientras hacían cola en la Ópera de París. Antoine la había visto secarse las lágrimas con la manga de su vestido de seda. Desde ese momento, ella siempre llevaba un pañuelo de lunares en recuerdo de aquel día tan importante.

Dominique hablaba en voz alta y era muy llamativa, no sólo por la forma cómo se reía, ya que sonaba como un pájaro exótico, sino también por la forma cómo vestía. Siempre llevaba pantalones anchos de brillantes colores y faldas largas que compraba en una tienda exótica llamada Arabesque, situada en la calle Motcomb de Londres.

Llevaba un anillo en todos los dedos de la mano. «Una buena arma en caso de necesidad —había dicho, antes de hablarle a Sofía de la vez en que había reventado la dentadura postiza de un asqueroso exhibicionista en la estación de metro de Knightsbridge—. Si hubiera estado bien dotado, le habría dado la mano —bromeó—. Londres es un lugar extraño, el único sitio donde me he encontrado con un exhibicionista o me he sentido amenazada. Y siempre en el metro —añadió con ironía—. Me acuerdo de un hombre, otro hombrecillo asqueroso, que apenas me llegaba al ombligo. Me miró con sus ojillos lívidos y me dijo "Voy a follarte". Así que bajé la mirada para poder verle y le dije muy seria que si lo hacía y yo me daba cuenta, iba a enfadarme muchísimo. Se quedó tan sorprendido que salió corriendo del metro en la siguiente estación como un gato escaldado.» A Dominique le encantaba ser tremenda.

Sofía estaba deslumbrada por el color violeta y azul brillante de la sombra de ojos que Dominique utilizaba para resaltar el color de sus ojos.

—¿Qué sentido tiene usar colores naturales? —había dicho entre risas cuando Sofía le había preguntado por qué escogía colores tan vivos. Fumaba usando una larga boquilla negra como la princesa Margarita, y se pintaba las uñas de rojo intenso. Era una mujer segura de sí misma, testaruda y descarada. Sofía entendía perfectamente por qué a su madre le desagradaba, puesto que eran ésas las cualidades que Sofía admiró de inmediato. Sofía y Anna casi nunca habían estado de acuerdo en nada.

Antoine y Dominique vivían en pleno lujo y opulencia en una enorme casa blanca con vistas al lago, ubicada en el Quai de Cologny. Antoine se dedicaba a las finanzas, y su mujer escribía libros.

—Mucho sexo y asesinatos —respondió con una sonrisa cuando Sofía le preguntó sobre qué escribía. Le había regalado uno para animarla. Se titulaba «El sospechoso desnudo», y era terriblemente malo; hasta Sofía, que no era precisamente una experta en literatura, podía darse cuenta. Pero se vendía bien y Dominique siempre estaba yendo de acá para allá firmando ejemplares y concediendo entrevistas. La pareja tenía dos hijos adolescentes: Delphine y Louis.

Sofía había confiado en Dominique desde el momento en que se había mostrado comprensiva con su situación.

—¿Sabes, querida?, hace años tuve una apasionada aventura con un italiano. Le amaba con locura, pero mis padres dijeron que no era lo suficientemente bueno para mí. Tenía una pequeña peletería en Florencia. En aquel tiempo yo vivía en París. Mis padres me habían enviado a Florencia a estudiar arte, no hombres, aunque si he de serte sincera, *chérie*, aprendí más sobre Italia con Giovanni que lo que habría podido aprender yendo a clase —soltó una carcajada, una risotada profunda y contagiosa—. Ahora no me acuerdo de su apellido. Ha pasado mucho tiempo. Lo que quiero decir, *chérie,* es que sé cómo te sientes. Estuve llorando un mes entero.

Sofía llevaba llorando más de un mes. Se había tumbado sobre el edredón blanco de damasco de Dominique una tarde de lluvia y se lo había contado todo, desde el momento en que Santi había vuelto a casa aquel verano hasta el instante en que se había despedido de ella con un beso bajo el ombú. Se había perdido en sus propios recuerdos, y Dominique se había sentado con la espalda apoyada en los almohadones sin parar de fumar, escuchando comprensiva cada una de sus palabras. Sofía no había omitido detalle al describir cómo hacían el amor sin sonrojarse. Había leído las novelas de Dominique, de manera que sabía que había muy pocas cosas que pudieran impactarla.

Dominique había apoyado a Sofía desde el principio. No entendía por qué Anna y Paco no habían dejado que la pareja se casara y tuvieran el niño. Si hubiera estado en el lugar de Anna, no se habría interpuesto. Tiene que haber algo más, pensó, echándole la culpa a Anna.

—Qué poco propio de Paco —había dicho Antoine cuando Dominique le contó la historia de Sofía.

Luego hablaron del bebé. Sofía estaba decidida a tenerlo.

—Le he hablado de él a Santi en mi carta. Será un padre adorable. Lo llevaré conmigo de vuelta a Argentina. Entonces ya no estará bajo su control. Seremos una familia y no habrá más que hablar.

Dominique estaba de acuerdo con ella. Naturalmente, no debía abortar. Valiente barbaridad. Ella ayudaría a Sofía a tener el bebé, estaría orgullosa de hacerlo. Sería su secreto hasta que Sofía decidiera que había llegado el momento de decírselo a su familia.

—Puedes quedarte el tiempo que quieras —le había dicho—. Te querré como si fueras mi propia hija.

Al principio todo había sido muy excitante. Sofía había escrito a Santi en cuanto había llegado y Dominique había escrito el sobre con su letra con gran entusiasmo. Luego se la había llevado de compras a la *rue* de Rive y le había comprado la última moda europea.

—Póntela mientras puedas. No creo que te quepan por mucho tiempo —dijo echándose a reír.

Habían pasado los fines de semana esquiando en Verbier, donde Antoine tenía un hermoso chalet de madera en las montañas con vistas al valle. Louis y Delphine se llevaban a sus amigos y la casa se llenaba de risas y de juegos frente a las llamas de la enorme chimenea. Habían enviado la carta desde la frontera, asegurándose con ello de que nadie fuera a sospechar de un matasellos francés. Sofía echaba de menos a Santi, pero imaginaba que en cuanto él recibiera su carta le escribiría de inmediato. Calcularon el tiempo que podría tardar en llegar la carta de él. Sofía esperó ansiosa. Cuando las dos semanas que habían calculado se convirtieron en un mes, y luego en dos, empezó a desanimarse hasta que fue incapaz de comer y de dormir y se puso pálida y empezó a tener aspecto de cansada.

Sofía había ocupado su tiempo con los diversos cursos en los que Dominique la había inscrito. Cursos de francés, de arte, de música, de pintura.

—Tenemos que mantenerte ocupada para que no te venza la añoranza y para que no pienses demasiado en Santi —había dicho.

Sofía había dejado que los cursos la absorbieran porque encontraba en ellos cierto alivio espiritual. La música que tocaba en el piano de Dominique era de una tristeza sobrecogedora. Los cuadros que pintaba eran oscuros y melancólicos, y no lograba contener las lágrimas ante la belleza etérea de los cuadros del Renacimiento italiano. Mientras esperaba la carta de Santi o su llegada, puesto que estaba segura de que él aparecería por sorpresa en cualquier momento, utilizaba el arte como forma de expresar su dolor y su desesperanza. Había vuelto a escribir otra carta, y otra, por si él no había recibido la primera, pero seguía sin tener noticias de su primo. Nada.

Miró al lago y se preguntó si Santi se habría horrorizado al saber de su embarazo. Quizá no quisiera saber nada del asunto. Quizá había pensado que lo mejor para todos era olvidarse de ella y seguir adelante con su vida. ¿Y María? ¿También ella la había olvidado? Sofía había intentado escribirle. De hecho, había empezado un par de cartas, pero había terminado arrugando el papel y tirándolo al fuego. Estaba demasiado avergonzada. No sabía qué decir. Miró a su alrededor, a las flores pequeñas y frágiles que asomaban por la nieve casi deshecha. Se acercaba la primavera y llevaba un niño dentro. Debería estar feliz. Pero echaba de menos Santa Catalina, los calurosos días de verano y las húmedas siestas en la buhardilla donde nadie había podido descubrirlos.

Cuando volvía a la casa, vio a Dominique haciéndole señas desde el balcón con un sobre azul en la mano. Sofía echó a correr hacia ella. Su depresión se desvaneció en cuestión de segundos. De pronto, el aire puro le llenó los pulmones y saboreó los primeros indicios de la primavera. Dominique sonreía encantada. Sus dientes blancos resplandecían contra sus labios morados.

—He estado a punto de abrirla. ¡Date prisa! ¿Qué dice? —dijo impaciente. Por fin el joven había escrito. Sofía volvería a sonreír.

Sofía cogió la carta y miró la letra del sobre.

—¡Oh! —gimió desilusionada—. Es de María, aunque quizá haya escrito en su lugar si a él le han prohibido escribirme.

Abrió el sobre. Escudriñó las líneas, que estaban escritas con una letra clara y florida.

—¡Oh, no! —gimió de nuevo, echándose a llorar.

—¿Qué pasa, *chérie*? ¿Qué dice? —preguntó Dominique alarmada. Sofía se dejó caer sobre el sofá mientras Dominique leía la carta.

—¿Quién es Máxima Marguiles? —preguntó enojada.

—No lo sé —sollozó Sofía con el corazón destrozado—. María dice que Santi está saliendo con Máxima Marguiles. ¿Cómo es posible? ¿Tan rápido?

—¿Te fías de tu prima?

—Claro que me fío de ella. Era mi mejor amiga… después de Santi.

—Puede que esté saliendo con alguna chica para que su familia crea que ya te ha olvidado. Puede que esté fingiendo.

Sofía levantó la cabeza.

—¿Tú crees?

—Es un chico listo, ¿no?

—Sí, y yo salí con Roberto Lobito por la misma razón —dijo, animándose.

—¿Roberto Lobito?

—Esa es otra historia —respondió, desestimando la cuestión con un ademán. No tenía la menor intención de dejar de hablar de Santi.

—¿Le contaste a María lo tuyo con Santi? —preguntó Dominique. Sofía sintió que la culpa le encogía el estómago. Debería habérselo dicho a María.

—No. Era nuestro secreto. No se lo dije a nadie. No podía. Siempre se lo había contado todo a María, pero esta vez… no, no pude.

—Entonces no crees que María lo sepa —dijo Dominique con firmeza.

—No lo sé —respondió Sofía mordiéndose las uñas de nervios—. No, no puede saberlo, porque si así fuera no habría querido hacerme daño diciéndome lo de Máxima. Además, habría mencionado lo mío con Santi en la carta. Era mi mejor amiga. Supongo que no sabe nada.

—Bien. Entonces no es probable que Santi haya confiado en ella, ¿verdad?

—No, tienes razón.

—De acuerdo. Yo que tú esperaría a recibir una carta de Santi.

Así que Sofía esperó. Los días se alargaron con la llegada del verano hasta que el sol hubo deshecho toda la nieve y los granjeros sacaron a las vacas de los establos para que se alimentaran libremente de las flores de la montaña y de las altas briznas de hierba. En mayo Sofía estaba de cinco meses. Se le notaba la barriga pero, por lo demás, estaba delgada y demacrada. El médico de Dominique le dijo que si no comía, terminaría por dañar al bebé. Así que se obligó a comer de forma saludable y a beber grandes cantidades de agua fresca y de jugos de frutas. Dominique no dejaba de preocuparse por ella, rezando para que Santi escribiera. ¡Maldito chico! Pero no llegó ninguna carta. Sofía todavía seguía esperando cuando ya hacía tiempo que Dominique había perdido toda esperanza. Se sentaba durante horas en el banco que daba al lago viendo al invierno dar paso a la primavera, a la primavera abrir sus brazos al verano y, finalmente, al verano ser barrido por el viento del otoño. Sintió que algo en ella había muerto: la esperanza.

Más adelante, cuando se serenó un poco y fue capaz de ver las cosas con más objetividad, se le ocurrió que, si María estaba al corriente de su dirección, a buen seguro Santi también lo estaría. Se dio cuenta de que él podía haberle escrito sin ningún problema, pero no lo había hecho. La había traicionado, fuera cual fuera la razón que le había llevado a ello. Había decidido conscientemente no comunicarse con ella. Sofía intentó consolarse pensando que quizá Santi, ese Santi desesperadamente enamorado al que había tenido en sus brazos, no había tenido otra opción que intentar olvidarla.

El 2 de octubre de 1974 Sofía dio a luz a un niño perfectamente sano. Se echó a llorar cuando se lo llevó al pecho y vio cómo mamaba. Tenía el pelo oscuro como el de su madre y los ojos azules. Dominique dijo que todos los bebés tenían los ojos azules.

—En ese caso los suyos serán verdes como los de su padre —dijo Sofía.

—O castaños como los de su madre —añadió Dominique.

Había sido un parto difícil. Sofía había chillado a medida que el dolor había ido traspasándole la matriz. Se agarró a la mano de Dominique hasta dejarla sin sangre y no dejó de llamar a gritos a Santi. En esos intensos instantes en que el esfuerzo y el dolor dan paso al alivio y a la alegría final, Sofía había sentido que el corazón se le vaciaba con la matriz. Santi ya no la amaba y la pérdida de su amor se cernió sobre su alma. Sentía que no sólo había perdido a su amante, sino al único amigo que tenía en el mundo. Volvió a caer en la desesperación.

La felicidad que sintió al tener por primera vez a su bebé en los brazos llenó momentáneamente el vacío dejado por Santi. Acarició la mejilla enrojecida del pequeño, pasó los dedos por su cabellos de ángel y aspiró su cálida fragancia. Mientras él mamaba, ella jugaba con su manita, que se agarraba a la suya y se negaba a soltarla, incluso cuando se dormía. La necesitaba. A Sofía le encantaba ver cómo llenaba su pequeño estómago con su propia leche, esa leche que lo mantendría con vida y le haría crecer. Cuando él mamaba, ella tenía una extraña sensación en la barriga que la entusiasmaba. Cuando el bebé lloraba, ella sentía su llanto en el plexo solar incluso antes de haberlo oído. Le llamaría Santiaguito, porque si su padre hubiera estado allí así lo habría querido. El pequeño Santiago.

Tras la alegría inicial provocada por la llegada del bebé, una vez más el ánimo de Sofía se ensombreció y el futuro parecía no anunciar nada que pudiera animarla. Fue entonces cuando sufrió una crisis de confianza. Se vio aplastada por un pánico helado que parecía dejarle los pulmones sin aire y que le impedía respirar. No se veía capaz de cuidar de su pequeño por sí misma. No sin Santi, no sin Soledad. Cuando abría la boca para gritar, de ella no salía ni un solo sonido. Sólo un silencioso y largo sollozo. Estaba sola en el mundo y no sabía cómo salir adelante.

Sofía pensaba a menudo en María. Deseaba más que nada en el mundo poder compartir su dolor con su amiga, pero no sabía cómo. Se sentía culpable. Si María llegaba a enterarse, algo que para entonces Sofía intuía que ya había ocurrido, se sentiría traicionada. Estuvo del todo segura cuando dejaron de llegar sus cartas. Sofía se sintió totalmente apartada de todo lo que hasta el momento había sido su vida. Por mucho que intentaba que le gustara Ginebra, no representaba para ella más que dolor. Siempre que miraba por la ventana de la habitación del hospital y veía aquellas resplandecientes montañas en la distancia, pensaba en lo que había perdido. Había perdido el amor de Santi y de María. Había perdido el hogar que tanto amaba y todo lo que había formado parte de su vida, todo lo que la había hecho sentirse querida y a salvo. Se sentía abandonada y sola. No sabía cómo seguir adelante. Fuera donde fuera, por muy lejos que huyera, no podía escapar de sí misma y de la profunda sensación de aflicción que la embargaba.

◆ ◆ ◆

Después de una semana en el hospital, Sofía volvió con su bebé a la casa del Quai de Cologny. Había tenido mucho tiempo para pensar mientras había estado en la cama del hospital. No era fácil asumirlo, pero estaba claro que Santi no los quería. No podía volver a Argentina, y desde luego no pensaba ir a Laussane como sus padres habían planeado. Al principio, en marzo, le habían escrito, intentando darle una explicación. Su padre le había escrito con más frecuencia, pero Sofía nunca les había contestado, por lo que sus cartas habían dejado de llegar. Suponía que ellos pensaban que las cosas volverían a la normalidad una vez que ella volviera a casa. Pero no pensaba volver.

Explicó a Dominique que no podía soportar la idea de volver a Argentina si no podía tener a Santi, y Ginebra le parecía una ciudad demasiado tranquila para construir allí su futuro. Había decidido establecer sus raíces en Londres.

—¿Por qué Londres? —preguntó Dominique, profundamente decepcionada al saber que Sofía y el pequeño Santiaguito iban a abandonarla—. Sabes que puedes quedarte aquí con nosotros. No tienes por qué irte.

—Lo sé, pero necesito alejarme de todo lo que me recuerde a Santi. Me encanta estar aquí contigo. Antoine y tú son ahora mi única familia. Pero tienes que entender que quiera empezar de nuevo.

Sofía suspiró y bajó la mirada. Dominique vio que la niña que tenía delante se había convertido en una mujer desde el momento en que había sido madre. Sin embargo, su rostro no resplandecía con esa luz post-parto tan propia de las jóvenes madres. Parecía triste y extrañamente evasiva.

—Mamá y papá se conocieron en Londres —continuó—. Hablo el idioma y tengo pasaporte británico gracias a mi abuelo, que era irlandés. Además, Londres es el último sitio donde me buscarían. Lo intentarían primero en Ginebra o en París; o en España, naturalmente. No, estoy decidida. Me voy a Londres.

A Sofía siempre le había fascinado Londres. Había estudiado en el colegio inglés de San Andrés en Buenos Aires, donde había aprendido todo sobre los reyes y reinas ingleses, sobre cómo habían terminado sus días en la horca o en la guillotina, la pompa y la ceremonia que eran parte inherente de la monarquía. Su padre le había prometido que algún día la llevaría a Inglaterra. Ahora iría sola.

—*Chérie*, ¿qué vas a hacer en Londres con un bebé? No puedes criarlo tú sola.

—No voy a llevarlo conmigo —respondió con la mirada fija en la alfombra persa que tenía debajo de los pies. Dominique fue incapz de esconder su sorpresa. Se le salieron los ojos de las órbitas y se quedó mirando la cara pálida de Sofía presa del horror.

—¿Qué vas a hacer con él? ¿Lo vas a dejar aquí con nosotros? —tartamudeó enfadada, convencida de que Sofía debía de estar bajo los efectos de algún tipo de depresión post-parto.

—No, no, Dominique —respondió Sofía sin disimular su tristeza—. Quiero darlo en adopción a alguna familia buena y cariñosa que cuide de él como si fuera hijo suyo. Quizás alguna familia que haga tiempo que desea un hijo… Por favor, Dominique, ayúdame a encontrarla —imploró, aunque por su expresión se la veía totalmente decidida.

A Sofía se le habían agotado las lágrimas. Se le había secado el corazón. Antoine y Dominique se sentaron con ella para intentar que cambiara de opinión. Fuera llovía a cántaros, y la lluvia parecía ser el mero reflejo de su propia infelicidad. Santiaguito dormía tranquilamente en su cuna, envuelto en un viejo chal de Louis. Sofía les explicó que no podía seguir al lado de su hijo porque éste le recordaba a Santi y su traición. Era demasiado joven. No sabía cómo enfrentarse a la situación. El futuro se cernía sobre ella como un agujero negro en el que iba girando sin control. No quería a su bebé.

Antoine se puso muy seria y le dijo que estaba hablando de un ser humano. Era responsable de él. No era un simple juguete que pudiera regalar a su antojo. Luego, más calmada, le dijo que terminaría olvidándose de Santi, que su hijo desarrollaría su propia personalidad y que al hacerlo dejaría de recordarle a su padre. Pero Sofía no la escuchaba. Si se iba ahora no le dolería tanto separarse de su hijo; no era más que un bebé. Si se quedaba más tiempo, nunca sería capaz de deshacerse de él y tenía que hacerlo. Era demasiado joven para cuidar de él, y no podía dejar que formara parte de la nueva vida que estaba a punto de empezar. Estaba totalmente decidida.

Dominique y Antoine pasaron muchas horas hablando de lo que Sofía debería hacer mientras ella paseaba a Santiguito en el cochecito por la orilla del lago. Ninguno de los dos quería dar el bebé en adopción; sabían que Sofía lo lamentaría el resto de su vida. Pero Sofía era joven y no era capaz de pensar a tan largo plazo. Con su inexperiencia, ¿cómo podría haber sabido que esos nueve meses de embarazo y las pocas semanas de vida junto al pequeño lo atarían a ella formando una unión indestructible?

Con la esperanza de que con la ayuda de un médico Sofía recuperaría el juicio, Dominique y Antoine la enviaron a un psiquiatra. Sofía fue a verle sólo para complacerles, pero dejó bien claro que no pensaba cambiar de opinión. El doctor Baudron, psiquiatra, un hombrecillo de pelo cano peinado hacia atrás y con un pecho que le hacía parecerse a una paloma gorda y feliz, habló con ella durante horas, obligándola a analizar minuciosamente su último año de vida. Ella se lo contó todo sin inmutarse, como si estuviera sentada en una de las esquinas del techo y se estuviera viendo mientras recordaba los momentos que la habían llevado hasta aquella consulta, con la voz de otra persona. Después de interminables e inútiles conversaciones, el doctor Baudron dijo a Dominique que o bien Sofía estaba en estado de trauma, o era el ser humano más controlado que había conocido en su vida. Le habría gustado tratarla durante más tiempo, pero su paciente se había negado en redondo a volver a verle. Sofía seguía a bordo de su propio barco, sin dejarse intimidar por la espera, navegando con destino a Londres.

Una vez que Sofía convenció a sus primos de que no iba a cambiar de opinión, hubo que firmar algunos papeles y ver a gente para dar legalmente a su hijo en adopción. Dominique estaba destrozada. Intentó decirle a Sofía que iba a arrepentirse de su decisión, quizá no entonces, pero sí más adelante. Dominique nunca había conocido a nadie tan testarudo como ella y durante un segundo comprendió a Anna. Cuando no se salía con la suya, Sofía no era el angelito que parecía ser. Tenía unos prontos terribles: se enfurruñaba y a continuación se cruzaba de brazos, ocultando el rostro tras una máscara carente de toda expresión que no había forma de traspasar. No sólo era testaruda, sino también orgullosa. Dominique rezaba para que

Sofía cogiera a su hijo y volviera a Argentina. Después del impacto inicial y del escándalo la tormenta se calmaría y ambos volverían a ser aceptados. Pero Sofía no quería volver. Nunca.

Mientras esperaba a que el proceso de adopción se completara, con el paso de los días la realidad de abandonar a su hijo se hizo cada vez más intensa. Ahora que sabía que se iba, atesoraba cada momento que pasaba con Santiaguito. Apenas podía mirarle sin echarse a llorar. Sabía que nunca llegaría a verle hecho un hombre y que no podría influir en modo alguno en la formación de su carácter ni en su destino. Se preguntaba qué aspecto tendría de niño. Estrechaba a su bebé contra su pecho y le hablaba durante horas, como si por algún milagro el niño pudiera llegar a recordar el sonido de su voz o el aroma de su piel. Sin embargo, a pesar del dolor que le producía dejarle, sabía que estaba haciendo lo correcto para ambos.

Dominique y Antoine le dieron a regañadientes algo de dinero para ayudarla a empezar en Londres. Dominique le sugirió que se alojara en un hotel las primeras noches antes de alquilar un piso. La pareja la llevó al aeropuerto para despedirse de ella.

—¿Qué debo decirle a Paco? —preguntó Antoine con brusquedad, intentando ocultar sus emociones. Se había encariñado muchísimo con Sofía, pero no podía evitar estar resentido por la frialdad de su prima. No podía entender cómo había sido capaz de desprenderse de su hijo. Delphine y Louis eran lo mejor que les había pasado.

—No lo sé. Diles que he decidido empezar una nueva vida, pero no les digas dónde.

—En algún momento volverás a casa, ¿verdad, Sofía? —preguntó Dominique, meneando con tristeza la cabeza. Sofía vio los largos pendientes de motivos étnicos balancearse alrededor del cuello de su prima. Iba a echar mucho de menos a Antoine y Dominique. Tragó con dificultad para no perder la compostura.

—Ya no me queda nada en Argentina. Mamá y papá me echaron de allí como si ya no significara nada para ellos —dijo con voz temblorosa.

—Ya hemos hablado de esto, Sofía. Tienes que perdonarlos, o el rencor podrá contigo y no te traerá más que infelicidad.

—No me importa —respondió.

Dominique dio un profundo suspiro y abrazó a su prima, que se había convertido en una hija para ella, a pesar de que una hija suya jamás habría sido tan tozuda.

—Si necesitas algo, lo que sea, llama. O vuelve. Estamos aquí para lo que quieras, *chérie*. Te echaremos de menos, Sofía —dijo, y la abrazó con fuerza, dejando que las lágrimas le mancharan el maquillaje.

—Gracias. Gracias a los dos —sollozó Sofía—. Oh, Dios, no quería llorar. Soy una maldita llorona. ¿Qué me pasa? —Se enjugó las lágrimas con la mano. Prometió no perder el contacto con ellos y llamarles si necesitaba algo.

Cuando cogió en brazos al pequeño Santiaguito por última vez, acercó su suave cabecita a los labios y aspiró su cálido olor a bebé. Le costaba tanto separarse de él que estuvo a punto de cambiar de parecer. Pero no podía quedarse en Ginebra. La ciudad le recordaría en todo momento su desgracia. Tenía que empezar desde cero. Se agachó y se quedó mirando la carita de su hijo unos instantes a la vez que sacaba una foto mental que llevarse consigo y que pudiera recordar para siempre. Él le devolvió la mirada, clavando con curiosidad sus brillantes ojos azules en los de su madre. Sofía sabía que nunca se acordaría de ella y que probablemente ni siquiera podía verla con claridad. Ella desaparecería de su vida y él jamás sería consciente de haberla conocido. Se levantó y en silencio se animó a seguir adelante. Después de acariciar con el dedo la sien de Santiaguito, se dio la vuelta, cogió la maleta y desapareció por el control de pasaportes.

Ya en el otro lado tuvo que tragar con fuerza, mantener la cabeza alta y dejar de llorar. Estaba empezando de nuevo, una nueva vida. Como solía decir el abuelo O'Dwyer: «La vida es demasiado corta para lamentaciones». La vida es lo que tú haces de ella, Sofía Melody. Depende de cómo la mires. Un vaso puede estar medio lleno o medio vacío. Todo es cuestión de actitud. Una actitud mental positiva.

22

Santa Catalina, 1976

Habían pasado dos años sin noticias de Sofía. Paco había hablado con Antoine, que le había dicho que su hija se había marchado sin revelar adónde. Sofía no había querido que ellos conocieran su paradero, ni siquiera el país en el que había decidido vivir, pero Antoine consideraba el asunto totalmente desproporcionado, de manera que le dijo a Paco que Sofía había dicho que quería establecerse en Londres.

A Anna la destrozó la noticia de que Sofía había decidido no cursar estudios en Laussane como estaba planeado, e intentó desesperadamente ponerse en contacto con ella e implorarle que regresara a casa. Le preocupaba que pudiera decidir no volver jamás. ¿Había sido demasiado dura con ella? Se había dicho que la niña había necesitado disciplina, para eso estaban los padres. ¿Y qué esperaba? ¿Una palmadita en la espalda? ¿Un «no vuelvas a hacerlo, cariño»? No, se lo había tenido bien merecido y estaba segura de que así lo había entendido. Pero ya todo había pasado. Dominique la había tranquilizado al decirle que «Sofía había solucionado su problema». ¿Cómo podía la niña seguir enfadada después de tanto tiempo? Había sido por su bien. Algún día le daría las gracias. Pero ¿ni siquiera dar señales de vida? Ni una simple carta, nada. Después de todas las que ellos le habían escrito. Anna se sentía como un monstruo. Se convenció de que Sofía estaba pasando por una fase «desafortunada» y de que terminaría volviendo. Claro que volvería. Santa Catalina era su casa.

—Es tozuda como su abuelo. Una auténtica O'Dwyer —se lamentaba Anna delante de Chiquita. Sin embargo, el corazón le latía con la punzante regularidad de alguien que sabe que se ha equivocado pero que es incapaz de admitirlo, incluso ante él mismo.

Chiquita había visto cómo Santi había adelgazado y palidecido. Le preocupaba que su cojera estuviera causándole molestias, pero él había dejado de comunicarse con ella. Su cuerpo seguía allí, pero tenía la cabeza en otro sitio. Al igual que Anna, Chiquita esperaba que Sofía volviera. Fernando estudiaba ingeniería en la universidad de Buenos Aires. También él estaba pasando por un momento difícil. Se quedaba en la calle después del toque de queda, había perdido su carnet de identidad y no dejaba de meterse en líos con la policía. Se oían historias sobre gente a la que arrestaban y que desaparecía, historias siniestras. Le preocupaba que se estuviera mezclando con jóvenes socialistas que planeaban derrocar el Gobierno.

—La política no es ningún juego, Fernando —le decía su padre con brusquedad—. Si te metes en líos, te costará la vida.

Fernando disfrutaba siendo el centro de atención. Por fin sus padres se habían fijado en él. Gozaba al verlos preocupados y empezó a contar historias exageradas sobre sus actividades. Casi deseaba que la policía lo arrestara para que sus padres se vieran obligados a demostrar lo mucho que les importaba por el esfuerzo y la energía que tendrían que emplear para conseguir liberarle. Mientras su padre se enfurecía, Chiquita lloraba de alivio cada vez que volvía a casa ileso. Fernando disfrutaba manipulando sus emociones; le hacía sentirse querido. Veía a Santi moverse por la casa como un espectro. Iba y venía sin hacer apenas ruido. Fernando casi no reparaba en él. Se concentró en sus estudios y se dejó barba, concentrándose también en el espejo. Cómo le había sonreído la fortuna, pensaba con júbilo, y todo gracias a Sofía. Su hermano y ella eran tal para cual.

María rompió a llorar cuando su madre le dijo que Sofía se había ido a vivir a Londres sin dejar ninguna dirección a la que escribirle.

—Es culpa mía —se lamentaba, aunque negándose en redondo a explicar por qué.

Su madre la consoló lo mejor que pudo, asegurándole que su prima terminaría por volver. Chiquita se sentía totalmente desamparada. Todos sus hijos eran terriblemente infelices. El único que siempre le sonreía y que parecía contento era Panchito.

En noviembre de 1976 Santi tenía casi veintrés años, pero parecía mucho mayor. Había terminado por aceptar que Sofía no iba a volver. No podía entender cómo habían podido fallar las vías de comunicación entre ambos. Lo tenían todo muy bien planeado. Después de haber esperado en casa las cartas de Sofía, había pensado que quizá su padre se las quitaba al portero cuando salía del edificio cada mañana camino a la oficina, así que había empezado a levantarse temprano y a revisar el correo al alba. Pero seguía sin haber carta de Sofía. Nada.

Finalmente se había enfrentado a Anna. Al principio Chiquita le había dicho que se mantuviera apartado de su tía. Anna le había dejado bien claro que no quería verle, así que Santi obedeció el consejo de su madre y se aseguraba de no encontrarse con Anna. Pero pasados dos meses, cuando el silencio del cartero le estaba haciendo enloquecer, entró con paso firme en el apartamento de Buenos Aires y exigió saber el paradero de Sofía.

Anna estaba sentada con la cocinera, planeando los platos para las comidas de la semana siguiente, cuando Loreto apareció por la puerta del salón. Se había puesto roja y no dejaba de temblar. Anunció que el señor Santiago estaba en el vestíbulo y que quería ver a la señora. Anna le ordenó a Loreto que le dijera que no estaba, que había salido y que no volvería hasta tarde, pero la criada regresó y, entre disculpas, dijo que el señor Santiago no se iría hasta que la señora volviera a casa, incluso si tenía que pasar la noche en el suelo. Anna cedió, despidió a la cocinera y dijo a Loreto que le hiciera pasar.

Cuando Santi apareció por la puerta, parecía más una sombra que un hombre. Tenía el rostro negro de pena y los ojos lívidos de furia. Llevaba barba y se había dejado crecer el pelo. Ya no era guapo, sino que su aspecto era decadente y amenazador. De hecho, Anna pensó que se parecía mucho a Fernando, que siempre le había parecido ligeramente siniestro, incluso de niño.

—Acércate y toma asiento —dijo Anna sin alterarse, ocultando el temblor de su voz tras una acerada máscara de autocontrol.

Santi meneó la cabeza.

—No quiero sentarme. No me quedaré mucho rato. Sólo quiero que me des la dirección de Sofía y me marcharé.

—Escúchame bien, Santiago —dijo Anna con aspereza—. ¿Cómo te atreves a pedirme la dirección de mi hija cuando eres tú el hombre que le robó la virtud?

—Sólo dámela y me marcharé —repitió, decidido a evitar una escena. Conocía bien a su tía. Había hecho llorar a su madre en más de una ocasión—. Por favor —añadió intentando ser cortés.

—No te daré su dirección porque no quiero que se vuelvan a ver ni a comunicarse. ¿Qué es lo que esperas, Santiago? —dijo con absoluta frialdad mientras se pasaba la mano por el brillante pelo rojo que llevaba recogido en un moño en la nuca—. No creerás que puedes casarte con ella, ¿verdad? ¿Es eso lo que quieres?

—¡Dámela, maldita seas! No es asunto tuyo a quién ella decida ver —soltó, perdiendo la compostura.

—¿Cómo te atreves a hablarme así? Sofía es mi hija. Era sólo una niña… una menor. ¿Cómo crees que me siento? Le has robado la inocencia —le acusó furiosa, levantando la voz.

—¿Que yo le he robado la inocencia? Dios mío, tú siempre tan melodramática, Anna. Ni siquiera eres capaz de imaginar que Sofía disfrutaba de ello, ¿verdad?

El rostro de Anna se retorció en una mueca nerviosa.

—Pues, sí, Anna. Sofía disfrutaba, disfrutaba de cada momento porque me ama y porque yo la amo. Hacíamos el amor, Anna, el amor. No era ese sexo sórdido y asqueroso que imaginas, sino un amor precioso para ambos. No espero que lo entiendas, no creo que seas capaz de disfrutar del amor como Sofía. Estás demasiado reseca por la amargura y por el resentimiento. Está bien, no me des su dirección si no quieres. Pero la encontraré. La encontraré y con ella a Sofía, y me casaré con ella en Europa y no volveremos nunca. Entonces te arrepentirás de haberla alejado de aquí.

No esperó a que Anna le ordenara que se marchara. Salió de allí a toda prisa dando un portazo. Después de una breve discusión, Chiquita y Paco le reprendieron por su comportamiento, y Paco tuvo con él unas palabras, aunque no perdió los nervios en ningún momento, y le explicó por qué no podía escribir a Sofía. Santi estaba demasiado deshecho para percibir el dolor que no disimulaban los ojos de su tío. Tampoco se dio cuenta de que los cabellos de Paco se habían teñido de gris, un color que le había ido despojando del brillo que durante los tiempos felices había distinguido el tono dorado de su piel. Eran dos hombres rotos, pero Santi no podía darse por vencido. Sofía le había pedido que no lo hiciera.

Durante dos años y medio se había atormentado imaginando posibles escenarios. Quizá Sofía hubiera escrito y su carta se hubiera perdido. ¿Y si hubiera estado esperando a que él le contestara? Oh, Dios, ¿y si de verdad le había escrito? La preocupación le sumió en un estado de absoluta desesperación hasta que María fue incapaz de seguir soportando el sentimiento de culpa que la embargaba y confesó.

Era una noche oscura. Lloviznaba. Santi estaba en el balcón, mirando las ruidosas calles de la ciudad, once pisos por debajo de él. Como en un sueño, observaba sin parpadear cómo el mundo seguía su curso, totalmente ajeno a su dolor. María salió al balcón y se unió a él con los labios pálidos y temblorosos. Sabía que tenía que decírselo. Si no lo hacía, Santi era capaz de dejarse morir y ella no podría perdonárselo nunca. Se quedó al lado de su hermano y miró los coches que iluminaban la calle a su paso, tocando la bocina sin razón aparente, como suelen hacer los argentinos. Se giró para ver el sombrío perfil de Santi que seguía sin apartar la vista de la calle y que al parecer no se había percatado de su llegada. Ni siquiera imaginaba que estaba a punto de confesarle su peor secreto.

—Santi —dijo, pero le falló la voz y de sus labios apenas salió un susurro.

—Déjame en paz, María. Quiero estar solo —dijo, sin apartar la mirada del gran abismo que se abría ante sus ojos.

—Necesito hablar contigo —insistió María, esta vez poniendo mayor énfasis en sus palabras.

—Entonces habla —soltó él sin el menor atisbo de amabilidad, aunque sin intención de resultar grosero. La infelicidad le había vuelto insensible a los sentimientos de los demás, como si fuera él el único que sufría.

—Tengo que confesarte algo. No te enfades, deja que te explique por qué lo hice —tartamudeó a la vez que los ojos se le llenaban de lágrimas al anticipar la reacción de su hermano. Santi se giró despacio hacia ella y la miró con ojos cansados.

—¿Una confesión?

—Sí.

—¿De qué se trata?

María tragó con dificultad y se secó las lágrimas de las mejillas con una mano temblorosa.

—Quemé las cartas que te envió Sofía.

Cuando por fin consiguió entender las palabras de Sofía, toda la ira de Santi, su dolor y su frustración emergieron con tal fuerza que fue incapaz de controlarse. Levantó la mano y la dejó caer sobre la barandilla con un golpe seco. Cogió una de las macetas de su madre y la tiró contra la pared, haciéndola añicos y llenando la pared de barro. Luego se giró hacia su hermana con la mirada llena de odio. María estaba bañada en lágrimas.

—Lo siento —repetía una y otra vez, intentando tocarle—. ¿Cómo puedo arreglarlo?

—¿Por qué? —le gritó Santi, dando un paso atrás para alejarse de ella—. ¿Por qué lo hiciste, María? Nunca lo hubiera imaginado de ti. ¿Cómo has podido?

—Estaba herida, Santi, muy herida. Sofía también era mi amiga —respondió, intentando desesperadamente acercarse a él. Pero él siguió manteniendo la distancia que había entre los dos, mirándola fijamente—. Por favor, Santi, perdóname. Haré lo que sea.

—Dios mío, María. ¡Tú! No puedo creer que hayas podido ser tan vengativa —balbuceó, meneando la cabeza de puro asombro. María vio que la furia hacía temblar a su hermano. Santi parecía demasiado viejo para su edad y era ella la culpable de eso. Nunca se lo perdonaría.

—Fue un error. Me odio. ¡Quiero morirme! —gimió—. Lo siento, lo siento muchísimo.

—¿Cómo encontraste las cartas? —le preguntó Santi, todavía sin salir de su asombro.

—Se las cogía al portero cuando me iba a la Facultad.

—Dios mío, María, qué retorcida. Nunca pensé que fueras así.

—Y no lo soy, claro que no. No podía soportar pensar que te

fueras. Primero Sofía y luego tú. Pensé en mamá y en papá y en lo mucho que iban a sufrir y no pude dejarte marchar.

—Entonces leíste las cartas.

—No. Sólo las últimas líneas.

—¿Qué decían?

—Algo sobre que no hacía más que esperar a que te reunieras con ella en Suiza.

—Entonces me esperaba. Debe de haber pensado que la he traicionado —alcanzó a susurrar, puesto que la ansiedad le oprimía la garganta, como la soga oprime el cuello del ahorcado.

—Pensaba que volvería y que cuando lo hiciera ambos se habrían olvidado de lo que ocurrió. Entonces todo volvería a ser como antes. Nunca se me ocurrió que se iría para siempre. Oh, Santi, nunca pensé que no volvería. Ojalá no lo hubiera hecho.

—Ojalá —dijo él atragantándose antes de desplomarse sobre las baldosas del suelo y hundir el rostro entre las manos. Sollozaba con tanta fuerza que le temblaba el cuerpo entero. Al principio apartó a su hermana de un empujón cuando ella se acercó a consolarle, pero María no se dio por vencida y, tras unos cuantos intentos, él dejó que lo envolviera en sus brazos y ambos lloraron juntos.

Santi tardó dos años en perdonar del todo a su hermana. Cuando aquella fría noche de julio se reunió con Fernando y con un par de amigos de éste que, como él, tenían relación con la guerrilla, para rescatar a su hermana de manos del siniestro Facundo Hernández, se vio de pronto a sí mismo y a su propio dolor. En ese momento despertó.

María se enamoró de Facundo Hernández en otoño de 1978. Acababa de cumplir veintiún años. Facundo era alto, moreno y de sangre española. Tenía los ojos castaños y las pestañas negras y largas, curvadas hacia arriba como las patas de una araña. Era un joven oficial del ejército del general Videla, y llevaba con orgullo su nuevo uniforme. Facundo adoraba al general con el entusiasmo propio de un nuevo recluta y se paseaba por las calles de Buenos Aires dándose aires de importancia, como lo hacían todos los militares en aquel momento.

El general Videla había tomado el poder en marzo de 1976 con el objetivo de poner fin al caos de los años de peronismo y de reestructurar la sociedad argentina. El Gobierno emprendió una guerra sangrienta contra la oposición, arrestando a todo aquel que fuera sospechoso de subversión. El Ejército entraba en las casas de los sospechosos en mitad de la noche y se los llevaba sin la menor explicación. Nunca se volvía a saber de ellos. Eran tiempos de un miedo atroz. La cifra de «desaparecidos» llegó a los 20.000. No dejaron tras de ellos el menor rastro legal. Simplemente se desvanecieron en el aire.

Facundo creía en la democracia. Creía que los militares estaban levantando los cimientos de una eventual «democracia» que, en sus manos, «satisfaría la realidad, las necesidades y el progreso del pueblo argentino». Era una simple pieza de esa gran máquina que iba a reformar el país. Se decía que la tortura y los asesinatos eran un medio inevitable para alcanzar ese fin, y el fin justificaba los medios.

Facundo Hernández se fijó en María la mañana de un domingo de abril cuando ella paseaba por un parque de Buenos Aires en compañía de una amiga. Era un día templado, el cielo despejado resplandecía sobre la ciudad y el parque estaba lleno de niños que jugaban al sol. Facundo la siguió mientras ella deambulaba tranquilamente por uno de los senderos del parque. Enseguida le gustó la forma en que sus abundantes cabellos le caían por la espalda. Era una chica voluminosa, tal como a él le gustaban. Sentía especial predilección por su trasero relleno y sus anchas caderas. Miró cómo movía el trasero al andar.

María y Victoria se sentaron a una de las mesitas y pidieron un par de colas. Cuando Facundo Hernández se presentó y les preguntó si podía sentarse con ellas, ambas desconfiaron y le explicaron nerviosas que estaban esperando a un amigo, pero cuando él reconoció a Victoria y dijo ser amigo de su primo Alejandro Torredón, las chicas se relajaron y se presentaron. A María enseguida le gustó Facundo. La hacía reír y la hacía sentirse atractiva. Le prestaba mucha atención y prácticamente ignoraba a su amiga. Como todavía no acababa de fiarse de él del todo se negó a darle su teléfono, pero consintió en encontrarse con él a la misma hora en el parque al día siguiente.

No pasó mucho tiempo hasta que sus paseos se convirtieron en almuerzos y, por fin, en cenas. Facundo era inteligente y encantador. A María le parecía un chico muy divertido. Tenía un irreverente sentido del humor y le encantaba reírse de la gente. Tenía la habilidad de captar enseguida los puntos débiles de la gente: la mujer que salía del servicio con la falda metida entre las bragas, el viejo que hablaba en la mesa de al lado con un trocito de comida pegado a los dientes... Siempre había algo de lo que reírse en los demás. María le encontraba tan atractivo que se reía con todos sus chistes. Pasado el tiempo lo encontraría cruel.

La besó por primera vez en la oscuridad de la calle donde ella vivía. La besó tiernamente y le dijo que la amaba. Una vez que se cercioró de que María había desaparecido en el vestíbulo del edificio, decidió que esa era la mujer con la que se casaría, y más tarde aseguró a Manuela, la ramera a la que visitaba con regularidad, que su matrimonio no iba a interferir para nada en su relación.

—Nadie cuida de mí como tú, Manuela —refunfuñó mientras ella se metía su miembro en la boca.

Al principio María pensaba que lo tenía bien merecido. Después de una pequeña discusión, él le cruzó la cara. María estaba a la vez atónita y arrepentida. Era culpa suya; había hablado demasiado. Debería mostrarle más respeto. Amaba a Facundo. Le encantaba su forma de abrazarla, de besarla. Era un hombre generoso, le compraba ropa. A él le gustaba que ella vistiera de cierta forma. Se enfadaba si aparecía vestida con jerséis holgados.

—Tienes un cuerpo precioso —le decía—. Quiero que todos vean lo que tengo y que se mueran de celos.

Le decía que estaba orgulloso de ella. Si no hacía algo como él quería, le pegaba. Ella aceptaba sus castigos, creyendo que los merecía, deseosa de ganarse su aprobación. Después de haberle pegado, él se echaba a llorar, se abrazaba a ella y le prometía que no volvería a suceder. La necesitaba. Ella era la única que podía salvarle, así que María siguió a su lado porque le quería y porque quería ayudarle.

Se encontraba con él por las tardes en el apartamento que Facundo tenía en el barrio de San Telmo. Cuando él le dijo que no quería hacerle el amor porque, como ella, era un buen católico y el sexo debía destinarse en exclusiva a la procreación, ella se sintió halagada y se emocionó. Según decía Facundo, no quería despojarla de su virtud, pero sí se dedicaba a toquetearla y a manosearla. El sexo debía esperar hasta que estuvieran casados. María no había hablado de Facundo a sus padres ni se lo había presentado. Más adelante se daría cuenta de que, en algún rincón de su subconsciente, sabía que su familia no aprobaría su relación con él.

Chiquita veía a su hija volver a casa con señales y marcas en el cuerpo. A veces era un corte en el labio, otras un moratón en la mejilla. María le decía que no era nada. Se había tropezado en la calle, o se había caído por las escaleras de la Facultad. Pero los golpes y las marcas aparecían cada vez con mayor frecuencia, y Chiquita por fin habló con Miguel. Había que hacer algo.

Una noche de finales de junio Fernando siguió a María al apartamento de Facundo Hernández. Facundo vivía en un edificio destartalado que carecía de todo encanto y personalidad. Vio a su hermana subir las escaleras y entró detrás de ella. Dio la vuelta al edificio y, una vez que llegó a la parte de atrás, trepó por el muro hasta saltar al balcón del primer piso. Consiguió llegar desde allí al segundo piso y miró por la ventana. El sol se reflejaba en el cristal y le hacía muy difícil distinguir lo que había dentro, pero una vez que sus ojos se acostumbraron pudo ver más allá de su propio reflejo y observar sin más problemas la escena que tenía lugar en la habitación.

El hombre parecía estar devorando a su hermana. No le hacía el amor, simplemente le manoseaba el cuello y le toqueteaba los pechos por debajo de la camiseta ceñida. Entonces la apartó a un lado y la golpeó a la vez que le gritaba algo relacionado con llevar sujetador:

—¡Creía que te había dicho que no llevaras sujetador!

María lloraba y se disculpaba una y otra vez. Estaba temblando. Acto seguido él estaba de rodillas, besándola, abrazándose a ella hasta que terminaron abrazados los dos, acunándose.

Fernando estaba horrorizado y sentía que la bilis se le acumulaba en el estómago. Tuvo que apoyarse contra la pared durante unos segundos y respirar hondo antes de poder volver a mirar. Estaba a punto de romper el cristal y entrar allí y romper el cuello de aquel hombre. ¡La chica de la que estaba abusando era su hermana! Pero sabía que con eso no conseguiría nada. Tenía que ser paciente y esperar.

La misión de Fernando todavía no había terminado. Siguió al hombre al burdel, consiguió enterarse de su nombre y descubrió que era un oficial del ejército. No necesitaba saber más. Era el enemigo. Tenían que darle una lección.

Cuando se lo contó a sus padres, Chiquita y Miguel se quedaron destrozados. Chiquita no podía entender por qué su hija no le había dicho nada, por qué no le había pedido ayuda.

—Siempre me lo ha contado todo —dijo con lágrimas en los ojos, meneando la cabeza, incrédula. Miguel quería matar a Facundo por maltratar a su pequeña. Fernando tuvo que impedirle físicamente que fuera en busca de su pistola.

Fernando se sentía como un héroe. Era él quien había descubierto la identidad de aquel hombre, quien le había seguido y le había dado caza. Tenía el control de la situación y sus padres le estaban agradecidos. Les dijo que no se preocuparan, que se encargaría personalmente del asunto. Para su alegría y sorpresa, ellos estuvieron de acuerdo. Por primera vez, cuando sus padres le miraron, vio orgullo en sus ojos. Se había ganado su respeto y eso le hacía sentirse bien.

Santi, que durante los últimos cuatro años había sido prisionero de su propio mundo de tristeza y desesperación, por fin salió de su cautiverio. En un principio Fernando no quería que se implicara en el asunto. Aquél era su momento y quería disfrutar de él a solas. Pero cuando vio lo mucho que Santi le admiraba por lo que había hecho, cedió.

—Puedes venir —dijo muy serio—, pero lo haremos a mi manera. Sin preguntas.

Santi estuvo de acuerdo. Fernando se dio cuenta de que su hermano se mostraba profundamente agradecido, incluso humilde. Sabía que iba a ser una tarea peligrosa, pero estaba preparado. Se sentía más fuerte que nunca.

Los dos hermanos se sentaron a hablar de María. En la oscuridad estrellada de la noche, mirando desde el balcón las ruidosas calles de Buenos Aires, hablaron de su infancia. Fernando no fue consciente de que los primeros lazos de unión entre él y Santi estaban empezando a dibujarse; fueron adueñándose de él mientras estaba demasiado ocupado hablando de tú a tú con Santi. Eran dos iguales con una causa común.

Esperaron el momento oportuno y, junto con dos amigos de Fernando que, como él, estaban relacionados con la guerrilla, entraron en el apartamento de Facundo Hernández en mitad de la noche, desafiando el toque de queda y arriesgando con ello sus vidas. Se habían cubierto la cabeza con medias negras. Una vez en el apartamento, sacaron a Facundo de la cama a rastras. Le ataron a una silla y le golpearon hasta que estuvo al borde de la muerte. Él suplicó que no le mataran. Fernando le dijo que si volvía a acercarse a María Solanas, le hablaba o se comunicaba con ella de algún modo, volverían a terminar el trabajo. Facundo jadeó aterrorizado antes de perder el conocimiento.

Chiquita habló con su hija. No era tarea fácil. En la acogedora seguridad de su habitación, le contó a María todo lo que sabía sobre las palizas y sobre la ramera de Facundo. María intentó defenderle diciendo que estaban equivocados. Según ella, Facundo nunca la había pegado, nunca. Se cerró emocionalmente en banda y arañaba a todo aquel que intentara acercarse a ella. Los acusó de espiarla. Era su vida y podía salir con quien quisiera. Ellos no tenían ningún derecho a meterse.

Llevó su buen tiempo, pero con la ayuda de Santi y de Fernando, consiguieron ir minando su resistencia hasta que por fin bajó la cabeza y empezó a temblar como una niña.

—Le quiero, mamá. No sé por qué, pero le quiero —lloraba. A medida que pasaban las horas, Miguel, Chiquita, María, Fernando y Santi hablaron y hablaron, unidos los cinco en la pequeña habitación. María los miraba y se sentía reconfortada por su lealtad y su amor. Preocupada, Chiquita dejó a su hija dormida en su cama de matrimonio y llamó al médico. El doctor Higgins no podía acudir, así que envió a uno de los médicos de su equipo, un agradable joven llamado Eduardo Maraldi.

Poco a poco, la vida en Santa Catalina volvió a la normalidad. Los meses de invierno pasaron por fin y los días empezaron a alargarse y aparecieron las primeras flores. El aroma a fertilidad llenó el aire y los pájaros regresaron para anunciar la llegada de la primavera. Empezaron a curarse las heridas del pasado y el resentimiento se evaporó con las nieblas invernales. Santi abrió los ojos y empezó a ver el mundo de nuevo. Algo había cambiado. Había llegado la hora de afeitarse la barba.

23

Eduardo Maraldi era un intelectual alto y desgarbado. Tenía una nariz larga y fina, y unos ojos grises que desvelaban la menor emoción. Si no hubiera sido por sus gafas pequeñas estilo Trotsky, sus ojos habrían desvelado sus sentimientos a cualquiera que se hubiera acercado lo suficiente para mirar en ellos. Cuando visitó a María por primera vez, ésta se quedó inmediatamente prendada de la suave voz que encerraba ese cuerpo enorme y de la amabilidad con la que la tocaba al examinarla.

—Dime, ¿te duele aquí? —le preguntaba, y ella intentaba disimular el dolor por temor a preocuparle. Estaba acostumbrada a médicos fríos y distantes, médicos que no se implicaban demasiado con sus pacientes.

Ya en su segunda visita le contó a Eduardo todo lo ocurrido con Facundo. Le contó cosas que ni siquiera le había contado a su madre, como por ejemplo que había abusado de ella cuando estaba borracho, que nunca había querido acostarse con ella porque quería conservar su virginidad hasta la noche de bodas, pero que la había manoseado una y otra vez por todo el cuerpo, y que cuando bebía más de la cuenta, le pegaba. Contó a Eduardo que la había obligado a tocarle de una forma que a ella le repugnaba y que la había forzado a hacer cosas en contra de su voluntad. La había asustado y había conquistado su amor al mismo tiempo. Animada por la sonrisa tranquila de Eduardo y la expresión amable de su rostro, le contó cosas que nunca se creyó capaz de contar a nadie. De pronto, en respuesta a la actitud amable y compasiva del joven médico, María se echó a llorar. Él la rodeó con el brazo y, sin traspasar esa finísima línea que separa al doctor de su paciente, hizo lo posible por consolarla.

—Señorita Solanas —dijo después de que María se hubiera calmado un poco—, sus heridas físicas sanarán hasta desaparecer del todo y nadie sabrá nunca que han estado ahí.

María le miró, expectante.

—Son sus cicatrices mentales las que me preocupan. ¿Puede hablar en confianza con alguien de su familia?

—No he hablado de esto con nadie.

—¿Y su madre? —sugirió, acordándose de aquella mujer delgada y afectuosa a la que había conocido en su primera visita a la casa.

—Oh, hablo con ella, pero no como con usted —respondió, sonrojándose. Bajó la mirada.

—Necesita que cuiden de usted y necesita sentirse querida —dijo. María se sonrojó aún más y esperó que él no lo hubiera notado. Pero a Eduardo no le había pasado por alto y también él se sintió repentinamente acalorado.

—Tengo una familia muy cariñosa, doctor Maraldi.

—Esas cicatrices mentales tardarán en curarse. No espere ningún milagro. Puede que de pronto se deprima sin razón aparente. Puede que le cueste mucho empezar una nueva relación. Sea paciente y no olvide que ha pasado por una experiencia que puede haberla afectado más de lo que usted cree.

—Gracias, doctor.

—Si necesita hablar, siempre puede venir a verme —sugirió. Esperaba que lo hiciera.

—Lo haré, gracias.

Cuando María salió de su consulta, Eduardo se lavó la cara con agua fría. ¿Había hablado demasiado? ¿La había asustado? Quería decirle que él la cuidaría, pero no podía pedirle una cita a una paciente. No era ético. Oh, cuánto deseaba que volviera.

María deseó que Sofía estuviera allí. Habría podido hablar con ella con toda franqueza de todo lo ocurrido. La echaba de menos. A menudo pensaba en ella, se preguntaba qué estaría haciendo y con quién estaría. Había intentado volver a escribirle, pero Dominique le había devuelto la carta con una nota en la que le decía que Sofía se había ido a vivir a Londres y que no tenía la menor idea de su paradero. En fin, María no era tan estúpida. Era obvio que Sofía había dicho a Dominique que no quería que su familia supiera dónde estaba. Se había desligado de ellos por completo, y todo por su culpa. La culpa le ahogaba el corazón. Por un lado deseaba que su prima volviera para poder explicárselo todo, pero por otro rezaba para que no volviera nunca porque estaba demasiado avergonzada. Sabía que nunca encontraría a una amiga que sustituyera a Sofía.

Durante los dos meses siguientes, María pensó en Eduardo con mayor frecuencia de lo que había previsto. Las imágenes de Facundo fueron desvaneciéndose poco a poco en su cabeza y el rostro alargado y anguloso de Eduardo ocupó su lugar. Esperaba que la llamara, pero él nunca lo hizo. Sabía que podía ir a verle a su consulta con la excusa de que necesitaba hablar, pero le preocupaba que él se diera cuenta de la verdadera razón que la había llevado hasta allí. Dudaba que hubiera pensado en ella desde su último encuentro.

Y entonces ocurrió algo curioso. Dios, o quienquiera que rija nuestro destino, se dio cuenta de que si no intervenía, aquellas dos modestas criaturas no volverían a encontrarse, así que puso a Eduardo en mitad de la calle un día que María iba paseando con su bolsa llena de libros después de haber asistido a una conferencia en la Facultad. María caminaba sin mirar por donde iba hasta que chocó con él. Los dos se disculparon a la vez antes de levantar la mirada y reconocerse.

—¡Señorita Solanas! —exclamó Eduardo, y en ese momento la tristeza desapareció de su corazón como por encanto. Los dos últimos meses habían pasado en lenta agonía mientras él se sumergía en una profunda depresión para la que no había causa aparente. De pronto se le aceleró el pulso y sonrió como no acostumbraba a hacerlo.

—Doctor Maraldi —se echó a reír María, visiblemente sorprendida—. ¡Qué…!

—… coincidencia, ¿verdad? —la interrumpió él, a la vez que soltaba una risilla y meneaba la cabeza, sin poder todavía dar crédito a su buena suerte.

—Por favor, llámame María —dijo, roja como la grana.

—De acuerdo. Yo soy Eduardo. Hoy no soy tu doctor.

—No, no lo eres —dijo ella echándose a reír como una niña.

—¿Te apetece un café? —preguntó Eduardo y enseguida añadió—: Aunque seguro que no tienes tiempo, ¿verdad?

—Oh, me encantaría —dijo ella igual de rápido.

—Bien, perfecto —tartamudeó Eduardo—. Conozco un sitio muy agradable a un par de calles de aquí. Dame, deja que te ayude con la bolsa —insistió. María dejó que le llevara la bolsa, que en realidad pesaba lo suyo porque llevaba en ella un tomo de historia que acababa de comprar, y anduvieron a paso lento hacia el café. Eduardo se aseguró de caminar por el lado de la acera que lindaba con el bordillo.

El Café Calabria era un local agradable y no estaba demasiado lleno. Eduardo eligió una mesa situada en una esquina junto a la ventana y apartó la silla para que María se sentara. Cuando el camarero acudió a su mesa, él pidió las bebidas y añadió al pedido dos alfajores de maizena.

—¡Oh, en serio, para mí no! —protestó María, preocupada por su figura. Eduardo la miró y pensó lo guapa que era y lo exquisito que era su cuerpo. Le recordaba a un melocotón maduro. María se dio cuenta de la expresión de sus ojos que las gafas no consiguieron ocultar y se oyó añadir—: Bueno, pero sólo por esta vez.

El café se alargó hasta la hora del almuerzo, y el almuerzo terminó dando paso al té. Salieron del café a las seis de la tarde. María habló a Eduardo de Sofía. Lo confesó todo. Él entendió sus actos y encontró una explicación para cada uno de ellos. Parecía tener un gran conocimiento de psicología. María le habló también de la relación entre su prima y su hermano y confió en que él sabría guardarle el secreto.

—Hice algo terrible —le contaba sin disimular su tristeza—. Quemé las cartas de Sofía. Me arrepiento de haberlo hecho, nunca me lo perdonaré. Ahora he perdido a mi mejor amiga y casi pierdo a mi hermano.

Eduardo la miró compasivo.

—Hiciste lo que creías que era lo mejor. El infierno está lleno de buenas intenciones —dijo, y soltó una risilla amable.

—Ahora lo sé.

—No deberías haberlo hecho. Pero aprendemos más de la desgracia que de la felicidad. De cada situación infeliz surge siempre algo positivo. Quizás algún día, cuando Sofía esté felizmente casada, venga a darte las gracias. ¿Quién sabe? Lo importante ahora es que no te atormentes por eso. No tiene sentido llorar y arrepentirse por algo que ya está hecho y que no tiene arreglo. Mira hacia delante —le aconsejó, quitándose las gafas y limpiándolas con la servilleta.

—Entonces, ¿no crees que soy mala? —le preguntó, sonriéndole con timidez.

—No, no creo que seas mala. Creo que eres una buena persona que cometió un error y... bueno, todos cometemos errores —dijo, consolándola. Deseaba decirle que pensaba que era una bella persona por dentro y por fuera. Deseaba amarla para borrar de ella cualquier resto de culpa o de dolor. Sabía que podía hacerla feliz si ella le daba una oportunidad.

Eduardo le dijo a María que en una ocasión estuvo a punto de casarse. Cuando ella le preguntó qué le había hecho cambiar de opinión, él le respondió sin ambages que a su relación con la que iba a convertirse en su esposa le faltaba algo: una chispa, una conexión.

—Quizás es que soy un romántico incurable —dijo—, pero sabía que podía amar a alguien más de lo que la amaba a ella.

Desde esa tarde pasaron muchas horas al teléfono, y salieron varias veces al cine y a cenar antes de que él intentara besarla. Ella sabía que Eduardo se lo tomaba con calma y se lo agradecía, aunque llevaba deseando que la besara desde aquella primera tarde en el café. Él llegó a buscarla con un ramito de flores silvestres y luego la llevó a un restaurante de La Costanera cuyos ventanales daban al río. No dejaron de hablar ni de mirarse a la luz de las velas. Después de cenar, él sugirió dar un pequeño paseo a la orilla del río. María sabía que Eduardo iba a besarla y de repente se puso nerviosa y se quedó callada. Caminaron durante un rato sin decir nada hasta que el silencio se hizo casi insoportable. Por fin él la tomó de la mano y la sostuvo entre las suyas con firmeza. Luego se detuvo y le tomó la otra, tirando de ella hasta que quedaron uno frente al otro.

—María —dijo.

—¿Sí?

—Llevo… llevo queriendo…

Aquello era demasiado. María deseó que se decidiera y la besara de una vez.

—Adelante, Eduardo. Yo también lo deseo —susurró por fin. Inmediatamente contuvo el aliento ante su propio descaro. Él parecía aliviado al haber recibido su consentimiento. Por un momento María temió que la experiencia fuera a resultar extrañamente desagradable, pero cuando él le puso la mano en la cara y sus temblorosos labios sobre los suyos, la besó con una seguridad que no había imaginado. Más tarde, cuando ella le contó lo que había sentido, él sonrió con orgullo y le dijo que ella le daba la confianza para poder hacer cualquier cosa.

Chiquita y Miguel estaban al tanto de las citas de su hija con el doctor Maraldi. Algunas noches se habían quedado hablando de aquel romance sentados en la cama. Chiquita rezaba todas las noches antes de irse a dormir para que Eduardo cuidara de su niña y la hiciera olvidar al horrendo Facundo. Rezaba con tanto fervor que a veces se despertaba con las manos todavía firmemente juntas. Cuando la pareja anunció su compromiso a finales del verano, Chiquita susurró una silenciosa palabra de agradecimiento antes de abrazar a su hija con lágrimas en los ojos.

—Mamá, no sé si merezco todo esto —dijo María cuando estuvo a solas con su madre—. Eduardo es todo lo que quiero. Es cariñoso, divertido y excéntrico. Le amo por cómo le tiemblan las manos cuando maneja objetos frágiles, por cómo tartamudea cuando se pone nervioso, por su humildad. Soy muy afortunada, afortunadísima. Ojalá Sofía estuviera aquí y pudiera verme. Se alegraría por mí, estoy segura. La echo de menos, mamá.

—Todos la echamos de menos, cariño. Muchísimo.

24

Londres, 1974

Sofía llegó a Londres a mediados de noviembre de 1974 totalmente desmoralizada. Miró el cielo gris y la llovizna y echó de menos su país. Su prima le había reservado habitación en el Claridges.

—Está justo al lado de Bond Street —le había dicho, entusiasmada—, la calle comercial más fascinante de Europa.

Pero Sofía no quería ir de compras. Se sentó en la cama y se quedó mirando por la ventana la lluvia implacable que parecía caer flotando del cielo. Hacía frío y había mucha humedad en el aire. No le apetecía salir a la calle. No sabía demasiado bien qué hacer, así que llamó a Dominique para decirle que había llegado bien. Oyó llorar al pequeño Santiaguito mientras hablaba con su prima y se le hizo un nudo en el corazón. Se acordó de sus deditos y de sus pies perfectos. Cuando colgó fue hasta donde estaba su maleta y buscó dentro. Sacó un pequeño cuadrado de muselina blanca y se lo llevó a la nariz. Olía a Santiaguito. Se acurrucó en la cama y lloró hasta quedarse dormida.

El Claridges era un hotel magnífico, de techos altos y bellísimas molduras en las paredes. Los empleados eran encantadores y atendían todas sus necesidades tal como Dominique le había avanzado.

—Pregunta por Claude, él cuidará de ti —le aconsejó. Sofía dio con Claude, un hombre bajito y gordo con una calva brillante que le daba a su cabeza el aspecto de una pelota de *ping-pong*. En cuanto mencionó a Dominique, a Claude se le puso la cabeza como un tomate hasta la mismísima coronilla. Mientras se secaba la frente con un pañuelo blanco le había dicho que si necesitaba algo, lo que fuera, no dudara en pedirlo. Su prima era una muy buena clienta del hotel, de hecho la clienta más encantadora. Tendría mucho gusto de ayudarla en lo que pudiera.

Sofía sabía que debía buscar piso y trabajo, pero en ese momento no se sentía con fuerzas, así que se dedicó a dar largos paseos por Hyde Park y a conocer su nueva ciudad. Si no le hubiera pesado tanto el corazón habría disfrutado de la libertad de descubrir Londres sin tener a sus padres o a algún guardaespaldas a su lado. Podía ir a cualquier parte y hablar con todo el mundo sin la menor desconfianza. Vagó por las calles, mirando los escaparates que resplandecían con los adornos de Navidad. Hasta visitó algunas galerías y unas cuantas exposiciones. Se compró un paraguas en una tiendecita de Picadilly. Sería su compra más rentable.

Londres no se parecía en nada a Buenos Aires. No daba la sensación de ser una gran ciudad. Más bien parecía un pueblo grande. Las casas eran bajas, y las aceras de las calles, llenas de árboles y perfectamente conservadas, giraban una y otra vez de manera que era imposible saber adónde llevaban. Buenos Aires estaba construido a partir de un sistema de manzanas perfectamente organizadas. Uno siempre sabía dónde desembocaban las calles. Sofía tenía la sensación de que Londres era una ciudad resplandeciente y ordenada como una perla recién pulida. Comparada con ella, su ciudad natal parecía sucia y destartalada. Pero Buenos Aires era su hogar y lo echaba de menos.

Un par de días más tarde empezó a buscar piso. Siguiendo el consejo de Claude, habló con una señora llamada Mathilda que trabajaba en una agencia inmobiliaria de Fulham. Mathilda le encontró un pequeño apartamento de una habitación en Queen's Gate. Encantada con su nuevo piso, Sofía salió a comprar todo lo necesario para equiparlo. En realidad el apartamento estaba totalmente amueblado, pero Sofía quería hacerlo suyo: su pequeña fortaleza en esa tierra extraña. Compró un edredón, alfombras, una vajilla, jarrones, libros para poner en la mesita del café, cojines y cuadros.

Ir de compras hizo que se sintiera mejor y se aventurara a salir, a pesar de la terrible oleada de atentados que azotaba Londres esos días. Una de las bombas estalló en Harrods y otra en la puerta de Selfridges. Pero Sofía no tenía televisión y no se molestaba en comprar el periódico. Se enteraba de las noticias por boca de los taxistas que, según su opinión, eran el grupo de hombres más alegre que jamás había conocido. Los taxis londinenses estaban limpísimos y eran muy espaciosos y los autobuses eran adorables, como modelos en miniatura de una ciudad de juguete.

—Es usted extranjera, ¿verdad? —le preguntó un taxista. Hablaba con un acento tan extraño que Sofía apenas entendió lo que le decía—. No es la mejor época para venir a Londres. ¿Es que no llegan las noticias a su país? Los malditos sindicatos parecen estar gobernando Inglaterra. No hay un líder como Dios manda, ese es el problema. El país va a la deriva. Ya se lo he dicho a mi mujer: este país se está yendo al garete. Lo que necesitamos es un buen remezón.

Sofía asintió en silencio. No sabía de lo que le hablaban.

No tardó en encariñarse con Londres. Le encantaban sus guapos policías con sus extraños sombreros, los guardias inmóviles a las puertas del palacio de St. James, y las pequeñas casas y las gaviotas. No había visto nunca nada igual. Londres era una ciudad en miniatura llena de casitas de muñecas, pensaba, recordando el libro de pintorescas fotografías de Inglaterra de su madre. Se detuvo un rato frente al palacio de Buckingham sólo para ver qué hacía ahí toda esa gente con la nariz pegada a las verjas de hierro. Descubrió el cambio de Guardia, que la dejó tan maravillada que tuvo que volver al día siguiente para verlo de nuevo. Intentó por todos los medios reprimir cualquier recuerdo de Santi, de Argentina y del pequeño Santiaguito, hasta que su corazón se dio por vencido y se sometió a sus deseos. No quería seguir atormentándose.

Cuando empezó a quedarse sin dinero salió a regañadientes a buscar trabajo. Como no tenía estudios, empezó preguntando en las tiendas. En todas partes querían gente con experiencia, y como ella no la tenía, simplemente meneaban la cabeza y la acompañaban a la puerta.

—Hay mucho desempleo —suspiraban—. Tendrás mucha suerte si alguien te contrata.

Tras tres largas semanas de tienda en tienda, Sofía empezó a desesperarse. Se le acababa el dinero y tenía que pagar el alquiler. No quería llamar a Dominique. Tanto ella como su marido ya habían sido demasiado buenos con ella, y por otro lado Sofía no soportaba la idea de que le mencionaran a su hijo.

Un día, ya totalmente desanimada, entró en una librería de Fulham Road. Un hombre con gafas de aspecto agradable estaba sentado detrás de un montón de libros, tarareando la canción que en ese momento sonaba en la radio. Sofía le dijo que estaba buscando trabajo pero que en todas partes le habían dicho que necesitaban a gente con experiencia y ella no la tenía. Suponía que tenía que haber trabajo puesto que estaban en plena temporada navideña. El hombre meneó la cabeza y le dijo que lo sentía, pero que no necesitaba a nadie.

—Como puedes ver, esta tienda es muy pequeña —explicó—. Pero sé que necesitan a alguien en Maggie's, la tienda de al lado. Inténtalo ahí. No están buscando a alguien con experiencia.

Sofía salió al frío de la calle. Estaba oscureciendo. Miró la hora. Sólo eran las tres y media. Todavía le sorprendía lo temprano que se hacía de noche en Inglaterra. Resultó que Maggie's era una peluquería. Sofía retrocedió. No estaba tan desesperada para rebajarse tanto, así que, tras echar un vistazo por la ventana llena de vaho del local, se compró un chocolate caliente en un café y se sentó con la mirada fija en la taza. Pasados unos minutos empezó a observar a la gente que la rodeaba. Algunos habían estado haciendo las compras de Navidad. Iban cargados de bolsas llenas de relucientes paquetes. Charlaban entre ellos, ajenos a ella. Rodeó la taza con las manos y se inclinó sobre la mesa. De pronto se sintió muy sola. No tenía ni un solo amigo en aquel país.

Oh, cómo echaba de menos a Santi. También a María. María había sido su mejor amiga. Se moría de ganas de hablar con ella y de contarle todo lo que le estaba pasando. Se arrepentía de no haberle escrito, no haber confiado en ella. Imaginaba que María debía de estar tan triste y debía de sentirse tan sola como ella. Era su amiga. Pero ya era demasiado tarde. Ojalá le hubiera escrito un año antes. Aunque si en aquel entonces no había sabido cómo empezar una carta, a buen seguro no sabría cómo hacerlo ahora. No, había dejado escapar la oportunidad. No sólo había perdido a su novio, sino también a la mujer que, a pesar de ser una criatura mucho más dulce y tímida que ella, la había comprendido y la había apoyado siempre. Habían pasado la vida juntas y ahora todo había terminado. Una gruesa lágrima cayó sobre el chocolate.

Fuera, la calle estaba llena de gente. Todo el mundo parecía ir a algún lado. Quizás a tomar el té con unos amigos, al trabajo, a ver a la familia. Ella no tenía a nadie. En Londres no tenía a nadie que la quisiera. Podía morir en una de esas aceras frías y desconocidas y nadie se daría cuenta. Se preguntó cuánto tardarían en encontrarla e identificarla a fin de notificar su muerte a su familia. Probablemente semanas, quizá meses, en caso de que se molestaran en intentarlo. Tenía pasaporte británico gracias a su abuelo, pero no se sentía parte de aquel lugar.

Pagó la cuenta y se marchó. Cuando volvió a pasar por delante de Maggie's decidió dar marcha atrás y echarle un segundo vistazo a la peluquería. Pegó la cara al cristal y miró dentro. Un hombre alto y desgarbado estaba cortando el pelo a una mujer, deteniéndose de vez en cuando para usar sus manos a fin de ilustrar la historia que estaba contando. Una jovencita rubia estaba sentada tras un mostrador contestando el teléfono. Tenía que disimular la risa para poder anotar las citas. En ese momento se abrió la puerta, lanzando a la calle un fuerte olor a champú y a perfume.

—¿En qué puedo ayudarte? —preguntó una mujer pelirroja de unos cincuenta años, asomando la cabeza. Llevaba los labios pintados de violeta como Dominique y se había pintado los ojos de un horrendo color lima sin demasiada gracia.

—Me han dicho que aquí necesitan personal —respondió Sofía todavía no demasiado convencida.

—Mira qué bien. Pasa. Yo soy Maggie —dijo una vez que Sofía hubo entrado en la reconfortante calidez de la peluquería.

—Sofía Solanas —respondió. El hombre había dejado de contar su historia y se giró a mirarla. Sus ojos de serpiente estudiaron los rasgos de su cara y su ropa, escudriñándola sin disimulo de la cabeza a los pies. Manifestó su aprobación con un ligero ademán.

—Encantadora, Sofía. Encantadora. Yo soy Antón. En realidad me llamo Anthony, pero Antón suena más exótico, ¿no crees? —dijo, y se echó a reír antes de ir hasta el cajón y sacar un gran bote de gel.

—Antón es todo un personaje, Sofía. Tú celébrale los chistes y verás cómo te adora, cariño. Eso es lo que hace Daisy, ¿verdad, querida? Y él la adora.

Daisy sonrió afectuosamente y le tendió la mano desde detrás del mostrador.

—Veamos, el horario es de diez a seis, cariño, y tu trabajo será hacer un poco de todo: barrer, lavar cabezas y mantener el local en orden. No puedo pagarte más de ocho libras por semana, propinas aparte. ¿Te va bien? A mí me parece justo. ¿A ti no, Antón?

—Generosísimo, Maggie —soltó Antón con gran efusividad, llenándose la mano de lo que parecía una especie de barro verde.

—Pero si pago ocho libras de alquiler —se quejó Sofía.

—Pues no puedo pagarte más. Lo tomas o lo dejas —dijo Maggie, cruzándose de brazos.

—Yo también estoy de alquiler. Podríamos compartir piso —sugirió Daisy entusiasmada. Ella vivía en un destartalado piso en Hammersmith y tardaba una eternidad en llegar al trabajo por la mañana—. ¿Vives cerca de aquí?

—En Queen's Gate.

—No me extraña que pagues tanto. ¿De dónde eres, querida? —preguntó Maggie, que no conseguía distinguir el acento de Sofía.

—De Argentina —respondió. En ese momento se le cerró la garganta. Hacía demasiado tiempo que no había oído esa palabra.

—Qué maravilla —dijo Antón, que no tenía ni idea de dónde estaba aquel país.

—Bueno, si quieres una compañera de piso, me encantaría compartirlo contigo.

A Sofía no le hacía mucha gracia compartir piso. Nunca había tenido que compartir nada, pero estaba en una situación desesperada y Daisy parecía una buena chica. Así que accedió.

—Perfecto. ¡Tu primer encargo será ir a comprar una botella de buen vino barato, Sofía! —se echó a reír Maggie, abriendo la caja y sacando unas monedas—. Esto hay que celebrarlo, ¿no es cierto, Antón?

—Por supuesto, Maggie —repitió él dejando caer la mano sobre la muñeca y mostrando unas uñas perfectamente cuidadas.

Un par de semanas más tarde, aquella pequeña peluquería se había convertido en el nuevo hogar de Sofía, y Maggie, Antón y Daisy en su nueva familia. Maggie había dejado a su marido y había empezado su propio negocio para poder salir adelante.

—Menuda idiota —dijo Antón, cuando se cercioró de que Maggie no podía oírle—. Su marido era muy rico y tenía muy buenos contactos.

Antón vivía con Marcello, su novio, un italiano guapo, moreno y de pelo en pecho que a veces iba a la peluquería y se tiraba en el sofá tapizado de falsa piel de leopardo a escuchar las historias de Antón. Maggie abría entonces una botella de vino y se sentaba con él. Pero por mucho que hiciera revolotear sus falsas pestañas para él, Marcello sólo tenía ojos para Antón. Maggie también flirteaba con todos sus clientes, y muchos estaban encantados.

—Los rocío con mis polvos especiales y los envío de vuelta a los brazos de sus mujercitas —decía. Daisy y Sofía se pasaban el camino de vuelta a casa riéndose de sus ocurrencias.

Daisy era una chica lista e ingeniosa, pero sobre todo era muy cariñosa. Tenía una mata brillante de rizos rubios que le caían por la espalda, y una barbilla puntiaguda que contrastaba con sus pómulos marcados y que le daba a la cara la definición de un corazón. Era dulce y exuberante. Compartía con Sofía el pequeño apartamento y todo lo que había en él. Al principio a Sofía le costó compartir su espacio, pero poco a poco empezó a confiar en su nueva amiga. La necesitaba. Daisy puso fin a su soledad y llenó el espacio que en otros tiempos había sido de María.

Los padres de Daisy vivían en el campo. Eran de Dorset, un lugar que señaló en el mapa para Sofía.

—Es muy verde y está lleno de colinas. Es precioso —le dijo a Sofía—, pero muy provinciano. Siempre me he sentido muy atraída por el brillo de las luces de la ciudad.

Los padres de Daisy estaban divorciados. Su padre era obrero de la construcción y recorría el norte del país de obra en obra mientras su madre, Jean Shrub, vivía con Bernard, su novio, que casualmente también era obrero. Vivían en Tauton, donde ella trabajaba de esteticista.

—Siempre quise hacer lo mismo que mi madre, ir a casa de la gente a hacerles la manicura. Pero en cuanto aprendí el oficio, metí la pata en mi primer empleo. Se me cayó cera encima del perro de la señora Hamblewell. Fue un desastre. Casi despellejo al pobre bicho. Así que aparqué mis herramientas de manicura y vine a Londres. No se lo digas a Maggie, pero puede que pronto vuelva a la manicura. A Maggie le iría bien una esteticista, ¿no crees?

Siempre se reía de su nombre. Se presentaba como «Daisy [margarita] como la flor. Shrub como el arbusto». Decía que había tenido suerte de no ser jardinera. Nadie la habría tomado en serio. Daisy se liaba los cigarrillos que fumaba sentada en la ventana del apartamento porque Sofía odiaba el olor a tabaco, y hablaban de sus vidas y de sus sueños. Pero Sofía tenía que inventar sus sueños por el bien de Daisy. No podría nunca revelar a nadie la verdad que encerraba su pasado.

En Maggie's Sofía barría el suelo, maravillándose a veces de la gran gama de colores de pelo que a menudo tenía que limpiar. A Antón le fascinaban los tintes. Teñir era su trabajo favorito.

—Están todos los colores del arco iris, nenita. Hay mucho donde elegir —decía. Tenía una clienta, Rosie Moffat, que iba literalmente cada quince días para cambiarse el color del tinte—. Ya los ha probado todos. Voy a tener que empezar de nuevo por el principio o hacerle mechas. Qué dilema —se quejaba.

Sofía también lavaba cabezas. Al principio esa parte del trabajo no le gustaba demasiado porque le destrozaba las uñas, pero pasado un tiempo se terminó acostumbrando. Además le daban buenas propinas, sobre todo los hombres.

—No habla mucho de ella, ¿no crees, Antón? —dijo Maggie, que estaba tumbada en el sofá limándose las garras.

—Pero es una chiquilla adorable.

—Adorable, sí.

—Y muy trabajadora. Aunque me gustaría que alegrara un poco la cara. Está siempre muy triste —dijo Antón, sirviéndose una copa de vino. Eran las seis y media, hora de tomarse una copita.

—Se ríe con tus chistes, ¿verdad, querido?

—Ya lo creo. Pero, aun así, lleva encima esa tristeza como si estuviera penando por algo. Tragedia en movimiento, cariño.

—Querido, tú siempre tan poético. No pensarás dejarme para dedicarte a la poesía, ¿verdad? —Maggie se echó a reír y encendió un cigarrillo.

—Yo soy poesía, nenita. De todos modos no quiero dejar en el paro a todos esos maravillosos poetas —añadió trayéndole un cenicero. Maggie dio una calada al cigarrillo y al instante relajó los hombros.

—¿Tienes alguna idea de por qué vino a Londres?

—Nunca habla de eso. De hecho, Maggie, no sabemos nada de ella, ¿verdad?

—Me muero de curiosidad, cariño.

—Ooh, y yo. Hay que darle tiempo. Estoy seguro de que esconde una fascinante historia.

A medida que se acercaba la Navidad y las calles de Londres brillaban y resplandecían con los adornos navideños y los abetos, Sofía no podía evitar preguntarse si los suyos la echaban de menos. Los imaginó preparándose para las fiestas. Imaginó el calor, las llanuras secas y aquellos frondosos eucaliptos hasta que casi fue capaz de olerlos. Se preguntó si Santi pensaba alguna vez en ella. ¿O quizá la había olvidado? María había dejado de escribirle después de aquella dolorosa carta que le había enviado en primavera. Habían sido amigas, muy amigas. ¿Tan fácil era olvidar? ¿La habían olvidado? Cuando pensaba en su casa se sentía rota por dentro.

Daisy volvió a casa de su madre por Navidad. Llamó para decir que había tanta nieve que no podían salir de casa, así que su madre se había dedicado a hacerles la manicura y la pedicura a todos.

—Espero que esto dure unas cuantas semanas, puede que Bernard nos construya una casa nueva.

Sofía se había puesto triste cuando la vio irse. No tenía familia a la que visitar y sentía terriblemente la ausencia de sus amigos.

Pasó la Nochebuena con Antón y con Marcello en la casa rosa que Maggie tenía en Fulham.

—Adoro el color rosa —soltó Maggie efusiva, mostrando sus pantuflas rosas a Sofía cuando le enseñaba la casa.

—Nunca lo habría dicho —se rió Sofía, aunque por dentro se sentía como muerta. Se dio cuenta de que hasta la tapa del retrete era de color violeta. Abrieron botellas de champán, Antón empezó a bailar por la sala vestido con unos shorts estampados en piel de cebra y con oropeles en la cabeza como si fuera un emperador romano, mientras Marcello se tumbaba en el sofá a fumarse un porro. Maggie había pasado el día cocinando con Sofía, que no tenía nada más que hacer aparte de echar de menos su casa. Todos habían llevado pequeños regalos para los demás. Maggie le regaló una cajita de esmaltes de uñas que Sofía jamás usaría, y Antón le regaló un neceser verde en el que iban incluidos un espejo y una pequeña bolsa para el maquillaje. Sofía pensó en lo pobre que era. Había pertenecido a una de las familias más ricas de Argentina y ahora no tenía nada.

Después de la cena y de haber bebido demasiado vino se sentaron delante del fuego, viendo cómo las llamas lamían las paredes de la chimenea, transformándolas de rosas a naranjas. Maggie miró a Antón, que asintió, cómplice. Se sentó en el suelo y rodeó a Sofía con su brazo densamente perfumado.

—¿Qué tienes, niña? A nosotros puedes decírnoslo, somos tus amigos.

Y Sofía se lo contó, omitiendo a Santiaguito. Ese era un secreto demasiado vergonzoso para revelárselo a nadie.

—Un hombre. ¡Tenía que ser un maldito hombre! —saltó Antón enojado cuando ella hubo terminado de hablar.

—Tú también eres un hombre, querido.

—Sólo un hombre a medias, nenita —replicó él, terminándose la copa de un trago y sirviéndose otra. Marcello dormía en el sofá. Su mente flotaba en algún lugar de las colinas de la Toscana.

—Estás mejor sin él, cariño —dijo Maggie con dulzura—. Si ni siquiera fue capaz de cumplir su promesa y escribirte, es mejor que te hayas librado de él.

—Pero le amo tanto que me duele, Maggie —sollozó.

—Le olvidarás. Todos lo hacemos, ¿verdad, Antón?

—Así es.

—Encontrarás a algún inglés encantador —dijo Maggie intentando animarla.

—O italiano.

—Yo que tú me mantendría apartada de ésos, querida. Sí, un buen inglés.

❖ ❖ ❖

Al día siguiente Sofía se despertó con dolor de cabeza y un deseo casi incontrolable de ver a su hijo. Se acurrucó hasta quedar hecha una bola y lloró en el pequeño cobertor de muselina hasta que sintió que la cabeza iba a partírsele como un melón. Recordó la carita de Santiaguito, aquellos ojos azules, claros e inocentes, que habían confiado en ella. Le había traicionado. ¿Cómo podía haber sido tan cruel? ¿En qué estaba pensando? ¿Cómo podía Dominique haberla dejado deshacerse de su precioso bebé, la vida que había crecido en sus entrañas? Se llevó las manos a la barriga y lloró la pérdida de su hijo. De pronto la aterró la idea de no volverlo a ver. Lloraba tanto que el dolor que le agarrotaba la garganta se volvió insoportable. Por fin, llevó el teléfono a la cama y llamó a Suiza.

—*Oui?*

A Sofía el corazón le dio un vuelco cuando oyó la voz gruñona del ama de llaves contestar al teléfono.

—*Madame* Isbert, soy Sofía Solanas. Llamo desde Londres. ¿Podría hablar con Dominique, por favor? —preguntó esperanzada.

—Lo siento, *mademoiselle*, pero *monsieur* y *madame* La Rivière estarán fuera del país durante diez días.

—¿Diez días? —preguntó sorprendida. No le habían dicho que pensaran ir a ninguna parte.

—*Oui,* diez días —replicó *madame* Isbert sin disimular su impaciencia.

—¿Adónde han ido?

—No me lo han dicho.

—¿No se lo han dicho?

—No, *mademoiselle*.

—¿Y no han dejado ningún número de teléfono?

—No.

—¿Ni siquiera un teléfono de contacto?

—*Mademoiselle* Sofía —dijo la mujer visiblemente irritada—, no han dicho adónde iban, no han dejado ningún número de teléfono ni ninguna dirección. Han dicho que estarían fuera diez días y eso es todo. Lo siento, no puedo ayudarla.

—Yo también lo siento —sollozó Sofía y colgó. Demasiado tarde. Era demasiado tarde.

Sofía volvió a acurrucarse hasta hacerse una bola y se envolvió en sus propios brazos. Pegó la cara al pequeño cobertor de muselina, y al hacerlo se acordó que la última vez que se había sentido así de infeliz había sido cuando el abuelo O'Dwyer había muerto a su lado. No volvería a ver a Santiaguito. Tampoco volvería a ver a su querido abuelo. Era como si Santiaguito hubiera muerto. Jamás podría perdonarse por ello.

25

Las Navidades habían sido tremendamente tristes. Sola en su apartamento, Sofía se había quedado a menudo dormida llorando, pensando en Santa Catalina y en los suyos. Antón y Maggie habían cuidado de ella el resto de las vacaciones, asegurándose de que al no dejarla sola no caería en una depresión. Cuando la peluquería volvió a abrir sus puertas, Sofía regresó aliviada al trabajo, con la esperanza de que 1975 fuera para ella un año mejor que el anterior. Con ese fin en mente, se obligó a mirar hacia delante en vez de quedarse anclada en el pasado. Al fin y al cabo, eso es lo que el abuelo le habría aconsejado si hubiera estado vivo. Parecía serle de gran ayuda.

Dominique visitaba Londres con frecuencia puesto que los negocios de Antoine reclamaban más que nunca su presencia en la City. Cuando estaba con Dominique, comían en restaurantes elegantes y se iban de compras a Bond Street. Sofía se acordaba entonces de la vida privilegiada que había tenido y la valoraba, porque en cuanto Dominique regresaba a Ginebra su vida volvía a ser la de una empleada.

El año pasó volando. Se hizo amiga de Marmaduke Huckley-Smith, el hombre de las gafas que estaba a cargo de la librería. Él le presentó a sus amigos, uno de los cuales la llevó a cenar en alguna ocasión. Sofía se lo agradecía, pero no se sentía en absoluto atraída por él. De hecho, no se sentía atraída por nadie.

En su tiempo libre, Daisy y Sofía se iban a King's Road en busca de ofertas. Estaba de moda el estilo étnico y a Sofía le encantaba llevar faldas largas de Monsoon. Antón le tiñó el pelo con gruesas mechas de rojo, y un día que estaba aburrido le alisó el pelo a Daisy, dejándola casi irreconocible, pero estupenda. Iban al cine una vez al mes y también al West End, donde vieron *La ratonera*.

—El hombre que construyó este teatro era un rico aristócrata que se enamoró de una actriz. Lo construyó para ella. ¿No te parece increíblemente romántico? —susurró Daisy desde su asiento.

—Puede que uno de los amantes de Maggie le construya una peluquería nueva. ¡Eso sí que sería fantástico! —respondió Sofía echándose a reír.

Antón los llevó a todos a ver *The Rocky Horror Show* y los puso en ridículo llegando en un Cadillac rosa que había alquilado para la ocasión. No sólo eso. También llevaba ligas y ropa interior de encaje, y Marcello le seguía vestido con un traje estampado en falsa piel de tigre. Maggie estaba horrorizada y exclamó que esperaba que se cambiara de ropa antes ir a trabajar el lunes. Sofía apuntó que lo único que Marcello necesitaba para completar el traje que llevaba era un largo rabo. El italiano replicó con tono guasón que si le enseñaba su rabo, no encontraría nunca a ningún hombre que pudiera compararse a él.

Daisy consiguió entradas baratas para el concierto que David Bowie daba en Wembley. Aparte de Bowie, Daisy estaba loca por Mick Jagger y ponía sus casetes a todo volumen en la peluquería, lo que irritaba muchísimo a Maggie, que prefería las suaves melodías de Joni Mitchell.

Los tristes meses de invierno desaparecieron lentamente, llevándose de la mano la tristeza de Sofía. Cuando las calles se llenaron de brotes blancos y rosados, Sofía descubrió una nueva actitud mental: la actitud mental positiva del abuelo O'Dwyer.

Se concentró en su trabajo y Maggie le subió el sueldo. Sofía estaba más que encantada viviendo con su amiga Daisy, con la que pasaba muchas noches bebiendo y riendo en el Café des Artistes. Daisy siempre bebía cerveza, hábito que Sofía encontraba absolutamente repulsivo. Tampoco podía entender por qué los ingleses adoraban esa especie de salsa que llamaban «Marmite». Sin embargo, se daba cuenta de que ahí estaba en minoría. Al parecer todos los ingleses habían crecido comiendo Marmite.

—Por eso somos tan altos —se enorgulleció Antón, que pasaba del metro noventa.

En agosto Maggie cerró la peluquería durante dos semanas e invitó a todos a la casa que había alquilado en Devon para que disfrutaran con ella del mar y de la playa. Sofía lo pasó de maravilla, aunque echaba de menos el sol, ya que llovía casi todos los días. Se acordaba de cuando su madre le hablaba de las colinas de Glengariff y se preguntaba si se parecerían a las de Devon. Organizaron picnics en la playa húmeda. Comían en traje de baño, resguardándose bajo las sombrillas mientras el viento les llenaba los sándwiches de arena. Pero se reían de los chistes que contaba cada uno y de Marcello, que no lograba comprender la locura de los ingleses y que no dejaba de tiritar, a pesar de sus gruesos pantalones de terciopelo y de su jersey de cuello cisne.

—A mí que me den la Toscana —gimoteaba—, donde pueda ver el sol y el cielo.

—Oh, cállate ya, Marcello. No seas tan italiano —murmuró Maggie, engullendo una porción de tarta de chocolate.

—Cuidadito, cariño. Le quiero precisamente porque es italiano —dijo Antón, dejando que su novio se acurrucara contra él en busca de calor.

—Marcello tiene razón —dijo Daisy cordial—. Míranos. Los únicos que estamos en la playa somos ingleses. Qué ridículos, aquí sentados con esta lluvia y este frío como si estuviéramos en el sur de Francia.

—Por eso ganamos la guerra, cariño —replicó Maggie, intentando encender un cigarrillo a pesar del viento. Cada vez que encendía una cerilla se le apagaba—. Oh, por el amor de Dios. Antón, Sofía, me da igual cuál de los dos, encendedme un maldito cigarrillo antes de que pierda la paciencia.

—No combatiste en la guerra, Maggie —dijo Antón echándose a reír—. Ni siquiera puedes encender un cigarrillo.

Se puso el cigarrillo en la boca y, protegiéndose del viento, lo encendió.

—Me sorprendes, Antón —le soltó Maggie con guasa—. Tienes más de mujer que de hombre. Estás muy callada, Sofía. ¿Te ha comido la lengua el gato?

Maggie miró a Sofía, que estaba acurrucada encima de una toalla mojada. En sus pálidos labios azulados, que no dejaban de tiritar de frío, se dibujó una tímida sonrisa.

—Siento decirles que estoy de acuerdo con Marcello. Estoy acostumbrada a las playas de Sudamérica —dijo sin conseguir que sus dientes dejaran de castañetear.

—Vaya par —sonrió Maggie—. De todas formas os hará bien. Una buena dosis de fortaleza inglesa. Esa es la razón de que nuestros ejércitos sean los mejores del mundo. Fortaleza. Nadie supera a los ingleses en eso.

—Bueno, sin duda tú la tienes, Maggie —soltó Daisy sin poder contener la risa—. Sofía, apuesto a que nunca imaginaste que hoy estarías aquí cuando estabas tomando el sol en esas calurosas playas de Sudamérica.

—Tienes toda la razón del mundo —respondió Sofía. Al menos no había nada en Devon que le recordara a su país. En aquellas playas frías y tristes estaba en un mundo totalmente distinto.

La Navidad de 1975 fue mucho más alegre que la del año anterior. Sofía pasó diez días con Dominique y con Antoine en su chalet de Verbier. Delfine y Louis habían invitado a algunos amigos, y una vez más el chalet vibró con los chillidos de felicidad y sorpresa a medida que se abrían los regalos y se jugaba a los juegos de mesa. Las luces de Navidad brillaban en el aire helado y las campanas resonaban por todo el valle. El clima parecía suspendido en un limbo mágico en el que el sol resplandecía a diario contra un límpido cielo azul que se nubló justo después de que Sofía se hubiera marchado a Londres. A su vuelta, la noche de Fin de Año le tenía preparada una sorpresa que jamás habría imaginado.

Daisy había sugerido que fueran a un club del Soho «al que van todos los actores». Como a Sofía le encantaba el teatro, pensó que era una buena idea y se compró una falda de *patchwork* y un sombrero de terciopelo en el mercadillo de Portobello Road. Se los pondría con unas botas de piel que había comprado con Dominique en Ginebra. No tenía mucho dinero, ya que con su sueldo era casi imposible poder ahorrar algo, pero decidió que merecía darse un pequeño lujo, un pequeño regalo que simbolizara el principio de una era nueva y más positiva.

El club estaba abarrotado de gente animadísima que huía del frío de la calle. Las dos chicas consiguieron dos asientos en la barra cuando una pareja visiblemente exasperada porque no conseguían que los atendieran se fue del local. Sofía y Daisy miraron a su alrededor y reconocieron al menos a dos actores y a un presentador de televisión. Gracias a su juventud y belleza, no tuvieron la menor dificultad para que las atendieran. El barman se pasó la mano por el pelo, un pelo negro y largo que llevaba atado con una cola, y apareció frente a ellas con una amplia sonrisa en los labios.

A las doce menos cuarto Daisy estaba flirteando descaradamente con un sudoroso escultor que sin duda había bebido demasiado. Babeando después de haber visto el pronunciado escote de Daisy, se la había llevado a toda prisa al otro extremo del bar. Sofía sonrió a su amiga y meneó la cabeza. A Daisy no parecía importarle demasiado quién la besara siempre que el tipo en cuestión la invitara a una copa y le prestara un poco de atención. Sofía se quedó tranquilamente sentada mirando a la gente que tenía alrededor. Todos parecían felices, pero no le importó estar sola. Ya se había acostumbrado.

—¿Puedo invitarte a una copa?

Sofía se giró y se encontró con un hombre guapo y corpulento que estaba sentándose en el asiento de al lado. Le reconoció de inmediato. Le había visto en la obra de teatro que había ido a ver hacía unas semanas. Había sido el actor principal en *Hamlet*, papel que había desempeñado con gran arrojo. Personalmente, a Sofía le parecía que tendía un poco a la sobreactuación, pero pensó que él no iba a apreciar sus consejos en aquel preciso instante. Asintió y pidió otro gintónic. Él levantó la mano y llamó al barman con maestría, que acudió de inmediato.

—Un G.T. para mi amiga y un whisky para mí —dijo. Luego se giró hacia ella, apoyando el codo en la barra.

—Mi abuelo solía beber whisky —dijo Sofía.

—Buena elección.

—De hecho, le enterraron con su «botella de licor» —añadió, imitando su acento irlandés.

—¿Por qué?

—Porque tenía miedo de que los duendes se la robaran —explicó entre risas. Él la miró y rió entre dientes. Sin duda, aquella chica no se parecía a ninguna de las que había conocido hasta entonces.

—¿Eres irlandesa?

—Mi madre es irlandesa. Mi padre es argentino.

—¿Argentino?

—Sí, pero de sangre española.

—¡Dios! —exclamó—. ¿Qué te ha traído hasta aquí?

—Es una larga historia —le contestó en un intento de dar por zanjado el tema.

—Me gustaría oírla.

Seguían sentados, intentando entenderse a pesar del volumen de la música. Si él no hubiera acercado su taburete al de ella y se hubiera inclinado hacia Sofía para oírla mejor, tendrían que haberse gritado. Se presentó como Jake Felton. Hablaba con un exquisito acento inglés y tenía una voz fuerte y dominante.

—Sofía Solanas —le dijo ella.

—Sería un buen nombre para una actriz. Y tú serías una actriz fantástica —dijo con aire experto, dejando que sus ojos devoraran sus generosos rasgos.

—He visto tu obra.

—¿De verdad? —exclamó y sonrió—. ¿Te gustó? Si no te gustó, no me lo digas —añadió jovial.

—Sí, me gustó. Pero recuerda que soy extranjera y que hay muchas palabras del inglés que no entiendo.

—No te preocupes, hay muchos ingleses que tampoco entienden a Shakespeare. ¿Vendrás a verme otra vez? Empiezo una nueva obra en febrero en el Old Vic.

—Puede —dijo Sofía tímidamente antes de terminar su copa.

Cuando anunciaron la medianoche con un: cinco, cuatro, tres, dos, uno: ¡FELIZ AÑO NUEVO!, todos levantaron sus copas y besaron a sus parejas. Jake le puso la mano en la cara y la besó. Le habría besado en los labios si ella no se hubiera girado para ofrecerle la mejilla. Cuando él le preguntó si podía volver a verla, Sofía le dio su teléfono.

Para su sorpresa, Jake Felton la llamó la semana siguiente. En la primera cita la llevó a cenar a Daphne's, un restaurante situado en Draycott Avenue. Jake conocía a Giordano, el extravagante italiano que estaba a cargo del restaurante, y enseguida les dieron la mejor mesa. Al principio Sofía se sentía incómoda, como si estuviera traicionando a Santi, pero entonces recordó que Santi ya la había traicionado. Tenía que madurar, seguir adelante con su vida.

Pasados unos meses, Jake y Sofía se veían con frecuencia. Maggie y Antón se quedaron mudos de admiración cuando se enteraron y se alegraron de corazón por su amiga.

—¡Jake Felton! ¡Qué guapo! —soltó Antón una vez que se hubo recuperado de la impresión.

Daisy le avisó y le recomendó que tuviera cuidado:

—Es un mujeriego —le dijo.

Daisy tenía mucho tiempo en el trabajo para leer las revistas del corazón. A veces el teléfono no sonaba durante horas. Sofía le respondió que todos los latinos eran así, de manera que ya estaba acostumbrada. No pasó mucho tiempo hasta que empezó a ir a ver a Jake a los ensayos. También conoció a sus amigos. De pronto, el pequeño mundo que tenía en Londres se abrió y empezó a moverse en círculos mucho más interesantes y más bohemios.

Cuando Jake le hacía el amor, Sofía prefería dejar las luces encendidas. Le gustaba mirarle. A él eso le halagaba. Sofía no podía decirle que cuando cerraba los ojos pensaba en Santi. Jake era diametralmente opuesto a Santi, pero el cuerpo de Sofía había sido de su primo, sólo él la había hecho suya. Por mucho que intentara apartarlo de su cabeza, la sensación de tener a un hombre dentro le recordaba a él, y también al niño que habían engendrado juntos. Tenía que tener los ojos abiertos para poder olvidar. Jake era tierno con ella y la excitaba, pero Sofía no le amaba. Le dijo que la quería, que su mundo había cambiado gracias a ella, que nunca había sido tan feliz ni se había sentido tan pleno. Lo único que Sofía podía hacer era decirle lo importante que él era para ella, lo cómoda que se sentía a su lado y de qué manera había llenado el vacío que tenía dentro.

Sofía iba a ver ensayar a Jake por las tardes y después criticaba su actuación. Incluso le ayudaba con sus diálogos en la cama antes de irse a dormir. De repente Jake se levantaba de un salto y empezaba a declamar uno de sus soliloquios. En los restaurantes le suplicaba que practicara con él:

—Ahora tú eres Julia. Venga, adelante —le suplicaba. Y así pasaban el rato, recitando las líneas que ya se sabían de memoria y adoptando la expresión del personaje que estaban interpretando hasta que empezaban a reír y tenían que parar porque de tanto reír se quedaban sin respiración.

—Pero, ¿alguna vez habla de *ti*, nenita? —le preguntó Antón una tarde cuando ya llevaban un mes saliendo.

—Naturalmente. Lo que pasa es que está muy concentrado en su trabajo. Para él su trabajo es lo primero —insistía Sofía. Antón sorbió un poco para dejar clara su desaprobación mientras veía a Sofía barrer los mechones de pelo del suelo.

—No quiero ser aguafiestas, cariño, pero cuando le conocí me pareció muy arrogante —comentó Maggie, tirando la ceniza de su cigarrillo al suelo. Antón recogió las toallas y las echó en un cesto de mimbre.

—Sí, esa es la imagen que da a primera vista. Pero eso es porque es muy tímido —dijo Sofía saliendo en su defensa.

—¡Tímido! Cariño, si fuera tímido no se agitaría como lo hace en el escenario —le soltó burlona—. Antón, sé bueno y ponme otra copa de vino. Es a lo que único que una vieja como yo puede aspirar hoy en día.

—¡No seas desabrida, Maggie! —la riñó Antón y luego le sonrió compasivamente—. Pronto serás devorada por algún impresionante tiarrón, ¿verdad, Sofía?

Sofía asintió.

—David Harrison, el productor de la obra de Jake, nos ha invitado a pasar el fin de semana a su casa de campo —les dijo, guardando la escoba y sentándose en el sofá junto a Maggie.

—Ya sabemos quién es David Harrison, ¿no es cierto, Maggie?

—Sí, es muy famoso. Tuvo un doloroso divorcio hace unos diez años, quizá más. No me acuerdo. Ése sí es un hombre para ti, cariño.

—No seas ridícula, Maggie. Estoy muy bien con Jake.

—Lástima —dijo Antón frunciendo los labios.

—Bueno, como quieras —le dijo Maggie—. Luego no digas que no te avisé cuando Jake te la pegue con la actriz principal. Todos los actores son iguales. Yo he salido con unos cuantos y no repetiría ni aunque me pagaran. La verdad es que David podría ser tu padre…, aunque no hay nada malo en un hombre mayor, rico y agradable, ¿verdad, Antón?

—Cuéntanoslo todo cuando vuelvas, ¿prometido, nenita? —le dijo Antón con un guiño.

Jake recogió a Sofía en Queen's Gate el sábado por la mañana con su Mini-Cooper y condujo a toda velocidad por la autopista en dirección a Gloucester. Durante todo el viaje no hizo más que hablar de sí mismo; al parecer había tenido una pelea con el director de la obra a causa de cierta escena.

—Yo soy el actor —le había dicho Jake—, y te repito que mi personaje nunca reaccionaría así, ¡conozco perfectamente mi personaje!

Sofía se acordó de la conversación que había tenido con Maggie y con Antón y miraba entristecida el paisaje helado que veía pasar a toda velocidad por su ventanilla. Jake no parecía darse cuenta de que Sofía no decía nada; estaba demasiado ocupado parloteando sobre su director. Sofía respiró aliviada cuando llegaron a casa de David Harrison, un edificio de color ocre situado al final de un largo camino, justo a la salida de la ciudad de Burford.

David Harrison apareció en la puerta rodeado de dos labradores color miel que menearon sus gruesos rabos en cuanto vieron el coche. David era un hombre de mediana estatura, delgado y de abundante pelo castaño claro que empezaba a teñírsele de canas en las sienes. Llevaba unas gafas pequeñas y redondas y tenía una sonrisa amplia y amistosa.

—Bienvenidos a Lowsley. No os preocupéis por vuestro equipaje —dijo—. Entrad a tomar una copa.

Sofía cruzó la gravilla detrás de Jake en dirección a David. Los dos hombres se estrecharon la mano y David dio unas afectuosas palmadas a Jake en la espalda.

—Me alegra verte, Lotario.

—David, esta es Sofía. Sofía Solanas —dijo, y Sofía le tendió la mano.

—Jake me ha hablado mucho de ti —dijo David, estrechándosela con firmeza—. Será un placer conocerte personalmente. Pasemos dentro, dejémonos de cumplidos.

Le siguieron hasta un vestíbulo de grandes dimensiones. Todas las paredes estaban cubiertas de cuadros de muchos tamaños, y no había ni un solo rincón que no estuviera ocupado por vacilantes montañas de libros. Los magníficos suelos de madera estaban parcialmente tapados por lujosas alfombras persas y tiestos de porcelana con plantas enormes. A Sofía le gustó la casa inmediatamente. Era muy acogedora, y el olor a perro parecía llenarlo todo.

David los condujo al salón donde cuatro personas, a las que Sofía no conocía, fumaban y bebían, sentadas frente a un fuego exuberante. De repente a Sofía le recordó la casa de Chiquita en Santa Catalina y tuvo que reprimir la punzada de dolor que solía acompañar a ese tipo de recuerdos. Fueron presentados a los demás invitados: los vecinos de David, Tony Middleton, escritor, y su mujer Zaza, dueña de una pequeña boutique en Beauchamp Place; y Gilbert d'Orange, un columnista francés, y su esposa Michelle, apodada Miche. Una vez hechas las presentaciones, volvieron a sentarse y retomaron la conversación.

—¿A qué te dedicas? —preguntó Zaza, girándose hacia Sofía. Sofía pareció encogerse.

—Trabajo en una peluquería llamada Maggie's —respondió, y contuvo el aliento, esperando que Zaza le sonriera cortés aunque desdeñosamente antes de darle la espalda.

Pero cuál sería su sorpresa cuando los ojos verdes de Zaza se abrieron como platos y balbuceó:

—No puedo creerlo. Tony, cariño. ¡Tony!

Su marido interrumpió lo que estaba diciendo y se giró hacia ella. Los demás se quedaron escuchando.

—¡No vas a creerlo! ¡Sofía trabaja con Maggie!

Tony esbozó una sonrisa irónica.

—¡Qué pequeño es el mundo! ¿Sabes?, Maggie estuvo casada con Viv, primo segundo mío. Dios mío, ¿cómo está la vieja Maggie?

Sofía se había quedado de piedra y en pocos segundos los tenía a todos partiéndose de risa en cuanto empezó a imitar a Maggie y a Antón. David la miraba desde la licorera y pensaba que en su vida había visto a nadie tan delicioso. Había algo trágico en sus enormes ojos castaños, a pesar de la generosidad de su sonrisa, y deseó hacerse cargo de ella y cuidarla. Era mucho más joven que los demás, y sin embargo no tenía el menor problema a la hora de conversar con ellos. Pero cuando Zaza, que sin duda estaba más que encantada con Sofía, le preguntó inocentemente sobre su país, la joven invitada se quedó callada durante un buen rato.

Después de almorzar en el viejo comedor, servidos por una rotunda señora llamada señora Berniston, Gilbert y Miche subieron a su habitación a dormir la siesta.

—Ese budín de chocolate y el vino me ha dejado *très, très fatigué* —dijo Gilbert, tomando a su mujercita de la mano y conduciéndola escaleras arriba. Jake decidió salir a hacer *jogging*.

—¿Tú crees que es una buena idea después de un almuerzo tan pesado? —preguntó Sofía.

—No he corrido esta mañana y me gustaría hacerlo antes de que se haga de noche —respondió, subiendo los escalones de dos en dos.

—Bueno, ¿por qué no salimos a dar un paseo? Así también nosotros haremos un poco de ejercicio —sugirió Zaza animada—. ¿Vienes con nosotros, David?

A pesar de que soplaba un viento helado, el sol brillaba de firme desde un cielo azul cerúleo. Los jardines eran casi silvestres, aunque se apreciaba en ellos el inquietante eco del orden de una época pasada en que Ariella, ex mujer de David y fanática jardinera, había cuidado de ellos y les había dado todo su amor. Tony, Zaza, David y Sofía avanzaron por el camino de piedra que cruzaba el jardín hacia la parte trasera de la casa, riéndose de lo llenos y aletargados que se sentían después de un almuerzo tan pesado como aquel. Los árboles habían perdido todas sus hojas debido a las heladas de febrero, y a sus pies la maleza estaba húmeda y podrida.

Sofía respiró hondo el aire del campo y se dio cuenta de que había pasado mucho tiempo desde la última vez que había estado en un lugar tan bello como aquél. Se acordó de Santa Catalina en invierno y pensó que si cerraba los ojos y respiraba los olores de la tierra mojada, cargados con la dulce fragancia del follaje invernal, casi podría convencerse de que estaba allí de nuevo.

Le gustaba David. Tenía ese aplomo tan típicamente inglés que tanto atraía a su naturaleza extranjera. Era un hombre atractivo, intelectualmente atractivo, y aunque no era guapo, sí era apuesto. Era fuerte, sabía lo que quería y tenía un gran carisma, aunque había en sus pálidos ojos azules cierta profundidad que desvelaba que también él había sufrido en la vida. Cuando bajaban por una pequeña colina y los establos quedaron a la vista, a Sofía se le encogió el corazón.

—Si a alguien le apetece montar, tengo un par de caballos —dijo David sin darle demasiada importancia—. Ariella los criaba. Cuando se marchó, la granja de sementales cerró y vendí todas las yeguas. Fue terrible. Me he quedado sólo con dos.

Sofía se encontró caminando cada vez más rápido hasta que dejó a los demás atrás en la colina. Sintió cómo se le cerraba la garganta cuando abrió el pestillo de la puerta de uno de los establos. En cuanto el ruido de la paja indicó que dentro había un caballo, tuvo que reprimir la emoción. Enseguida percibió el olor a heno caliente y tendió la mano, sonriendo tristemente, mientras el aterciopelado morro del animal la olisqueaba con curiosidad. Le pasó los dedos por la cara blanca sin dejar de mirar afectuosamente los ojos brillantes del caballo. Fue entonces, con el inconfundible olor a caballo llenándole la nariz, cuando Sofía fue verdaderamente consciente de lo mucho que los echaba de menos. Pegó la cabeza del animal a la suya y usó la suavidad de su piel para secarse las lágrimas.

—¿Quién eres? —le preguntó, acariciándole las orejas—. Eres muy hermoso, mucho.

Sintió una lágrima en el labio y la hizo desaparecer con la lengua. El caballo parecía notar su tristeza y le resopló en la cara. Ella cerró los ojos e imaginó que estaba de vuelta en casa. Se apoyó en su nuevo amigo, y al sentir su piel sedosa y cálida contra la suya se sintió brevemente transportada a la humedad de la pampa. Pero el sentimiento era demasiado real y tuvo que abrir de inmediato los ojos y alejar de sí el recuerdo.

Cuando David apareció por una de las esquinas de los establos, vio la cabeza de Sofía hundida en el cuello de *Safari*. Sintió deseos de acercarse a ella, pero tuvo la sensación de que aquél era un momento de profunda intimidad. Con gran muestra de tacto, condujo a Zaza y a Tony en dirección contraria.

—¿Se encuentra bien? —susurró Zaza, a la que no se le escapaba nada.

—No lo sé —dijo David, meneando la cabeza visiblemente preocupado—. Qué chica tan curiosa, ¿no os parece?

—No ha querido hablar de su casa cuando antes he sacado el tema —apuntó Zaza.

—Quizá sea mera añoranza —dijo Tony cabal—. Seguro que echa de menos su país.

—¡David!

Se giraron para ver a Sofía que se acercaba corriendo.

—Necesito… quiero decir, me gustaría salir a montar. ¿Puedo?

Zaza y Tony continuaron caminando solos, dejando a David y a Sofía ensillando los caballos. Minutos más tarde emprendían un largo paseo a caballo del que no volverían hasta el anochecer. Mientras galopaban por los Cotswolds, Sofía sentía como si por fin hubiera conseguido liberarse de un terrible peso. Podía volver a respirar y dejaba que el aire le llenara los pulmones a grandes bocanadas. Se le aclaró la cabeza. De repente sabía quién era y dónde estaba su sitio. Galopando sobre aquellas colinas y viendo esa infinita extensión de bosques y campos extenderse ondulantes ante sus ojos como un océano de verdes y ocres, se sentía como si hubiera vuelto a casa. Sonreía de nuevo, y no sólo por fuera. Sonreía desde dentro, rebosante de paz y felicidad. Estaba llena de energía, un sensación que no había vuelto a tener desde la última vez que estuvo en Santa Catalina.

David percibió de inmediato el cambio que se había operado en ella. Igual que el actor cuando termina la obra, Sofía se había quitado el traje, desvelando con ello el verdadero ser que se ocultaba debajo. Cuando por fin cerraron las puertas de los establos y colgaron las bridas en el cuarto de los aperos, ambos se reían como dos viejos amigos.

26

Cuando Jake llevaba a Sofía de vuelta de Queen's Gate, ella reflexionaba sobre la oferta de David.

—Me encantaría volver a poner este lugar en marcha —le había dicho, refiriéndose a la granja de sementales—. No me cabe duda de que sabes mucho de caballos. Mi ex, Ariella, criaba caballos de carreras. Producía primales de primera clase. Cuando se marchó, eso se acabó. Los vendí todos, excepto a *Safari* e *Inca*. Te pagaría, por supuesto, y contrataría a quien necesitaras. No tendrías que pasarte toda la semana aquí, en el campo. Bastaría con que supervisaras el trabajo. El lugar está muerto sin gente que cuide de él. No tardará mucho en caer en el abandono, y odio pensar en tener que vender los caballos.

Sofía recordó el tono flemático con que le había hablado. David era un hombre pragmático, pero había calidez en su modo de expresarse. Sonrió al recordarle. La verdad es que era una buena idea, pero Jake jamás lo permitiría. No la dejaría irse a trabajar al campo. Era demasiado posesivo. Y él era lo que único que tenía.

En abril, cuando hacía ya un par de meses que la obra estaba en cartel, Sofía abrió la puerta del camerino de Jake y se lo encontró de pie contra la pared, en plena acción con Mandy Bourne, la actriz principal de la obra. Se había bajado los pantalones, y lo que más tarde recordaría Sofía era su trasero blanquecino embistiendo brutalmente a una sudorosa y despeinada Mandy, que todavía llevaba el vestido del siglo dieciocho que usaba en escena. Sofía se había quedado ahí parada un par de minutos sin que la vieran. Mandy gruñía como una cerda hambrienta con el rostro desdibujado en una mueca de dolor, aunque a tenor de los chillidos que soltaba entre gruñido y gruñido, a Sofía le quedó bien claro que lo estaba pasando en grande. Jake no paraba de murmurar: «Te quiero, te quiero» al ritmo de sus embestidas, y parecía estar llegando al *moment critique* cuando Mandy abrió los ojos y se puso a gritar. Jake hundió la cara en los blandengues pechos de Mandy y exclamó «¡Mierda!» cuando vio a Sofía mirándole desde la puerta. Mandy había salido corriendo bañada en lágrimas.

No hubo disculpas, tampoco penitencia. Jake le echó la culpa a Sofía, diciéndole que se había acostado con Mandy porque no había manera de hacerla suya.

—¡Tú no me quieres! —le gritó acusador.

Sofía se limitó a responderle:

—Primero tendría que confiar en ti.

Cuando salió del teatro lo hizo por última vez. No pensaba volver a ver a Jake Felton. Cogió el teléfono con la esperanza de que David Harrison recordara la oferta que le había hecho en febrero.

—¿Nos dejas? —chilló Antón desesperado—. ¡No podré soportarlo!

—Voy a abrir una granja de sementales para David Harrison —les explicó.

—Qué hombre tan retorcido —soltó Maggie, dándole una chupada a su cigarrillo.

—Oh, Maggie, no tiene nada que ver con lo que estás pensando. Aunque tenías razón respecto a Jake Felton. ¡Hombres! No sirven para nada.

—Ooh, no. Ya veo que no te has enterado. Maggie tiene novio, ¿verdad, nenita? Es un cliente. Me parece que sus polvos mágicos por fin han funcionado.

En la cara de Maggie se dibujó una sonrisa de satisfacción.

—Bien hecho, Maggie. Oh, Dios, no sabéis lo que me duele dejaros —dijo Sofía—, pero no estaré todo el tiempo en Lowsley. Estaremos en contacto.

—Más te vale. De todas formas, nos enteraremos de todos los chismes por Daisy. No te olvides de invitarnos a la boda.

—Maggie —se rió Sofía—. Es demasiado viejo.

—Cuidadito, cariño. Yo también he pasado de los cuarenta —replicó. Luego añadió con voz ronca—: Ya veremos.

Daisy quedó deshecha cuando se enteró de que Sofía se iba, no sólo porque iba a echar de menos a su amiga, sino porque, si a Sofía le iban bien las cosas, tendría que encontrar a alguien con quien compartir el piso. No quería vivir con nadie más. Sofía y ella se habían hecho casi hermanas.

—Entonces, ¿si te gusta te mudarás allí definitivamente? —preguntó, horrorizada ante la idea de que alguien quisiera quedarse a vivir en el campo, por lujosa que fuera la casa.

—Sí, me encanta el campo. Lo echo de menos —dijo Sofía. Lowsley había despertado en ella la afinidad que siempre había sentido con la naturaleza. Ya no soportaba el olor de la ciudad.

—Voy a echarte de menos. ¿Quién te hará las uñas? —preguntó Daisy, mostrándole, gruñona, el labio inferior.

—Nadie. Me las volveré a morder.

—Ni se te ocurra. Con lo bonitas que las tienes ahora.

—Voy a tener que trabajar con las manos en el campo, así que ya no voy a necesitar llevar las uñas cuidadas —se rió Sofía alegremente, anticipando los días llenos de caballos y perros y aquellas interminables colinas verdes. Las dos chicas se fundieron en un abrazo.

—No dejes de llamar a menudo y de venir a verme. No quiero que perdamos contacto —dijo Daisy, amenazando con el dedo a su amiga para ocultar la tristeza que la embargaba. Sofía estaba acostumbrada a irse de los sitios, a cambiar de gente y a hacer nuevos amigos. Había acabado por acostumbrarse. Se había adiestrado para desconectar sus emociones a fin de evitar el dolor, de manera que prometió a Daisy que la llamaría todas las semanas, y luego se marchó, siguió adelante con su vida. Como una nómada, miraba hacia delante, a la nueva aventura sin aferrarse demasiado a los lazos emocionales que la unían a los seres que dejaba atrás.

En cuanto Sofía estuvo felizmente instalada en una pequeña casa en Lowsley, se dio cuenta de que no le importaría en absoluto no tener que volver a Londres. Había echado de menos el campo más de lo que creía, y ahora que lo había recuperado no pensaba volver a perderlo. Hablaba con Daisy a menudo y se reía con los últimos chismes sobre Maggie. Sin embargo, no tenía mucho tiempo para pensar en sus viejos amigos. Estaba demasiado ocupada en volver a levantar la granja de sementales de David. Él le había dicho que podía supervisar el trabajo, pero Sofía no tenía la menor intención de limitarse a supervisar. Deseaba implicarse al máximo, y lo que no supiera tendría que aprenderlo.

Se enteró por la señora Berniston que cuando Ariella se marchó y cerraron los establos, tuvieron que despedir a Freddie Rattray, conocido como Rattie. Rattie había sido el encargado de la granja. Era él quien cuidaba de los potros y de la granja en general. Según le dijo la señora Berniston, Rattie era un experto.

—No encontrará a uno mejor —le había dicho.

Sofía no tardó en localizar y contratar a Rattie y a Jaynie, su hija de dieciocho años, con la ayuda de la señora Berniston, que se escribía con frecuencia con Beryl, la mujer de Rattie. Como Beryl había muerto recientemente, Freddie se mostró ansioso por volver a Gloucestershire y retomar su antigua vida.

Cuando David volvía al campo los fines de semana, era recibido por la amplia sonrisa y el contagioso sentido del humor de Sofía. Sofía siempre iba en vaqueros y camiseta, y a menudo llevaba el viejo jersey beige, que él le había prestado y que ella nunca le había devuelto, anudado a la cintura. El aire del campo le había cambiado el color de la cara. Ahora tenía la piel brillante y saludable y llevaba la melena suelta sobre los hombros en vez de recogérsela como antes. Le brillaban los ojos, y su desbordante energía hacía que David se sintiera más joven en su presencia. Él esperaba ansioso que llegara el fin de semana para poder estar con ella, y se le caía el alma a los pies cuando tenía que prepararse para volver a Londres los domingos por la tarde. Estaba encantado con los progresos del trabajo de Sofía en la granja, así como con su relación con Rattie, al que ella adoraba:

—No puede ser más inglés. Es como un gnomo salido de un cuento de hadas —decía Sofía.

—No creo que a Rattie le haga mucha gracia esa descripción —apuntó David riéndose entre dientes.

—Oh, no le importa. A veces le llamo «el gnomo» y él sonríe.

Creo que está tan feliz de haber vuelto que podría llamarle cualquier cosa.

Rattie también era un gran jardinero y David se quedó boquiabierto al ver la transformación que habían sufrido los jardines en el poco tiempo que había pasado desde que los había contratado. Sofía era incansable. Se levantaba a primera hora de la mañana y se preparaba el desayuno en la casa grande, ya que la señora Berniston, que iba a cocinar y a limpiar tres veces por semana, le había sugerido que hiciera uso de la cocina del señor Harrison puesto que la nevera estaba siempre llena. Después de desayunar, sacaba a dar un paseo a uno de los caballos por las colinas antes de empezar con las tareas diarias en los establos.

Rattie era un experto en caballos y Sofía tenía mucho que aprender de él. En Santa Catalina nunca había tenido que ensillar un caballo porque los gauchos se lo hacían todo. Rattie se reía de ella, diciéndole que era una malcriada y que iba a bajarle los humos, y Sofía le decía que recordara que estaba en Lowsley gracias a ella, así que ya podía ir tratándola con más respeto. Con su sonrisa torcida y su rostro despierto, Rattie le recordaba a José. Se preguntaba si José la echaba de menos, si los chismes de Soledad habían llegado a sus oídos, si la tenía en menor estima por lo ocurrido.

Siguiendo los consejos de Rattie, compraron seis yeguas de primera clase y contrataron a dos mozos para que ayudaran a su hija Jaynie.

—Llevará su tiempo volver a poner la granja en marcha —advirtió a Sofía—. El ciclo de cría lleva seis meses —añadió, rodeando la taza de café humeante con sus toscas manos—. Otoño es la época para buscar sementales para nuestras yeguas, sementales bien formados y con un buen pedigrí, ¿me sigues?

Sofía asintió.

—Si queremos caballos de carreras de primera necesitamos sementales de primera.

Sofía volvió a asentir con énfasis.

—En agosto y en septiembre se envían las solicitudes para acceder a un semental. Eso se hace a través de un agente. Él se encarga de negociar las nominaciones con el dueño del semental. Hace años que estoy fuera del circuito, pero Willy Rankin era mi hombre y creo que sigue siéndolo —dijo, dándole un sorbo al café—. La temporada empieza el catorce de enero. Es entonces cuando llevamos las yeguas al semental hasta que nos aseguramos que están preñadas.

—¿Cuánto tardan en parir?

Sofía intentaba hacer preguntas inteligentes. Todo parecía más complicado de lo que había esperado. Se alegraba de que Rattie supiera lo que hacía.

—Entre febrero y mediados de abril. Ese es un período de tiempo mágico. Puedes ver a la naturaleza trabajando delante de tus ojos —suspiró—. Diez días después de que nace el potro y se comprueba que está sano, la yegua y su potro son enviados de vuelta al semental.

—¿Cuánto tiempo tienen que quedarse allí?

—Un máximo de tres meses. Una vez que nos cercioramos de que la yegua vuelve a estar preñada, los traemos de vuelta a casa.

—¿Y cuándo los vendemos? —preguntó Sofía, llenado la tetera y poniéndola de nuevo a calentar.

—Hay mucho que aprender, ¿eh? —dijo Rattie riéndose entre dientes al notar que Sofía estaba empezando a cansarse con tanto detalle—. Nada que ver con tu vida en... ¿cómo lo llamáis? ¿Pampa?

—La pampa, Rattie. Pero sí, tienes razón. Nunca había hecho algo parecido —añadió con humildad, abriendo el bote de café granulado.

—Bueno, si tanto te gustan los caballos aprenderás rápido. Ahora, en julio, hay mucho trabajo porque hay que preparar a los primales para la venta. Eso te gustará. Hay que sacarlos a caminar, enseñarles a llevar las bridas, ese tipo de cosas. Luego, la gente que se encarga de las ventas vienen a inspeccionar los primales para ver si pueden entrar en las ventas de ejemplares de primera clase. La venta tiene lugar en Newmarket, en octubre. Verás lo interesante que es. Te encantará —dijo, dándole la taza vacía para que volviera a llenarla—. Te enseñaré todo lo que sé, pero no aprenderás nada sentada a la mesa de esta cocina. Se aprende haciendo, eso es lo que decía siempre mi padre. «Más hacer y menos hablar», decía. Así que ya basta de hablar y pongámonos en marcha. ¿Te parece bien, jovencita? —preguntó cuando ella le devolvió la taza, ahora llena de café solo y muy cargado, tal como a él le gustaba—. Perfecto —le dijo, cogiéndole la taza de la mano.

—Por mí de acuerdo, Rattie.

A Sofía no le interesaban demasiado los detalles. Mientras pudiera trabajar con caballos, todo le parecía bien.

El verano pasó muy rápido. Sofía había ido sólo una vez a Londres. Maggie y Antón estaban furiosos con ella, y a Sofía le había costado lo suyo conseguir que la perdonaran. Se quedó con ellos sólo una hora. Estaba ansiosa por volver con sus caballos. Le agradecieron mucho la visita, pero tuvieron la sensación de que la estaban perdiendo y eso los dejó tristes.

En septiembre David empezó a pasar cada vez más tiempo en el campo. Montó otra oficina en el estudio y contrató a una secretaria para que trabajara allí media jornada. De repente su casa había vuelto a la vida y vibraba con las voces de la gente y de los animales. Pero si tenía que ser sincero consigo mismo, la verdad era que se había enamorado perdidamente de Sofía y que casi no soportaba estar lejos de ella. Por eso la había contratado. Le habría pagado lo que ella le hubiera pedido. Contratarla era la única forma de poder verla sin cortejarla, y era lo suficientemente realista para saber que si le confesaba sus sentimientos, sólo conseguiría asustarla. De hecho, doce libras a la semana y alojamiento gratis no era nada comparado con lo que él deseaba darle: un nuevo apellido y todo lo que poseía.

Sofía estaba encantada de que David hubiera decidido pasar más tiempo en Lowsley. Llevó a los perros con él, cuyos adorables ojos de payaso no dejaban de sonreírle con ternura. Pasaban las tardes paseando por el jardín, hablando y viendo cómo el otoño recortaba las largas sombras del verano, hasta que los días empezaron a acortarse y cada vez se hacía de noche más temprano. David era consciente de que ella nunca hablaba de su pasado y nunca tocó el tema. No podía fingir que no sentía curiosidad; quería saberlo todo sobre ella. Deseaba borrar con sus besos todas las preocupaciones que intuía bajo su sonrisa. De hecho, deseaba besarla cada vez que la veía, pero no quería asustarla. No quería perderla. No había sido tan feliz en muchos años. Así que nunca lo intentó. Entonces, justo cuando

Sofía estaba consiguiendo olvidar su pasado, alguien llegó a Lowsley para recordárselo.

Desde el verano David no había invitado a nadie a pasar un fin de semana en Lowsley. Estaba feliz a solas con Sofía, pero Zaza le sugirió que quizás ella deseara conocer a personas de su edad.

—Es una mujer muy atractiva. No te extrañe que algún hombre te la robe antes de que te des cuenta. No puedes tenerla ahí escondida toda la vida —le había dicho, sin percibir en ningún momento lo mucho que sus palabras habían herido a David.

David veía a Sofía ir de un lado a otro de la granja y no podía evitar pensar en lo feliz que parecía. Desde luego, por su expresión nadie diría que se moría de ganas por conocer a otros jóvenes. Parecía feliz con los caballos. Pero Zaza había insistido, haciéndole callar con un: «Sólo una mujer puede entender a otra mujer». Después de todo, él le llevaba casi veinte años y no era la compañía más adecuada para una chica de su edad.

Cuando Zaza y Tony le presentaron a Gonzalo Segundo, un jugador de polo argentino, moreno y altísimo, que era amigo de su hijo Eddie, David cogió la indirecta y los invitó a pasar el fin de semana en Lowsley. Ni se imaginaba la reacción de Sofía.

—¡Sofía Solanas! —exclamó Gonzalo cuando los presentaron—. ¿Eres pariente de Rafa Solanas? —preguntó en español. Sofía estaba atónita. Hacía mucho tiempo que no hablaba su idioma.

—Es mi hermano —respondió con brusquedad. Luego dio un paso atrás en cuanto se oyó hablar en su lengua materna y todos los recuerdos hasta entonces reprimidos la asaltaron, cayendo sobre su cabeza como un mazo de cartas. Se puso pálida antes de salir corriendo de la habitación bañada en lágrimas.

—¿Qué he dicho? —preguntó Gonzalo, perplejo.

Instantes después, David llamaba a la puerta de Sofía.

—Sofía, ¿estás bien? —dijo en voz baja, antes de volver a llamar. Sofía abrió la puerta. David entró, seguido por *Sam* y *Quid*, que, ansiosos, empezaron a olisquearle los tobillos. Sofía tenía la cara todavía húmeda por las lágrimas y los ojos furiosos e inyectados en sangre.

—¿Cómo has podido? —gritó—. ¿Cómo has podido invitarle sin mi permiso?

—No sé de qué estás hablando, Sofía. Cálmate —le dijo con voz firme, intentando ponerle una mano en el brazo. Ella la retiró de un manotazo.

—No pienso calmarme —le soltó enfurecida. David cerró la puerta. No quería que Zaza los oyera—. ¡Conoce a mi familia! Volverá y les dirá que me ha visto —sollozó.

—¿Y eso importa?

—¡Sí! ¡Sí! ¡Claro que importa! —chilló y se dirigió a la cama. Los dos se sentaron—. Importa muchísimo —añadió más tranquila, enjugándose las lágrimas.

—Sofía, no entiendo lo que intentas decirme. No puedes esperar que te entienda si no me lo cuentas. Simplemente pensé que te gustaría conocer a alguien de tu país.

—Oh, David —sollozó de nuevo, echándose contra su pecho. Poco a poco él la rodeó con el brazo. Sofía no se apartó ni le rechazó, así que David siguió sentado abrazándola—. Me fui de Argentina hace tres años porque tuve una aventura con alguien al que mis padres no aprobaban. Desde entonces no he vuelto.

—¿No has vuelto? —repitió, sin saber qué decir.

—Me peleé con ellos. Los odio. Desde entonces no he vuelto a hablar con nadie de mi familia.

—Mi pobre niña —dijo David, y se encontró de pronto acariciándole el pelo. Temía estropear el momento si se movía.

—Los quiero y los desprecio. Los echo de menos e intento olvidarlos. Pero no puedo, no puedo. Estar aquí, en Lowsley, me ha ayudado a olvidar. Aquí he sido muy feliz. ¡Y ahora esto!

David se quedó perplejo cuando ella empezó a llorar de nuevo. Esta vez de sus entrañas brotaban violentos sollozos. Él siguió abrazándola e intentaba consolarla. Nunca había visto a alguien sentirse tan desgraciado. Sofía lloraba tanto que apenas podía respirar. David se asustó. No se le daban muy bien ese tipo de situaciones y pensó que quizás una mujer lidiaría mejor con lo que estaba ocurriendo, pero cuando se levantó para ir en busca de Zaza, Sofía le agarró del jersey y le pidió que se quedara.

—Hay más, David. Por favor, no te vayas. Quiero que lo sepas todo —le suplicó. Y tímidamente le habló de la traición de Santi y de

Santiaguito, omitiendo que Santi era su primo hermano—. Entregué a mi bebé —susurró desesperada, mirándole fijamente a los ojos. Al ver sus ojos aterrados, David pudo sentir su dolor. Deseaba decirle que él le daría hijos, todos los que quisiera. Su amor compensaría el amor de toda su familia. Pero no sabía cómo decírselo. La estrechó entre sus brazos y se quedaron así en silencio. En ese momento de inmensa ternura, David sintió que la amaba más de lo que jamás habría imaginado amar a alguien. Cuando estaba con Sofía se daba cuenta de lo solo que había estado. Sabía que podía hacerla feliz.

Sofía se sentía extrañamente mejor por haber compartido su secreto con él, incluso aunque sólo le hubiera contado parte de la historia. Levantó la mirada y miró a David con otros ojos. Cuando sus bocas se encontraron, a ninguno le sorprendió. En los escasos minutos que acababan de transcurrir Sofía había confiado en él más de lo que había confiado nunca en nadie, exceptuando a Santi. Cuando David la apretó contra su pecho Sofía se olvidó del resto del mundo, y lo único que existió en ese momento era Lowsley y el refugio que allí había construido.

27

Cuando David y Sofía volvieron al estudio todos fingieron que nada había pasado. Sofía pensó que esa actitud era típicamente británica. De donde ella era, todos se habrían peleado por hacer la primera pregunta. Sin duda Zaza había dado órdenes a Gonzalo y Eddie para que no mencionaran lo ocurrido y empeoraran la situación, así que éstos se limitaron a sonreírle y a preguntarle por los caballos.

Zaza encendió un cigarrillo y se arrebujó en el sofá. Con los ojos entrecerrados miraba sospechosamente a David y a Sofía. David parece caminar a saltitos, por mucho que intente disimularlo, pensó, dejando escapar una delgada columna de humo por la comisura de la boca. Observó a Sofía. Todavía tiene las pestañas mojadas por las lágrimas, pero apenas puede disimular el brillo de sus mejillas. Sin duda aquí está pasando algo.

Gonzalo encontró a Sofía irresistible por dos razones: era trágica y guapa. Había oído hablar de ella en Argentina. Buenos Aires era una ciudad pequeña y era imposible mantener en secreto un escándalo como el que ella había protagonizado. Intentó acordarse de cuál había sido la causa. ¿No había tenido una aventura con uno de sus hermanos y la habían enviado a Europa? No le extrañó que Sofía no quisiera que la reconocieran. Qué vergüenza. De todas formas, pensó, sin perder de vista su sonrisa amplia y sus labios temblorosos, yo podría perdonarle cualquier cosa.

—Sofía, ¿te apetece salir a montar un rato? —le preguntó en español. Ella le sonrió con timidez. Al instante miró a David, que arqueó una ceja. Ahora que se había declarado a David, no quería separarse de él, ni siquiera un minuto.

—Gonzalo quiere que le acompañe a montar —dijo, a la espera de que alguien propusiera un plan mejor.

—Buena idea —dijo Tony, mordiendo su cigarro—. Eddie, ¿por qué no vas con ellos?

—Sí, cariño, anda. El aire fresco te sentará bien —dijo Zaza, deseando quedarse a solas para interrogar a David. Eddie, que estaba tumbado perezosamente en el sofá delante de la chimenea, no tenía la menor intención de salir con aquel frío. Era un horroroso día de llovizna y, de todas formas, estaba claro que a Gonzalo le gustaba Sofía. No quería interponerse.

—No, gracias. Id vosotros —dijo, metiendo los dedos en la caja de dulces que había sobre la mesita.

—No puedes quedarte ahí toda la mañana, cariño. Deberías abrirte el apetito para el almuerzo de la señora Berniston.

—Bueno, papá y tú tampoco pensáis salir —le soltó, hundiendo aún más el trasero en el sillón. Zaza frunció los labios, intentando disimular su frustración. El interrogatorio tendría que esperar.

David vio a Sofía salir de la sala con Gonzalo y sintió una punzada de celos. Aunque sabía que Sofía se iba a regañadientes, no podía tolerar pensar en ella galopando por esas colinas en compañía de un hombre de su mismo país, un hombre joven y guapo que hablaba su idioma, que entendía su cultura y que se relacionaba con ella como él jamás podría hacerlo. Cuando ella se fue, la sala parecía estar más fría.

—Eres un genio, querido —dijo Zaza, estudiando a David con detenimiento.

—¿Por qué lo dices? —preguntó él, intentando inyectar un tono humorístico a su voz que, cómo sabía, sonaba totalmente neutra.

—Por haber invitado a Gonzalo.

—¿Y por qué crees tú que eso me hace especialmente inteligente?

—Porque hacen muy buena pareja. ¡Gonzalo y Sofía! —soltó Zaza entre risas. Acto seguido se llevó la boquilla de ébano a la boca y escudriñó el rostro de David. No consiguió ver nada en él.

—Zaza, cariño, creo que en este fin de semana no hay lugar para Cupido. El muy torpe de Gonzalo la ha enviado llorando a su cuarto.

No me parece la forma más romántica de ganarse el corazón de una mujer —intervino Tony.

—¿A qué ha venido esa escenita? —preguntó Eddie, feliz de que su padre hubiera sacado el tema. Todos miraron a David, que se sentó en el guardafuego y empezó a remover los troncos con un punzón de hierro.

—Echa de menos su casa, eso es todo —respondió reservado.

—Oh —dijo Eddie, desilusionado—. ¿Qué le has dicho para que haya vuelto a recuperar la sonrisa?

—Oh, no fui yo quien se la devolvió, fue ella misma. Una vez que se recuperó del shock me habló de su casa y se sintió mejor —dijo de manera poco convincente, y se estremeció. Zaza iba a darse cuenta de que les estaba mintiendo.

—Ahá. Bueno, Gonzalo y ella podrán conocerse sin que nosotros, los adultos, estemos ahí vigilando cada uno de sus movimientos. Jóvenes —suspiró—, ojalá pudiera volver a la juventud.

A David se le cayó el alma a los pies. Tenía casi veinte años más que Sofía. ¿En qué estaba pensando? Zaza tenía razón, Gonzalo era mucho mejor pareja para ella que él. Quizá Sofía se diera cuenta de eso en los Cotswolds. Hacía meses que no veía a un joven de su edad. Hablará de su casa y se dará cuenta de que su sitio está en Argentina, pensó entristecido. Todavía podía sentir los labios de Sofía en los suyos, sentía su sabor en la boca. ¿Se había aprovechado de ella en un momento de debilidad? No debería haberse permitido besarla, debería haberse reprimido. Al fin y al cabo, se suponía que de los dos él era el responsable.

David cambió de tema e hizo lo imposible por volver a hablar con normalidad, pero tenía un nudo en la garganta y sus palabras carecían de su habitual optimismo. Zaza percibió el dolor que había en sus ojos y supo que había ido demasiado lejos. Siempre había amado a David. Incluso a pesar de ser perfectamente feliz con Tony, siempre había reservado una parte de ella para David. Había hablado por boca de una mujer celosa y se odiaba por ello. Intentó animar a David contando historias divertidas, pero apenas logró hacerle sonreír. Miró al reloj que había sobre la repisa de la chimenea y deseó con todas sus fuerzas que Sofía volviera y tranquilizara a su anfitrión.

Gonzalo era un buen jinete. Sofía observó cómo se sentaba sobre la silla con ese gracejo tan típicamente argentino, esa seguridad, esa odiosa arrogancia, y el corazón le dio un vuelco. Hablaban en español. Pasado un rato ella hablaba a toda prisa y visiblemente excitada, moviendo las manos con la expresividad propia de los latinos. De repente se sintió liberada de la obligación de tener que ocultar su verdadero ser. Volvía a sentirse argentina, y el sonido de su voz, volver a sentir esas palabras en la lengua, la hacían inmensamente feliz.

Gonzalo era un chico muy divertido. Le contaba historias que la hacían reír. Se cuidó mucho de no preguntarle por su familia, y ella tampoco soltó ninguna información al respecto. Parecía más cómoda escuchándole hablar a él. De hecho, parecía no tener nunca suficiente.

—Cuéntame más, Gonzalo —le pedía una y otra vez, bebiendo de sus palabras con el entusiasmo de alguien que ha estado sordo durante mucho tiempo y que de pronto vuelve a oír.

Iban al paso por el barrizal que se había formado bajo los árboles del valle. Las patas de los caballos resbalaban al subir hacia el pie de las colinas. La llovizna se había convertido en lluvia y les caía por la cara, empapándoles la ropa. Cuando subían a una colina galopaban por la cima, riendo juntos al tiempo que disfrutaban del viento en el pelo y del movimiento de los caballos debajo de ellos. Cabalgaron varios kilómetros hasta que, de pronto, se vieron envueltos por una densa niebla.

—¿Qué hora es? —preguntó Sofía, sintiendo que le dolía el estómago de hambre.

—Las doce y media —respondió Gonzalo—. ¿Crees que encontrarás el camino de regreso con esta niebla?

—Claro —dijo Sofía alegremente, pero no estaba demasiado segura. Miró a su alrededor. Todas las direcciones parecían iguales—. Sígueme —dijo, intentando sonar segura. Avanzaron uno al lado del otro a través de la blancura de la niebla, con la mirada fija en la mancha de hierba verde que iba reduciéndose más y más delante de ellos. Gonzalo no parecía en absoluto asustado. Tampoco los caballos, que resollaban contentos envueltos en aquel aire helado. Sofía tuvo frío y deseó volver a estar frente a la chimenea de Lowsley. También deseó estar junto a David.

De pronto se encontraron con lo que parecían ser las ruinas de un viejo castillo.

—¿Conocías esto? —preguntó Gonzalo al ver que una sombra de preocupación oscurecía los hermosos rasgos del rostro de Sofía. Ella meneó la cabeza.

—Dios, Gonzalo, tengo que decirte la verdad. Nunca he visto estas ruinas. No sé dónde demonios estamos.

—Entonces nos hemos perdido —dijo él sin darle importancia y sonrió—. ¿Qué te parece si nos quedamos aquí hasta que se deshaga la niebla? Al menos podremos protegernos de la lluvia.

Sofía accedió y ambos desmontaron.

—Ven conmigo. Encontraremos algún sitio un poco resguardado —dijo cogiendo a Sofía de la mano y empezando a caminar con decisión entre las piedras.

Avanzaba muy deprisa, prácticamente arrastrándola por las piedras resbaladizas, y a Sofía le costaba seguirle. De pronto se cayó. No le dio ninguna importancia a la caída hasta que intentó levantarse. Sintió un pinchazo de dolor en el tobillo que le subió por la pierna y volvió a caer al suelo con un gemido. Gonzalo se agachó junto a ella.

—¿Dónde te duele? —preguntó.

—Es el tobillo. Oh, Dios, no me lo habré roto, ¿verdad?

—Parece más un esguince. ¿Puedes moverlo?

Sofía lo intentó. Pudo moverlo sólo un poco.

—Duele —se quejó.

—Bueno, por lo menos puedes moverlo. Espera, te llevaré —dijo con decisión.

—Si pones cara de que te cuesta llevarme te mato —bromeó Sofía cuando Gonzalo la tomó en brazos y la levantó del suelo.

—Ningún esfuerzo, lo prometo —respondió él al tiempo que la llevaba a la oscuridad de los restos de una de las torres del castillo. La dejó sobre la hierba húmeda, se quitó el abrigo y lo extendió en el suelo junto a ella—. Ven, siéntate aquí —le dijo, ayudándola a desplazarse para que su pie no tuviera que soportar ningún esfuerzo.

—Como si no me hubiera mojado hasta ahora —se rió Sofía—. Gracias.

—Si te quitas la bota, no podremos volver a ponértela —le avisó.

—Me da igual, el maldito tobillo me duele demasiado. Por favor, quítamela. Si se me hincha no podré quitármela nunca, y prefiero volver a casa descalza que con este dolor.

Gonzalo le quitó la bota con cuidado mientras Sofía no dejaba de sudar, con la cara en llamas y retorciéndose de dolor.

—Ya está —dijo triunfante, cogiéndole el pie y poniéndolo sobre sus rodillas. Con cuidado le quitó el calcetín, revelando la piel rosácea y tierna que había debajo y que parecía totalmente desprotegida e indefensa en contraste con la crudeza del entorno. Sofía respiró hondo y se secó las lágrimas con la manga del abrigo—. Lo tienes bastante hinchado, pero vivirás —dijo, pasándole la mano por la espinilla.

—Qué gusto —suspiró Sofía, apoyando la cabeza en la piedra—. Un poco más abajo, sí, ahí… —dijo mientras él le daba un suave masaje en el arco del pie—. Nos perderemos el almuerzo de la señora Berniston —dijo con tristeza.

—No me digas que es buena cocinera.

—La mejor.

—Me comería un buen filete de lomo —dijo Gonzalo, que de repente estaba muy hambriento.

—Yo también, con papas fritas.

Sofía sonrió con nostalgia. Entonces empezaron a hacer una lista con todos los platos argentinos que echaban de menos.

—Dulce de leche.

—Membrillo.

—Empanadas.

—Zapallo.

—¿Zapallo? —repitió él, arrugando la nariz.

—¿Qué tiene de malo el zapallo?

—Bien. Mate.

—Alfajores…

En la casa, David miraba la niebla y volvía de nuevo la vista hacia el reloj que había en la repisa de la chimenea.

—Se han quedado bloqueados por la niebla —dijo Tony—. Yo

no me preocuparía demasiado. Está en buenas manos. Gonzalo es fuerte como un buey.

Eso es precisamente lo que me preocupa, pensó David, cada vez más nervioso.

—Tengo hambre —intervino Eddie sin poder contenerse—. ¿Tenemos que esperarlos?

—Supongo que no —replicó David.

—No deberíamos dejar que el almuerzo de la señora Berniston se enfriara —dijo Zaza—. Estoy segura de que pronto volverán. Sofía conoce las colinas a la perfección —añadió, intentando animarle.

—No tanto —suspiró David—. No con esta maldita niebla. Encima no parece que vaya a deshacerse.

—Oh, no tardará. En esta zona la niebla se deshace muy rápido —dijo Zaza de inmediato.

—Querida, ¿qué sabes tú de la niebla? —se burló Tony.

—Sólo intento ser positiva. David está preocupado, ¿no lo ves?

—Quizá sea mejor que vaya a buscarlos —sugirió David.

—¿Por dónde demonios piensas empezar a buscar? Si ni siquiera sabes adónde han ido —comentó Tony—. Si se hace de noche antes de que hayan vuelto, iré contigo.

—No sabes montar, cariño —dijo Zaza al tiempo que, nerviosa, encendía otro cigarrillo.

—Iré con el Land Rover.

—¿Y quedarte atascado en el barro? —añadió Eddie sin demasiado acierto. Tony se encogió de hombros.

—No, Tony tiene razón. Pasemos al comedor. Si se hace de noche saldremos todos en su busca.

David estaba más tranquilo después de haber forjado un plan. Intentaba no pensar en Sofía y en Gonzalo ahí fuera, acurrucados uno contra el otro para protegerse del frío y de la lluvia. Se sintió enfermo y muy desgraciado. Esperaba que Sofía estuviera bien. Era una buena amazona, pero hasta las buenas amazonas se caen del caballo, y la muy estúpida nunca lleva casquete, pensó cada vez más preocupado. Esto no es la maldita pampa. En Inglaterra la gente lleva casquete para no partirse la cabeza. Esperaba que Sofía se hubiera llevado a *Safari*; era un caballo dócil e incapaz de tirarla. No podía decir lo mismo de los demás. Con esas imágenes en la cabeza condujo a sus invitados al comedor, donde ya estaba servido el almuerzo.

Sofía dejó que su mente vagara por la pampa mientras seguía recordándola con Gonzalo, cuya mano le calmaba el dolor del tobillo con un ligero masaje.

—Será mejor que volvamos a ponerte el calcetín. No creo que sea buena idea dejar que se te enfríe el pie —sugirió Gonzalo pasados unos minutos.

—Pero si estás haciendo un trabajo estupendo, doctor Segundo —bromeó Sofía.

—El doctor Segundo sabe lo que le conviene, señorita.

—Con cuidado —le avisó cuando él empezó a ponerle el calcetín.

—¿Qué tal?

—Mejor —respondió Sofía cuando se dio cuenta de que no le dolía tanto como esperaba—. Tienes manos sanadoras.

—No sólo soy un buen doctor sino que además soy también un sanador. Me siento halagado —dijo Gonzalo riendo entre dientes—. Ya está, como nuevo. ¿Alguna otra herida que quiera que le curen, señorita?

—No, gracias, doctor.

—¿Qué pasa con su corazón herido?

—¿Mi corazón herido?

—Sí, su pobre corazón —dijo él totalmente en serio. Tomó la cara de Sofía entre sus manos y sus labios se posaron en los de ella. No debería haberle permitido besarla, pero el sonido de su voz hablando español, ese inimitable acento argentino, las botas de montar, el olor de los caballos, la densa niebla que los ocultaba del mundo…, por un momento se dejó llevar y respondió a su beso. Le gustó, pero tuvo la sensación de estar actuando mal. Cuando se apartó se dio cuenta de que la niebla estaba empezando a levantarse.

—Mira, está aclarando —dijo Sofía esperanzada.

—Me gustaría quedarme aquí —dijo Gonzalo, bajando la voz.

—Mira, tengo frío, estoy empapada y me duele el pie. Por favor, Gonzalo, llévame a casa —le pidió.

—De acuerdo —suspiró—. No me había dado cuenta de lo mojado que estoy y del frío que tengo.

De pronto Sofía echó terriblemente de menos a David. Debe de estar preocupadísimo, pensó.

Gonzalo la llevó en brazos por encima de las ruinas hasta donde habían atado los caballos.

—Yo te llevo la bota —dijo, dejándola montada sobre *Safari*. El camino de vuelta fue largo y pesado. Sofía volvió a perderse en una ocasión pero, decidida a no darse por vencida, terminó por soltar las riendas de *Safari* con la esperanza de que el caballo encontraría por sí solo el camino a casa. Cuando, feliz, *Safari* los llevó a casa, Sofía se preguntó por qué no habría tomado esa decisión antes.

—Ya está bien. Voy a buscarlos —decidió David, apartándose de la ventana. Ya casi era de noche y la pareja todavía no había vuelto—. Algo les ha ocurrido. Necesitan ayuda —añadió irritado.

—Te sigo con el Land Rover —se ofreció Tony. Eddie miró a su madre, pero ninguno de los dos se atrevió a decir nada. El almuerzo había sido de lo más tenso. David estaba de muy mal talante. De hecho, Zaza nunca le había visto así. Apenas había podido concentrarse en lo que se decía en la mesa. No había dejado de mirar por la ventana, escudriñando la niebla, como si Sofía y Gonzalo fueran a salir de ella de repente, como en las películas. Tony y Eddie no se habían dado cuenta de nada. Qué insensibles pueden llegar a ser los hombres, había pensado Zaza enojada al oírlos hablar sobre la liga de cricket de las Antillas Menores como si nada hubiera ocurrido.

David cruzó corriendo el vestíbulo, cogió el abrigo y las botas y abrió la puerta. En ese momento Gonzalo emergió de la niebla, llevando en sus brazos a una Sofía empapada y temblorosa.

—¿Qué demonios os ha pasado? —gritó David, incapaz de ocultar la desesperación que le embargaba la voz.

—Es una larga historia, te la contaremos más tarde. Llevemos a Sofía arriba —respondió Gonzalo, ignorando a David cuando éste se ofreció a llevarla desde allí.

—Sólo me he torcido el tobillo —dijo Sofía al pasar junto a él.

—Dios mío, ¿qué ha pasado? —exclamó Zaza. Por su aspecto, cualquiera habría dicho que la pareja había estado revolcándose en el barro.

—¿Dónde está tu cuarto? —preguntó Gonzalo, llevando a Sofía escaleras arriba.

—Sigue recto —le indicó, buscando a David con la mirada. Pero él no les seguía. Una vez en la habitación, Gonzalo la dejó con cuidado sobre la cama.

—Necesitas que te ayuden a quitarte la ropa mojada. Te prepararé un baño —dijo.

—No te molestes. Estoy bien. Puedo arreglármelas sola —insistió Sofía.

—El doctor Segundo sabe lo que te conviene —dijo, quitándole la bota.

—Por favor, Gonzalo, estoy bien, en serio.

—Gracias, Gonzalo —dijo una voz firme a sus espaldas—. ¿Por qué no vas a quitarte esa ropa mojada? Has sido todo un héroe, pero incluso los héroes necesitan descansar.

—¡David! —suspiró Sofía aliviada.

Gonzalo se encogió de hombros y, sonriendo a Sofía para mostrarle que la abandonaba en contra de su voluntad, se marchó.

—¿Qué demonios habéis estado haciendo? —preguntó David, visiblemente enojado antes de ir a prepararle el baño. Sofía oyó el chorro de agua instantes después de que él abriera los grifos y de repente se sintió agotada.

—Nos perdimos por culpa de la niebla, pero gracias al castillo en ruinas...

—¿Cómo diantre se os ocurrió ir tan lejos? —le espetó.

—David, no ha sido culpa mía.

—¿Y qué pasa con los caballos? ¿Es que no fuiste capaz de ver la niebla, o acaso estabas demasiado ocupada con tu amiguito?

—No fui yo quien sugirió que fuéramos a montar. No tenía la menor intención de ir. Podrías haberlo impedido.

—Quítate esa ropa mojada antes de que pilles una pulmonía. Te estoy preparando el baño —dijo, yendo hacia la puerta. Sofía se dio cuenta de que estaba celoso y sonrió.

—No puedo hacerlo sola —dijo con voz débil. Él se giró y a Sofía su expresión de enfado le pareció adorable. Tuvo ganas de borrarle el enojo a besos.

—Llamaré a Zaza —dijo él, todavía tenso.

—No quiero a Zaza y tampoco quiero que me ayude Gonzalo. Te quiero a ti —dijo muy despacio, sin apartar la mirada de sus ojos tristes.

—Has estado muchas horas ahí fuera. Estaba preocupado —estalló—. ¿Qué querías que pensara?

—No me parece que tengas muy buena opinión de mí si piensas que voy por ahí cayendo en brazos del primero que pasa. ¿Es que no confías en mí?

—Lo siento.

—Es porque es argentino, ¿verdad?

—Y joven, y guapo. Te llevo casi veinte años —protestó sin ocultar su tristeza.

—¿Y?

—Que soy un viejo.

—Y yo te quiero. Te quiero y no me importa la edad que tengas. Para mí eso no significa nada —dijo Sofía, intentando quitarse la ropa.

—Deja que te ayude —dijo David, acercándose a ella. Se arrodilló frente a ella, tomó su cara entre las manos y la besó. Tenía la boca suave y caliente y Sofía quiso acurrucarse contra su pecho, pero él la soltó—. Pareces un perro empapado —le dijo echándose a reír al ver la mancha de humedad que se le había dibujado en la camisa.

Le quitó el jersey y la camiseta con un solo movimiento. Sofía tiritaba. El pelo le caía sobre el cuello desnudo formando tentáculos largos y goteantes. Él volvió a besarla, en un intento por dar un poco de vida a sus labios azulados que, a pesar de sus esfuerzos, seguían temblando. Sofía se desabrochó los vaqueros y dejó que él se los quitara con cuidado, poniendo especial atención en no dañarle el tobillo herido. Estaban empapados y llenos de barro.

—Cariño, estás helada. Venga, a la bañera —le dijo, solícito.

—¿Qué? ¿En ropa interior? —se rió al tiempo que se desabrochaba el sujetador. Tenía los pechos sorprendentemente grandes para su delgada figura. Se le había puesto la piel de gallina y los pezones, de un rojo intenso, se le habían endurecido por el frío, en respuesta al frío. Se quitó las bragas y tendió los brazos hacia él. David la tomó entre sus brazos y la llevó al cuarto de baño.

—Eres muy guapa —le dijo besándole en la sien.

—Y tengo mucho frío —respondió ella, pegando la cara a su rasposa mandíbula—. ¡Burbujas! —suspiró cuando él la depositó en el agua caliente de la bañera.

David se sentó en la silla y vio cómo el color volvía a las mejillas y a los labios de Sofía, y cómo ésta relajaba los hombros y se hundía en el agua. Le palpitaba el tobillo hinchado a medida que la sangre empezaba a circular por él con renovada energía. Sofía volvía a ser ella misma. Después de envolverla en una toalla blanca, David la dejó en la cama e hizo ademán de alejarse hacia la puerta para salir de la habitación. Pero ella le detuvo.

—Quiero que me hagas el amor, David —dijo, cogiéndose a su cuello con más fuerza.

—¿Y los demás? —dijo, pasándole la mano por el pelo mojado.

—Pueden cuidar de sí mismos. Yo estoy enferma, ¿recuerdas?

—Exacto, y no creo que el sexo sea el mejor remedio para tu tobillo —dijo.

—No hago el amor con el tobillo —le soltó ella, echándosele a reír en el cuello.

También él se rió y volvió a besarla. Y entonces empezó a hacerle el amor, a besarla, a tocarla, a disfrutar de ella mientras Sofía descubría, encantada, que cuando cerraba los ojos al único que veía era a David.

28

—Supe que algo se cocinaba el fin de semana que estuvimos allí con Gonzalo —decía Zaza un mes más tarde—. Podía leerlo en tus ojos, David. Eres un pésimo actor —dijo, soltando una risotada ronca. Él la había llamado esa mañana para invitarla a comer ya que iba a estar unos días en la ciudad por negocios.

—No soporto estar lejos de ella —había dicho cuando le había hablado de su relación.

—El pobre Gonzalo estaba muy dolido —añadió Zaza, llevándose la copa de vino a sus labios violetas.

—Pensaba que se enamoraría de él —dijo David con timidez.

—Y yo, por eso sugerí que le invitaras. Si hubiera imaginado lo que sentías por ella, jamás se me habría ocurrido hacer algo semejante. ¿Me perdonas?

—Qué mala eres, Zaza. A pesar de todo, no puedo evitar quererte —dijo David riéndose entre dientes mientras abría la carta.

—¿Y qué piensas hacer? —preguntó—. ¿Te molesta que fume?

—En absoluto.

—¿Y?

—No lo sé.

—Naturalmente, te casarás con ella —dijo, y al instante sintió que se le hacía un nudo en la garganta.

—No lo sé. Bueno, ¿qué te apetece comer? —preguntó, llamando al camarero. Pero Zaza no se daba tan fácilmente por vencida cuando tenía una misión. Pidió rápidamente y retomó su interrogatorio.

—Seguro que ella quiere casarse. Todas las chicas quieren casarse. ¿Y qué pasa con Ariella?

—¿Ariella? Llevamos siete años divorciados.

—¿Le has hablado de ella a Sofía? Querrá saber.

—¿Qué hay que saber sobre Ariella? Fue mi esposa y una gran jardinera.

—Una zorra, una zorra insoportablemente guapa —dijo Zaza, saboreando la palabra «zorra»—. Se pondrá furiosa cuando se entere.

—No, qué va. Está feliz en Francia con su novio —dijo David. En otro momento se habría sentido resentido ante el recuerdo de aquel joven francés de suaves modales que le había robado a su mujer. Cuando Ariella se fue con él, David se había quedado deshecho. Pero eso ya era parte del pasado y ahora tenía a Sofía, a la que amaba más de lo que nunca había querido a Ariella.

—Volverá para complicarte las cosas, apuesto lo que quieras. Querrá volver a conquistarte cuando se entere de que estás con otra. Eso es lo curioso de Ariella, siempre quiere lo que no puede tener; ahora le resultarás irresistible.

—No entiendes a Ariella en absoluto —dijo David, dando el tema por zanjado.

—Tú tampoco. Sólo una mujer entiende a otra mujer. Yo la entiendo como tú nunca podrás hacerlo. Es muy retorcida. Le encantan los retos. Le gusta sorprender, hacer lo que menos se espera de ella. Disfruta jugando con la gente —dijo Zaza, entrecerrando los ojos—. Por supuesto que nunca conseguirá jugar conmigo. No, nunca pudo conmigo. Pero volverá, acuérdate de lo que te digo.

—De acuerdo, basta ya de hablar de Ariella. ¿Cómo está Tony? —preguntó David, haciéndose a un lado para que el camarero pudiera dejar el humeante plato de róbalo delante de él.

—¿Y tu madre? ¿Ya le has presentado a tu madre? —dijo Zaza, pasando su pregunta por alto. Se inclinó para oler la sopa de chirivía.

—No, todavía no.

—Pero se la presentarás, ¿verdad?

—No hay ninguna razón para hacer pasar a Sofía por eso.

—Bueno, supongo que estaba encantada con Ariella, ¿no? El pedigrí ideal, la unión ideal. Brillante, educada en Oxford y con mucha clase. No le gustará una argentina. No podrá decir: «Qué ideal, los Norfolk Solanas». Como no sabrá nada de ella no podrá encasillarla. Dios, cariño, ¿Sofía es católica?

—No lo sé. No se lo he preguntado —admitió David pacientemente.

—Dios no lo quiera. ¡Una católica! En ese caso no hay que abrigar demasiadas esperanzas, ¿no crees? De todas formas, eres su único hijo. Supongo que acabará por alegrarse al verte feliz, ¿no?

—No le he hablado de Sofía y no pienso hacerlo. No es asunto suyo. No hará más que poner trabas e incordiar. ¿Para qué darle la oportunidad?

—Siempre me ha sorprendido que un dragón como Elizabeth Harrison haya podido tener un hijo tan adorable como tú. En serio, David, no deja de sorprenderme.

Zaza agitó la cuchara en el aire como si se tratara de un cigarrillo.

—Bien, ahora que ha terminado el interrogatorio, ¿cómo está Tony? —repitió David con una sonrisa.

De vuelta a la oficina en pleno frío de noviembre, David hundió sus manos enguantadas en los bolsillos y se encogió de hombros para protegerse del viento. Pensó en Sofía y sonrió. No había querido ir a Londres con él. Había preferido quedarse con los perros y con los caballos en el campo. Desde el episodio con Gonzalo habían sido increíblemente felices, solos los dos. Habían recibido la visita de algunos amigos, pero habían pasado la mayor parte del tiempo solos, recorriendo las colinas a caballo, paseando por los bosques o haciendo el amor en el sofá delante de la chimenea.

A David le encantaba que Sofía entrara en su despacho cuando estaba trabajando y que le rodeara con los brazos por detrás, pegando su suave rostro al suyo. Al anochecer, ella se acurrucaba delante de la televisión en compañía de los dos perros, con una taza de chocolate caliente en las manos y mordisqueando galletas mientras él leía en el saloncito verde que estaba situado junto al salón. De noche le rodeaba con las piernas y con los brazos hasta que él tenía tanto calor que se veía obligado a apartarla a un lado sin despertarla. Si ella se despertaba, David tenía que retomar su postura hasta que ella volvía a dormirse. Sofía necesitaba sentirse protegida y segura.

Hacía meses que Sofía no hablaba con Maggie ni con Antón. Daisy seguía en contacto con ella y había ido a verla un par de veces. Seguía trabajando en la peluquería y tenía a Sofía al día de todos los chismes. Daisy le había pedido que llamara a Maggie.

—Pensará que se te han subido los humos si no la llamas —le había dicho.

Maggie no pareció en absoluto sorprendida cuando Sofía le contó lo de David.

—¿No te había dicho que te seduciría? —le dijo, y Sofía la oyó dar una profunda chupada a su cigarrillo. Encendía uno siempre que sabía que iba a estar hablando por teléfono el tiempo suficiente para fumárselo entero.

—Sí, es cierto —se rió Sofía.

—Viejo verde.

—No es ningún viejo, Maggie. Sólo tiene cuarenta y dos años.

—Entonces es sólo un sátiro, cariño —dijo Maggie soltando una risotada—. ¿Ya conoces a su ex?

—¿A la infame Ariella? No, todavía no.

—Ya la conocerás. Las ex siempre aparecen para fastidiarlo todo —dijo, dando otra profunda chupada al cigarrillo.

—Me da igual. Soy muy feliz, Maggie. No creí que pudiera volver a enamorarme.

—Siempre volvemos a enamorarnos. Es mentira eso de que sólo hay un hombre para cada mujer. Yo he querido a varios, cariño, a varios, y todos han sido maravillosos.

—¿Viv también? —preguntó Sofía con malicia, recordando al primo segundo de Tony.

—Él también. Era un hombre como Dios manda, tú ya me entiendes. Me tenía muy satisfecha, incluso cuando ya no nos soportábamos. Espero que David te tenga bien satisfecha —dijo.

—¡Oh, Maggie!

—Eres demasiado inocente, cariño. En fin, supongo que eso es parte de tu encanto y sin duda una de las razones por la que él te quiere. No pierdas esa inocencia, cariño. No abunda hoy en día —dijo con brusquedad—. ¿Piensas aparecer por aquí? Antón gimotea como un perro.

—Muy pronto, te lo prometo. En este momento estoy muy ocupada.

—Sería maravilloso que pudieras venir antes de Navidad.

—Lo intentaré.

Sofía encendió el fuego de la chimenea de la salita verde. Cuando David y ella estaban solos en la casa, la salita verde era mucho más acogedora que el gran salón, que en realidad sólo parecía animarse cuando se llenaba de gente. David había telefoneado dos veces mientras ella estaba dando un paseo a caballo por las colinas, de manera que le llamó mientras con la otra mano daba de comer a los perros. Le echaba de menos. Llevaba fuera sólo un día y una noche, pero estaba tan acostumbrada a él que sin David la cama le parecía demasiado grande y fría.

El fuego crepitó alegremente en la chimenea. Puso un disco. A David le gustaba la música clásica, por lo que eligió uno de los de él. Así tendría la sensación de que estaba con ella en casa y llenaría el silencio con su música. Se estaba haciendo de noche. La luz de la tarde iba diluyéndose en la niebla invernal. Corrió las gruesas cortinas verdes y pensó en Ariella. Sin duda había sido ella quien había decorado la casa. Se apreciaba con claridad el gusto de una mujer. David no era la clase de hombre que se interesara por la decoración.

Sofía se preguntó qué aspecto tendría Ariella. David no le había hablado mucho de su ex mujer. Sólo le había dicho que tenía un gusto exquisito, un gran ojo para el arte y que le encantaba la música. Era inteligente y muy culta. Se habían conocido durante el último año de ambos en Oxford. A él nunca le había ido detrás una mujer. En su mundo eran los hombres los que llevaban la iniciativa. Pero Ariella no estaba acostumbrada a esperar a que la cortejaran. Era de las que salían a buscar lo que quería. David no se había sentido atraído por ella al principio. Le gustaba una chica de su clase de literatura. Pero Ariella insistió y por fin se acostaron. Ariella no era virgen. En lo que hacía referencia al sexo se comportaba más como un hombre, le había explicado David. Se casaron un año después y se divorciaron nueve años más tarde. De eso hacía siete años. Otra vida, había dicho David. No habían tenido hijos. Ariella no quería tener una familia y no había más que hablar.

Sofía no había hecho demasiadas preguntas. No le importaba demasiado, y David tampoco había insistido mucho por conocer detalles del pasado de Sofía. Pero al estar sola en la casa, de repente sentía la presencia de Ariella en los edredones y en el papel de las paredes. No había fotografías enmarcadas de ella, como habría cabido esperar, pero había que tener en cuenta que el divorcio no había sido una experiencia precisamente agradable. Al fin y al cabo, había sido ella quien había dejado a David, y no al contrario.

Sofía se encontró abriendo cajones y buscando entre los papeles de David fotografías de su pasado. En ningún momento pensó que a David fuera a importarle. Probablemente se las enseñaría él mismo si hubiera estado ahí con ella. Pero Sofía no quería pedírselo, no quería parecer demasiado interesada. No hay nada peor que una novia celosa, pensó. De todas formas, no estaba celosa, sólo sentía curiosidad.

Por fin encontró lo que parecía ser un álbum de fotos al fondo de uno de los cajones del estudio. Lo cogió. Era un volumen pesado, forrado en cuero y mordisqueado en una de las esquinas sin duda por un perro. Lo abrió por el medio para asegurarse de que era lo que buscaba. Cuando vio a un sonriente David que rodeaba con el brazo los hombros de una hermosa rubia, cerró el libro, se lo llevó al salón, se acomodó en el sofá con una bandeja de galletas y un vaso de leche fría y empezó a mirarlo por el principio. *Sam* y *Quid* se tumbaron en el suelo delante de la chimenea sin dejar de batir la cola de satisfacción y con un ojo en la bandeja de galletas.

En las primeras páginas aparecían David y Ariella en las colinas de Oxford durante un picnic. Ariella era muy bella, pensó Sofía a regañadientes. Tenía una melena abundante y casi blanca, la piel rosada y el rostro alargado y anguloso. Llevaba una gruesa capa de maquillaje que acentuaba los rasgos felinos de sus ojos verdes, y, en sus labios, sorprendentemente finos, se dibujaba una expresión taimada. Aunque era hermosa, si tomabas cada uno de sus rasgos por separado no había en ellos nada notable, simplemente combinaban muy bien juntos. Si destaca tanto en todas las fotos es por su pelo blanco, pensó Sofía, decidida a no admitir que pudiera tener belleza ni tampoco carisma.

Pasó las páginas del álbum, sonriendo al ver las fotos de David cuando era joven. En aquel entonces era muy delgado y un poco chabacano, antes de que, con el tiempo y la prosperidad, hubiera ganado algunos kilos. Además tenía una buena mata de pelo rubio que le caía sobre la frente. David aparecía en todas las fotos rodeado de gente, siempre riendo, haciendo el tonto, mientras que Ariella parecía siempre comedida, mirando tranquilamente a los demás, y sin embargo resplandecía de una forma muy especial; en cada una de las fotos el ojo del observador se veía atraído inmediatamente hacia ella.

Sofía buscó álbumes de la boda y de sus años de casados, pero no encontró ninguno. Aquél parecía ser el único libro que David conservaba. Se alegró de que estuviera cubierto de polvo y guardado al fondo de un cajón que a buen seguro David nunca abría.

Cuando, dos días más tarde, David volvió, Sofía corrió a recibirle con los perros, que saltaron sobre él, dejándole los pantalones llenos de barro. Sofía le besó por toda la cara hasta que él dejó la maleta en el suelo del vestíbulo y se la llevó escaleras arriba.

Sofía no tardó en olvidarse de Ariella mientras se dedicaba a llenar la casa de adornos de Navidad. David, que normalmente pasaba las Navidades con su familia, decidió que, por el momento, no era justo obligar a Sofía a lidiar con tantos desconocidos y la sorprendió con una propuesta del todo inesperada.

—Pasaremos las Navidades en París —anunció durante el desayuno. Sofía se quedó atónita.

—París no te pega nada —boqueó—. ¿Qué tramas?

—Quiero estar solo contigo en un lugar hermoso. Conozco un pequeño hotel a orillas del Sena —respondió él sin alterarse.

—Qué maravilla. Nunca he estado en París.

—En ese caso será un placer mostrarte la ciudad. Te llevaré de compras a los Campos Elíseos.

—¿De compras?

—Bueno, no puedes pasarte la vida en vaqueros y camiseta, ¿no crees? —dijo, bebiéndose el café de un trago.

Sofía quedó prendada de París. David viajaba a lo grande. Volaron en primera clase, y un reluciente coche negro los recogió en el aeropuerto para llevarlos directamente al discreto hotel ubicado a orillas del río. Hacía frío. El sol brillaba en el pálido cielo invernal y una fina capa de nieve se derretía sobre el asfalto y las aceras. Las calles habían sido decoradas para la Navidad con luces y adornos, y Sofía pegó la nariz a la ventanilla para no perderse los puentes de piedra que cruzaban las aguas heladas del río.

Como había prometido, David la llevó de compras. Con su viejo abrigo de cachemira y su sombrero de fieltro Sofía lo encontró distinguido y apuesto. Entraba en una tienda, tomaba asiento y daba su opinión mientras Sofía iba probándose la ropa.

—Necesitas un abrigo —decía David—, pero ese es demasiado corto. Necesitas un vestido de noche —insistía—. Ese te sienta de maravilla.

Incluso llegó a llevarla a una lencería donde insistió para que Sofía reemplazara su ropa interior de algodón por prendas de encaje y de seda.

—Una mujer hermosa como tú debería cubrirse con prendas hermosas —decía. No permitió que ella cargara con ninguna bolsa sino que mandó que enviaran las compras al hotel esa misma noche.

—Debes de haberte gastado una fortuna, David —dijo Sofía durante el almuerzo—. No lo merezco.

—Te lo mereces todo y mucho más, cariño. Esto es sólo el principio —respondió, encantado de poder mimarla.

Cuando llegaron al hotel, Sofía no cabía en sí de contenta al ver todas las compras que habían hecho durante el día amontonadas en perfecto orden en el pequeño salón adjunto a la habitación. David la dejó abriendo los paquetes y bajó a la calle para echar un vistazo por los alrededores del hotel. Sofía sacó cada prenda del papel de seda en que estaban envueltas y las fue dejando sobre los sofás y sobre las sillas hasta que la habitación pareció una cara boutique. Entonces puso la radio y se quedó escuchando la sensual música francesa mientras se daba un baño de espuma caliente. Estaba feliz. Había sido tan feliz que durante unos meses no se había acordado de Santa Catalina ni de Santiaguito, y no pensaba hacerlo ahora. En ese momento el pasado dejó de perseguirla y le permitió disfrutar del presente en toda su plenitud.

Cuando David regresó, Sofía le esperaba impaciente junto a la puerta. Se había puesto el nuevo vestido rojo que él le había comprado. Lucía un generoso escote que dejaba a la vista una pequeña porción del sujetador de encaje. Desde el escote el vestido se le ceñía al cuerpo casi hasta el suelo, y el corte lateral de la falda revelaba una pierna perfectamente enfundada en la media. Los tacones la hacían parecer más alta, y llevaba el pelo limpio y suelto, que le caía ondulado sobre los hombros, suave y brillante. David se quedó atónito, y la admiración que reflejaba la expresión de su rostro hizo que a Sofía se le hiciera un nudo en el estómago de pura felicidad.

Después de cenar en un pequeño y elegante restaurante que daba a la encantadora Place des Vosges, David la ayudó a ponerse el abrigo nuevo y la llevó de la mano a la calle. Hacía frío. El cielo estaba plagado de estrellas diminutas que titilaban en la lejanía, y la luna era tan grande y tan clara que los cogió a ambos por sorpresa.

—Es Nochebuena —dijo David mientras cruzaban paseando la plaza.

—Eso creo. Desde que llegué a Inglaterra nunca he celebrado la Navidad —confesó Sofía sin asomo de tristeza.

—Bueno, pues esta noche la estás celebrando conmigo —dijo David, apretándole la mano—. La noche no puede ser más bella.

—Sí, una noche maravillosa. Santa Claus no tendrá ningún problema para moverse por la ciudad, ¿no te parece? —añadió Sofía echándose a reír. Pasearon alrededor de la helada fuente de piedra y se quedaron mirando la escultura que representaba una manada de gansos salvajes partiendo hacia la noche—. Parece como si alguien hubiera dado una palmada y los hubiera asustado —exclamó admirada—. Qué ingenioso, ¿verdad?

—Sofía —dijo David bajando la voz.

—Es increíble que los que están más arriba no se rompan. Parecen muy frágiles.

—Sofía —repitió David, impaciente.

—¿Sí? —respondió Sofía sin quitar los ojos de la escultura.

—Mírame.

A Sofía le resultó tan raro oírle hablar así que se giró y le miró.

—¿Qué pasa? —preguntó, pero pudo adivinar por la expresión de David que no pasaba nada. Él tomó sus manos enguantadas entre las suyas y la miró con ternura en los ojos.

—¿Quieres casarte conmigo?

—¿Casarme contigo? —repitió pasmada. Por un segundo vio la cara angustiada de Santi y oyó el débil sonido de su voz: «Huyamos lejos de aquí y casémonos. ¿Quieres casarte conmigo?» Pero la voz se extinguió y David estaba de pie junto a ella, observándola con desconfianza. Sintió que se le llenaban los ojos de lágrimas y no sabía a ciencia cierta si eran lágrimas de tristeza o de felicidad.

»Sí, David, quiero casarme contigo —balbuceó. David espiró visiblemente aliviado y en su rostro se dibujó una amplia sonrisa. Sacó una cajita negra del bolsillo y la puso en las manos de ella. Sofía la abrió con cuidado. La cajita contenía un anillo de rubíes.

—El rojo es mi color favorito —susurró Sofía.

—Lo sé.

—Oh, David, es precioso. No sé qué decir.

—No digas nada. Póntelo.

Antes de intentar quitarse el guante, Sofía le devolvió el anillo para evitar que se le cayera y fuera a dar contra los relucientes adoquines. Acto seguido él tomó su pálida mano y le puso el anillo en el dedo antes de llevárselo a los labios y besarlo.

—Me has hecho el hombre más feliz del mundo, Sofía —dijo con lágrimas de emoción en los ojos.

—Y tú me has hecho completa, David. Nunca pensé que pudiera volver a amar a alguien. Pero te amo —dijo y le rodeó el cuello con los brazos—. Te amo.

29

Santa Catalina, 1979

Santi por fin se permitió volver a amar a una mujer a principios de 1979. También fue ese año cuando a Fernando la vida le dio un vuelco.

Chiquita nunca olvidaría el día que llegaron a Santa Catalina y se encontraron con que les habían entrado a robar. Sólo había visto ese tipo de destrucción en las revistas. Casas ajenas, desgracias ajenas. Siempre le había tocado a otros. Pero se había quedado mirando los muebles destrozados, los cristales rotos, las cortinas arrancadas. Alguien había orinado en su cama. La casa tenía todavía el olor a gente desconocida. La amenaza emanaba de todos los rincones. Habían encontrado a Encarnación, que ya era demasiado vieja para soportar un golpe como ese, retorciéndose las manos de desesperación y con el terror tatuado en la cara, chillando en la terraza:

—No sé cómo han entrado. No he visto a nadie. ¿Quién ha podido hacer esto? —gimoteaba.

Cuando Miguel y Chiquita se enteraron de que Fernando había sido arrestado, se dieron cuenta de que se enfrentaban a algo que sin duda los superaba.

Carlos Riberas, amigo de Fernando, los llamó desde una cabina para informarles que su hijo tenía relación con las guerrillas y había sido arrestado. No podía decirles más. No sabía adónde le habían llevado o si le dejarían en libertad. Estuvo a punto de añadir: «En caso de que lleguen a liberarle». Pero se detuvo. Estaba claro que los padres de Fernando no sabían nada de las actividades nocturnas de su hijo. Esperaba que Fernando fuera lo bastante fuerte para no delatar a sus amigos.

Miguel se desplomó en una silla y se quedó tan quieto que cualquiera habría dicho que se había convertido en una estatua de mármol. Chiquita rompió a llorar. Sin dejar de retorcerse las manos y de ir de un lado a otro de la habitación, decía entre sollozos que no sabía nada de la relación que tenía Fernando con la guerrilla, ni siquiera se le había pasado por la cabeza algo así. Fernando se había manejado en el más absoluto secreto.

—¡No conozco a mi hijo! —se lamentaba—. Mi hijo es un perfecto desconocido.

Totalmente paralizados por la sensación de indefensión de la que eran presa, la pareja se abrazó. Ambos deseaban haber prestado más atención a su hijo. La ansiedad que les había causado la relación entre Sofía y Santi había eclipsado totalmente a Fernando. Quizá si hubieran sido mejores padres se habrían dado cuenta de lo que ocurría y hubieran podido detener a Fernando a tiempo. ¿Qué podían hacer ahora?

Miguel y sus hermanos se pusieron en contacto con todos los amigos y conocidos que gozaban de una posición de poder, pero ninguno de ellos tenía la menor idea sobre el paradero de Fernando. Les dijeron que probablemente había sido arrestado por los paramilitares que trabajaban para el Gobierno. No podían hacer más que esperar. Mientras tanto ellos seguirían intentando averiguar adónde le habían llevado.

La familia Solanas al completo quedó a la espera de noticias. Una niebla oscura se cernió sobre la casa de Chiquita, una niebla de la que Chiquita temía no librarse jamás. Mientras se dedicaba a poner la casa en orden, no dejaba de repetirse que la familia de su esposo tenía muchas influencias. Nunca harían daño a un Solanas. Fernando regresaría y todo volvería a la normalidad. Sin duda había sido un terrible error. No era posible que su hijo tuviera nada que ver con la oposición, puesto que era consciente de los peligros que eso implicaba. Jamás se habría arriesgado a ponerse en peligro, y mucho menos exponer a su familia. No, se convenció Chiquita, tiene que haber sido un error. Luego, ya más calmada, se arrepintió de no haber sido capaz de impedir a Fernando relacionarse con esos jóvenes irresponsables. ¿Acaso no le había avisado Miguel de los riesgos que corría? Sí, Chiquita recordaba haberlo oído. ¿Por qué no le habían prestado más atención? De nuevo volvió a culparse.

◆ ◆ ◆

Fernando pasaba las horas en una celda en la que apenas entraba el aire. La luz mortecina que entraba por el ventanuco iluminaba apenas el suelo y las paredes de cemento. No había ningún mueble, nada sobre lo que estirarse. Lo habían golpeado. Probablemente le habían roto un par de costillas y quizás un dedo. No lo sabía con seguridad, todavía lo tenía demasiado hinchado. Le dolía todo el cuerpo. Le palpitaba la cara de dolor. No sabía qué aspecto tenía, pero a buen seguro tendría la cara cubierta de sangre y destrozada. Lo habían arrestado cuando caminaba por la calle. Un coche negro se había detenido sobre la acera, se había abierto la puerta y habían bajado dos hombres vestidos de traje que lo agarraron y lo metieron a la fuerza en el asiento trasero. Todo había ocurrido en menos de veinte segundos. Nadie los había visto. Nadie veía nunca nada.

Le pusieron una pistola en las costillas, le vendaron los ojos y se lo llevaron a un bloque de apartamentos situado a unos cuarenta y cinco kilómetros de la ciudad. ¿Cuánto hacía de eso? ¿Dos, tres días? No podía acordarse. Nombres, eso era lo que querían. Nombres. Le dijeron que podían prescindir de él en cualquier momento. No lo necesitaban. Tenían a mucha otra gente que hablaría. Él les creyó. Había oído gritos que resonaban por todo el edificio. Podían matarlo y a nadie le importaría. Dijeron que sus amigos lo habían traicionado. Si era así, ¿por qué protegerlos?

Cuando se negó a hablar, lo habían golpeado hasta que perdió el conocimiento. Al volver en sí no tenía ni idea de cuánto tiempo había pasado sin conocimiento. Estaba desorientado y tenía miedo. El miedo que destilaban las paredes era tan denso que casi podía olerlo. Echaba de menos a su familia y deseó estar de nuevo en Santa Catalina; el estómago se le retorcía literalmente de añoranza. ¿Por qué se habría mezclado con esos idiotas? En realidad, su país no le preocupaba como intentaba hacer creer a los demás. ¿Por qué no se habría limitado a agachar la cabeza como su padre le había aconsejado? Se había sentido tan orgulloso de sí mismo. Involucrarse en la guerrilla le había hecho sentirse importante y poderoso; le había dado una meta, una identidad. No se lo había dicho a los más íntimos y se había refocilado en el placer que su secreto le producía. Estaba haciendo algo que valía la pena, o al menos así lo había creído en su momento. Había sido excitante, casi como jugar a indios y vaqueros, con la única diferencia de que los riesgos eran mayores. Había asistido a reuniones clandestinas y había repartido folletos de propaganda antigubernamental. Creía en la democracia, pero nada valía tanto la pena como para apostar la vida por ello.

Fernando volvió a ser presa del desconsuelo. Era un cobarde. Hasta había mojado los pantalones. Nunca había sentido punzadas de desesperación semejantes. Parecían hacerle pedazos por dentro; casi podía oír como le rasgaban el estómago. Si me matan, pensó, que sea rápido y que no duela. Por favor, Dios mío, que sea rápido.

Cuando oyó los pasos fríos y metálicos que se aproximaban por el pasillo, le invadió el pánico. Quiso gritar, pero de su boca seca y pegajosa no salió el menor sonido. Se abrió la puerta y entró un hombre. Fernando se protegió los ojos con la mano. La luz que había entrado en la celda con el visitante le cegaba.

—Levántate —ordenó el hombre. Fernando se levantó tambaleándose. El hombre se acercó a él y le dio un sobre marrón.

—Aquí tienes un pasaporte nuevo y dinero suficiente para poder llegar a Uruguay cruzando el río. Hay un coche esperándote fuera. Cuando estés en Uruguay no quiero volver a verte ni a saber de ti, ¿entendido? Si vuelves te mataremos.

Fernando se había quedado sin habla.

—¿Quién eres? —dijo por fin, mirando al hombre a los ojos—. ¿Por qué?

—Eso no importa. No hago esto por ti —concluyó el hombre. Acto seguido le acompañó a la calle.

Cuando Fernando estuvo a salvo al otro lado de la frontera, se acordó de pronto de dónde había visto antes a aquel hombre. Era Facundo Hernández.

Chiquita lloró de alivio al oír la voz de Fernando. Miguel cogió el auricular y escuchó a su hijo contarle todo lo que había ocurrido.

—No puedo volver a casa, papá. No puedo volver hasta que haya un cambio de Gobierno —dijo.

Sus padres quedaron destrozados al saber que no volvería a casa, pero estaban agradecidos de que estuviera vivo. Chiquita quería ver a su hijo, quería pruebas de que de verdad estaba sano y salvo, y Fernando tuvo que emplearse a fondo para convencerla de que le estaba diciendo la verdad. Tuvieron que pasar meses para que las pesadillas de Chiquita desaparecieran. A Fernando, la experiencia vivida en aquella celda diminuta y oscura le perseguiría durante muchos años.

Un par de meses después de la partida de Fernando, Santi conoció a Claudia Calice. Sus padres le habían pedido que los representara en una cena benéfica que tenía lugar en Buenos Aires. Chiquita estaba totalmente estresada y se sentía incapaz de enfrentarse tan pronto al mundo después de que su hijo hubiera escapado a lo que sin duda habría sido «una muerte segura». Así que Santi asistió a la cena y, sentado a la mesa, reprimía un bostezo mientras escuchaba los discursos y entablaba conversaciones corteses con la señorona exageradamente maquillada que tenía a su derecha. Dejó vagar la mirada por la sala, fijándose en los alegres rostros de las enjoyadas señoras, escuchando a medias el monótono discurso que estaba acabando con su paciencia como si un mosquito le estuviera revoloteando junto a la oreja. Asentía de vez en cuando, de manera que la señora se hacía la ilusión de que Santi la escuchaba. Entonces sus ojos se posaron en una delicada joven que, sentada a una mesa situada en la otra punta de la sala, estaba haciendo lo mismo que él. La joven le dedicó una sonrisa de complicidad antes de volver la atención a su vecino y asentir educadamente.

Terminada la cena, Santi esperó a que el hombre que estaba sentado a la izquierda de la joven se levantara y entonces atravesó la sala. Ella le dio la bienvenida ofreciéndole la silla vacía y se presentó. Le susurró al oído que le había visto palidecer de aburrimiento.

—Yo también estaba muerta de aburrimiento —dijo—. El hombre que tenía sentado a mi lado es un industrial. No tenía nada que decirle. No me ha preguntado sobre mí ni una sola vez.

Santi le dijo que estaría absolutamente encantado oyéndola hablar de sí misma.

En las semanas que siguieron, Soledad se dio cuenta de que Santi había empezado a sonreír de nuevo. Era un poco posesiva con él y no le gustó demasiado la sofisticada y envarada Claudia Calice, que estaba empezando a visitar Santa Catalina con cierta asiduidad. Soledad se preocupaba por Sofía, aunque no había sabido nada de ella desde que se había marchado, en 1974. Claudia era morena y voluminosa, como una foca mojada. Se maquillaba con gran acierto y llevaba siempre los zapatos bien lustrados e inmaculados. Soledad se preguntaba cómo se las arreglaba para estar siempre tan elegante. Hasta en el campo, en un día de lluvia cualquiera, conseguía que el paraguas le hiciera juego con el cinturón. En realidad no importaba si a Soledad le gustaba la joven o le dejaba de gustar, su opinión no contaba, pero sí había algo por lo que le estaba agradecida: Claudia Calice estaba haciendo feliz a Santi, y hacía mucho tiempo que no le veía así.

Soledad echaba terriblemente de menos a Sofía, tanto que a veces lloraba de lo mucho que se preocupaba por ella. Esperaba que su niña fuera feliz. Deseaba con toda su alma recibir una carta suya, pero Sofía nunca escribió. No entendía la total falta de comunicación por parte de la niña. Sofía era para ella como una hija. ¿Por qué no escribía? Le había preguntado a la señora Anna si podía escribirle, sólo para que Sofía supiera que la echaba de menos. Se había sentido muy dolida cuando Anna se negó a darle su dirección. Ni siquiera le dijo cuándo volvería a casa su niña. Fue tal su desconsuelo que la Vieja Bruja del pueblo le dio unos polvos blancos para que los mezclara con el mate y se bebiera la mezcla tres veces al día; al parecer la receta funcionó. Por fin pudo dormir por las noches y dejó de preocuparse tanto.

El 2 de febrero de 1983 Santi se casó con Claudia Calice en la pequeña iglesia de Nuestra Señora de la Asunción. La recepción tuvo lugar en Santa Catalina. Cuando Santi vio a su futura esposa caminar hacia el altar del brazo de su padre no pudo evitar imaginar que era Sofía. Durante una décima de segundo se le hizo un nudo en el estómago, pero cuando la tuvo a su lado y le tranquilizó con su sonrisa, sintió una oleada de cariño por la joven que le había demostrado que era posible querer a más de una mujer en el transcurso de una vida.

30

—María, ¿cómo era Sofía? —preguntó Claudia una mañana de verano. Santi y Claudia llevaban casados más de un año y sin embargo ella nunca se había atrevido a preguntar sobre Sofía a nadie, y por alguna razón nadie hablaba de ella. Santi le había contado lo que había ocurrido entre ellos. Le había dicho que amaba a Sofía y que lo suyo no había sido una sórdida calentura sexual detrás de los establos de los ponis. No le había ocultado nada intencionadamente, pero la curiosidad que siente una mujer por las ex amantes de su marido no conoce límites, y el deseo de Claudia de obtener más información no había quedado satisfecho.

—Cómo *es* —la corrigió María amablemente—. No está muerta. Puede que vuelva —añadió esperanzada.

—Es sólo curiosidad, ya me entiendes —dijo Claudia, apelando a la complicidad femenina entre ambas.

—Bueno, no es muy alta, pero da la impresión de que es mucho más alta de lo que es —empezó María, dejando sobre la mesa el montón de fotos que tenía desparramadas a su alrededor sobre las baldosas rojas y dejando vagar la mirada por la brumosa llanura. A Claudia no le interesaba qué aspecto tenía. Eso ya lo sabía. Había hojeado demasiadas veces los álbumes de fotos y había estudiado las fotografías que, con sus marcos de plata, estaban repartidas por toda la casa de Paco y Anna. Conocía a la perfección cómo había sido Sofía desde que había nacido hasta que se había convertido en toda una mujer. Físicamente era encantadora, de eso no había la menor duda. Pero Claudia estaba más interesada en su personalidad. ¿Qué había en ella que había capturado el corazón de Santi? ¿Por qué, a pesar de todos sus esfuerzos, estaba convencida de que todavía era su dueña y señora? Pero dejó hablar a María. No quería dejar escapar esa oportunidad. Era muy raro estar en compañía de su cuñada sin verse rodeadas por su marido, primos, hermanos, padres, tíos y tías. Cuando había visto a María sentada sola en la terraza aquel sábado por la mañana revisando en silencio montones de viejas fotografías, había aprovechado el momento a la espera de que nadie apareciera de improviso y lo estropeara.

De lo que no se daba cuenta era de que María anhelaba hablar de Sofía. La echaba de menos. Aunque el sentimiento era ya más un dolor sordo provocado por ciertas asociaciones que le recordaban a su prima, los años no habían conseguido borrar los lazos indisolubles que las dos mujeres habían forjado durante la infancia y la adolescencia. Nadie más quería hablar de Sofía, y si lo hacían se referían a ella en susurros, como si hubiera muerto. La única con la que María podía recordar a su prima era Soledad, que hablaba de ella en voz alta y sin poder contener su enojo. No estaba enfadada con Sofía, claro, sino con sus padres que, según ella, le habían impedido volver. Ahora que Claudia parecía dispuesta a escuchar, María estaba más que encantada de poder hablar.

—Todo el mundo hablaba de Sofía —dijo con orgullo, como si estuviera hablando de una hija—. ¿Cuál sería su próxima fechoría? ¿Era su madre injusta con ella o es que Sofía era simplemente una niña difícil? ¿Tenía novio o no lo tenía? Era tan guapa que todos los chicos estaban enamorados de ella. Siempre salía con los más guapos. Roberto Lobito, por ejemplo. Podía tener a la chica que quisiera, pero no pudo con Sofía. Ella lo utilizó y luego lo dejó de lado como a una bola de polo. A él nunca le habían dado calabazas. Estaba demasiado pagado de sí mismo.

Se echó a reír y luego siguió hablando como si estuviera sola y hablara consigo misma:

—Nada la asustaba. En ese sentido era casi como un chico. No tenía los típicos miedos de una chica. Le encantaban las arañas y los escarabajos, las ranas y los sapos y las cucarachas, y jugaba al polo mejor que muchos chicos. Siempre se peleaba con Agustín por eso. Se peleaba con todo el mundo. Lo hacía para provocar, pero nunca iba en serio. Simplemente se aburría y quería divertirse. Conseguía poner furiosos a los demás, por supuesto; sabía exactamente cómo meterse con cada uno, conocía el punto débil de los que la rodeaban. Todo era mucho más divertido con ella. Santa Catalina era un lugar mucho más excitante antes de que se fuera. Siempre pasaba algo, no parábamos de reír. Ahora que ya no está, todo parece más gris. Santa Catalina sigue siendo maravillosa, por supuesto, pero ha perdido la chispa que tenía. Pero Sofía volverá, aunque sólo sea para asegurarse de que no la olvidamos. Eso sería típico de ella. Le gustaba ser siempre el centro de atención, y por supuesto, de una forma u otra, siempre lo conseguía. La gente la quería o la odiaba. No importaba: lo único que necesitaba era no pasar inadvertida.

—¿De verdad crees que volverá? —preguntó Claudia, arrancándose de un mordisco una piel muerta de una de sus largas uñas pintadas.

—Claro que volverá —respondió María—. Lo sé.

—Oh.

Claudia asintió y en sus labios se dibujó una débil sonrisa.

—Le tenía demasiado cariño a Santa Catalina para no volver —dijo María empezando de nuevo a clasificar las fotografías. Tragó con esfuerzo. Sofía no podía dejarlos para siempre, ¿verdad?

—¿Qué estás haciendo?

—Últimamente no he tenido tiempo de pegar estas fotos en el álbum. Como esta mañana no hay nada que hacer, he pensando que sería buena idea empezar a clasificarlas.

En ese preciso instante María encontró una foto de Sofía y la cogió.

—Mira, esta es una foto típica de Sofía —dijo, y se la quedó mirando con tristeza en los ojos—. Es del verano en que se fue.

El verano en que se enamoró de Santi, pensó Claudia con amargura. Cogió la fotografía de manos de su cuñada y miró el rostro radiante y bronceado que parecía sonreírle con expresión triunfante. Claudia observó cierta satisfacción en su sonrisa. Llevaba unos pantalones blancos ajustados y botas marrones y estaba sentada sobre un poni con un mazo de polo sobre el hombro. Se había recogido el pelo en una cola. Claudia odiaba los caballos y tampoco le gustaba mucho el campo. El hecho de que a Sofía ambos la volvieran loca hacía que aún le gustaran menos.

Los esfuerzos que Claudia había hecho antes de casarse con Santi por fingir que disfrutaba del campo y de los caballos habían sido una verdadera pérdida de tiempo. Se dio cuenta de ello una tarde en que Santi la había llevado con él a montar. Se sintió tan desgraciada a lomos de su poni con la espalda tensa que terminó siendo presa de un llanto enojado y tuvo que confesar que no soportaba los caballos.

—No quiero volver a montar en mi vida —había dicho sollozando.

Para sorpresa suya, Santi se había mostrado casi feliz. La había llevado a casa, la rodeó con sus brazos y le dijo que no tendría que volver a montar en su vida. Al principio ella se había sentido aliviada porque ya no tendría que seguir fingiendo, pero más adelante deseó no haberse mostrado tan encantada. Los ponis, la equitación, el campo… eran parte del territorio de Sofía, y Claudia creía que Santi quería mantenerlos para ella en exclusiva.

—¿Fue Santi siempre especialmente amigo de Sofía? —preguntó con cautela.

María la miró alarmada.

—No lo sé —mintió—. Eso deberías preguntárselo a Santi.

—Nunca habla de ella —dijo encogiéndose de hombros y bajando la vista.

—Ya entiendo. Bueno, siempre fueron muy amigos. Santi era como un hermano mayor para ella, y Sofía era como una hermana para mí.

De pronto María se sentía incómoda, como si la conversación estuviera empezando a írsele de las manos.

—¿Te importa si miro más fotos? —preguntó Claudia cambiando de tema. Se dio cuenta de que quizás estaba siendo demasiado inquisitiva. No quería que María le contara a Santi su conversación.

—Toma, mira éstas, ya las he clasificado —le propuso María aliviada a la vez que daba a Claudia uno de los montones ya marcados—. No las mezcles con el resto, por favor.

Claudia se sentó en la silla y se puso las fotos sobre las rodillas. María le echó un rápido vistazo cuando su cuñada no se daba cuenta de que la miraba. Sólo le llevaba un par de meses, pero parecía mucho mayor que ella. Sofía siempre decía que la gente nace a una cierta edad. Decía que tenía dieciocho años y que María ya había cumplido los veinte. Bueno, si ese hubiera sido el caso, probablemente habría dicho que Claudia tenía cuarenta. No tenía nada que ver con su cara, que era bronceada, de piel suave y carnosa. Era guapa, de una belleza natural. El veredicto de Sofía tenía más que ver con su forma de vestir y de comportarse. Claudia se había ofrecido a enseñar a María a maquillarse mejor.

—Veamos qué puedo hacer con tu cara —le había dicho con una indudable falta de tacto. María era demasiado buena para sentirse ofendida. No quería maquillarse con los colores vivos que usaba Claudia. Además a Eduardo no le haría ninguna gracia. Se preguntó si Claudia se quitaba el maquillaje para dormir, y, en caso de que lo hiciera, si Santi la reconocía por la mañana. Se moría de ganas de preguntárselo, pero no se atrevió. Hubo un tiempo en que le habría preguntado cualquier cosa, pero las cosas habían cambiado, sutilmente, sí, pero habían cambiado.

Nadie entendía por qué Santi se había casado con Claudia. No les desagradaba la joven, puesto que era agradable y bonita, pero la pareja no parecía tener nada en común. Eran como el agua y el aceite. Chiquita le había cogido cariño enseguida, pero sólo porque se sentía aliviada al ver que Santi se había casado. Le hacía feliz ver a su hijo sonreír de nuevo y seguir adelante con su vida. Por muy extraño que pareciera, la única persona con la que Claudia había entablado amistad era Anna. Ambas eran mujeres frías y odiaban los caballos. Pasaban mucho tiempo juntas, y Anna había hecho lo posible para que Claudia se sintiera en casa.

—¿Qué miras? —le preguntó Claudia de repente sin dejar de mirar las fotografías. María temió que se hubiera dado cuenta de que la había estado estudiando.

—Nada, mera curiosidad. Tienes mucha maña para maquillarte —respondió intentando disimular.

—Gracias. Ya te dije que si querías te enseñaba —dijo sonriéndole.

—Ya lo sé. Creo que voy a hacerte caso —concluyó con una débil sonrisa.

◆ ◆ ◆

—Dios mío, pero ¿te has mirado al espejo? —exclamó Eduardo horrorizado cuando vio a su esposa aparecer para la cena con la cara pintarrajeada como la de una dependienta de Revlon.

—Claudia me ha estado enseñando —replicó María poco convencida, haciendo parpadear sus largas pestañas negras.

—Me preguntaba qué estarán haciendo ahí dentro —dijo Eduardo, quitándose las gafas y limpiándoselas con la camisa. En ese momento por detrás de María apareció Claudia. Llevaba un vestido largo negro, sujeto por dos delicadas tiras plateadas.

—Mi amor, estás preciosa —dijo Santi, levantándose para besar a su mujer. Casi no la había visto en todo el día.

—¿No crees que deberías cambiarte los vaqueros para cenar? —susurró—. Hueles a caballo.

—A mamá no le importa. Si a estas alturas todavía no se ha acostumbrado a mí, nunca lo hará —le dijo, volviendo a sentarse. Claudia se sentó a su lado, a pesar de que en el sillón había sólo espacio para uno. Santi le acarició la melena.

—Mi amor —refunfuñó ella—, ¿no podrías lavarte las manos antes de tocarme? Acabo de ducharme.

Él sonrió maliciosamente, la atrajo hacía sí y la abrazó.

—¿No te gusta el olor a sudor de tu hombre? —bromeó.

—No, no me gusta —respondió ella soltando una risilla de protesta y levantándose para soltarse de su abrazo—. Por favor, Santi, quiero que me toques, pero lo único que te pido es que antes te laves las manos.

Santi se levantó a regañadientes y salió de la sala. Volvió cinco minutos más tarde, después de haberse afeitado y de haberse cambiado de ropa.

—¿Mejor así? —preguntó, arqueando una ceja.

—Mucho mejor —respondió Claudia, haciéndole sitio en el sillón.

Cenaron en la terraza a la luz de cuatro faroles. Miguel, Eduardo y Santi hablaban de política mientras Chiquita, María y Claudia hablaban de ellos. Chiquita estaba encantada con su familia recientemente ampliada y miraba sus rostros animados bajo el cálido reflejo de las lámparas. No dejaba de penar en silencio por Fernando, que seguía lejos de allí, al otro lado del río, a pesar de que habían ido a verle a menudo.

Fernando seguía atormentado por su reciente experiencia. Se había dejado el pelo largo, aunque al menos lo llevaba limpio y reluciente. Chiquita recordaba con nostalgia las largas vacaciones de su infancia, cuando la vida era inocente y los juegos a los que Fernando había jugado terminaban cuando llegaba la hora de acostarse. Ahora estaba a muchos kilómetros de allí, en una playa, viviendo como un vagabundo. No era lo mismo que tenerle en Santa Catalina con ellos, pero era consciente de que debía alegrarse de que estuviera vivo y dejar de preocuparse por cosas que en realidad no eran tan importantes.

Panchito, que ya tenía dieciséis años, pasaba el mayor tiempo posible fuera de casa con sus primos y amigos de su edad. Chiquita le animaba a que invitara a sus amigos a casa, intentando así que se interesara un poco más por la estancia, pero si Panchito no estaba deslumbrando al público en el campo de polo, estaba en cualquier otro lado, y la mayor parte del tiempo Chiquita ni siquiera sabía dónde o con quién estaba. Apenas le veía.

—¿Cómo era Miguel cuando le conociste? —preguntó Claudia.

Chiquita se echó a reír.

—Bueno, era alto y…

—Peludo —intervino Santi. Todos rieron.

—Peludo. Pero no tanto como ahora.

—¿Era como un lobo, mamá? ¿Te cazó y te llevó a rastras a su madriguera?

—Oh, Santi, no seas ridículo —dijo Chiquita con una sonrisa al tiempo que le brillaban los ojos de felicidad.

—Bueno, ¿qué me contestas, papá?

—A tu madre todos le iban detrás. Yo simplemente fui el afortunado —dijo, y le guiñó el ojo a su esposa desde el otro extremo de la mesa.

—Ambos fueron muy afortunados —apuntó Claudia con diplomacia.

—No, la suerte no tuvo nada que ver. Tuve que ofrecer algunos sacrificios al ombú —soltó Miguel con una carcajada.

—¿El ombú?

Claudia parecía confundida. María miró a Santi y notó que apretaba la mandíbula, a la vez que sacaba un paquete de cigarrillos del bolsillo y encendía uno.

—No me digas que Santi nunca te ha hablado del ombú —dijo Chiquita sorprendida—. Cuando era niño se pasaba el tiempo en la copa de ese árbol.

—No, nunca me has hablado del ombú. ¿Qué tiene de especial? —preguntó dirigiendo la pregunta a Santi, aunque él no respondió; se limitó a espirar el humo de su cigarrillo en silencio.

—Solíamos ir al ombú a pedir deseos. Creíamos que era un árbol mágico, pero en realidad no lo es. No tiene nada de especial —intervino María al instante, quitándole importancia. Sintió que Eduardo apretaba su pierna contra la suya para darle apoyo.

—Es un árbol muy especial —refunfuñó Miguel—. Es parte de nuestra juventud. De niños jugábamos ahí, y ya mayores era allí donde quedábamos con las chicas. De hecho, y sin ánimo de ser indiscreto, fue en el ombú donde besé a tu madre por primera vez.

—¿En serio? —preguntó María. Nunca nadie se lo había dicho.

—Ya lo creo. Para mí y para tu madre es un lugar muy especial.

—Santi, ¿me llevarás? Siento una gran curiosidad —dijo Claudia.

—Algún día —balbuceó Santi con brusquedad. De pronto se había puesto blanco. La tintineante luz de las velas acentuaba sus rasgos, dándole un aspecto grotesco.

—Mi amor, ¿te encuentras bien? Te has puesto muy pálido —dijo Claudia preocupada.

—La verdad es que estoy un poco mareado. Es el calor. He estado todo el día al sol.

Santi apagó el cigarrillo y se levantó de la mesa.

—No, quédate y termina de cenar —le dijo a su esposa—. Estoy bien. Sólo necesito caminar un poco.

Claudia pareció contrariada, pero volvió a acercar su silla a la mesa y se colocó la servilleta sobre las rodillas.

—Como quieras, Santi —respondió tensa mientras le veía alejarse y desaparecer en la oscuridad. De nuevo oyó la risa de Sofía cernirse sobre ella desde el espacio vacío y negro que los rodeaba.

Santi caminó por la pampa hacia el ombú. El cielo claro y estrellado le permitía ver por dónde iba sin tropezar, aunque conocía el terreno a la perfección. Cuando llegó al árbol, trepó hasta la cima y se sentó en una rama, apoyando la espalda contra el grueso tronco. Sentía como si se le hubiera hinchado el cuello, como si el cuello de la camisa le apretara, aunque lo llevaba desabrochado. Se llevó la mano a la garganta para intentar relajarla. También tenía un gran peso en el pecho. Intentó respirar hondo, pero sólo pudo inspirar de forma entrecortada y breve. Tenía náuseas y le dolía la cabeza. Fijó la vista en la oscuridad y se acordó de cuando se sentaba allí con Sofía, mirando los planetas y las estrellas que brillaban sobre sus cabezas. Se preguntaba si ella estaría viendo el mismo cielo y si al mirarlo todavía pensaría en él.

De pronto se echó a llorar. Intentó controlarse, pero los sollozos le brotaban de muy adentro. Hacía mucho, muchísimo tiempo que no lloraba. De hecho no lo hacía desde que Sofía le había dejado, roto y deshecho, hacía años. Por fin había creído encontrar la felicidad con otra mujer. Claudia le hacía sonreír, incluso a veces conseguía hacerle reír. Era una mujer cariñosa y suave en la cama, y considerada y generosa en la convivencia diaria. No era demasiado exigente y nada complicada. Hacía todo lo que estaba en su mano para complacerle y sólo perdía los estribos de vez en cuando. Era fría y controlaba a la perfección sus emociones, pero eso no quería decir que no tuviera sentimientos. Simplemente era muy cuidadosa a la hora de revelar lo que sentía. Era callada y con gran sentido de la dignidad. No podía decirse que fuera hermosa. Se preocupaba mucho de su aspecto. ¿Por qué, entonces, echaba tanto de menos el caos, el egoísmo y la pasión de Sofía? ¿Por qué, después de casi diez años, todavía era Sofía capaz de hacerle caer de rodillas y llorar como un niño?

—¡Maldita seas, Chofi! —le gritó a la oscuridad de la noche—. ¡Maldita seas!

Claudia quería tener una familia. Deseaba desesperadamente un hijo, pero Santi no estaba preparado. ¿Cómo podía traer un niño al mundo cuando todavía seguía esperando a que Sofía volviera? Si aceptaba ese compromiso con Claudia sería para toda la vida. El matrimonio podía ser para toda la vida, pero los hijos eran algo irreversible. Todavía tenía la esperanza de que algún día Sofía volvería a buscarle y quería estar preparado. Todos pensaban que la había olvidado, pero nunca la olvidaría. ¿Cómo olvidarla si el rostro de su prima le acechaba desde todos los rincones de la estancia? Cada mueble, cada recoveco del lugar le recordaba a ella. No había manera de librarse de ella. Y es que, en cierto sentido, tampoco lo deseaba. Sofía le atormentaba y le consolaba a la vez.

Cuando volvió a la casa, Claudia le esperaba en camisón sentada en la cama. Estaba tensa y había ansiedad en su rostro. Se había quitado todo el maquillaje; sin los labios pintados había perdido por completo el color.

—¿Adónde has ido?

—A dar un paseo.

—Estás enfadado.

—Ya estoy bien. Necesitaba un poco de aire, eso es todo —dijo y se quitó la camisa de los pantalones y empezó a desabrochársela.

Claudia le miró fijamente.

—Has estado en el ombú, ¿verdad?

—¿Qué te hace pensar eso? —preguntó dándole la espalda.

—Porque es allí donde siempre ibas con Sofía, ¿verdad?

—Claudia... —empezó Santi irritado.

—He visto las fotos de María. Había muchas de Sofía y tú en el árbol. No te estoy acusando, mi amor, sólo quiero ayudarte —dijo, tendiéndole la mano.

Santi siguió desvistiéndose, dejando caer la ropa al suelo.

—No necesito ayuda y no quiero hablar de Sofía —dijo sin más.

—¿Por qué no? ¿Por qué nunca hablas de ella? —preguntó con una voz desconocida.

Él clavó la mirada en la rigidez de sus rasgos.

—¿Preferirías que te hablara de ella? Sofía esto, Sofía lo otro... ¿Es eso lo que quieres?

—¿No entiendes que negándote a hablar de ella, Sofía sigue interponiéndose entre nosotros como un fantasma? Cada vez que me acerco a ti siento cómo se desliza entre los dos —dijo Claudia con voz temblorosa.

—Pero ¿qué es lo que quieres saber? Ya te lo he contado todo.

—No quiero que sigas ocultándomela.

—No te la estoy ocultando. Quiero olvidarla, Claudia. Quiero construir mi vida contigo.

—¿Todavía la amas? —preguntó de repente.

—¿Adónde quieres llegar? —preguntó confundido, sentándose en la cama junto a ella.

—He tenido mucha paciencia —se aventuró a decir Claudia—. Nunca te he preguntado por ella. Siempre he respetado esa parte de tu vida.

—Entonces, ¿por qué te sientes tan insegura ahora? —le preguntó Santi con suavidad a la vez que tomaba su mano entre las suyas.

—Porque siento su presencia por todas partes. La siento en los silencios de la gente. Todos tienen miedo a hablar de ella. ¿Qué fue lo que hizo para que la gente se comporte así? Ni siquiera Anna la menciona. Es como si estuviera muerta. No hablar de ella la hace más fuerte, más amenazadora. Siento que te está alejando de mí. No quiero perderte en manos de un fantasma, Santi —dijo tragando con dificultad, poco acostumbrada como estaba a demostrar sus emociones.

—No vas a perderme. Nadie va a apartarme de tu lado. Eso ocurrió hace muchos años. Ya pasó.

—Pero todavía la amas —insistió.

—Amo el recuerdo que tengo de ella, Claudia. Eso es todo —mintió—. Si Sofía volviera, ambos habríamos cambiado. Ya no somos los mismos.

—¿Me lo prometes?

—¿Qué tengo que hacer para convencerte? —preguntó, atrayéndola hacia él. Pero conocía la respuesta a esa pregunta.

De repente la abrazó y la besó apasionadamente, acariciándole las encías y los dientes con la lengua y apretando con firmeza sus labios a los suyos. Claudia contuvo el aliento. Nunca la había besado así, no con ese desenfreno. La tumbó en la cama y le subió el camisón de seda por encima del ombligo. Se quedó mirando la suave ondulación que dibujaba su estómago y luego la acarició, sin dejar de mirarla en silencio. Claudia abrió los ojos y se dio cuenta de que había en el rostro de Santi una expresión extraña. Cuando se miraron a los ojos y ella frunció el ceño, los rasgos de Santi parecieron suavizarse. Él le sonrió mientras ella intentaba adivinar sus pensamientos, pero en ese momento Santi le hundió la cara en el cuello y empezó a lamerlo y a besarla hasta que la hizo chillar de placer. Sus manos se movían con firmeza entre sus piernas y no dejaba de acariciarle los pechos. La tocaba con pasión y destreza, y ella se retorcía de placer a medida que él despertaba en ella una sensualidad de la que jamás se habría imaginado capaz. Luego Santi se desabrochó los pantalones y liberó su miembro. Le separó las piernas y la penetró.

—Pero, no te has puesto preservativo —le advirtió ella, enrojecida por el deseo.

—Quiero plantar en ti mi semilla, Claudia —respondió Santi sin aliento, mirándola muy serio—. Quiero construir un futuro contigo.

—Oh, Santi, te amo —suspiró ella feliz, rodeándole con los brazos y las piernas como un pulpo, empujándolo dentro de sí.

Ahora me dejarás en paz, Chofi, pensaba Santi en silencio. Así te olvidaré para siempre.

31

—"Ribby no daba crédito. ¿Has visto alguna vez algo parecido? ¿De verdad había un tazón? Pero si todos mis tazones están en el armario de la cocina. ¡Bueno, pues yo nunca! ¡La próxima vez que dé una fiesta, invitaré a la prima Tabitha Twitchit!" —dijo Sofía bajando la voz al tiempo que cerraba el librito de Beatrix Potter.

—Otro —dijo Jessica medio dormida sin quitarse el pulgar de la boca.

—Con uno es más que suficiente, ¿no te parece?

—¿Y el cuento del gatito Tom? —sugirió esperanzada, acurrucándose aún más en el regazo de Sofía.

—No, con uno basta. Dame un abrazo —dijo, acurrucando a la niña entre sus brazos y dándole un beso en su carita rosada. Jessica se agarró a ella. No tenía la menor intención de dejarla marchar.

—¿Y las brujas? —preguntó mientras Sofía la metía en la cama.

—Las brujas no existen, cariño, por lo menos aquí no. Mira, este es un osito mágico —dijo, metiendo al osito en la cama junto a la niña—. Si viniera una bruja, este osito conoce un hechizo que la haría desaparecer en un segundo.

—Qué osito más listo —dijo la pequeña feliz.

—Sí, es un osito muy listo —admitió Sofía antes de inclinarse sobre ella y besarla con ternura en la frente—. Buenas noches.

Cuando se giró para salir de la habitación se encontró con David apoyado en la puerta entreabierta. La miraba en silencio y sonreía meditabundo.

—¿Qué haces ahí? —susurró Sofía, saliendo sin hacer ruido de la habitación.

—Te miraba.

—¿Ah, sí? —soltó echándose a reír—. ¿Y eso por qué?

David la estrechó entre sus brazos y le dio un beso en la frente.

—Parece mentira lo bien que se te dan los niños —dijo con voz ronca.

Ella sabía adónde llevaba esa conversación.

—Sí, David, ya lo sé, pero…

—Cariño. Estaré contigo en todo momento, créeme, no dejaré que pases por eso tú sola —dijo mirándola a los ojos, unos ojos velados por el miedo—. Estamos hablando de nuestro hijo, una pequeña parte de mí y una pequeña parte de ti, la única cosa en el mundo que será una parte de los dos y que nos pertenecerá solamente a nosotros. Creía que era eso lo que querías.

Sofía le condujo por el pasillo, lejos de la habitación de la pequeña.

—Adoro a los niños y algún día me gustaría tener uno… muchos. Un trocito de ti y un trocito de mí… no puede haber nada más maravilloso, más romántico, pero todavía no. Por favor, David, dame tiempo.

—No tengo tiempo, Sofía. Ya no soy joven. Quiero disfrutar de una familia mientras todavía tengo edad para ello —dijo David, a la vez que se le hacía un nudo en el estómago a causa de una extraña sensación de algo *déjà vu*. Había tenido esa misma conversación con Ariella innumerables veces.

—Pronto. Muy pronto, querido, te lo prometo —dijo Sofía, apartándose de él—. Bajaré dentro de un minuto. Dile a Christina que he metido a su hija en la cama y que ya puede subir a darle las buenas noches.

Sofía cerró tras de sí la puerta de su habitación. Se quedó inmóvil durante unos segundos para asegurarse de que David no la había seguido. No se oía a nadie en el pasillo. Debe de haber bajado a darle el mensaje a Christina, pensó. Fue hasta la cama y levantó el edredón. Pasó la mano por el colchón y a continuación sacó un pequeño retal deshilachado de muselina: la muselina de Santiaguito. Se sentó en el suelo con las piernas cruzadas. Se llevó el retal a la nariz y cerró los ojos, aspirando el olor rancio que una vez había sido el de Santiaguito. Los años lo habían descolorido y de tanto manosearlo había perdido el olor y se había desgastado la tela. Parecía un trapo. Si lo hubiera encontrado alguien que no supiera lo que era, lo habría tirado a la basura. Pero Sofía lo atesoraba como si fuera la más importante de sus pertenencias.

Cuando se llevaba el retal a la cara era como pulsar el botón de un proyector de cine. Cerraba los ojos y veía las imágenes de su bebé, que le llegaban vívidas y frescas como si lo hubiera visto el día anterior. Recordaba sus pies diminutos con sus deditos blandos y perfectos, su matita de pelo y la suavidad de su piel. Se acordaba de la sensación que le producía cuando mamaba de su pecho, de cómo se le velaba la mirada mientras su barriguita redonda se le llenaba de leche. Se acordaba de todo; se aseguraba de no olvidarse de nada. Volvía a pasar la cinta una y otra vez para no olvidar el menor detalle.

Llevaba cuatro años casada con David y lo que todos se preguntaban era cuándo pensaban formar una familia. No era asunto suyo, pensaba Sofía enojada. Era algo entre ella y David, aunque, por alguna razón, Zaza parecía creer gozar de un estatus especial. Sofía le había soltado un par de frescas en alguna ocasión, pero Zaza era muy dura de pelar y no quería captar el mensaje. Sólo David, Dominique y Antoine comprendían sus razones para no tener un hijo. Dominique y Antoine habían asistido a su boda. Aunque había sido una tranquila ceremonia civil, no habían querido perdérsela. Desde Ginebra se habían convertido para ella en unos padres mejores que los suyos. Cuando pensaba en Anna y en Paco, cosa que intentaba que no ocurriera demasiado a menudo, parecía sólo capaz de recordar sus pálidos rostros, ahora ya de un frío color sepia en su memoria, diciéndole que hiciera las maletas y se preparara para el largo exilio que la esperaba. Dominique la llamaba con frecuencia, siempre comprensiva y mostrándole su apoyo incondicional. Se acordaba de su cumpleaños, le enviaba regalos desde Ginebra y postales desde Verbier, y parecía presentir los momentos en que las cosas no iban del todo bien, puesto que siempre llamaba en el instante preciso.

—Quiero un hijo, Dominique, pero tengo miedo —le había confesado el día antes.

—*Chérie*, sé que tienes miedo, y David lo entiende, pero no puedes seguir aferrándote a tus recuerdos. Santiaguito no es real. Ya no existe. Pensar en él no puede traerte más que dolor.

—Lo sé. No hago más que repetírmelo, pero es como si estuviera bloqueada. En cuanto me imagino con el estómago hinchado y pesado, me entra el pánico. No puedo olvidar lo que llegué a sufrir.

—La única forma de que logres olvidarlo es teniendo un hijo con el hombre al que amas. Cuando ese niño te haga feliz, te olvidarás del dolor que te produjo separarte de Santiaguito, te lo prometo.

—David es maravilloso. No habla mucho de eso, pero sé que no hace más que pensar en ello. Puedo verlo en sus ojos cuando me mira. Me siento muy culpable —dijo, hundiendo la cabeza en los almohadones de la cama.

—No te sientas culpable. Algún día le darás un hijo y formaréis juntos una familia feliz. Ten paciencia. El tiempo es un gran sanador.

—Tú sí eres una gran sanadora, Dominique. Ya me siento mejor —se rió Sofía.

—¿Cómo está David? —preguntó Dominique. Estaba encantada al ver que Sofía se había enamorado y había dejado atrás el pasado. O casi.

—Como siempre. Me hace muy feliz. Tengo mucha suerte —dijo Sofía sincerándose.

—No te preocupes, eres joven y tienes mucho tiempo por delante para tener hijos —dijo Dominique cariñosa, aunque comprendía los miedos de David y simpatizaba con él de corazón.

Sofía había vivido los últimos cinco años de su vida plenamente consciente. Nunca había dado por sentada su vida con David. En ningún momento había olvidado el dolor y la tristeza que se habían cernido como un negro banco de niebla sobre los primeros años de su exilio, en parte oscureciendo algunos de los acontecimientos que habían sido demasiado dolorosos para hablar de ellos abiertamente. Santi le había enseñado a vivir en el presente; David le había demostrado que podía conseguirlo. El amor que sentía por su marido era sólido y firme. David era un hombre seguro de sí mismo y experimentado y, sin embargo, Sofía había descubierto que bajo ese hombre reservado se ocultaba una vulnerabilidad que la enamoraba. En muy raras ocasiones le decía que la amaba, eso no iba con él, pero ella sabía lo mucho que la quería. Entendía a David.

Sofía tuvo la desgracia de encontrarse con su suegra, Elizabeth Harrison, una sola vez. David las había presentado una semana antes de la boda. Las había llevado a tomar el té al Basil Street Hotel. Había dicho que lo mejor sería que se conocieran en territorio neutral. Así su madre no podría intimidarla y provocar una escena.

Había sido un encuentro breve y extraño. Una mujer de aspecto austero y de pelo cano y liso, con los labios finos y morados y unos ojos protuberantes y acuosos y extremadamente superficial. Elizabeth Harrison era una mujer acostumbrada a salirse con la suya y a hacer a todos los que la rodeaban tan infelices como ella misma. Nunca le había perdonado a su hijo que se hubiera divorciado de Ariella, cuyo atractivo residía más en su pedigrí que en su personalidad. Tampoco le había perdonado que usara su dinero para producir obras de teatro cuando ella le había animado a que trabajara en el Foreign Office como su padre. No dudó en demostrar su desaprobación cuando oyó a Sofía hablar inglés con acento extranjero, y se marchó lo más dignamente posible apoyándose en su bastón cuando Sofía le dijo que había estado trabajando en una peluquería de Fulham Road llamada Maggie's. David la vio irse sin correr tras ella para pedirle que volviera. Eso era lo que más la había irritado. David no la necesitaba y tampoco parecía tenerle ningún cariño. Frunció sus labios amargos y volvió a su fría mansión de Yorkshire totalmente descontenta con el encuentro. David había prometido a Sofía que no tendría que volver a verla nunca más.

Por mucho que Sofía viviera conscientemente en el presente, el pasado tenía la maldita costumbre de aparecer cuando menos lo esperaba, despertado por alguna vaga asociación que la transportaba de nuevo a Argentina. A veces se trataba simplemente de la forma en que los árboles proyectaban largas sombras sobre el césped una tarde de verano cualquiera, o, si la luna estaba especialmente brillante, la forma en que se reflejaba en las húmedas briznas de yerba, haciéndolas brillar como diamantes. El olor del heno durante la cosecha o el de las hojas quemándose en otoño. Pero nada como los eucaliptos. Sofía apenas había podido disfrutar de su luna de miel en el Mediterráneo a causa de la humedad y de los eucaliptos. Se le encogió el corazón y se sintió consumida por la añoranza hasta que casi le había sido imposible seguir respirando. David la había tenido que ayudar a mantenerse en pie y la había abrazado hasta que logró recuperarse. Luego hablaron de lo sucedido. A Sofía no le gustaba tocar el tema, pero David había insistido, diciendo que tapar las cosas era una mala costumbre, y la había obligado a repasar los mismos hechos una y otra vez.

Los dos hechos a los que Sofía volvía una y otra vez eran el rechazo de sus padres y el día en que dejó Ginebra y al pequeño Santiaguito.

—Lo recuerdo como si fuera ayer —decía entre sollozos—. Mamá y papá en el salón, el aire cargado y tenso. Estaba aterrada. Me sentía como una criminal. Eran unos desconocidos, los dos. Siempre había tenido una relación muy especial con mi padre y de repente ya no le conocía. Luego se deshicieron de mí. Me echaron. Me rechazaron —y lloraba hasta que el llanto conseguía liberar la tensión que le oprimía el pecho y podía volver a respirar. El dolor que había sentido al tener que dejar a Santi era algo de lo que no podía hablar con su marido por temor a herirle. Esas eran lágrimas que derramaba por dentro y en secreto, permitiendo en su torpeza que el dolor le echara raíces por dentro y se adueñara de ella.

Después de casados, Sofía apenas había pensado en Ariella. La habían mencionado en una o dos ocasiones, como la vez que Sofía registró la buhardilla en busca de una lámpara que, según le había dicho David, encontraría allí y al hacerlo había descubierto un montón de cuadros de Ariella arrinconados contra un muro y cubiertos por una sábana. No le importó. David subió a echarles un vistazo y luego volvió a cubrirlos con la sábana.

—No era una buena pintora —fue todo lo que dijo. Sofía no quiso seguir preguntando. Encontró la lámpara que buscaba, la llevó abajo y cerró la puerta de la buhardilla. Desde entonces no había vuelto a subir, y Ariella no había vuelto a ocupar su mente. Una fiesta de sociedad en Londres era el último lugar donde esperaba encontrarla.

A Sofía las fiestas la ponían nerviosa. No quería ir, pero David insistió. Tenía que dejar de ocultarse.

—Nadie sabe cuánto tiempo va a durar esta guerra. En algún momento tendrás que enfrentarte al mundo —le había dicho.

Cuando en abril el Reino Unido había declarado la guerra a Argentina a causa de la disputa por las Malvinas, Sofía se había sentido terriblemente apenada. Era argentina y, por mucho que hubiera sellado esa parte de su vida, nunca había dudado de lo que era: argentina por los cuatro costados. Cada titular dolía, cada comentario era una pequeña herida. Eran su gente. Pero no tenía sentido salir en su defensa en este lado del Atlántico. Los británicos querían víctimas. David sugirió cariñosamente que se tranquilizara y guardara silencio si no quería acabar también ella siendo una víctima. Era muy difícil no verse envuelta en alguna discusión cuando la gente tenía tan poco tacto; por ejemplo, cuando en las cenas algún idiota golpeaba la mesa con el puño, insultando a los «malditos gauchos». Los argentinos habían pasado a ser «gauchos», y no había nada de cariñoso en ese mote. Después de haber pasado años sin saber que las islas Falkland existían, de repente todos se habían puesto a opinar.

Sofía tenía que morderse la lengua para no darles la satisfacción de verla enfadada. Después se acurrucaba en los brazos de David y lloraba contra su pecho. Se preguntaba cómo lo estaría pasando su familia. Estuvo a punto de colgar la bandera argentina del tejado de Lowsley y gritar a todo pulmón que era argentina y que estaba orgullosa de serlo. No había renunciado a su nacionalidad. No había abandonado a los suyos. Era una de ellos.

La fiesta era una cena con baile que tuvo lugar una triste noche de mayo. Los anfitriones eran Ian y Alice Lancaster, viejos amigos de David. Era la clase de fiesta de la que todo el mundo habla meses antes de que se celebre, y que todo el mundo comenta durante los meses que la siguen. Sofía se había gastado una pequeña fortuna en Belville Sassoon en un vestido rojo de tirantes que relucía sutilmente sobre su piel aceitunada. David había quedado suficientemente impresionado para no preocuparse por el precio y sonreía con orgullo al ver que los demás invitados la miraban con admiración.

Normalmente, en ese tipo de eventos la pareja solía ir cada uno por su lado, sin preocuparse demasiado por el otro, pero Sofía temía que alguien iniciara alguna conversación sobre la guerra, así que tomó a David de la mano y le siguió con desconfianza por la sala. Las mujeres estaban cubiertas de diamantes y complicados peinados, prominentes hombreras y maquillajes alarmantes. Sofía se sentía ligera, aunque quizá demasiado escotada, con un sencillo solitario que relucía contra su bronceado pecho desnudo. Era un regalo de cumpleaños de David. Se dio cuenta de que la gente cuchicheaba a su paso y de que las conversaciones se interrumpían cuando ella se acercaba. Nadie mencionó la guerra.

Se había levantado una marquesina a rayas blancas y azules en el jardín situado tras la mansión que los Lancaster tenían en Hampstead. Sobre las mesas se habían dispuesto extravagantes arreglos florales que yacían desparramados como frondosas fuentes de hojas, y la carpa resplandecía a la luz de cientos de velas. Cuando anunciaron la cena, Sofía vio aliviada que estaba en la misma mesa que David, la del anfitrión. Al sentarse le guiñó el ojo a David para tranquilizarle y hacerle saber que estaba contenta. Él parecía conocer a la señora excesivamente maquillada que estaba a su izquierda, pero el asiento que quedaba justo a su derecha seguía vacío.

—¡Qué alegría volver a verla! —exclamó el hombre que Sofía tenía sentado a su izquierda. Era un hombre calvo de cara redonda y bronceada, labios finos y unos ojos pálidos y acuosos. Sofía echó una rápida mirada al nombre que aparecía en su tarjeta. Jim Rice. Se habían visto antes. Era una de esas personas que siempre aparecen en todas partes pero de cuyo nombre nunca nos acordamos.

—Lo mismo digo —le sonrió Sofía, devanándose los sesos por descubrir de qué le conocía—. ¿Cuándo fue la última vez que nos vimos? —le preguntó con absoluta soltura.

—En la presentación del libro de Clarissa.

—Naturalmente —dijo Sofía, preguntándose quién demonios era la tal Clarissa.

—Dios mío, ¿quién es ésa? —preguntó él de pronto, dirigiendo la mirada hacia la mujer alta y espigada que iba deslizándose elegantemente entre las mesas en dirección a la suya. Sofía tuvo que apretar la mandíbula por temor a que si dejaba la boca abierta no podría volver a cerrarla nunca. La exquisita criatura del sencillo vestido blanco era sin duda Ariella. Sofía la vio acercarse a la mesa. También pudo ver que la silla que estaba junto a la de David seguía vacía. Por favor, Dios mío, no, suplicó en voz baja, al lado de David no.

—¿No es ésa Ariella Harrison, la ex de David? —dijo el hombre que estaba sentado a su derecha—. Vaya encerrona —murmuró mientras Ariella saludaba a un atónito David y se sentaba a su lado.

—George —dijo Jim en tono de aviso, intentando evitar el *faux pas* que ya se anunciaba.

—Vaya, ¡una encerrona en toda regla! —soltó el otro hombre, relamiéndose. A continuación se giró hacia Sofía y preguntó—: ¿Crees que Ian y Alice lo han hecho a propósito?

—¡George!

—¡Qué alegría verte, Jim! Encerrona, ¿eh? —repitió con una mueca, asintiendo con complicidad.

—George, permite que te presente a Sofía Harrison, la esposa de David Harrison. George Heavywater.

—Mierda —dijo George.

—Sabía que dirías eso —suspiró Jim.

—Lo siento muchísimo, de verdad. Soy un idiota.

—No te preocupes, George —dijo Sofía, con un ojo en George Heavywater, que se había puesto rojo como un tomate, y el otro en Ariella.

Ariella estaba radiante bajo la magnífica luz de las velas. Llevaba sus cabellos blancos recogidos en un moño perfecto que acentuaba su largo cuello y su mandíbula afilada. Parecía distante aunque bellísima. David apoyó la espalda en el respaldo de la silla como si quisiera aumentar la distancia que los separaba, mientras Ariella se inclinaba sobre él con la cabeza ladeada en actitud de disculpa. David asintió en dirección a Sofía, y Ariella desvió su mirada hacia ella y sonrió con cortesía. Sofía logró corresponderle con una débil sonrisa antes de apartar la mirada a tiempo para ocultar el miedo que revelaban sus ojos.

—Siento lo de George. Menudo idiota indiscreto. Nunca se ha distinguido por pensar antes de hablar. Siempre mete la pata. No aprenderá nunca —dijo Jim, sorbiendo su copa de vino—. La última vez estuvo en casa de Duggie Crichton y dijo: «Me gustaría tirarme a la rubia esa, seguro de que ella estaría encantada» antes de darse cuenta de que era la nueva novia de Duggie. Quedó en el peor de los ridículos. Es un idiota metepatas.

Sofía se echó a reír mientras él se embarcaba en otra historia sobre George. Observaba cómo el lenguaje corporal entre Ariella y David iba relajándose hasta hacerse amistoso. Esperaba que a Ariella se le atragantara el salmón o que derramara la copa de vino sobre su inmaculado vestido blanco. Imaginaba su conversación: «Así que esa es la pequeña gaucha. Qué dulzura de chiquilla, es como un cachorrito». La odiaba. Odiaba a David por ser tan amable con ella. ¿Por qué no se levantaba y se negaba a hablarle? Después de todo, había sido ella quien lo había dejado. Miró a Ian Lancaster que, en ese momento, conversaba atentamente con una delgadísima señora de piel rosada que estaba sentada a su derecha. Tiene aspecto de haber estado colgada del techo de alguna despensa secándose como un chorizo, pensó con maldad antes de echarse a reír de nuevo educadamente con la historia de Jim.

La cena parecía transcurrir a cámara lenta. Todos los invitados parecían comer, beber y hablar a un ritmo innecesariamente pausado. Cuando por fin sirvieron el café, Sofía deseaba desesperadamente volver a casa. En ese momento Ian Lancaster lanzó un ataque contra los argentinos y Sofía se quedó helada en la silla como un animal herido.

—Malditos gauchos —dijo, chupando el cigarro con sus labios blanduzcos y cortados—. Son todos unos cobardes. No hacen más que huir despavoridos ante las balas de los ingleses.

—Todos sabemos que el loco de Galtieri sólo atacó nuestro territorio para distraer al pueblo argentino de su desastrosa política interna —soltó George burlón. Jimi puso los ojos en blanco.

—Por favor —dijo David—, ¿no estamos ya un poco aburridos de hablar de esta guerra?

Miró a Sofía y la vio erizada al otro lado de la mesa.

—Oh, sí, perdona, olvidaba que te habías casado con una gaucha —continuó el anfitrión con saña.

—Una argentina —dijo Sofía sin ocultar su enojo—. Somos argentinos, no gauchos.

—Da igual, lo que importa es que habéis atacado el territorio británico, así que ahora tenéis que afrontar las consecuencias... o salir huyendo —añadió y se echó a reír con ánimo de provocarla.

—Son niños, simples reclutas adolescentes. ¿Acaso te sorprende que estén aterrados? —dijo Sofía, intentando controlar su indignación.

—Galtieri debería haberlo tenido en cuenta antes de actuar. Qué patético. Los hundiremos en el mar.

Sofía miró a David desesperada. Él arqueó la ceja y suspiró. Se hizo el silencio y todos se quedaron mirando sus respectivos platos, presas de la vergüenza. Las mesas vecinas, que habían oído el ataque de Ian, esperaban a ver qué ocurriría a continuación. Entonces una vocecita rompió el silencio.

—Tengo que felicitarte por tu generosidad —dijo Ariella con voz suave.

—¿Generosidad? —replicó Ian visiblemente incómodo.

—Sí, tu generosidad —repitió Ariella con calma.

—No sé a qué te refieres.

—Oh, venga, Ian, no seas modesto, no te va —dijo Ariella echándose a reír.

—En serio, Ariella, no sé de qué me hablas —insistió Ian irritado. Ariella miró a su alrededor para asegurarse de que todos la escuchaban. Le encantaba tener una numerosa audiencia en momentos así.

—Quiero felicitarte por tu diplomacia. Aquí estamos, en mitad de una guerra contra Argentina, y Alice y tú habéis elegido los colores de la bandera argentina para vuestra carpa —dijo levantando la mirada hacia las anchas bandas azules y blancas del techo. Todos alzaron la vista y miraron al techo y a su alrededor—. Creo que deberíamos brindar por ello. Ojalá fuéramos todos tan considerados. Qué curioso estar aquí mofándonos de Argentina y de su gente cuando estamos en presencia de una de ellas. Sofía es argentina y estoy segura de que ama a su país tanto como nosotros al nuestro. Qué trágico que seamos tan poco refinados para llamarlos gauchos y cobardes cuando ella es una de tus invitadas, Ian. Tu invitada, sentada a tu mesa. Que lástima que el decoro con el que iniciaste la velada al elegir estos colores para tu carpa se haya evaporado como el alcohol de tu buen vino. Aun así, quiero alzar mi copa para brindar por tu sentido de la diplomacia y del decoro, porque la intención estaba ahí. Dicen que es la intención lo que cuenta, ¿no es así, Ian?

Ariella alzó su copa antes de llevársela a sus pálidos labios. Ian se atragantó con el humo del cigarro y la sangre le subió a la cara, tiñéndola de violeta. David miró a Ariella totalmente atónito junto con el resto de los invitados que compartían su mesa y los de las mesas vecinas. Sofía sonrió a Ariella con agradecimiento, tragándose la furia con un sorbo de vino tinto.

—Sofía, ¿me acompañas al tocador? Creo que ya he me he cansado de la conversación de mis compañeros de mesa —dijo Ariella como si nada, levantándose. Los hombres se pusieron en pie, asintiendo boquiabiertos hacia ella en actitud respetuosa. Sofía se acercó a ella con la cabeza alta. Ariella la tomó de la mano y la condujo entre las mesas de los atónitos invitados hacia la puerta. Una vez fuera, Ariella se echó a reír.

—Menudo idiota pomposo —dijo—. Necesito un cigarrillo, ¿y tú?

—No sé cómo agradecértelo —dijo Sofía sin dejar de temblar. Ariella le ofreció el paquete, que Sofía rechazó.

—No me des las gracias. No sabes lo que he disfrutado. Nunca me ha gustado demasiado Ian Lancaster. No entiendo qué ve David en él. ¡Y lo que debe de sufrir su pobre mujer! Noche tras noche aguantando el humo y el malhumor de ese hombre, y esa cara colorada y el aliento a tabaco. ¡Ag!

Pasearon hasta llegar a un banco y se sentaron. La carpa resplandecía a la luz de los cientos de velas, y por el ruido se diría que las conversaciones habían vuelto a la normalidad, como brasas que, con la ayuda de un fuelle, hubieran recuperado sus llamas. Ariella encendió un cigarrillo y cruzó las piernas.

—Ni te imaginas lo que me ha costado no perder los estribos. He estado a punto de echarle la copa de vino en plena cara —dijo

Ariella con el cigarrillo entre los dedos, unos dedos coronados por uñas largas y cuidadas.

—Has estado magnífica. Ian se ha quedado sin habla. Estaba furioso.

—Me alegro. ¡Cómo se atreve a hablar así! —exclamó, aspirando el humo del cigarrillo.

—Me temo que no es el único. Yo no quería venir esta noche —dijo Sofía sin ocultar su tristeza.

—Tiene que ser un momento terrible para ti. Lo siento. Te admiro profundamente por haberte atrevido a venir. Eres como una gacela en un campo lleno de leones.

—David quería venir —respondió Sofía.

—Claro. Ya te he dicho que no entiendo lo que ve David en ese tipo espantoso.

—No creo que vuelva a verle después de esta noche —dijo Sofía entre risas.

—No, claro que no. Probablemente no vuelva a dirigirle la palabra —concluyó espirando el humo por una de las comisuras de la boca al tiempo que estudiaba con atención el rostro de Sofía desde sus negras y largas pestañas—. David es muy afortunado por haberte encontrado. Es un hombre totalmente distinto. Se le ve feliz, satisfecho. Incluso parece más joven y mucho más guapo. Le haces mucho bien. Casi estoy celosa.

—Gracias.

—Nos hacíamos mucho daño el uno al otro, muchísimo —dijo, echando la ceniza al suelo—. Conmigo siempre estaba de mal humor, y yo era demasiado exigente y terriblemente malcriada. Todavía lo soy. Siento haberle hecho daño, pero me alegra que termináramos separándonos. Nos habríamos destrozado mutuamente si hubiéramos seguido juntos. Hay veces que las cosas no salen bien. Pero David y tú… Puedo ver cuando una pareja tiene futuro. Le has curado el corazón como yo jamás habría podido hacerlo.

—Eres muy dura contigo misma —dijo Sofía, preguntándose por qué en algún momento se había sentido amenazada por Ariella.

—Nunca me gustaron sus amigos. Zaza era una pesada. Quería a David para ella. Yo que tú tendría cuidado con ésa.

—Oh, Zaza es una metomentodo y sí, es un poco pesada, pero me cae bien —insistió Sofía.

—Me odiaba. Tú y David estáis hechos el uno para el otro. Aunque ahora tenemos en común un odio mutuo por Ian Lancaster —dijo Ariella soltando una carcajada.

—Desde luego —suspiró Sofía—. Creía que vivías en Francia.

—Sí, con Alain, el maravilloso Alain —dijo Ariella, y se rió con amargura—. Otro que tampocó duró. No sé —dijo con un profundo suspiro—, me parece que no estoy hecha para que me duren las parejas.

—¿Dónde está él ahora?

—Sigue en Provenza, intentando ser fotógrafo, igual de vago y de liante que cuando le conocí. Es un holgazán de primera. No creo que se haya dado cuenta de que me he ido.

—No puedo imaginar que haya alguien incapaz de darse cuenta de tu presencia, Ariella.

—Podrías si conocieras a Alain. En fin, en realidad estoy mejor sin ningún hombre, sin ataduras, sin compromisos. Ya ves, en el fondo tengo alma de gitana, siempre la he tenido. Pinto y viajo, esa es mi vida.

—Vi uno de tus cuadros en la buhardilla de Lowsley. Es muy bueno —dijo Sofía.

—Eres un encanto. Gracias. Debería ir a buscarlo. Quizá podríamos tomar el té.

—Me encantaría.

—Perfecto —sonrió—. A mí también me encantaría. ¿Habéis pensado David y tú en tener hijos?

—Quizá.

—Oh, por favor, sí. Adoro los niños… los de los demás, claro. Nunca quise tener hijos, pero David se moría de ganas. Solíamos discutir por culpa de eso todo el tiempo. Pobre David, le hice sufrir muchísimo. No esperes demasiado, David ya no es tan joven. Será un padre maravilloso. No hay nada que desee más que una familia.

Cuando Sofía la oyó hablar así, apoyó la espalda en el respaldo del banco y miró a las estrellas. Pensó en todos esos jóvenes que morían en las colinas de las Malvinas. Todos tenían madres, padres, hermanos, hermanas y abuelos que llorarían por ellos. Se acordó de cuando era niña y su padre intentó explicarle lo que era la muerte; le había dicho que todas las almas se convertían en estrellas. Ella le había creído. Todavía le creía; al menos eso era lo que deseaba. Alzó la mirada hacia todas esas almas que brillaban en el silencioso infinito. El abuelo O'Dwyer le había dicho que la vida giraba en torno a la procreación y la preservación, que la vida debía alimentarse con amor porque sin él no puede sobrevivir. Sofía amaba a David, pero de repente, al ver los millones de almas que resplandecían sobre su cabeza, se dio cuenta de que el verdadero sentido de amar era crear más y más amor. Decidió entonces que por fin estaba preparada para tener un hijo. Quizá Santiaguito fuera una de esas estrellas, pensó con tristeza. Recordó el consejo de Dominique y supo entonces que debía liberarse de él.

32

Lo mejor de lo mucho que la gran simpatía que Sofía sentía por Ariella era hasta qué punto atormentaba con ello a Zaza. A Sofía le producía un enorme placer contarle el triunfante discurso de Ariella y ver
cómo arrugaba la nariz de puro desdén. Ya había pasado un mes desde la fiesta, pero la curiosidad de Zaza por Ariella era insaciable y obligaba a Sofía a contarle la historia una y otra vez cada vez que se veían.

—¿Cómo puede caerte bien? ¡Es una zorra! —boqueaba Zaza,
encendiendo dos cigarrillos por error—. ¡Mierda! —exclamó, echando uno a la chimenea vacía—. No puedo creer que haya hecho eso.

—Estuvo fantástica. No sabes con qué elegancia le bajó los humos a Ian Lancaster… Tan digna y tan despiadada a la vez, tendrías
que haberla visto. ¿Sabías que luego Ian me pidió disculpas? Maldito
gusano. Naturalmente fui muy cortés con él, no quise rebajarme a su
nivel, pero no quiero volver a verle en la vida —dijo con arrogancia.

—¿De verdad te ha prometido David que no va a volver a verle?

—Sí, se acabó —respondió Sofía, pasándose un dedo por el cuello como fingiendo una ejecución—. Se acabó —repitió echándose a
reír—. Ariella vino la semana pasada a recoger sus cuadros y no sólo
se quedó a tomar el té sino que pasó aquí la noche. No podíamos parar de hablar. Yo no quería que se fuera —terminó, viendo sufrir a
Zaza.

—¿Y David?

—Lo pasado, pasado.

—Qué increíble —suspiró Zaza, arrancándose un pedazo de esmalte rojo que había empezado a despegársele de una uña—. Sois un
par de excéntricos, la verdad.

—Oh, Dios mío, mira la hora que es. Tengo cita con el médico antes de encontrarme con David en su oficina a las cuatro —dijo Sofía, mirando el reloj—. Debo irme.

—¿Para qué vas? —preguntó Zaza. Acto seguido intentó corregir su indiscreción—: Quiero decir que no te pasa nada, ¿verdad?

—Estoy bien, no te preocupes. Es sólo una rutinaria limpieza dental —dijo Sofía restándole importancia.

—Ah, bueno. Dale recuerdos a David de mi parte —dijo Zaza, estudiando con atención el rostro de Sofía. «Como que me creo que vas al dentista», pensó. Se preguntó si en realidad la visita tendría algo que ver con cierto ginecólogo.

Sofía llegó a la oficina de David a las cuatro y media. Estaba pálida y temblorosa, pero sonreía con esa sonrisa taimada de quien guarda un maravilloso secreto. La secretaria dejó rápidamente de hablar por teléfono con su novio y saludó con entusiasmo a la esposa del jefe. Sofía no esperó a ser anunciada y entró directamente en el despacho de su marido. Él la miró desde el escritorio. Sofía se apoyó en la puerta y le sonrió.

—Dios mío, ¿lo estás? —dijo David despacio con una ansiosa sonrisa—. ¿De verdad lo estás? Por favor, dime que sí —dijo quitándose las gafas con la mano temblorosa.

—Sí, David, lo estoy —le dijo echándose a reír—. No sé qué hacer conmigo misma.

—Oh, yo sí —dijo él, levantándose de un salto y corriendo hacia ella. La estrechó entre sus brazos y la abrazó con fuerza—. Espero que sea una niña —le susurró al oído—. Una Sofía en miniatura.

—Dios no lo quiera —se rió Sofía.

—No puedo creerlo —suspiró David, separándose de ella y poniéndole la mano sobre el estómago—. Aquí hay un pequeño ser humano que crece un poco cada día.

—No se lo digamos a nadie durante un par de meses, por si acaso —le pidió cautelosa. Luego recordó la expresión del rostro de Zaza—. He almorzado en casa de Zaza. Le he dicho que iba al dentista. Pero ya la conoces. Creo que sospecha algo.

—No te preocupes, la despistaré —dijo, dándole un beso en la frente.

—Pero sí quiero decírselo a Dominique.

—Muy buena idea. Díselo a quien tú quieras.

Sofía no sufrió las típicas náuseas matinales. De hecho, y para su sorpresa, se sentía increíblemente bien y en forma. David revoloteaba a su alrededor sin saber exactamente qué hacer, deseando implicarse y ser de alguna ayuda. Si su primer embarazo había sido una experiencia profundamente dolorosa, esta vez las cosas fueron totalmente distintas. Se sentía tan feliz que el recuerdo de Santiaguito fue perdiéndose en el olvido. David la colmaba de atenciones. Le compró tantos regalos que pasadas unas semanas Sofía tuvo que decirle que dejara de comprarle cosas porque ya no tenía dónde ponerlas. Hablaba a diario con Dominique, que prometió visitarla al menos una vez al mes.

Cuando, después del tercer mes, la pareja por fin rompió su silencio, Sofía empezó a recibir montones de flores y de regalos de amigos y de parientes de David. Como debido a su estado no podía montar a caballo, volvió a tocar el piano, y empezó a tomar clases tres veces por semana con un encantador octogenario cuya cara le recordaba a la de una tortuga. Visitaba regularmente al ginecólogo en Londres, y se gastaba cientos de libras en cosas para el bebé que le eran realmente necesarias. Como estaba segura de que iba a ser niña, elegía las cosas más femeninas que encontraba, y pidió a Ariella que pintara todos los personajes de Winnie-the-Pooh en las paredes de la habitación del bebé.

—Quiero que sea una habitación alegre y luminosa —dijo.

La obra de Ariella tuvo tal éxito que inauguró una moda que la llevó, pincel en mano, por todo Gloucestershire, copiando los personajes de E. H. Shepard.

—Cariño, hace demasiado frío en esta casa. ¿Le pasa algo a la calefacción? —se quejó un día, sin dejar de tiritar.

—Yo tengo un calor insoportable. Creo que es por culpa del embarazo —dijo Sofía, que iba por la casa en camiseta de tirantes.

—Puede que sí, pero ¿y nosotros? En serio, me sorprende que David no haya dicho nada.

—David es un ángel. El domingo pasado tuvo que salir a comprarme un bote de aceitunas. Tenía un antojo terrible. Si no comía aceitunas me daba algo.

—Ag, nunca me han gustado las aceitunas. Qué asco —dijo Zaza horrorizada—. Venga, abramos la caja, quiero enseñarte mi botín. No, cariño, tú no. Quédate ahí sentada y déjame a mí el trabajo duro —añadió autoritaria cuando Sofía intentó ayudarla a poner la caja sobre la mesita. Zaza abrió la cremallera con sumo cuidado, poniendo especial atención a no romperse una uña al hacerlo.

—Eran de Nick —dijo sacando unos pantalones de terciopelo rojo—. Preciosos, ¿no?

—Son perfectos para un niño de dos años —se rió Sofía—. Pero voy a tener una niña —dijo llevándose la mano a la barriga.

—¿Tú cómo lo sabes? —dijo Zaza—. Por la forma de la barriga diría que va a ser niño. La mía era igual cuando estaba embarazada de Nick. Era una monada de niño.

—No, sé que va a ser una niña. Estoy segura.

—Sea lo que sea, mientras tenga cinco dedos en cada mano y cinco en cada pie, lo demás no importa.

—A mí sí me importa —dijo Sofía, pidiendo en silencio que fuera una niña—. Qué bonito —añadió, sacando un vestidito blanco—. Éste sí es para una niña.

—Era de Angela. Es precioso. Pero, claro, en seguida se hacen mayores y la ropa se les queda pequeña.

—Eres muy amable al dejármela —dijo Sofía, con un par de zapatitos en miniatura en las manos.

—No seas tonta. No te la estoy dejando. Te la estoy dando. Ya no la necesito.

—¿Y Angela? Puede que algún día la necesite.

—¿Angela? —soltó malhumorada—. Está en plena adolescencia y no hay quien la aguante. Dice que no le gustan los hombres y que está enamorada de una chica llamada Mandy.

—Probablemente te diga eso para hacerte enfadar —dijo Sofía maliciosamente.

—Pues lo está consiguiendo. Y no es que esa tal Mandy me preocupe.

—¿Ah, no?

—No. A mí también me gustaron las mujeres en una época. Bueno, no le he puesto la mano encima a ninguna desde el colegio. Pero es que Angela está de un humor insoportable. Está hecha una maleducada y nos ha perdido el respeto, se gasta todo el dinero que le damos y luego nos pide más, como si el mundo le debiera algo. O por lo menos como si nosotros le debiéramos algo. Prefiero a Nick mil veces. Como siga así, no creo que vaya a necesitar nada de todo esto —dijo hundiendo sus garras rojas en un par de botitas de lana—. No, confío en que Nick me hará abuela algún día, aunque espero que tarde unos años. Todavía soy demasiado joven y atractiva para ser abuela. ¿Has visto a Ariella últimamente?

—No, hace días que no la veo. Está muy ocupada pintando.

—La verdad es que esa habitación ha quedado fantástica. Tiene mucho talento —dijo Zaza, arqueando las cejas y asintiendo con admiración.

—Vendrá a vernos el último fin de semana de marzo —la informó Sofía—. ¿Por qué Tony y tú no vienen también? A David le encantaría. Estarán también mis padres adoptivos, Dominique y Antoine. Será divertido. Te encantará Dominique.

—Oh, no sé. Ariella y yo nunca nos llevamos demasiado bien. Nunca me ha gustado —balbuceó pensativa.

—Pero de eso hace muchos años. Las dos han cambiado mucho. Si yo puedo querer a Ariella, estoy segura de que tú también podrás. Por favor, ven. Está muy bien esto de estar embarazada, pero no puedo montar a caballo y no tengo nada que hacer excepto practicar con el piano para la tortuga. Necesito buena compañía —insistió.

Zaza lo pensó durante unos instantes.

—Oh, de acuerdo —dijo feliz—. Me encantaría. Así me libraré un par de días de Angela. Tendrán la casa para ellos solos.

—Entonces está decidido. Perfecto —dijo Sofía.

A medida que marzo iba retirándose, dando paso a una impaciente primavera que salpicaba el jardín de campanillas y de narcisos, la barriga de Sofía se hinchaba con la bendición que crecía en sus entrañas y que decidía moverse cuando a ella le apetecía descansar. A veces podía ver un pequeño puño dibujarse durante un instante en su piel cuando el bebé pataleaba y golpeaba, ansioso por salir al mundo.

Otras bailaba al ritmo de la melodía del piano hasta que la tortuga, *Harry Humphreys*, parecía tan asustado que casi escondía la cabeza en su concha al ver cómo la camisa de Sofía parecía moverse sola a su lado. A David le gustaba poner la cabeza en la barriga de su esposa y escuchar al bebé moverse dentro del líquido amniótico. Pasaban las horas imaginando cómo sería el bebé, qué rasgos heredaría de cada uno.

—Tus enormes ojos castaños —decía David, besándole los párpados.

—No, tus hermosos ojos azules —decía Sofía echándose a reír al tiempo que le daba un cariñoso beso en la nariz.

—Tu boca —decía él, poniéndole una mano en los labios.

—Por supuesto —concedía ella—. Pero tu inteligencia.

—Naturalmente.

—Mi cuerpo.

—Eso espero si es niña. Tu mano para los caballos. Tu valor.

—Tu dulzura en vez de mi testarudez.

—Y tu orgullo.

—Bueno, no será tanto.

—Tu gracia al caminar.

—No te burles de mí.

—Pero si es muy graciosa. Caminas como un pato —dijo él, haciéndola reír.

—¿En serio? —preguntó coqueta. Pero sabía que era cierto y también lo atractivo que resultaba. Santi la había acusado de caminar así a propósito para llamar la atención. Le había dicho que la hacía parecer arrogante y creída. Pero no era cierto, siempre había caminado así.

—Y si es niño…

—No será un niño. Sé que es una niña. Nuestra pequeña —dijo totalmente convencida.

—Otra Sofía. ¡Dios nos asista!

Ella le echó los brazos al cuello y lo besó justo debajo debajo de la oreja. David la abrazó con fuerza y deseó con todas sus fuerzas que el bebé fuera una niña y tan adorable como su esposa.

◆ ◆ ◆

Ariella llegó la primera. Apenas pudo ocultar su enojo cuando Sofía le dijo que Zaza llegaría de un momento a otro.

—Bien, sufriré con elegancia —dijo condescendiente mientras David subía su maleta a su cuarto. Sofía estaba ayudándola a deshacer el equipaje, dándole instrucciones desde la cama, cuando los perros ladraron, anunciando la llegada de un coche. Sofía miró por la ventana y saludó con la mano a Zaza y a Tony.

—David está con ellos —dijo volviendo a sentarse en la cama.

—Dejémoslos solos, ¿te parece? —sugirió Ariella—. Se me hace muy raro volver aquí como invitada. Es una casa preciosa. Todavía no entiendo cómo fui capaz de dejarla —bromeó.

—Bueno, me alegro de que lo hicieras, así que, por favor, no cambies de idea.

—De acuerdo, si insistes…

En ese momento los perros entraron correteando seguidos de David, Tony y Zaza.

—Querida Ariella, cuánto tiempo sin verte —la saludó Zaza, dibujando una sonrisa forzada en sus labios violetas.

Ariella le sonrió con frialdad.

—Años. ¿Cómo has estado? Ya veo que sigues con Tony —dijo, viendo cómo Tony y David se alejaban por el pasillo.

—Oh, mi querido Tony, reconozco una buena pieza en cuanto la veo —dijo Zaza soltando una risa nerviosa—. Tienes muy buen aspecto, Ariella —añadió. Podía decir cualquier cosa de Ariella, pero no podía negarle la luminosa belleza por la que se había hecho tan famosa.

—Gracias. Tú también —replicó Ariella intentando ser cortés y pasándole una de sus delicadas manos por el pelo.

—Esa habitación… te ha quedado de maravilla —dijo Zaza refiriéndose a la habitación del bebé.

—De hecho me han llovido los encargos. Casi no doy abasto —les dijo Ariella.

—Bueno, querida, me alegro por ti. No sabía que pintaras tan bien.

—En realidad, los dibujos animados no son mi *métier*, pero es algo nuevo para mí y me gusta hacer cosas nuevas.

—Sí —dijo Zaza.

Sofía condujo a Zaza a su cuarto, dejando que Ariella terminara de deshacer el equipaje.

—Querida, no me habías dicho que era tan exquisita —susurró Zaza cuando estuvo segura de que Ariella no podía oírlas.

—Pero si hace años que la conoces.

—Sí, pero está mucho más guapa. Nunca la había visto tan... tan resplandeciente. Antes lo era, es cierto, pero no así. Está increíble. Mucho mejor de lo que la recordaba —cotorreaba excitada.

—Me alegro —dijo Sofía, viendo cómo Zaza era presa de una exuberancia casi infantil.

Dominique y Antoine fueron los últimos en llegar. Su vuelo se había retrasado y bajaron del coche despeinados y exhaustos, pero sin haber perdido el sentido del humor que los caracterizaba.

—Antoine me ha prometido que va a comprarme un jet privado —dijo Dominique cuando entró en la casa, empujando a los perros para que la dejaran pasar—. Dice que no tendré que volver a coger un vuelo comercial. Me estresa demasiado y me arruina el *look*.

—Tiene razón —declaró Antoine con su marcado acento francés—. Pero ya que compro uno, ¿por qué no diez? Así todos sus amigos podrán tener uno.

Sofía se acercó a ellos y los abrazó en la medida de lo posible.

—Podré acercarme más dentro de unas semanas —bromeó, aspirando el familiar aroma del perfume de Dominique.

—¿Cuándo sales de cuentas? —preguntó Antoine.

—*Cher* Antoine, te lo he dicho mil veces. Sólo me quedan diez días. Puede ser en cualquier momento.

—Espero que estés preparado para ponerte manos a la obra —dijo Zaza a David—. Puede llegar cuando menos lo esperes.

—Yo también estoy preparado —intervino Tony alegremente—. Ya he traído al mundo a dos de los míos, aunque creo que he perdido un poco la práctica.

—Eso no es lo único que requiere práctica —dijo Zaza por lo bajo.

Ariella sonrió y miró a Tony; no le sorprendió el comentario de Zaza. Tony parecía ser la clase de hombre que se siente más a gusto disfrutando de un buen cigarro en compañía de sus colegas. De repente *Quid* le pegó el morro a la entrepierna y Ariella volvió de golpe a la realidad.

—¡Por el amor de Dios! —chilló a la vez que intentaba apartarlo de un empujón. El perro hundió aún más el hocico entre sus piernas, meneando la cola como loco.

—¡Basta, *Quid*! —ordenó David divertido—. ¡Quid! Perdona, Ariella, pero es que no está acostumbrado a fragancias tan femeninas como la tuya. Venga, *Quid*, basta. No deberías tratar así a las señoras, no es propio de un caballero.

—Por el amor de Dios, David, ¿es que no puedes educar correctamente a tus perros? —se quejó Ariella—. No son personas. Parece mentira —suspiró, cepillándose los pantalones y cruzando el vestíbulo en dirección a su cuarto.

Una vez allí, se quitó los zapatos y se acomodó en el sofá, levantando los pies del suelo para evitar a *Quid*, que seguía mirándola con lascivia a los pies de David. Dominique, que llevaba unos pantalones largos, verdes y anchos, se apoyó en el guardafuego y empezó a juguetear con las cuentas de su collar, pequeñas cuentas parecidas a brillantes escarabajos rojos. Zaza se quedó en la otra punta del guardafuego. Parecía que posara, pensó Sofía. Sostenía el cigarrillo en alto, humeando desde el extremo de la negra boquilla de ébano. Se había alisado el pelo y se lo había cortado a lo *garçon* y repasaba la habitación con sus ojos entrecerrados y su mirada altanera. Miraba a Ariella con cautela sin bajar en ningún momento la guardia. Tenía bien presente que Ariella tenía la lengua afiladísima. David, Antoine y Tony estaban junto a la ventana hablando del jardín.

—¿Os apetece salir a cazar conejos? —sugirió David—. El jardín está plagado de esos malditos bichos.

—No seas cruel —gritó Sofía desde la cama—. Pobrecitos.

—¿Cómo que pobrecitos? Se comen todos los bulbos —le reprochó David—. ¿Qué me decís?

—De acuerdo —dijo Tony.

—*Comme vous voulez* —dijo Antoine encogiéndose de hombros.

El día siguiente fue un día cálido teniendo en cuenta que era pleno marzo. El sol había disipado la niebla invernal y brillaba radiante. Ariella y Zaza bajaron a desayunar elegantemente vestidas. Las dos habían optado por colores suaves y campestres. No había duda de que los pantalones y la chaqueta de tweed de Zaza eran nuevos, mientras que la falda plisada de Ariella había sido de su abuela y se había ido desgastando con los años. Zaza observó con envidia a Ariella, que sonreía con la satisfacción propia de la mujer que sabe que, en cualquier lugar y ocasión, va siempre hecha un pincel.

David cogió la llave de un pequeño cajón del vestíbulo y abrió el cuartito donde guardaba las armas. Escogió una para él y otras dos para Antoine y Tony. Habían sido de su padre, que en sus tiempos había sido un gran cazador, y llevaban grabadas sus iniciales: E. J. H.: Edward Jonathan Harrison.

Sofía se pusó un abrigo de piel de oveja de David y cogió un largo bastón del cuarto de los abrigos con el que matener a raya a los perros. Cuando se reunieron frente a la puerta principal, Dominique apareció con un llamativo abrigo rojo, una bufanda a rayas azules y amarillas y zapatillas de tenis blancas.

—Vas a asustar a todos los animales vestida así —dijo Tony con descaro, mirándola con fingido horror.

—A todos excepto a los toros —añadió Ariella—. Estás fantástica. Te lo digo en serio.

—*Chérie*, quizá deberías pedirle prestado un abrigo a Sofía —sugirió Antoine amablemente.

—Coge el que quieras —dijo Sofía—, pero preferiría que fueras así para avisar a los animales de que corren peligro.

—Si Sofía quiere que vaya de rojo, iré de rojo —decidió Dominique—. Ahora en marcha. Necesito una buena caminata después de todas esas tostadas y de los huevos revueltos. Nadie desayuna como los ingleses.

Subieron por el valle hacia los bosques. Cada cierto tiempo los hombres indicaban a las mujeres que habían visto un conejo, y entonces tenían que quedarse todos muy quietos hasta que hubieran disparado. Tony, que no daba una, se giró hacia las cuatro mujeres y susurró:

—Si os callarais, quizá podría darle a alguno.

—Lo siento, cariño. Intenta imaginar que no estamos aquí.

—Por el amor de Dios, Zaza, ¡se os oye desde Stratford!

El grupo siguió subiendo por el sendero como un lento tren que fuera parando en todas las estaciones. Sofía tenía a los perros bajo control. Iba dándoles de vez en cuando con el bastón y diciendo «¡Hey!», y ellos parecían comprender. Una vez que los conejos fueron asustados por los disparos o por el abrigo de Dominique, David y Antoine se metieron las escopetas bajo el brazo y dieron el día por terminado. Tony, que seguía sin haber conseguido ninguna pieza, miraba a su alrededor intentando encontrar algo a lo que disparar. Por fin apuntó a una paloma gorda que volaba a escasa altura. Disparó y vio, encantado, cómo unas cuantas plumas revoloteaban en el aire. El pájaro se alejó volando.

—Ésa dará con sus huesos en el suelo —dijo triunfante.

—Sí, cuando tenga hambre —dijo Ariella.

—Bien, ya basta —refunfuñó Tony—. Ya me he cansado. Sigamos caminando y hagamos un poco de ejercicio. Hay un par de nosotros que necesita caminar más y hablar menos.

Se volvió hacia Ariella, que se reía tanto que tuvo que apoyarse en Zaza para no perder el equilibrio.

—Mujeres —suspiró Tony—. Qué fácil es hacerlas reír.

Cuando llegó el domingo, Ariella y Zaza se habían hecho buenas amigas, aunque la relación de amistad que mantenían no parecía del todo equilibrada. Zaza, sin terminar de confiar del todo en Ariella, estaba claramente a su merced. Se reía con todas sus gracias, y la miraba cada vez que decía algo para ver cómo reaccionaba. A Ariella, más que impresionarla, Zaza la divertía. Disfrutaba del poder que le daba su belleza, y estaba encantada deslumbrando a Zaza como lo haría una linterna con un zorro. Sofía observaba divertida la dinámica que se había establecido entre ellas, y su simpatía por Ariella fue a más al verla jugar con Zaza sin ningún esfuerzo aparente.

Cuando esa misma noche Sofía pasaba por el rellano del primer piso, oyó discutir a Zaza y a Tony en su habitación mientras hacían el equipaje. Se detuvo a escuchar.

—Por el amor de Dios, no seas patética. ¿Qué demonios pretendes con eso? —estaba diciendo Tony. Utilizaba un tono de voz claramente protector, como si estuviera hablando a su hija.

—Cariño, lo siento. No espero que lo entiendas —le dijo Zaza.

—Bueno, ¿cómo quieres que lo entienda si soy un hombre?

—No tiene nada que ver con el hecho de ser un hombre. David lo entendería.

—Lo único que pretendes es darte aires —dijo Tony.

—No quería que lo discutiéramos aquí, en esta casa —susurró Zaza, sin duda temerosa de que alguien pudiera oírlos. Durante unos segundos Sofía se sintió culpable.

—Entonces, ¿por qué has sacado el tema?

—No he podido evitarlo.

—Te comportas como una criatura. No eres mucho mejor que Angela. Menudo par estáis hechas.

—No me metas en el mismo saco que Angela —le espetó Zaza furiosa.

—Tú quieres irte a Francia con Ariella y Angela está enamorada de una chica llamada Mandy. ¿Cuál es la diferencia?

—La diferencia es que yo soy lo suficientemente mayor para saber lo que hago.

—No te doy más de un mes. Vete e inténtalo si es eso lo que quieres, pero Ariella te dejará en cuanto se aburra de ti.

En ese momento Sofía sufrió una dolorosa punzada en la barriga. Soltó un grito al tiempo que se apoyaba contra la pared para no caerse. Tony y Zaza salieron de su cuarto para ver qué ocurría y corrieron en su ayuda.

—Oh, Dios, ¡es el niño! —soltó Zaza excitada.

—No puede ser —balbuceó Sofía—. Salgo de cuentas dentro de diez días. ¡Ay! —chilló, encogiéndose sobre sí misma.

Tony corrió escaleras abajo llamando a David a gritos mientras Dominique y Ariella salían a toda prisa al vestíbulo desde el estudio. Antoine siguió a Tony y empezó a llamar a David mientras corría por el pasillo. David, que estaba limpiando las escopetas, salió del cuartito de armas y se encontró con que su mujer bajaba las escaleras con la ayuda de una Zaza nerviosa y excitada. Dejó caer el trapo al suelo y corrió a su lado. *Sam* y *Quid* corrían alegres de un lado a otro, pensando que quizás iban a salir de nuevo a dar una paseo.

—Dominique, tráeme su abrigo. ¿Dónde están mis llaves? —tartamudeó David, palpándose los bolsillos—. ¿Estás bien, cariño? —dijo solícito, tomando el otro brazo de Sofía, que asintió para tranquilizarle.

—No te preocupes, coge mi coche —dijo Ariella, sacando las llaves del bolso sin perder de vista a *Quid*.

—Gracias, te debo una —respondió David, cogiéndolas.

—No lo creo —dijo Ariella al tiempo que *Quid* trotaba hacia ella con la mirada decidida.

Dominique ayudó a Sofía a ponerse el abrigo.

—Voy con vosotros —dijo—. Antoine, vuelve a París sin mí. Yo me quedo.

—Quédate el tiempo que quieras, *chérie* —respondió él encogiéndose de hombros.

—¡*Quid*, *Quid*, no! —chilló Ariella, buscando a David con la mirada. Pero David se había dejado abierta la puerta principal al salir y el sonido de las ruedas sobre la gravilla indicaba que tendría que vérselas con el perro ella sola.

—Estamos solos tú y yo, perrito —susurró—, y yo no soy de las que pierden el tiempo capturando prisioneros.

—Qué raro —comentó Zaza—. Las primerizas más bien suelen retrasarse.

33

Sofía estaba asustada. El miedo que la invadía no tenía nada que ver con el hecho de dar a luz. Tampoco temía que su hijo pudiera estar en peligro. Estaba segura de que todo iba a salir bien. Sabía que a su pequeña se le había terminado la paciencia y que ya no podía esperar más, y no la culpaba por ello. Lo mismo le ocurría a ella. Lo que le daba miedo era que el bebé fuera niño.

—¿Dónde está Dominique? —preguntó nerviosa cuando la llevaban en la silla de ruedas hacia el quirófano.

—Está esperando abajo —respondió David tembloroso.

—Tengo miedo —balbuceó.

—Cariño...

—No quiero un niño —dijo con lágrimas en los ojos. David apretó su mano entre las suyas—. Si es niño, ¿qué pasará si es igual a Santiaguito? No creo que pueda soportarlo.

—Todo saldrá bien, te lo prometo —dijo David tranquilizador, intentando parecer fuerte. Nunca había estado tan nervioso. Tenía el estómago destrozado. Sofía parecía estar sufriendo mucho y él no podía hacer nada por ayudarla. No sabía qué decir. Además, tampoco él se encontraba demasiado bien. Intentó combatir las náuseas concentrándose en la labor de tranquilizar a su esposa, pero Sofía seguía aterrada. Veía la carita de Santiaguito mirándola celoso. ¿Cómo podía querer a otro niño? Quizá lo de quedarse embarazada no había sido tan buena idea después de todo.

—Tengo miedo, David —dijo de nuevo. Tenía la boca seca, necesitaba beber algo.

—No se preocupe, señora Harrison. Las primerizas siempre

se asustan un poco. Es natural —dijo con amabilidad la enfermera.

¡No soy una primeriza!, gritó Sofía para sus adentros. Pero antes de que pudiera seguir pensando en Santiaguito empezó a empujar y a chillar y a apretar la mano de David hasta que él no pudo reprimir una mueca de dolor y tuvo que arrancarse de la mano las uñas de Sofía. Para sorpresa suya, el bebé salió con suma facilidad a la luz de las lámparas del quirófano con la velocidad y la eficiencia de alguien ansioso por salir del lugar del que procede y alcanzar de una vez su destino. La llegada del bebé fue recibida con una palmada seca a la que siguió un chillido agudo en cuanto inhaló por primera vez una bocanada de aire.

—Señora Harrison, ha tenido una niña preciosa —dijo el doctor, entregando el bebé a la enfermera.

—¿Una niña? —suspiró Sofía con voz débil—. Una niña. Gracias a Dios.

—¡Qué rápido! —dijo David con gran efusividad, intentando ocultar la emoción que le ahogaba la garganta como si acabara de tragarse una enorme bola de algodón—. ¡Qué rápido!

La enfermera dejó al bebé, ahora envuelto en un pequeño cobertor de muselina, junto al pecho de su madre para que Sofía pudiera tenerlo en sus brazos y mirarle la carita enrojecida. Acostumbrada como estaba a ver a padres totalmente embargados por la emoción, hizo gala de todo su tacto al girarse para que el padre de la criatura dirigiera a su esposa unas palabras llenas de orgullo.

—Una niña —suspiró David, mirando dentro del cobertor blanco—. Es el vivo retrato de su madre.

—En serio, David, si yo soy así tiro la toalla ahora mismo —bromeó ella sin fuerzas.

—Cariño, has sido muy valiente. Has hecho un milagro —susurró al tiempo que le temblaban los labios a la vista del diminuto ser humano que se retorcía en brazos de su madre.

—Un milagro —repitió Sofía, besando con ternura la frente húmeda de su nuevo bebé—. Mira qué perfecta es. Qué naricita tan diminuta. Es como si Dios se hubiera olvidado de darle una y se la hubiera pegado a la cara en el último segundo.

—¿Qué nombre le pondremos?

—No sé. Lo que sí sé es cuál no le pondremos.

—¿Elizabeth? —pregunto él echándose a reír.

—¿Cómo se llamaba la madre de tu padre? —preguntó Sofía.

—Honor. ¿Y tu madre? ¿Y tu abuela?

—Honor, me gusta. Muy inglés. Honor —repitió mirando a su niña a los ojos.

—Honor Harrison... a mí también me gusta. A mi madre no. Odiaba a su suegra.

—Entonces por fin tenemos algo en común —comentó Sofía con brusquedad.

—Nunca pensé que llegaras a tener nada en común con ella.

—Honor Harrison, serás hermosa, tendrás talento y serás inteligente e ingeniosa. Tendrás lo mejor de los dos y te querremos siempre —decidió, sonriendo feliz a David—. Dile a Dominique que quiero verla. Hay aquí alguien que quiero presentarle.

Después de Dominique, los primeros en ir a verla fueron Daisy, Antón, Marcello y Maggie, que llegaron al hospital el segundo día cargados de flores y de regalos. Antón llegó con sus tijeras para cortarle el pelo a Sofía, y Maggie apareció con su equipo de manicura para hacerle las uñas. Marcello se acurrucó en una silla y se quedó allí en silencio, mudo y guapísimo como un retrato recién pintado. Daisy se inclinó sobre la cama de Sofía para mirar enternecida a la cuna que tenía al lado.

—Somos los Reyes Magos, cariño —dijo Maggie—. Traemos regalos para el nuevo mesías. Aunque al parecer no somos los primeros —añadió señalando con la mirada los ramos de flores y los regalos que llenaban la habitación.

—Son cuatro —apuntó Sofía.

—No, Marcello no cuenta. Está de cuerpo presente, pero como si no estuviera —respondió.

—Hemos venido a mimar a mamá —declaró Antón mientras le cepillaba el pelo—. No sé lo que es dar a luz, nenita, pero una vez vi un documental en la tele y de poco me desmayo.

—Antón, no sé de qué te preocupas, eso es algo por lo que nunca tendrás que pasar —dijo Sofía alegremente mientras veía cómo oscuros mechones de pelo caían a su alrededor como plumas.

—A Dios gracias. ¿Os imagináis qué griterío y, sobre todo, qué escándalo? —bromeó Maggie cogiendo un bote de esmalte de uñas violeta—. Si los hombres tuvieran hijos, incluso los medio-hombres como Antón, no podríamos soportar los quejidos ni los chillidos. Esperemos que la ciencia nunca llegue tan lejos, o al menos que yo no lo vea.

—Violeta no, Maggie. ¿Por qué no pruebas con un rosa pálido? —dijo Sofía.

—¿Natural? —se revolvió Maggie, visiblemente horrorizada.

—Sí, por favor. Ahora soy madre —respondió Sofía con orgullo.

—Eso de ser madre no te durará mucho, ya lo verás. Cuando hayas tenido que soportar todos esos lloros y esos chillidos durante unas semanas, querrás volver a metértela dentro. Lo sé porque Lucien me volvía loca. Casi la meto en el horno con el asado del domingo. Créeme, dentro de nada estarás deseando volver a ser independiente, cariño. En cuanto quieras volver a las uñas violetas y al pelo verde, Antón y yo estaremos preparados, ¿verdad, Antón?

—Desde luego, Maggie. Hoy en día la gente es tan aburrida. Lo único que quieren son reflejos. ¡Reflejos! ¿Qué tienen de especial los reflejos?

—Bueno, ¿cómo estás, cariño? Dolorida, supongo. Me sorprende que puedas sentarte —dijo Maggie con una mueca de compasión—. Hace veinte años que tuve a Lucien y todavía no me he recuperado del todo. Eso es lo triste del asunto. Viv me adoraba por mi cuerpo hasta que tuve a Lucien. Entonces empezó a buscar a alguien que tuviera los lugares adecuados más firmes y tersos. Dicen que eres como un elástico que vuelve a su estado original. No sé, a mí eso no me pasó. Mi cuerpo no tiene nada de elástico. Antes podía tocarme los pies con la punta de los dedos, ahora ni siquiera puedo verlos. No sabría decirte dónde están. Es culpa del embarazo. Sí, Eva tiene la culpa. Si hubiera sido ese cobarde de Adán quien hubiera comido la manzana del árbol de Dios, ahora no estaríamos gordas y blandengues, ¿no?

—Habla por ti, Maggie. Sofía está perfecta —dijo Daisy, mirando a su amiga con una amplia sonrisa en los labios—. ¿Cómo estás? ¿Es tan terrible como dice Maggie?

—Maggie siempre exagera —dijo Sofía, sonriendo a Maggie—. En realidad, el parto fue muy fácil. A David le ha quedado la mano un poco destrozada, pero aparte de eso está feliz y se siente orgullosísimo. Yo también.

—¿Dónde está ese encanto de marido tuyo? —dijo Antón con la voz pastosa—. Siempre he sentido una especial predilección por los hombres casados. —Miró a Marcello, que no se había movido desde que había entrado.

—Vendrá más tarde. Pobrecito, está destrozado —respondió Sofía.

—Es un cielo —intervino Daisy, volviendo a mirar dentro de la cuna—. La niña es como un ratoncito.

—Querida, no deberías hablar así del bebé. Las madres siempre piensan que sus bebés son preciosos —la reprendió Maggie—. Yo pensaba que Lucien era preciosa hasta que creció.

—Si vas a compararla con un animal, intenta ser un poco más imaginativa, nenita. Los ratones son de lo más vulgar —dijo Antón, retirándose un poco para admirar su trabajo.

En ese preciso instante se abrió la puerta, dando paso a Elizabeth Harrison. Sus ojos hundidos recorrieron la habitación, buscando a Sofía entre los presentes, mientras su escuálido cuello se bamboleaba como el de un pavo bajo su prominente barbilla.

—¿Es esta la habitación de la señora Harrison? —ladró—. ¿Quién es toda esta gente?

Sofía miró a Maggie, que estaba soplándole las uñas para secarlas.

—Es la bruja mala del Norte —susurró.

Maggie levantó la mirada.

—¿Estás segura? Parece más uno de los amigos de Antón disfrazado de drag-queen.

—He venido a ver a mi nieta —dijo la mujer sin saludar a su nuera. Cruzó la habitación visiblemente enojada—. Esto es un hospital, no una asquerosa peluquería —soltó con una mueca de desaprobación.

—Pues a ti no te vendría mal un corte de pelo, bonita —dijo Antón, hundiendo las mejillas cuando ella pasó junto a él—. Llevas un *look* muy *passé*. No te ayuda a disimular la edad.

—Madre de Dios, ¿quién eres tú? —preguntó ella retrocediendo—. ¿Quién es esta gente?

—Son mis amigos, Elizabeth. Antón, Daisy, Maggie y… bueno, mejor que dejemos a Marcello en paz, no le gusta que le digan nada, sólo quiere que le admiren —dijo, riéndose por lo bajo—. Esta es mi suegra, Elizabeth Harrison.

Elizabeth pasó junto a Marcello, dejando el mayor espacio posible entre ella y la silla en la que él estaba sentado, tarea harto difícil en una habitación de esas dimensiones. Se inclinó sobre la cuna.

—¿Qué es?

—Es niña —respondió Sofía, acercando la cuna hacia ella con ademán protector. No quería que su suegra se acercara demasiado al bebé, podía traerle mala suerte a la pequeña.

—¿Nombre?

—Honor —respondió Sofía, sonriente y llena de júbilo.

—¿Honor? —repitió Elizabeth visiblemente disgustada—. Qué nombre tan horrible. Honor.

—Es un nombre precioso. La hemos llamado así en honor de la abuela de David, su suegra. Me ha dicho que la quería mucho.

—Honor es nombre de actriz o de cantante, ¿no crees, Antón? —dijo Maggie con malicia.

—Sin duda, Maggie, nombre de artista —añadió Antón para redondear la faena.

—¿Dónde está David? —exigió saber la señora Harrison.

—Ha salido —replicó Sofía con frialdad. Probablemente sabía que vendrías, vieja bruja, pensó.

—Bueno, dile que he venido —dijo antes de posar sus ojos saltones sobre Sofía. Se quedó pensando unos segundos antes de hablar.

—David es mi único hijo —dijo con su voz profunda, carraspeando a causa de una mucosidad que se le había quedado trabada en los pulmones—, y esta niña es mi única nieta. Hubiera preferido que se casara con alguien de su clase y de su país. Ariella era perfecta, pero David fue incapaz de darse cuenta, el muy idiota…, igual que su padre. Pero tú le has dado un hijo. Habría preferido un niño, pero el próximo será un niño, un niño que conservará el apellido de la familia. No me gustas, y aún me gustan menos tus amigos, pero le has dado un hijo a David, así que al menos tienes algo a tu favor. Dile a David que he venido —repitió antes de salir de la habitación. Segundos después, cuando ya todos estaban a punto empezar a comentar su visita, la puerta se abrió de golpe y Elizabeth apareció de nuevo.

—¡Huy, ha olvidado la escoba! —dijo Antón.

—O quizá haya olvidado echarnos un maleficio —añadió Sofía.

—Dile también a David que no pienso llamar Honor a la niña. Tendrá que pensar en otro nombre.

Acto seguido la puerta se cerró tras ella.

—Qué mujer tan agradable —dijo Daisy sarcástica.

—Qué podría hacer yo con ese pelo —murmuró Antón.

—Yo que tú no me preocuparía —dijo Maggie—. No tardará mucho en morirse.

En ese momento, para sorpresa de todos, Marcello se movió.

—*Porca miseria!* —dijo sin alterarse—. Hace años que está muerta.

Cuando horas más tarde David entró en la habitación, Sofía estaba dando de mamar al bebé. Él se quedó mirándola a los pies de la cama. Se sonrieron con absoluta complicidad. No había palabras que pudieran expresar la profunda reverencia que David sentía ante el poder de la naturaleza, y no quería decir nada que pudiera estropear el momento y quitarle la magia a la escena que tenía ante sus ojos. Así que siguió allí, con una irreprimible expresión de ternura en la cara, casi de melancolía, observando el lazo misterioso que unía a madre e hija. Sofía miraba la carita de su bebé, disfrutando de cada uno de sus movimientos, maravillada ante la exquisita perfección de sus rasgos.

Cuando Honor hubo terminado de mamar, Sofía la arropó y volvió a ponerla con cuidado en la cuna para que durmiera.

—No sabes lo que me cuesta separarme de ella —murmuró, pasando el dedo por la cabeza aterciopelada de la pequeña.

—Tengo noticias sorprendentes —dijo David, sentándose en la cama junto a ella y besándola.

—Yo también —dijo Sofía—. Pero tú primero.

—Bien. No vas a creer lo que voy a contarte. Zaza ha dejado a Tony y se ha ido a Provenza con Ariella.

—Tenías razón. No me lo puedo creer —balbuceó Sofía, atónita—. ¿Sabes?, oí discutir a Zaza y a Tony en su habitación el fin de semana pasado, pero no llegué a entender lo que decían. Ahora lo entiendo todo. ¿Estás seguro?

—Tony acaba de llamarme para contármelo.

—¿Qué te ha dicho?

—Que se han ido juntas. Dice que Zaza estará de vuelta antes de un mes, cuando Ariella haya encontrado algo nuevo con lo que divertirse.

—¿Estaba enfadado?

—No, más bien irritado. Dice que Angela está destrozada y furiosa porque su madre se le ha adelantado. Ha reconocido que en realidad no está enamorada de Mandy, sino de un chico llamado Charlie. Por el contrario, Nick parece habérselo tomado bien.

—No me sorprende demasiado —dijo Sofía.

—En fin, Tony dice que no le importa que Zaza se haya ido con Ariella para vivir una experiencia. Estará ahí para darle su apoyo cuando todo salga mal, lo que parece inevitable. Ariella sólo está jugando con ella para divertirse un poco. Es como un gato blanco y perverso jugando con un apetitoso ratón. Tiene que estar pasándolo en grande. Nunca le gustó demasiado Zaza.

—¿Crees que darán señales de vida? —preguntó Sofía, deseosa de saber más del asunto.

—Por supuesto. Quieren felicitarte. Bueno, ahora cuéntame tú —dijo David, cogiéndole la mano y empezando a acariciarla.

—La suegra endemoniada ha venido esta mañana —dijo.

—Oh —respondió David con cautela.

—Y adivina quién estaba aquí en ese momento —preguntó Sofía con una maliciosa sonrisa en los labios.

—No sé... ¿quién?

—Antón, Maggie, Marcello y Daisy.

—¡Oh, Dios! —suspiró—. Debe de haberse quedado horrorizada.

—Ya lo creo. Dice que no le gusta el nombre de Honor, así que tendrás que pensar en otro, como si yo no tuviera ni voz ni voto.

—Según ella, así es.

—Creo que la hemos asustado.

—No te preocupes, déjamela a mí —dijo David, resignándose a tener que llamar a su madre para volver a lidiar otra trivial batalla en su guerra particular, esa guerra estúpida provocada por la incapacidad de Elizabeth de controlarle, y alimentada por la creciente amargura que la carcomía como un insaciable fantasma. Era una guerra que sólo acabaría con su muerte. Se imaginó a su pobre padre en el cielo, temblando al pensar que en algún momento ella subiría hecha una furia a reunirse con él, como una nube negra y malhumorada.

Sonó el teléfono.

—¡Zaza! —exclamó Sofía entusiasmada. David arqueó una ceja.

—Querida. ¡Bien hecho! Una niña, según he oído. Qué nombre tan bonito. Debes de estar encantada —concluyó Zaza, animadísima.

—Sí, la verdad. Estamos muy contentos. ¿Cómo estás tú? —preguntó impaciente, más interesada en oír las noticias de Zaza que en las propias. Ya estaba empezando a aburrirse de tanto repetir la historia del nacimiento de Honor cada vez que llamaba algún amigo.

—Estoy en Francia.

—¿Con Ariella? —preguntó Sofía.

—Sí. Supongo que Tony ya se lo ha soltado a David. Qué típico. Lo debe de saber todo Londres —suspiró melodramática.

—No, no creo. David es muy discreto —insistió Sofía, guiñándole un ojo a su marido.

—Oh —dijo Zaza. Por su voz parecía decepcionada—. Bueno, Ariella está aquí y quiere hablar contigo. Lo estamos pasando de maravilla —añadió con efusividad—. Pienso en ti y en tu bebé. Dale un abrazo a David de mi parte. No puedo hablar con él ahora, tengo a Ariella a mi lado —y añadió, bajando la voz—: Tú ya me entiendes.

—Sí, se lo daré. Pásame a Ariella —dijo Sofía, y oyó a Zaza llamándola a gritos—: ¡Ariellaaaa!

—Felicidades, Sofía —dijo Ariella con voz calmada.

—¿Qué está pasando, Ariella? —preguntó Sofía poniéndose seria.

—Oh, nada. Sencillamente me estoy tomando un respiro —respondió sin darle la menor importancia.

—¿Cuándo pensáis volver?

—En cuanto haya conseguido que Alain vuelva a prestarme atención enviaré a Zaza de vuelta a casa. Imagino que entonces podrá darle a Tony un poco de vida —concluyó Ariella soltando una risilla.

—Qué mala eres —dijo Sofía, que parecía estar divirtiéndose de lo lindo.

—De mala nada. Les estoy haciendo un favor. Zaza necesita una aventura. Tony necesita a una nueva Zaza, y Zaza necesita a una nueva Zaza, créeme.

—Mejor que me ande con cuidado —dijo Sofía entre risas.

—No te preocupes, no eres mi tipo. Eres demasiado inteligente. No, no me divertiría nada contigo.

Esa noche Sofía soñó que estaba sentada en la cama del hospital hablando con Ariella y con Zaza, que intentaban convencerla para que dejara a David y se fuera con ellas a la Provenza. Sofía meneaba la cabeza, riéndose y diciendo que no, que se olvidaran del asunto, y ellas también se reían, a la vez que le decían lo bien que lo pasaría. En ese momento se abría la puerta de golpe y entraba una mujer vestida de negro. Parecía un cuervo. Estaba arrugada y encorvada y cojeaba, dando la sensación de que arrastraba un pie. Apestaba. Ariella y Zaza retrocedieron, tapándose la nariz antes de desaparecer en la nada. De pronto, la mujer se acercó a la cuna y cogió a la niña. Sofía chillaba, luchando por no soltar a Honor, intentando desesperadamente que no la separaran de ella. La mujer era tan fea y tan deforme que no parecía un ser humano. Más bien parecía un murciélago. Decía: «Prometiste entregar a tu bebé. Es demasiado tarde para cambiar de opinión». En ese momento se convirtió en Elizabeth Harrison, que la observaba con esos ojos acuosos y bulbosos que nadaban en sus cuencas como ostras.

La enfermera agitó a Sofía para despertarla. Estaba muy alterada, y sudaba y chillaba pidiendo ayuda. Cuando despertó se quedó mirando a la enfermera con ojos asustados y abiertos como platos hasta que, pasados unos segundos, se dio cuenta de que estaba despierta y no atrapada en una pesadilla.

—¿Está usted bien, señora Harrison? Tenía una pesadilla —dijo la enfermera con una sonrisa compasiva.

—Quiero ver a mi marido —sollozó Sofía—. Quiero irme a casa ahora mismo.

Al día siguiente, David se llevó a Sofía a casa. Una vez instalada entre los seguros muros de Lowsley, Sofía olvidó la pesadilla y a la extraña bruja que había intentado robarle a su pequeña. Estaba sentada delante de la chimenea con *Sam* y *Quid*, que no paraban de menear sus gruesos rabos, charlando alegremente con Hazel, la enfermera, que acunaba a Honor mientras la pequeña dormía. David estaba trabajando en el despacho, justo en la habitación de al lado, y Sofía pensaba que era maravilloso que la vida hubiera vuelto a la normalidad. Luego pensó en Zaza y en Tony y se preguntó si para ellos la vida volvería a ser igual.

34

Honor trepó a la mesa del comedor. Llevaba puesto el disfraz de león que Sofía le había comprado en Hamleys y rugía con furia a su amiga Molly, que corría delante de ella, chillando aparentemente aterrada. Los demás niños que habían ido a celebrar el tercer cumpleaños de Honor estaban con Sofía en la cocina, medio escondidos entre las piernas de sus madres. Pero Honor no le tenía miedo a nada. A menudo desaparecía durante horas hasta que su angustiada madre la encontraba tumbada sobre la hierba observando con atención una oruga o una babosa que le había llamado la atención. Todo la fascinaba, especialmente la naturaleza. Tenía la seguridad de que, si tardaba mucho en aparecer, su madre o la niñera terminarían por encontrarla.

Su madre le había dicho que ese era un día muy especial. Era su cumpleaños. Sabía cantar el «Cumpleaños feliz» y a menudo lo hacía en las fiestas de cumpleaños de otros niños, pero ese día no tenía que cantarlo porque sus amiguitos iban a cantárselo a ella. Luego podría soplar las velas. Eso le encantaba. Lo hacía a menudo en los pasteles de otros niños, lo que avergonzaba muchísimo a su madre, sobre todo cuando el niño en cuestión se echaba a llorar y había que buscar las cerillas para volver a encender las velas. Aquel era un día en el que se celebraban los tres años de felicidad que la pequeña había dado a Sofía y a David, así como la excusa perfecta para que su hija disfrutara de su propia fiesta de cumpleaños con sus amigos.

El corazón de Sofía se había expandido como el universo durante los tres últimos años. El abuelo O'Dwyer siempre decía que el propósito de la vida era engendrar más y más amor. Sofía pensaba que Dermot debía de estar muy orgulloso de ella, porque en su corazón no había ya espacio para más amor. Cada día que pasaba quería más a su hija, la quería más a medida que crecía y desarrollaba su fuerte personalidad. Pasaba horas dibujando con ella, leyéndole cuentos, llevándosela con ella a caminar al campo o sentándola encima de *Hedgehog*, su pequeño poni, y llevándolo de las riendas de un extremo a otro del camino que llevaba a los bosques. Honor era curiosa y valiente. Se llevaba a su amigo Hoo, el pañuelo de seda azul que le había regalado su padre, a todas partes, y Hoo hacía que se sintiera segura. Si Hoo se perdía, había que registrar la casa de arriba abajo hasta que aparecía, normalmente detrás de algún sofá o debajo de un cojín, y se lo devolvían a su ansiosa amiguita, que no podía dormir sin él.

—¡Honor! —gritó Hazel con todas sus fuerzas, que a su edad no eran muchas. Había llegado para el cumpleaños de Honor con la intención de quedarse un mes, pero había terminado quedándose después de que David y Sofía le suplicaran que cuidara de la niña a jornada completa. Ella se lo había tomado como un cumplido y había aceptado su oferta, ya que se había encariñado muchísimo con la niña y con sus padres en el escaso tiempo que llevaba con ellos.

Más tarde celebró su decisión al conocer al pícaro Freddie Rattray, el viudo que cuidaba de la granja de sementales con la ayuda de su hija Jaynie. Sofía le llamaba Rattie, pero Hazel no conseguía comportarse de manera tan informal a pesar de que todos parecían llamarle Rattie. Para Hazel él era Freddie, pero sólo después de que él le hubiera pedido encarecidamente que no le llamara señor Rattray.

—Me hace sentir viejo —le había dicho—. Freddie hace que al menos me sienta a mitad de camino. No quiero ver la otra parte de la montaña durante muchos años.

Hazel se había echado a reír con timidez, pasándose la mano húmeda por el pelo cano y brillante que llevaba recogido en un precioso moño bajo. Daba la sensación de que llevaba a Honor a ver los caballos con demasiada frecuencia, y a menudo acompañaba a Freddie cuando él llevaba a la niña a dar una vuelta a lomos de *Hedgehog*. Sofía, normalmente rápida a la hora de detectar un cariño como aquél, estaba demasiado ocupada vigilando a su hija para darse cuenta de las miradas tiernas y las risas coquetas que resonaban desde los establos.

—¡Honor, es la hora del té! —gritó Hazel, entrando en la diminuta habitación y encontrando a las dos niñas correteando en círculos como si imaginaran su propio tiovivo. Cogió a Honor en el momento justo en que ésta pasaba galopando a su lado y la ayudó a quitarse el disfraz de león. Honor había pedido claramente llevar un «bonito vestido» para la fiesta. Sofía se había echado a reír ante su precoz sentido de la etiqueta.

—Venga, vamos a ver qué ha preparado mamá para el té —dijo.

—¡Galletas de chocolate! —chilló Honor con los ojos abiertos de contento.

—¡Galletas de chocolate! —repitió Molly, siguiéndola.

En la cocina, Sofía ayudaba a las otras madres a sentar a sus hijos. Johny Longrace lloraba porque Samuel Pettit le había pegado, y *Quid* ya le había lamido la carita a Amber Hopkins, algo que su madre consideró terriblemente insano. Corría de un lado a otro de la cocina, intentando encontrar un trapo limpio con que limpiar la cara de su niña.

—Honor, cariño, ven a sentarte —dijo Sofía sin perder la calma entre todo aquel caos—. Mira qué ingeniosos son esos sándwiches. Tienen forma de mariposa.

—¿Puedo comer una galleta de chocolate, por favor? —preguntó la niña, alargando la mano para coger una.

—No hasta que no te hayas comido tu sándwich de Marmite —dijo Sofía sin poder evitar una mueca al percibir el olor a Marmite que se le había quedado pegado a los dedos.

—Sofía, ¿te importaría sacar a tu perro de aquí? Está intentando comerse el sándwich de Amber —dijo exasperada la madre de ésta. Sofía pidió a Hazel que encerrara a *Quid* en el estudio para que no diera problemas.

—También me puedes encerrar con él —dijo entre risas—, aquí tengo tantos problemas que casi no doy abasto.

—Sofía, Joey no ha comido azucarillos y parece que ya no quedan. Con lo que le gustan los azucarillos —dijo la madre de Joey, mientras su rostro vulgar iba arrugándose ante el temor de que su querido niño tuviera que quedarse sin. A Sofía le pareció igualita a las caras que Honor pintarrajeaba en los huevos durante el desayuno.

En ese momento se abrió la puerta de la cocina y entró Zaza. Llevaba unos pantalones de ante color crema y una chaqueta de tweed, y en sus labios se dibujó una roja mueca de contrariedad en cuanto vio la cocina llena de niños gritando a sus desquiciadas madres.

—Dios mío, ¿qué pasa aquí? —balbuceó horrorizada cuando Sofía tuvo que saltar para saludarla por encima de un niño que no paraba de berrear—. Si estos son los amigos de Honor, espero que cuando se haga mayor aprenda a elegir mejor.

Zaza había durado seis semanas en Provenza con Ariella y, más tarde, con Alain.

—En seguida me di cuenta de que sobraba —le había dicho a David—. Alain era adorable, pero un vago rematado. Apenas nos hacía caso. Sin embargo, Ariella estaba empeñada en recuperarle, y después de que hube cumplido con mi propósito, los dejé y volví a casa.

Luego Tony le dijo que había vuelto convertida en una mujer mucho más interesante y que estaba pensando en volver a enviarla el año siguiente para que tomara un curso de reciclaje. Sofía estaba contenta de que las aguas hubieran vuelto a su cauce. Le sorprendía lo mucho que había echado de menos a Zaza.

—Esta fiesta se está convirtiendo en una pesadilla —suspiró Sofía al ver a los niños llenarse de chocolate—. Uno de ellos va a vomitar en cualquier momento, estoy segura.

—Como alguno vomite encima de mis pantalones de ante le retuerzo el pescuezo —dijo Zaza dando un paso atrás.

—¿Por qué no vas a sentarte al estudio? Estarás mucho más segura que aquí —sugirió Sofía.

—De hecho, he venido a decirte que este verano Tony quiere dar una fiesta por mi cincuenta cumpleaños —dijo Zaza con una amplia sonrisa—. No sé si celebrarlo o suicidarme. Bueno, será un almuerzo y nos encantaría que vinierais.

—Claro que iremos. Tampoco tenemos que ir demasiado lejos, ¿no es así? —apuntó Sofía echándose a reír.

—Ahora, si no te importa, me voy al estudio. Ven a buscarme cuando todo esto haya acabado, o por lo menos cuando se hayan lavado la cara y las manos.

En la fiesta, Honor tenía la cara llena de trocitos de chocolate y de pastel, y el pelo cubierto de *smarties*, que había puesto ahí un dulcemente enamorado Hugo Berrins, que en ese preciso instante estaba tirando gelatina a los demás niños, sin tanta dulzura. Sofía puso los ojos en blanco y se apoyó en la encimera junto a Hazel.

—¿Tú crees que Honor volverá a ser la misma después de esto? —dijo con gesto agotado. Se había dado cuenta de que últimamente se cansaba con mucha facilidad.

Hazel sonrió y se llevó las manos a sus anchas caderas de enfermera.

—Si no fuera por el monito ese —dijo, señalando a Hugo Berrins—, estaría como si acabara de salir de la bañera. La llevaré arriba una vez que se hayan ido todos y la bañaré.

—Pero lo ha pasado bien, ¿verdad?

—Le encanta ser el centro de atención. No conozco a nadie que le guste tanto que la adoren como Honor.

—Oh, querida, sé de quién lo ha heredado —se rió Sofía con ironía.

Por fin las madres arroparon a sus niños con sus gruesos abrigos y salieron a la noche de marzo, gritando a Sofía: «Te veremos el lunes en la escuela». Sofía les dijo adiós con la mano, feliz al verlas irse y decidida a hacer algo distinto para el siguiente cumpleaños de Honor.

—No me veo capaz de volver a pasar por esto el año que viene —dijo a Hazel—. Puede que organice una pequeña fiesta.

—Oh, volverá a pasar por esto, ya lo creo, señora Harrison. Siempre me sorprende la capacidad que tienen las madres para pasar por este caos año tras año. Pero los niños lo adoran, ¿no cree?

Hazel cogió de la mano a una adormilada Honor y se la llevó arriba para bañarla. Sofía le dio un beso en la naricilla, que era la única parte de la cara que no tenía cubierta de chocolate y de gelatina, antes de cruzar el vestíbulo para reunirse con Zaza.

Zaza escuchaba música junto a la chimenea. Fumaba y leía un libro sobre las estancias argentinas.

—¿Qué es eso? —preguntó Sofía, tomando asiento a su lado.

—Es un libro titulado *Estancias argentinas*. Pensé que te gustaría —dijo Zaza.

—¿Dónde lo has conseguido?

—Me lo ha dado Nick. Acaba de volver de allí. Lo ha pasado en grande jugando al polo.

—Vaya —dijo Sofía impasible.

—Qué libro tan maravilloso. ¿Tu casa era como una de éstas?

—Sí, exactamente como ésas.

—¿Sabes?, creo que Nick estuvo jugando con un amigo tuyo —dijo Zaza—. De hecho estoy segura de que lo era porque Nick dijo que hablaron de ti. En realidad, ahora está aquí, en Inglaterra. Es jugador profesional. Dijo que te conocía.

—¿Cómo se llama? —preguntó Sofía sin estar demasiado segura de querer saberlo.

—Roberto Lobito —respondió Zaza, entrecerrando los ojos a la espera de la reacción de Sofía. Nick había dicho que al parecer Sofía había tenido una escandalosa aventura con un chico a la que sus padres no habían dado su aprobación y que por eso se había ido de Argentina. Zaza se preguntaba quién podía haber sido aquel hombre. Sofía relajó los hombros, y Zaza tachó a Roberto Lobito de su lista de sospechosos.

—Oh, Roberto —dijo soltando una carcajada—. Siempre fue un gran jugador, incluso entonces.

—Está casado con una mujer bellísima. Van a estar aquí hasta el otoño, creo. Espero que no te importe, pero los he invitado a mi fiesta.

—Vaya —dijo Sofía. Zaza sacó el humo del cigarrillo por la nariz y luego lo abanicó con la mano para que no llegara a Sofía, que no soportaba los cigarrillos.

—Creo que no he visto nunca a una mujer tan guapa como Eva Lobito —suspiró, dando una nueva chupada al cigarrillo.

—¿Eva Lobito?

Sofía se acordó de Eva Alarcón y se preguntó si sería la misma persona. Era la única Eva que conocía.

—Es muy rubia, rubia como un ángel. Cara alargada, piel olivácea, risa encantadora y un cuerpo fantástico: piernas largas y un acento inglés muy marcado. Sencillamente encantadora.

No había duda. Se trataba de Eva Alarcón, y Sofía iba a volver a verla, y a Roberto, después de tantos años. Sabía que el reencuentro le devolvería los recuerdos felices, y con ellos la inevitable melancolía, pero sentía una gran curiosidad, y la curiosidad podía más que la ansiedad. Deseaba que llegara la fiesta como se desea una copa, a sabiendas de que después llegarán las náuseas y el dolor de cabeza.

Sofía sentó a Honor sobre sus rodillas, la rodeó con los brazos y la abrazó, como solía hacer todas las noches antes de acostarla. Luego besó su piel pálida y perfecta.

—Mami, cuando yo sea mayor quiero ser como tú —dijo la pequeña.

—¿Sí? —dijo Sofía con una sonrisa.

—Y cuando sea todavía más mayor quiero ser como papá.

—No creo que puedas, hija.

—Oh, sí, seré como él —dijo rotunda—. Seré igual a papá.

Sofía se rió por lo bajo al observar la percepción que tenía la niña de la evolución de una persona. Cuando, a las nueve y media, se metió en la cama, David le acarició la frente y la besó.

—Últimamente has estado muy cansada —le comentó.

—Sí, y no sé por qué.

—¿No será que estás embarazada?

Sofía parpadeó y le miró esperanzada.

—No se me había ocurrido. He estado tan ocupada con Honor y con los caballos que no he llevado la cuenta de los días. Oh, David, quizá tengas razón. Eso espero.

—Yo también —dijo él, inclinándose para besarla—. Otro milagro.

35

Sofía se sentó en el tocón de un árbol que en una época había dominado las colinas. Había sido barrido por el terrible viento de octubre el otoño anterior. No hay nada invencible, pensó. La naturaleza es más fuerte que nosotros. Miró a su alrededor y, en esa luminosa mañana de junio, disfrutó del esplendor de un nuevo y efímero amanecer. Se llevó la mano a la barriga y se maravilló ante el milagro que crecía en ella, aunque se le hacía un nudo en el corazón cuando pensaba que su familia no sabía nada de la vida que se había construido al otro lado del océano. Nerviosa, se acordó de Roberto Lobito y de Eva Alarcón tal y como los había conocido, diez años atrás, e intentó imaginar el aspecto que tendrían en la actualidad.

En realidad, lo que más la preocupaba no era verlos, sino no verlos. Si en el último momento decidían no ir a la fiesta de Zaza, la desilusión sería enorme. Se había preparado mentalmente para la ocasión y durante los últimos meses su curiosidad había ido «in crescendo». Después de reconciliarse con el hecho de que iba a tener noticias de los suyos, se le hacía insoportable pensar que quizá no llegara nunca a enterarse de esas noticias. Deseaba desesperadamente saber qué había sido de Santi.

Llegó a casa a tiempo para darse un baño y prepararse para la fiesta de Zaza. Estuvo una hora probándose vestidos mientras *Sam* y *Quid* la miraban, incrédulos, sin dejar de menear el rabo cada vez que se probaba alguna prenda.

—¡No sois de ninguna ayuda! —les dijo, tirando otro conjunto sobre la cama. Cuando David se asomó por la puerta, Sofía estaba de espaldas a él y luchaba, furiosa, con un vestido que al parecer se negaba a pasarle por las caderas. La miró durante unos segundos antes de que los perros le delataran.

—¡Estoy gorda! —refunfuñó Sofía, enviando el vestido a la otra punta de la habitación de una patada.

Ambos se miraron en el espejo.

—Estoy gorda —repitió Sofía.

—No estas gorda, cariño, estás embarazada.

—No quiero estar gorda. No me cabe nada.

—¿Con qué te sientes más cómoda?

—Con el pijama —respondió ceñuda.

—Bien, entonces ponte el pijama —dijo él, dándole un beso antes de entrar al baño.

—De hecho, no es mala idea —dijo Sofía animándose y sacando un par de pijamas de seda de la cómoda. Cuando David volvió a la habitación encontró a Sofía delante del espejo con unos pantalones de pijama y una camiseta.

»David, eres un genio —sonrió al ver su reflejo en el espejo. David asintió al tiempo que sorteaba el montón de zapatos y vestidos para llegar a su armario. *Sam* y *Quid* jadearon, dando su aprobación.

Tony había levantado una carpa blanca en el jardín por si llovía, pero como el día había amanecido espléndido y caluroso, los invitados preferían quedarse al sol, con sus vestidos de flores y sus trajes, bebiendo champaña y «Pimms» y admirando la laberíntica mansión de ladrillo viejo y las flores que abundaban por todas partes. Zaza no tardó en aparecer a saludar a David y a Sofía antes de partir corriendo tras uno de los camareros que había salido de la casa con una bandeja de salmón ahumado antes de tiempo.

Zaza no tenía un estilo propio, pero era lo suficientemente lista para reconocer el buen gusto en cuanto lo veía. Se había gastado miles de las libras que tanto le costaban ganar a Tony contratando a decoradores y a paisajistas para que transformaran su casa en un espacio que sin duda mereciera adornar las páginas de *Homes & Gardens*. Sofía apreciaba la perfección estética de Pickwick Manor, pero pensaba que Zaza se estresaba demasiado. En cuanto se vio envuelta por la barahúnda de invitados, Sofía empezó a buscar atemorizada los rostros de Eva y Roberto.

—Sofía, qué alegría volver a verla —la saludó un hombre extraño con una risa alegre, y se inclinó sobre ella para besarla. El aliento le olía a una desagradable mezcla de salmón y champaña. Sofía retrocedió y lo miró con el ceño fruncido, incapaz de acordarse de quién era—. George Heavywater —dijo él sin poder ocultar la decepción ante aquel ofensivo lapso de memoria—. Oh, por favor, ¿ni siquiera recuerda dónde nos conocimos? —preguntó juguetón, dándole un leve codazo.

Sofía suspiró sin ocultar su irritación al recordar al patán indiscreto junto al que se había sentado hacía cuatro años.

—En la cena de Ian Lancaster —respondió impasible, mirando al grupo de invitados por encima de su hombro.

—Cierto. Dios, ha pasado mucho tiempo. ¿Dónde se ha estado escondiendo? ¡Probablemente ni siquiera se haya enterado de que la guerra ha terminado! —dijo, riéndose de su estúpido chiste.

—Discúlpeme —dijo Sofía, dejando de lado sus modales—, pero acabo de ver a alguien con quien prefiero hablar.

—Oh, sí… bueno —tartamudeó alegremente el señor Heavywater—. Nos vemos después.

No si puedo evitarlo, pensó Sofía en cuanto se hubo perdido entre la multitud.

Sofía y David habían llegado tarde a la fiesta. Después de pasar la primera hora buscando sin éxito a Eva y a Roberto, Sofía se dio por vencida y se resignó tristemente al hecho de que obviamente éstos habían decidido no aparecer. Encontró un banco a la sombra de un arce que estaba alejado de la multitud y se sentó abatida. El tiempo parecía pasar muy despacio. Quería irse a casa y se preguntó si, en caso de que consiguiera marcharse a escondidas, alguien se daría cuenta de su ausencia.

Pero en ese momento alguien se dirigió a ella.

—¿Sofía? —dijo una voz profunda a su espalda—. Te he estado buscando.

—¿Eva? —balbuceó Sofía, levantándose y parpadeando de pura sorpresa al ver a la rubia y elegante mujer que parecía flotar hacia ella.

—¡Cuántos años hace! —le dijo al oído al tiempo que la besaba con gran afecto. A Sofía le dio un pequeño vahído al oler la colonia de Eva, la misma fragancia a limón que llevaba doce años antes. Se sentaron.

—Pensaba que no vendrían —dijo Sofía en español, tomando la mano de Eva y apretándola entre las suyas como si tuviera miedo de que fuera a desaparecer si la soltaba.

—Hemos llegado tarde. Roberto se perdió —explicó Eva, soltando su encantadora risa.

—No sabes lo que me alegra verte. Estás igual —dijo Sofía con total sinceridad, sin dejar de admirar la perpetua juventud de Eva.

—Tú tampoco.

—¿Cuándo te casaste con Roberto? —preguntó—. ¿Dónde está?

—Por ahí, entre los invitados. Nos casamos hace tres años. Me fui a vivir a Buenos Aires para terminar los estudios y conocí a Roberto en una fiesta. Tenemos un niño. También se llama Roberto. Es un encanto. Oh, estás embarazada —dijo, poniendo la mano que tenía libre en la apenas imperceptible barriga de Sofía.

—Ya tengo una niña de tres años —dijo Sofía, sonriendo en cuanto la carita de Honor emergió a través de la niebla que había ido misteriosamente formándose en su cabeza mientras hablaba con Eva.

—¡Cómo vuela el tiempo! —suspiró Eva con nostalgia.

—Desde luego. Han pasado doce años desde el verano en que nos conocimos. Doce años. Pero ahora parece que fue ayer.

—Sofía, no quiero fingir contigo y hacer ver que no sé por qué te fuiste de Argentina y por qué no has vuelto desde entonces. Si finjo, nuestra amistad no sería sincera —dijo Eva mientras sus pálidos ojos azules no dejaban de cuestionar a Sofía. Puso la mano de Sofía entre sus largos dedos color miel y la apretó afectuosamente—. Te pido que vuelvas —dijo bajando la voz.

—Aquí soy feliz, Eva. Me he casado con un hombre maravilloso. Tengo una hija y estoy embarazada de nuevo. No puedo volver ahora. Este es mi sitio —insistió Sofía alarmada. No esperaba que Eva recuperara el pasado tan de repente.

—Pero, ¿no podrías por lo menos hacerles una visita para que sepan que estás bien? Olvida el pasado. Han pasado muchas cosas en los últimos diez años. Si esperas más quizá sea demasiado tarde, quiza nunca puedas volver a conectar con ellos. Después de todo, son tu familia.

—Dime, ¿cómo está María? —preguntó Sofía, alejando la conversación de un tema que Eva no podría entender jamás.

Eva retiró las manos y las puso sobre sus rodillas.

—Se casó —respondió.

—¿Con quién?

—Con Eduardo Maraldi, el doctor Eduardo Maraldi. No la veo mucho, pero la última vez que la vi creo que tenía dos niños y que estaba esperando otro. No me acuerdo bien. Con tanta gente teniendo hijos es muy difícil acordarse de todos. ¿Sabías que Fernando está exiliado en Uruguay?

—¿Exiliado?

—Estuvo implicado con la guerrilla que luchaba contra Videla. Está bien. Podría haber vuelto cuando cambió el Gobierno, pero, para serte sincera, creo que está demasiado afectado por lo que pasó. Lo torturaron, ¿sabes? Ahora vive y trabaja en Uruguay.

—¿Lo torturaron? —balbuceó Sofía, horrorizada. Eva le contó la historia tal como la sabía: que habían entrado a robar en casa de Chiquita y Miguel y que habían secuestrado a Fernando, que después había escapado milagrosamente a Uruguay. Sofía se quedó de piedra al oírla, arrepentida de no haber estado allí para darles su apoyo.

—Fue horrible —siguió Eva muy seria—. Roberto y yo fuimos a verle una vez. Tiene una casa en Punta del Este, en la playa. Es otro hombre —dijo, recordando al joven resentido que ahora vivía como un hippy, escribiendo artículos para varios periódicos uruguayos.

—¿Y Santi? ¿Está bien? —preguntó Sofía ansiosa, preguntándose cómo le habría afectado lo de su hermano.

—Se casó. Le veo bastante en la ciudad. Sigue igual de guapo —añadió sonrojándose. No había olvidado sus besos. Se pasó un dedo por los labios de forma inconsciente—. Por alguna razón parece que la cojera le ha empeorado y está bastante envejecido, pero le sienta de maravilla. Sigue siendo el mismo.

—¿Con quién se casó? —preguntó Sofía, intentando que no le temblara la voz por miedo a delatarse. Apartó los ojos y fijó la mirada en algún punto de la distancia.

—Claudia Calice —dijo Eva, levantando inquisitiva el timbre de voz en la última sílaba del nombre.

—No, no la conozco. ¿Cómo es? —preguntó Sofía, luchando contra ese vacío que tan familiar le resultaba y que ahora amenazaba con volver a tragársela. Se quedó deshecha cuando se enteró de que él se había comprometido con otra, y volvió a recordar una vez más aquel momento bajo el ombú cuando le había suplicado que huyera y se casara con él. El fantasmagórico eco de sus palabras todavía resonaba en los pasillos de su memoria.

—Es muy elegante. Pelo negro y brillante. Muy bien vestida. Típica argentina —dijo Eva, totalmente ajena a lo que Sofía seguía sintiendo por su primo—. Es encantadora y muy sociable, mucho más en la ciudad que en el campo. No me parece que le guste mucho el campo. Por lo menos, me dijo una vez que odiaba los caballos. Dijo que tenía que fingir con Santi, quien, como ya sabemos, vive para ellos —añadió antes de concluir con un tono más amable—: ¿No sabías que se había casado?

—Claro que no. No he hablado con él desde… bueno, desde que me fui —respondió con brusquedad al tiempo que bajaba la mirada.

—¿Estás segura de que no es Santi la razón de que no hayas vuelto?

—No, no. Claro que no —dijo Sofía un poco demasiado rápido.

—¿No te has comunicado con los tuyos en todo este tiempo?

—No.

—¿Ni siquiera con tus padres?

—No, sobre todo con ellos.

Eva apoyó la espalda en el banco y observó con detenimiento la cara de Sofía. Estaba anonadada.

—¿No echas de menos aquello? —preguntó horrorizada—. ¿No los echas de menos?

—Al principio sí, pero es increíble hasta qué punto llegamos a olvidar cuando estamos lejos —mintió con tristeza. Y añadió—: Me he obligado a olvidar.

Se quedaron sentadas sin decir nada. Eva le daba vueltas a las posibles razones que habían llevado a Sofía al exilio, y Sofía pensaba con tristeza en Santi y en su nueva vida con Claudia. Intentó imaginárselo mayor, con la cojera más pronunciada, pero no pudo. En su cabeza, Santi seguía tal como le dejó, eternamente joven.

—¿Sabes que Agustín vive en Estados Unidos, en Washington? Se ha casado con una norteamericana —dijo Eva instantes después.

—¿En serio? ¿Y Rafa? —preguntó Sofía, intentando aparentar interés, a pesar de que sólo podía pensar en Santi y de que deseaba que Eva volviera a hablarle de él.

—Se casó con Jasmina Peña hace unos años. De hecho, no mucho después de que te fueras. Ahora son tremendamente felices. No los veo mucho. Pasan la mayor parte del tiempo en Santa Catalina porque él se encarga de la estancia. Siempre me gustó Rafa. Era un chico muy cabal. Los demás siempre andaban por ahí buscando pelea. Rafa era el único en quien se podía confiar. No como Agustín —dijo, acordándose de las torpes atenciones que le dispensó Agustín. Mientras había vivido en Buenos Aires, Agustín se había ganado muy mala fama; salió con muchas chicas, incluso con más de una a la vez. Era la clase de chico contra el que las madres previenen a sus hijas y contra el que, más adelante, las chicas previenen a sus amigas. No me extraña que se haya casado con una norteamericana, pensó Eva. Un territorio nuevo en el que seguir practicando.

—¿Es feliz Santi? —preguntó Sofía, mordiéndose el labio inferior.

—Sí, creo que sí. Pero ya sabes cómo son las cosas, la gente se casa, tiene hijos, y poco a poco pierdes contacto con ellos. Los veo de vez en cuando, pero Roberto y yo viajamos mucho. El polo le lleva por todo el mundo y yo siempre le acompaño. Casi nunca estoy en Buenos Aires y no he vuelto a Santa Catalina desde que Fernando se fue. Roberto y él eran muy amigos, pero ahora no tiene tiempo ni siquiera para ir a verle. La última vez que vi a Santi fue en una boda en Buenos Aires —recordó.

—Cuéntame —le pidió Sofía, arriesgándose a desvelar sus sentimientos por Santi. Eva la miró sin disimular su curiosidad. Sabía que a Sofía la habían enviado al extranjero porque estaba enamorada de su primo, pero Eva no tenía la menor idea de la profundidad de los sentimientos entre ambos. ¿Cómo habría podido saber que Sofía todavía lloraba en silencio por Santi, que había soltado a su amado como quien suelta un globo para luego darse cuenta de que el globo volaba eternamente en las nubes de su memoria?

—Bueno, fue en la boda de un primo de Roberto. Tienen una estancia preciosa cerca de Santa Catalina, a unas dos horas de Buenos Aires. Yo no conocía a Claudia, pero Santi y ella llevaban ya dos años casados. Sí, debían de llevar dos años porque se casaron en 1983, creo, y la boda fue el verano pasado. Santi parecía muy agobiado, había como mala onda entre ellos; estaba claro que habían tenido una discusión porque apenas se hablaban. Claudia pasó todo el rato con los niños. Se le dan muy bien. Me di cuenta de que todos la seguían como al flautista de Hamelín. A mí también me encantan los niños; en ese momento Roberto y yo estábamos buscando el segundo. Creo que ellos también, porque llevaban casados un par de años y ella obviamente lo deseaba.

»Bueno, pues hablé con Santi —le dijo Eva a Sofía—. Todavía juega mucho al polo, aunque sigue siendo amateur, no como Roberto. De hecho, creo que Roberto no le cae demasiado bien —sonrió a la vez que se preguntaba si la antipatía que Santi sentía por su marido se debía a que la había querido para él. Volvió a acordarse de su beso y se ruborizó—. No creo que ese fuera un buen ejemplo de lo que es su relación, porque sé que Santi es feliz. Es muy feliz con Claudia. Seguro que tenían un mal día. Él estaba distraído, aunque conmigo estuvo encantador. Ambos lo estuvieron. Por cierto, también estaban tus padres. Siempre me gustaron tus padres, sobre todo tu madre. Es una mujer amable y muy afectuosa.

Si Sofía hubiera estado escuchando habría fruncido el ceño ante esa descripción de su madre, pero estaba en las nubes con su globo, pensando en Santi.

—No puedo entender por qué no puedes volver —volvió a insistir Eva—. Lo más difícil sería el momento de volver a verlos a todos, pero después del primer «hola» las cosas volverían a la normalidad. Sé que todos estarían muy contentos de volver a verte.

—Ah, ahí está Roberto —dijo Sofía mientras Roberto se acercaba a ellas. Había envejecido un poco. Su atractivo parecía haber quedado un poco minado por culpa de la pesada mandíbula que parecía arrastrar con ella su boca. Pero seguía siendo un hombre guapo.

—Veo que ya conoces a mi esposa —dijo, pasando la mano por la larga melena rubia de Eva.

—Nos conocimos hace tiempo.

—Nunca he estado tan enamorado de nadie como de mi mujer —apuntó Roberto—. Me ha hecho un hombre completo.

Sofía sonrió. Siempre había sido un hombre transparente, pensó mientras él intentaba decirle de forma sutil que para él el romance que habían tenido años atrás no había significado nada. No tenía que haberse molestado. Para ella tampoco había significado nada. Pasados unos segundos a Sofía no se le ocurría nada que decirle.

Eva y Roberto vieron a Sofía volver a la carpa, donde estaban sirviendo el buffet.

—Sigue siendo muy bella —dijo Eva—. Es una chica muy rara, ¿sabes? Imagínate, irte así de tu casa, sin una palabra. ¿Qué tipo de persona puede hacer algo así?

—Siempre fue muy testaruda —dijo Roberto encogiéndose de hombros—. Era una malcriada y muy independiente. Fercho no la soportaba.

—Bueno, fue muy cariñosa conmigo. La verdad es que la vez que estuve en Santa Catalina puso todo de su parte para hacerme sentir bien. Nunca lo olvidaré. Le tengo mucho aprecio, a toda la familia.

—¿Vas a decirles que la has visto? —pregunto Roberto.

—Naturalmente. Se lo diré a Anna. Aunque no quiero empeorar las cosas. Parece un tema muy delicado —dijo, y a continuación añadió—: Puede que me equivoque, pero me parece que todavía quiere a Santi. Me ha preguntado mucho por él.

—¿Después de todo este tiempo? No es posible.

—Ya lo creo. ¿No será que se niega a volver por él?

—No. Fercho me dijo que se peleó con Anna y con Paco y los culpó por enviarla a Ginebra. Me dijo que lo de Sofía no era más que un arrebato y que terminaría por volver. Cuando se aburra de todo esto regresará a Santa Catalina a hacerles la vida imposible. Créeme, conozco bien a Sofía. No es capaz de quedarse quieta. Siempre anda por ahí dando problemas y no va a cambiar a estas alturas, por muy maravilloso que sea su esposo.

—Roberto, no seas cruel —dijo Eva, meneando la cabeza—. Voy a decirle a Anna que Sofía está bien y que es muy feliz. Creo que puedo conseguir que Zaza me dé su dirección, así por lo menos Anna podrá escribirle si quiere. Todo esto es muy absurdo —suspiró, poniéndose de pie—. No te dejaría por nada del mundo —añadió, abrazándole.

—Amorcito, no me dejarás porque yo nunca te lo permitiría —dijo él con una sonrisa antes de besarla. Eva vio por encima del hombro de su esposo cómo Sofía se alejaba de la carpa en compañía de un hombre que debía de ser su marido. Ambos llevaban platos de pollo y ensalada. Una nube de preocupación ensombreció el rostro plácido de Eva cuando pensó en el sufrimiento que el exilio de Sofía debía de causarle, y en ese momento decidió ponerle fin.

Las intenciones de Eva eran buenas, pero había infravalorado a los receptores de su buena voluntad. Cuando Anna recibió la carta de Eva en la que le hablaba de su conversación con Sofía y en la que embellecía los detalles de la vida de Sofía en Inglaterra, le dio vueltas entre sus pálidos dedos, una y otra vez, a la dirección que Eva había apuntado al final de la carta. A Eva no se le había ocurrido que quizá la madre era igual de tozuda que la hija.

Anna se sentía tremendamente dolida por el rechazo de su hija. ¿Por qué diantres tenía que ser ella la que izara la bandera blanca? ¿Por qué? Sofía ni siquiera los había llamado durante la guerra de las Malvinas, no les había comunicado que eran abuelos. No los había llamado ni una sola vez. Nunca. Sabía dónde estaban, seguían teniendo el mismo número de teléfono, y ahora esperaba que ellos le tendieran la mano. La vida no era así de fácil.

¿Acaso pensaba que no tenían corazón? ¿Pensaba que no les importaba? Siempre había sido tozuda y difícil, pero desaparecer en el otro extremo del mundo sin ni siquiera una carta explicándoles sus razones era muy cruel. Paco no se había recuperado. Había envejecido y se había vuelto más introvertido. Era como si Sofía hubiera muerto. Aunque quizás eso hubiera sido preferible, más comprensible, menos doloroso. Al menos habrían podido llorarla en vez de sufrir la interminable tristeza de no saber. La muerte no es un rechazo. La desaparición de Sofía era un profundo rechazo. Había herido a toda la familia, había perjudicado sus cimientos, y los restos de esa unidad tan atesorada en otro tiempo yacían desparramados por la llanura y jamás podrían ser recuperados. No, no le tocaba a Anna hacer las paces, sino a Sofía. Así que dobló la carta, la metió en el cajón donde guardaba sus objetos más íntimos y decidió no decirle nada a Paco. A buen seguro él intentaría convencerla de que se pusieran en contacto con su hija, y Anna no tenía la menor intención de volver a discutir sobre Sofía.

36

Noviembre, 1997

Qué extraño que una persona pueda amar a alguien durante toda su vida, que por muy lejos que estén uno del otro, por mucho que dure su separación, puedan llevar el recuerdo del otro en el corazón para toda la eternidad. Siempre había sido así para Sofía. Nunca había dejado de amar a Santi ni al pequeño Santiaguito. Sabía que no le hacía ningún bien, y, en cierto modo, había ya cerrado el libro, había escrito la última línea, antes de escribir la palabra «Fin». Se había desprendido de ellos. Los había echado al fondo del océano como si se tratara de un tesoro. Pero hay cosas que nunca mueren. Simplemente parecen aletargarse durante un tiempo.

Sofía se había ido de Argentina después de haber caído en desgracia en otoño de 1974. En ningún momento pensó que pasarían veinticuatro años hasta que volviera a pisar suelo argentino. No lo había planeado así. De hecho, jamás había hecho planes al respecto. Pero de algún modo los años se habían convertido en decenios, y un día el pasado reclamó su vuelta a casa.

Buenos Aires, 14 de octubre de 1997

Querida Sofía:
    Hace mucho tiempo que no te escribo. Lo siento. Sé que perdiste el contacto con María hace muchos años. Por eso te escribo. No me es fácil decirte esto, pero debes saber que María se está muriendo de cáncer. La veo consumirse con cada

día que pasa. No tienes ni idea de lo difícil que es ver a al-guien a quien quieres desaparecer poco a poco delante de tus ojos y no poder hacer nada por ayudarle. Me siento totalmen-te impotente.

Sé que las vidas de ustedes las han llevado en direcciones muy distintas, pero María te quiere mucho. Tu presencia aquí sería tremendamente positiva. Cuando te fuiste, dejaste un te-rrible vacío y una profunda tristeza que todos compartimos. Nunca esperamos que fueras a apartarnos de tu vida para siempre. Lamento que nadie haya hecho ningún esfuerzo por convencerte para que volvieras. No llego a comprender por qué ninguno de nosotros lo hizo. Deberíamos haberlo inten-tado. Me siento tan culpable... Te conozco, Sofía, y sé que ha-brás sufrido lo indecible en tu «exilio».

Por favor, querida Sofía, vuelve a casa, María te necesita. La vida es un bien precioso; María ha sido quien me ha ense-ñado eso. Lo único que lamento es haber tardado tanto en es-cribir esta carta.

Con todo mi amor,
Chiquita

La carta de Chiquita hizo estallar el torrente de recuerdos que Sofía llevaba reprimiendo desde hacía años. El enfebrecido torrente de imágenes cayó sobre ella, despertando a la amargura y el arrepen-timiento de su largo letargo. *María se está muriendo. María se está muriendo.* Esas palabras le dieron mil vueltas en la cabeza hasta que no fueron más que sílabas vacías y sin sentido. Sin embargo, hablaban de muerte. *La muerte.* El abuelo O'Dwyer siempre decía que la vida es demasiado corta para las lamentaciones y para el odio. «Lo pasa-do, pasado está, y debe quedar ahí para siempre.» Echaba de menos al abuelo. En momentos como ese le necesitaba. Pero no era capaz de seguir su consejo cuando el pasado invadía su presente por todos sus poros. En ese instante deseó haber tenido la valentía de volver a casa años atrás. Eva tenía razón. Había dejado pasar demasiado tiempo. Tenía cuarenta años. ¡Cuarenta años! ¿Qué había sido de todos esos años? En ese momento María le parecía una perfecta desconocida.

Sofía leyó la carta con el corazón en un puño. Se preguntaba cómo la había encontrado Chiquita. Miró el sobre y vio que la dirección era correcta, incluso el código postal. Se quedó pensando, dando vueltas a la carta una y otra vez entre sus manos temblorosas. Entonces se acordó: Eva debía de habérsela pedido a Zaza. Se le revolvió el estómago. Después de todo ese tiempo, Argentina la había encontrado. Ya no tenía que seguir escondiéndose y se sintió agradecida por ello.

Habían pasado diez años desde que se había sentado bajo aquel arce con Eva. Diez años. Qué diferentes habrían sido las cosas si le hubiera hecho caso y hubiera vuelto a casa como ella le había sugerido, olvidando de una vez el pasado. Pero ahora, esos diez años más de distanciamiento, añadidos a los catorce anteriores, sumaban veinticuatro años. Toda una vida. ¿Sería posible revertir la descomposición de una relación después de tanto tiempo? ¿Se acordarían de ella?

Sofía salió a montar por las colinas heladas. Los campos parecían rociados por un pálido brillo azulado a medida que el sol salía por encima del bosque y empezaba a deshacer la escarcha. El cielo, de un azul aguamarina, resplandecía sobre el paisaje. No había en él ni una sola nube. Pensó con detenimiento en los últimos diez años de su vida. India había nacido en invierno de 1986. Con ella, Honor tenía por fin una hermanita con la que jugar. De hecho, al principio Honor no le había hecho el menor caso a la recién llegada, pero con el tiempo se habían hecho buenas amigas y lo hacían todo juntas, a pesar de los tres años y medio que se llevaban. Honor era independiente y descarada. India era tranquila como un pajarito.

Los años habían pasado muy deprisa. Habían sido años felices, años soleados, aunque bajo la frágil superficie de su felicidad se escondía el recuerdo siempre presente de Santi. Era raro el día en que no ocurriera algo que le recordara a él. Por muy fugaz que fuera la imagen, por muy breve que fuera el reconocimiento de la misma, Sofía no le olvidaba. Y todavía conservaba el cobertor de muselina de Santiaguito debajo del colchón, más por costumbre que por otra cosa. Tenía dos hijas que ocupaban por entero su corazón. Santiaguito se había perdido en algún lugar del mundo y sabía que nunca volvería a encontrarlo. Pero no podía desprenderse de él. El cobertor de muselina era lo único que conservaba de su pequeño y, de algún modo que no conseguía entender del todo, era todo lo que le quedaba de Santi. Por eso seguía allí, escondido bajo el colchón a pesar de la escasa atención que le prestaba.

Mientras galopaba por las colinas, era perfectamente consciente de estar viva. Pensó sobre la vida, la vida con toda su energía, con todas sus emociones, con toda la aventura que implicaba. María iba a dejarla con su marcha. De repente el pasado le pareció increíblemente importante porque jamás podría compartir su futuro con María. Sofía deseó aferrarse a él, pero el pasado se le escapaba entre los dedos como arena, sin dejarle más opción que la de seguir adelante. Tenía que ir a verla.

—Lamento que tu prima esté enferma, pero me alegra que por fin haya ocurrido algo que te haga reaccionar —fue la reacción de David cuando se enteró de la noticia. Sofía se mostraba remisa a dejar a las niñas, pero él le aseguró que podía ocuparse de ellas sin problema. Su viaje era demasiado importante. Sofía quería ir, aunque al mismo tiempo le preocupaba lo que encontraría allí. David sólo conocía parte de la historia. No tenía ni idea de que el hombre al que ella había amado estaba en Santa Catalina. Si lo hubiera sabido, seguramente no habría estado tan contento de dejarla ir. Sofía se preguntaba si su decisión de no decirle nada a David sobre Santi podría estar basada en un deseo inconsciente de dejar la puerta abierta a un futuro reencuentro con su primo. Por esa misma razón decidió no decirle a Dominique que se iba.

David insistió en que hiciera las maletas en seguida. No había tiempo que perder pensando en lo que se encontraría una vez allí. Le dijo que fuera práctica. Volvía para ver a María, no debía plantearse nada más. La acompañó al aeropuerto con Honor e India, a quienes los aeropuertos les sugerían vacaciones y climas soleados, y le compró un montón de revistas para que se entretuviera durante el largo vuelo. Sofía se dio cuenta de que David estaba triste. Siempre adoptaba un tono de voz brusco cuando se ponía ansioso. Hablaba demasiado deprisa y se entretenía en detalles totalmente superfluos.

—Cariño, ¿quieres llevarte alguna novela? —dijo, cogiendo una de Jilly Cooper y dándole la vuelta para leer la contraportada.

—No. Tengo bastante con todas estas revistas —respondió Sofía, dando las gracias a India, que apareció en ese momento con un montón de caramelos—. Mi amor, no puedo comérmelos todos. Si son buenas con papá, les comprará algo —añadió, viendo a Honor abriendo una bolsa de chocolatinas que todavía no habían pagado.

Le costaba dejarlos. Se quedó un buen rato despidiéndose de ellos, por lo que India terminó echándose a llorar, demasiado nerviosa y estresada con tanta despedida. Aunque ya casi había cumplido once años, todavía dependía mucho de su madre y nunca se había separado de ella más de dos días. Honor, que ya era una muchachita orgullosa e independiente, rodeó con el brazo a su hermanita y prometió consolarla cuando estuvieran en el coche.

—No estaré fuera mucho tiempo, cariño. Volveré antes de que empiecen a echarme de menos —dijo Sofía, cogiendo a la pequeña en brazos—. Oh, te quiero mucho —suspiró, besando su mejilla húmeda.

—Yo también te quiero, mami —sollozó India, aferrándose al cuello de Sofía como un koala—. No quiero que te vayas.

—Papá cuidará de ti y pronto llegarán las vacaciones. Sólo hay que tener un poco de paciencia —respondió, secándole las lágrimas con el pulgar. India asintió e intentó ser fuerte.

Honor sonrió cuando besó a su madre y le deseó un buen vuelo, comportándose como un adulto y dando unas palmaditas en el tembloroso hombro de su hermana. David abrazó a su esposa y le deseó buena suerte.

—Llama en cuanto llegues —dijo, acercando sus labios a los de Sofía durante un largo instante. Mientras la besaba rezó para que volviera a casa sana y salva. Sofía dijo adiós con la mano a su pequeña familia antes de desaparecer por el control de pasaportes. India consiguió esbozar una sonrisa, pero, una vez que su madre se fue, se echó a llorar de nuevo. David la cogió de la mano y los tres se fueron a casa.

Sólo cuando Sofía estuvo a punto de aterrizar en Buenos Aires empezó a ser consciente de la realidad de la situación. Hacía veinticuatro años que no pisaba suelo argentino. Durante todo ese tiempo no había visto a su familia, aunque había sabido por Dominique que sus padres habían intentado desesperadamente localizarla al principio. Resentida con ellos por haberla enviado al extranjero, Sofía había disfrutado perversamente haciéndolos sufrir. Dominique la había protegido. Pero, a medida que pasaba el tiempo, cada vez se le hacía más difícil soportar la añoranza de los suyos, hasta que había tenido que admitir que el orgullo era lo único que le impedía volver.

David había intentado en innumerables ocasiones animarla a que fuera a ver a su familia.

—Iré contigo. Estaré a tu lado. Iremos juntos. Tienes que quitarte de encima toda esa amargura —le había dicho. Pero Sofía no se había visto capaz de dar el paso. Su orgullo había podido más. En ese momento se preguntaba cómo iba a reaccionar su familia cuando la vieran.

En su mente todavía podía ver y oler su país como lo había dejado hacía más de veinte años. No estaba preparada para el cambio, pero a medida que el avión descendía sobre las pistas del aeropuerto de Eseiza, al menos la silueta de la ciudad, bañada por la luz rosada del amanecer, era muy parecida a cómo la recordaba. Estaba totalmente embargada por la emoción. Volvía a casa.

Nadie había ido a buscarla al aeropuerto, aunque, ¿qué esperaba? No estaban enterados de su llegada. Sabía que debería haber llamado, pero ¿a quién? Había preferido arreglárselas sola. No había nadie a quien hubiera podido recurrir, nadie. En los viejos tiempos se habría puesto en contacto con Santi, pero esos tiempos habían pasado.

En cuanto pisó el aeropuerto de Eseiza, sintió en la nariz el olor fuerte y reconocible a aire húmedo y acaramelado. Notó la humedad en la piel y se dejó navegar por el mar revuelto de sus recuerdos. Miró a su alrededor y se fijó en los oficiales de piel oscura que se paseaban por el aeropuerto con aires de importancia, envarados y autoritarios con su uniforme almidonado. Mientras esperaba a que saliera el equipaje, observó a los demás pasajeros, y, cuando se detuvo a escuchar sus conversaciones y percibió su burbujeante acento argentino, tuvo la sensación de que de verdad estaba en casa. Mudando su piel inglesa como una serpiente, pasó por el pasillo de aduanas como la porteña que solía ser.

Al otro lado de la salida, un océano de caras morenas iba de aquí para allá, algunos con carteles en los que habían escrito los nombres de los pasajeros a los que esperaban, otros con sus hijos e incluso con sus perros, gritando y ladrando mientras esperaban a familiares y amigos que llegaban de tierras lejanas. Sus ojos negros miraron a Sofía cuando empujó el carrito entre la multitud, que se abrió como el Mar Rojo para dejarla pasar.

—¿Taxi, señora? —preguntó un mestizo de pelo negro, retorciéndose la punta del bigote con dedos perezosos. Sofía asintió.

—Al Hospital Alemán —respondió.

—¿De dónde es usted? —preguntó el hombre, empujando su carrito hacia la deslumbrante luz de la mañana. Sofía no estaba segura de si se detuvo en seco a causa de la intensidad de la luz o porque el taxista acababa de preguntarle de dónde era.

—De Londres —respondió dudosa. Obviamente hablaba español con acento extranjero.

Una vez en el taxi, se sentó junto a la ventanilla abierta, que bajó todo lo que pudo. El conductor encendió un cigarrillo y puso en marcha la radio. Sus manos secas y morenas acariciaron durante un instante la fría estatuilla de la Madonna que colgaba del retrovisor antes de encender el motor.

—¿Le interesa el fútbol? —le gritó—. Argentina ganó a Inglaterra en la Copa del Mundo de 1986. Supongo que sabrá quién es Diego Maradona.

—Mire, soy argentina, pero vivo en Inglaterra desde hace veinticuatro años —replicó exasperada.

—¡No! —balbuceó, arrastrando la «o» en un largo suspiro.

—Sí —le respondió con firmeza.

—¡No! —balbuceó él de nuevo, incapaz de creer que alguien pudiera querer irse de Argentina—. ¿Cómo se sintió durante la guerra de las Malvinas? —preguntó, mirándola por el retrovisor. Sofía hubiera preferido que mirara hacia delante, pero los años de residencia en Inglaterra habían suavizado sus modales. Si hubiera sido una auténtica argentina, le habría pegado cuatro gritos. El taxista pegó un bocinazo al coche que acababa de detenerse justo delante y tuvo que invadir el carril contrario, amenazando con el puño al conductor del otro vehículo que, igualmente iracundo, sacó el puño por la ventana y lo agitó en el aire, furibundo.

»¡Boludo! —suspiró, meneando la cabeza y dando una larga chupada al cigarrillo que le colgaba a un lado de la boca—. ¿Cómo se sintió? —volvió a preguntar.

—Fue una situación muy difícil. Mi esposo es inglés. Fue muy difícil para los dos. Ninguno de los dos queríamos la guerra.

—Ya lo sé, fue una guerra entre Gobiernos. No tuvo nada que ver con lo que la gente quería. Ese cabrón, Galtieri... Estuve en la Plaza de Mayo en 1982 aplaudiéndole por haber invadido las islas. Meses más tarde volví a la plaza a reclamar su sangre. Fue una guerra innecesaria. Tanta sangre derramada, y ¿para qué? Pura distracción. Eso es lo que fue, pura distracción.

Mientras avanzaban a trompicones hacia la autopista que llevaba directamente al centro de Buenos Aires, Sofía miró por la ventana y vio un mundo que se abría ante sus ojos como un viejo amigo al que le hubiera cambiado la expresión de la cara. Era como si alguien hubiera transformado todos sus recuerdos, puliendo la herrumbre con la que había crecido y que tanto había querido. Mientras recorría la ciudad vio que los parques estaban muy limpios y llenos de parterres de flores cuidados con esmero. Los escaparates de las tiendas tenían relucientes marcos de bronce y mostraban las últimas colecciones europeas. Buenos Aires se parecía más a París que a una ciudad de Sudamérica.

—Parece increíble lo que ha cambiado la ciudad —dijo—. Da la sensación de ser una ciudad muy..., bueno, supongo que la palabra es «próspera».

—¿Dice usted que hace veinticuatro años que no venía? ¡Qué barbaridad! Se perdió la época de Alfonsín, cuando la inflación llegó a tal punto que tenía que cambiar las tarifas todos los días, incluso dos veces al día. Llegó un momento en que sólo aceptaba dólares. Era la única forma de no perder dinero. La gente perdía todos sus ahorros en cuestión de horas. Fue terrible. Pero ahora las cosas están mejor. Menem ha sido un buen presidente. Muy bueno —dijo, asintiendo en señal de aprobación—. El austral fue sustituido por el peso, cuyo valor se igualó al del dólar. Eso lo cambió todo. Ahora volvemos a depender de nuestra moneda y estamos muy orgullosos de ello. Un dólar por un peso, ¿se imagina?

—Las calles están fantásticas. Mire esas boutiques.

—Debería ver los centros comerciales. El Patio Bulrich y ahora el Paseo Alcorta. Es como estar en Nueva York. Las fuentes, los cafés, las tiendas… Es increíble como ha aumentado la inversión extranjera.

Sofía miró por la ventana cuando pasaban junto a un parque exquisitamente cuidado.

—Las empresas cuidan de los parques. Les hace buena publicidad, y de paso están limpios y nuestros niños pueden jugar en ellos —dijo, orgulloso.

Sofía dejaba vagar la mente mientras inspiraba el olor a diesel mezclado con el aroma de los arbustos y de las flores del parque y el olor dulzón del chocolate con churros de los quioscos. Vio a un niño de piel morena cruzando la calle en dirección al parque que llevaba a unos veinte perros de raza trotando alegremente tras él. Cuando el conductor puso el partido de fútbol entre el Boca, del que sin duda era aficionado, y el River Plate, Sofía supo que podía olvidarse de él. Cuando el Boca marcó, el taxista dio un giro tan brusco en mitad de la calle que habrían chocado si los demás coches no hubieran hecho lo mismo. De nuevo volvió a sacar el puño por la ventana y pegó un bocinazo a los otros coches para expresar su alegría. Sofía miró a la pequeña Madonna de porcelana balanceándose en el retrovisor y minutos después se vio totalmente atrapada en el ritmo hipnótico de su balanceo.

Por fin el taxi se detuvo frente a la puerta del Hospital Alemán y Sofía pagó con pesos, esa moneda que tan poco familiar le resultaba. En otros tiempos nadie bajaba de un taxi hasta que lo hubiera hecho el taxista, por temor a que el chófer saliera huyendo con las maletas del pasajero, pero Sofía estaba demasiado ansiosa por bajar del coche. Estaba mareada. El conductor puso las dos maletas en la acera y volvió a su radio. Sofía vio cómo se alejaba dando bandazos calle arriba hasta desaparecer en la marea de coches que llenaba la calle.

Sobreexcitada y totalmente agotada tras las trece horas de vuelo, entró directamente al hospital con sus maletas y preguntó por María

Solanas. Cuando mencionó su nombre, la enfermera frunció el ceño durante una décima de segundo antes de asentir.

—Ah, sí —dijo. No estaba acostumbrada a que la gente usara el nombre de soltera de María—. Usted debe de ser su prima. Nos ha hablado mucho de usted. —Sofía sintió que le subían los colores. Se preguntaba qué era exactamente lo que María le habría contado—. Está usted de suerte. Vuelve a casa esta tarde. Si llega a venir más tarde no la encuentra.

—Oh —respondió Sofía sin saber qué decir.

—Llega usted muy temprano. Normalmente no aceptamos visitas hasta las nueve.

—Vengo de Londres —explicó casi sin fuerzas—. María no sabe que he venido. Quería estar un rato a solas con ella antes de que llegue la familia. Estoy segura de que usted lo entenderá.

—Naturalmente —asintió la enfermera con actitud compasiva—. Ya he visto sus fotografías. A María le encanta enseñarnos sus fotos. Parece usted… —dudó, visiblemente incómoda, como si de repente se hubiera dado cuenta de que estaba a punto de dar un paso en falso.

—¿Más vieja? —sugirió Sofía, intentando facilitarle las cosas.

—Quizá —murmuró la enfermera y le brillaron los ojos—. Estoy segura de que se alegrará mucho de verla. ¿Por qué no sube? Está en la segunda planta, habitación 207.

—¿Cómo está? —se atrevió a preguntar, intentando prepararse un poco antes de ver a su prima.

—Es una mujer muy valiente, y muy popular. Todo el mundo le ha tomado mucho cariño a la señora Maraldi.

Sofía se dirigió al ascensor. «Señora Maraldi.» El nombre le sonaba totalmente ajeno. De repente María pareció alejarse más aún, como un pequeño barco desapareciendo en la niebla. En Inglaterra Sofía había intentado asimilar la noticia de la enfermedad de su prima, pero en aquel entonces había parecido tan distanciada de su vida que no la había afectado como lo estaba haciendo en ese momento. El olor a detergente, el sonido de sus zapatos sobre el reluciente suelo de plástico de los largos pasillos del hospital, las enfermeras moviéndose con decisión de un lado a otro con bandejas llenas de medicamentos y la tristeza siempre presente en esos sitios fueron calando en su mente hasta que de pronto tuvo miedo, miedo de ver a su prima después de tanto tiempo, miedo de no reconocerla. Miedo de no ser bienvenida.

Dudó unos instantes al llegar a la puerta de la habitación. No estaba segura de lo que iba a encontrar al otro lado. Se armó de valor y entró. A la pálida luz de la mañana vio la silueta de una figura desconocida bajo las sábanas blancas. Pensó que por error se había metido en la habitación de algún pobre inválido que dormía tranquilamente en la penumbra. Avergonzada, balbuceó una rápida disculpa. Pero entonces, cuando ya se disponía a girarse para salir, una débil voz la llamó por su nombre.

—¿Sofía?

Se giró de nuevo y parpadeó para poder ver mejor. Sin duda era su angelical amiga la que, macilenta y gris, le sonreía desde la cama. Con un nudo en la garganta, se acercó tambaleándose hasta ella y, arrodillándose en el suelo, hundió la cara en la mano de María. María estaba demasiado sorprendida para poder hablar, y Sofía demasiado emocionada para poder mirar a su prima. No se movió durante un buen rato, destrozada por lo que acababa de ver. La enfermedad de María la había transformado por completo. Estaba tan cambiada que Sofía jamás la habría reconocido.

Sofía tardó en recobrar la compostura. Cuando por fin consiguió alzar la vista y mirar a su prima, volvió a dejarse llevar por el dolor. Mientras ella era presa del llanto, María permanecía calmada y serena. Por fin Sofía pudo verla claramente. Pálida y demacrada, María la miraba sin dejar de sonreír, a pesar de la enfermedad que le estaba robando la vida.

—No sabes cuánto deseaba volver a verte. Te he echado muchísimo de menos —susurró, no porque no tuviera fuerzas para hablar, sino porque el momento era demasiado sagrado para estropearlo hablando en voz alta.

—Oh, María, yo también te he echado mucho de menos. No te imaginas cuánto —sollozó Sofía.

—Qué gracioso, ¡hablas español con acento extranjero! —exclamó María.

—¿En serio? —respondió Sofía sin disimular su tristeza. Otra parte de sus raíces que había perdido con los años.

—¿Quién te lo dijo? —preguntó María, mirándola a los ojos.

—Tu madre. Me envió una carta.

—¿Mi madre? No tenía ni idea de que tuviera tu dirección. Supongo que no quiso decirme nada por si no venías. Qué divina —dijo, y sonrió con la sonrisa agradecida y tímida de la joven que atesora cada gesto amable, porque frente a la muerte el amor es el único consuelo—. Tienes muy buen aspecto —dijo, acariciándole la mejilla y secándole las lágrimas—. No estés triste. Soy más fuerte de lo que parece. Es porque se me ha caído el pelo —sonrió—. Ya no tengo que preocuparme de lavármelo. ¡Qué alivio!

—Te pondrás bien —insistió Sofía.

María meneó tristemente la cabeza.

—No, no voy a ponerme bien. De hecho estoy desahuciada, por eso me mandan de vuelta a Santa Catalina.

—Pero tienen que poder hacer algo. No pueden darse por vencidos. Tienes tanto por lo que vivir...

—Lo sé. Para empezar, mis hijos. No puedo dejar de pensar en ellos. Aunque sé que crecerán rodeados de mucho amor. Eduardo es un buen hombre. Pero, bueno, basta ya de tanta negatividad, no tiene sentido. Has vuelto a casa, eso es lo importante. No sabes lo feliz que me has hecho —concluyó, y sus grandes ojos se llenaron de lágrimas.

—Háblame de tu marido. Tengo la sensación de que después de tantos años no sé nada de ti. Por favor, háblame de él.

—Bueno, es médico. Es alto, desgarbado y muy cariñoso. No podría amar a otro hombre como le amo a él. Me hace sonreír por dentro. Ha sido muy fuerte desde que empezó todo.

—¿Y tus hijos?

—Tenemos cuatro.

—¡Cuatro! —exclamó Sofía, impresionada.

—Eso no es nada en este país, ¿o ya no te acuerdas?

—No puedo creer que con ese cuerpecito hayas sido capaz de tener tantos.

—No era tan pequeño en aquel entonces, te lo aseguro. Nunca fui pequeña —se rió.

—Quiero conocerlos. ¡También son primos míos!

—Los conocerás. Los verás a todos en Santa Catalina. Vienen a verme a diario. Eduardo llegará en cualquier momento. Viene por la mañana y después de comer, y pasa casi toda la tarde conmigo. Tengo que obligarle a que se vaya a casa, o que vuelva al trabajo. Está agotado. Me preocupa, y también me preocupa cómo se las arreglará cuando yo ya no esté. Al principio él era mi roca, pero ahora, a pesar de mi enfermedad, siento que soy yo la suya. No soporto pensar que voy a dejarle.

—No puedo creer con qué calma te enfrentas a la muerte —dijo Sofía en voz baja, y sintió en su corazón una corriente de amor y de tristeza. Ante el valor que demostraba María, no pudo evitar pensar en lo egoísta y orgullosa que había sido y la mezquindad de su actitud se le antojó casi insultante. Oh, qué frustrante darte cuenta de tus errores cuando ya es demasiado tarde para corregirlos, pensó con tristeza. Ninguna de las dos se atrevió a mencionar a Santi.

—¿Y qué fue de la Sofía con la que crecí? ¿Quién ha conseguido domarte?

—María, tú nunca fuiste así de fuerte. Por Dios, siempre fui yo la fuerte.

—No, tú siempre fingías ser la fuerte, Sofía. Eras mala y rebelde porque buscabas la atención de tu madre. Ella concentró todo su cariño en tus hermanos.

—Quizá tengas razón.

—He pasado por momentos de mucho miedo, de desesperación, créeme. He preguntado: «¿Por qué yo? ¿Qué he hecho para merecer este horrible final?» Pero acabas por aceptarlo e intentar que tus últimos días sean lo más felices posible. He puesto mi fe en Dios. Sé que la muerte no es más que una puerta a otra vida. No es un adiós, sino un hasta luego. Tengo fe —dijo, serena. Sofía estuvo convencida de que María había encontrado algún tipo de paz interior.

»¿Así que te casaste con un productor teatral? —preguntó María, animándose.

—¿Cómo lo sabes? —saltó Sofía sin disimular su sorpresa.

—Porque leí un artículo sobre ti en un periódico durante la guerra de las Malvinas.

—¿En serio?

—Sí, sobre una argentina que vivía en Londres durante el conflicto. Había una foto tuya. Todos te vimos.

—Qué raro. En aquellos momentos pensé mucho en todos ustedes. Sentía que estaba traicionando a mi país —confesó Sofía, recordando esos tiempos difíciles en que tenía el corazón dividido entre su país de origen y su nuevo país de adopción.

—Qué inglesa te has vuelto. ¡Quién lo habría dicho! ¿Cómo es él?

—Oh, mucho mayor que yo. Cariñoso, inteligente y un padre maravilloso. Me trata como a una princesa —dijo Sofía con orgullo, recordando de pronto la cara inteligente de David.

—Me alegro por ti. ¿Cuántos hijos?

—Dos niñas. Honor e India.

—Qué nombres tan bonitos. Honor e India —repitió—. Muy ingleses.

—Sí —respondió, recordando a India llorando en el aeropuerto. Durante unos segundos una punzada de ansiedad la debilitó antes de que las preguntas de María la devolvieran al presente.

—Siempre supe que acabarías relacionada con el teatro. Fuiste una *prima donna* desde que naciste. ¿Te acuerdas de las obras de teatro que representábamos cuando éramos pequeñas?

—Yo siempre hacía de niño —se rió Sofía.

—Bueno, los niños nunca querían participar. ¡Qué vergüenza! —suspiró María—. ¿Te acuerdas que obligábamos a los mayores a que pagaran para vernos?

—Claro que me acuerdo. ¿Qué hacíamos con el dinero?

—Supuestamente se dedicaba a obras de caridad, aunque creo que nos lo gastábamos en el quiosco.

—¿Te acuerdas de cuando Fercho retó a Agustín a correr desnudos en nuestro baile de fin de curso?

—Sí, claro. Mi querido Fercho. ¿Sabes que está en Uruguay? —suspiró tristemente María.

—Sí. Vi a Eva Alarcón. ¿Te acuerdas de Eva?

—Naturalmente. Se casó con tu Roberto.

—Nunca fue mi Roberto —saltó Sofía a la defensiva—. En fin, estuvieron en Inglaterra y me pusieron un poco al día.

—Agustín sigue en Washington. Viene a vernos una vez al año, aunque a su mujer no le gusta demasiado venir. Pobre Agustín, cuando puede volver siempre lo hace solo. No me gusta demasiado su esposa. Creo que Agustín merece algo mejor. Pero Rafa está aquí con Jasmina. Tienen unos hijos preciosos. Te encantará Jasmina.

María le contó a Sofía cuanto pudo sobre lo ocurrido durante sus años de ausencia. Lo deseaba. Creía que quizás al contárselo a su prima tendría la sensación de que no habrían pasado tantos años. Sofía la escuchaba, a menudo conmovida, a veces divertida, mientras su prima le contaba su vida y la de la gente de su familia desde el momento de su partida.

Cuando María terminó de hablar, Sofía seguía de rodillas junto a su cama, apretando la mano de su prima entre la suya. Había sido una joven muy voluptuosa. «Una mujer muy femenina», así se había referido a ella Paco en una ocasión. Ahora estaba macilenta y había perdido todo el pelo, pero su sonrisa todavía encerraba aquellos momentos de inocencia que habían compartido en Santa Catalina, y deseó de corazón poder dar marcha atrás al reloj y volver a vivirlos.

—Sofía, todos estos años… —suspiró María visiblemente triste.

—Oh, María, no puedo hablar de eso ahora —dijo Sofía, silenciándola con un ademán.

—Sofía, lo siento muchísimo.

—Yo también. Jamás debí ausentarme durante tanto tiempo. Debería…

—Déjame hablar. No sabes toda la verdad.

La vergüenza embargaba el rostro de María.

—¿A qué te refieres, María? ¿Qué verdad?

El remordimiento brilló en los enormes ojos marrones de María. Tragó con dificultad, intentando controlar las emociones que luchaban por salir a la superficie, arrastrando con ellas la culpa que durante años había ido llenándole de veneno la conciencia.

—Te mentí, Sofía. Te mentí y también a Santi —dijo, girando la cara. No se atrevía a mirar a su prima a los ojos. Estaba demasiado avergonzada.

—¿Cómo? ¿A qué te refieres?

De repente Sofía sintió que una corriente de aire helado se colaba por la puerta entreabierta del cuarto. «Por favor, tú no, María. Tú no», rezó en silencio.

—Cuando supe que mi hermano y tú habíais sido amantes, me puse furiosa. Tú siempre me lo contabas todo y sin embargo me habías dejado totalmente al margen. Fui una de las últimas en enterarme y se suponía que eras mi mejor amiga —empezó mientras grandes lagrimones iban cayéndole por las mejillas e iban a dar después sobre la almohada.

—María, no podía decírtelo. No podía decírselo a nadie. Mira cómo reaccionaron nuestros padres cuando lo supieron. No había forma alguna de que me dejaran casarme con mi primo. ¡Era una deshonra!

—Lo sé, pero me sentí dejada de lado y luego te fuiste. Nunca me escribiste. Sólo escribías a Santi. Ni siquiera me mandaste una nota. Fue como si yo no te importara nada. Nada.

De pronto Sofía se dio cuenta de lo que María estaba intentando decirle.

—Impediste que él leyera mis cartas, ¿verdad? —dijo despacio a pesar del torbellino que se le había formado en la cabeza. Jamás lo habría creído si María no se lo hubiera dicho personalmente. La venganza no era propia de ella. Sin embargo, no podía odiarla. Estaba a punto de morir. No, no podía odiarla.

—Vi lo preocupada que estaba mamá. No había forma de consolarla. Todos nos sentíamos traicionados y muy, muy tristes. La familia se quedó destrozada por lo ocurrido. Mamá y Anna apenas se hablaron durante un año, y pasó mucho tiempo antes de que las cosas volvieran a la normalidad. Santi tenía un futuro brillante. Papá estaba desesperado ante la posibilidad de que fuera a tirarlo por la borda por tu culpa. Así que te escribí y…

—Me dijiste que se había enamorado de Máxima Marguiles.

Esa carta había hecho añicos los sueños de Sofía, como si el espejo en que se reflejaban sus deseos más profundos se hubiera trizado en mil pedazos. El año que había pasado en Ginebra había sido el más duro de su vida. Ahora se explicaba por qué Santi nunca le había escrito: había estado esperando noticias suyas. No sabía cómo localizarla. Después de todo, la había estado esperando como ella a él. No había dejado de amarla.

El peso de esas revelaciones le quebró el alma y tuvo que sentarse en el suelo, muda de incredulidad, vacía de cualquier sentimiento. Había vivido los últimos veinticuatro años de su vida sobre un malentendido, sobre una mentira. María nunca podría llegar a entender lo que había hecho.

—Por favor, Sofía, perdóname. Por favor, intenta entender por qué lo hice. Mentí. Santi ni siquiera conocía a ninguna Máxima Marguiles. Estaba destrozado sin ti.

María inspiró hondo y cerró los ojos. Parecía muy frágil y muy cansada. Tenía la piel seca y sin vida. Cuando cerró los ojos, Sofía tuvo la sensación de que estaba muerta, excepto por el débil movimiento de su pecho al respirar.

Sofía se dejó caer pesadamente sobre el suelo de linóleo, recordando las largas horas que había pasado anhelando y rezando para que Santi se reuniera con ella. Ahora entendía por qué nunca había aparecido.

—Pero podrías haber vuelto, Sofía. No tenías que haberte ido para siempre.

—María, ¡yo no me fui! ¡Me echaron! —le soltó Sofía furiosa.

—Pero nunca volviste. ¿Por qué? Por favor, dime que no fue sólo por mi culpa —abrió los ojos e imploró a su prima con la mirada—. Por favor, dime que no fue sólo por lo que te dije.

—No he vuelto porque…

—Aquí estaba tu casa. Todos te querían. ¿Por qué lo tiraste todo por la borda?

—Porque… —empezó, desesperada.

—¿Por qué no volviste cuando dejaron de estar enamorados? Me he sentido terriblemente culpable todos estos años. Por favor, dime que no fue porque me despreciabas. ¿Por qué, Sofía? ¿Por qué?

—Porque si no podía tener a Santi no había nada para mí en Argentina ni en Santa Catalina. Sin él no tenía sentido volver.

María miró a Sofía y en la expresión de su rostro la autocompasión dejó lugar al más puro asombro.

—¿Tanto amabas a mi hermano? Lo siento muchísimo —dijo bajando la voz.

Sofía no podía hablar. Tenía un nudo en la garganta. Estaba totalmente atontada por la angustia. María la miró con ojos solícitos.

—Entonces toda la culpa es mía —dijo visiblemente entristecida—. Me equivoqué. No tenía derecho a meterme en tu vida. No tenía derecho a apartarte del hombre al que amabas.

Sofía meneó la cabeza y sonrió con amargura.

—Nadie le apartó de mí, María. Amaré a Santi hasta el día de mi muerte.

Las palabras de Sofía apenas habían tenido tiempo de calar en María cuando la puerta se abrió de golpe y Santi entró en el cuarto. Sofía seguía sentada en el suelo. La luz del sol bañaba la habitación y tuvo que parpadear para poder ver con claridad. En un primer momento Santi no la reconoció. Sonrió educadamente. Sus ojos verdes, esos ojos que tan bien conocía Sofía, revelaban una tristeza que antes no tenían. El brillo de la juventud había sido sustituido por las arrugas, unas arrugas que dibujaban en su rostro la sabiduría y el encanto de la madurez. También él había ganado peso, pero seguía siendo Santi, el mismo e irremplazable Santi.

De pronto una chispa de reconocimiento le cambió la cara y se puso rojo antes de perder por completo el color.

—¿Sofía? —balbuceó.

—Santi.

Sofía estuvo a punto de echarse en sus brazos y hundir la cabeza en lo más recóndito y familiar de su olor, pero una mujer morena y menuda entró en la habitación detrás de él, seguida de un hombre alto y delgado, así que Sofía no tuvo otra elección que seguir junto a María.

—Sofía, te presento a Claudia, la mujer de Santi, y a Eduardo, mi marido —dijo María, percibiendo lo incómoda que estaba Sofía. Habría sido imposible prepararse para ese momento. Aunque sabía desde hacía años que, como ella, también Santi se había casado, en sus sueños él seguía esperándola. Sofía se levantó, presa de la desilusión. Dio la mano a los recién llegados, ignorando deliberadamente la costumbre argentina de dar dos besos al saludar. No se veía capaz de besar a la mujer que había ocupado su lugar en el corazón de Santi.

—Tengo que irme, María —dijo, desesperada por salir de la habitación. Tenía que salir de allí. Necesitaba quedarse a solas para pensar en todo lo que había ocurrido.

—¿Dónde te alojas? —le preguntó su prima.

—En el Alvear Palace.

—Quizá Santi pueda llevarte a Santa Catalina, ¿verdad, Santi?

—Claro —balbuceó él al tiempo que asentía, totalmente confundido, sin dejar en ningún momento de mirar a Sofía.

Cuando Sofía fue hacia la puerta y pasó por su lado, sus ojos se encontraron durante un segundo como lo habían hecho tantas veces en el pasado, y en ellos reconoció al Santi con el que había crecido y al que había amado. En ese breve instante fue consciente de que su regreso iba a provocarle más dolor que el que le había causado su partida veinticuatro años antes.

37

Sofía volvió al Hotel Alvear Palace emocionalmente exhausta. Ya en su habitación se quitó la ropa, arrugada y sudada después del viaje, y se dio una ducha. Dejó que el agua le cayera sobre la piel y la envolviera con su vaho caliente. Deseaba perderse. Deseaba que el rostro de Santi se diluyera en el vapor. Sin embargo, las lágrimas llegaron con la rapidez del agua y la cara de Santi quedó prendida en sus pensamientos. Sabía que debía parar de llorar, pero se permitió el lujo de sollozar en voz alta y en privado. Cuando por fin salió de la ducha, tenía la piel arrugada y los ojos rojos de tanto llorar.

No había esperado ver a Santi. No sabía cuándo pensaba que le vería, pero desde luego no apenas una hora después de su llegada al país. No estaba preparada para un golpe como aquél. Había tenido suficiente con enfrentarse al cuerpo agonizante de María para tener que reencontrarse además con el hombre al que no había dejado de amar. Había esperado verle más adelante, cuando hubiera tenido tiempo para prepararse. Debía de haber tenido un aspecto horroroso. Se encogió. Siempre había sido muy vanidosa y, aunque sus vidas habían tomado direcciones opuestas, todavía quería que él la deseara.

Por lo que le había dicho María, ambos creían que el otro le había traicionado. Ahora que sabía la verdad, ¿qué pensaba él? ¿Y si él la hubiera esperado hasta convencerse de que ella le había olvidado? ¿Y si había estado esperando su regreso, viendo cómo pasaban los años sin tener noticias de ella? Apenas podía pensar en ello sin reprimir el deseo de abrazarle y hablarle de los meses que había esperado sus cartas, dándose por vencida al no tener noticias suyas. Cuántos años perdidos. Y ahora ¿qué?

Cogió el teléfono. Quería hablar con David, oír su voz. Sentía que corría peligro si volvía a ver a Santi y no se fiaba de sí misma. Estaba a punto de marcar el número de su casa cuando sonó el teléfono. Suspiró y lo cogió.

—El señor Rafael Solanas la espera en recepción —dijo el conserje.

—¿En recepción?

Las noticias vuelan en Buenos Aires. Su hermano la había encontrado.

—Hágale subir —respondió.

Sofía se puso el esponjoso albornoz del hotel y se cepilló el pelo negro y mojado. Se miró con detenimiento en el espejo. ¿Cómo esperaba que Rafael la reconociera si ni siquiera ella era capaz de reconocerse? ¿Qué le diría? No había visto a su hermano durante lo que parecía toda una vida.

Rafa llamó a la puerta. Sofía esperó. Se quedó mirando a la puerta como si fuera a abrirse sola. Cuando él volvió a llamar, esta vez con impaciencia, a Sofía no le quedó más remedio que abrirle. Cuando él entró, los dos se quedaron de pie, mirándose en silencio. Los años no habían pasado por su hermano. De hecho, estaba aún más guapo. No había duda de que era un hombre feliz y que irradiaba su felicidad como un aura que se extendía hacia ella, envolviéndola. Rafa sonrió y la estrechó entre sus brazos. Sofía se sintió como una niña cuando, entre los brazos de su hermano, se quedó con los pies colgando en el aire. Automáticamente reaccionó con idéntico afecto y abrazó a Rafa. La distancia que el tiempo había forjado entre los dos existía sólo en su cabeza.

Minutos después ambos se reían, todavía abrazados.

—Me alegro de verte —balbucearon al unísono, y se echaron a reír de nuevo. Él la tomó de la mano y la condujo a la cama, donde pasaron las dos horas siguientes hablando de los viejos tiempos, del presente y de los años perdidos. Rafael era un hombre satisfecho. Le habló de Jasmina y de cómo se había enamorado de ella a principios de la década de los setenta, cuando Sofía todavía estaba en Santa Catalina. Le recordó que Jasmina era la hija del eminente abogado Ignacio Peña.

—Mamá no cabía en sí de contenta —dijo—. Siempre había admirado mucho a Alicia Peña.

Sofía sintió que se le revolvía el estómago al recordar el esnobismo que caracterizaba a su madre, pero Rafael parecía flotar por encima de ese tipo de trivialidades como suelen hacerlo los que son realmente felices. Tenía cinco hijos. El mayor tenía catorce años y el menor sólo dos meses. Sofía pensó que no parecía tener edad de tener un hijo tan mayor.

—Supongo que sabes que esta tarde se llevan a María a Santa Catalina —dijo Rafa por fin. Después de evitar el tema, las palabras de Rafa los devolvieron a la crueldad del presente.

—Sí, lo sé —respondió Sofía, sintiendo cómo el placer que les había producido su reencuentro se disolvía al recordar su visita al hospital.

—Temo que va a morir, Sofía, pero será un alivio para ella. Ha estado muy enferma y ha sufrido mucho.

—Me siento culpable, Rafa. Si hubiera sabido que iba a vivir tan poco no habría sido tan egoísta, no habría tardado tanto en volver. Ojalá hubiera regresado antes.

—Tenías tus razones —dijo él sin rencor.

—Ojalá hubiera podido compartir mi vida con ella. Era mi mejor amiga. No te imaginas lo que voy a sentir su pérdida.

—La vida es demasiado corta para perder el tiempo en lamentaciones. El abuelo solía decir eso, ¿te acuerdas?

Sofía asintió.

—Ahora estás aquí, ¿no? —la miró con ternura y sonrió—. No tienes por qué volver a Inglaterra. Ahora estás en casa.

—Oh, tendré que volver en algún momento. Las niñas deben de estar volviendo loco a David.

—Son mis sobrinas, mi familia. También ellas deben volver a casa. Tu sitio está en Santa Catalina, Sofía. Deberían venir todos a vivir aquí.

Hablaba como su padre, pensó Sofía.

—Es imposible, Rafa. Ya sabes que ahora mi vida está en Inglaterra.

—No tiene por qué. ¿Ya has visto a Santi?

Sofía sintió que se le encendían las mejillas al oír mencionar su nombre. Intentó actuar con naturalidad.

—Sí, le he visto un momento en el hospital —dijo, restándole importancia.

—¿Ya conoces a Claudia?

—¿Su esposa? Sí, me ha parecido… muy agradable.

Su hermano no se dio cuenta de lo difícil que le resultaba hablar de Santi, por no mencionar a su mujer. Para Rafael su aventura con Santi formaba parte de otra vida que habían compartido en otro tiempo pero que ahora quedaba tan lejos que ya no contaba. No sospechó, ni por un momento, el amor que la quemaba dentro cada vez que pensaba en Santi, como si también eso hubiera quedado enterrado en el olvido con el paso de los años.

—Voy a Santa Catalina a primera hora de la tarde. ¿Vienes conmigo? —le preguntó. Sofía se sintió aliviada de no tener que contar con Santi para que la llevara. Todavía no se sentía con fuerzas para enfrentarse a él.

—No lo sé. Hace años que no veo a mamá ni a papá. Ni siquiera saben que estoy aquí.

—Entonces les darás una sorpresa —exclamó alegremente.

—Sospecho que no será una sorpresa demasiado agradable. Pero sí, iré contigo. Lo haré por María.

—Perfecto. Almorzaremos tarde. Jasmina y los niños ya están en la estancia. Como hoy es jueves hemos tenido que sacarlos de la escuela para que estuvieran allí cuando llegue María.

—Me muero de ganas de conocerlos —soltó con efusividad, intentando parecer entusiasmada.

—Te van a querer muchísimo. Han oído hablar mucho de ti.

Sofía se preguntó qué les habrían dicho de ella. Más tarde, antes de partir al campo, llamó a David. Le dijo que le echaba de menos, lo cual era cierto. De repente deseó que la hubiera acompañado.

—Cariño, estás mejor sola. Necesitas pasar un tiempo sola con tu familia —la animó David, conmovido cuando la oyó decir que le necesitaba. Ni se imaginaba cuánto.

—En realidad, no sé si quiero pasar por esto —dijo Sofía, mordiéndose una uña.

—Cariño, claro que quieres, lo que pasa es que tienes miedo.

—Estás muy lejos.

—No seas tonta.

—Ojalá estuvieras aquí. No quiero hacer esto sola.

—Todo irá bien. De todas formas, si tan terrible es, siempre puedes coger el próximo vuelo y volver a casa.

—Tienes razón —respondió Sofía aliviada. Si las cosas se ponían mal no tenía más que irse. ¡Qué sencillo! Además, ya lo había hecho antes. David le pasó a las niñas, que no paraban de parlotear, totalmente ajenas al coste de la llamada. *Dougal*, el recién llegado cachorrito de cocker spaniel, se había comido casi todos los calcetines de David y se las había arreglado para comerse el cable del teléfono.

—¡Es un milagro que hayamos podido hablar! —se rió Honor.

Cuando Sofía colgó se sentía mucho más fuerte.

Buenos Aires la inquietaba. Se sentía como una turista en el lugar al que había pertenecido. Conocía cada callejón, y veía las sombras de su pasado cernirse sobre las plazas y las aceras, volviendo a proyectar escenas que creía olvidadas. Se preguntaba si Santa Catalina evocaría en ella las mismas sensaciones y empezó a preocuparse. De nuevo deseó no haber vuelto.

Sin embargo, y para su alegría, el recorrido hacia el campo le resultó más que familiar. Dejaron la ciudad extensa y enfermiza a sus espaldas, pasando cada vez por delante de menos casas hasta que llegaron a las carreteras largas y rectas de su juventud que atravesaban las llanuras como viejas cicatrices. Volvió a respirar las conocidas fragancias de su niñez. El dulce olor de la hierba, el polvo y el inconfundible y embriagador eucalipto.

Cuando llegaron a las puertas de Santa Catalina fue como si los últimos veinticuatro años hubieran sido sólo un sueño. Nada había cambiado. Los olores, los rayos de sol colándose entre los álamos de la avenida, los perros escuálidos, los campos llenos de ponis… y a medida que avanzaban, hasta la casa, su casa, seguía como la había dejado al irse.

Nada había cambiado.

Se detuvieron antes de llegar a la casa y aparcaron el coche debajo de uno de los enormes y frondosos eucaliptos. Sofía vio a un grupito de niños que jugaban en los columpios del parque. Cuando reconocieron el coche, fueron corriendo hacia ellos. Abrazaron a Rafael con tanto entusiasmo que casi le tiraron al suelo. Sofía enseguida se dio cuenta de que dos de ellos eran hijos suyos. La niña rubia con cara de traviesa, y el hermanito pequeño, pelirrojo como su abuela.

—Clara, Felix, saluden a la tía Sofía.

El pequeño se escondió, vergonzoso, entre las piernas de su padre, de manera que Sofía se limitó a sonreírle. Por su parte la niña se acercó sin miedo a ella y le dio un beso.

—Si eres mi tía, ¿por qué nunca te he visto? —preguntó, mirándola a los ojos.

—Porque vivo en Inglaterra —le respondió.

—La abuela vivía en Irlanda. ¿Conoces a la abuela?

—Sí, claro que la conozco. Es mi madre. ¿Sabes?, tu padre y yo somos hermanos como tú y Félix.

Clara entrecerró los ojos y la escudriñó.

—Entonces ¿cómo es que nunca nadie me ha hablado de ti?

Sofía miró a Rafael y por su expresión dedujo que Clara era un peligro.

—No lo sé, Clara, pero te prometo que a partir de ahora todos hablarán de mí.

La niña abrió los ojos como platos en cuanto intuyó el escándalo y, cogiendo a Sofía de la mano presa del entusiasmo, anunció que sus abuelos estaban tomando el té en la terraza.

De algún modo aquella niña de no más de diez años dio seguridad a Sofía. Le recordaba a ella misma a su edad, malcriada e impredecible. La sorprendía que las vidas de esos niños le recordaran su propia infancia. Se acordó de cómo solían jugar en los columpios y correr en grupos de un lado a otro como ellos. Santa Catalina no había cambiado nada. Sólo había cambiado la gente. Había aparecido una nueva generación que crecía allí, como una obra de teatro que fuera transcurriendo frente a un mismo decorado.

Sofía siguió a Clara hasta la parte delantera de la casa. Más tarde se reiría al recordar la expresión en el rostro de su madre y de su padre, que, sentados en la tranquilidad de las largas sombras de la tarde, miraban como siempre a la distante llanura. Era un día como otro en la estancia, todo transcurría como de costumbre, nada iba a romper su rutina, o eso pensaban. Al verlos la asaltaron los recuerdos y anduvo hacia ellos con paso firme.

Cuando Anna vio a Sofía, se le cayó la taza de té al suelo. La porcelana se rompió en grandes pedazos. Se llevó los dedos blancos y largos a la gargantilla que le rodeaba el cuello y empezó a retorcerla con visible nerviosismo. Miró a Paco sin saber qué hacer. A Paco se le tiñó la cara de rosa y se puso como pudo en pie. La visión de sus ojos tristes llenos de remordimientos bastó para conmover el distante corazón de Sofía.

—Sofía, no me lo puedo creer. ¿Eres tú? —añadió con voz ronca y avanzó hacia ella arrastrando los pies para abrazarla. Como con Rafael, Sofía sintió que correspondía al abrazo de su padre con sincero afecto—. No sabes cuánto hemos esperado este momento. Te hemos echado muchísimo de menos. Estoy feliz de que hayas vuelto a casa —dijo, presa del júbilo. Paco había envejecido tanto desde la última vez que le había visto que sintió que la abandonaba cualquier resquicio de amargura.

Anna no se levantó. Deseaba abrazar a su hija, había imaginado que lo haría, pero ahora que Sofía estaba delante de ella mirándola con ojos distantes, no sabía qué hacer.

—Hola, mamá —le dijo Sofía en inglés. Como Anna no se había levantado para saludarla, ella no se acercó a su madre.

—Sofía, qué sorpresa. Podrías habernos avisado —dijo visiblemente confundida. Enseguida se arrepintió de sus palabras. No era su intención que sonaran así. Nerviosa, empezó a pasarse la mano por el pelo, que llevaba recogido en un sobrio moño bajo. Sofía había olvidado lo fríos que eran sus ojos. A pesar de que el paso de los años debía haber limado las diferencias entre las dos mujeres, no sentía el menor afecto por Anna. Para ella su madre era una perfecta desconocida, una desconocida que le recordaba a alguien que en el pasado había sido su madre.

—Ya lo sé. No tuve tiempo —replicó con frialdad, sin saber cómo interpretar la aparente indiferencia de Anna—. De todas formas, he venido por María —añadió.

—Claro —respondió su madre, recuperando la compostura.

Durante un instante Sofía estuvo segura de haber visto cómo la decepción encendía las mejillas de Anna, y cómo le enrojecía después la piel diáfana del cuello.

—¿Has podido verla? Ha cambiado mucho —dijo Anna con tristeza, perdiendo la mirada en la llanura como si deseara estar lejos de allí, entre las hierbas altas y los animales salvajes de la pampa. Lejos de aquel interminable sufrimiento humano.

—Sí —respondió Sofía, calmándose. Bajó la mirada, y de pronto una terrible sensación de pérdida le comprimió el pecho. María le había enseñado lo frágil y precaria que era la vida humana. Miró a su madre y su resentimiento pareció suavizarse.

En ese momento Soledad salió corriendo de la casa para limpiar la taza rota, seguida a pocos pasos por una sobreexcitada Clara.

—Tendrías que haber visto la cara que ha puesto la abuelita. Se ha quedado blanca y luego se le ha caído la taza. ¡Imagínate!

Soledad no había envejecido, pero se había expandido hasta tomar dimensiones insospechadas. Cuando vio a Sofía de pie frente a ella, sus acuosos ojos marrones se deshicieron en un río de lágrimas que le caían por la cara hasta la amplia sonrisa que la sorpresa le había dibujado en los labios. Apretó a Sofía contra su pecho y se echó a llorar desconsoladamente.

—No puede ser. Gracias, Dios mío, gracias por haberme devuelto a mi Sofía —sollozó.

Clara daba saltitos alrededor de ellas presa de la excitación, y los demás niños, que habían estado jugando con ella en los columpios, se las quedaron mirando perplejos.

—Clara, ve y diles a todos que Sofía ha vuelto —dijo Rafael a su hija, que inmediatamente corrió hacia donde estaban sus primos y delegó en ellos la tarea. Los niños se alejaron a regañadientes, seguidos por un atajo de perros escuálidos que no dejaban de olisquearles los talones.

—Tía Sofía, todos se alegran mucho de verte —sonrió Clara mientras Soledad barría los trozos de porcelana con manos temblorosas. Sofía se sentó a la mesa, la misma mesa a la que tantas veces se había sentado muchos años atrás, y sentó a la niña sobre sus rodillas. Anna la miraba con recelo y Paco apretaba la mano de su hija entre la suya, pero era incapaz de hablar. Se quedaron sentados en silencio, aunque las lágrimas de su padre le comunicaban mucho más de lo que hubiera podido decirle con palabras. Rafael se sirvió un trozo de tarta sin perder la calma.

—¿Por qué llora el abuelito? —susurró Clara a su padre.

—Son lágrimas de alegría, Clara. La tía Sofía ha estado fuera mucho tiempo.

—¿Por qué?

Sofía se dio cuenta de que la pregunta iba dirigida a ella.

—Es una larga historia, gorda. Quizás algún día te la cuente —respondió al tiempo que miraba a su madre.

—Eso sería poco apropiado, ¿no crees? —dijo Anna en inglés. Pero no intentaba castigarla. Lo que intentaba era mostrar un poco de sentido del humor.

—Eso lo he entendido —se rió Clara, que sin duda estaba disfrutando con la escena. Cuanta más intriga intuía, más le gustaba su nueva tía.

Antes de que la conversación llegara a ser más embarazosa, empezó a llegar gente de todos los rincones de la granja. Grupos de niños curiosos, los sobrinos y sobrinas de Sofía, Chiquita y Miguel, un altísimo Panchito, y, para horror suyo, una Claudia hermosa y radiante. Sofía quedó profundamente conmovida por aquella bienvenida, cuya calidez jamás se habría atrevido a imaginar. Su tía Chiquita la abrazó largo rato. Sofía pudo leer en sus ojos que le agradecía que hubiera regresado para consolar a María en sus últimos días de vida. Parecía cansada y muy tensa, y en su rostro una expresión obsesionada había sustituido a la elegante belleza que Sofía recordaba en él. Chiquita había sido siempre una mujer serena, como si la crueldad del mundo nunca invadiera su benevolente existencia. La enfermedad de María la había roto por completo.

Sofía no pudo evitar fijarse en la gracia de Claudia. Era todo lo que ella no era: femenina, llevaba el tipo de vestido que ella se había puesto para recibir a Santi cuando él había vuelto de Estados Unidos, el vestido que tanto había odiado. Tenía una larga y brillante melena negra e iba perfectamente maquillada. Si Santi había querido encontrar a una mujer que no se pareciera en nada a ella, no podría haber elegido mejor. Sofía se lamentó por no haberse esforzado más en volver a recuperar su figura después del nacimiento de India.

A pesar de que Claudia se mantuvo a distancia, Sofía no la perdía de vista. No sabía si Santi le había contado todo, pero en un arranque de celos deseó que se enterara. Quería que entendiera que Santi siempre había sido para ella, que Claudia había sido su segunda elección, una mera sustituta. No podía soportar la idea de tener que dirigirle la palabra, así que centró su atención en los niños. Sin embargo, de la misma forma que un animal marca su territorio, los ojos fríos y sonrientes de Claudia no conseguían disimular la desconfianza que la recorría por dentro.

Sofía reconoció de inmediato a uno de los hijos de Santi por su forma de caminar. Lento, seguro y relajado. Aparte de eso, era muy parecido a su madre. Debía de tener unos diez años. Sofía susurró algo al oído de Clara, y ella le ordenó a su hijo que se acercara.

—Tú debes de ser el hijo de Santi —dijo Sofía, sintiendo una dolorosa punzada en el pecho, puesto que en aquel niño veía lo que habría podido ser el suyo.

—Sí. ¿Tú quién eres? —replicó él con arrogancia, apartándose el pelo rubio de los ojos.

—Soy tu prima Sofía.

—¿Cómo es que eres mi prima?

—Es mi tía. ¡La tía Sofía! —se rió Clara, tomando cariñosamente la mano de Sofía entre las suyas y apretándola.

El niño no acababa de fiarse del todo y entrecerró sus enormes ojos verdes, mirándolas con desconfianza.

—Ah, tú eres la que vive en Inglaterra —dijo.

—Eso es —respondió Sofía—. ¿Sabes?, ni siquiera sé cómo te llamas.

—Santiago.

Sofía palideció.

—Igual que tu padre.

—Sí.

—Y ¿cómo te llaman para no confundirte con él?

—Santiaguito.

Sofía intentó tragar para conseguir mantener sus sentimientos bajo control.

—¿Santiaguito? —repitió despacio—. ¿Juegas al polo tan bien como tu padre? —consiguió preguntar, viendo cómo el pequeño cambiaba de postura.

—Sí. Mañana por la tarde juego con papá. Puedes venir a vernos si quieres.

—Me encantaría —respondió Sofía, y él le sonrió todavía sin relajarse del todo al tiempo que bajaba la mirada—. ¿A qué otras cosas juegan? Cuando yo era niña íbamos a pedir deseos al ombú. ¿Lo hacen ustedes también?

—Oh, no, papá no nos deja ir al ombú. Está en territorio prohibido —dijo.

—¿En territorio prohibido? ¿Por qué? —preguntó Sofía, dejándose llevar por la curiosidad.

—Yo he estado allí —susurró Clara con orgullo—. Papá dice que el tío Santi está enfadado con el árbol porque una vez le pidió un deseo y no se le cumplió. Por eso no nos deja ir. Debe de haber sido un deseo muy importante para que siga tan enfadado.

De pronto Sofía sintió náuseas y se quedó sin aire. Bajó con cuidado a Clara de sus rodillas y caminó rápidamente en dirección de la cocina, dándose de bruces con Santi.

38

—¡Santi! —balbuceó Sofía, parpadeando de pura sorpresa.

—Sofía, ¿estás bien? —dijo él casi al mismo tiempo. Apretaba los brazos de Sofía con más fuerza de lo que era su intención y sus ojos escudriñaban el rostro de su prima como si intentara leer en sus rasgos lo que pensaba.

—Oh, sí, estoy bien —tartamudeó Sofía, reprimiendo el impulso de echarse en sus brazos como si aquellos veinticuatro años no hubieran sido más que un suspiro en el tiempo.

—Supongo que habrás venido con Rafa. Te llamé al hotel pero ya te habías ido —dijo, incapaz de disimular su decepción.

—Oh, sí —respondió Sofía—. Lo siento. No pensé...

—No importa, no te preocupes —la tranquilizó. Se produjo un incómodo silencio durante el cual a ninguno de los dos se le ocurrió nada que decir. Sofía le miraba impotente y él le sonreía con timidez, sintiéndose totalmente incapaz—. ¿Adónde ibas con tanta prisa? —dijo por fin.

—Iba a ver a Soledad. No he tenido oportunidad de charlar con ella. Ya sabes lo mucho que nos queríamos.

—Sí, ya me acuerdo —dijo él, y sus ojos verde mar iluminaron los de ella como la luz de un faro que le mostrara el camino a casa.

Había mencionado el pasado por primera vez. Sofía sintió que se le secaba la garganta cuando se acordó con tristeza de que había sido Soledad quien había entregado a Santi aquella desesperada nota la noche en que se habían visto por última vez. Sintió que se hundía en la mirada de su primo. Él estaba intentando comunicarle algo sin ser capaz de encontrar las palabras para hacerlo. Ella deseaba hablar del pasado. Había muchísimas cosas que quería decir, pero ese no era el momento. Consciente de que veinte pares de ojos los miraban desde la terraza, Sofía volvió a controlarse una vez más para no revelar demasiado. Vio el dolor y los años de soledad escritos en las arrugas que cruzaban la frente de Santi y que le rodeaban los ojos, y deseó con toda su alma poder pasar los dedos por ellas y borrarlas. Deseaba hacerle saber que también ella había sufrido.

—Ya conozco a tu hijo Santiaguito. Es idéntico a ti —dijo al ver que no se le ocurría nada mejor. Santi se encogió de hombros, mostrando así su decepción al reconocer que la conversación se había reducido a temas triviales. De pronto se refugió en la indiferencia. En décimas de segundo, un muro se había interpuesto entre los dos y Sofía no sabía por qué.

—Sí, es un buen chico. Juega muy bien al polo —replicó con gran convencimiento.

—Me ha dicho que mañana va a jugar contigo.

—Depende de cómo esté María.

Sofía había estado tan cegada por sus propias preocupaciones que había olvidado por completo a María. Al fin y al cabo, ella era la razón de su regreso.

—¿Cuándo la traen a casa? —preguntó.

—Esta noche. Vendrás, ¿no? Sé que querrá verte.

—Por supuesto.

Santi cambió de postura y, visiblemente incómodo, se quedó mirando las baldosas del suelo.

—¿Cuánto tiempo vas a quedarte?

—No lo sé. He venido para poder ver a María antes de que… para pasar algún tiempo con ella. No he hecho planes más allá de eso. Lo siento muchísimo —dijo tocando instintivamente la mano de Santi—. Para ti tiene que ser un momento muy difícil.

Él se apartó y la miró con ojos distantes, unos ojos que segundos antes habían estado rebosantes de emoción.

—Bueno, Sofía, nos vemos —dijo, saliendo a la terraza.

Sofía vio que la cojera le había empeorado. Le miró durante un segundo mientras él se alejaba, y de pronto se sintió muy sola. No fue inmediatamente a la cocina, sino que decidió pasar primero por lo que había sido su dormitorio. Cuál sería su sorpresa cuando se encontró con que seguía exactamente como lo había dejado veinticuatro años atrás. No había cambiado nada.

El corazón le latía con fuerza. Era como si hubiera abierto una puerta a su pasado. Paseó por el cuarto tocando las cosas, abriendo cajones y armarios; hasta las colonias y los perfumes que había usado seguían en el tocador. Lo que más la afectó fue la cestita de lazos rojos que siempre llevaba en el pelo de pequeña. Se sentó delante del espejo y cogió uno. Poco a poco fue soltándose el pelo hasta que le cayó sobre los hombros. No lo tenía tan largo como entonces, pero logró hacerse una trenza. La ató con el lazo y se quedó mirándose en el espejo.

Se pasó los dedos por la cara, ese rostro que una vez había brillado con el regalo de la juventud. Ahora tenía la piel más fina, más seca, y las arrugas que tenía alrededor de los ojos revelaban los años de tristeza y los años de alegrías. Cada una de las emociones vividas había quedado grabada en sus rasgos como una especie de pasaporte físico en el que hubieran quedado registrados los lugares que había visitado desde su nacimiento. Los oscuros rincones de tormento y las altas cumbres de alegría. La risa, las lágrimas, la amargura, y finalmente la humilde resignación que aparece cuando nos damos cuenta de que luchar contra la vida es algo totalmente autodestructivo e inútil. Todavía era bella, de eso estaba segura. Pero la juventud es algo que no valoramos hasta que lo perdemos. Había sido joven en una época, joven y valiente y testaruda. Se miró en el espejo de nuevo y deseó entrar en él y volver al pasado para poder vivirlo una vez más.

Cada uno de los objetos que había en la habitación la transportaba a aquellos lánguidos días en Santa Catalina y se dejaba mecer en el melancólico placer que esa remembranza le regalaba. Cada una de las prendas que había en el armario tenía una historia que contar, como si el armario fuera un museo de su propia vida. Se echó a reír cuando volvió a ver el vestido blanco que había llevado el día en que Santi había regresado y que seguía hecho una bola al fondo del estante, y el montón de vaqueros que llevaba a diario. Estaba absolutamente fascinada. Naturalmente no habría podido ponérselos aunque hubiera querido. Hacía tiempo que había dejado de tener una talla

ocho. Pero las faldas y los jerséis todavía le habrían cabido. Deseó ponérselos todos a la vez y salir vestida así a la terraza.

—Cuando te enviamos a Ginebra siempre pensé que volverías.

Sofía se giró en redondo y se encontró con su madre que, incómoda, estaba apoyada en el marco de la puerta.

—Por eso dejé tu habitación como estaba.

Anna hablaba en inglés. Parecía sentirse liberada hablando su
propia lengua. Fue hasta la ventana y pasó la mano por las cortinas.

—Cuando pasó el tiempo y no regresaste, no me vi capaz de
deshacer tu habitación. Siempre cabía la posibilidad de que cambia-
ras de parecer. No sabía qué hacer con tus cosas. No quería tirar nada
por si… —su voz se apagó.

—No, todo está como lo dejé —respondió Sofía, sentándose en
la cama.

—Sí, en realidad no ha sido intencionado. Nunca tuve que hacerlo. Rafael tiene su propia casa, y Agustín vive en Estados Unidos.
Paco y yo estamos solos. Puedes quedarte todo el tiempo que quieras,
a menos que prefieras alojarte en algún otro sitio.

—No, en realidad no había pensado en eso, así que sería agradable poder quedarme aquí. Gracias. —Y a continuación no pudo evitar añadir—: ¡Como en los viejos tiempos!

Cuando se giró se sorprendió al ver que la expresión severa de su
madre se suavizaba; incluso detectó en su rostro la insinuación de una
sonrisa.

—Espero que no —replicó Anna.

Cuando esa noche cerró la puerta de su habitación y fue a casa de
Chiquita, Sofía se acordó de aquellos días idílicos cuando su romance con Santi todavía no había sido descubierto y su madre y ella eran
amigas. Ese verano había sido el más feliz de su vida. Recordó esos
días, y su corazón volvió a albergar en secreto la esperanza de que, de
algún modo, todavía pudiera volver a vivirlos.

María estaba sentada en la cama. Llevaba un camisón azul claro
que le daba un aspecto celestial. Aunque había perdido todo el pelo,

tenía la piel traslúcida como la gasa y sus ojos castaños brillaban de contento.

—Es mágico estar en casa —comentó entusiasmada mientras acercaba a ella a sus dos hijos más pequeños y besaba cariñosamente sus caritas bronceadas—. Eduardo, enséñale el álbum a Sofía, quiero ponerla al corriente de todo lo que se ha perdido.

A diferencia del hospital, había en la habitación un ambiente feliz. La casa de Chiquita era un hogar cálido, lleno de música y de risas, y el calor pesado de la noche quedaba bañado por el dulce aroma de la hierba húmeda y del jazmín. Santi y Claudia no tenían casa de campo propia, así que se quedaban en casa de los padres de él durante los fines de semana y las vacaciones de verano. Sofía entendía por qué Santi no había querido irse de allí. Aquella era su casa, y el eco de una infancia encantada todavía reverberaba en las paredes.

Santi y Sofía apenas se dirigieron la palabra mientras ella estuvo hablando durante horas con María y con Chiquita, pero en ningún momento dejaron de ser conscientes de la presencia del otro. Las mujeres se rieron de las aventuras que les habían ocurrido. Una historia llevaba a la siguiente, y los años de separación fueron poco a poco deshaciéndose. Cuando dejaron a María dormida en el cuarto alegremente decorado y lleno de flores que ocupaba, Sofía se sentía como si nunca se hubieran separado.

—¿Sabes, Chiquita?, es maravilloso volver a ver a María —dijo cuando entraban en el salón—. Me alegra haber venido.

—Tu vuelta le ha hecho mucho bien. Te echaba mucho de menos. Creo que le has dado fuerzas para vivir quizás un poco más.

Sofía abrazó a su tía. El miedo y la incertidumbre de los últimos meses habían ido minando el ánimo de Chiquita, tensando sus emociones hasta el límite. Estaba demasiado frágil.

—Tú y tu familia son lo que María más quiere en el mundo. Son ustedes quienes le dan fuerzas para seguir viviendo. Mira lo feliz que está de haber vuelto a casa. Sus últimos días serán muy tranquilos y estarán llenos de alegría.

—Tienes mucha razón, mi querida Sofía —dijo Chiquita, antes de mirarla ente lágrimas y susurrarle—: ¿Y qué vamos a hacer contigo, eh?

—¿A qué te refieres? Volveré con mi familia, naturalmente.

Chiquita asintió e hizo ademán de comprender.

—Naturalmente —dijo con dulzura, pero sonreía y sus ojos rastrearon los rasgos de Sofía como si estuvieran leyendo los sentimientos que se escondían debajo.

Santi y Claudia estaban tranquilamente sentados, leyendo revistas. Panchito, convertido en un fornido chico de veintiocho años, estaba tirado en el sofá viendo la televisión. Sus piernas delgadas colgaban de los brazos del sofá. Desprendía un carisma que a Sofía le resultó muy atractivo. Como Dorian Grey, Panchito era una réplica más joven y perfecta de su hermano. Tenía sus mismos ojos de color verde mar, aunque carecían de la profundidad de los de su hermano mayor. No había ni una sola arruga en la suave piel de su rostro, que también carecía del carácter del de Santi, en el que habían quedado grabados el sufrimiento y su posterior supervivencia al dolor.

Sofía miró a Santi y le amó aún más por su piel arrugada y la melancolía de sus ojos. Tiempo atrás había emanado de él una seguridad con la que parecía ser capaz de domar los designios del destino y adiestrarlo para que obrara a su voluntad, pero la vida le había enseñado que es imposible conquistar lo que está fuera de nuestro control; sólo podemos aprender a vivir en armonía con ella. Santi había recibido con el tiempo una dura lección de humildad.

—Santi, tráele a Sofía una copa de vino. ¿Tinto o blanco? —preguntó Chiquita.

—Tinto —dijo Santi, contestando automáticamente a la pregunta de su madre. El rojo había sido siempre el color favorito de Sofía.

—Sí, gracias —respondió Sofía sin disimular su sorpresa. Claudia dejó de leer la revista que tenía entre las manos y al alzar la mirada vio cómo su marido servía el vino. Sofía esperó ver la mirada ansiosa que llegaría a continuación, pero esa mirada nunca llegó. Si a Claudia le había importado, se había asegurado de no demostrarlo.

—Dime, Sofía, ¿cuánto tiempo piensas quedarte? —preguntó Claudia. Sus apáticos ojos azules sonrieron quizás un poco demasiado en un intento por ocultar el miedo que se escondía tras ellos.

—No lo sé, no he hecho planes —respondió Sofía, sonriéndole con idéntica sinceridad.

—¿No tienes marido e hijos?

—Sí. En este momento David está muy ocupado con una nueva obra, por eso no ha podido venir. De cualquier modo, no le habría resultado fácil. No conoce a ninguno de ustedes, y no habla español. En lo que a él respecta, puedo quedarme el tiempo que quiera.

—Te vimos en el periódico —dijo su tía—. Qué foto tan bonita. Estabas guapísima. Todavía la tengo por ahí guardada. Algún día la buscaré para enseñártela. Sí, estoy segura de que la guardé en algún sitio.

Santi le llevó el vino. Sofía le miró a los ojos, pero él no le devolvió la mirada.

—Deberías haber sido actriz. Ya de pequeña eras una *prima donna* —recordó Chiquita—. Siempre buscabas llamar la atención. Me sorprende que tu marido no te haya dado un papel en una de sus obras. ¿Sabes, Claudia?, Sofía era muy presumida. Me acuerdo que representaban una obra en San Andrés y Sofía no quiso participar porque no era la actriz principal. ¿Te acuerdas, Santi? Estuvo llorando una semana entera. Decías que eras mejor que cualquiera.

—Sí, lo recuerdo —apuntó Santi.

—Siempre se salía con la suya, Claudia. El pobre Paco nunca podía decirle «no» a nada.

—Tampoco el abuelo —admitió Sofía con timidez, riéndose un poco—. Mi madre se enfadaba muchísimo cuando nos confabulábamos contra ella.

—Tu abuelo era un hombre extraordinario.

—¿Sabes?, todavía le echo de menos. Añoro su sentido del humor —dijo Sofía melancólica—. Nunca olvidaré esa vez que lo tuvieron en cuidados intensivos en el hospital de Buenos Aires porque había contraído una enfermedad contagiosa. Dios sabe lo que tenía, pero fuera lo que fuera consiguió llevar de cabeza a los médicos. Creo que era algún tipo de ameba. ¿Te acuerdas, Chiquita?

Chiquita frunció el ceño y meneó la cabeza.

—No, me parece que no.

—Bueno, pues el doctor le prohibió salir de su habitación. El abuelo quiso ir al baño y, después de tocar el timbre un par de veces y no obtener respuesta, salió de la habitación y se paseó por toda la planta hasta que encontró los lavabos. A la vuelta vio que en su puerta había un letrero en el que decía que nadie, bajo ningún concepto, podía entrar en el cuarto sin supervisión. «Paciente altamente contagioso», decía el letrero. El abuelo decidió que no podía entrar ahí, ya que eso suponía saltarse las normas. ¿Y saben lo que hizo? Empezó a dar vueltas por todas las plantas, infectando a todo el mundo con el que entró en contacto hasta que encontró a una enfermera que le escoltó hasta su cuarto. Al parecer causó un pánico general. Conociendo al abuelo O'Dwyer, probablemente lo hizo a propósito. Después de eso siempre acudieron cuando llamaba al timbre.

—Debieron de saltar de alegría el día que se marchó —dijo Santi riéndose por lo bajo y meneando la cabeza—. Me acuerdo de la vez en que te peleaste con Anna e hiciste las maletas y viniste a nuestra casa, diciendo que querías que mamá te adoptara. ¿Te acuerdas, Sofía? —esta vez se echó a reír de buena gana. El vino había ido calmándole los sentidos y relajándole los músculos. Los tenía doloridos después de tanto reprimir sus emociones.

—No estoy segura de querer recordarlo. La verdad es que fue una situación un poco embarazosa —dijo Sofía, de repente incómoda.

—No, nada de eso. Santi y María estaban encantados. Ellos te animaron —dijo Chiquita.

—¿Qué dijeron mis padres? —preguntó Sofía. Nunca había querido llegar hasta el fondo de aquel episodio.

—A ver, déjame pensar —suspiró su tía, entrecerrando los ojos—. Tu padre… sí, Paco vino a buscarte. Recuerdo que te dijo que había buenos orfanatos que te acogerían si no querías seguir viviendo en casa. Dijo que eras una niña demasiado incorregible para venderte a cualquier otro miembro de la familia.

—¿En serio? —exclamó Sofía echándose a reír.

—Siempre estabas dando problemas. Me alegro de que te hayas calmado —dijo Chiquita con cariño. Claudia, mientras tanto, no había dicho ni una sola palabra. Se había limitado a escuchar.

»Jugaba al polo con los niños —siguió Chiquita, asintiendo.

—Dios, hace años que no cojo un mazo. No sé si me acordaría de cómo se juega.

—¿Jugabas tan bien como los chicos? —preguntó Claudia por fin, en un intento por participar en la conversación.

—No tan bien como Santi, pero ciertamente igual que Agustín —dijo Chiquita sin dudarlo.

—Siempre quería hacer lo mismo que los chicos. Parecía que se divertían mucho más que nosotras —recordó Sofía.

—Eras como una especie de chico honorario, ¿eh, Chofi? —apuntó Santi sonriendo entre dientes. Sofía pareció dudar. Era la primera vez que le había oído llamarla Chofi. Chiquita fingió no haberlo notado, pero al ver cómo sus ojos iban, alarmados, de uno a la otra, Sofía se dio cuenta de que no era así. Naturalmente, Claudia mantuvo la compostura y siguió dando pequeños sorbos a su copa de vino como si su marido no hubiera dicho nada fuera de lo normal.

—Sofía era toda una amenaza. Me alegro de que hayas sentado la cabeza y de que hayas encontrado un buen marido. Sabía que al final lo conseguirías —dijo Chiquita, visiblemente nerviosa, intentando romper el silencio.

Claudia miró su reloj.

—Santi, deberíamos ir a dar las buenas noches a los niños —dijo, tensa.

—¿Ahora? —preguntó Santi.

—Sí. Se pondrán muy tristes si no subes.

—De hecho yo debería volver a casa de mis padres. Ha sido un día muy largo y estoy cansada. Los veré mañana —dijo Sofía levantándose.

Claudia y Santi se pusieron en pie para irse. Santi no besó a Sofía. Simplemente le dijo adiós, indudablemente incómodo, y salió de la sala acompañado de su mujer. Chiquita la besó afectuosamente.

—Habla con Anna, Sofía —le dijo.

—¿Qué quieres decir?

—Simplemente que hables con ella. Las cosas no han sido fáciles, para ninguna de ustedes.

39

Mientras Sofía volvía a paso lento hacia la casa, se acordó de la cantidad de veces que había hecho ese trayecto en el pasado. Esa solía ser su casa. El aroma de los eucaliptos impregnaba el aire húmedo y podía oír a los ponis relinchando en los campos. Los grillos cantaban rítmicamente. Imaginó que los grillos estaban en Argentina desde su creación. Como el ombú, formaban parte de aquel lugar. No podía imaginar el campo sin ellos. Aspiró los olores de la pampa y se dejó mecer por los recuerdos y los ecos agridulces de su niñez.

Cuando llegó a la casa, estaba enferma de nostalgia. Necesitaba estar a solas y pensar. Había esperado encontrar Santa Catalina cambiada, y realmente la perturbaba que no fuera así. Podía volver a ser una niña y, sin embargo, su cuerpo era el de una mujer madura, llena de las experiencias vividas en otro país, otra vida. Miró a su alrededor y se dio cuenta de que Santa Catalina había quedado anclada en el tiempo, como si el mundo que quedaba más allá de sus muros no la hubiera tocado. Paseó hasta la piscina y caminó a su alrededor. Pero los recuerdos seguían allí, persistentes; todo lo que veía la remontaba al pasado. La pista de tenis donde Santi y ella tantas veces habían jugado surgió de la oscuridad y casi pudo volver a oír sus lustrosas voces reír y bromear en la brisa.

Se sentó en el bordillo de la piscina y pensó en David. Imaginó la expresión de su rostro, sus pálidos ojos azules, la nariz recta y aristocrática que tanto le gustaba besar. Imaginó esos rasgos que amaba. Sí, amaba a David, pero no de la misma forma que amaba a Santi. Sabía que no estaba bien, que no debía buscar los brazos, los labios, las caricias de otro hombre, pero jamás había dejado de amar a aquel ser humano que, de algún modo que no alcanzaba a comprender, estaba ligado a su alma. Deseaba a Santi y ese deseo la ahogaba. Después de veinticuatro años, el dolor seguía siendo tan intenso como al principio.

Había oscurecido cuando llegó a la casa. Estaba más calmada. Había caminado un poco y había respirado hondo, siguiendo los sabios consejos que el abuelo O'Dwyer le había enseñado cuando sus hermanos se metían con ella y la sacaban de sus casillas. Fue hasta la cocina, donde Soledad la saludó con una pequeña ración de mousse de dulce de leche que todavía no había terminado de enfriarse. Se sentó a la mesa de la cocina en su sitio de siempre mientras Soledad cocinaba y empezaron a hablar como lo habrían hecho dos buenas amigas. Sofía necesitaba distraerse, y Soledad era la distracción perfecta.

—Señorita Sofía, ¿cómo ha podido estar tanto tiempo fuera? Ni siquiera me escribió. ¿Dónde tenía usted la cabeza? ¿Acaso pensaba que no la echaría de menos? Pues se equivocaba. Me sentí muy herida. Pensé que ya no me quería. Después de todo lo que había hecho por usted. Debería haber estado furiosa. De hecho, debería estar furiosa ahora, pero no puedo. Estoy demasiado feliz de volver a verla para poder estar enojada —dijo de manera reprobatoria, ocultando la cabeza en el vapor de la olla de sopa de zapallo. Sofía lo sentía muchísimo por ella. Soledad la había querido como a una hija y Sofía apenas había pensado en ella.

—Oh, Soledad, nunca te olvidé. Simplemente no podía volver. En vez de eso construí una nueva vida en Inglaterra.

—El señor Paco y la señora Anna… nunca fueron los mismos desde que usted se marchó. No me pregunté qué fue lo que pasó, no me gusta andar por ahí chismorreando y escuchando lo que no debo. Lo cierto es que las cosas nunca volvieron a ser lo mismo entre ellos. Usted se marchó y ellos se distanciaron. Todo cambió. No me gustó nada el cambio, no me gustó el ambiente que se creó. Deseaba de todo corazón que usted volviera a casa y usted ni siquiera escribió. Ni una palabra. ¡Nada!

—Lo siento, fui muy desconsiderada. Soledad, si tengo que serte sincera, y siempre lo he sido contigo, me dolía demasiado pensar en Santa Catalina. Los echaba demasiado de menos a todos ustedes. No podía escribir. Sé que tendría que haberlo hecho, pero me era más fácil intentar olvidar.

—¿Cómo puede alguien olvidarse de sus raíces, señorita Sofía? ¿Cómo puede usted? —preguntó, meneando su cabeza de cabellos grises.

—Créeme, cuando estás en la otra punta del mundo, Argentina parece estar muy lejos. Seguí con mi vida lo mejor que pude. Dejé que pasara demasiado tiempo antes de volver.

—Es usted tozuda como su padre.

—Pero ahora estoy aquí —dijo, como si de algún modo eso fuera a consolarla.

—Sí, pero volverá a marcharse. Aquí ya no le queda nada. El señor Santiago está casado. La conozco. Volverá a marcharse.

—Yo también me he casado, Soledad. Tengo una familia a la que volver y un marido al que adoro.

—Pero su corazón está aquí con nosotros —dijo Soledad—. La conozco bien. No se olvide que yo la crié.

—¿Cómo es Claudia? —se oyó preguntar.

—No me gusta hablar mal de nadie, sobre todo si es un Solanas, ya sabe usted que soy la defensora número uno de esta familia. No hay nadie más leal a los Solanas que yo; si no fuera así, me habría ido de aquí hace años. Pero con usted puedo ser sincera. La señora Claudia no es una Solanas. No creo que él la quiera. Creo que sólo ha querido a una mujer en su vida. No me interesan los detalles, ya sabe usted que no me gustan los chismes. Cuando usted se fue, el señor Santi se convirtió en un fantasma. La Vieja Bruja decía que casi le había desaparecido el aura. Quiso verle. Le habría curado, pero ya sabe usted que él nunca mostró el menor interés por el mundo de lo oculto. Después del terrible episodio con el señor Fernando, el señor Santiago empezó a invitar a la señora Claudia a Santa Catalina los fines de semana y volvió a sonreír. No creí que fuera a verle sonreír de nuevo. Luego se casó con ella. Creo que si ella no hubiera aparecido, él se habría dado por vencido. Habría tirado la toalla, así, sin más. Pero no creo que la ame. Yo observo mucho y veo cosas. Por supuesto, no es asunto mío. Él la respeta. Es la madre de sus hijos, pero no es su alma gemela. La Vieja Bruja dice que sólo tenemos un alma gemela en esta vida.

Sofía la dejaba hablar. Cuanto más la escuchaba, más deseaba liberar a Santi de ese estado de desolación en el que había caído. Le divertía ver lo mucho que sabía Soledad. Debía de haber oído los chismes por boca de las otras criadas y de los gauchos. Pero sabía que aquellos chismes no hacían más que intuir la verdad.

Rafael y su esposa Jasmina cenaron con Sofía y con sus padres en la terraza. Sofía les agradecía su compañía. Jasmina era una mujer afectuosa y sensual. Su cuerpo destilaba una fertilidad madura que no había visto en la fría Claudia, y tenía un gran sentido del humor. Había llevado a la terraza a su hija de dos meses envuelta en un chal y le estaba dando de mamar discretamente en la mesa. Sofía se dio cuenta de que a su madre aquello no le hacía demasiada gracia, aunque hacía lo posible por que no se le notara. Jasmina conocía lo suficiente a su suegra para leer en sus gestos y miradas, y era lo bastante inteligente para hacer caso omiso de ella.

—Rafa no quiere más hijos. Dice que con cinco basta. Nosotros éramos trece hermanos, ¡imagínate! —dijo con una amplia sonrisa, a la vez que sus pálidos ojos verdes parpadeaban con malicia a la luz de las velas.

—Mi amor, hoy en día no es práctico tener trece hijos. Tengo que educarlos a todos —dijo Rafael, sonriendo con cariño a su esposa.

—Ya veremos. No veo por qué tenemos que parar —le contestó ella echándose a reír, abriendo por un momento su camisa para ver cómo mamaba el bebé—. Cuando los niños son tan pequeños me dedico a ellos en cuerpo y alma, pero cuando crecen ya no te necesitan tanto.

—No estoy de acuerdo —dijo Paco, poniendo su mano grande y tosca sobre la de Sofía—. Creo que si como padre eres capaz de crear un hogar feliz, tus hijos siempre terminarán volviendo.

—Tienes hijos, ¿verdad, Sofía?

—Sí, dos hijas —respondió, dejando la mano bajo la de su padre, aunque, a diferencia de los viejos tiempos, era muy consciente de que estaba allí.

—Qué pena que no las hayas traído contigo. Clara y Elena habrían estado encantadas de conocerlas. Deben de ser todas de la misma edad, ¿no, amor? Y a mí me habría gustado que pudieran practicar inglés con ellas.

—Deberían practicar más conmigo, Jasmina —dijo Anna.

—Sí, pero ya sabes cómo son los niños. No puedes obligarlos a que hagan cosas en contra de su voluntad.

—Quizá deberías ser un poco más dura con ellos —insistió Anna—. Los niños no saben lo que les conviene.

—Oh, no. No soportaría disgustarlos. Cuando salen de la escuela están en casa, y cuando están en casa me gusta que jueguen y se diviertan.

Sofía se dio cuenta de que aquél era un conflicto que su madre no iba a ganar y admiró la dulzura con que Jasmina se enfrentaba a ella. Sin duda, bajo aquellos modales suaves había una mujer de hierro.

Soledad aprovechaba la menor oportunidad para salir a la terraza: para servir la comida, para retirar los platos, para llevar la mostaza a la mesa, para llenar la jarra de agua…; llegó incluso a asomar dos veces la cabeza por la puerta con la excusa de haber oído a la señora Anna tocar la campanilla. Cada vez que aparecía sonreía entre dientes. Era una sonrisa taimada, incompleta. Pasado un rato, Sofía no pudo seguir reprimiendo la risa y tuvo que disimularla tapándose con la servilleta. A Soledad le podía la curiosidad de verla en compañía de sus padres. Más tarde discutiría sus reacciones con las demás empleadas de la estancia.

A las once Jasmina se fue a su casa con el bebé, desapareciendo por el jardín como un ángel. Paco y Rafael se quedaron hablando entre las moscas y las polillas que se arremolinaban alrededor de los faroles. Anna se fue a la cama, quejándose de que se estaba haciendo vieja cuando Paco insistió para que se quedara. Sofía se alegró de que se fuera porque no sabía de qué hablar con ella. Todavía estaba demasiado resentida con su madre para hablar del pasado, y no tenía la menor intención de implicarla en su presente. Cuando Anna se fue, se sintió sorprendentemente aliviada y empezó a conversar con su hermano y con su padre como en los viejos tiempos. Con ellos se sentía bien recordando el pasado. A las once y media subió a su cuarto.

Al día siguiente Sofía se levantó temprano debido a la diferencia horaria. Había dormido de un tirón, un sueño profundo que ni siquiera Santi había tenido el poder de interrumpir. Sofía se alegró de que hubiera sido así. Estaba exhausta, no sólo por el largo vuelo, sino por tantas emociones juntas. Pero una vez en pie, le era imposible estarse quieta. Fue a la cocina, donde la luz blanca del amanecer iluminaba la mesa y las baldosas del suelo. Recordó los días en que cogía algo de la bien provista nevera antes de salir a practicar polo con José. Rafael le había dicho que José había muerto hacía diez años. Él se había ido y ella no se había despedido de él. Santa Catalina era como una sonrisa a la que le faltara un diente.

Cogió una manzana de la nevera y metió el dedo en la olla de dulce de leche. No había nada como el dulce de leche de Soledad. Lo hacía con leche y azúcar que ponía a hervir al fuego. Sofía había intentado hacerlo en Inglaterra, pero nunca le había salido como aquél. Puso una cucharada encima de la manzana y pasó por el salón para llegar a la terraza, que estaba en silencio, fantasmagórica bajo la sombra de los altos árboles, a la espera de que el sol saliera y la despertara. Dio un mordisco a la manzana y saboreó la dulzura de la crema. Al mirar la temprana niebla matinal que cubría la distante llanura, de repente sintió deseos de ir a buscar un pony y galopar por ella. Cruzó el jardín con paso decidido hacia el «puesto», el pequeño conjunto de cabañas donde José cuidaba de los ponis.

Pablo la saludó al verla, secándose las manos con un trapo sucio. Sonreía, mostrando sus dientes rotos y negros. Sofía le dio la mano y le dijo que sentía mucho que su padre hubiera muerto. Él asintió con gesto grave y le dio las gracias con timidez.

—Mi padre la quería mucho, señora Sofía —dijo, y sonrió entre dientes, incómodo. Ella se dio cuenta de que ahora la llamaba «señora» en vez de «señorita». Ese tratamiento interponía entre ellos una distancia que no había existido en la época en que habían practicado polo juntos.

—Yo también le quería mucho. Esto no es lo mismo sin él —respondió con absoluta sinceridad a la vez que dirigía la mirada a los bronceados y desconocidos rostros que la observaban desde las ventanas.

—¿Quiere usted montar, señora Sofía? —preguntó Pablo.

—No voy a jugar. Sólo quiero galopar un poco. Sentir el viento en el pelo. Hace mucho tiempo que no lo hago.

—¡Javier! —gritó Pablo. Un jovencito salió de la casa. Llevaba un par de bombachas y las monedas que colgaban de su cinturón brillaban a la pálida luz de la mañana—. Una yegua para la señora Sofía. ¡Ya!

Cuando Javier fue hacia una yegua negra, Pablo le gritó:

—No, Javier, la *Azteca* no. ¡La *Pura*! Para la señora Sofía la mejor. La *Pura* es la mejor —dijo volviendo a sonreírle.

Javier sacó una yegua castaña y Sofía le acarició el morro aterciopelado mientras él la ensillaba en silencio. Una vez que hubo montado, le dio las gracias antes de salir a medio galope hacia el campo. Era una sensación maravillosa. Por fin podía volver a respirar. La presión que había ido acumulándosele en el pecho y en la garganta fue desapareciendo lentamente y sintió que el cuerpo se le relajaba con el suave movimiento del galope. Miró a la casa de Chiquita y pensó en Santi, que dormía en una de las habitaciones con su esposa. No lo supo entonces, pero, según le dijo él más tarde, en ese momento él estaba en la ventana, mirándola mientras ella galopaba por la llanura, preguntándose cómo iba a ser capaz de enfrentarse al día que estaba recién amanecciendo. Con la llegada de Sofía todo había cambiado.

Sofía no vio a Santi en todo el día. Cuando llegó a su casa para visitar a María, él se había ido a la ciudad, y cuando él regresó, Sofía ya se había marchado. Cada vez que pasaba un coche por el camino, Sofía esperaba que fuera él. Intentaba no pensarlo, pero no podía evitar ver la rapidez con la que el tiempo pasaba y pensar que pronto estaría de regreso en Inglaterra. Estaba desesperada por verle a solas. Quería hablar del pasado. Quería enterrar los fantasmas de una vez por todas.

40

Chiquita había invitado a cenar a Sofía. Aunque María no podía comer con ellos, quería a Sofía cerca de ella.

—No quiero perderme ni un solo segundo de tus días aquí. Pronto te habrás ido y quién sabe cuándo volveremos a vernos —dijo Chiquita. Como Sofía había cenado con sus padres la noche anterior, no creía que fuera a importarles.

Cenaron fuera, entre los grillos y los perros. Eduardo estaba pálido a la débil luz de los candelabros. Hablaba muy poco y se escondía tras sus finas gafas redondas. El dolor había dejado sus huellas en las arrugas que le rodeaban los ojos, arrugas que ni siquiera sus gafas conseguían disimular. Santi y Sofía siguieron recordando los viejos tiempos con Chiquita y Miguel. De nuevo Claudia escuchaba con una pequeña sonrisa que no concordaba en absoluto con la solemnidad de su expresión. Obviamente no quería parecer demasiado interesada, pero tampoco deseaba que la acusaran de maleducada. De manera que se quedó recatadamente sentada, comiendo el plato de pasta con el tenedor, y de vez en cuando llevándose la servilleta blanca a las comisuras de los labios.

Sofía raras veces usaba servilleta. Anna constantemente había intentado animarla a que «se comportara como una señorita», pero el abuelo O'Dwyer siempre la había defendido.

—¿Para qué sirve una servilleta, Anna Melody? Personalmente, me fío más de la manga de mi camisa, por lo menos siempre sé dónde está —decía. Según él, las servilletas pasan la mitad de sus vidas cayendo de las rodillas de la gente al suelo. Sofía se miró el regazo. El abuelo O'Dwyer volvía a tener razón. Su servilleta había desaparecido debajo de la mesa. Se agachó para recogerla. Panchito, que estaba sentado a su derecha, le sonrió antes de levantarla con el pie.

Chiquita y Miguel estaban muy orgullosos de Panchito. Era alto y guapo y tenía el encanto y la sonrisa de Santi. Como a él, también a Panchito se le formaban pequeñas arrugas alrededor de la boca cuando sonreía. No era difícil ver cómo las vidas turbulentas de sus hermanos habían afectado a la suya. Se había convertido en el hijo perfecto para compensar por lo ocurrido con sus hermanos. Después de haber visto cómo su madre se hundía literalmente a causa del escándalo provocado por Santi y por la urgente partida de Fernando a Uruguay, ponía todo su empeño en hacerla feliz. Estaba muy unido a Chiquita. En realidad todos lo estaban. Ella los adoraba, y ellos podían contar con ella para cualquier cosa. Dejaba que las vidas de sus hijos literalmente conformaran la suya. Eran su vida y vivía para ellos.

Panchito tenía un hándicap de nueve en el campo de polo y, aunque no estaba bien visto, sus padres le habían dejado que se dedicara al polo profesionalmente. No podían impedírselo cuando su talento era más que evidente. Su madre se implicaba demasiado en su vida. Por sus conversaciones quedaba bien claro que Chiquita no quería que su «Panchito» creciera. En la familia casi todos le llamaban Pancho en vez de Panchito. Pero para su madre siempre sería Panchito. Era su niño y ella seguía aferrada a su infancia. Si hubiera dejado de aferrarse a esa infancia con tanta fuerza se habría dado cuenta de que en su mano no había otra cosa que aire. Su Panchito había volado del nido hacía años.

Soledad le había dicho a Sofía que Panchito tenía una relación secreta con María (llamada así por María Solanas), la hija de Encarnación, que no sólo estaba casada sino que además tenía una hija, cuyo padre podía ser cualquiera del pueblo.

—Un joven como Pancho no iría nunca a un burdel. Está aprendiendo a conocer a las mujeres —decía Soledad saliendo en su defensa. Cuando Sofía miraba al «joven Pancho» imaginaba que había empezado a «conocer a las mujeres» desde el mismo momento en que había descubierto para lo que servía el pene.

Durante la cena Santi y Sofía hablaban comedidamente. A simple vista nadie habría podido imaginar la tensión que ambos sentían en el pecho, el esfuerzo que suponía tener que actuar como si no sintieran más que el afecto de una vieja amistad. Reían cuando lo que deseaban era llorar, y hablaban con calma cuando lo que querían era gritar: «¿Cómo te sientes?»

Por fin Sofía dio un beso de buenas noches a sus primos. Claudia se quedó de pie delante de los ventanales, ansiosa por abandonar la terraza y entrar en la casa en compañía de su esposo.

—Hasta mañana, Sofía —dijo con una sonrisa, a pesar de su mirada distante.

En ese momento Santi metió un pedazo de papel en la mano de Sofía. La miró con una expresión de añoranza y le dio un beso en la mejilla. Claudia no se dio cuenta de nada porque le daba la espalda a Sofía. Esperaba expectante a su marido.

Sofía salió a la oscuridad de la noche con el papel apretado contra el pecho. Estaba impaciente por abrir la nota, pero en cuanto vio el trozo de papel arrugado y estropeado se dio cuenta de que era la misma nota que ella había enviado a Santi con Soledad veinticuatro años antes. Intentó controlar sus emociones mientras la abría y volvía a leer las palabras: «Reúnete conmigo en el ombú a medianoche». Una vez más conquistada por esa ya conocida sensación de arrepentimiento, volvió a apretar la nota contra su pecho y siguió caminando. No podía sentarse como lo habría hecho normalmente para recobrar la compostura. Estaba demasiado alterada. Siguió caminando.

Los sentimientos de Santi no habían cambiado. Había conservado su nota y lo había hecho con amor. Ahora se la devolvía con la misma urgencia y confidencialidad con que ella se la había enviado aquella terrible noche. La deseaba. Ella nunca había dejado de desearle. No podía evitarlo. Sabía que no estaba bien, pero no era capaz de resistirse. El corazón le dolió al imaginar lo que podría haber sido y nunca fue.

Volvía a sentirse como una niña, saltándose las normas. Mientras se cepillaba el pelo y se lo recogía en una trenza en su viejo tocador, Sofía podría haber vuelto a los dieciocho. Estaba a miles de kilómetros de distancia, y se veía envuelta en una vida tan ajena a la que tenía con su marido y sus niñas que era casi como si estuviera viviendo una fantasía en la que no hubiera sitio para ellos. En ese momento no importaba nada, sólo Santi.

Todo había vuelto a su sitio. Santi era parte de ella, le pertenecía. Le había estado esperando durante veinticuatro años.

Estaba a punto de salir de la habitación cuando alguien llamó tímidamente a la puerta. Miró el reloj. Eran las doce menos cuarto.

—Entre —dijo sin disimular su irritación. La puerta se abrió despacio—. Papá.

Paco se quedó de pie en la puerta. Sofía no quería invitarle a pasar, estaba demasiado ansiosa por llegar al ombú. No quería llegar tarde a su encuentro con Santi, sobre todo después de haber esperado tanto.

—Sólo quería asegurarme de que estás bien —dijo él con voz ronca. Paseó la mirada por la habitación como si le pusiera nervioso mirarla a los ojos.

—Estoy bien, papá. Gracias.

—Tu madre y yo estamos muy felices de que hayas vuelto a casa. Este es tu sitio —dijo con torpeza. Tenía un aspecto frágil, ahí de pie y sin saber qué decir. Siempre había sabido qué decir.

—Una parte de mí siempre quedará aquí —respondió Sofía. En ese momento le dolió que se hubiera abierto ese golfo entre ellos y darse cuenta de la facilidad con que la vida cambia a la gente. Fue hasta él y le abrazó. Mientras le estrechaba entre sus brazos volvió a mirar el reloj. Hubo un tiempo en que nada la habría distraído de su amor.

»Ahora vete a la cama y duerme un poco. Tenemos todo el tiempo del mundo para hablar. Estoy cansada. Ha sido un día muy largo. Hablaremos mañana —dijo Sofía, acompañándole con suavidad aunque con firmeza a la puerta.

—Bueno, Sofía, entonces buenas noches —susurró, decepcionado. Había ido a decirle algo, algo que le había estado remordiendo la conciencia durante años. Pero tendría que esperar. Se lo diría en otro momento. Salió de la habitación a regañadientes. Cuando desapareció por el pasillo, Sofía notó la lágrima que le había dejado en la mejilla cuando la había besado para darle las buenas noches.

♦ ♦ ♦

Esa noche Sofía no necesitó una linterna. La luna estaba tan fosforescente que dibujaba sombras plateadas sobre la hierba y en los campos. Sofía tenía una sensación casi surrealista mientras corría sobre ellas. Recordaba la noche en que recorrió la misma ruta para su último encuentro con Santi. Había sido una noche oscura y ominosa. Podía oír ladrar a unos perros en la distancia y a un niño que lloraba. No sintió miedo hasta que distinguió la silueta del ombú contra la azulada y brillante oscuridad del cielo.

A medida que se acercaba dejó de correr y empezó a caminar a paso vivo. Buscó a Santi en el árbol pero no le vio. Había imaginado que vería el resplandor de su linterna dando saltos como la última vez. Ese momento quedaría para siempre grabado en su memoria. Pero esa noche Santi no necesitaba linterna. La noche era tan clara que Sofía pudo ver perfectamente la hora en su reloj. Llegaba tarde. Quizás él no la había esperado. De repente sintió frío y se le cerró la garganta por la impaciencia. En ese instante apareció una sombra negra detrás del árbol. Se miraron. Sofía intentó distinguir la expresión del rostro de su primo, pero no podía verlo con claridad a pesar de la luz de la luna. Él debía de estar haciendo lo mismo. Y entonces el instinto se apoderó de ellos, liberándolos de todo pensamiento racional. Cayeron uno encima del otro, tocándose, oliéndose, jadeando, llorando. Sus actos hablaban por ellos allí donde las palabras jamás podrían haber hecho justicia a los años de espera y de lamentos. En ese momento Sofía tuvo la sensación de que de verdad había vuelto a casa.

♦ ♦ ♦

Sofía había perdido la noción del tiempo cuando finalmente ambos estuvieron abrazados, plenos y delirantes sobre la dulce hierba. En realidad le daba igual. Lo único que le importaba era sentir cómo la mano de Santi jugaba con los mechones de pelo que había liberado de su trenza. Ella aspiró el olor fuerte de su colonia y hundió el rostro en su pecho. Podía sentir su aliento cálido en la frente y la aspereza de su barbilla contra su piel. Se dejó llevar por la sensualidad del momento. Aparte de él, no importaba nada. No existía nada.

—Háblame, Chofi. ¿Qué pasó cuando te fuiste? —preguntó finalmente Santi.

—Dios, no sé por dónde empezar.

—Me he preguntado tantas veces qué podría haber hecho yo.

—No, Santi, no te tortures. Me volví loca haciéndome esas mismas preguntas y todavía no conozco las respuestas —respondió Sofía, apoyándose sobre el codo y llevándose el índice a los labios. Él le cogió la mano y la besó, levantando hacia ella la mirada.

—¿Por qué te enviaron a Ginebra? Podrían haberte enviado a un pensionado o algo así, pero enviarte a Suiza fue un poco drástico, y encima no poder saber dónde estabas…

Sofía vio su expresión angustiada, esos ojos verdes atormentados que buscaban en los suyos una respuesta. Parecía vulnerable como un niño y al verle así sintió que el corazón le daba un vuelco.

—Me enviaron a Ginebra porque estaba esperando un hijo tuyo —dijo en voz baja y temblorosa. Él la miró sin dar crédito a lo que acababa de oír—. ¿Te acuerdas cuando estuve enferma? Bueno, llamaron al doctor Higgins. Mamá enloqueció. Papá fue más comprensivo, pero estaba furioso. Sólo podía hacerse una cosa, por supuesto. No podía tener el niño. Nuestra relación era imposible; jamás la habrían aceptado. Naturalmente, a mamá le preocupaba que trajera la deshonra a la familia y eso importaba más que cualquier otra cosa. Creo que en ese momento vio en mí al diablo. No lo olvidaré mientras viva.

—Poco a poco, Chofi, no puedo seguirte. ¿Qué es lo que acabas de decir?

—Santi, cariño, estaba embarazada.

—¿Estabas esperando un hijo mío? —tartamudeó despacio, incapaz de asimilarlo todo de una vez. Entonces se incorporó de repente y se frotó la frente con la palma de la mano.

—Sí —respondió ella con tristeza, incorporándose también y dejando que él la estrechara entre sus brazos.

—Oh, Chofi, ¿por qué no me lo dijiste?

—Mamá y papá me hicieron prometer que no se lo diría a nadie.

Me enviaron a Ginebra para que abortara. No querían que nadie se enterara. Temí que si te lo decía exigieras venir conmigo, que exigieras tus derechos como padre del niño y que te enfrentaras a mis padres. No sé, estaba muy asustada. Me dio miedo ir en contra de sus deseos. Tendrías que haberlos visto. Esa noche eran otros. Decidí escribirte en cuanto llegara a Ginebra, cuando mis padres no pudieran hacer nada por impedírmelo.

No podía decirle que había tenido el niño y que lo había dado en adopción. Estaba demasiado avergonzada. ¿Cómo podía decirle que se había arrepentido de ello desde el momento en que había recuperado la razón aquella triste mañana de invierno en Londres? ¿Le creería si le decía que no había día en que no pensara en Santiaguito, preguntándose dónde estaba y qué estaría haciendo? ¿Cómo decirle algo así sin parecer insensible y frívola? No era así como él la recordaba. De manera que dejó que Santi asumiera que había interrumpido el embarazo y que, después de superar el dolor, había seguido adelante con su vida.

—María —dijo Santi con rotundidad.

—Ya ha pasado mucho tiempo —dijo Sofía en voz baja, sintiendo que no estaba bien criticar a su prima cuando ésta estaba a las puertas de la muerte. Santi la estrechó aún más fuerte entre sus brazos y ella supo que el hecho de haber llevado a su hijo en sus entrañas los acercaba irreversiblemente. Él estaba pensando en lo que habría podido ser. Sofía podía sentir hasta qué punto Santi lamentaba lo ocurrido porque ese pesar era un reflejo del suyo.

—¿Por eso nunca volviste? ¿Porque perdiste a nuestro hijo? —le preguntó, hundiendo la boca en su pelo.

—No. No volví porque creía que tú no me querías, que habías seguido adelante con tu vida y que habías encontrado a otra. No quería volver a Argentina si no era para estar contigo. Llegó un punto en que el orgullo me impidió regresar a casa. Supongo que dejé que pasara demasiado tiempo.

—¿De verdad confiabas en mí?

—Eso intentaba, pero después de un tiempo perdí la esperanza. Estabas demasiado lejos y no sabía lo que pensabas. Y esperé. ¡Esperé durante años!

—Oh, Chofi, deberías haber vuelto. Ojalá lo hubieras hecho. Habrías visto cómo me consumía por ti. Sin ti estaba perdido. Ya nada era lo mismo. Me sentía totalmente impotente. No sabía dónde encontrarte. No sabía dónde estabas, de lo contrario te habría escrito.

—Ahora lo sé. Jamás se me pasó por la cabeza que María pudiera haber destruido mis cartas.

—Ya lo sé. Como no las recibía, no podía escribirte. No sabía dónde estabas. María me lo confesó hace años, pero entonces ya era demasiado tarde. Sé que en aquel momento ella pensaba que estaba haciendo lo correcto. El remordimiento había estado torturándola durante años, por eso dejó de escribirte. No tenía el valor de decírtelo o de enfrentarse a ti —añadió con una amarga sonrisa—. No puedo creer que nos vencieran tan fácilmente —dijo con voz ronca, meneando la cabeza—. Al final me di por vencido. Tuve que hacerlo o me habría vuelto loco. Creí que habías conocido a otro. ¿Por qué, si no, habías decidido no volver a casa? Luego apareció Claudia y tuve que tomar la decisión de construir una vida con ella o esperarte. Escogí una vida con ella.

—¿Eres feliz? —preguntó Sofía midiendo las palabras.

—La felicidad es muy relativa. Creía que era feliz hasta que ayer apareciste en el hospital.

—Santi, lo siento muchísimo.

—Ahora soy feliz.

—¿Estás seguro?

—Segurísimo —respondió él, tomando la cara de ella en sus manos y besándole la frente—. Me duele pensar en todo lo que sufriste sola en Suiza. Quiero saber lo que pasó. Tenemos que ponernos al día de todos estos años. Quiero compartir cada minuto de mi pasado contigo y sentir que conozco tu vida tan bien que casi habría podido estar ahí contigo.

—Te contaré lo de Suiza. Te lo contaré todo.

—Deberías descansar un poco.

—Ojalá pudiéramos pasar la noche juntos.

—Ya lo sé. Pero has vuelto. He soñado con tu regreso un millón de veces.

—¿Soñabas que sería así?

—No, imaginaba que estaría furioso, pero cuando te vi fue como si nos hubiéramos despedido ayer. No has cambiado nada, nada —dijo, y la miró con tanta ternura que Sofía sintió que los ojos se le llenaban de lágrimas.

—Adoro este viejo árbol —dijo Sofía, girando la cabeza para ocultar la emoción que la embargaba—. Nos ha visto crecer, ha sido testigo de nuestro dolor, de nuestro amor, de nuestro placer. Nadie sabe tanto como el viejo ombú.

Él suspiró hondo y volvió a estrecharla entre sus brazos.

—Nunca dejo que mis hijos vengan aquí —dijo.

—Lo sé, tu hijo me lo dijo.

—No podía evitar la sensación de que me había fallado. No quería que mis hijos vivieran en un mundo fantástico de magia y deseos como nosotros.

Ella le abrazó.

—Lo sé, pero para mí siempre fue más que eso. Era nuestro escondite secreto, nuestro pequeño reino. Para mí, el ombú representará siempre una infancia idílica. Contiene la esencia misma de mis recuerdos. Acabamos de darle uno nuevo.

Santi se rió con ella y su tristeza se desvaneció.

—Supongo que me he comportado como un idiota.

—No, pero no creo que a tus hijos les hiciera ningún daño venir aquí. ¿Te acuerdas de cuánto nos gustaba subir ahí arriba?

—Sí, en aquel tiempo estabas muy en forma.

—¿En aquellos tiempos? Podría volver a trepar por él por unos pocos pesos.

Y volvieron a treparlo juntos. Cuando llegaron a la copa del árbol pudieron ver cómo el amanecer rompía el horizonte y acariciaba la noche con sus rayos rojos, pintándola de dorado.

41

Un coro de chingolos despertó a Sofía a mediodía. Por un instante tuvo la extraña sensación de que los últimos veinticuatro años no habían sido más que un largo sueño. Los olores de la pampa, del eucalipto y la humedad se le pegaron a la nariz mientras seguía en la cama, prolongando esa sensación hasta que pudo. Se vio transportada de regreso a la infancia y se dejó mecer en el placer de sus recuerdos. Había temido enfrentarse a su pasado por miedo a que, al abrir las puertas a la nostalgia, ésta terminara consumiéndola por entero. Pero ahora sus temores parecían totalmente infundados. Siguió allí tumbada como en trance y abrió la mente a las efímeras imágenes de los primeros capítulos de su vida. Las páginas pasaban tan rápido que era incapaz de concentrarse en ninguna de ellas. Al haberlas reprimido durante tanto tiempo se abalanzaban sobre ella. Dejó que tomaran vida una vez más. No quería levantarse. Su corazón anhelaba que el pasado se convirtiera en presente y que José estuviera esperándola en los establos con su yegua y su mazo.

Cuando abrió los ojos, lo primero que vio fue su maleta. Pero al instante percibió el olor de Santi en la piel, en los labios y en las manos, y se quedó tumbada, cubriéndose con ellas la cara para poder volver a aspirar lentamente su olor, saboreando cada uno de los momentos vividos con él la noche anterior. Ella había vuelto. Santi todavía la amaba. Pero María se estaba muriendo, y de pronto Sofía volvió a la realidad.

En la casa ya habían desayunado y a Sofía no se le había pasado por la cabeza que su padre la había estado esperando en la terraza, deseando que se reuniera allí con él. Soledad se lo dijo más tarde. Pero Sofía sólo podía pensar en Santi. Le entristeció no haber visto a su padre, pero sólo durante un instante. Enseguida lo olvidó y caminó decidida a la casa de Chiquita. Pasó junto a Anna, que leía al sol bajo un enorme sombrero. Qué poco cambian los hábitos de la gente, pensó. Anna alzó la vista y le sonrió. Sofía le devolvió la sonrisa, un poco incómoda, y la saludó con la mano. Su madre sabía adónde iba, no había necesidad de darle ninguna explicación. No cabía duda de que había vuelto a casa.

Oyó las melodías de Strauss antes de llegar a la casa. La música le llenó el corazón de júbilo y casi empezó a dar saltos bajo aquel sol radiante. María estaba en la terraza cubierta por una manta y con la cabeza discretamente protegida por un sombrero floreado. Se dio cuenta de que sus mejillas parecían mostrar los primeros indicios de color y que los ojos le brillaban de felicidad. Tendió la mano a Sofía cuando ésta apareció por la esquina que llevaba a la terraza.

—Sofía —dijo, y le sonrió con ternura desde un rostro cálido y afectuoso.

—Tienes mucho mejor aspecto —respondió Sofía, encantada, antes de agacharse para darle un beso.

—Me encuentro mejor.

Al mirar su cara delgada pero radiante Sofía estuvo segura de que viviría. No podía creer que alguien tan bueno como María les fuera a ser arrebatada. Sobre todo justo en el momento en que había vuelto a descubrirla.

Chiquita iba de un lado a otro de la casa cuidando de las plantas mientras los hijos más pequeños de María jugaban en los columpios con sus primos.

—Los demás están en la pista de tenis y en la piscina —dijo María—. Ve con ellos si te apetece.

—¿Te cansa tener a gente alrededor? —preguntó Sofía. No quería que María se viera obligada a hablar con ella.

—Un poco. No quiero que la gente se quede revoloteando a mi alrededor, esperando a que me muera —dijo soltando una risa triste y bajando la mirada.

—Ya sabes que a veces ocurren milagros. Tienes mucho mejor aspecto —se aventuró Sofía, que seguía negándose a perder la esperanza.

—Ojalá ocurriera un milagro. Sería una sorpresa maravillosa —suspiró—. Pero sí, me siento mejor. Ese hospital hace que te sientas como si ya estuvieras muerta.

—No hablemos de eso, María. Hablemos de los viejos tiempos —sugirió Sofía.

—No, quiero que tú me cuentes qué has estado haciendo durante los últimos veinticuatro años. Cerraré los ojos y me contarás una historia maravillosa.

Y Sofía se sentó en la silla junto a María y dejó que su prima dormitara mientras le hablaba de la vida que deberían haber disfrutado juntas.

Como todos los sábados, había asado. El aroma familiar a lomo asado y a chorizo flotaba en la brisa mientras Sofía veía cómo la familia al completo se reunía bajo los altísimos eucaliptos. María se había retirado a la casa con su enfermera, incapaz de comer con los demás. No habría podido soportar el ruido. Sofía había olvidado lo ruidosos que eran los asados.

No había cambiado nada, aunque los rostros conocidos habían envejecido y los nuevos le resultaban extraños. Clara pidió sentarse con su nueva tía. Cogió a Sofía de la mano y la condujo a las mesas llenas de platos repletos de comida. Parecía producirle un enorme placer decirle a su tía cómo se preparaba cada plato. Primero tenía que ir a la barbacoa y elegir una pieza de carne. Podía coger la pieza que quisiera, ofreció generosamente Clara. Sofía miró a aquella precoz criatura y por un momento echó terriblemente de menos a sus dos hijas. Clara notó su expresión de ternura y le sonrió con curiosidad antes de salir dando saltos a servirse su plato.

Si Sofía se hubiera permitido detenerse a pensar un poco más en la familia que había dejado en Londres, probablemente habría oído la voz de su conciencia, pero no había tiempo para eso y la voz pasó inadvertida. Santi apareció en compañía de Panchito, y durante todo el tiempo que estuvo hablando con ellos junto a la barbacoa Sofía fue consciente de cada uno de los gestos y movimientos de Santi. Apenas se daba cuenta de lo que decía. Las palabras tenían vida propia y ella las dejó actuar en consecuencia.

Santi y Sofía todavía podían comunicarse en secreto con los ojos sin que nadie se diera cuenta. Gestos que para los demás eran de lo más común tenían especial significado para ellos. Se encontró viviendo en un perpetuo estado de *déjà vu*. Ellos dos estaban reviviendo el pasado, mientras que la gente que los rodeaba habían cambiado y habían seguido adelante con sus vidas. Sofía se sentía igual, Santa Catalina tenía el mismo aspecto, olía igual y, sin embargo, no era la misma. Pero ella todavía no estaba preparada para enfrentarse a eso. Mientras se encontraba cerca de Santi todo parecía haber vuelto a la normalidad.

Clara estaba fascinada con ella. Pero, como a todos los niños, sólo le interesaba hablar de sí misma. Quería contárselo todo. Estaba tan desesperada por impresionarla, que llegó incluso a saltar de la mesa y recorrerla sobre las manos de un extremo al otro. Su madre se echó a reír y le dijo que reservara sus habilidades para después del almuerzo, cuando hubiera menos posibilidades de que lo que acababa de comer volviera a hacer su presencia en la mesa. Sofía admiró la calma con la que Jasmina trataba a su hija. Clara se rió y volvió a su sitio. Sofía no pudo resistirse a la tentación de contarle unas cuantas historias sobre su vida. No podía haber tenido mejor audiencia. Clara abría los ojos como platos de pura admiración. Jadeaba, encantada, sin terminar de creer que Sofía, una mujer adulta, pudiera haber sido alguna vez tan traviesa. Sin embargo, la distracción duró poco. La niña no tardó en volver a ser el centro de atención. Hablaba tan rápido que Sofía apenas podía entenderla.

La atención de Sofía no estaba exclusivamente reservada a Clara. Podía dejarla hablar, soltando las expresiones adecuadas en los momentos precisos, mientras atendía a otras conversaciones que tenían lugar a su alrededor. No perdía detalle de Claudia. Tensa y radiante, llevaba una camiseta azul marino y unos vaqueros. Sabía que tampoco Claudia le quitaba ojo. La pilló mirándola un par de veces, pero apartó la mirada inmediatamente, como si le diera vergüenza que la hubieran descubierto mirando.

El tema de conversación era María. Chiquita les decía cuánto había mejorado su aspecto y que no había nada como estar en casa para volver a sentirse viva. Su pequeño rostro reflejaba las esperanzas que parecía albergar, pero Sofía pudo percibir que, en realidad, tras sus ojos no quedaba ya esperanza alguna. Entonces todos empezaron a recordar el pasado. Sofía se sintió incómoda al tener que quedarse ahí sentada escuchando conversaciones sobre las que no sabía nada. Naturalmente, cuando Clara dejaba de prestarle atención, Sofía podía intervenir en las conversaciones y reírse con las historias de los demás. Pero su pasado nada tenía que ver con el de ellos y tuvo la extraña sensación de ser una intrusa. Por un lado sentía que había vuelto a encajar perfectamente en el lugar, pero por el otro se había perdido tantas cosas que en realidad no podía conectar con nadie excepto con Santi. Todos sus primos querían saber lo que había hecho en los últimos veinte años, pero su vida estaba tan alejada de ellos que unas pocas frases bastaban para satisfacer su curiosidad y, después de eso, tenían muy poco que decirse. Los únicos que no habían cambiado eran Santi y Sofía. Seguían con la misma dinámica de hacía veinticuatro años. Así que cuando él le propuso practicar un poco con el mazo y la pelota después del partido de polo, Sofía se sintió aliviada. Claudia no pudo hacer otra cosa que mirarlos con impotencia. Santi dijo que tampoco pensaba ir a misa, quería quedarse con su hermana. Pero Sofía conocía bien cuáles eran sus motivos. Notó que Chiquita fruncía levemente el ceño. Sofía supuso que también ella intuía cuáles eran esos motivos, o al menos los sospechaba. A diferencia de Rafael, Chiquita no había olvidado el pasado y conocía a su hijo mejor que nadie.

Sofía hizo caso omiso de la desconfianza impresa en los ojos de su tía y volvió al frescor de su cuarto a dormir la siesta. Desde su ventana podía ver a los niños mayores dirigirse a la piscina en bañador. Pero tenía demasiado calor y demasiado sueño por culpa del vino y de la humedad para acompañarlos. De repente se sintió vieja. Ser adulta en Santa Catalina era algo nueva para ella.

—Santiaguito juega muy bien, ¿verdad? —dijo Santi con orgullo mientras su hijo galopaba por el campo.

—Es como su padre —respondió Sofía.

—Te remonta al pasado, ¿verdad?

—Desde luego —respondió ella, y miró cómo se alejaba a medio galope, flexionando su bronceada espalda desnuda cuando levantaba el taco. Deseó volver a ser la niña que había sido y subirse otra vez a un poni, pero ya no tenía edad para eso. Se preguntaba si todavía se acordaría de cómo se jugaba.

Se sentó en la hierba con Chiquita y, para sorpresa suya, Anna se unió a ellas. Al principio el ambiente era un poco tenso, pero en cuanto Clara se les unió, terminaron concentrándose en sus ejercicios gimnásticos. Las tres se reían viendo a la niña dar saltos como un monito.

—¿Sabes, Sofía?, así eras tú —dijo Chiquita al tiempo que Clara pasaba dando saltos junto a ellas.

—Sí, es cierto —asintió su madre—. Eras tan presumida que no sabía qué hacer contigo.

—¿Tan insoportable era? —preguntó Sofía, contenta de que Anna se hubiera incorporado a la conversación.

Anna asintió con severidad, pero Sofía se dio cuenta de que estaba haciendo un enorme esfuerzo por resultar agradable.

—Eras una niña difícil —admitió.

A Sofía le costaba hablar con su madre. Había muchos temas que no podían tocar, de manera que se deslizaban alrededor de ellos como un par de patinadoras, temerosas de romper el hielo sobre el que se movían y caer al agua helada que había debajo, para encontrarse allí con los demonios a los que tendrían que enfrentarse. Sofía todavía seguía viendo a su madre como la persona que la había alejado de allí. Había sido ella quien la había apartado de todo lo suyo. La vida que podía haber tenido se hacía evidente a su alrededor. Jamás podría perdonarla, así que charlaban educadamente con la ayuda de Chiquita, que actuaba de árbitro, cambiando de tema cada vez que sentía que las dos mujeres estaban rascando la superficie y acercándose peligrosamente al agua.

—¿Cómo son tus hijas, Sofía? —preguntó su madre.

—Oh, adorables, por supuesto. Muy inglesas. David es un padrazo y las mima muchísimo. Son sus princesitas. Según él nunca hacen nada malo.

—¿Y según tú? —preguntó su madre.

—Bueno, pueden llegar a ser a la vez muy traviesas y encantadoras —dijo, sonriendo al recordar sus caras—. Honor es igual a mí cuando tenía su edad, realmente incontrolable; a India le encanta estar en casa con los caballos.

—Entonces ahora entenderás lo que tuve que aguantar —dijo Anna y sonrió a su hija.

—Sí. No hay una poción mágica con los niños, ¿verdad que no? Tienen su propia personalidad y es muy difícil controlarla.

—Desde luego —asintió Anna. De repente ambas mujeres se dieron cuenta de que, después de todos esos años, por fin tenían algo en común: las dos eran madres.

—No me estás mirando, abuelita —gimoteó Clara a su abuela antes de hacer otra voltereta. De nuevo cambiaron de tema y Sofía se alegró de no tener que seguir hablando de ella. No tenía ganas de hablar de Inglaterra, y pensar en David y en las niñas la hacía sentirse culpable.

Pasado un rato su madre se fue y Clara se sentó con la espalda apoyada en el pecho de su tía y se quedó dormida al sol. Sofía habló de María con Chiquita. Su tía intentaba hacerle preguntas sobre ella, pero la conversación volvía irremediablemente a María. Así lo quería Sofía. Hablaron de los viejos tiempos, y se alegró de que también fueran parte de su pasado.

Terminado el partido, un incansable Santi se acercó a ellas.

—Mamá, sé buena y préstame un rato a Sofía —dijo mirando a su prima desde el caballo con una ligera sonrisa—. Haré que te traigan un poni.

—Bueno, Santi —respondió Chiquita, levantándose. Iba a decir algo, pero se contuvo con una brusca inspiración—. No, nada —murmuró en respuesta a la mirada curiosa de Sofía—. Será mejor que vaya a ver qué tal sigue María. Los veré más tarde —concluyó. Y llevándose a una atontada Clara de la mano se alejó, perdiéndose entre los árboles.

Santi acompañó a Sofía hasta donde Javier esperaba con la *Pura*.

Sofía subió a la silla sin dificultad. Javier le dio un taco y, con un guiño, Santi salió a medio galope, golpeando la bola. Era fantástico volver a estar sobre la silla con el pelo al viento y sentir aquella sensación
ya olvidada de lanzarse al galope por el campo detrás de la bola. Se
reían como en los viejos tiempos mientras levantaban los tacos y se
perseguían por el campo.

—¡Es como montar en bicicleta! —gritó Sofía excitada al darse
cuenta de que después de todo no había perdido la práctica.

—¡Estás un poco oxidada, gorda! —se burló Santi, pasando a
toda velocidad junto a ella.

—¡Espera y verás, viejo!

—¿Viejo yo? ¡Ahora verás, Chofi! —gritó, dando la vuelta y galopando hacia ella con actitud amenazadora. Sofía dio también la
vuelta y salió a medio galope del campo hacia el ombú. Él sabía adónde le llevaba y le siguió el juego. El campo pasaba delante de sus ojos
a gran velocidad mientras Sofía seguía galopando sobre las largas
sombras del atardecer y la hierba mojada. El vasto cielo se había teñido de un nebuloso naranja y el sol se acercaba al horizonte, colgando
del cielo como un melocotón enorme y radiante. Santi dio alcance a
Sofía y avanzaron juntos, intercambiando sonrisas aunque mudos de
felicidad.

Por fin, cuando se acercaron a las ramas del ombú, redujeron la
marcha hasta seguir avanzando al paso. Dejaron a los ponis temblando de excitación y resoplando con fuerza en la sombra y desmontaron. Los grillos cantaban desde sus escondrijos y Sofía inspiró aquella esencia tan típicamente argentina que tanto amaba.

—¿Te acuerdas de la historia que me contaste sobre el precioso
presente? —preguntó Sofía a la vez que estiraba los músculos con
evidente placer.

—Claro.

—Bueno, pues ahora estoy viviendo auténticamente el presente.
Aquí, en este preciso instante.

—Yo también —dijo él en voz baja, acercándose a ella por detrás
y rodeándola con sus brazos. Se quedaron mirando cómo el horizonte iba cambiando de color ante sus ojos.

—En este momento soy consciente de todo lo que me rodea. Los grillos, este cielo inmenso, la llanura, los olores. Ahora me doy cuenta de lo mucho que lo he echado de menos.

Él le besó la nuca, pegando su cara a la de ella.

—Recuerdo que, cuando volví de Estados Unidos, Argentina me pareció diferente —empezó él—. Quizá no, quizá siguiera igual, pero yo era consciente de todo. Veía las cosas con otros ojos.

—Ahora sé lo que querías decir.

—Me alegro de haberte enseñado algo —bromeó Santi, pero ninguno de los dos rió. En vez de eso se quedaron en silencio. A pesar de que en ese instante Sofía no quería pensar en ello, en el fondo sabía que en algún momento tendría que volver a irse.

Por fin, él le dio la vuelta. Al mirarle a los ojos, esos ojos verdes colmados de ternura, Sofía sintió que podía ver en el fondo de su alma y él en la suya. Sabía lo que Santi estaba pensando y entendió la profundidad de su amor. Parecía triste, presa de esa tristeza que a menudo da el amor, y ambos se dejaron llevar por la melancolía de sus emociones. Cuando Santi la besó, el contacto con él la absorbió de tal manera que Sofía tuvo que apoyarse contra el árbol para que no le fallaran las piernas. Su piel sabía a sudor, y como no pudo quitarse las botas, Santi le hizo el amor con ellas puestas. Así hacen el amor los amantes, o los adúlteros, pensó Sofía. Había algo de animal en su forma de hacer el amor. Quizá los momentos que pasaban juntos eran momentos robados y apresurados debido a que esta vez tenían más que perder. La inocencia de la juventud había sido sustituida por un hacer experto y preciso que a Sofía le parecía tremendamente excitante y, de algún modo, también trágico.

—Dios, me encantaría darme un baño —dijo Santi, subiéndose los pantalones.

—Qué idea tan fantástica. ¿Crees que habrá alguien en la piscina?

—Espero que no —dijo poniéndole la mano en la cara y volviendo a besarla—. Me siento de nuevo yo mismo, Chofi —añadió con una sonrisa.

El sol se había puesto cuando hubieron dejado los ponis en los establos y se dirigieron a la piscina. La humedad convertía el aire en azúcar y llevaba en sus húmedas partículas el olor a eucalipto y a jazmín. Ambos vieron aliviados que no había nadie en la piscina, que se extendía, silenciosa, delante de ellos. Se quitaron la ropa sin hacer ruido, conteniendo la risa cuando tuvieron que vérselas para quitarle las botas a Santi. Con suavidad, asegurándose de no hacer ruido, se metieron en el agua, uniendo sus cuerpos en la oscuridad del fondo.

—¿Qué dirás cuando te pregunten dónde has estado? —preguntó Sofía minutos más tarde. Ninguno de los dos sabía la hora que era.

—Mamá sabrá exactamente dónde he estado. Diré la verdad, pero omitiré las partes ilegales —dijo él con una sonrisa.

—¿Qué dirá Claudia? —se rió Sofía con malicia. Pero él meneó la cabeza, evidentemente preocupado.

—Odio engañarla así. Siempre ha sido muy buena conmigo.

Sofía se arrepintió de haberla mencionado.

—Ya lo sé. A mí tampoco me gusta engañar a David. No hablemos de eso. ¿Te acuerdas del precioso presente? —dijo entusiasmada, a pesar de que el momento había quedado estropeado. Nadaron un rato en silencio, luchando contra sus conciencias, antes de sentarse a secarse en las baldosas que rodeaban la piscina.

»C de culpa, ¿eh? —susurró Sofía, compadeciéndose de él.

—Sí —respondió él, rodeándola con el brazo y atrayéndola hacia él—. Pero ninguna A de arrepentimiento.

—¿Ni una sola?

—No. ¿Vendrás mañana temprano?

—Claro, pero quiero pasar el mayor tiempo posible con María. Parece estar mucho mejor ahora que ha vuelto a casa.

—Sí, Chofi, pero…

—¿Sí?

—Se muere —dijo con voz temblorosa.

—A veces ocurren…

—¿Milagros? —no pudo seguir hablando. Esta vez fue Sofía quien lo atrajo hacia ella a la vez que él se desintegraba en un llanto profundo y descorazonador. Sofía no encontraba palabras con las que consolarle. No podía decirle lo que él esperaba oír, de manera que siguió abrazándole contra su pecho, dándole tiempo para que sacara su dolor.

—Santi, cariño, sácalo todo. Te sentirás mucho mejor —susurró, al tiempo que también ella lloraba en silencio, pero con un dominio de sí misma que le encogía la garganta. Sabía que si se abandonaba al llanto, no habría forma de consolarla; es más, sus lágrimas no serían sólo por María.

42

Cuando Sofía volvió a la casa, ya era tarde y sus padres la esperaban en la terraza con Rafael y Jasmina. Les dijo que quería darse un baño y les preguntó si podía llamar a su casa. En realidad no quería, pero sabía que David se preocuparía por ella si no lo hacía.

—¿Cómo está tu prima? —le preguntó David.

—No durará mucho —respondió Sofía tristemente—, pero al menos puedo pasar algún tiempo con ella.

—Escucha, cariño, quédate el tiempo que quieras. Las niñas están bien, todo está bien.

—¿Y los caballos?

—Ninguna novedad. Pero las niñas te echan de menos.

—Yo también las echo de menos —dijo, avergonzada de que el torbellino que inundaba su corazón hubiera ensombrecido lo mucho que las añoraba.

—Este año Honor es la actriz principal en la obra de teatro de la escuela. Está que no cabe en sí porque en la obra hay chicas de diecisiete años y ella sólo tiene catorce. Me temo que se lo está creyendo demasiado.

—Me lo puedo imaginar.

—Espera, quiere hablar contigo —dijo. Cuando la voz de Honor sonó al otro lado de la línea, Sofía sintió una punzada en la garganta fruto de una combinación de culpa y de añoranza.

—Hola, mami. Soy la actriz principal en «La bruja blanca» —exclamó llena de júbilo.

—Lo sé, papá me lo ha dicho. Estoy orgullosa de ti.

—Tengo que aprenderme mis diálogos. Son muchísimos. Tengo

más que los demás y la señorita Hindpill me está diseñando un vestido para la función, y voy a tomar clases de dicción para aprender a
proyectar la voz.

—Vas a estar ocupadísima, ¿eh?

—Mucho. No tendré tiempo para estudiar.

—Vaya novedad —se rió Sofía—. ¿Cómo está India?

—Papá dice que es mejor que no hable contigo porque se pone
triste —anunció Honor con ese tono de hermana mayor responsable.

—Ya veo. ¿Le darás un beso muy especial de mi parte? Los echo
mucho de menos.

—Vas a volver pronto, ¿verdad?

—Claro, cariño, muy pronto —le dijo Sofía, intentando ocultar
la emoción que la embargaba—. ¿Me pasas a papá? Un beso enorme
para las dos.

Honor le envió un beso antes de pasarle a su padre.

—¿Está bien India? —preguntó sin ocultar su ansiedad.

—Sí. Te echa de menos, eso es todo. Pero no te preocupes, está
muy bien. Pareces muy triste, cariño. Lo siento muchísimo. Ojalá pudiera estar ahí contigo.

A pesar de que el tono de voz de David era de preocupación, a
Sofía le irritó. De repente se puso nerviosa.

—David, tengo que colgar. Esto está costando una fortuna. Di a
las niñas que les envío todo mi amor —dijo.

—Por supuesto. Y cuídate, cariño.

Durante un instante Sofía se sintió incómoda. La llamada había
dejado en ella un residuo amargo. Se sintió falsa y se odió por su habilidad para mentir de manera tan convincente. Cuando pensaba en
las caritas inocentes y confiadas de sus hijas, su engaño resultaba aún
más despreciable. David siempre había sido bueno con ella. El cariño
que destilaban sus palabras y su voz la hacían sentirse más baja y más
mezquina de lo que jamás se había sentido. Pero cuando apareció en
la terraza minutos más tarde, habiéndose cambiado de ropa y lista
para la cena, Inglaterra volvió a pasar a un segundo plano y se sumergió de nuevo en el precioso presente de la noche cálida y húmeda,
respirando el mismo aire que Santi.

Fue una cena agradable. Un par de candelabros iluminaban la

mesa y el *Requiem* de Mozart llegaba a la terraza a través de las ventanas abiertas del estudio. A Sofía le encantaba Jasmina, con la que charlaba animadamente como dos viejas amigas.

—Vivimos en un limbo terrible —dijo Jasmina—. Para los niños la vida sigue como siempre. El lunes vuelven a la escuela. No creo que se den cuenta de lo que está pasando. Pero para nosotros, esperando de esta manera, nuestras vidas están suspendidas hasta el momento en que María nos deje. Y no sabemos cuánto tardará eso en ocurrir.

—¿Qué harás? —preguntó Sofía—. ¿Volverás a Buenos Aires como de costumbre?

—No. Los niños volverán con Juan Pablo, el chófer, mañana por la noche, pero nosotros nos quedaremos…, y esperaremos, supongo.

—Me dará pena despedirme de Clara. Nos hemos hecho muy amigas.

—También a ella le dará pena desprenderse de ti. Creo que está un poco enamoradilla de ti —dijo Jasmina, echándose a reír de esa forma tan encantadora y tan femenina que la caracterizaba—. Volverá el próximo fin de semana. Para entonces puede que ya te hayas hartado de ella.

—No creo. Es adorable.

—Rafa dice que es como tú cuando tenías su edad.

—Espero que no acabe como yo —bromeó con tristeza.

—Estaría orgullosa de ella si así fuera —dijo Jasmina convencida—. ¿Sabes?, María está muy contenta de que hayas venido. Te echaba de menos. Hablaba de ti a menudo.

—Éramos muy amigas. Qué triste es cuando la vida no resulta como esperamos —dijo Sofía presa de la melancolía.

—Siempre ocurre lo que menos esperamos, pero eso es precisamente lo que hace de la vida una aventura. No pienses en lo que has perdido, Sofía. Piensa en lo que tienes.

En ese momento entró Soledad con su postre favorito: crepes de dulce de leche y banana.

—Para usted, señorita Sofía —sonrió orgullosa y puso la bandeja sobre la mesa.

—Eres divina, Soledad. No sé cómo he podido sobrevivir sin las crepes todos estos años —respondió Sofía, complaciente.

—No volverá a quedarse sin ellos, señorita Sofía.

—¿Cuánto piensas quedarte? —preguntó Rafael que, aunque no era esa su intención, terminó sirviéndose una larga porción de crepes.

—No lo sé —respondió Sofía con sinceridad.

—Acaba de llegar, amor, no le preguntes cuándo piensa irse —le riñó Jasmina.

—Quédate el tiempo que quieras —dijo Paco—. Esta es tu casa, Sofía. Aquí está tu lugar.

—Estoy de acuerdo contigo, papá. Ya le he dicho que debería traer a su esposo y a las niñas.

—Rafa, ya sabes que eso es imposible. ¿Qué haría David aquí? —dijo Sofía echándose a reír.

—Esa no es excusa. No puedes desaparecer durante años, regresar y volver a dejarnos.

Sofía miró a su madre, que estaba sentada al otro extremo de la mesa. Cuando lo hizo, Anna levantó los ojos y la miró. Sofía intentó imaginar lo que estaría pensando, pero, a diferencia de su padre, la expresión de Anna no delataba nada.

—Me siento halagada. De verdad —respondió Sofía, y se sirvió un poco de postre.

—Agustín se fue a Estados Unidos. No sé… no entiendo a los jóvenes de hoy en día —dijo su padre, meneando su cabeza plateada—. En mis tiempos la familia permanecía unida.

—En tus tiempos, papá, la situación del país obligaba a las familias a mantenerse unidas. Nunca sabías cuándo alguien de tu familia iba a desaparecer delante de tus narices —dijo Rafael, visiblemente melancólico, acordándose de Fernando.

—Aquellos fueron tiempos muy duros.

—Me acuerdo que cuando era niño —continuó Rafael— siempre estabas muy preocupado por saber dónde estábamos.

—Los secuestros estaban a la orden del día. Estábamos muy preocupados por ustedes —dijo Anna—. Sobre todo Sofía, que siempre desaparecía con Santi y con nuestra querida María.

—En eso creo que no ha cambiado —se burló Rafael. Sofía no sabía si se refería al presente o a su desaparición años atrás.

—Nunca entendí por qué te preocupabas tanto, mamá. Creía que en realidad estabas un poco paranoica —dijo Sofía.

—No, no es verdad. Simplemente creías que yo era una agua-fiestas. Me lo hiciste pasar mal, Sofía.

Anna había hablado sin el menor atisbo de humor, aunque no había pretendido que sus palabras sonaran tan amargas.

—Lo siento, mamá.

Sofía se sorprendió a sí misma porque lo decía de corazón. Nunca se había mirado a través de los ojos de su madre. Pero ahora que también ella era madre, se preocupaba constantemente por sus hijas. Una pequeña llama de comprensión se encendió en su cabeza. Miró a su madre y sintió que la embargaba la tristeza.

Esa noche se retiró temprano. Dejó a los demás hablando en la terraza, con los rostros iluminados por la oscilante luz de las velas, y con sus voces mezclándose con el suave coro de grillos que llenaba el silencio de la pampa, y atravesó el patio iluminado por la luz de luna y lleno de macetas de geranios hasta su habitación. Ya en la cama, intentó en vano dormir. No podía quitarse a Santi de la cabeza. Se preguntaba cuánto tiempo podrían estar juntos. Sabía que llegaría el momento en que tendría que volver a separarse de él. ¿O existía alguna posibilidad de que construyeran una vida juntos? Sin duda, después de todo ese tiempo, se lo merecían. No hacía más que darle vueltas a estos pensamientos a fin de ponerlos en orden.

Finalmente, apartó a patadas las sábanas, frustrada por no poder conciliar el sueño. Necesitaba ver a Santi. Necesitaba saber que lo suyo no iba a terminar ahora que habían vuelto a encontrarse. Se puso el salto de cama y salió a la oscuridad de la noche. La luna estaba llena y fosforescente. Fue avanzando a saltos de sombra en sombra como un sapo, con los pies desnudos húmedos por el rocío. No sabía cómo iba a poder encontrarle, o cómo iba a despertarle sin despertar también a su esposa.

Una vez en la casa, Sofía fue rodeándola, caminando pegada a la pared. Atisbó por las ventanas, intentando adivinar cuál era su habitación. La casa de Chiquita era de una sola planta, así que no tuvo que habérselas con escaleras ni con plantas trepadoras. La mayoría de las habitaciones estaban protegidas por persianas. Sofía había olvidado la afición que tienen los argentinos por las persianas. Naturalmente, no podía ver a través de ellas, así que no había forma de saber qué o quién estaba en el otro lado. Rodeó la casa hasta llegar a la terraza y se quedó de pie sobre las suaves baldosas sin saber qué hacer. Ya estaba a punto de darse por vencida cuando una lucecita roja llamó su atención desde el porche. Miró con más atención y se dio cuenta de que era la punta de un cigarrillo.

—Dejé de fumar hace años —dijo la voz desde el porche.

—¡Santi! ¿Qué estás haciendo ahí? —balbuceó, aliviada.

—Esta es mi casa. ¿Qué estás tú haciendo aquí?

—He venido a verte —respondió con un suave susurro, acercándose a él de puntillas.

—Estás loca —apuntó Santi riéndose entre dientes—. Por eso te amo.

—No podía dormir.

—Yo tampoco.

—¿Qué vamos a hacer?

—No lo sé.

Santi suspiró y apagó el cigarrillo. Atrajo a Sofía hacia él y pegó su rasposa mejilla a la de ella. Rascaba.

—No puedo soportar pensar que lo nuestro va a terminar ahora que hemos vuelto a encontrarnos —murmuró Sofía.

—Lo sé. Yo también he estado pensando en eso —le dijo Santi—. No sabes cómo me arrepiento de no haber huido contigo en aquella ocasión.

—Yo también. Ojalá…

—Quizá se nos dio una oportunidad y nos equivocamos al no aprovecharla.

—No digas eso, Santi. ¡Las oportunidades las creamos nosotros! —susurró.

—Eres realmente perversa al venir así hasta aquí —le dijo él, frotándole la cabeza con cariño—. Espero que a nadie más le cueste dormir esta noche.

—Tú y yo siempre hemos estado muy sincronizados.

—Ese es el problema. Será así siempre, da igual en qué rincón del mundo estemos.

—¿Cuánto tiempo tenemos, Santi? —preguntó con forzada calma, intentando no demostrar lo desesperada que estaba.

—Claudia se lleva mañana por la tarde a los niños a Buenos Aires —respondió. Sofía no supo si había entendido mal su pregunta a propósito.

—Entonces, ¿podremos pasar algún tiempo juntos?

—Le está costando mucho.

—¿Qué?

—Que hayas aparecido de pronto.

—¿Sabe lo nuestro? —preguntó Sofía con curiosidad, en secreto encantada al saber que sí.

—Sabe que fuimos amantes. Se lo dije. Todo el mundo lo sabía. Como podrás imaginar, fue difícil mantener en secreto un escándalo como ese. No quería ocultarle algo que merecía saber. Quería que comprendiera que no había sido algo sórdido, que nos queríamos. Claudia llenó el vacío que había en mí, Chofi. Me hizo feliz en un momento en que pensaba que jamás volvería a serlo.

—¿Qué intentas decirme? —pregunto ella despacio, aunque sabía la respuesta. Él la besó en la sien y Sofía sintió cómo a Santi se le expandía el pecho cuando respiró hondo.

—No sé, Chofi. No quiero hacerle daño.

—Bueno, no pensemos ahora en eso —dijo Sofía haciendo un claro alarde de valentía. Creía que si no se enfrentaban a la situación, las esperanzas seguirían intactas—. No tenemos que tomar ninguna decisión. Simplemente disfrutemos estando juntos, con María.

—Claro, no tenemos que tomar ninguna decisión —repitió Santi. Sofía esperaba que la incertidumbre del momento estuviera atormentando a Santi tanto como la estaba atormentando a ella.

Cuando volvió a su habitación, el amanecer estaba transformando el cielo en un espectro de azules y rosas. Dejó de pensar en el futuro. Tenía demasiado miedo de enfrentarse a lo inevitable.

Naturalmente se levantó tarde, pero esta vez sabía exactamente dónde estaba. Se puso un vestido corto y salió con paso decidido a la luz de una mañana radiante. Hacía mucho calor bajo el implacable sol argentino. Se acordó que, de pequeña, se pasaba el verano entero estirada en la tumbona junto a la piscina, «tostándose». Desde que vivía en Inglaterra echaba de menos el calor, y había olvidado aquel inmenso cielo azul que ahora resplandecía sobre su cabeza.

Cuando apareció en la terraza, Jasmina y Rafael estaban leyendo en compañía de Paco y de Anna bajo las sombrillas, mientras sus hijos estaban tumbados boca abajo en el suelo, dibujando y pintando con sus primos. Era una escena tranquila y Sofía sintió que la asaltaba la envidia. ¿Así habría sido todo si hubiera vuelto? ¿Podrían ella y Santi haber construido una vida con Santiaguito después de todo? Por un momento su cuerpo anheló volver a estar con el pequeño y con sus dos hijas. Se preguntó dónde podría estar su niño. Debía de tener veintitrés años, ya todo un jovencito. Ni siquiera la reconocería si la viera. Serían dos perfectos desconocidos.

Después de controlar ese dolor al que había terminado por acostumbrarse, se sentó a la mesa. Poco después Soledad apareció con el té, tostadas, membrillo y queso. Vio dormir al bebé de Jasmina sobre el pecho de su madre, parcialmente cubierto por un precioso chal blanco. Jasmina tenía una mano sobre la cabeza del bebé y con la otra sostenía el libro que estaba leyendo. Si supiera pintar, Sofía la habría dibujado así, serena y hermosa como una «Madre e hija» de Sorolla.

Durante todo el rato que estuvo allí, lo único que deseaba Sofía era estar con Santi. Anhelaba que llegara la tarde en que Claudia por fin se fuera a la ciudad y los dejara solos. Nadie hablaba. Todos parecían sumidos en sus pequeños mundos, y Sofía se acordó de aquellos años inocentes de su juventud cuando formaba parte de su mundo. Miró a su madre, que leía en silencio a la sombra con la cabeza cubierta por su sombrero de paja. Siempre llevaba sombreros de paja. Sofía no conseguía recordar qué se ponía durante el invierno. Paco leía los periódicos del domingo. Llevaba unas gafas pequeñas y redondas que se había colocado en la punta de su nariz grande y aguileña. Cuando se sintió observado por ella, levantó la mirada y le sonrió. En sus ojos Sofía pudo distinguir una chispa de cariño. Sin embargo, no había lugar para ella en esa escena. Todos tenían su sitio bajo el sol y compartían una relajada familiaridad en la que sobraban las palabras. Eran parte del lugar. Sofía también había sido parte de aquello en otro tiempo, pero ya no conseguía recordar cómo se sentía entonces.

Bebió el té en silencio. Pasados unos minutos, Clara se acercó a ella para enseñarle su dibujo. Era muy bueno para una niña de su edad, lleno de colores brillantes y de rostros felices. Sus pinceladas eran seguras y decididas. Sofía lo admiró.

—¡Eres toda una artista! —exclamó con entusiasmo. Clara resplandeció de orgullo—. ¿Quién te ha enseñado a dibujar?

—Nadie. Es que me gusta mucho. Soy la mejor de la clase.

Sofía miró la carita de duendecillo de la niña y sonrió.

—¿Vas a ser pintora cuando seas mayor?

—No —respondió Clara con absoluta seguridad—. Voy a ser actriz —concluyó, sonriendo con cara de felicidad.

—Creo que serás una actriz estupenda, Clara.

—¿De verdad? —chilló, saltando de un pie al otro.

—¿Cuál es tu película favorita?

—*Mary Poppins.*

—Y ¿quién te gustaría ser? ¿La niña?

—No. Mary Poppins. Me sé todas las canciones —anunció, empezando a cantar—: Con un poco de azúcar...

—Vaya, parece que es verdad que te sabes todas las canciones —se rió Sofía.

—Mamá dice que es un buen sistema para aprender inglés.

—Tiene razón.

—Esta noche vuelvo a Buenos Aires —gimoteó la niña, con una mueca de fastidio.

—Pero te gusta ir a la escuela, y volverás el próximo fin de semana, ¿no?

—¿Estarás aquí?

—Claro —respondió Sofía, no queriendo desilusionar a la niña. No sabía cuándo se iría. No quería pensar en eso.

—¿Te quedarás a vivir aquí? Papá me ha dicho que sí.

Sofía miró a Rafael, que levantó la mirada del periódico y le sonrió con cara de culpa.

—No creo que me quede —dijo, intentando ser sincera—. No para siempre. Pero tienes que venir a verme a Inglaterra. Te gustará. El mejor teatro se hace allí.

—Oh, lo sé todo sobre Inglaterra. Mary Poppins vivía en Londres —dijo entusiasmada.

—Cierto.

—¡Mira, ahí viene el carro!

De los árboles salió el carro tirado por un caballo, cuyas riendas manejaba Pablo. Sofía se acordó que muchos años atrás había dado una entrañable vuelta por la granja en carro en compañía de su abuela. La abuelita Solanas siempre decía que uno de los mayores placeres de esta vida era recorrer la pampa sentada cómodamente sobre el cuero gastado de la silla del carro, contemplando el paisaje que la rodeaba. Cada vez que se acercaban a algún agujero del camino, le daba instrucciones a José con su firme vocecita para que anduviera con cuidado, y a veces le ordenaba detener los caballos si veía algún animal o algún pájaro interesante. Le había dicho a Sofía que cuando era joven iban en carro a la ciudad. Cuando Sofía comentó que debían de tardar horas, la abuela le contestó que la vida se movía a paso mucho más lento en aquellos tiempos.

—No tenía nada que ver con la rapidez con que se vive hoy en día. Serás vieja antes de haber disfrutado de tu juventud —había dicho, sin ocultar su desaprobación. Sin embargo, Sofía recordó que pronto había empezado a cansarse de las palabras de su abuela a medida que crecía en ella el deseo de que José ordenara a los caballos que aceleraran un poco el paso. Pero la abuela no quería ni oír hablar de eso. Seguía disfrutando del paisaje y saludando a los gauchos que encontraban por el camino.

Paco se levantó y se dirigió a los lustrosos caballos. Les dio unas palmadas con su mano firme y se puso a hablar con Pablo.

—¿Sofía, vienes conmigo? —dijo su padre.

—¡Yo también, yo también! —chilló Clara, tirando su cuaderno de dibujo al suelo y corriendo hacia donde estaba su abuelo.

—Me encantaría —respondió Sofía, dirigiéndose hacia ellos.

Pablo desmontó y Paco levantó a Clara con sus grandes manos como quien levanta a un cachorrillo. Se sentaron cada una a un lado de él y Paco le dio las riendas a Clara, instruyéndola pacientemente sobre cómo llevarlas. Sofía vio a Pablo caminar de regreso a los árboles y perderse entre ellos. Saludaron con la mano a Rafael y a Jasmina, y también a Anna, que dejó de leer y les sonrió desde debajo de su sombrero.

—¿Nos están mirando? ¿Nos están mirando? —susurró Clara cuando daba orden a los caballos para que dieran la vuelta, totalmente concentrada.

—Sólo tienen ojos para ti, cariño —dijo Paco, y Sofía se acordó que ese era el tipo de cosas que su padre solía decirle.

Salieron al trote por el parque. Sofía no pudo evitar sentir una punzada de fastidio cuando se alejaron en dirección contraria a la casa de Chiquita. Estaba desesperada por ver a Santi y le resultaba difícil concentrarse en nada más. Como le había ocurrido con su abuela años atrás, la novedad dejó de serlo pasado un rato y deseó estar en cualquier otra parte. Su padre escuchaba con atención mientras su nieta parloteaba incansablemente. Por fin, cuando se hizo un silencio en su conversación, Paco volvió su atención a Sofía.

—Te encantaba llevar los caballos —dijo.

—Lo recuerdo, papá.

—Pero eras mejor jugando al polo.

—Me gustaba más el polo —admitió Sofía entre risas.

—¿Te acuerdas de «La Copa Santa Catalina»? —preguntó, sonriendo al recordarlo.

—¿Cómo podría haberlo olvidado? Gracias a Dios que Agustín se cayó. De lo contrario nunca me habrías dejado jugar.

—Ya sabes que yo quería que jugaras desde el principio.

—¿Ah, sí?

—Pero sabía lo mucho que tu madre odiaba que jugaras. No soportaba ver que tú sí eras parte de Santa Catalina. Ella nunca lo consiguió.

Paco se giró y sus ojos se encontraron durante unos segundos con los de su hija. En ellos Sofía vio arrepentimiento.

—Ella eligió vivir aquí —murmuró Sofía, apartando la mirada.

—Clara, mira, los demás niños están jugando en los columpios —dijo Paco, que detectó que la niña se estaba cansando del juego ahora que nadie le prestaba atención—. ¿Por qué no vas a jugar con ellos?

—¿Puedo? —preguntó, animándose. Cuando Paco detuvo a los ponis, Clara saltó al suelo y salió corriendo alegremente a través del parque para unirse a sus primos.

Sofía intuía que su padre quería hablar con ella a solas y esperó con desconfianza a que empezara. Paco ordenó a los ponis que reemprendieran la marcha, y el tintineante sonido de los arneses llenó la incómoda pausa que siguió.

—No era fácil, ¿sabes? —dijo pasados unos segundos, sin apartar la mirada del camino que se extendía delante de ellos.

—¿Qué es lo que no era fácil? —preguntó Sofía, confundida.

Paco se quedó pensando durante un momento, dejándose mecer por el movimiento del carro.

—Quiero a tu madre. Hemos pasado por tiempos difíciles. Cuando te fuiste y no volviste, ella se encerró en sí misma. Ya sé que parece una mujer muy fría. Lo que le ocurre es que no está cómoda consigo misma, y tú acentuaste aún más esa incomodidad.

—¿Qué quieres decir? —preguntó, sorprendida.

—No se adaptaba y tú sí. Todos te querían. A ella le costaba querer.

—Pero ¿alguna vez me quiso? —preguntó Sofía, y, asombrada, volvió a repetirse esas palabras, como si no las hubiera dicho ella.

—Todavía te quiere. Pero…

—¿Sí?

Sofía observó el perfil de Paco y vio en él la expresión de un hombre que estaba a punto de revelar un terrible secreto.

—Me temo que en cierto sentido soy yo el culpable de… de la difícil relación que has tenido con tu madre —dijo muy serio—. Llevo mucho tiempo queriendo decírtelo.

—¿Por qué dices eso? Siempre estabas de mi parte. Siempre estabas ahí para apoyarme. De hecho, creo que la mayor parte de las veces me consentías demasiado.

—Sofía, cuando tu madre estaba embarazada de ti, las cosas no iban bien entre nosotros.

Paco hizo denodados esfuerzos por dar con las palabras adecuadas y Sofía intuyó lo que estaba a punto de decirle.

—No, las cosas no iban bien —continuó—. Yo ya no podía más. Éramos muy infelices.

—¿Tuviste una aventura? —le interrumpió Sofía. Paco se encogió de hombros. Probablemente le había aliviado que su hija le hubiera ahorrado tener que pronunciar esas palabras.

—Sí —respondió, y Sofía pudo ver el remordimiento que aún le atormentaba. Esto debe de ser una odiosa costumbre familiar, pensó Sofía. Dios mío, ¿qué estoy haciendo?

—Cuando me enamoré de tu madre —siguió Paco—, nunca había conocido a nadie como ella. Era fresca, despreocupada, tenía una naturalidad difícil de describir. Cuando la traje a Argentina, las cosas empezaron a cambiar. Se convirtió en otra persona. Intenté unirme aún más a ella, pero cada vez se distanciaba más de mí. Encontré a esa persona a la que había amado en otra mujer. Nunca se ha recuperado de esa traición.

Se quedaron sentados envueltos en un silencio tenso. Sofía empezó a tomar conciencia de por qué habían sido tan duros con ella cuando había cometido su falta sexual. Al castigar a Sofía, su madre estaba castigando a su padre por haber amado a otra mujer. Su pobre padre se sentía demasiado culpable para poder llevarle la contraria.

—¿Cómo pudo culpar a su hija por haber nacido en un momento difícil? —preguntó Sofía—. No puedo creer que me odiara porque le recordaba tu infidelidad.

—Nunca te odió, Sofía. Nunca. Simplemente le costaba demasiado acercarse a ti. Lo intentaba. Estaba celosa de ti porque yo te amaba incondicionalmente, como te amaba el abuelo O'Dwyer. Anna sentía que le habías robado los dos hombres que eran más importantes en su vida.

—Los dos hombres más importantes en la vida de mamá eran Rafa y Agustín —dijo Sofía con amargura—. No creo que hiciera ningún intento por acercarse a mí.

—Anna mira ahora al pasado con gran arrepentimiento.

—¿De verdad?

—Deseaba que volvieras a casa.

—No lo entendí, papá. Era sólo una niña cuando ustedes me enviaron a Ginebra. Me sentí rechazada. No quería darles la espalda, pero sentía que eran ustedes quienes me la habían dado a mí. Me sentía muy culpable por haberme metido en un lío así. Ustedes dos estaban muy decepcionados. Pensé que dolería menos si no volvía a verlos nunca más.

—Lo siento, hija. No podemos volver atrás en el tiempo. Si pudiera, te prometo que daría todo el dinero del mundo. Pero tenemos que vivir con nuestros errores, Sofía. Yo sigo pagando por los míos.

—Y yo por los míos —dijo Sofía con voz ronca, fijando la mirada en la llanura húmeda que los rodeaba.

—Si quieres te dejo en casa de Chiquita, así podrás pasar a ver a María —dijo Paco, ordenando a los caballos que dieran la vuelta y se dirigieran de regreso a casa.

Cuando llegaron a casa de Chiquita, Sofía se giró hacia su padre. Le sorprendió ver en sus ojos ese brillo tan familiar, y por primera vez desde su llegada, entre los dos hubo la silenciosa comunicación de antaño. Había pensado que no volvería a sentirla. Sin embargo, cuando él le sonrió con ternura, Sofía tuvo que contener las lágrimas, y cuando él le tocó la mano, ella sintió que de nuevo era una parte de Paco. Se adelantó y abrazó afectuosamente a su padre sin ningún atisbo de inhibición. Y él la abrazó como solía hacerlo.

43

Sofía vio a Paco dar la vuelta con el carro y alejarse en dirección a los árboles. De niña creía que sus padres estaban unidos por algo más fuerte que ellos mismos. Como niños tenían el derecho divino de que sus padres estuvieran allí para ellos, y aunque la relación con Anna era difícil, nunca sospechó que las cosas pudieran ir mal entre su padre y su madre. De hecho, nunca se preocupó por los demás; estaba demasiado ocupada en compadecerse de sí misma.

Hacía mucho calor. El sol de mediodía brillaba sin piedad y Sofía tuvo que entrecerrar los ojos para evitar que la cegara. Le habría encantado darse una ducha o un buen baño. Recordó que cuando era pequeña ese aire pesado podía durar días, culminando en una tormenta de dimensiones espectaculares. Las tormentas de la pampa eran terribles. De niña creía que en el cielo resonaban los pasos de cien monstruos grises que combatían en una aterradora batalla celestial sobre su cabeza.

Entró en la casa. Todo estaba tranquilo y en silencio, y tardó poco en calmarse al abrigo del sol. Pasaron unos instantes antes de que pudiera acostumbrarse a la oscuridad. Luego oyó el zumbido de voces que provenían del otro extremo del pasillo. Se dirigió a la habitación de María. Una de las puertas que quedaba a su derecha estaba abierta, pero no la vio hasta que una mano firme la agarró y tiró de ella hacia dentro. Contuvo el aliento y, antes de que tuviera tiempo de dejarse llevar por el pánico, la boca de Santi estaba sobre la suya, silenciando cualquier chillido que pudiera salir de ella. Santi la arrastró hasta la oscuridad de la habitación. Sofía apenas podía tomarse la situación en serio, pero su risa quedó amortiguada por la boca sensual y cálida de su primo. También él sudaba.

—Dijiste que vendrías temprano. ¿Dónde has estado? —le susurró al oído.

—He ido a dar una vuelta en carro con papá —respondió, y se echó a reír cuando él empezó a besarle el cuello—. Me haces cosquillas.

—Llevo esperándote toda la mañana —le dijo ardientemente—. Desde luego, sabes cómo provocarme.

—No lo he hecho para provocarte, Santi. Papa quería que le acompañara. La verdad es que me alegra haberlo hecho.

Santi empezó a recorrerle el cuerpo con las manos por debajo del vestido. Sofía gimió de placer.

—¿Ha ido todo bien? —le preguntó, echándole el aliento en el pelo.

—Vuelvo a sentirle cerca, Santi. No ha hablado mucho, como es habitual en él, pero volvemos a entendernos.

Santi le levantó el vestido hasta la cintura y le hundió la cara en el cuello, pegando su cuerpo caliente al de ella.

—Te quiero ahora, Chofi —susurró, empujándola contra la pared. Sofía sintió frío en la espalda.

—No podemos. No bajo el mismo techo en el que se encuentra María —protestó Sofía sin demasiado convencimiento.

Los dedos de Santi recorrían su cuerpo con la ansiedad de alguien que puede verse descubierto en cualquier momento y que encuentra esa posibilidad demasiado atractiva para resistirse a ella. Esas manos conocidas encontraron el camino que llevaba a sus rincones más secretos. Totalmente abrumada al sentirlas sobre su piel, Sofía no fue capaz de decir nada ni de negarse a él. Sólo se oían los jadeos de Santi y el crujido de su vestido. Era totalmente presa del deseo y eso la hacía imprudente. No le importaba que los descubrieran. En ese momento lo único que quería era chillar de placer. Santi la hacía sentirse joven de nuevo: vibrante, segura…, la Sofía que había dejado atrás con sus recuerdos. Era fantástico volver a ser aquella persona. Se retorció de placer cuando sintió las manos de Santi acariciándole la piel. La tocaba con un descaro y una firmeza que a Sofía le parecían terriblemente excitantes. Por su parte, Santi se excitaba con cada una de sus partes de mujer. Quería oler, saborear y disfrutar de ella de forma animal y totalmente desinhibida. Mientras le hacía el amor, no había nada en el mundo excepto esa pequeña habitación.

—No puedo entrar así a ver a María —suspiró Sofía sin aliento cuando todo hubo terminado.

—Shhhh.

Santi le tapó la boca con la mano y entrecerró los ojos. Se oían pasos. La empujó contra la pared sin dejar de mirarla a los ojos. Los pasos se acercaron con suavidad por el pasillo. Sofía casi no se atrevía a respirar. Ya había conjurado la escena en su imaginación. El horror en la cara de Claudia. La decepción en la cara de su padre. Ella yéndose después de haber vuelto a caer en desgracia. El corazón le martilleaba en el pecho. Estaba aterrorizada. Pero los pasos se alejaron inocentemente por el pasillo hasta que dejaron de oírse.

Se apoyó con desmayo en Santi. Él respiró hondo y le besó la frente empapada.

—Hemos tenido suerte —susurró él.

—Oh, Dios, Santi, ¿qué estamos haciendo?

—Lo que sin duda no deberíamos estar haciendo. Venga, salgamos de aquí.

—Pero quiero ver a María —dijo Sofía—. He venido a eso, ¿recuerdas?

Él le sonrió y meneó la cabeza.

—Bueno, pues en vez de eso me has visto a mí. Dios mío, estás hecha un desastre —añadió cariñosamente—. No pueden verte así.

—¿Y adónde podemos ir? Seguro que alguien nos ve.

Santi se quedó pensando unos segundos.

—Haremos una cosa: tú sales corriendo, te metes en el baño y te arreglas un poco. Tendrías que ver lo despeinada que estás. Pero me pareces muy sexy. Me encanta verte así, aunque en cuanto María te vea, se dará cuenta de todo. Me encontraré contigo en su cuarto.

—De acuerdo.

—Bien, veamos si hay moros en la costa —concluyó Santi, aunque no se movió.

—Venga, muévete —le apremió Sofía.

Santi tomó el rostro de ella entre sus manos y volvió a besarla.

—No quiero irme. Mira —le dijo, llevándose la mano de Sofía a los pantalones—. Podría volver a hacerlo.

Ella se echó a reír en voz baja contra su pecho.

—Estás loco, no puedes entrar ahí así. ¡No podemos salir de aquí!

No pudieron reprimir la risa ante lo absurdo de la situación. Corrían el peligro de que los descubrieran y de estropearlo todo y, sin embargo, lo único que podían hacer era reírse como un par de colegiales. Por fin, él fue hacia la puerta y echó un vistazo al pasillo.

—Ven —susurró a Sofía. Juntos salieron de puntillas por el pasillo, conteniendo el aliento. De golpe, habían dejado de reír. En cuanto llegaron a la siguiente puerta, ella se metió dentro, a salvo en la seguridad del baño. Él siguió hacia la habitación de su hermana.

Ya en el baño, Sofía se apoyó contra la puerta y volvió a respirar. Todavía sentía las manos de Santi en su cuerpo y le brillaba la piel de alegría. Cuando se miró en el espejo, entendió lo que Santi había querido decirle. Tenía las mejillas rojas y los ojos encendidos. Rezumaba sensualidad. Le encantó verse así. Se lavó la cara e hizo lo posible por recomponer su aspecto.

María se alegró mucho al verla. Sus ojos castaños se animaron cuando Sofía entró en la habitación. De repente, Sofía se sintió culpable por haberse permitido hacer el amor con Santi bajo el mismo techo en el que agonizaba su prima. No le pareció bien. Imaginó que el padre Julio agitaba su dedo índice hacia ella desde el asiento dorado que ocupaba en los cielos.

Santi estaba perezosamente sentado en un sillón bebiendo un vaso de vino. En su expresión no había el menor indicio de culpa. Eduardo estaba sentado a los pies de la cama de María. Al ver que Claudia no estaba en la habitación, Sofía se sintió aliviada. Saludó a Santi como si no le hubiera visto desde el día anterior. Cuando se inclinó para darle un beso, él le apretó el brazo dos veces. Eso siempre había sido parte de su código secreto. Ella le devolvió el apretón.

Eduardo estaba pálido. A pesar de su sonrisa, sus ojos revelaban que había perdido toda esperanza. El corazón de Sofía lloró por los dos. ¿Cómo podía estar disfrutando de Santi en medio de tanta tristeza?

María parecía débil pero feliz. Se quedaron hablando un rato y nadie mencionó su enfermedad. Todos deseaban mantener viva la esperanza de que iba a ponerse bien. Ninguno quería enfrentarse a la verdad de que estaba cada vez peor. Comentaron que los niños debían volver a la escuela. María no quería que se fueran, pero para ellos era mejor que sus vidas recuperaran cierta normalidad. Volverían a la ciudad con Claudia y con sus hijos. Sofía y Santi se miraron cuando se mencionó a Claudia, y Sofía se dio cuenta de que él estaba tan ansioso por quedarse a solas con ella en Santa Catalina como ella.

María se cansaba con facilidad. Cuando empezó a entrecerrar los ojos, decidieron dejar que durmiera y salieron a la terraza. Claudia estaba sentada en el banco del porche con su hija acurrucada sobre su regazo como un perrito cariñoso. Sofía le sonrió no sin esfuerzo, a la espera de una fría recepción. Le sorprendió ver en los ojos de Claudia una ansiedad que no había apreciado en ocasiones anteriores. Parecía asustada. Claudia tensó la espalda y apartó a su hija con un gesto cariñoso. Los demás estaban sirviéndose algo de beber y se tomaban su tiempo para reunirse con ellas. Sofía no tuvo más remedio que conversar con Claudia.

—Entonces —empezó—, te vas esta noche a Buenos Aires.

—Sí —respondió Claudia, bajando la mirada. Siguió una pausa incómoda durante la cual Sofía dio unos cuantos pasos, sin decidirse a sentarse o a quedarse de pie.

—¿A qué colegio van tus hijos? ¿Al San Andrés?

—Sí.

—Yo estudié ahí.

—Ya lo sé, Santi me lo dijo.

—Entiendo.

—Santi y yo tenemos una relación maravillosa. Me lo cuenta todo —dijo Claudia a la defensiva.

—Lo sé. Ya me ha dicho lo buena que eres con él. Le has hecho muy feliz —soltó Sofía apretando los dientes.

—También él ha sido muy bueno conmigo. No podría haber encontrado un marido mejor ni un mejor padre para mis hijos —dijo, mirando a Sofía con frialdad—. Quiere quedarse aquí por María. La adora. Cuando ella muera él estará desolado, pero la vida volverá a la normalidad. Supongo que regresarás con tu familia.

—Sí, supongo que regresaré —concluyó Sofía, aunque lo que quería más que nada en el mundo era quedarse.

—¿Cómo has encontrado esto después de tantos años fuera? —preguntó Claudia al tiempo que una sutil sonrisa de triunfo se dibujaba en sus labios.

—Es como si nada hubiera cambiado. Es increíble la facilidad con la que podemos volver a adaptarnos.

—Pero ¿has vuelto a… a adaptarte? —preguntó Claudia con cautela.

—Claro.

—Pero la gente cambia, ¿no? Aparentemente da la sensación de que todavía siga siendo tu casa, pero seguro que no acabas de adaptarte a ninguno de los dos sitios.

—No, qué va. En realidad no me siento una inadaptada en ningún sitio —mintió Sofía.

—Tienes suerte. Es algo muy común. Me sorprende que te sientas como en casa. Hay tantas caras nuevas… una nueva jerarquía. Ya no eres parte del lugar. Santi me dijo que solías ser el tema de casi todas las conversaciones en Santa Catalina. Ahora nadie habla nunca de ti.

Sofía se sintió herida por su franqueza y decidió retirarse.

—En realidad, no quiero que hablen de mí, Claudia —replicó con frialdad—. He venido a ver a María. Entre nosotras hay una amistad que tú jamás entenderías. Da igual lo que tú pienses. Las raíces que tengo aquí son más profundas de lo que jamás serán las tuyas.

En ese momento Santi salió a la terraza seguido de Miguel, Panchito, Eduardo y Chiquita. De inmediato percibió las mejillas encendidas de Claudia y una nube de preocupación le cruzó la cara mientras sus ojos iban de su mujer a su amante.

—¿Te quedas a comer, Sofía? —preguntó Chiquita—. ¿O a cenar?

—Voy a comer con mis padres, Chiquita, pero me encantaría cenar con ustedes —dijo. Luego, girándose hacia Claudia, añadió—: No creo que te vea más tarde.

El cuello de Claudia enrojeció de rabia y Sofía le sonrió con evidente satisfacción.

—Que tengas un buen viaje a Buenos Aires.

Mientras Sofía caminaba entre los árboles, casi saltaba de felicidad. Se sentía victoriosa. Claudia la había atacado, debía de sentirse amenazada por ella. A buen seguro eso era señal de que las cosas no iban bien entre marido y mujer. Llenó el vacío que dejé al irme, pero ahora he vuelto, pensó Sofía, triunfante.

Debían de ser las cinco de la tarde cuando los coches salieron hacia Buenos Aires. Los hijos de Rafael y Jasmina se fueron con el chófer, y los de Santi y Claudia con los de María. Cuando el polvo volvió a posarse sobre el camino tras su marcha, centelleando al sol, Sofía se dirigió, victoriosa, a casa de Chiquita.

Después de cenar con la familia de Santi, se sentaron todos en la terraza. Envueltos en la humedad de la noche, una profunda pesadumbre descendió sobre sus corazones. Sentados en la oscuridad, observados por los ojos ocultos de los animales de la pampa, hablaron abiertamente de María. Sofía apenas podía mirar el amable rostro de Eduardo. Sin embargo, resultaba casi catártico hablar así de ella todos juntos. Por una vez fueron realistas. María no viviría mucho más. Miguel había llamado a Fernando, que había decidido volver a Santa Catalina por primera vez desde que había estado preso para dar el último adiós a su hermana. Superaría sus miedos por ella y quizá conseguiría liberarse de las sombras que le atormentaban.

Chiquita y Miguel se tomaban de la manos en busca de consuelo. No iba a ser fácil, a pesar de los meses de preparación. Podía ser cosa de días, literalmente. En esos momentos, Sofía se sintió muy unida a sus primos. Compartían un pasado común; compartían su amor por María, y eso los unía con una fuerza que, pasara lo que pasara, nada podría debilitar.

Más tarde, cuando todos estaban ya en la cama, Santi y Sofía seguían sentados en el banco como la noche anterior. Se habían quedado en silencio. No necesitaban hablar. Los reconfortaba el hecho de estar juntos. Santi cogió de la mano a Sofía y la atrajo hacia él. Sofía no supo cuánto tiempo estuvieron así, pero después de un rato empezó a dolerle el cuerpo.

—Necesito moverme, Santi —dijo, y se estiró. Estaba anquilosada y medio dormida. También melancólica—. Debería irme a la cama. Se me están cerrando los ojos.

—Quiero pasar la noche contigo, Chofi. Esta noche necesito estar cerca de ti —dijo Santi.

Sofía le miró. Era un hombre fuerte, pero esa noche parecía vulnerable.

—No podemos quedarnos aquí —objetó Sofía.

—Lo sé. No estaría bien. Iré contigo.

—¿Estás seguro?

—Del todo. Te necesito, Chofi. Estoy demasiado triste.

Ella le abrazó como a un niño y él se aferró a ella. Había algo conmovedor en la forma en que Santi la abrazaba. Sintió que su corazón sufría por él.

—No hay nada que podamos hacer —se lamentó Santi—. Me siento impotente. Y no puedo evitar pensar: ¿y si esto le ocurriera a alguno de mis hijos? ¿Cómo podría soportarlo? ¿Cómo pueden soportarlo mis padres?

—Lo soportas porque no te queda más remedio. Duele y dolerá siempre, Santi, pero tienes que ser fuerte. Estas cosas nos ocurren para ponernos a prueba. No sabemos por qué pasan, pero Dios quiere a María a su lado. Debemos dar gracias por haber disfrutado de ella durante todos estos años —dijo Sofía, parpadeando para no dejar caer las lágrimas. Pensó en lo que acababa de decir y se dio cuenta de que sonaba igual que su madre. A pesar de lo mucho que se había rebelado contra ella, había absorbido la filosofía de su madre más de lo que había creído—. Venga, vamos a la cama. Estás cansado. Te sentirás mejor por la mañana.

Caminaron entre los árboles cogidos de la mano. Tendrían que haber estado felices por poder pasar la noche juntos, pero sentían sus corazones apesadumbrados y vacíos, presas de una sensación de soledad.

—¿Sabes?, nunca había pensado en la muerte. Nunca había tenido que enfrentarme a ella. Pero me da miedo. Somos demasiado vulnerables.

—Ya lo sé —dijo Sofía categóricamente—. Todos tendremos que pasar por eso en algún momento.

—Miro a mis hijos y me pregunto qué voy a decirles cuando me pregunten adónde se ha ido. Ya no sé en qué creer.

—Eso es porque estás enojado con Dios. Yo pasé toda mi infancia enfadada con Dios simplemente porque mi madre era una fanática. Eso me irritaba. Pero ahora creo. Todo esto tiene que tener un propósito.

—Tengo que ser fuerte por mamá, pero por dentro me siento débil e impotente —confesó él sin ocultar su tristeza.

—Delante de mí no necesitas mostrarte fuerte, Santi.

Y él le apretó la mano.

—Me alegra que hayas venido. Has vuelto cuando más te necesitaba.

Sofía cerró la puerta de la habitación y fue hasta la ventana para cerrar las persianas y correr las cortinas.

—Escucha cómo cantan los grillos —dijo. Estaba nerviosa. Habían hecho el amor antes, pero esa noche sería algo lento e íntimo. Le oyó acercarse por detrás y acto seguido Santi le rodeó la cintura con los brazos y la atrajo hacia él. La besó en el cuello con suavidad. Sofía se apoyó en él y cerró los ojos. Santi le metió las manos por debajo de la falda y ella sintió sus palmas rugosas sobre el estómago. Había mucha humedad en el aire y tenía la piel empapada. Entonces Santi le puso las manos en los pechos, con tanta suavidad que apenas podía sentirlas. Su barba incipiente le hizo cosquillas en el cuello y Sofía se retorció de placer. Se giró hasta que quedaron frente a frente y la boca de Santi se posó sobre la suya con la pasión de alguien que quiere borrar el dolor del presente y abandonarse en brazos de la mujer a la que ama. Por fin ambos se abandonaron en el otro y en la intimidad de la noche Sofía le tuvo para ella sola.

—¿Estoy vieja? —le preguntó más tarde, cuando vio a Santi mirándole el cuerpo.

—¿Tú? Nunca —dijo con ternura—. Sólo un poco mayor.

44

Lunes, 10 de noviembre de 1997

Fernando sintió las gotas de sudor que le bajaban por la espalda cuando desembarcaba del ferry sobre el que había cruzado las aguas que separaban Uruguay de Argentina. Habían pasado casi veinte años desde la última vez que había pisado suelo argentino, veinte años desde que había tomado parte en las manifestaciones políticas contra el Gobierno militar que había usurpado el poder el 24 de marzo de 1976. Aunque durante el golpe no había habido derramamientos de sangre, los cinco años siguientes habían sido testigos de la desaparición de casi veinte mil personas. Fernando había estado a punto de ser uno de ellos.

Miró atrás por encima de las aguas marrones y recordó cómo había escapado veinte años atrás. Aterrado y derrotado, había jurado no volver a poner un pie en Argentina. Había visto demasiada violencia para volver a estar tan cerca de la muerte.

Durante ese período, había aprendido mucho sobre sí mismo. No le gustó lo que vio. Era un cobarde, no como esos hombres y mujeres valientes que arriesgaban sus vidas y que a menudo las sacrificaban por el bien de su país, por la democracia y por la libertad; hombres y mujeres que acudían a cientos a la Plaza de Mayo a protestar contra el general Videla y sus secuaces. Ellos eran los héroes sin rostro, los «desaparecidos» argentinos, hombres y mujeres que, secuestrados de sus camas en mitad de la noche, nunca habían vuelto a ser vistos. Puede que hubiera sido mejor haber desaparecido con ellos, pensó. Quizá hubiera sido mejor terminar en el fondo del mar en vez de esconderme en Uruguay. Ojalá la policía se hubiera dado cuenta de lo inofensivo que era, ojalá se hubiera dado cuenta de que su parloteo y sus llamativas demostraciones de oposición no eran más que simples intentos por llamar la atención, meras tentativas para parecer importante, para sentirse importante, para compensar por los años que había vivido junto a un hermano cuya luz brillaba con tal intensidad que no dejaba espacio alguno para que Fernando pudiera hacer brillar la suya. Hasta que se hizo amigo de Carlos Riberas y se unió al movimiento de la guerrilla. Aquel era un rincón tan oscuro que ahí sí podía brillar con luz propia.

Cuando llegó a Uruguay compró una pequeña casucha en la playa, se dejó crecer la barba y el pelo, y sólo se lavaba cuando se daba un baño en el mar. Se había perdido el respeto. Se odiaba, y por eso intentó perderse bajo la densa mata de pelo negro que crecía a su alrededor como el bosque cuajado de pinchos del cuento de *La bella durmiente*. La única diferencia era que, en su caso, no había ninguna princesa que fuera a despertarle con un beso. Evitaba a las mujeres. No valía nada. ¿Cómo iba alguien a quererle?

Había escrito artículos para varios periódicos y revistas uruguayos con la intención de seguir luchando desde el otro lado de la frontera. Pero no necesitaba el dinero, puesto que su familia se había asegurado de que no le faltara de nada. De hecho, tenía más dinero del que merecía, así que empezó a regalárselo a los mendigos sin techo que merodeaban borrachos por las sucias calles, agarrados a las botellas que escondían en bolsas de papel marrón. Aunque eso no le hacía sentir mejor. Sencillamente se sentía muerto por dentro.

Pero una noche despertó de una de esas habituales pesadillas que le dejaban el colchón bañado en sudor y decidió que no podía seguir soportando aquella tortura. Se levantó, metió unas cuantas cosas en una mochila y cerró con llave la puerta de la casa al salir. Durante los cinco años siguientes se dedicó a viajar sin tregua por toda Sudamérica. Bolivia, Paraguay, Ecuador, desde los lagos del sur de Chile hasta las montañas de Perú. Pero allí adonde iba, la sombra de su tormento iba siempre un paso por delante de él.

En la cima del Machu Picchu, con sólo el cielo por encima de su cabeza y las nubes que cubrían la tierra por debajo, se dio cuenta de que no ya no le quedaba ningún lugar al que huir. Había llegado a la cima. Tenía sólo dos alternativas: seguir subiendo hasta llegar de una vez por todas al reino de los dioses, o bajar e intentar vivir consigo mismo. Era una elección sumamente difícil. Las nubes se arremolinaban en una danza hipnótica, llamándole para que se sumergiera en el dulce silencio y el olvido que prometían. El silencio de la muerte. El olvido que te permite olvidarte incluso de ti mismo. Miró hacia abajo, columpiándose en el borde del mundo. Pero también eso sería huir. No estaría mejor que cuando había salido huyendo de Argentina, seguiría siendo un desertor. Sería muy fácil, quizá demasiado fácil. No tendría ningún mérito; no tiene nada de valiente morir así, pensó.

Se dejó caer sobre la hierba y hundió la cabeza entre las manos. Lo más difícil de esta vida es vivir, pensó, hundido en su desgracia, aceptando que probablemente le quedaban muchos años de vida. Puedo vivirlos de forma inconsciente, como un espectro, y esperar a que me llegue la muerte, o puedo plantarle cara a la vida y vivirla lo mejor que pueda.

Cuando regresó a su casa, el teléfono estaba sonando. Era su padre, que llevaba semanas intentando localizarle. María se moría de cáncer. Había llegado la hora de volver a casa.

Cuando Fernando llegó a Buenos Aires, pidió al chófer que sus padres le habían enviado que le llevara a la Plaza de Mayo. Quería ver la Casa Rosada. Sólo quería dar una vuelta en coche por la plaza. Una sola. Quería ver si todavía le atormentaba como lo hacía en sus sueños. La casa del Gobierno, pintada de rosa (para lo que se había empleado sangre, lima y grasa de vaca), domina la plaza y está flanqueada por el Banco de la Nación, la Catedral Metropolitana, el Consejo Municipal y el Cabildo. Es una hermosa plaza llena de palmeras, jardines repletos de flores y edificios coloniales. Pero para Fernando se había convertido en una plaza oscura y amenazadora, el escenario de demasiadas desilusiones.

A medida que el coche se acercaba a la plaza, Fernando sintió que el miedo iba apoderándose de él, llenándole el estómago y la garganta, impidiéndole articular sonido alguno. Un sudor frío fue acumulándose en sus puños cerrados y su respiración se hizo breve e irregular. Sin embargo, una vez que llegó a la plaza y vio el sol estival brillando inocentemente sobre las plantas y las flores, sintió que el terror se disipaba como si hubiera sido la mano de Dios quien lo hubiera borrado. Las sombras habían desaparecido. Argentina era ahora una democracia y ese cambio se olía en la dulce fragancia del aire y se veía en los rostros despreocupados de la gente que pasaba a su lado. Observó el nuevo rostro de la ciudad y notó cómo había prosperado y cómo sonreía. El miedo ya no le atenazaba, sino que cayó de sus hombros como un abrigo desgastado que no tenía lugar en aquel clima nuevo y cálido.

—Suficiente —le dijo al chófer—. Lléveme a Santa Catalina.

La llegada de Fernando fue una ocasión trascendental para su familia. Rememorando el regreso de Santi después de su viaje al extranjero hacía más de veinte años, se agruparon en la terraza de la casa, sin dejar de observar el horizonte a la espera del primer atisbo del coche que traía a Fernando. Aunque su llegada se esperaba con tristeza, porque volvía para despedirse de su hermana.

—Ha cambiado mucho, Sofía —dijo Chiquita, visiblemente entristecida—. No creo que le reconozcas.

En los labios de Sofía se dibujó una sonrisa comprensiva.

—¿Crees que vuelve para quedarse? —preguntó, intentando dar un poco de conversación a su tía. En realidad, no le importaba si volvía para quedarse o no. Miró a Santi, que hablaba con su padre y con Eduardo. La llegada de Fernando se vivía con gran aprensión. A Miguel le preocupaba que no llegara a tiempo. A María no le quedaba mucho. Nadie podía estarse quieto. Caminaban por la hierba o se movían de un lado a otro de la terraza. Hasta los perros se habían tumbado, jadeantes, a la sombra, con el rabo inmóvil y tenso.

Cuando el coche de Fernando apareció por la curva y avanzó lentamente por la avenida con la dignidad y la sobriedad de un coche fúnebre, la pequeña comitiva respiró aliviada. Fernando miró por la ventanilla y sintió el corazón colmado de cariño y de dulce melancolía. Allí era donde había crecido, lo que había sacrificado durante muchos años y que no había cambiado nada.

Bajó del coche y se echó en los frágiles brazos de su madre. Abrazó a su padre, a Panchito, a sus tías y tíos, que hicieron comentarios sobre su pelo largo y su barba oscura. Estaba irreconocible. Cuando vio a Sofía se quedó boquiabierto.

—Jamás creí que volvería a verte —dijo, mirando de arriba abajo a la mujer que le recordaba a una prima a la que antaño había odiado. Pero ahora eran dos personas totalmente diferentes, como si su niñez hubiera sido una larga obra de teatro que había terminado hacía tiempo, llevándose con ella los papeles que ambos habían interpretado.

—Qué alegría verte, Fercho. Me hace muy feliz que hayas vuelto a casa —respondió Sofía, no encontrando nada mejor que decir. Se sentía incómoda. Para ella Fernando era casi un desconocido.

Cuando Fernando vio a Santi, hizo algo que los sorprendió. Se echó a llorar. Vio en Santi al amigo con el que aquella fría noche de invierno había ido a dar su merecido a Facundo Hernández. Pero no lloraba porque Facundo le hubiera salvado la vida, sino porque miró los ojos verdes y sinceros de su hermano y sólo vio los años desperdiciados por culpa de los celos, el resentimiento y el miedo. Lloraba porque había vuelto a casa y porque había vuelto para quedarse. Miró hacia atrás y se dio cuenta de que la sombra había desaparecido.

Chiquita le condujo adentro para que viera a María. Santi y Sofía se miraron y se dieron cuenta de que aquél no era buen momento para entrar a ver a María. Fernando necesitaba pasar un rato a solas con su hermana.

—Vayamos al pueblo —dijo Santi con voz solemne—. Nadie notará que nos hemos ido ahora que Fercho está en casa.

—Está muy cambiado. Es como si fuera otra persona, alguien a quien nunca conocí —dijo Sofía, melancólica, siguiéndole entre los árboles.

—Lo sé. También para nosotros ha cambiado.

—Debería sentir algo por él, pero no lo consigo —dijo Sofía, pensando en lo voluble del tiempo, que te permite conectar con algunas personas después de muchos años y con otras no.

—Lo ha pasado muy mal, Chofi. No es la misma persona. Tendrás que volver a conocerle desde cero. Yo también.

Cuando Fernando vio a su hermana, se sintió humillado ante su valiente sonrisa y el brillo de sus ojos, pero a la vez fue presa de la desolación al ver cómo la había destruido la enfermedad. Estaba demacradísima y le sobresalían los pómulos. Su rostro recordaba esas impactantes fotografías de los campos de concentración alemanes de la Segunda Guerra Mundial. Además, se le había caído todo el pelo, lo que pronunciaba aún más la forma del cráneo, que parecía vislumbrarse a través de la finísima capa de piel que lo recubría. Pero su ánimo era tan fuerte que empequeñecía su aspecto y parecía iluminar toda la habitación. Le tendió su mano huesuda y le dio la bienvenida a casa, y él cayó de rodillas y la besó, totalmente impresionado por el valor de su hermana, y de repente consciente de su propia debilidad y cobardía.

—¡Mírate! —se rió María, sonriéndole tiernamente con la mirada—. Pero ¿qué te has hecho, Fercho?

Fernando era incapaz de hablar. Le temblaban los labios, pero de ellos no salió ni un solo sonido. Sus ojos oscuros se llenaron de lágrimas.

—Produzco este terrible efecto en la gente que me ve. ¡Se quedan hechos una pena! —dijo María, aunque su buen humor no consiguió disimular las lágrimas que empezaban a formarse en sus ojos y a caer por sus cetrinas mejillas—. Has sido un idiota, un verdadero idiota —continuó con voz trémula— por haber estado lejos de nosotros tanto tiempo. ¿Qué hacías allí cuando todos los que te queremos estábamos aquí, echándote de menos? ¿Nos echabas tú también de menos? ¿Has vuelto para quedarte?

—Sí, he vuelto para quedarme —refunfuñó su hermano—. Ojalá yo…

—Shhh —le silenció María—. Tengo una nueva norma. Queda prohibido arrepentirse y quedan también prohibidos los remordimientos, gimotear y tirarse de los pelos porque quisieras haber hecho las cosas de forma diferente. Ya he pasado por esto con Sofía, otra tontuela. Menudo par están hechos. En esta casa se vive el presente y disfrutamos de la compañía de los demás sin mirar atrás, a menos que sea para hablar de los buenos tiempos. Fueron buenos tiempos, ¿verdad, Fercho?

Fernando asintió en silencio.

—Ah, ¿te acuerdas de aquella amiga mía que te gustaba? Esa amiga del colegio, seguro que la recuerdas. Silvia Díaz, así se llamaba. Le escribías cartas de amor. Me pregunto qué habrá sido de ella.

—Nunca le gusté —dijo él, sonriendo al recordar aquellos días inocentes.

—Oh, sí, ya lo creo que le gustabas. Pero era muy tímida. Se pasaba las clases leyendo y releyendo tus cartas. Me las leía a mí. Eran muy románticas.

—A mí no me lo parecían.

—Oh, pues lo eran. Muy románticas. Te lo tenías bien calladito. Nunca sabíamos en qué andabas. Pero una vez Sofía y yo te espiamos mientras besabas a Romina Blaquier en la piscina.

—Sabía que estaban allí —confesó y le sonrió.

—Pues no lo demostraste.

—Claro que no. Me encantaba que me miraran —añadió, echándose a reír.

—Eso está mejor. La risa sana, las lágrimas me ponen triste —dijo María, y ambos se echaron a reír a la vez.

45

—Veníamos a misa todos los sábados por la tarde, ¿te acuerdas?

La voz de Sofía resonó contra las frías paredes de piedra de la iglesia de Nuestra Señora de la Asunción.

—Antes de ir a la discoteca —añadió Santi riéndose por lo bajo—. Una conducta no demasiado reverente.

—Nunca lo pensé —respondió Sofía—. La verdad es que lo de la misa no era más que una excusa.

—No parabas de reírte durante todo el servicio.

—Costaba mucho aguantarte la risa con el padre Julio tartamudeando y ceceando.

—Murió hace años.

—Mentiría si dijera que lo siento.

—Deberías decir que lo sientes, estás en su iglesia —dijo Santi entre risas.

—¿Quieres decir que quizá nos esté oyendo? Me pregunto si la gente tartamudea en el cielo. Nunca has oído hablar de ángeles tartamudos, ¿verdad?

Avanzaron por el pasillo central. Sus alpargatas pisaban con suavidad y sin apenas hacer ruido las baldosas del suelo. La iglesia estaba muy vacía, no como las iglesias católicas de la ciudad. El altar mostraba una humilde simplicidad bajo un limpio cobertor blanco, adornado con flores marchitas. El aire estaba cargado, y el fuerte aroma del incienso parecía no moverse, como si no hubiera ninguna ventana abierta por la que escapar. El sol entraba a raudales por la vidriera situada detrás del altar, dibujando cuentas alargadas de luz en el suelo y en las paredes, dejando al descubierto el polvo que, de no haber sido por los rayos de sol, habría pasado totalmente inadvertido. De las paredes colgaban iconos de la Virgen María, además de muchas otras estatuas de santos, y velones que brillaban en la semioscuridad. Los bancos seguían tal como Sofía los recordaba, lo suficientemente austeros e incómodos para evitar que nadie se durmiera durante el sermón.

—¿Te acuerdas de la boda de Pilar, la sobrina de Soledad? —dijo Sofía con una sonrisa.

—¿Cómo podría haberla olvidado? —respondió Santi, dándose un golpe en la frente con la palma de la mano y soltando una sonora carcajada.

—¡El padre Julio la confundió con su hermana y celebró la ceremonia como si se tratara de Lucía!

Ambos intentaron acallar sus risas.

—Fue al acabar la ceremonia y bendecir a la feliz pareja, llamándoles Roberto y Lucía, cuando todo el mundo se dio cuenta de que la persona que había estado describiendo no tenía nada que ver con Pilar —añadió Sofía, casi sin poder terminar de hablar—. ¡Qué horror! Pilar estaba tan enfadada que no podíamos parar de reír.

Cuando llegaron al altar, el silencio los envolvió como un hechizo. Instintivamente dejaron de bromear. Había dos mesitas a cada lado del altar, cubiertas de velas de todo tipo. Ambos pensaron a la vez en María. Santi encendió una.

—Por mi hermana —dijo, y cerró los ojos para rezar. Sofía se sintió conmovida. También ella encendió una vela, cerró los ojos y, en silencio, pidió a Dios que dejara vivir a su prima. Sintió que la mano de Santi buscaba la suya. Cuando la encontró, se aferró a ella en busca de consuelo. Se la apretó dos veces y ella le devolvió el mensaje utilizando el mismo código. Se quedaron así durante un rato. Sofía nunca había rezado con tanto fervor. Pero sus plegarias no eran del todo altruistas. Mientras María siguiera con vida, ella tenía una excusa para quedarse.

»Me pregunto si a Dios le importa que sólo acudamos a él cuando ocurre alguna desgracia —dijo Santi en voz baja.

—Supongo que ya está acostumbrado —respondió Sofía.

—Espero que funcione.

—Yo también.

—Aunque no tengo demasiada fe en que vaya a funcionar. Me gustaría. Me siento culpable por haber venido aquí como último recurso. Tengo la sensación de que no merezco ningún milagro.

—Pero has venido. No creo que importe que hayas venido como último recurso. Ahora estás aquí.

—Supongo que nunca entendí a esa gente que venía siempre a la iglesia. Creo que ahora los entiendo. Les da consuelo.

—¿Te está dando algún consuelo? —preguntó Sofía.

—Algo parecido —le respondió él, y le sonrió con tristeza en los ojos—. ¿Sabes?, me habría gustado casarme contigo en esta pequeña iglesia.

—Con el padre Julio tartamudeando: «Q-q-q-q-q-uieres t-t-tomar a S-s-s-sofía…»

Santi se echó a reír.

—Nada habría importado, ni siquiera que el padre hubiera celebrado el servicio pensando que era a Fercho quien casaba —dijo, estrechándola entre sus brazos y besándole la frente.

Sofía se sintió profundamente amada entre sus brazos. El olor de Santi le recordó otros tiempos y deseó con todas sus fuerzas aferrarse a ese momento para siempre. Le abrazó y se quedaron así un rato. Ninguno de los dos sentía la necesidad de hablar. Sofía se sentía terriblemente melancólica y a la vez feliz por estar con él. Era perfectamente consciente de que esos momentos no durarían. Por eso se aferraba a ellos y los vivía con una intensidad que hasta el momento desconocía.

—¿Alguna vez le confesaste al padre Julio que éramos novios? —le preguntó Santi, separándose de ella.

—¿Estás loco? ¡No! ¿Y tú?

—No. ¿Le confesaste algo?

—No. Lo inventé todo. Se escandalizaba con tanta facilidad que no podía resistirme a la tentación de inventarme las cosas que le contaba.

—Eres terrible, ¿sabes? —dijo Santi con una sonrisa imperceptiblemente triste.

—No pensaba que fuera tan mala como antes hasta que regresé. Ahora he superado todos mis límites.

—Debería sentirme culpable. De hecho era así al principio. Pero ya no. Siento que todo está en su sitio —dijo Santi, meneando la cabeza como si hubiera perdido el control sobre sus sentimientos y éstos no fueran ya responsabilidad suya.

—Todo está en su sitio —insistió Sofía, tomando la mano de él entre la suya—. Debería haber sido así siempre.

—Lo sé. Me siento culpable por no sentirme culpable. Es aterradora la facilidad que tenemos para olvidar.

—¿Claudia?

—Claudia, los niños. Cuando estoy contigo no pienso nunca en ellos.

—A mí me pasa lo mismo —admitió Sofía. Pero eso no era del todo cierto. Cada vez que el rostro de David emergía junto con el de sus hijas, Sofía ponía todo su empeño en reprimirlos. Casi habían terminado dándose por vencidos. Pero David podía ser muy persistente cuando se lo proponía.

—Vamos. Salgamos de aquí antes de que el padre Juan nos pille —dijo Santi, empezando a caminar por el pasillo.

—No estamos haciendo nada malo. Somos primos, ¿recuerdas?

—Chofi, no podré olvidarlo mientras viva. Creo que Dios hizo que fuéramos primos para castigarme por algo que hice en alguna vida anterior.

—O quizá tenga un sentido del humor bastante enfermizo.

En cuanto salieron al sol tuvieron que protegerse los ojos para que la luz no los cegara. Sofía se sintió mareada durante un instante hasta que sus ojos se ajustaron por fin al reflejo del sol. La humedad del aire era casi insoportable.

—Vamos a tener una buena tormenta, Chofi. ¿La sientes tú también?

—Sí. Adoro las tormentas. Son muy excitantes.

—La primera vez que hicimos el amor fue durante una tormenta. ¿Te acuerdas?

—Sí, lo recuerdo. ¿Cómo podría olvidarlo?

Caminaron hasta la plaza. El camino seguía siendo una callejuela sucia que nadie había reparado desde el tiempo de sus abuelos. Rodeaba perezosamente la plaza, que estaba llena de árboles altos.

Sofía se dio cuenta de que todavía pintaban la parte baja de la corteza con cal blanca para mantener alejadas a las hormigas. El sol bañaba las casitas y los escaparates de las tiendas, cuyo interior quedaba semioculto tras los polvorientos cristales de las ventanas. El «boliche» seguía en la misma esquina. Era el café en el que se reunían los gauchos a beber mate y jugar a las cartas. Paco solía pasar allí las mañanas de los domingos, leyendo el periódico mientras tomaba un café. Sofía supuso que, como su padre era una criatura de costumbres, todavía lo hacía.

Como era la hora de la siesta, todas las tiendas estaban cerradas y la plaza estaba tranquila y en silencio en pleno calor de mediodía. Pasearon por la plaza y fueron a sentarse en uno de los bancos que quedaba protegido por la sombra. Cuando estaban a punto de sentarse, una voz los llamó desde otro de los bancos. Horrorizados y sorprendidos a la vez, vieron que quien les llamaba no era otra que la famosa Vieja Bruja.

—Buenos días, señora Hoffstetta —dijo Santi, saludándola cortésmente con la cabeza.

—¡No sabía que la Vieja Bruja todavía estuviera viva! —susurró Sofía a través de su sonrisa.

—Me parece que las brujas no mueren.

La Vieja Bruja estaba sentada medio encorvada sobre sí misma. Llevaba un vestido negro. No era de extrañar que le hubieran dado el apodo de Vieja Bruja. De pequeña, Sofía la encontraba aterradora. Tenía la cara pequeña y llena de agujeros, como una vieja nuez, y los ojos tan negros como sus dientes. Se la olía a un kilómetro de distancia. Agarraba una bolsa de papel marrón con sus dedos largos y nudosos.

Los primos se sentaron e intentaron ignorarla, pero durante todo el tiempo que estuvieron ahí sentados, Sofía pudo sentir los ojos de la vieja en su espalda.

—¿Sigue mirándonos? —le preguntó a Santi.

—Sí. Tú actúa como si no la vieras.

—Puedo sentirla. Ojalá se fuera.

—No te preocupes. En realidad no es una bruja.

—No creas. Consigue que las brujas de los cuentos parezcan Blancanieves.

Ambos se echaron a reír, tapándose la boca con la mano.

—Probablemente sepa que hablamos de ella —concluyó Sofía.

—Si tan bruja es, desde luego que lo sabe.

—Vámonos. ¡No puedo soportarla!

Así que se levantaron para irse.

—¡Bah! —chilló la bruja. Ellos la ignoraron y aceleraron el paso—. ¡Bah! —insistió—. Mala suerte. Tuvieron su oportunidad. Mala suerte. ¡Bah!

Ambos se detuvieron y se miraron boquiabiertos. Santi estuvo a punto de dar la vuelta para enfrentarse a ella, pero Sofía consiguió cogerle del brazo y tirar de él.

—Almas gemelas. Veo sus auras. ¡Almas gemelas! ¡Bah! —continuó.

—Oh, Dios, me está asustando. Vayámonos de aquí —insistió Sofía y empezaron a caminar con premura.

—¿Cómo se atreve a hablarnos así, la muy chismosa? —dijo Santi fuera de sí—. Es la gente como ella la que anda por ahí molestando a los demás.

—Ahora sabes que de verdad es una bruja, no hay duda.

—Bueno, entonces, ¿por qué no se larga montada en su escoba?

Los dos se echaron a reír, visiblemente nerviosos.

De repente, cuando ya creían que la habían perdido de vista, apareció delante de ellos, jorobada y apestosa. Su aspecto recordaba al de un murciélago gigante y peludo. Se acercó arrastrando los pies a Sofía y le puso la bolsa de papel marrón en sus sorprendidas manos. Sofía la sostuvo con la repulsión de alguien que lleva una bolsa llena de entrañas goteantes. Al tocarla con los dedos, la sintió blanda y húmeda. Miró a la mujer a los ojos y de repente se dejó vencer por el pánico, pero la vieja bruja asintió, tranquilizadora, y cerró sus manos en torno a la bolsa. Sofía se retorció y dio un paso atrás, intentando en vano librarse de ella. La vieja bruja sonrió y murmuró su nombre, «Sofía Solanas», antes de encaminarse de vuelta hacia la plaza.

Cuando estuvieron a salvo en la camioneta, Sofía cerró dando un portazo y subió la ventanilla. Temblaba.

—¿Qué hay en la bolsa? —preguntó Santi con impaciencia, empezando a encontrar divertida la situación.

—No sé por qué sonríes. No tiene nada de gracioso. ¡Ábrela tú! —chilló y se la dio. Santi la abrió despacio y miró dentro con mucha cautela, como si esperara encontrar algo grotesco. Entonces se echó a reír de puro alivio.

—¿Y bien?

—¡No vas a creerlo! Es un esqueje… de ombú, para que lo plantes.

—¿Un ombú? ¿Qué diantre voy a hacer con un ombú?

—Bueno, desde luego no crecerá en Inglaterra —dijo Santi empezando reír de nuevo.

—Qué mujer tan extraña. ¿Qué edad tendrá? Yo pensaba que era una anciana hace muchos años —exclamó Sofía acalorada—. Debería estar enterrada.

—¿Por qué te habrá dado un ombú? —murmuró Santi, frunciendo el ceño—. Incluso me sorprende que supiera quién eres.

Encendió el motor y Sofía vio aliviada que dejaban atrás el pueblo y emprendían el camino hacia Santa Catalina.

—¿Qué habrá querido decir con eso de almas gemelas? —dijo Sofía después de un rato.

—No lo sé.

—Pero tiene razón. Lo somos. Aunque no creo que haga falta ser clarividente para ver eso. Es horripilante. El problema es que la gente cree en ella —dijo Sofía enfadada—. Soledad la primera.

—Oh, ¿y tú no? —dijo Santi, y en sus labios empezó a insinuarse una sonrisa.

—¡Claro que no!

—Entonces, ¿por qué estamos hablando de ella? Si no creyeras en ella, ni siquiera te molestarías en pensar en ella.

—Eso no tiene sentido. No creo en ella, es un estorbo, y creo que no debería ir por ahí asustando a la gente. No creo en brujas.

—Pero sí crees en la magia del ombú.

—Eso es diferente.

—No, no lo es.

—Sí que lo es. La Vieja Bruja está loca, deberían encerrarla. El ombú es algo totalmente distinto. Representa la magia de la naturaleza.

—Chofi.

—Qué —respondió irritada. Entonces miró a Santi y vio que en su rostro empezaba a asomar una sonrisa.

—¿Alguna vez el ombú ha cumplido alguno de tus deseos? —preguntó sin apartar los ojos de la carretera, como si necesitara concentrarse en algo para no echarse a reír.

—Sí.

—¿Cuál?

—Una vez pedí que te enamoraras de mí —respondió Sofía y sonrió triunfante.

—No creo que eso tuviera nada que ver con el ombú.

—¡Tú qué sabrás! —exclamó—. No entiendes el poder de la naturaleza. ¿Sabes una cosa?, apuesto lo que quieras a que este esqueje crece en Inglaterra.

Sofía se giró y vio que Santi sonreía.

—¿Te estás riendo de mí? —se quejó—. Muy bien, para el coche.

—¿Qué?

—Que pares el coche. ¡Ahora!

Santi giró a la derecha y se metió por un camino que llevaba a unos árboles tras los que se abría un campo. Paró el motor y se giró hacia ella. Sus grandes ojos verdes y su sonrisa maliciosa eran irresistibles. Sofía notó que la irritación que había sentido hasta ese momento desaparecía como por encanto.

—Mira… era horripilante —insistió.

—Desde luego que lo era. Pero, ¿que hay de malo en decir que somos almas gemelas? —dijo Santi, besándole el cuello.

—Ha dicho que tuvimos nuestra oportunidad.

—¿Qué sabrá ella? No es más que una vieja bruja —dijo Santi riendo entre dientes mientras le desabrochaba el vestido.

En cuanto puso sus cálidos labios sobre los de ella, Sofía olvidó por completo la cantinela de la vieja y el episodio de la plaza. Santi sabía a sal y tenía ese olor especial que tanto la excitaba. Se sentó encima de él, conteniendo el aliento mientras intentaba acomodarse entre el volante y el cambio de marchas. Santi le levantó el vestido y pasó la mano por la suave piel de la parte interna de sus muslos. Estaban empapados de sudor. Luego le apartó las bragas a un lado y se introdujo en ella. Puso las manos en la parte baja de su espalda y la atrajo hacia él, guiando sus movimientos. Mientras hacían el amor medio vestidos, Sofía volvió de nuevo a sentir la excitación que le producía romper las normas.

46

Cuando llegaron a Santa Catalina, se metieron en la piscina. El sol de la tarde colgaba bajo en el oeste, ardiendo como un carbón encendido en la claridad del cielo. Los mosquitos revoloteaban entre los árboles y la hierba, y la fragancia de las rosas y la madreselva de Antonio lo llenaba todo. Con los brazos apoyados en el bordillo de la piscina, Sofía y Santi miraban los campos y hablaban de las cosas que habían ido cambiando con los años desde que se habían separado.

—¿Sabes?, echo de menos a José —dijo Sofía—. Pablo es un encanto, pero en cierto modo me sentía conectada con José.

—Era un tipo muy sabio.

—¿Quién es este Javier? Es muy guapo.

—Es el hijo de Antonio y Soledad. ¿Acaso no te lo ha dicho ella? —preguntó sorprendido.

—¿El hijo de Soledad? ¿Estás seguro?

—Claro que estoy seguro. No puedo creer que no te lo haya dicho. Probablemente pensó que ya lo sabías.

—Qué horror. No he hecho más que hablar de mí desde que llegué.

—Javier es todo un héroe.

—¿Sí? ¿Por qué?

Santi le contó que Javier estaba ayudando a su padre con las plantas que rodeaban la piscina hacía ya unos años mientras la familia estaba sentada tomando el sol y charlando en la terraza que rodeaba el agua. Clara y Félix habían estado jugando en silencio sobre la hierba con el resto de sus primos. Nadie se dio cuenta de que

Félix había ido a gatas hasta el bordillo de la piscina para tocar el agua con las manos. Dio la casualidad que Javier miró dentro de la piscina y vio lo que parecía ser un pequeño bulto, borroso y gris, en el fondo. No lo pensó dos veces. Se tiró al agua y descubrió que aquel pequeño bulto era Félix. Sacó al niño del agua, que empezó a jadear y a farfullar intentando tomar aire. Javier le salvó la vida. Si no hubiera sido por él, Félix se habría ahogado. Paco le regaló una silla nueva con sus iniciales grabadas en una placa de plata como recompensa por haber salvado la vida de su nieto. Nadie había olvidado lo que hizo Javier. Paco siempre le había tenido un cariño muy especial.

Cuando salieron de la piscina Sofía fue a su casa. Entró directamente en la cocina, donde Soledad estaba preparando la cena.

—Soledad, no me has dicho que tienes un hijo —dijo entusiasmada, intentando compensar su anterior falta de interés—. Además, es guapísimo.

—Igualito que Antonio —se rió Soledad.

—Bueno, se parece más a ti, Soledad —dijo Sofía—. Me siento fatal. Llevo días viéndole en el campo y nunca le he dicho nada.

—Pensaba que lo sabía.

—Bueno, ahora sí. Santi me contó que le salvó la vida a Félix. Debes de estar muy orgullosa de él.

—Lo estoy, sí. Los dos lo estamos. Javier le saca brillo a su silla todos los días. Es su pequeño tesoro. El señor Paco es un hombre muy generoso —dijo con reverencia.

—Javier merece con creces esa generosidad —le dijo Sofía.

Sofía se fue a su habitación, donde empezó a prepararse un baño de agua fría. Mientras se desnudaba, pensaba en Santi y se preguntaba lo que el futuro iría a depararle. También pensó en David, en cómo la había rescatado en un momento en que se sentía vulnerable y perdida. Había sido muy bueno con ella. Se sintió aliviada cuando Soledad llamó a la puerta. Necesitaba distraerse de las preguntas que invadían su cabeza en cuanto se quedaba sola.

Soledad entró a toda prisa. Sofía se quedó sorprendida al ver que estaba pálida, parecía haber estado llorando y no paraba de retorcerse las manos, presa de la angustia. La llevó de inmediato a la cama y se sentó con ella, rodeándola con el brazo para consolarla.

—¿Qué pasa? —le preguntó, y vio cómo el voluminoso cuerpo de Soledad se veía sacudido por violentos sollozos. La criada intentaba hablar, pero cada vez que lo hacía rompía a llorar de nuevo. Por fin, después de engatusarla durante largo rato, dijo que tenía un secreto que había jurado no desvelar.

—Pero tú eres mi Sofía —sollozó—. No puedo ocultarte nada.

A Sofía no le interesaba demasiado su secreto. Había guardado muchos secretos de Soledad en el pasado y ninguno de ellos había tenido el menor interés. Pero odiaba ver tan preocupada a su vieja amiga, de manera que decidió escuchar su secreto para consolarla.

—Es sobre Javier —empezó Soledad con timidez.

—Está bien, ¿verdad? —preguntó Sofía preocupada, imaginando que quizás estaba enfermo.

—No es eso, señorita. Antonio y yo le queremos mucho. Le hemos dado un buen hogar y hemos hecho de él todo un hombre. Estamos orgullosos de él.

—Entonces, ¿por qué lloras? Es un buen hijo. Tienen que considerarse muy afortunados.

—Oh, ya lo sé, señorita Sofía. Usted no lo entiende —dijo, y se quedó unos segundos en silencio. Luego dio un profundo suspiro y se estremeció—. El señor Paco nos hizo prometer que no se lo diríamos a nadie. Cumplimos nuestra promesa. Hemos guardado el secreto durante veinticuatro años. Pensábamos que usted volvería antes. Siempre nos hemos dicho que sólo somos sus guardianes. Usted siempre ha sido su madre.

—¿De qué estás hablando? —susurró Sofía.

—Por favor, no me culpe. Yo sólo hice lo que me pidió el señor Paco. Trajo a su bebé de Suiza. Dijo que quería que tuviera un buen hogar, que usted volvería y se arrepentiría de lo que había hecho. No quería que su nieto creciera entre desconocidos.

—¿Javier es mi hijo? —dijo Sofía muy despacio. Se sentía extrañamente separada de su propio cuerpo, como si sus palabras estuvieran saliendo de otros labios.

—Sí, Javier es su hijo —repitió Soledad, y empezó a gemir como una bestia herida.

Sofía se levantó y se quedó de pie junto a la ventana mirando a la pampa oscura.

—¿Javier es Santiaguito? —preguntó, todavía sin querer creerlo. Vio en el reflejo del cristal las manitas y los piececitos de su niño, la naricilla que tantas veces había besado. Volvió a notar el sabor a sal en la boca. Vio su propio reflejo en la ventana retorciéndose de dolor hasta que sus ojos se llenaron de lágrimas y ya no pudo ver nada más.

—El señor Paco y yo… y, naturalmente, Antonio, somos los únicos que lo sabemos. No quiso que la señora Anna lo supiera. Pero usted tiene derecho a enterarse. Es su madre. Si quiere decírselo a Javier, yo no puedo impedírselo. Quizá debería saber quiénes son sus verdaderos padres. Que es un Solanas.

47

Sofía salió corriendo al parque, dejando a Soledad en su cuarto. Ya era casi de noche. No sabía lo que iba a decirle, pero tenía que verle, tenía que decírselo. Después de todo, ¿no tenían los niños derecho a saber quién los había engendrado? Se imaginó estrechándole entre sus brazos y aspirando el olor de su cuerpo. «Hijo, tú eres Santiaguito, el hijo que creía haber perdido, el hijo que jamás creí volver a ver.» Había dejado de llorar y ahora sentía una extraña ligereza, una ligereza absolutamente embriagadora.

Cuando se acercó a las barracas, distinguió las llamas rojas de un fuego de campaña. Oyó los vibrantes tonos de una guitarra y a continuación voces que cantaban cada vez más fuerte a medida que se acercaba. Quedó consternada cuando vio que se trataba de un grupo de gauchos sentados alrededor del fuego, riendo y bebiendo con los rostros atezados iluminados por las llamas. Se detuvo y se escondió a mirarles detrás de un árbol. Ellos no podían verla. Buscó con la mirada el rostro de su hijo entre los de los gauchos reunidos alrededor del fuego. Entonces le vio. Estaba sentado en el medio, entre Pablo y otro hombre al que no reconoció, cantando animado con los demás. Sonreía de vez en cuando. Al hacerlo, sus dientes blancos resplandecían con el reflejo de las llamas. Sofía no lograba distinguirle con suficiente claridad para ver si se parecía a ella o a Santi, y no conseguía acordarse de los rasgos de su cara en las pocas ocasiones en que le había visto. Frustrada, entrecerró los ojos en un intento por verle mejor.

De pronto, una mujer delgada abrió la puerta de su casa y fue hacia el grupo con una bandeja llena de platos. Sofía pudo distinguir un perro escuálido trotando a su lado. Cuando ella se movió para ver mejor, el perro debió de sentir que había alguien en los árboles, puesto que empezó a ladrar. Salió corriendo hacia ella con el rabo erguido como un jabalí, presto a atacar. La mujer miró hacia donde estaba Sofía. Dijo algo a los hombres y dos de ellos se levantaron, llevándose la mano al facón. Sofía no tuvo más remedio que salir de su escondite. En cuanto la vieron, la guitarra dejó de sonar y todos quedaron en silencio.

Javier, que ya se había puesto en pie, sacó la mano de su cuchillo y se dirigió hacia ella a paso ligero.

—Buenas noches, señora Sofía. ¿Está usted bien? ¿Quiere algo? —preguntó educadamente, mirándola con curiosidad.

Sofía le observó mientras se acercaba a ella. Era alto, tenía buena presencia y era de hombros anchos como su padre. Además caminaba como Santi, con las rodillas hacia fuera, aunque se había pasado la vida a caballo, así que no era nada sorprendente. A medida que se acercaba, Sofía vio que tenía el pelo moreno como ella. Se plantó delante de ella, esperando a que le hablara. Sofía estuvo a punto de decirle que era su madre, pero no pudo articular palabra. Su entusiasmo desapareció. Miró por encima del hombro de Javier y, al ver el pequeño grupo de gauchos con el que estaba reunido, se dio cuenta de que era feliz así. Era feliz no sabiendo. Poseía aquello que tanto la había eludido a ella durante años: la sensación de formar parte de un lugar. Él formaba parte de Santa Catalina. Qué ironía que fuera más parte de Santa Catalina que ella, y desde luego, mucho más que su madre. Llegó a la triste conclusión de que sería cruel y egoísta quebrar todos los principios con los que él había crecido. Se tragó sus palabras y en sus labios se dibujó una débil sonrisa.

—De pequeña, cuando José vivía, venía mucho por aquí —dijo, intentando entablar una conversación.

—Mi madre me ha dicho que ha estado usted fuera mucho tiempo, señora Sofía.

—Sí. No tienes ni idea de cuánto he echado de menos todo esto.

—¿Es cierto que en Inglaterra siempre llueve? —preguntó él y sonrió con timidez.

—No tanto como la gente imagina. Algunos días el cielo está azul y despejado como el de aquí —respondió, con la esperanza de que él no notara la atención con la que estudiaba los rasgos de su cara mientras hablaban.

—Nunca he salido de Santa Catalina —dijo él.

—Bueno, yo que tú no saldría de aquí por nada. He estado en muchos lugares del mundo y te aseguro que no he visto ninguno tan hermoso como Santa Catalina.

—¿Se quedará? Mi madre espera que sí.

—No lo sé, Javier —dijo, meneando la cabeza—. Tu madre es una vieja sentimental.

—Ya lo sé —se rió.

—Apuesto a que ha sido una buena madre para ti.

—Sí.

—También fue muy buena conmigo cuando era niña. Era mi cómplice.

Cuando ya llevaban un rato hablando, Sofía se dio cuenta de que Javier estaba ansioso por volver con sus amigos. Después de todo, ella era la hija de su jefe, pertenecían a mundos distintos. Nunca le hablaría como a una igual. Complacerla era parte de su trabajo.

Sofía le observó caminar de vuelta a la hoguera antes de regresar a casa entre los árboles. Sin duda era su hijo. Aunque no había podido adivinar el color de sus ojos en la oscuridad, imaginó que los tendría castaños. Si los hubiera tenido verdes como su padre, seguro que ya se habría dado cuenta. Su aspecto no tenía nada de extraordinario. Era guapo, pero había sido criado como un gaucho. Era un producto del ambiente en el que había crecido. No, no habría sido justo decírselo.

Cuando volvió a su habitación, Soledad seguía allí sentada, encorvada y derrotada, con las manos fuertemente apretadas sobre sus rodillas. En cuanto entró, Soledad parpadeó al mirarla con los ojos de alguien a quien le han arrebatado lo único por lo que le merecía la pena vivir. Los tenía hinchados de tanto llorar y velados por el dolor. También Sofía estaba desolada, pero ver a Soledad así le reafirmó en su decisión. Había hecho lo correcto.

Cuando Sofía le dijo que no había sido capaz de decírselo, la cara de Soledad se iluminó y sus hombros, que hasta el momento había tenido caídos a causa de la tensión, se relajaron de puro alivio.

Volvió a llorar, pero esta vez eran lágrimas de felicidad. Abrazó a Sofía contra su pecho, dándole las gracias una y otra vez por devolverle
a su hijo. Le dijo que no había pasado un solo día en que no se hubiera recordado que Javier no le pertenecía, que ella no era más que
una guardiana que debía criarle lo mejor que supiera y que un día su
verdadera madre volvería a reclamarlo. Pero Sofía le dijo entristecida
que Javier era hijo suyo. Daba igual quién le hubiera traído al mundo.

—Hasta se parece a ti, Soledad —dijo, sentándose junto a ella en
la cama y dejando que su vieja amiga le rodeara los hombros con el
brazo.

—No sé, señorita Sofía, pero es un chico muy guapo, eso es cierto —dijo, reprimiendo una sonrisa de orgullo, a sabiendas de que en
esa habitación no había lugar para su orgullo.

—¿Cómo ocurrió? —preguntó Sofía con cautela—. ¿Cómo es
que nadie se dio cuenta cuando Antonio y tú de repente sacaron a un
niño de quién sabe dónde?

—Bueno, el señor Paco vino a vernos a casa. Nos dijo que éramos los más cualificados para criar a su bebé porque usted y yo siempre habíamos estado muy unidas. Le di de mamar cuando era usted
un bebé, ¿se acuerda?

Sofía asintió. Se imaginó a Dominique y Antoine planeando enviar a Santiaguito a Argentina. No estaba resentida con ellos. De hecho, le habían dado el mejor hogar que podía tener. El hogar que ella
había perdido era el que él había encontrado. Sonrió con amargura al
darse cuenta de la ironía.

—¿Qué te dijo?

—Nos dijo que volvería algún día, pero que no podía cuidar del
niño. No hice preguntas, señorita Sofía, no quise meterme donde no
me llamaban. Le creí e hice lo que pude por criar a Javier como a usted le habría gustado —dijo entre sorbidos con la voz temblorosa.

—Sé que lo hiciste. No te culpo. Necesitaba saberlo, eso es todo
—dijo Sofía con calma, tranquilizando a Soledad con un apretón de
manos. Soledad suspiró hondo y continuó.

—Entonces inventamos una historia sobre una sobrina de Antonio que acababa de morir y que en el testamento había dejado instrucciones a Antonio para que se hiciera cargo del bebé. Nadie lo

puso en duda, ese tipo de cosas pasan constantemente. Todos se alegraron muchísimo por nosotros. Hacía treinta años que queríamos un niño. Dios había sido generoso con nosotros.

Su voz se redujo a un gutural farfulleo y una gruesa lágrima le cayó por la mejilla.

—Una semana más tarde el señor Paco llegó a nuestra casa en mitad de la noche con el pequeño Javier envuelto en un cobertor de muselina. Era muy hermoso. Igualito al niño Jesús, con unos ojos castaños enormes, como los suyos, y una piel suave y morena. Le quise desde el momento en que le vi y di gracias a Dios por su regalo. Era un milagro. Un milagro.

—Aparte de ti y de Antonio, mi padre es el único que lo sabe, ¿verdad?

—Sí.

—¿Y cómo le trató él? ¿Fue difícil para él?

—No lo sé, señorita Sofía, pero siempre fue especialmente amable con Javier. El niño le seguía por toda la granja como un perro. Tenían una buena relación, pero Javier fue siempre un gaucho. Era más feliz con nosotros que con su familia. No se encontraba a gusto en las casas grandes, se sentía fuera de lugar. Así que, a medida que fue creciendo, entre ellos fue abriéndose una distancia natural. Pero ya le digo, el señor Paco siempre ha sido especialmente bueno con Javier.

—¿Cómo era de niño? —se atrevió a preguntar Sofía, aunque sabía que le dolería oír todo lo que se había perdido.

—Era muy descarado. Tenía sus arrebatos y el talento del señor Santiago. Siempre era el mejor en todo. El mejor montando a caballo, el mejor en la escuela…

—Yo nunca fui buena estudiante —dijo Sofía—. Eso no lo heredó de mí.

—Pero es que Javier tiene su propia personalidad, señorita Sofía —añadió Soledad con convencimiento.

—Lo sé, yo misma lo he visto. Esperaba que Javier se pareciera a mí, o que cojeara como Santi. Esperaba que tuviera esa seguridad, esa apariencia tan típicamente Solanas. ¿Sabes a qué me refiero? Pero es él mismo. Para mí no es más que un desconocido y sin embargo lo llevé dentro durante nueve meses y lo traje al mundo. Luego le abandoné —dijo, y su voz se desvaneció—. Al menos ya no me atormentará más no saber qué ha sido de él. Me hace feliz saber que te tiene como madre, Soledad, porque también fuiste mi madre —y se echó a llorar contra el pecho de su criada. Lloraba por lo que había perdido y lloraba por lo que había encontrado, y no sabía por cuál de las dos cosas lloraba más.

Esa noche apenas pudo dormir. Los sueños parecían llegar tanto cuando estaba despierta como cuando caía en un ligero sopor. Soñó que hacía el amor con Santi mientras le miraba a la cara, que de repente se convertía en la de Javier. Se despertó presa del pánico, encendió la luz y esperó a que los latidos de su corazón se tranquilizaran. Se sentía muy sola. Deseaba ser capaz de contarle a Santi lo de Javier, pero sabía el daño que causaría si lo hacía. Se preguntaba por qué Dominique nunca se lo había dicho y cómo habrían sido las cosas si hubiera conseguido hablar con ella esa vez que su agriada ama de llaves le había dicho que los señores estaban fuera del país.

Al principio había tenido miedo de decirle a Dominique y a Antoine que había cambiado de opinión porque no soportaba reconocer ante ellos que había cometido un error. Ellos le habían avisado y ella no los había escuchado. Si hubiera expresado antes su arrepentimiento, quizá le habrían dicho dónde estaba su hijo. Quizá hubiera vuelto a vivir a Argentina. Puede que incluso hubiera tenido un futuro con Santi, quién sabe. Al menos estaba segura de una cosa: su padre había actuado con amor y ella le estaba agradecida. Se había asegurado de que Santiaguito tuviera un buen hogar, una familia que le quisiera. Seguro que esperaba que terminara volviendo a casa. Ahora, por supuesto, ya era demasiado tarde. Demasiado tarde para todo.

48

Martes, 11 de noviembre de 1997

A la mañana siguiente, después de pasar un rato con María, Sofía fue a visitar la tumba del abuelo O'Dwyer. Puso unas flores junto a la lápida, que estaba llena de moho y de humedad. No creía que nadie fuera a menudo por allí, ya que al parecer la tumba llevaba años desatendida. Pasó la mano por la inscripción de la lápida y pensó en lo poco que le quedaba en Santa Catalina. Casi podía oír la voz de su abuelo hablándole desde su tumba, diciéndole que la vida era sólo un campo de entrenamiento y que no pretendía ser fácil. Estaba diseñada para instruir. Sin duda era una dura escuela.

Cuando iba ya a marcharse, la fantasmagórica figura de su madre apareció de detrás de los árboles. Llevaba unos pantalones blancos anchos y una camisa blanca de verano. Se había dejado el pelo suelto, que le caía sobre los hombros en rizos fláccidos de color rojo oscuro. Había envejecido.

—¿Vienes alguna vez a hablar con el abuelo? —le preguntó Sofía en inglés cuando su madre se le acercó. Anna caminó hacia ella con las manos en los bolsillos y se quedó a la sombra del viejo eucalipto que protegía la tumba de las inclemencias del tiempo.

—En realidad no. Dejé de venir hace tiempo —dijo, y sonrió tristemente—. Supongo que vas a decirme que debería cuidar su tumba.

—No —respondió Sofía—. Al abuelo le gustaban las cosas naturales y salvajes, ¿verdad?

—Le gustarán tus flores —dijo, agachándose con dificultad para cogerlas y olerlas.

—No, no creo que le gusten —se rió Sofía. ¡Ni siquiera las verá!

—No sé. Estaba lleno de sorpresas —dijo Anna, pegando la nariz a las flores antes de volver a ponerlas junto a la lápida—. Aunque nunca le gustaron mucho las flores —añadió, recordando que solía cortarles la cabeza con la podadera.

—¿Le echas de menos? —preguntó Sofía con cautela.

—Sí. Le echo de menos.

Anna suspiró y tomó aliento. Miró a su hija y se detuvo por un instante, como intentando encontrar la mejor manera de decir algo. Se quedó con las manos en los bolsillos y con los hombros un poco encogidos, como si tuviera frío.

—Me arrepiento de muchas cosas, Sofía —dijo dubitativa—. Una de ellas es haber perdido a mi familia.

—Pero el abuelo vivió aquí.

—No, no me refiero a entonces. Me refiero a… —se puso las manos en la cintura y meneó la cabeza—. No, me arrepiento de haber huido de ellos.

A Sofía le pareció que a su madre le costaba mirarla a los ojos.

—¿Huiste de ellos? —preguntó con sorpresa. Nunca había pensado en el matrimonio de su madre en esos términos—. ¿Por qué?

—Supongo que porque quería una vida mejor que la que me habían dado. Era egoísta y muy malcriada. Pensaba que merecía algo mejor. ¿Sabes?, lo curioso de hacernos viejos es que creemos que, con el tiempo, el dolor desaparecerá, pero el tiempo no tiene nada que ver con eso. En este momento me siento igual que hace cuarenta años. Lo único que ha cambiado es mi aspecto.

—¿Cuándo empezaste a arrepentirte?

—Muy poco después de que tú nacieras mis padres vinieron a visitarme.

—Sí, recuerdo que me lo habías dicho.

—Bien, fue entonces cuando me di cuenta de que, si no pasas tiempo con la gente, terminas alejándote de ellos. Yo me había alejado de mi familia. Creo que mis padres nunca lo superaron. Entonces me di cuenta de que tú estabas cometiendo mis mismos errores. Intenté detenerte por todos los medios. Ahí estabas tú, huyendo de tu familia. ¡Y yo que pensaba que eras igual que tu padre!

—Oh, mamá, no pretendía estar fuera tanto tiempo —protestó Sofía con lágrimas en los ojos. ¿Cómo podía explicarle lo que había ocurrido? ¿Cómo contarle lo que sentía? ¿Cómo hacerla entender?

—Lo sé, hija. Es ese maldito orgullo tuyo… y mío.

—Supongo que las dos somos igual de malas, ¿no?

—Siento haber sido tan dura contigo.

—Mamá, no tienes por qué decirlo —la interrumpió Sofía, incómoda ante la sincera confesión de su madre—. No estás en el confesionario.

—No, déjame, quiero hacerlo. Tú y yo no nos entendemos, pero esa no es razón para que no seamos amigas. Sentémonos, ¿te parece? —sugirió.

Sofía se sentó sobre la hierba seca frente a su madre y pensó en lo apropiado que era que el abuelo O'Dwyer estuviera presente en la conversación.

—Cuando me casé con tu padre pensé que sería fácil empezar una nueva vida en un país hermoso con el hombre al que amaba. Pero me equivoqué. Las cosas no son nunca tan fáciles, y supongo que yo era mi peor enemiga. Ahora me doy cuenta. Supongo que a medida que nos hacemos viejos vamos adquiriendo sabiduría, la sabiduría que da el conocernos mejor. Eso es algo que me enseñó mi padre. Tenía razón en muchas cosas, pero nunca le presté demasiada atención. Ojalá lo hubiera hecho.

Anna se calló un instante y meneó la cabeza. Había decidido que iba a congraciarse con su hija. No podía echarse atrás. Volvió a tomar aliento y se pasó por detrás de la oreja el mechón de pelo que le había caído sobre los ojos.

—Oh, Sofía, no espero que lo entiendas. Ni siquiera somos capaces de entender nuestros propios sentimientos, o de dónde vienen, para intentar entender los de los demás. Pero nunca sentí que ésta fuera mi casa. Nunca. Lo intenté, pero simplemente no estaba hecha para esta vida de caballos y de temperamentos latinos. Encontré que aquí la sociedad era tremendamente implacable y, por mucho que intenté adaptarme a ella, nunca pude conseguirlo. No quería admitir que echaba de menos las verdes colinas de Glengariff, la cara malhumorada de mi tía Dorothy y mi dulce madre a la que... sí, a la que abandoné.

A Anna se le quebró la voz, pero siguió adelante. Tenía la mirada clavada en algún punto de la distancia y Sofía tuvo la sensación de que aquel monólogo iba más dirigido a sí misma que a su hija.

—Espero que mamá me haya perdonado —añadió en voz baja, alzando la vista al cielo.

Sofía la miraba con los ojos como platos, temerosa de que si los cerraba, la magia del momento se rompería. Nunca había oído hablar así a su madre. Si se hubiera abierto así con ella cuando Sofía estaba creciendo, quizá sí hubieran podido ser amigas. Entonces Anna se sorprendió incluso a sí misma.

—Te tenía envidia, Sofía —admitió. No podía ser más honesta.

A Sofía se le hizo un nudo en la garganta.

—¿Envidia?

—Porque hacías que todo pareciera muy fácil. Deseaba cortarte las alas e impedirte que volaras porque yo no podía hacerlo —dijo con voz ronca.

—Pero, mamá, me portaba tan mal porque quería que me prestaras atención. Sólo tenías ojos para mis hermanos —dijo Sofía, aunque su voz fue casi un sollozo.

—Lo sé. No podía acercarme a ti. Lo intenté.

—Deseaba tanto que fueras mi amiga. A menudo veía a María con Chiquita y me preguntaba por qué no podíamos ser nosotras así. Pero nunca nos acercamos. Cuando me fui a vivir a Londres quería herirte. Sabía que, si no volvía a casa, papá y tú se pondrían muy tristes. Quería que me echaras de menos, que te dieras cuenta del amor que sentías por mí.

A Sofía se le quebró la voz cuando pronunció la palabra «amor». No pudo continuar.

—Sofía, ven aquí. Deja que te diga lo mucho que te quiero y cuánto lamento el pasado y que me doy cuenta de que quizás esta sea mi última oportunidad para decírtelo.

Sofía se acercó tímidamente hasta donde su madre estaba sentada y, colocándose junto a ella, dejó que Anna la rodeara con el brazo y pegara su cara a la suya. Sintió las lágrimas de su madre en la mejilla.

—Te quiero, Sofía. Eres mi hija —dijo, riendo con tristeza—. ¿Cómo podría no quererte?

—Yo también te quiero, mamá —sollozó Sofía.

—Ya sabes que la enseñanza fundamental de la religión cristiana es el perdón. Tú y yo debemos aprender a perdonar.

—Lo intentaré —respondió Sofía—. Y también debes intentar perdonar a papá.

—¿A Paco?

—A papá —repitió.

Anna la abrazó con más fuerza y suspiró.

—Tienes razón, Sofía. También intentaré perdonarle a él.

Más tarde, ese mismo día, Sofía salió a montar con Santi y Fernando. Pensaba en lo que le había dicho su madre. Recorriendo Santa Catalina con la mirada creyó poder empezar a comprender la sensación de aislamiento de Anna. Estaba empezando a darse cuenta de que tampoco su sitio estaba allí. Qué irónico que la envidia que su madre le tenía por el lugar que ocupaba en Santa Catalina hubiera sido la razón de sus problemas. En ese momento, la sensación de aislamiento que embargaba a Sofía era precisamente lo que las había unido.

Sofía tenía que fingir absoluta pasividad cuando Santi daba órdenes a Javier. Para él, Javier era como Pablo: un criado, nada más. Era amable pero firme con él, al igual que el resto de la familia. Fernando era un poco más gruñón, como su padre. Era su forma de ser. ¿Cómo podían saber que Javier llevaba su sangre? Sofía le sonrió cuando le ensilló el poni, lo llevó hasta ella para que montara y le devolvió la sonrisa. Pero su sonrisa no expresaba más afecto que el que sentía por cualquier otro miembro de la familia, probablemente incluso menos, ya que apenas la conocía. Javier no veía en ella el color de su pelo, ni en Santi su sonrisa o su forma de andar. No existía ningún lazo subconsciente que uniera a los tres. Sofía había soñado con que quizá la naturaleza permitiría a Javier darse cuenta de dónde venía, pero ese sueño no había sido más que una romántica fantasía. En realidad, conforme se había hecho mayor, cada vez se parecía más a

Soledad y a Antonio. Sofía se preguntaba si su aspecto sería diferente de haber crecido con ella y con Santi. Nunca lo sabría.

—¿Qué has hecho hoy? —le preguntó María más tarde cuando estuvieron a solas en la terraza después de la cena.

María tenía mejor aspecto y había podido comer en la mesa con ellos bajo las estrellas. La humedad del aire era casi insoportable. Presentían la tormenta que ya se acercaba por el horizonte.

—He ido a visitar la tumba del abuelo —respondió Sofía. María le sonrió. De repente Sofía lamentó haberle recordado la muerte—. ¿Cómo te sientes? —añadió, cambiando de tema.

—Mejor. Por primera vez no me siento enferma. Vuelvo a encontrarme bien. Puede que tu vela y la de Santi funcionaran —dijo, refiriéndose a su visita a la iglesia el día anterior.

—Eso sería fantástico. Rezamos mucho —respondió Sofía esperanzada. Se quedaron un rato en silencio. Sofía se daba cuenta de que los demás las habían dejado solas para que hablaran. Les agradecía que le hubieran dado ese momento de intimidad con su amiga.

—Sofía, ¿qué piensas hacer? —le preguntó María con sumo cuidado.

—¿A qué te refieres? —dijo, haciéndose la inocente. Pero María podía leerle el pensamiento igual que Santi.

—Ya lo sabes. Al final tendrás que volver a casa.

Sofía tragó con esfuerzo.

—Ya lo sé. Pero ahora no puedo pensar en eso.

—Tendrás que hacerlo. Tienes un marido y dos hijas. ¿Acaso no los quieres?

—Claro que los quiero. Los quiero muchísimo. Simplemente están demasiado lejos.

—Santi también tiene hijos y una mujer a la que quiere.

—No como a mí —insistió Sofía, poniéndose a la defensiva.

—Pero a ti no puede tenerte. ¿Es que no lo ves? Es imposible.

Sofía sabía que María tenía razón, pero no quería enfrentarse a la verdad. Todo era perfecto. Eran felices juntos. No podía imaginar que fuera a terminar.

María le cogió la mano y la apretó con firmeza.

—Sofía —continuó—, ahora todo está bien. Están viviendo un sueño, pero ¿qué harán cuando yo ya no esté? Santi tendrá que volver a Buenos Aires, tiene que atender sus negocios. Cuando todo vuelva a la normalidad, ¿qué será de ti? ¿Qué es lo que quieren? ¿Huir juntos? ¿Abandonar a sus familias?

—¡No! ¡Sí! No lo sé —respondió Sofía totalmente confundida.

—Sofía. Estoy de acuerdo en que ustedes dos tienen derecho a estar juntos, pero ya es demasiado tarde. Adoro a mi hermano. Daría lo que fuera por que ambos fueran felices, pero no pueden destrozar la vida de los que los rodean. No podrían volver a mirarse al espejo. No podrían respetar a alguien que ha sido capaz de abandonar así a sus hijos. ¿De verdad puedes construir tu felicidad sobre la infelicidad de los demás?

—Le amo, María. Es lo único que me importa. Me despierto pensando en él y cuando duermo sólo sueño con él. Respiro el aire que él respira. Tengo que estar con él. No quiero vivir sin él. Sufrí demasiado cuando me separé de él. No puedo volver a pasar por eso.

—Haz lo que quieras —le dijo María cariñosamente—. Pero piensa en lo que te he dicho.

Sofía abrazó a su amiga, tan frágil y tan valiente al mismo tiempo. Sentía un gran amor por ella. Cuando se despidieron, las primeras gotas de lluvia empezaban a caer del cielo.

49

Miércoles, 12 de noviembre de 1997

El trueno rugió como si un león enfurecido recorriera los cielos. Sofía deseó correr a casa de Santi y refugiarse en sus brazos. La lluvia caía en densas ráfagas contra la ventana, repiqueteando con fuerza contra el cristal. Se quedó mirando el jardín a oscuras. Todavía hacía mucho calor. De vez en cuando un relámpago iluminaba su habitación con una llamarada plateada. No estaba asustada, sólo triste.

Las palabras de María deambulaban por su cabeza y no conseguía silenciarlas. ¿Era imposible que Santi y ella pudieran estar juntos? Había intentado dormirse, pero el trueno no hizo más que reflejar la tormenta que tenía lugar en su cabeza, y Sofía se revolvió presa de la angustia. Finalmente, salió al jardín y dejó que las gruesas gotas cayeran sobre ella. No le importaba mojarse. De hecho, casi lo agradecía, ya que el aire de la noche era húmedo y pegajoso. Disfrutó de la paz que reinaba en la oscuridad. Siempre tenía en ella un extraño efecto. Se perdía en ella. Caminó por el patio, meciéndose en la dulce melancolía de su desconsuelo. Amaba a Santi, pero ¿le amaba tanto como para desprenderse de él?

Miró el reloj a la luz del farol que el viento balanceaba encima de la puerta. Eran las tres de la madrugada. Sintió que un escalofrío le debilitaba el cuerpo durante unas décimas de segundo y de pronto el pánico se apoderó de ella. Sintió un terrible pesar en la esencia más profunda de su ser. Algo malo había ocurrido, lo sabía.

Corrió bajo la lluvia y el viento hacia la casa de Chiquita. No sabía lo que haría una vez que estuviera allí. Simplemente corría. El agua le empapaba la cara y el camisón de tal manera que se le había pegado al cuerpo como un manojo de hierbas. Cada vez que se oía un trueno, Sofía corría más rápido, saltando sobre la hierba cuando caía un relámpago. Al llegar a la casa llamó a golpes a la puerta. Cuando apareció el rostro de Miguel, arrugado y ansioso, Sofía cayó en sus brazos.

—¡Algo malo ha pasado! —gritó sin aliento. Él la miró, visiblemente confundido, pero antes de que dijera nada Sofía le empujó y entró corriendo en la casa. Santi apareció de pronto y en cuestión de segundos todos estaban despiertos. Cuando Sofía entró en la habitación de María, sus miedos se confirmaron. María había muerto.

Sofía estaba desolada. Miguel y Chiquita se abrazaron como si de ello dependieran sus vidas. Panchito y Fernando se sentaron a llorar en una silla. Santi se arrodilló junto a la cama y acarició la mano y el rostro gris de María con resignación. Eduardo, que había estado junto a ella desde el principio, miraba por la ventana como en trance. ¿Y Sofía? No sabía qué hacer con ella misma. Se quedó donde estaba, inmóvil, como si sus sueños se estuvieran desintegrando a su alrededor.

Miró a su amiga por última vez. María era incluso más hermosa en brazos de la muerte que en vida. Tenía la piel de porcelana y una indescriptible expresión de paz en el rostro. Su decrépito cuerpo había quedado inmóvil y duro, y Sofía notó que no era más que una concha, una casa vacía donde su prima había vivido y de la que acababa de liberarse. La hacía feliz pensar que por fin había dejado de sufrir. Sabía que estaba en otra dimensión, una dimensión en la que la tristeza y la enfermedad ya no podían alcanzarla. Pero ¿y ellos?

Miguel besó a su hija en la frente y luego, junto con Chiquita, Fernando y Panchito, dejaron a Eduardo a solas con su esposa. Santi se acercó a Sofía con la cara gris de desesperación. La estrechó entre sus brazos y la condujo al pasillo, donde ambos se abandonaron al dolor. Después de llorar largo tiempo en silencio, él tomo el rostro de Sofía y le secó las lágrimas con los pulgares. Los ojos de Santi irradiaban ternura.

—¿Y ahora qué? —susurró Sofía, cuando se hubo controlado lo suficiente para poder hablar.

Santi meneó la cabeza y soltó un profundo suspiro.

—No lo sé, Chofi. No lo sé.

Pero ella sí lo sabía. María tenía razón.

Después de eso, los acontecimientos se sucedieron como entre tinieblas. María tuvo un funeral digno y discreto durante el cual Santi y Sofía apenas se miraron. Claudia y los niños habían vuelto con los hijos de María y Eduardo. No hubo risas. Había dejado de llover, pero el sol no logró inspirar felicidad en el corazón de nadie.

Sofía se sentó junto a sus padres en los incómodos bancos de la iglesia, y el padre Juan dio un fluido sermón con el que a todos se les saltaron las lágrimas. Más lágrimas. Sofía notó que sus padres se daban la mano y en un par de ocasiones se miraron con ternura. Su compasión conmovió a Sofía, que esperó que con la pérdida de María se hubieran reencontrado. El dolor se cernía sobre todos ellos cuando dieron su último adiós a esa joven que había tenido mucho por lo que vivir. Sofía apenas podía mirar a la familia de María sin ser presa de una indescriptible tristeza. Sus hijos ni siquiera se habían despedido de ella.

Enterraron a María en la pequeña tumba propiedad de la familia, junto con sus abuelos y otros parientes que habían muerto antes que ella. Sofía puso unas flores sobre el ataúd y dijo una corta plegaria por ella. En otro tiempo habría visto esa tumba como su propio destino final, pero ahora se daba cuenta de que a ella la enterrarían lejos de allí y de que habría otros rostros en su funeral.

Claudia miró a Sofía y parpadeó entre lágrimas. Sofía sabía lo que estaba pensando. Todo había terminado. Ya no tenía ninguna excusa para quedarse.

Abrazó a Chiquita y le dio las gracias por enviarle la carta.

—Me alegra que me encontraras y haber podido venir —le dijo con total sinceridad.

—Yo también me alegro de que hayas vuelto, Sofía —respondió—. Pero no fui yo quien te escribió.

Si Chiquita no le había escrito, ¿quién había sido?

Cuando volvían a los coches, apareció un taxi del que bajó un hombre al que Sofía reconoció. Era su hermano Agustín. Fue directo hacia Chiquita y Miguel, los abrazó y les dijo lo mucho que sentía la muerte de María.

—Pero he vuelto —dijo a Anna y a Paco con una sonrisa—. He dejado a Marianne y a los niños. He vuelto a casa.

Cuando vio a Sofía la saludó con la educación propia de un extraño. En ese momento ella se dio cuenta de cuánto le habían quitado todos esos años de distancia. La habían cambiado por completo. Su sitio ya no estaba con ellos.

Cuando llegó a Santa Catalina llamó a David.

—David, María ya no está con nosotros —dijo muy triste.

—Lo siento mucho, cariño.

La voz de David estaba llena de cariño y compasión.

—Aquí ya no me queda nada. Vuelvo a casa.

—Llama y dime a qué hora llega tu vuelo. Iré a recogerte con las niñas.

—Oh, sí, por favor, trae a las niñas.

De pronto Sofía se sintió embargada por una fuerte oleada de añoranza.

Sofía hizo las maletas y se preparó para el largo viaje a casa. De repente Santa Catalina parecía remota y distante, como si intentara suavizar el dolor que sentía al irse. A las cinco, cuando las sombras empezaban a dejar sitio a una noche más fresca y refrescante, el coche la esperaba bajo los eucaliptos. Sofía se protegió bajo su sombra y se despidió de su padre.

—Esto es demasiado precipitado. ¿Cuándo volveremos a verte? —le preguntó él, aparentemente malhumorado, en un intento por disimular su tristeza, aunque ella podía ver por su expresión que no soportaba la idea de dejarla marchar.

—No lo sé, papá. Tienes que comprender que ésta ya no es mi

casa —respondió, reprimiendo sus emociones—. Tengo un marido y dos niñas que me están esperando en Inglaterra.

—Pero si ni siquiera te has despedido de nadie.

—No me veo con fuerzas. Es mejor que me vaya así, en silencio. ¡No creo que haya hecho nunca nada en silencio! —soltó sin demasiado acierto.

—Este es tu sitio, Sofía —dijo su padre.

—Lo fue, y una parte de mí siempre estará aquí —respondió al tiempo que notaba que su padre dirigía la mirada hacia el campo de polo.

—Sí, es verdad —asintió Paco con un profundo suspiro.

—Gracias, papá —dijo, tocándole la mano. Él se giró hacia ella, sin estar seguro de entender lo que ella intentaba decirle—. Le diste un hogar a mi hijo —añadió—. Qué ironía, ¿verdad? Encontró su sitio en el hogar que yo perdí.

Los ojos de Paco brillaron mientras intentaba encontrar algo que decir.

—Hiciste lo mejor, papá —le dijo Sofía sin darle tiempo a intervenir—. Aunque lamento no haber vuelto con él. Si lo hubiera hecho, nunca me habría sentido extraña entre la gente a la que quiero.

Al oír esas palabras, Paco estrechó a su hija entre sus brazos. La apretó con tanta fuerza contra su pecho que Sofía supo que su padre le estaba ocultando las lágrimas. No quería que le viera llorar.

En ese momento Anna apareció por la puerta como un espectro. Las pasadas veinticuatro horas le habían dejado ojeras oscuras. Parecía cansada y derrotada.

—¡Mamá! —exclamó Sofía sorprendida, separándose a regañadientes de su padre y secándose las lágrimas con la mano temblorosa.

—Me gustaría que te quedaras —dijo Anna en voz baja, acercándose a ella con una expresión de dulzura en el rostro. Salió a la luz del sol desde las sombras y tendió las manos hacia ella. Sofía las cogió—. Ahora María está con Dios —dijo.

—Lo sé. Está con el abuelo.

—¿Nos llamarás? —preguntó Anna, y Sofía notó que sus ojos azules se humedecían.

—Sí. Me gustaría que algún día conocierais a mis hijas.

—Me encantaría —respondió su madre—. Siempre tendrás aquí tu habitación, aunque creo que ya es hora de vaciarla, ¿no te parece?

Sofía asintió y sonrió, emocionada. Podía ver remordimiento en los ojos de su madre, como si estuviera hablando desde el interior de la concha que había formado su cuerpo pero fuera incapaz de expresar físicamente sus emociones. Sofía era consciente de que Anna estaba luchando consigo misma. Instintivamente, dio ella el primer paso. Rodeó a su madre con los brazos y abrazó su delgado cuerpo. Anna no se resistió. Cuando abrazó a su madre, sintió que su cuerpo emanaba una calidez que no sentía desde hacía muchos años. Recordó los pocos momentos en que, cuando era niña, Anna la había estrechado entre sus brazos y le había demostrado su cariño. Seguía oliendo igual, y su olor abrió la última puerta a los recuerdos de Sofía. Notó que la pesadez resultante de años y años de resentimiento por fin la liberaba de sus garras. Quizá, como había sugerido Anna, ambas aprenderían a perdonar.

—Me alegra que hayas venido —dijo Anna sonriéndole.

De repente Sofía se acordó de la carta. Si Chiquita no la había escrito, tenía que haber sido su madre. Después de todo, sí que había deseado que volviera. Debía de haberla firmado con el nombre de su cuñada por miedo a que, si la firmaba ella, su hija jamás volvería.

—La carta… fuiste tú, ¿verdad? —preguntó Sofía con una sonrisa—. Qué astuta, mamá.

—También yo sé ser astuta, Sofía —la regañó—. Ah, espera un segundo, no te vayas todavía. Tengo algo para ti —dijo con un repentino e inusual arranque de entusiasmo—. Es algo que deberías de tener contigo hace años. Espera, voy a buscarlo.

Anna se perdió en la oscuridad de la casa. Paco percibió una alegría en su forma de caminar que le recordó a la Ana Melodía que había perdido hacía mucho tiempo, ya no recordaba exactamente cuándo, y le temblaron los labios con la esperanza de que quizá pudiera volver a encontrarla. Cuando Anna regresó llevaba un paquete en las manos. Se lo dio a su hija, que le dio la vuelta con curiosidad. Empezó a romper el papel.

—Ábrelo en el coche —insistió Anna, poniendo una mano sobre

el paquete para que Sofía no pudiera ver lo que contenía—. Te recordará a nosotros.

Sofía parpadeó al mirar a su madre, pero tenía los ojos tan velados por las lágrimas que apenas distinguió sus rasgos.

Paco abrazó por última vez a su hija, aliviado al haber compartido con ella el secreto que había guardado durante veinticuatro años. Ya no había más secretos que los separaran. Sofía le había dado las gracias por haber dado a Javier el mejor hogar que jamás podría haber tenido. Su sitio estaba en Santa Catalina.

Sofía le devolvió el abrazo, consciente de que pasarían muchas lunas hasta que volviera a abrazarle. Miró por última vez el lugar que había sido su casa y se dio cuenta de que, aunque ella había cambiado y había seguido adelante con su vida, Santa Catalina viviría en su corazón y en su memoria, inmaculada, como esas fotos de color sepia de otros tiempos más felices. María también estaría allí y su rostro radiante sonreiría entre los hibiscos y las plumbagináceas.

Subió al coche y saludó con la mano por última vez a sus padres, que, tras años distanciados de ella, por fin habían conocido a su hija. Rompió el papel rojo con impaciencia. ¿Qué podía haberle comprado su madre? Cuando sacó un cinturón de cuero negro con la hebilla de plata en la que estaban grabadas sus iniciales, la humedad de sus ojos se convirtió en un torrente de lágrimas gruesas y emocionadas.

A medida que el coche avanzaba por la larga avenida de altos árboles y la casa desaparecía en las sombras, le dijo al chófer:

—Gira a la izquierda al final de la avenida. Hay un sitio al que quiero ir antes de que salgamos a la carretera.

Y le indicó el camino que llevaba al ombú.

50

El coche iba dando tumbos por el camino hasta que no pudo seguir avanzando. Cuando llegaron al final del camino, Sofía pidió al conductor que la esperara. Recorrería el resto a pie. Después de la tormenta el aire era frío y la hierba parecía aún más verde, gracias a la lluvia que tan desesperadamente había necesitado. Con el corazón en un puño, avanzó por el sendero que tantas veces había recorrido durante los últimos días. Se sentía totalmente vacía de emociones, como si sus nervios hubieran dicho basta y se negaran a seguir sintiendo.

Llegó al árbol que había sido testigo de sus peores momentos. Se erguía mayestático y orgulloso, como un viejo amigo que nunca juzgaba, sino que observaba desde un sabio silencio. Pasó la mano por el tronco con cariño y recordó los tiempos felices con Santi. Al mirar los campos vio a los gauchos jugando al polo en el calor de la distancia con los torsos desnudos y bronceados. Javier era uno de ellos. No podía distinguirle, pero sabía que estaba allí. Allí, en el lugar al que pertenecía.

De pronto sintió una presencia. Se giró y se encontró con el rostro solemne de Santi. Parecía tan sorprendido como ella.

—Me han dicho que te habías ido. No sabía qué hacer con mi vida —exclamó atormentado y se acercó a ella para abrazarla.

—No podía soportar tener que volver a decirte adiós. No podía —murmuró Sofía, presa de una aplastante sensación de desconsuelo.

—Había vuelto a encontrarte —dijo Santi desolado—. No puedo dejarte marchar ahora.

—Lo nuestro es imposible, ¿verdad? Ojalá…

—No —dijo él con voz ahogada—. Si empezamos con los «ojalás» sólo conseguiremos hacernos más daño.

Hundió la nariz en el pelo de Sofía como si quisiera esconderse de lo inevitable.

—No sería la mujer que amas si fuera capaz de abandonar a mis hijas —dijo Sofía sin ocultar su tristeza, recordando el consejo de María. Pensó en Javier. El dolor que le había producido abandonarle años atrás todavía le oprimía la conciencia.

—Lo único que quiero es respirar el aire que tú respiras.

—Pero María tenía razón. Ahora tenemos vidas muy distintas y familias a las que queremos. No podemos destruir a toda esa gente.

—Lo sé. Pero sigo pensando en la forma de poder llevar esto adelante.

—No la hay. Mi sitio ya no está aquí.

—Tu sitio está conmigo. Nuestro sitio está donde estemos juntos, para siempre.

—Es un sueño hermoso, un maravilloso «lo que habría podido ser». Pero es imposible. Sabes que es imposible.

Él asintió y suspiró con resignación.

—Entonces deja que grabe tu cara en mi memoria para no olvidarla nunca —dijo solemnemente, acariciándole la mejilla con el dedo. Le besó los ojos, «suaves y castaños como el azúcar», dijo; luego le besó la nariz, las sienes, la frente y la mandíbula, diciéndole por qué amaba cada parte de su rostro a medida que las besaba. Entonces llegó a sus labios.

—Nunca olvidaré tu sabor, Chofi, ni tu olor.

Saboreó la sal de las lágrimas de Sofía cuando la besaba.

Se abrazaron. Al mirarle a los ojos, esos ojos verdes como el mar, Sofía supo que viviría en sus más secretas profundidades, y que de noche, cuando fantasía y realidad son una, aparecería para volver a amar a Santi. Besó sus labios por última vez, y el sabor de Santi quedó con ella hasta mucho después de que se hubieran separado. Se giró una vez para ver su figura solitaria sentada al pie de su árbol. Le dijo adiós con la mano y luego se giró y se alejó. Esa imagen de él sentado solo debajo del ombú aparecería más adelante cada vez que cerrara los ojos.

◆ ◆ ◆

Dijeron que el ombú no crecería en Inglaterra, pero elegí un rincón de mi jardín en Gloucestershire donde le diera el sol y lo planté de todas formas. Creció.

Visítenos en la red

www.umbrieleditores.com